KB116265

누가 안티고네를
두려워하는가

성차의 문화정치

STUDIUM
스투디움 총서 05

누가 안티고네를
두려워하는가

성차의 문화정치

이명호

문학동네

차례

들어가며: 30년 후 '다락방의 미친 여자'는 어떻게 되었을까 007

제1부 성차와 젠더 (트러블)

제1장 젠더 트러블과 성차의 윤리학 021

제2장 누가 안티고네를 두려워하는가? 060
— 안티고네를 둘러싼 비평적 쟁투

제3장 히스테리적 육체, 몸으로 글쓰기 093

제4장 포르노 트러블 129
— "성관계는 없다"

제5장 성차와 민주주의 164
— 차이와 평등을 다시 상상하기

제2부 모성적 주체와 모성적 사랑

제6장 언어의 혁명, 주체의 혁명 191
— 쥘리아 크리스테바의 정신분석적 모성론

제7장 사자의 요구 223
— 토니 모리슨의 『빌러비드』 읽기

제8장 모성적 사랑과 재즈적 율동 257
— 토니 모리슨의 『재즈』 읽기

제9장 소녀가 어머니가 되기까지 288
— 오정희 소설 속 여성들과 어머니들

제3부 젠더 지형의 변화와 (포스트)페미니즘 논쟁

제10장 로맨스와 섹슈얼리티 사이 321
— 젠더 관계의 변화와 포스트페미니즘 문화 현상

제11장 젠더 지형의 변화와 페미니즘의 미래 350
— 1990년대 미국과 2000년대 한국 페미니즘 담론 비교

제12장 남성, 남성성, 페미니즘 이론 373

제13장 흑인 남성성의 재현 399
— 토니 모리슨의 『가장 푸른 눈』과 『빌러비드』를 중심으로

수록문 출처 431

참고문헌 433

찾아보기 451

일러두기

1. 외국 인명 표기의 경우, 국립국어원 외래어표기법을 따르되 서지사항을 표기할 때는 이미 출간된 판본의 표기를 따랐다. (예: 본문에서는 샌드라 길버트, 서지사항에서는 산드라 길버트.)

2. 단행본·잡지는 『 』로, 단편·논문은 「 」로, 영화·방송은 〈 〉로 구분했다.

3. 본문 및 인용문의 강조는 고딕체로 표기했다.

들어가며

|

30년 후 '다락방의 미친 여자'는 어떻게 되었을까

1979년 예일 대학 출판부에서 출간된 『다락방의 미친 여자: 19세기 여성 작가의 문학적 상상력』(이하 『다락방의 미친 여자』)은 여성문학사의 기원이 된 텍스트다.[1] 기원의 자리에는 언제나 신화가 있다. 하지만 스스로 기원이 되고자 한 텍스트의 주위에는 더 크고 화려한 신화가 존재한다. 이 신화는 1973년 인디애나 대학 영문과에 갓 부임한 두 젊은 여교수가 밸런타인 홀 엘리베이터에서 눈을 마주친 순간 시작된다. 남성 지배적인 이 대학 건물에서 두 여성이 주고받은 눈빛과 이어지는 우정은 이듬해 가을 학기 여성문학 강좌의 개설과 팀 티칭으로 이어진다. 이 강좌 타이틀이 그 이름도 유명한 '다락방의 미친 여자'다.

1974년 두 사람이 한 학기 강의를 마친 다음 19세기 영문학에서의 여성문학사를 쓰겠다는 야심찬 계획을 세우고, 초고를 완성하여 여러

---

1. 이 책의 한국어판은 미국에서 출판된 지 꼭 30년 뒤인 2009년 출판되었으며 서지 사항은 다음과 같다. 수전 구바·산드라 길버트, 『다락방의 미친 여자: 19세기 여성 작가의 문학적 상상력』, 박오복 옮김(이후, 2009).

출판사에 보내고, 마침내 1979년 예일 대학 출판부에서 책을 내기까지 겪었던 수많은 이야기는 기원의 신화에 따라다니는 숱한 일화 가운데 일부일 뿐이다. 하지만 이 책의 저술 과정에서 저자들이 직접 겪었다고 토로한 '개종改宗'과 '계시啓示'의 체험, 이를테면 "개인적인 것이 정치적인 것이었고, 문학적인 것이 개인적인 것이었고, 성적인 것은 텍스트적이었고, 페미니스트는 구원적救援的이었다"[2]는 체험은 기원의 순간에만 만들어지는 독특한 신화다. '제2물결 페미니즘'이라 불리는 1970년대 미국 페미니즘의 시대정신, 즉 개인과 정치와 문학과 성과 텍스트가 하나로 만나 여성 자신과 세상을 바꾸는 '변혁의 정신'은 그들의 수업과 저술 과정을 지배했다.

이 정신은 무려 800쪽에 육박하는 이 매머드급 저작을 극히 도발적인 한 문장으로 시작하는 담대함으로 나타났다. "펜은 음경의 은유인가Is a pen a metaphorical penis?" 여기서 남성 성기를 가리키는 낱말은 학술 언어라는 안전한 보호막을 내던지고 날것 그대로의 생생함을 간직한 채 세상에 던져졌다. 페미니스트의 도전 의식이 선포되는 순간이었다. 그들은 한층 학술적 아우라를 풍기는 '남근phallus'이라는 라틴어 어원의 고상한 말 대신 거리의 언어를 끌고 들어와 남성 창조력의 권위에 대한 통쾌한 패러디를 시도한다. 남성 권위에 도전하는 이 전복적 의식과 여성 창조력의 흔적을 찾으려는 열정적 순수는 이들의 강의와 저술을 관통하는 지적 에너지이자 페미니스트 리비도였다. 순수는 불가피하게 단순하다. 그러나 힘이 있다. 특히 그 힘이 기존 질서에 대해 강한 분노를 동반한 것일 때에는 더욱 그렇다. '분노하라, 사랑하는 마음으로!' 분노와 사랑, 이 두 상반되는 감정이

---

2. 같은 책, 23쪽. 이 문장은 2000년 개정판 출간을 기념한 두 저자의 대담에서 수전 구바가 당시를 회상하면서 한 말이다. 이 글에서 이후 이 책을 인용할 때는 쪽수만 표기하기로 한다.

이들의 지적 작업을 이끈 정서적 에너지였을 것이다. 길버트와 구바는 그들이 함께 가르친 강의에서 아직 출판되지 않은 수많은 여성 작가의 작품을 발굴하여 복사본으로 나누어주었다. 이때 그들이 함께 읽고 토론한 작품을 출판한 것이 『노튼 여성문학 앤솔러지』(1985)이고, 수업 결과물을 정리한 것이 『다락방의 미친 여자』다.

길버트와 구바가 19세기 여성 글쓰기에서 찾아낸 젠더 특수성은 페미니스트의 분노를 명시적으로 드러낸 대목뿐 아니라 여성의 불안과 광기를 간접적으로 표현한 비유에도 나타난다. 이들은 '하위 텍스트sub-text', '분신double', '대항 플롯counterplot', '침묵과 공백' 등 텍스트의 주도적 플롯과 인물 및 장르적 관습에 도전하거나 역행하는 요소에 주목함으로써 여성문학의 특수성을 밝히고자 했다. 남성들에 의해 남성들을 위해 만들어진 구조에 갇혀 있던 19세기 여성 작가들은 지배적인 남성적 가치와 미학에 순응할 수밖에 없었지만 깊은 불안과 불온함을 숨기고 있었다. 이 은폐와 위장이 19세기 여성 작가들의 글쓰기를 표층과 심층이 분열된 양피지적 글쓰기로 만든다.

샬럿 브론테의 『제인 에어』는 하위 텍스트와 분신의 특성이 가장 잘 드러나는 원형적인 페미니즘 텍스트다. 사실 작품에서 버사 메이슨은 독자들이 이름도 기억하지 못할 정도로 미미한 인물이라서 비평적 주목을 거의 받지 못했다. 하지만 그는 길버트와 구바의 해석을 통해 제인의 불안과 분노와 광기를 대리 표현하는 분신으로 재해석된다. 여성으로서 자유와 독립을 찾으려는 제인의 정신적 순례 과정에서 가장 중요한 인물은 로체스터가 아니라 버사이며, 제인과 버사의 조우가 이 책의 핵심적 만남이다. 이들의 대결은 두 여성을 한 남성을 사이에 둔 적대적 경쟁자가 아니라 서로의 욕망을 대리하는 또 다른 자아alter-ego이자 분신으로 만든다. 아니 어떤 점에서 버사는 작가 샬럿 브론테의 분신이며, 작가 자신의 분노와 불안의 이미지다.

여성 작가들 사이에 흐르는 독자적인 여성문학 전통, 하위 텍스트의 복원을 통한 페미니스트 정치성 추구, 이성애 남녀 관계에 맞서는 여성들 사이의 유대, 이 세 가지는 『다락방의 미친 여자』가 지향하는 가치이자 이론적 전제였다. 이것들은 또한 여성과 성차에 방점을 찍었던 1970년대 미국 페미니즘이 추구한 가치다. 『다락방의 미친 여자』가 전문적인 문학 연구자들뿐 아니라 일반 여성 대중의 의식을 자극하며 문학 읽기를 통한 의식 개혁과 삶의 변화를 시도할 수 있었던 것도 바로 이런 가치 때문이었다.

하지만 바로 그것들이 19세기 여성문학사를 새롭게 쓴 이 저서를 이후 혹독한 비평적 심판대에 올려놓은 이유가 되었다. 『다락방의 미친 여자』가 의존했던 세 범주, '문학', '젠더', '작가' 하나하나는 이후 극심한 변화를 겪는다. 비평의 관심은 문학에서 문화와 문화 제도로, 특권적 위상을 부여받은 사회문화적 렌즈로서의 젠더에서 섹슈얼리티, 민족, 인종, 계급, 종교를 비롯한 여타 범주들과 결합된 젠더로, 그리고 작가에서 텍스트로 옮겨간다.

신역사주의와 문화 연구는 문학을, 탈식민주의와 퀴어 이론은 젠더 대립 구도를, 탈구조주의는 작가를 상대화하거나 해체한다. 신역사주의자들과 문화 연구자들이 대중매체, 법률 문서, 광고, 그림, 초창기 사진, 의학 문건 들에 매료되면서 19세기 연구는 더이상 문학만을 다루지 않는다. 여성 작가들은 남성 문학의 저변을 따라 흐르는 독자적인 조류를 형성했다기보다는 여성과 남성에 대한 규정을 변화시킨 젠더 이데올로기 안에서 동시대 남성 작가들과 복합적인 상호작용을 가졌던 것으로 재해석된다. 퀴어 연구는 여성 인물들 사이의 관계에서 '동성 사회적 유대homosocial bond'의 양편에 있는 두 남자에게 여성 인물이 갖는 의미 쪽으로 관심을 옮긴다(이브 코소코브스키 세즈위크의 『남성들 사이』). 『다락방의 미친 여자』가 주목했던 가정 영역도 의미의 변화를 겪는다. 이제 가정은 여성을 감금시키는 다락이 아니라 근대 주체의 내면성이 형성되고 근대 문화의 조건을 만든 가정경제가 시행된 공간으로 재해석된다(낸시 암스트롱의 『욕망과 가정소설』). 자크 데리다와 미셸 푸코의 이론을 수용한 페미니스트 이론가들은 의미의 기원이자 창시자로서 작가보다는(여성 작가도 당연히 여기에 포함된다) 의미화 효과로서 텍스트가 생산되는 과정에 더 큰 관심을 기울인다(메리 자코버스).

특히 버사 메이슨을 제인의 분신으로 읽어내는 길버트와 구바의 해석에 대한 가야트리 스피박의 비판은 매섭다. 「세 여성의 텍스트와 제국주의 비판」에서 스피박은 『제인 에어』가 페미니즘의 숭배 텍스트의 위치에 올라선 것은 서구 페미니즘이 제국주의 이데올로기와 공모했기 때문이라고 본다. 여성의 주체적 결정에 초점이 맞춰진 이 작품에서 자메이카 크리올 출신의 버사 메이슨은 주체의 위상을 부여받지 못하고 '인간에 미달하는 타자'로 존재할 뿐이다. 비서구 여성에 대한 이런 타자화는 영국의 문화적 가치를 문명화된 것으로 규정하는 이념적 기획으로 영국 제국주의를 정당화하는 데 기여한다.

이 모든 비판에 직면하여 길버트와 구바는 2000년 개정·출간한 『다락방의 미친 여자』의 서두에서 자신들이 본질주의, 인종주의, 이성애 중심주의, 남근 로고스 중심주의, 문학 중심주의 등 수많은 "지적 범죄"(30쪽)를 저지른 범죄자이자 "학교에서 미친 여자"(49쪽)가 되어버렸다고 한탄한다. 전복적 여성 상상력을 구현하는 존재로 미친 여자를 복원하고자 했던 이들의 시도는 그들 자신이 미친 여자가 되는 것으로 귀결되었다. 자신들을 '대학의 미친 여자'로 만드는 데 일조한 사람들이 후세대 페미니스트들이라는 사실은 이들에게 무엇보다 뼈아픈 상처였을 것이다.

『다락방의 미친 여자』가 출간된 지 30년이 흐른 지금 우리가 다시 페미니즘을 말하려면 무엇보다 '미친 여자'의 향방에 대한 고민에서 출발해야 할 것이다. 한때 페미니스트 주체의 범형으로 존재했던 미친 여자는 이제 수많은 지적 범죄에 연루되어 역사의 무대에서 사라진 것일까? 남성과 구별되는 성차화된 존재로서 여성이 남성 질서에 저항하면서 보인 분노·불안·광기는 성차 자체를 구시대의 유물로 여기는 포스트페미니스트들의 유쾌한 발걸음에 묻혀 사라진 것일까? 이런 물음이 이 책을 관통하는 근본 질문이다. 미국 사회에서 페미니즘은 30년에 걸친 투쟁의 결과 정치적 성년에 올라서면서 반성적 성찰과 자기 검증의 단계에 접어들었다. 이제 페미니즘은 내·외부로부터 계급적·인종적·성적 기반을 심문당하는 새로운 도전에 직면했다. 이 도전 앞에서 '다락방의 미친 여자'는 새로운 진로를 모색해야 한다.

나는 학계 일각에서 주장하듯 미친 여자의 소멸을 성급하게 예단하기보다는 '성차화된 정신분석학적 주체'의 존재를 인정하는 입장을 취한다. 내가 버틀러의 젠더 트러블 기획이 제기하는 문제의식을 일정 정도 수용하면서도 젠더 대립 구도를 넘어선 지점에서 발현되는 비대칭적 차이로서 (잉여적) 여성성을 견지하는 이유다(제1장). 성차 sexual difference는 사회문화 질서가 구성해낸 젠더 정체성gender identity에서 비롯된 것이 아니라 바로 그 정체성을 위협하고 전복하는 무의식적 구조의 차이, 라캉식으로 표현하면 실재적 차이다. 이 실재적 차이로서 성차는 사라지지 않는다. 이 차이는 사회질서가 구성해내는 담론적 산물이 아니라 그것을 전복하는 억압된 무의식에 속한다.

의식적 실천을 통한 즉각적 사회 변화가 우선적 과제로 설정되는 현실 운동에서 '무의식적 주체'에 주목하는 것은 현실 회피로 취급당하기 쉽다. 하지만 '무의식적 주체'의 저항을 경유하지 않는 사회 변화는 실패할 가능성이 크다. 정신분석 지향의 페미니즘은 남성 사회에서 남성과 여성이 각기 달리 형성하는 무의식적 욕망과, 그 욕망들이 억압과 피억압이라는 불평등한 관계를 넘어 새롭게 만날 수 있는 정치적·윤리적 가능성을 추구한다. 나는 양성의 무의식적 욕망이 소통되고 존중받는 정치적·윤리적 지향성을 지니고 남성 중심적 포르노 현상에 '트러블'을 일으켜보려고 했으며(제4장), 프랑스 남녀동수법 제정운동을 검토했다(제5장).

페미니즘은 더 근본적인 차원에서 '여성 주체의 무의식을 통과하는 실천'을 구상할 필요가 있다는 것이 내 생각이다. 구바와 길버트가 19세기 여성문학에서 찾아낸 '다락방의 미친 여자'는 여성의 무의식적 반란을 함축하고 있다. 그녀는 히스테리 여성이다. 히스테리 여성은 병리적 방식으로 무의식적 욕망을 드러내는 존재다. 내가 히스테리에 주목하는 것은 병리적 증상을 통해 표현되는 여성의 무의식적 욕망의 중요성 때문이다(제3장). 히스테리 여성은 억압된 무의식적 욕망을 병리적 방식으로 드러낼 수밖에 없었지만, 페미니즘은 이를 병리적 굴레에서 벗겨내 정치적 해방의 동력으로 전환할 필요가 있다. 안티고네라는 그리스 비극의 여성 인물이 보여주는 가능성이 바로 남성적 국가 질서 자체를 거스르는 모반적 행위를 통해 혁명적으로 발현되는 여성 욕망이다(제2장). 자기 자신과 공동체를 파괴하는 위험을 무릅씀으로써 공동체의 법 바깥으로 튕겨나가는 안티고네의 비극적 행위를 통해 사회는 갱생의 계기를 얻는다. 안티고네의 윤리적 행위는 상징적 법을 비틀어 예외를 만드는 여성 주체의 해방적 힘을 예증한다. 나는 2,400년 전 그리스 연극 무대에서 안티고네가 보여준 해방적 행위가 우리 시대 여성들에게 요구되는 페미니스트 윤리를 선취하고 있다고 본다.

이 책의 제2부에서 집중적으로 다루는 모성 문제 역시 가부장적 사회에서 성차가 발현되는 방식에 대한 나의 관심과 연관되어 있다. 크리스테바가 공들여 이론화한 것처럼 모성은 남근적 욕망에 견인당하는 측면이 없지 않지만 그를 넘어서는 다른 가능성을 내포하고 있다. 아이에 대한 어머니의 사랑은 자신에 대한 사랑이나 자신이 성적 욕망을 통해 하나가 되고 싶은 존재에 대한 사랑이 아니라 '타자에 대한 사랑'을 함축하고 있다. 나로 환원되지 않는 내 속의 타자에 대한 사랑은 아버지의 말씀과 율법 너머에서 흘러나오는 '법 밖의 사랑outlaw love'이다. 토니 모리슨의 작품 『빌러비드』는 노예제도하에서 한 흑인 어머니가 딸을 죽임으로써 딸에 대한 사랑을 표현하는 역설적 방식이 법 밖의 사랑을 실천하는 길이었음을 보여준다(제7장). 가부장적 질서에서 어머니와의 관계 설정에 어려움을 겪는 존재가 자기 안의 어머니를 받아들이기까지 겪는 지난한 과정을 그려낸 토니 모리슨 소설(제8장)과 오정희 소설(제9장)은, 노예해방 후 미국 사회와 근대 한국 사회라는 상이한 역사적 맥락에서 여성에게 '모성'이란 것은 가부장제와의 싸움 끝에 힘겹게 재구성해야 하는 과제이자 윤리적 자원이라는 사실을 보여준다.

이 책의 제3부는 젠더 범주의 유효성이 의심받는 이른바 '포스트페미니즘 시대'에 젠더 관계의 변화를 남성과 남성성의 측면에서 분석하고(제12장, 제13장), 이 관계에 대한 페미니즘의 대응 방식을 다루고 있다(제10장, 제11장). 나는 1930년대 버지니아 울프가 『3기니』에서 보여준 통찰이 집안의 아버지가 자본의 아버지로 모습을 바꾸고 돈으로 생존을 위협하는 신자유주의 시대에 페미니스트 후예들이 취할 수 있는 윤리적 자세를 암시한다고 생각한다. 전쟁 방지를 위한 활동에 기부금을 내달라는 한 신사의 편지를 받고 울프는 그 대의에 공감하며 1기니를 '조건 없는 선물'로 주기로 결정한다. 울프가 여자 대학 건립과 여성의 직업 마련을 위해 각각 1기니를 기부하면서 마지막 남은 1기니를 전쟁방지협회에 주기로 결정한 것은, 여성의 교육적·경제적 불평등을 해소하는 일이 필요하다는 점을 인정하면서도 이제 여성도 인류 보편의 과제에 기여해야 한다는 생각을 담고 있다. 그러나 울프는 돈은 기부하면서도 전쟁방지협회에 가입하지는 않겠다고 말한다. 대신 자신은 여성들이 만든 국외자 단체에 가입하겠다고 선언한다. 목적에는 동의하지만 목적을 이루는 방법은 여성과 남성이 달라야 한다는 것이 그가 제시하는 이유다. 울프는 정신의 '자존'을 지키며, 특권을 가지려는 자들을 '조롱'하고, '거짓 충성심을 배제'하며, '청빈한 삶'을 사는 것이 국외자 단체에 가입한 여성들이 따라야 할 지침이라고 말한다. 청빈한 삶은 울프가 특히 강조하는 덕목이다. 그에게 청빈이란 단순히 가난한 상태가 아니라 심신의 건강을 유지하고 정신적 자유를 침해당하지 않을 정도의 경제 상태를 가리킨다. 중요한 것은 그 이상의 돈은 단 한 푼도 더 벌지 않겠다는 결단이다. 경제적 독립을 얻는 일이 여성에게 긴요한 시절이 있었다. 그러나 소비의 시대를 사는 현재, 더 많은 몫을 달라는 요구만으로는 더이상 진보적일 수 없다. 울프는 여성이 자발적으로 청빈을 선택함으로써 자본주의 질서로부터 물러나는 것, 그가 "수동성의 실험"이라 부른 저항 방식을 실천해야 한다고 주장한다.[3] 나는 이 수동성의 실험이 지금 그어느 때보다 중요하다고 생각한다. 신자유주의적 자본주의의 규정력이 점점 커져 포함된 자와 배제된 자의 간극이 극도로 넓어지는 오늘날, 여성들에게 진정 어려운 일은 이 질서로부터 자신을 빼내 배제된 자들의 보편적 해방을 위해 노력하는 것이다. 그것은 우리 시대 지배 권력으로 군림하는 신자유주의적 자본주의 질서로부터 자기 자신을 빼냄으로써 그 질서의 구조적 폭력을 무력화시키는 주체적 행위다. 나는 안티고네가 우리 시대에 다시 태어난다면 취할 윤리적 자세가 울프의 수동성의 실험과 근본적으로 맞닿아 있을 것이라 생각한다.

---

3. 버지니아 울프, 『3기니』, 태혜숙 옮김(여성사, 1994), 212쪽.

이 수동성은 소극적이다. 그러나 무기력하지는 않다. 무관심의 태도를 견지하며 "하지 않는 것"은 기존 질서와 대립각을 세우는 것이 아니라 그로부터 자신을 빼내는 일이다. 이는 알랭 바디우가 '빼기 subtraction'의 정치성이라 부르는 것과 상통하는 것으로 헤게모니의 장으로부터의 후퇴일 뿐 아니라 이 장의 진정한 좌표를 드러내면서 그 장 자체에 전면적으로 영향을 미치는 빼기이다. 오늘날 우리가 가장 실천하기 어려운 일이 바로 이 전면적 물러남일지 모른다.

이 책에서 내가 그려보고자 한 것은 30년 전 페미니스트 운동에 출현했던 '다락방의 미친 여자'를 그리스 비극의 '안티고네', 파시즘이 창궐하던 1930년대 울프의 상상 속에 창조된 '국외자 여성'과 연결시킴으로써 우리 시대 페미니즘의 실천 가능성을 찾아보려는 것이다. 나는 서구 백인의 상상 속에 모습을 드러냈던 이 여성 인물들 옆에 딸을 제 손으로 죽이는 흑인 어머니 세서(나는 흑인 여성 작가 토니 모리슨 소설이야말로 1970년대 미국 페미니즘 운동의 가장 성숙한 문학적 결실이라고 생각한다), 광기의 파도를 넘어 마침내 생명의 윤리에 도달한 중년 한국 여성(아, 오정희 없는 한국 여성문학을 어떻게 상상할 수 있을까!)을 나란히 놓았다.

2,400년 전 그리스의 비극 작품에 등장했던 여성, 1970년대 제2물결 페미니즘이 19세기 여성문학에서 소환한 여성, 그리고 페미니즘적 모더니즘 운동의 정점에서 출현한 여성은 각기 다른 역사적 환경에 놓여 있으면서도 서로서로에게, 그리고 인종과 국경을 뛰어넘어 흑인 여성과 한국 여성에게 말을 걸고 있다. 신자유주의라는 현대판 아버지의 질서가 휘황찬란한 빛을 비추고 있는 이즈음, 이 여성들은 어둠 속에 반짝이는 반딧불처럼 희미한 미광으로 존재할 것이다. 하지만 비록 희미할지언정 그들이 완전히 파괴되거나 소멸한 것은 아니다. 조르주 디디위베르만의 아름다운 언어를 빌리면, 세기의 거대

한 패배와 혼란 속에서 "그들은 사랑으로 날고 빛을 뿜으며 서로를 찾아다녔다."[4] 나는 우리 시대 페미니즘의 정치와 윤리는, 여성들이 세기의 어둠 속에 빛을 뿜으며 서로를 찾아 날아다니며 추었던 춤을 기억하는 일이라 믿는다.

10년의 세월에 걸쳐 쓴 글들을 모아 책의 형태로 만들면서 내 글이 안고 있는 허술함을 새삼 들여다보지 않을 수 없었다. 빈약한 사유가 만들어내는 구멍이 곳곳에 뚫려 있었다. 이 책의 편집자로 이 구멍이 더 크게 보이지 않도록 적절하게 메워준 허정은 씨에게 감사드린다. 그의 꼼꼼한 지적과 수정으로 많은 구멍을 메울 수 있었다. 참고문헌과 찾아보기 작업을 도와준 대학원생 강수진에게 감사한다. 기력이 떨어져 헤맬 때 수진의 도움이 큰 힘이 되었다. 여성으로서 글을 읽고 쓰는 일의 무게를 감당할 수 있는 사람이 되겠다는 각오를 스스로에게 던져본다.

2014년 4월
이명호

---

4. 조르주 디디-위베르만, 『반딧불의 잔존』, 김홍기 옮김(도서출판 길, 2012), 21쪽.

제1부

성차와 젠더 (트러블)

제1장

|

젠더 트러블과 성차의 윤리학[*]

1. '여성'은 존재하지 않는다?

'여성'은 페미니즘의 출발점이자 근거다. 가부장제 사회에 대한 페미니즘적 비판이나 가부장제를 넘어선 대안적 사회에 대한 구상도 일차적으로는 '여성의 경험과 시각'을 매개로 이루어진다. 여성을 체계적으로 차별·억압·착취·배제하는 기제인 가부장적 '보편성'에 문제를 제기하면서 여성의 경험과 이해관계를 대변하는 것, 이것이 다양한 내부적 입장 차이 속에서도 '페미니즘들'이 공유하는 기반이기 때문이다. 초창기 여성운동의 주류를 형성했던 자유주의 페미니즘은 보편 주체가 사실상 인간 전체를 포괄하는 범주가 아니라 성적으로 특화된 남성일 뿐이라는 점을 폭로하면서 성적 불평등을 사회적 의

---

* 이 글은 『사회변동과 여성주체의 도전―성 불평등을 야기하는 사회구조적 조건들에 대한 비판』(임인숙·윤조원 외, 굿인포메이션, 2007)에 수록한 나의 글 「젠더 트러블과 성차의 윤리학―주디스 버틀러의 논의를 중심으로」를 해당 출판사의 허락하에 수정·보완하여 재수록한 것이다.

제로 부각시켰다. 실존적 마르크스주의를 견지했던 시몬 드 보부아르도 가부장적 문화에서 여성은 보편적 주체인 남성에 미달하는 열등한 존재이자 남성의 타자로 규정되어온 존재, 그의 유명한 표현을 빌리자면 '제2의 성'에 지나지 않는다고 주장했다. 많은 점에서 자유주의 페미니즘이나 보부아르와 대척점에 있긴 하지만 뤼스 이리가레 역시 서구 담론의 역사는 남성이라는 하나의 성만을 대변해왔을 뿐이라고 본다는 점에서는 이들과 동일한 문제의식을 공유하고 있다. 이리가레에 따르면 서구 담론을 지배해온 이분법적 사유에는 남성과 여성이라는 두 개의 성이 아니라 남성이라는 하나의 성만 존재해왔으며, 여성은 '남성이 아닌 성' 혹은 '남성에 미달하는 성'으로 규정되어왔다. '다른' 존재를 '부정'과 '결여'로 정의하는 이분법은 하나의 논리가 관철되는 일원론이자 차이를 부인하는 동일성의 사유 체계이지 이분법이라 할 수 없다. 이와 같이 남성적 보편에 대한 페미니즘적 비판의 근거가 다름아닌 여성의 경험과 시각이었던 만큼 '여성'이라는 범주 자체는 페미니즘의 존재 근거였다고 해도 과언이 아니다.

그러나 남성적 보편을 비판하는 페미니즘의 담론이 '여성' 또는 '여성성' 범주를 유지하는 방향으로만 흘렀던 것은 아니다. 가장 첨예한 논쟁이 비롯된 지점, 쥘리아 크리스테바가 페미니즘의 단계를 가르는 기준으로 설정할 만큼 페미니즘 내부의 갈등과 고민을 야기했던 것이 바로 성차를 둘러싼 시각 차이였다.[1] 크리스테바가 1단계로 분류한 평등의 페미니즘은 여성에게만 부당하게 강요되는 차별을 철폐하고 여성이 남성과 동등하게 사회활동에 참여함으로써 실질적 보편성

---

1. Julia Kristeva, "Women's Time," in *The Kristeva Reader*, edit. by Toril Moi, trans. by Leon S. Roudiez (New York: Columbia University Press, 1986) 참조. 이 글에서 크리스테바는 페미니즘의 흐름을 3단계로 나누면서 이 구분이 시간적 선후 관계가 아닌 '의미 생성 공간signifying space'과 관련된다고 지적한다.

을 이루고자 했다. 대표적으로 보부아르는 보편성이라는 이름을 내걸고 있으나 사실은 남성의 것으로 전유되어왔던 가치를 중립화하여 남녀 모두에게 통용되는 보편적 가치를 실현하고자 했다. 여성이 몸의 물질성에 구속되는 내재성immanence의 상태를 넘어 초월적 자유를 획득할 수 있게 되는 것이 그의 궁극적 지향점이었다. 물론 "육체는 상황"이라는 그의 또다른 주장이 암시하듯이, 몸은 인간이 세계를 만나고 세계를 경험하는 통로인 만큼 몸을 벗어나서는 인간으로서의 존재도 불가능하다는 것을 보부아르가 간과했던 것은 아니다. 하지만 유독 여성에게만 두드러지게 부과되는 몸의 구속성을 넘어서려는 것이 그가 지향하고자 하는 바였다면, 여성으로서의 육체적 특수성에 대한 인식과 그것을 초월하고자 하는 갈망이 그의 사유 속에 미완의 딜레마로 존재하고 있었다고 할 수 있다. 자유주의 페미니즘의 동등권 주장이나 보부아르의 초월성 옹호는 결국 거추장스러운 성의 흔적을 지워버리고 중성적 주체에 도달하려는 불가능한 꿈, 아니 중성성을 가장한 남성적 보편주의에 견인된 것에 지나지 않는다는 비판이 후대 페미니스트들에 의해 제기되는 것도 무리가 아니다. 이리가레가 여성 혹은 여성성의 범주를 포기하지 않으면서 성차를 담론 속에 기입하려고 하는 것은 바로 이 중성적 주체에 대한 꿈이 남성적 동일성의 논리에 또다시 함몰되는 것임을 인식하고 있기 때문이다.

이리가레와 동일한 이론적 자장에 있는 것은 아니지만 여성성 혹은 여성적 차이를 복원하려는 입장은 1970년대 중반 이후 영미권 페미니즘 진영에서도 뚜렷한 흐름을 형성한다. 여성 중심주의라 부를 수 있을 이런 새로운 비평적 흐름은 가부장제 사회에서 남성적인 것이라 정의되어온 특징들—이성, 합리성, 자아 중심성 등등—의 일방적 특권을 해체하고 그동안 폄하되어온 여성적 경험을 재평가하는 한편, 여성적 자질의 윤리적 가치를 재발견하는 작업을 수행한다. 문학비평의 영역에 국한해 말한다면, 일레인 쇼월터, 수전 구바, 샌드라 길버트, 엘런 머스 등 이제는 미국 페미니즘 문학비평계의 대모적大母的 위치에 오른 인물들이 이런 흐름을 주도했다. 이들은 여성 문화를 지배적인 남성 문화의 저류를 형성하는 '하위문화subculture'로 규정하면서 침묵으로 존재하는 여성들의 언어를 살려내고자 했다. 이들이 이끈 '살림의 비평'은 가부장적 남성 문화에서 "다락방의 미친 여자"[2]로 치부되어온 여성 작가들의 분노·불안·광기를 여성적 창조력의 원천으로 재해석한다.

하지만 크리스테바가 3단계라 부른 페미니즘에서 여성의 차이를 강조하는 이런 2단계 페미니즘은 여성 혹은 여성성을 본질화·실체화한다는 이유로 비판의 대상이 된다. 남성과 여성, 혹은 남성성과 여성성 사이에 이분법적 대립을 설정한 후 지금까지 부당하게 폄하되어온 여성 혹은 여성성을 찬양하는 것은 기존의 이분법을 뒤집기만 하는 것일 뿐 이분법적 사유를 지배하는 동일성과 정체성의 문제틀 자체에서는 벗어나지 못한다는 것이다.

내가 강력하게 옹호하는—가정하는 것일지도?—세번째 사고방식은 남성/여성을 맞서 있는 두 실체의 대립으로 보는 성별 이분법 그 자체가 형이상학에 속한다고 보는 입장이다. 정체성 개념 자체가 도전받고 있는 이 새로운 이론적·과학적 영역에서 '정체성'이, 더 정확히 말하면 '성정체성sexual identity'이 무슨 의미가 있겠는가?[3]

---

2. 샬럿 브론테의 소설 『제인 에어』에 등장하는 자메이카 출신 여성 버사 메이슨을 가리키는 말에서 비롯되었다.
3. Julia Kristeva, 같은 글, 33-34쪽. Toril Moi, *Sexual/Textual Politics: Feminist Literary Theory* (New York: Methuen, 1985), 15쪽에서 재인용.

토릴 모이는 페미니스트 이론 분야의 고전이 된 『성/텍스트의 정치학』에서 크리스테바의 시각을 근거로 삼아 남성과 대립된 고정된 실체로 설정되는 '여성' 혹은 '여성적 차이'를 비판한다. "해체할 것을 해체하지 않은 여성해방론은 성정체성이 지닌 형이상학적 본질을 인식하지 못한" 이론이라는 것이다. 이런 입장은 "오래된 가치에 새로운 여성 해방적 가치를 접목하려고 시도하기는 했지만 여성을 제자리에 묶어두기 위해 가부장제가 구축한 바로 그 형이상학적 범주를 무비판적으로 받아들임으로써 성차별주의를 기계적으로 뒤집기만 할 위험이 다분하다"라고 그는 비판한다.[4] 하지만 토릴 모이는 두번째 입장을 전적으로 거부하는 것은 심각한 정치적 오류라고 지적한다. "여성이라는 이유로 여성을 경멸하는 바로 그 가부장적 억압에 반격하려면 여성으로서 여성을 방어하는 것이 정치적으로 여전히 필요하기 때문"이다.[5] 여성이라는 범주를 해체하되 '정치적 효용'을 위해 그것을 전략적으로 유지할 필요가 있다는 이 '전략적 본질론strategic essentialism'은 이후 페미니즘 진영 내에서 치열하게 전개된 구성주의/본질주의 논쟁의 교착 상태에서 빠져나갈 수 있는 제3의 길로 받아들여지기도 했다.[6] 다시 말해 성정체성이란 사회적으로 구성된 허구지만, 가부장

---

4. 같은 곳.
5. 같은 곳. 강조는 원저자.
6. '전략적 본질론'은 인도의 '하위주체 여성들subaltern women'의 주체적 목소리를 복권하는 문제와 관련하여 가야트리 스피박이 제안한 개념으로, 본질주의/구성주의를 둘러싼 페미니즘 논쟁에서 광범위하게 수용된다. 이 입장을 택하는 대표적 논자로는 다이애나 퍼스가 있다. 퍼스는 본질론이 그 자체로 좋고 나쁜 것이 아니라 구체적인 담론 지형에서 그것이 어떤 동기와 목적에 의해 '배치deploy'되느냐에 따라 그 성격이 달라진다고 본다. 물론 퍼스는 현재의 상황에서 페미니즘이 본질론의 위험을 무릅쓸 충분한 이유가 있다고 생각한다. Diana Fuss, *Essentially Speaking: Feminism, Nature, and Difference* (New York and London: Routledge, 1989), 18-21쪽 참조. 정체성 문제를 둘러싼 페미니즘의 복잡한 논쟁을 정리하는 글에서 이석구 역시 비슷한 관점을 취한다. 그는 '반성적 본질주의'라면 페미니즘이 갈 수 있는 길이라 본다. 이석구, 「페미니즘과 아이덴티티의 정치학」, 『안과밖』 제4호

적 억압과 착취를 반격하는 정치적 행동을 위해 이 허구를 전략적으로 활용할 필요가 있다는 것이다. 물론 이는 구체적인 정치적 국면에 개입하기 위한 잠정적 전략인 만큼 목적이 이루어지면 당연히 해체되어야 한다. 하지만 누가, 어떻게 정치적 효과를 미리 파악할 수 있으며 또 그것을 해체하는 시점은 누가 결정할 수 있을까. 더구나 이런 입장은 존재론적 문제를 정치적 전략의 차원으로 이동시키는 것일 뿐 문제 그 자체를 정면에서 대결하는 방식은 아니다.

"여성은 존재하지 않는다There is no such thing as Woman"라는 문장―실은 전체가 아닌 토막난 한 대목―은 크리스테바와 모이가 말한 3단계 페미니즘의 입장을 압축하고 있는 것처럼 보이는 진술이다. 그것은 여성에게 어떤 본질도 실체도 부여하지 않으려는 입장을 대담하게 표현한 선언적 진술로 이해되어, 이후 2단계와 3단계 페미니즘을 둘러싼 논쟁의 핵으로 등장한다. 이 문장은 『세미나 제20권: 앙코르』에서 라캉이 제출한 명제로,[7] 이리가레에 의해 즉각 반격을 당한다. 이리가레는 이 문장이 여성의 육체적 존재 자체를 부정하면서 여성을 남성 담론의 산물로만 바라보는 라캉 정신분석학의 남근 중심주의를 여지없이 드러내는 것이라고 성토한다.[8]

하지만 이 명제를 반박하는 것은 그렇게 간단하지 않다. 먼저 이리가레 자신도 인정했듯이, 남성이라는 '하나의' 성만 존재하는 남성적 담론 질서에서 여성이 남성의 부정과 부재로 규정되어왔다면

(1998), 246쪽 참조.

7. Jacques Lacan, *The Seminar of Jacques Lacan, Book XX: On Feminine Sexuality, The Limits of Love and Knowledge, 1972-1973*, edit. by Jacques-Allain Miller, trans. by Bruce Fink (New York and London: Norton, 1998), 72쪽.

8. 이 문장이 나오는 라캉의 글 "God and Woman's Jouissance"에 대한 이리가레의 반박은 Luce Irigaray, *This Sex Which Is Not One*, trans. by Catherine Porter and Carolyn Burke (Ithaca: Cornell University Press, 1985), 90-91쪽 참조.

남성적 규정에서 벗어난 여성의 존재를 과연 찾을 수 있는가, 또 찾는다면 어디에서 어떻게 찾을 수 있는가라는 물음은 그녀 자신이나 페미니즘이 대답해야 할 질문으로 남아 있다. 모이와 크리스테바가 2단계와 3단계로 구분한 페미니즘이 갈라지는 지점도 선명하지 않은 데―만일 2단계에 경험주의적 틀 내에 있다고 할 수 있는 미국의 여성 중심적 비평뿐 아니라 정신분석학과 해체론적 시각을 비판적으로 활용하는 이리가레의 여성적 글쓰기 논의까지 포함한다면―이는 '남성 담론하에서 여성은 존재하는가'라는 질문에 대해 양자택일식으로 답할 수 없는 곤경과 연관되어 있다. 앞서 인용한 라캉의 문장은 '여성은 없다'라는 선명한 대답을 내놓는 것처럼 보이지만, 사실 이때의 '없다'라는 말은 이리가레의 오해와 달리 말 그대로 성적 욕망을 지닌 육체적 존재로서 여성을 부인하는 뜻이 아니라 상징적 기표로 재현될 수 있는 보편적 본질로서 여성은 없다는 의미다. 페미니스트들로부터 엄청난 분노를 자아낸 이 문장의 의미를 제대로 이해하려면 토막난 채 인용된 이 문장의 나머지 부분을 함께 읽어야 한다. 라캉이 말한 원문은 "보편을 가리키는 대문자 W로 쓰인 그런 여성은 존재하지 않는다There is no such thing as Woman, with a capital W indicating the universal"이다. 이 문장을 통해 라캉이 전달하고자 하는 바가 '보편'으로 존재하는 여성은 없다는 뜻이라면, 그것은 자기 동일적 남성 담론을 벗어난 여성적 존재의 '있음'을 남성 담론의 틈새나 균열 속에서 찾는 이리가레의 입장과 양립하지 못할 이유가 없다. 이리가레 자신도 자기 동일적 남성 담론하에서 남성 담론을 '반사하는speculative' 여성과 남성 담론에 의해 지워졌으나 완전히 삭제되지 않고 남성 담론의 '잉여excess'로 존재하는 여성을 구분하고 있다. 반사적 여성성은 남성이라는 하나의 성만 존재하는 일원론적 이항 대립 구도에서 남성을 반사하는 종속적 대립물로 구성되는 여성성이다. 하지만 잉여적 여성성은 이런 일원론적 이분법의 구도에 속하지 않으며 이분법에 기반을 둔 차이의 담론(모이와 크리스테바에 의해 2단계로 명명되는 여성성 담론)을 통해서도 잡히지 않기 때문에 명명되거나 지시되거나 형상화될 수 없다. 그것은 남근 로고스 담론의 가능성의 조건이지만 존재론적 규정이 없기 때문에 존재한다고 말할 수도 없는 방식으로 존재한다. '파열적 잉여disruptive excess'란 이런 역설적 방식으로 존재하는 여성성을 가리키기 위해 이리가레가 고안한 용어다. 뒤에 다시 거론하겠지만 남성적 상징질서에 의해 지워진 채 존재하는 여성성, 상징질서의 결여와 틈새를 통해 부정적으로 자신을 드러내는 여성성을 라캉도 '여성적 주이상스feminine jouissance' 혹은 '보환적報還的 주이상스supplementary jouissance'라 부르고 있다. 그것은 남근적 재현 질서 '안'에서 남근과 관계를 맺고 있는 여성과는 다른 여성성의 가능성을 인정한 것이다.

여성과 여성성을 바라보는 라캉과 이리가레의 입장을 다소 길게 설명한 것은 프로이트와 라캉에 대한 이리가레의 과격한 비판과 그 비판을 증폭시켜 라캉을 남근 중심주의자로 낙인찍은 후대 페미니스트들의 해석에도 불구하고 남성적 상징질서에서 여성의 존재 방식을 바라보는 라캉과 이리가레의 이론 사이에 '결정적' 차이를 찾기 어렵다는 점을 말하려는 의도가 있긴 하지만,[9] 크리스테바와 모이가 구분하는 페미니즘의 2단계와 3단계가 명확하게 구분되지 않는다는 것을

---

9. 물론 '두 입술two lips' 개념이 말해주듯 잉여적 여성성을 여성의 육체적 경험에서 찾으려고 하는 이리가레의 방식이 생물학적 함의를 훨씬 더 많이 풍기는 느낌을 주는 만큼, 이리가레가 라캉보다 본질주의의 함정에 빠져 있다는 비판에 더 많이 노출되어온 것이 사실이다. 모이가 그녀를 2단계에 속한다고 할 수 있는 본질주의에 넣는 것도 이 때문이다. 하지만 라캉에 대한 이리가레의 명시적 반박에도 불구하고 여성성을 바라보는 두 사람의 시각에 근본적 일치점이 있다는 것이―강조점에 차이가 있을 수 있지만―내 생각이다. 이 장에서 부분적으로 다루고 있긴 하지만, 이 문제는 두 이론가에 대한 보다 자세한 비교를 통해 검증해야 할 사안이다.

지적하기 위해서이기도 하다. 이 모호성은 더 세련된 이론을 통해 지양될 수 있는 이론적 미숙성의 표시라기보다는 가부장적 질서 속에서 남성적 보편주의에 견인되지 않고 성적 특수성을 지닌 존재로서 여성임을 주장하려고 할 때 피할 수 없는 문제다.

　이러한 담론의 자장 안에서 등장한 주디스 버틀러의 『젠더 트러블』(1990)은 성차에 대한 기존 페미니즘의 문제의식과 인식의 지형을 변모시킨 책이다.[10] 3년 뒤 발표한 『문제는 몸이다』(1993)[11]와 함께 이 책은 여성을 본질화하는 모든 시도에 해체의 메스를 가차 없이 들이대면서 '여성은 존재하지 않는다'라는 주장을 극단으로 밀어붙이고 있다. 특히 그는 남성과 대립되는 존재로 여성을 설정하고 그렇게 설정된 여성이 보여주는 성적 특성을 옹호하는 페미니즘의 경향이 기존의 성별 규범을 무비판적으로 따르는 이성애 중심주의에 경도된 것이라고 비판한다. 기존 페미니즘이 유지하려고 하는 성차 자체를 이성애 중심주의의 산물로 여기는 것이다. 성차에 대한 버틀러의 비판은 어느 한 젠더로 자신의 젠더 정체성을 고정시킬 수 없는 성소수자의 문제를 이론적으로 해결하려는 실천적 고민에서 비롯된 것으로, 페미니즘에서 당연시되어온 섹스, 젠더, 성차 등의 범주를 심문에 붙이려는 강력한 해체적 충동에 의해 추동되고 있다. 『젠더 트러블』의 부제인 '페미니즘과 정체성의 전복'은 그동안 페미니즘─게이, 레즈비언 운동도 포함하여─을 지배해온 정체성의 정치학을 뒤집으려는 강한 전복적 욕구가 그의 사유의 근간에 자리잡고 있음을 드러낸다.

---

10. 버틀러 이론 전반을 소개, 정리하는 국내 연구서는 임옥희, 『젠더의 조롱과 우울의 철학: 주디스 버틀러 읽기』(여이연, 2006); 조현준, 『주디스 버틀러의 젠더 정체성 이론: 퀴어 정치학과 A. 카터의 『서커스의 밤』』(한국학술정보, 2007) 참조.
11. 이 책은 국내에 다른 제목으로 소개되었으며 서지사항은 다음과 같다. 주디스 버틀러, 『의미를 체현하는 육체』, 김윤상 옮김 (인간사랑, 2003).

버틀러가 정체성의 정치학을 해체하는 방식은 크게 두 가지다. 하나는 1960년대 이후 페미니즘의 공리처럼 여겨져온 섹스/젠더 이분법을 무너뜨려 섹스 자체를 젠더의 효과로 구성하는 것이고, 다른 하나는 여성과 남성이라는 두 젠더 자체가 자신 속에 이미 다른 젠더를 포함하고 있는 불안정한 구조물임을 드러내는 것이다. 버틀러에 따르면, 섹스가 젠더의 효과에 불과하다면 젠더와 구분되는 성차 개념도 유지하기 힘들어진다. 또 남성 속에 여성이, 여성 속에 남성이 이질적 젠더로 합체되어incorporated 있다면 남성과 여성이라는 안정된 젠더 정체성도 유지될 수 없다. 섹스, 젠더, 성차, 젠더 정체성 등 단단해 보이는 모든 것이 그가 몰고 온 해체의 바람에 녹아내린다. 남은 것은 수행적 행위를 통해 가변적으로 구성되는 복수적 젠더들의 유희다. 자유롭게 갈아입는 옷처럼 젠더(들)은 우리가 잠시 걸치는 가장 masquerade이 된다. 자신을 다양하게 연출할 수 있는 자유로운 가장을 방해하는 강압적인 제도 규범을 해체하는 것이 정치적으로 필요한 일일 뿐 아니라 현 단계 페미니즘에 긴요하게 요구되는 실천적 과제라는 것이 버틀러의 생각이다. 해체되어야 할 제도 규범에는 이성애 틀에 갇힌 주류 페미니즘도 포함되며, 이와 함께 이분화된 젠더 정체성에 '트러블'을 일으켜야 한다는 것이다. 하지만 나는 남성과 구분되는 구체적 몸을 지닌 존재로서 여성을 시야에서 놓치지 않으려면 젠더의 가면 놀이로 환원될 수 없는 성차의 범주를 포기할 수 없다고 생각한다. 물론 성차를 유지하는 것이 반드시 젠더 유희를 배제하는 논리로 이어질 필요는 없다. 하지만 젠더의 구성과 탈脫구성 기획이 성차를 지워버리는 방향으로 흐르는 것은 경계해야 한다. 버틀러가 이성애 중심적 페미니즘에 제기한 도전적 문제의식을 수용하면서도, 여성이 여성으로서 '존재'하려는 모험을 포기할 수 없는 한 이리가레와 라캉이 전개하는 성차 논의는 여전히 유효한 페미니즘의 화두다.

이 글은 성차화된 존재로서 여성이 페미니즘에서 어떻게 사유되어야 하는가라는 문제의식하에 버틀러의 논의를 정신분석학적 시각에서 비판적으로 읽어보려고 한다. 이를 통해 섹스, 젠더, 성차, 성정체성 등 그가 해체의 대상으로 삼고 있는 주요 개념들을 더 정밀하게 이해해보고자 한다.

2. 섹스/젠더 이분법의 해체

"여성은 여성으로 태어나는 것이 아니라 만들어진다"라는 보부아르의 문장은 여성 억압적인 사회문화의 성격을 드러낸 페미니즘의 명제로 받아들여져왔다. 가부장제 사회에서 여성이 남성보다 열등한 존재가 된 것은 여성이 타고 태어나는 생물학적 조건 때문이 아니라 거기에 덧붙여진 사회문화적 의미 때문이라는 것을 이 문장이 압축적으로 전달하고 있기 때문이다. 여성의 열등함이 생물학적 조건에서 기인한다면 여성이 역사적으로 처하게 된 종속적 위치는 벗어날 수 없는 운명이 된다. 이런 운명론에서 벗어나기 위해서는 생물학적으로 '주어진 것'과 사회문화적으로 '구성되는 것'을 구별해낼 필요가 있었고, 섹스/젠더는 이 필요성에 부응하는 유용한 구분이었다. 물론 섹스와 젠더 사이에 연관 관계를 설정할 것인지, 또 설정한다면 어떻게 할 것인지에 대해서는 이견이 있을 수 있지만, 섹스가 젠더의 본질이자 원인이라는, 여성 억압을 정당화하는 논거로 오랫동안 동원되어온 이데올로기는 반격할 수 있었다.

버틀러는 섹스/젠더의 이분법에 내재되어 있는 섹스의 선재성先在性, 불변성不變性, 불구성성不構成性이라는 세 가지 전제에 도전한다.

섹스의 불변적 성격이 문제시된다면 '섹스'라 불리는 이 구성물은 젠더만큼이나 문화적으로 구성된 것이다. 섹스는 이미 언제나 젠더이고, 그 결과 섹스와 젠더의 구분은 구분이 아니게 된다.[12]

섹스를 젠더의 효과로 재배치하고자 하는 버틀러의 의도를 이보다 더 선명하게 보여주는 문장은 없다. 섹스는 젠더가 덧붙기 전에 존재하는 어떤 주어진 실체가 아니라 젠더와 마찬가지로 사회적으로 만들어진 것이다(구성성). 사회적으로 만들어진 것이라면 섹스는 불변하는 것이 아니라 사회적으로 바꿀 수 있으며(가변성), 시간적으로도 젠더에 선행한다고 말할 수 없다(동시성 혹은 사후성).

섹스/젠더 이분법에 내재되어 있는 '삼불三不'을 해체하려는 버틀러의 기획이 궁극적으로 도달하게 되는 곳은 자연의 소거消去다. 지금까지 섹스가 자연이고 젠더가 문화로 구분되었다면 섹스의 젠더화가 도달하는 최종 종착점은 자연의 문화화이기 때문이다. 이제 자연은 문화의 결과이자 효과에 지나지 않게 된다. 페미니즘이 섹스와 젠더를 다른 범주로 구분했던 것은 여성 억압의 생물학적 결정론과 숙명론을 벗어나기 위해서였는데, 버틀러는 이 구분 속에 남아 있던 자연의 미미한 흔적마저 철저하게 정리한다. 인간의 문화에 맞서는 자연의 마지막 저항까지 최종적으로 물리치면 인간의 작업에 방해가 될 세력은 더이상 존재하지 않는다. 이제 인간의 운명은 오로지 인간 자신에게만 주어진다.

물론 인간이 만들었다고 해서 인간이 주인이 되는 것은 아님은 1960년대 이후 서구에서 전개되어온 다기한 반인간주의적 담론 구성

---

12. Judith Butler, *Gender Trouble: Feminism and the Subversion of Identity* (New York: Routledge, 1990), 7쪽.

주의가 우리에게 익히 보여준바, 버틀러 역시 이 전통 속에 있음은 두말할 나위도 없다. 인간 주체는 담론과 권력의 효과라는 푸코의 초기 입장이 보여주듯, 반인간주의적 담론 구성주의에서는 인간이 담론을 만드는 것이 아니라 담론이 인간을 만든다고 본다. 버틀러처럼 수행성performitivity 개념을 도입하여 구성하는 행위의 능동성을 인정하는 경우에도 행위 뒤에 행위자가 존재한다고 말하지 않으며 행위가 행위자의 의도를 투명하게 반영한다고 말하지도 않는다. 행위자는 행위를 통해 가변적으로 구성되며 행위자의 의도를 초과해서 형성된다.[13] 하지만 담론의 효과로서 형성된 사회적 구조물을 마음대로 바꿀 수는 없다 해도 주체가 탈脫구성하거나 달리 구성할 가능성은 언제나 열려 있다. 이 탈구성의 가능성 혹은 재구성의 가능성을 열어두기 위해 자연의 불변성 혹은 고정성과 대립되는 담론의 우연성contingency이나 가변성을 강조하는 것이다. 버틀러가 담론적 구성물인 젠더에 선행하는 섹스를 해체하고자 하는 것도 비슷한 맥락에 있다. 담론 혹은 기표로 명명되는 우연적 의미화의 영역(젠더)이 사회적 투쟁의 장이 되면 의미화할 수 없는 것(섹스)의 지배로부터는 벗어나게 되는 것이다. 버틀러가 섹스를 문화에 선행하는 자연적 소여가 아닌, 문화적 구성물로, 따라서 섹스/젠더의 구분 자체를 구분이 아닌 것으로 만드는 이유가 이것이다.

버틀러는 젠더와 변별되는 범주로서의 섹스가 해체되면 그와 함께 성차도 자연히 그 의미를 상실하게 된다고 생각한다. 그에게 성차란 생물학적 범주, 즉 섹스에 근거해서 형성되는 여성과 남성의 차이이기 때문이다. 이러한 전제를 바탕으로 버틀러는 일차적으로 성차를 젠더의 구성물로 바꾸어야 하고 궁극적으로 남녀 양성의 이분법적

---

13. 같은 책, 142쪽 참조.

대립 구도 아래 구성되는 젠더 차이gender difference도 해체해야 한다고 생각한다. 이 기획의 진행 과정에서 부분적으로 활용되는 장치가 정신분석학이다. 그는 가부장적이고 이성애 중심적인 제도 규범하에서 젠더 정체성이 형성되는 젠더화 메커니즘gendering mechanism을 설명하기 위해 라캉 정신분석학을 일부 원용하면서, 라캉 정신분석학의 초석이라 할 수 있는 '근친상간 금기'와 '오이디푸스콤플렉스' 개념에 대해서는 지속적으로 문제를 제기한다. 이 개념들이 이분화된 젠더 정체성을 형성하는 이성애적이고 가부장적인 상징적 규범 그 자체이고, 정신분석학은 이 규범으로부터 어떤 '비판적 거리'도 유지하지 않을 뿐 아니라 오히려 그 규범을 공고히 하는 규율 담론이라고 생각하기 때문이다.[14] 특히 버틀러는 근친상간 금기에 선행하는 동성애 금기를 라캉 정신분석학이 억압하는 무의식으로 읽어내면서 동성애 금기가 이성애적 젠더를 구성하는 제도적 매트릭스의 하나임을 지적하는데, 이는 이성애 젠더 정체성 속에 이미 동성애 욕망이 '부인된 애착disavowed attachment'으로 들어와 있음을 밝힘으로써 이성애적 젠더의 불확정성을 드러낸다. '우울증적 동일시melancholic identification'라 이름붙일 수 있는 젠더화된 주체 구성의 심리적 기제가 라캉 정신분석

---

14. 라캉 정신분석학이 가부장적 상징질서하에서 남자와 여자가 성차적 주체로 형성되는 메커니즘을 분석하는 '기술적descriptive' 담론인가, 아니면 이 질서 자체를 따라야 할 이상으로 옹호하는 '규범적prescriptive' 담론인가는 페미니즘 내에서 오랫동안 논란이 된 쟁점이다. 남근phallus(상징적 기표)과 음경penis(생물학적 기관)의 구분은 라캉 정신분석학이 프로이트에게 남아 있던 생물학적 잔재를 털어내고 남성적 특권을 기준으로 구조화된 상징질서에서 남자와 여자가 차별적으로 형성되는 과정을 설명하고자 한다는 점을 보여주는 이론적 시도지만, 남근과 음경 사이에 모종의 연관성을 라캉이 암묵적으로 설정하고 있는 것은 아니냐는 페미니스트들의 의혹은 여전히 존재한다. 이 논쟁을 다시 끌어내는 것이 싱겁게 느껴지는 것은 남성 대가의 글에 잔존해 있는 남성 중심적 편향을 지적하고자 하는 페미니스트들의 정당한 비판에 공감하지 않아서가 아니라, 그러한 비판이 성 구분에 대한 한층 명시적 설명이 시도되는 후기 라캉 이론을 제대로 포괄하지 못하고 있기 때문이다.

학의 시각에서 어떻게 해석되어야 하는가는 나중에 다시 거론할 것이다. 우선 우리가 논의하는 이 단계에서 지적해야 할 것은, 젠더화된 주체 구성을 설명하는 버틀러의 이론에서 성차 범주는 사라지고 젠더 범주만 남게 된다는 점이다. 앞서 설명했듯이 그에게 성차란 섹스의 부산물에 지나지 않기 때문에 섹스가 없어지면 성차도 사라진다.

하지만 성차는 생물학적 섹스와 동일한 것이며 섹스가 없어지면 자동적으로 폐기되어야 하는가? 생물학적 소여所與로서 섹스는 존재하지 않고 문화적 젠더만 존재한다는 버틀러의 시각은 정당하며 여성의 현실을 분석하고 해방을 모색하는 데 적절한가? 첫번째 질문이 두번째 질문과 동일한 이론적 위상에 있는 것은 아니다. 성차를 옹호하는 입장이 생물학적 섹스의 존재를 인정하는 입장과 반드시 일치하는 것은 아니기 때문이다. 정신분석학 지향의 프랑스 페미니스트들은 생물학적 섹스로도 사회문화적 젠더로도 환원되지 않는 차원에 성차를 위치시키고자 한다. 섹스/젠더 구분법을 따르면서 동시에 해체하는 버틀러의 이론적 기획과 구분되는 이들의 독특한 문제 설정은 성차의 유지가 필요함을 주장하는 나의 논지와도 상통하는 중요한 부분이지만, 이 문제에 본격적으로 들어가기 전에 앞서 던진 두번째 질문에 좀더 머물도록 하자. 우리는 자연적으로 주어진 섹스의 해체가 곧바로 여성에게 해방적이라는 근자에 널리 수용되는 전제를 비판적으로 검토해볼 필요가 있다. 본질론의 해체라는 우리 시대의 대세 속에서 정작 인간의 삶, 아니 여성의 삶에서 자연적 요소가 갖는 의미는 제대로 이해되지 못하는 아이러니한 현상이 일어나고 있기 때문이다.

앞서 지적했듯이, 페미니스트들이 섹스/젠더를 구분한 것은 여성 억압을 정당화하는 이데올로기인 생물학적 결정론을 벗어나기 위해서였다. 하지만 자연의 일부인 인간에게 주어진 자연적 요소를 인정하면 곧바로 생물학적 결정론에 빠졌다고 비판하는 것은 '자연'에 대한 극단적 혐오이거나 자연을 인간 마음대로 주무를 수 있는 텅 빈 대상으로 여기는 인간의 오만이다. 자연적으로 주어진 것을 인정하는 것이 '본질론'일 수는 있지만, 본질의 인정이 필연적으로 생물학적 결정론으로 치닫는다는 주장은 논리적 비약이다. 나오미 쇼어의 글 제목에 빗대어 말한다면 "본질론은 하나가 아니다."[15] 본질론이 위험한 것은 자연적으로 주어진 것으로부터 여성 억압이라는 사회적 현상을 '필연적으로' 도출할 때다. 말하자면 여성이 가부장적 사회에서 열등한 위치나 열등한 존재로 재현되는 방식은 생물학적 조건에 의해 '결정'되는 것이 아님을 주장하면서도, 우리는 임신, 출산과 관련된 여성의 생물학적 특성이 여성의 경험에 영향을 미친다는 점을 인정할 수 있다. 모이의 지적처럼 이런 입장이 본질론이라면 그것은 결코 부정적이지 않다.[16] 이 점에서 로빈 웨스트의 의견은 경청할 만하다. 일단 그는 여성이 어머니 역할을 담당하는 것이 생물학적 조건의 당연한 귀결이라는 입장을 단호하게 거부하지만 여성 고유의 경험까지 부인하지는 않는다. "남성도 어머니 역할을 할 수 있다. ……하지만 대부분의 남성은 그렇게 하지 않는다. 그 이유 중 하나가 남성의 특권"이다.[17] 나아가 그는 남성 중심적 사회체제에서 다른 육체적 조건 때문에 여성이 겪어야 하는 특유의 경험이 법적으로 대변되고 문화적으로 표현되어야 한다고 생각한다. 여성의 생물학적 특성을 임신, 출산, 양

---

15. Naomi Schor, "This Essentialism Which Is Not One: Coming to Grips with Irigaray," in *The essential difference*, edit. by Naomi Schor and Elizabeth Weed (Bloomington and Indianapolis: Indianapolis University Press, 1994).
16. Toril Moi, *What Is a Woman?* (Oxford: Oxford University Press, 1999), 37쪽 참조.
17. Robin West, "Jurisprudence and Gender," in *University of Chicago Law Review*, 55.1(1988), 71쪽.

육과 연관된 모성 체험과 연결시키는 웨스트의 주장은 조심스럽게 수용되어야 할 것이다. 이러한 주장은 여성이라면 누구나 당연히 어머니 역할을 수행해야 하는 것으로 규정하면서 여성에게 출산과 양육이 선택이 아닌 의무로 지워지는 부작용을 초래할 수도 있고, 어머니가 되지 않는 여성들을 법의 보호망에서 배제하는 여성 내부의 차별 논리로 악용될 수도 있기 때문이다.[18] 하지만 이런 부작용과 악용의 가능성 때문에 여성이 경험하는 육체적 체험을 지워버리고 그들의 권익을 보호하려는 노력을 포기할 수는 없다.

3. 성차와 정신분석학적 문제 설정

이제 섹스 범주의 해체가 성차의 삭제로 이어지는 버틀러의 논의에서 발견되는 문제로 들어가보자. 이를 위해 정신분석학에서 말하는 성차의 개념을 이해할 필요가 있는데, 그 함의의 일단을 우리는 sexual difference라는 영어 단어에서 찾을 수 있다. 이 단어는 남녀의 성별 sex을 섹슈얼리티sexuality와 결합시킬 수 있는 형용사 'sexual'을 포함한다. 우리말의 '성차'도 '성별 차이'와 '성의 차이'를 아우를 수 있는 용어다. 정신분석학에서 성차는 남녀의 해부학적 차이를 가리키는 것도 아니고 사회문화적 질서가 구성해낸 젠더 정체성의 차이(상징계적 차이)를 의미하는 것도 아니다. 그것은 젠더 정체성을 위협하고 전복

---

18. 최근 우리 사회에서 아이를 낳지 않는 여자들은 출산율 저하의 장본인으로 낙인찍혀 도덕적으로 비난받을 뿐 아니라 국가에서 제공하는 각종 지원에서도 배제되고 있는 실정이다. 하지만 여성의 출산은 인구 재생산이라는 국가의 기획에 쓰여야 하는 도구가 아니다. 최근 일어나고 있는 출산율 저하 현상은 아이를 낳고 기를 수 있는 사회적 조건은 마련하지 않은 채 여성에게 그 부담만 지우는 사회구조에 맞서 여성들이 벌이는 집단적 출산 파업이라 할 수 있다.

하는 무의식적 섹슈얼리티 구조의 차이(라캉식으로 표현하면 실재적 차이)를 가리킨다. 이런 시각에서 보면 버틀러가 시도하는 '섹스의 젠더화'(섹스를 젠더로 바꾸기)는 섹슈얼리티에서 일어나는 훨씬 근원적인 여성과 남성의 차이를 지워버리는 것이다. 정신분석학의 성차 개념이 섹스를 자연적으로 주어진 것으로, 젠더를 사회문화적으로 구성된 것으로 나누는 통념적 구분 그 어느 쪽에도 부합하지 않는 것은 섹슈얼리티를 바라보는 정신분석학의 독특한 시각과 연결된다.[19] 프랑스 이론에서 촉발된 성차 개념이 미국 학계에서 상반된 방식으로 수용되어온 것도 이와 무관하지 않다. 이를테면 미국 페미니즘 이론에서 이리가레가 말하는 성차는 한편에선 '상징적' 현상으로 긍정되는가 하면, 다른 한편에선 언어와 재현에 대한 그의 거듭된 강조에도 불구하고 생물학적 본질주의의 함정에 빠진 분석으로 비판받는다. 이런 상반된 반응은 정신분석학에 대한 명시적 비판을 전개하면서도 기본적으로 그 틀 속에서 성차 개념을 이론화했던 이리가레의 특징이 제대로 이해되지 못한 까닭이다.

이 점을 밝히기 위해선 섹슈얼리티가 정신분석학에서 해석되는 방식을 검토해볼 필요가 있다.[20] 성별 차이를 가르는 중요한 기준이 섹슈얼리티(성충동과 성욕망)와 맺는 관계라고 하는 것은 인간의 삶에서 섹슈얼리티가 차지하는 중요성을 정신분석학이 인정한 것이다. 그런

---

19. 라캉 정신분석학의 성차 문제를 탁월하게 정리한 글을 보려면 Joan Copjec, "Sex and the Euthanasia of Reason" in *Read My Desire: Lacan Against Historicists* (Cambridge: The MIT Press, 1995) 참조. 국역본의 서지사항은 다음과 같다. 조앤 콥젝, 「성과 이성의 안락사」, 슬라보예 지젝 외, 『성관계는 없다』, 김영찬 외 편역(도서출판b, 2005) 참조.
20. 나는 「"여자는 무엇을 원하는가?": 라캉 정신분석학이 여성의 몸에 대해 말해주는 것들」, 『라깡과 현대정신분석』 제4권 제1호(2002년)에서 라캉 정신분석학이 성차와 섹슈얼리티를 논의하는 방식을 다룬 적이 있다. 아래의 논의는 그 글에서 일차지적한 사항을 부분적으로 재구성한 것이다.

데 쾌락을 추구하는 인간의 근원적 욕망이라 할 수 있는 성충동sexual drive은 순전히 생리적인 만족에 지나지 않는 본능instinct과 달리 인간이 상징질서에 들어가면서 상징적 타자들(이미 상징적 세계 속에 살고 있는 타인들)과의 관계 속에서 비로소 형성되는 것이라는 점에서 '자연적'이라 할 수 없다. 성충동은 생물학적·신체적 과정을 의미화 작용이 일어나는 의미의 그물망 속으로 삽입시킴으로써 발생한다. 이 성충동의 출현과 더불어 인간의 육체는 생리적 질서를 따르는 '유기체organism'에서 사회적 의미가 각인된 '몸body'으로 바뀐다. 히스테리 환자들이 보여주는 육체적 증상은 인간의 섹슈얼리티가 심리적인 의미화 질서에 종속되어 있음을 보여주는 생생한 증거다.

인간의 섹슈얼리티가 상징질서에 종속되어 상징적 타자들과의 관계 속에서 형성된다는 것은 그것이 즉각적 욕구 만족의 세계에서 '결핍lack'이 존재하는 세계(타자에게서 만족을 구해야 하므로 필연적으로 완전한 만족이 불가능한 곳이면서, 동시에 타자와의 완전한 합일이나 지배로부터 주체가 이탈할 수 있는 자유의 공간이 열리는 세계)로 들어선다는 것을 의미한다. 인간이 자연에서 떨어져나와 다른 인간들이 거주하고 있는 상징적 재현의 질서로 들어갈 것을 명령하는 법이 정신분석학의 '상징적 법the Symbolic Law'이다. 그런 의미에서 상징적 법은 인간이 동물에서 인간으로 태어나기 위해 결코 피할 수 없는 초월적 '명령imperative'이다. 찰스 셰퍼드슨이 명료하게 설명하듯이, 상징계라는 라캉의 용어가 인간-동물이 자연에서 떨어져나와 상징질서에 종속되는 기표의 논리를 가리키는 것이 아니라 다양한 사회구성체, 다양한 상징화의 형식을 가리킨다면, "주체의 구성constitution of subject" 문제와 "주체성의 역사적 형성historical formation of subjectivity"을 기술하는 역사주의적 과제는 엄연히 구별되어야 한다.[21] 물론 주체성이 각 시대마다 다르게 형성되어온 역사적 과정을 이해하는 일이나 특정한 형태로 만들어진 주체성을 다른 형태로 변모시키려는 실천적 노력은 중요하다. 역사 속 존재로서 여성이 (혹은 남성이) 특정한 역사적 국면에 개입하여 주체성에 변화를 일으킬 필요나 권리는 당연히 인정되어야 한다. 하지만 가변적인 주체성의 형성과는 다른 차원에 존재하는 주체 구성의 문제가 무시되어서는 안 된다. 버틀러처럼 섹스/젠더의 이분법을 문제삼으면서 섹스 범주를 과격하게 해체하고 여성과 남성의 차이를 젠더 정체성에 국한시키는 것으로는 주체 구성의 차원에서 이루어지는 성차의 문제를 해명할 수 없다. 그것은 남녀를 구분하는 초월적 명령으로서의 상징적 법을, 젠더 차이를 생산하는 역사적이며 우연적인 문화적 '관습convention'으로 대체하는 것이다. 성차는 인간이 역사의 어느 시점에 만들어냈지만 다른 문화에 의해 대체될 수 있는 가변적이며 우연적인 현상이 아니다. 버틀러가 말한 젠더 '가장'처럼 몸에 걸쳤다가 벗어던질 수 있는 문화적 패션은 더더욱 아니다. 우리가 흔히 이해하는 젠더 역할gender role과 성차를 개념적으로 구분해야 하는 것이 이 때문이다.[22]

정신분석학에서 성차는 상징계에 진입하면서 형성되는 것이지만 상징적 '정체성identity'으로 환원되는 것은 아니다. 오히려 성차는 상징적 정체성이 실패하는 지점, 무의식적 충동으로서 섹슈얼리티가 출현하는 지점에서 형성된다. 다시 말해 그것은 상징계가 남자와 여자를 달리 구성하는 젠더 정체성, 이른바 '남성다움'과 '여성다움'을 가리키는 것이 아니라 상징계에 들어가면서 인간이 상징화될 수 없는 실재로서의 성충동과 맺는 상이한 관계를 가리킨다. 이런 점에서 성차는 정체성이 아닌 '주체subject'의 차원에 위치해 있다. 왜냐하면 정

21. Charles Shepherdson, *Vital Signs: Nature, Culture, Psychoanalysis* (New York and London: Routledge, 2000), 90~91쪽.
22. 같은 책, 85-88쪽 참조.

신분석학에서 주체는 상징계의 호출에 응답함으로써 특정한 정체성을 취하는 존재가 아니라 상징계가 부여하는 이 정체성이 실패하는 지점, 상징계에 의해 구성되긴 하지만 상징적 차원을 초과하는 영역과의 만남에 의해 생겨나기 때문이다. 라캉은 이 실패하고 초과된 영역을 실재the Real라 부르고 섹슈얼리티를 이 차원에 위치시킨다. 한편 실재계에 속하는 '대상 a'는 상징적 기표의 세계로 들어가면서 인간이 상실하지만 완전히 사라지지 않고 그 흔적을 뒤에 남기는 대상이다. 주체는 이 실재-대상을 통해 자신의 '존재being'를 되찾고자 한다. 실재는 상징질서가 배제하려고 하지만 결코 배제되지 않으면서도 상징계에 포괄되지 않는 잉여이며, 상징계의 불가능성을 드러내는 "비역사적 중핵unhistorical kernel"이다.[23] 정리하면, 성차란 남자와 여자가 실재와 맺는 두 가지 다른 방식을 가리킨다. 따라서 그것은 상징적 젠더 정체성 차원에서 남녀의 차이를 가르거나 그 차이에 혼란을 일으키려는 입장과는 구분된다. 전자가 가부장제 사회에서 여자가 남자와 다르게 구성되는 과정을 정신분석학의 차원에서 이론화한 초창기 정신분석학적 페미니스트들의 입장이라면,[24] 후자는 고정된 상징적 젠더 정체성에 트러블을 일으키려는 버틀러의 입장이라 할 수 있다. 하지만 두 경우 모두가 누락한 것은 다름아닌 실재의 차원에 존재하는 성차다. 인간의 삶에 심대한 영향력을 미치는 실재의 수위에서 형성되는 남녀의 차이를 고려하지 않는 여성에 대한 이해는—남성도 마찬가지지만—피상적인 이론에 불과하다.

---

23. Slavoj Žižek, *Enjoy Your Symptom!: Jacques Lacan in Hollywood and Out* (New York: Routledge, 1992), 81쪽.

24. 이러한 입장을 대표하는 학자가 줄리엣 미첼이다. Juliet Mitchell, *Feminism and Psychoanalysis: Freud, Reich, Laing, and Woman* (London: Vantange Books, 1974) 참조. 그는 이 책을 통해 영미권 페미니즘에 프로이트 정신분석학에 대한 시각 전환을 이룩했다는 평가를 받았다.

4. 성차는 어떻게 구성되는가?—라캉의 성 구분 도식[25]

중성적 혹은 보편적 주체만을 의식했던 전통 철학과 달리, 정신분석학에서 인간은 처음부터 성차화된sexed 주체로 설정된다. 성적 실재를 재현하지 못하는 상징계의 실패가 성에 따라 달리 나타나기 때문이다. 그렇다면 구체적으로 이 실패는 남자와 여자에게 어떻게 달리 나타나는 것일까?

프로이트의 설명을 따르면, 인간은 거세를 받아들임으로써 이른바 '정상적' 남성다움(남아가 사랑의 대상이었던 어머니를 포기하고 아버지와의 동일시를 통해 획득한 남성다움)과 여성다움(여아가 사랑의 대상이었던 어머니를 포기하고 이를 아버지로 바꾼 뒤 어머니와의 동일시를 통해 획득한 여성다움)을 획득하게 되지만, 인간 주체는 이렇게 획득된 성정체성(성별 정체성)에 결코 만족하지 못한다. 아니 이렇게 구성된 정체성은 결코 안정된 것이 아니다. 앞서 말했듯이 성별 정체성은 그것이 억압하고 있는 무의식적 성욕에 의해 전복될 위험에 항시적으로 노출되어 있기 때문이다. 프로이트에 의하면 남성은 거세 불안으로, 여성은 남근 선망 때문에 지속적으로 고통당한다. 바로 이 부분의 설명이 논란의 불씨가 된다.

일부 페미니스트들은 프로이트가 말하는 페니스를 남성의 생물학적 기관 자체로 받아들여 프로이트가 남자는 음경이 있고 여자는 없는 존재로 다룬다고 비판한다. 이리가레는 프로이트가 음경의 유무에 따라 남녀를 구분짓는 것은 여성의 몸이 지닌 고유한 차이를 보지 못하고 남성이라는 동일성으로 환원한, 이른바 남근 중심주의에 빠졌기

---

25. 이 장의 논의는 다음의 글을 맥락에 맞게 수정하여 재수록한 것이다. 이명호, 같은 글, 168-175쪽.

때문이라고 비판한다.[26] 프로이트가 「성의 해부학적 차이에 따른 심리적 결과」라는 글에서 "해부학은 운명이다"라는 문제적 발언을 함으로써 이런 비판을 초래할 여지를 남긴 것은 사실이다. 하지만 문제의 그 글에서 프로이트는 남아가 여아의 생식기를 처음 보는 순간 즉각적으로 여자가 거세되었다고 생각하는 것이 아니라 이후 자신이 거세의 두려움에 직면했을 때에야 비로소 자신이 본 것에 '의미'를 부여한다고 말한다.

그(남아)는 아무것도 보지 못하거나 자신이 본 것을 부정한다. 또 그것을 무시해버리거나 그것에 대한 기대감을 충족시킬 구실을 애써 찾기도 한다. 나중에 그가 거세의 두려움에 사로잡히게 되었을 때에야 비로소 그는 자신이 본 것을 중요하게 생각하게 된다.[27]

이렇게 본다면 프로이트가 여아의 '없음'을 해부학적 구조 차원에서 단정짓고 있지 않음은 분명하다. 혼동의 여지가 있긴 하지만 여아의 거세라는 말을 통해 프로이트가 의도했던 것은 해부학적 차이 그 자체가 아니라 그 차이에 부여된 사회적 의미, 여성을 열등한 존재로 생각하는 가부장적 문화의 '의미'였던 것으로 보인다.

하지만 음경의 유무에 따라 남녀를 구분하지 않았다고 해서 프로이트가 남근 중심주의자라는 비판에서 자유로운 것은 아니다. 생물학적 결정론과는 다른 차원에서 페미니스트들은 그의 성 구분에 문제를 제기하고 있기 때문이다. 이들의 비판 내용을 요약하면, 프로이트가 남녀 모두에게 거세의 불가피성을 인정했다 하더라도 남성에겐

26. Luce Irigaray, *This Sex Which Is Not One*, 68-76쪽 참조.
27. 지크문트 프로이트, 「성의 해부학적 차이에 따른 심리적 결과」, 『성욕에 관한 세 편의 에세이』, 김정일 옮김(열린책들, 1998), 16쪽.

거세를 넘어 남근을 '소유'할 수 있는 위치를 부여하는 반면(설령 이것이 환상이라 할지라도), 여성에겐 남근을 갖지 못한 채 영원히 남근을 '선망'하는 위치를 부여한다는 것이다. 결국 여성은 거세가 거세된 '이중적 거세'에 노출되어 있고, 이것이 가부장적 사회에서 여성의 운명인 것처럼 기술된다. 1958년에 발표한 「남근의 의미」에서 라캉은 프로이트의 논의를 이어받아 상징계에서 남성은 "남근을 갖는having the phallus" 위치로, 여성은 "남근이 되는being the phallus" 위치로 구조화된다고 말했다. 물론 여기서 남성이 남근을 갖는 입장에 놓이는 것이 '실제로' 음경을 소유하고 있거나 소유할 수 있다고 말하는 것은 아니다. 되풀이하지만 거세에 종속된 이상 남자든 여자든 남근이 없기는 마찬가지이다. 없는 남근을 갖고 있는 것처럼 굴 때 "사기imposture"가 발생한다. 라캉에 따르면, 남성의 '갖기'와 달리 여성은 '되기'를 취하는데, 바로 이 부분에서 라캉은 프로이트가 페미니스트들로부터 받았던 비판과 동일한 비판, 즉 여성을 욕망의 주체가 아닌 대상으로 타자화한다는 비판에 몰린다. '갖기'의 입장을 취함으로써 남성은 남근을 획득하려는 욕망의 '주체'로 설정되지만, 여성은 '되기'의 입장을 취함으로써 남성적 욕망의 '대상'으로 떨어지고 만다는 것이다. 버틀러 또한 여성이 남근이 되고자 하는 것은 남성을 '위한' 대상이 되는 것이며to be the phallus 'for' man, 이는 그녀 자신이 욕망하는 주체가 되기를 포기하는 것과 다름없다고 비판한다.[28]

하지만 '되기'를 취하는 여성의 위치가 과연 남성적 욕망의 대상으로 떨어지는 것만을 의미하는 것일까? 여성적 '되기'는 남성적 '갖기'의 허망함을 드러내는 것은 아닐까? 아니, 남성과 여성에게는 각기 '갖기'와 '되기'라는 두 가지 선택 가능성밖에 없는 것일까? 여성도 갖

---

28. Judith Butler, 같은 책, 58쪽 참조.

기를 선택할 수는 없는 것일까? 『세미나 제20권: 앙코르』에서 라캉은 갖기와 되기의 이분법으로 설명했던 이전의 성차 논의를 재편하여, 남성과 여성이 각기 자신들이 억압해야 했던 주이상스[29]와 만나는 방식으로 설명하고자 한다. 이를 통해 라캉은 스핑크스가 던진 수수께끼를 푸는 오이디푸스처럼 여성성이라는 수수께끼, 그에 앞서 프로이트가 던지긴 했지만 제대로 풀지 못한 "여성은 무엇을 원하는가?"라는 질문에 답한다.

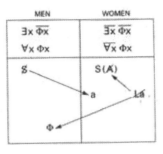

〈라캉의 성 구분 도식〉

위의 도표는 라캉이 형식논리학에서 빌려와 변형한 네 가지 판단 형식이다. 이 공식에서 ∃는 존재를, ∀는 모든/임의를, ─는 부정을 의미한다. 또한 x는 주체를, Φ는 상징계에 의해 수행되는 남근적 기능 또는 거세를 뜻하는데, 여기에서 거세의 산물인 남근은 모든 주체에게 금지된 주이상스를 가리킨다. 그림의 왼편 도식은 남성의 공식이고 오른편이 여성의 공식이다. ∀가 있는 공식은 각각 '전부'에 대해 말해주는 보편명제와 보편 부정명제이고, ∃가 있는 공식은 각각 '개

---

29. 인간에게 단순히 쾌감만을 주는 것이 아니라 고통과 파괴를 수반하는 강력한 성 충동을 가리키는 라캉의 용어로, 심리 활동의 주요한 원천인 쾌락원칙을 초월하는 개념이다.

별자'에 대해 말해주는 특수명제와 특수 부정명제이다. 도식에서 위쪽의 공식을 해석하면 다음과 같다.

남성
남근적 기능에 종속되지 않은 하나의 x가 있다.
모든 x가 남근적 기능에 종속되어 있다.

여성
남근적 기능에 종속되지 않은 하나의 x는 없다
x의 모든 것이 거세에 종속되어 있는 것은 아니다.

남성의 공식을 살펴보도록 하자. 이 공식의 보편명제는 다음과 같다. "모든 남성은 남근적 기능에 종속되어 있다." 다시 말해 모든 남성은 거세되어 있다. 하지만 이 명제는 거세에 종속되지 않은 하나의 '예외exception', 상징적 법에 구속되지 않는 예외적 존재와 역설적 관계를 갖는 한에서만 유지될 수 있다. 슬라보예 지젝이 지적했듯이, 이 예외적 인물이 『토템과 터부』에 등장하는 '원초적 아버지primal father' 이자 프로이트가 '남근적 어머니phallic mother'라 부른 거세되지 않은 어머니다. 원초적 아버지는 이미 거세되어 자신의 주이상스를 제한받은 상징적 아버지와 달리 절대적 주이상스를 향유하는 아버지이자 아들들에 의해 살해되었지만(이른바 부친 살해), 그 아들들이 법을 공표하는 순간 무덤에서 다시 일어나 주이상스를 즐기라고 명령하는 도착적 아버지다. 남근적 어머니는 남근을 갖고 있는 것으로 상상되는 전능한 어머니이자 주체를 위협하고 집어삼키는 것으로 상상되는 전제적 어머니다. 남성 공식의 아랫부분은 우리에게 익숙한 환상의 공식($\diamond$a)이다. 여기서 a는 욕망을 불러일으키는 대상, 라캉이 대상

a라 부르는 것이다. 대상 a는 상징적 기표의 세계에 들어가면서 주체가 "자신을 구성하기 위해 스스로를…… 분리시킨 어떤 것"이다.[30] 그것은 주체가 자신이 잃어버린 '존재being'를 되찾을 수 있다고 믿는 대상, 이른바 '실재the Real'를 체현하고 있는 대상이다. 하지만 그것은 주체가 영원히 붙잡을 수 없는 텅 빈 대상이며 부재하는 대상이다. 그것이 실재적 대상인 한 대상 a는 상징계를 넘어선 지점에 위치한다. 남성 주체는 자신이 잃어버린 실재를 체현하고 있는 것으로 '상상'하는 특정 대상(대개 특정 여성의 특정 부분 혹은 특정 성격)을 사랑함으로써 자신의 결핍을 메우고자 한다. 이것이 그들이 갖고 있는 '환상fantasy'이다. 이런 점에서 남성은 소유할 수 없는 잉여이자 부재로서의 대상 a를 현실에 존재하며 소유할 수 있는 대상으로 믿는 환상의 포로가 되기 쉽다. 라캉은 남근적 질서를 초월한 예외적 존재가 됨으로써 자신의 주이상스를 충족시키려는 남성적 방식을 '남근적 주이상스phallic jouissance'라 부른다.

여성의 특수 부정명제는 다음과 같다. "남근적 기능에 종속되지 않은 여성은 없다." 이 명제는 내용상으로는 남성 쪽 보편명제와 비슷한 것 같지만, '모든' 존재를 포괄하는 보편적 한정어를 쓰는 대신 개개의 '특수한' 여성들을 가리킨다는 점이 다르다. 따라서 이 명제는 여성 '일반'이 거세에 종속되어 있다고 말하기보다 '개개' 여성이 거세에서 벗어나는 경우는 없다고 말하는 것이 된다. 보편 부정명제는 "여성의 전부가 거세에 종속되는 것은 아니다"이다. 남성의 경우 "거세되지 않은 하나"가 있다고 말함으로써 거세의 규칙에 '예외'를 인정하는 방식을 취하지만, 여성 쪽의 '비전체'(라캉이 not-all이라 부르는 것)는

---

30. Jacques Lacan, *The Seminar of Jacques Lacan: The Four Fundamental Concepts of Psychoanalysis*, Book XI, edit. by Jacques-Allain Miller and trans. by Alan Sheridan (New York and London: Norton, 1998), 103쪽.

거세의 불가능성impossibility을 말한다.[31] 「여성성」에서 프로이트는 여성은 남성과 달리 거세에 완전히 종속되지 않은 무엇인가를 갖고 있고, 이런 거세의 거세(라캉적 용어로 번역하자면 결여의 결여)로 인해 남성에 비해 초자아 형성이 미약하며, 윤리적으로 정상적인 것을 판단하는 감각도 남성과 다르다고 말한다.

　여자아이에게는 거세 불안이 없으므로 남자아이를 짓눌렀던 오이디푸스콤플렉스를 극복하고자 하는 주요 모티프가…… 나타나지 않습니다. 여자아이는 그 상황에 한없이 오래도록 머물러 있게 되며, 한참이 지나서야 불완전하게 그것으로부터 빠져나옵니다. 초자아의 형성 과정은 이러한 상황 속에서 지장을 받게 되므로, 초자아는 문화적 의미를 충분히 부여할 수 있을 정도의 세기와 독립성에까지 이르지 못합니다. 이러한 요소가 평균적인 여성의 성격에 미치는 영향력을 지적하려고 하면 페미니스트들은 그것에 대해 듣고 싶어하지 않습니다.[32]

　프로이트의 많은 진술이 그러하듯, 이 진술도 페미니스트들에게 상반된 해석을 불러일으켰다. 한쪽에서는 이를 프로이트의 여성 혐오를 보여주는 명백한 증거로 예시하면서 프로이트의 남성 중심주의를 비난했고, 다른 한쪽에서는 이 진술에 근거하여 거세에 종속된 남성이 만드는 초자아적 도덕과 다른 여성적 윤리의 가능성을 읽어내고자 했다. 라캉이 택한 길은 후자다. 「남근의 의미」에서 라캉은 남성의 남근 "갖기"와 대립되는 여성의 "되기"를 설명하면서 이를 상징질서와 여성의 특수한 관계로 해석했다. 페미니스트들로부터 여성을 남성

---

31. 이 부분에 대한 보다 자세한 설명은 Joan Copjec, 같은 글 참조.
32. 지크문트 프로이트, 「여성성」, 『새로운 정신분석강의』, 홍혜경·임홍빈 옮김(열린책들, 1998), 184쪽. 번역은 약간 수정했다.

의 욕망 대상으로 전락시켰다는 비판을 불러일으켰던 문제의 진술은, 하지만, 남성적 욕망의 길과 다른 여성적 욕망의 길을 열어두는 것으로 해석될 수 있다. 「남근의 의미」에서는 이론화되지 못했던 이 여성적 욕망의 길이 "비전체"로서의 여성이라는 후기 명제가 설명하고자 하는 바다.

라캉이 구체적으로 어떻게 여성적 윤리를 도출해내고 그것이 남근적 상징질서와 어떤 관계를 갖는가에 대한 이야기는 잠시 미루고, 비전체로서의 여성적 길이 여성이 상징질서에서 취할 수 있는 유일한 선택지는 아니라는 점을 지적하도록 하자. 여성 쪽 특수 부정명제가 진술하듯, 상징질서에서 여성도 남성과 마찬가지로 거세되어 있다. 따라서 여성도 남성처럼 남근과 관계를 맺을 수 있다. 그림의 아랫부분에서 여성을 가리키는 La는 S(A̸)로 갈 수도 있고 Φ로 갈 수도 있다.(여성을 가리키는 La에 친 빗금은 상징적 기표로 재현될 수 있는 여성의 "본질"은 존재하지 않는다는 것을 의미한다. 라캉은 "여성은 없다"라는 도발적인 문장으로 본질화될 수 없는 여성의 존재 양태를 설명하고 있다.) Φ로 가는 길이 여성이 남근과 관계를 맺는 방식이다. 여성이 "갖기"의 길을 택하는 전형적 방식이 어머니가 되는 길이다. 프로이트와 라캉에게 어머니 되기는 자신이 갖지 못한 남근을 아이를 통해 대신 소유하는 방식이다. 이들은 어머니의 자식 사랑 이면에 있는 소유 욕망을 남근을 향한 욕망으로 읽어내는 것이다. 물론 크리스테바의 개입이 보여주듯 어머니가 되는 것에는 프로이트와 라캉이 생각하는 것처럼 남근에 대한 욕망으로 환원되지 않는 측면이 분명 존재하는바, 모성은 프로이트 정신분석학에서 "거대한 무"로 남아 있다.[33] 또 크리스테바 자신도 시인하듯 여성에게 모성으로 환원되지 않는 여성성의 측

---

33. Julia Kristeva, "Stabat Mater," 같은 책, 179쪽.

면이 있는 것도 사실이다.[34] 라캉이 S(A)로의 길을 통해 보여주고자 하는 것은 (가부장적) 모성으로 환원되지 않는 여성성의 길이고 이는 여성이 남근적 법 '밖'에서 '여성적 주이상스'를 향유하는 방식이다.

S(A̸)은 상징적 대타자의 결핍을 가리킨다. 여성이 이 결핍과 관계를 맺는다는 것은 남성처럼 주체 자신의 결핍과 상징계의 결핍을 드러내면서 다시 메우는 환상의 길을 택하지 않고, 양자의 결핍을 드러내는 실재를 대면한다는 것을 의미한다. 즉 상징계의 언어로는 접근할 수 없는 영역으로 빠져나가는 것, 상징적 법의 제약을 받지 않는 '너머'로 건너가는 것이다. 이런 점에서 조앤 콥젝은 라캉이 말하는 여성적 비전체의 세계를 칸트의 물자체와 연결짓는다.[35] 물자체는 오성적 범주로 이해할 수 없다. 그것은 현상계를 기술할 수 있는 오성적 범주 바깥에 있기 때문이다. 마찬가지로 여성적 비전체도 상징적 언어로 재현될 수 있는 영역 너머에 있다. 따라서 상징계 내에서 그것의 존재를 규정하는 것은 '불가능'하다. 이는 여성이 역사적으로 무한히 열린 존재이기 때문이 아니라 상징적 언어의 제한에 묶이지 않는 존재의 차원에 있기 때문이다. 이런 의미에서 여성은 남근의 기능에 종속되어 있는 상징계의 불가능성을 드러내는 존재(아닌 존재)이고 상징계의 타자이다.

---

34. 같은 글, 179-184쪽.
35. Joan Copjec, 같은 글, 201-236쪽 참조.

5. 젠더 트러블과 우울증적 동일시

앞서 서술한 라캉 정신분석학의 성차 구성 방식과 달리 버틀러는 문화적으로 구성되는 젠더 정체성을 해체하는 방식을 취한다. 버틀러가 남성/여성으로 이분화된 젠더 정체성에 트러블을 일으켜 그것을 뒤섞는 시도를 하는 것은 그녀 역시 가부장적 상징질서가 부여하는 젠더 정체성과 다른 차원에서 페미니즘의 정치성을 찾으려 하기 때문이다. 수행적 가장 행위로 젠더 구성 과정을 설명하던 초기 방식에서 근자에 들어 우울증적 동일시로 논의의 초점을 옮기고 있는 것도 '불안정한' 젠더 정체성이 형성되는 심리적 기제를 밝혀내는 데 프로이트 정신분석학이 유용한 길잡이가 되어준다고 판단했기 때문이다.[36] 버틀러에게 우울증은 상실에 적절히 대응하지 못하는 병리적 현상이 아니라 주체 속에 젠더가 형성되는 과정을 보여주는 주체 구성 기제로 재해석된다.[37] 버틀러의 입장을 점검하기 위해 프로이트의 설명을 간략히 요약하자면, 우울증melancholia은 자아가 대상을 떠나보내기를 거부하면서 대상과 자신을 동일시identify하는 심리 상태다.[38] 그런데 우울증에 나타나는 대상과의 동일시는 대상에 고착되어 있는 병리적 현상이 아니라 자아의 형성 메커니즘이기도 하다. 후기 프로이트가

---

36. 버틀러는 『젠더 트러블』에서도 이미 우울증 논의를 전개하고 있다. 하지만 『권력의 심리적 삶』(1997)과 『안티고네의 주장』(2000)에 이르면, 그의 관심이 푸코식의 '권력'에서 주체 내부에 형성되는 심리적 과정을 설명하는 쪽으로 이동하면서, 프로이트/라캉 정신분석학에 대한 그의 이론적 의존과 활용은 더 커진다.

37. 버틀러는 우울증적 젠더 정체성의 교란이 일어나고 있는 탁월한 예를 '안티고네'에서 발견한다. 안티고네의 정치성과 윤리성을 둘러싼 버틀러의 해석, 그리고 라캉과 충돌하는 구체적인 지점들은 다음 장에서 더 자세히 살펴볼 것이다.

38. Sigmund Freud, "Mourning and Melancholia," in *The Standard Edition of the Complete Psychological Works of Sigmund Freud*, The Vol. 14, edit. by James Strachey et al., trans. by James Strachey (London: Horgath Press, 1957), 243-257쪽.

설명하듯 자아 자체가 주체가 상실했지만 떠나보내지 못한 채 동일시하고 있는 대상들의 침전물이기 때문이다.[39] 버틀러에 따르면 프로이트는 이성애 사회에서 여자아이는 어머니(여자)와의 동일시를 통해 여성적 젠더 정체성을, 남자아이는 아버지(남자)와의 동일시를 통해 남성적 젠더 정체성을 형성하는 것으로 설명하는데, 이런 젠더 정체성 형성은 사랑했지만 떠나보내지 못한 대상을 자기 속으로 합체하는 우울증적 동일시의 메커니즘을 따른다. 버틀러는, 여자아이는 사랑의 첫 대상이자 동성애적 애착의 대상인 어머니를 포기한 후 어머니와 동일시하고, 아버지를 새로운 사랑의 대상으로, 궁극적으로는 아버지를 대체하는 다른 남성을 선택함으로써 '정상적인' 이성애 여성으로 젠더 정체성을 형성한다. 여기서 어머니 포기가 아버지 포기에 선행한다는 점에서 버틀러는 프로이트 정신분석학이 강조하는 근친상간 금기 이전에 이미 동성애 금기가 작동하고 있다고 본다. 더 정확히 말하자면 '정상적인straight' 이성애 여성이라는 정체성은 사랑의 첫 대상(동성)에 대한 "열정적 애착passionate attachment"을 부인함으로써, 다시 말해 애도를 거부하는 우울증적 동일시를 통해 형성된다. '정상적인' 이성애 여자는 "결코 사랑한 적이 없으며 따라서 결코 애도한 적이 없는 여자가 된다."[40] 사랑한 적도 없고 상실한 적도 없다는 "이중의 부인double disavowal"이 이성애적 젠더 정체성을 만들어낸다. 이성애 속에 동성애가 '부인된 것'으로 들어와 있다면 이성애적 정체성이라는 것 자체가 불안정할 수밖에 없다. 버틀러가 이성애 젠더 정체성을 동성

---

39. Sigmund Freud, "The Ego and the Id," in *The Standard Edition of the Complete Psychological Works of Sigmund Freud*, The Vol. 19, edit. and trans. by James Strachey (London: Horgath Press, 1957), 28-29쪽 참조.

40. Judith Butler, *The Psychic Life of Power: Theories of Subjection* (Standford: Standford University Press, 1997), 137쪽.

애 사랑의 우울증적 동일시로 설명하는 것은 금지된 동성애 욕망을 살려내려는 레즈비언으로서의 정치적 목적이 크지만, 그에 못지않게 작용하는 것이 젠더 정체성 자체를 교란시키려는 해체의 기획이다.

버틀러의 논의에서 무엇이 문제인가? 성차와 연관된 우리의 논의와 관련지어 일단 두 가지 문제를 제기할 수 있을 것이다. 먼저 프로이트의 우울증 논의를 활용하면서도 버틀러는 정신분석학에 대한 제한된 이해(혹은 의도된 곡해?) 때문에 자신이 해체하려고 하는 생물학적 섹스를 전제하는 오류를 범한다. 정신분석학에서 성별 차이가 드러나는 것은 남근의 유무, 즉 거세다. 아버지의 이름이 수행하는 거세를 받아들이면서 남자아이는 남근을 '가진to have' 존재로, 여자아이는 (남성의 욕망의 대상인) 남근이 '되는to be' 존재로 각기 다른 젠더 위치를 부여받는다. 아버지가 등장하기 이전 어머니와 이자二者 관계를 맺는 시기에는 아직 성별 차이가 존재하지 않는다. 아이에게 이 시기 어머니는 아직 '거세'되지 않은 존재, 남근을 가진 어머니phallic mother로 경험된다. 그런데 버틀러는 전前 오이디푸스기에서 여자아이가 자신을 어머니와 동일시한다는 사실에서 곧바로 여성적 정체성이 형성된다는 결론을 끌어낸다. 그는 어머니가 '생물학적으로 여자'이기 때문에 어머니와의 동일시는 당연히 여성적 정체성으로 이어진다고 보는 것이다. 우리는 버틀러가 생물학적 섹스를 젠더의 효과로 해체하려고 하면서도 섹스를 '자연스럽게' 전제하고 있음을 보게 된다. 하지만 정신분석학에서 '거세'가 발견되기 이전의 '어머니'는 아이에게 아직 '여성'이 아니다.[41]

---

41. 크리스테바가 전 오이디푸스기라 할 수 있는 '원기호계the Semiotic'에서 형성되는 어머니와 아이의 이자 관계를 '상징계the Symbolic' 아래 묻힌 억압된 것으로 밝힌 뒤 심리적 층위로 복구해내고자 하면서도 '여성적인 것'과 연결시키지 않는 것이 이 때문이다. 하지만 바로 그렇기 때문에 크리스테바에게는 어머니나 모성에 대한 이론은 있지만 여성성 이론은 없다.

다른 하나의 문제는 '실재'의 삭제와 관련되어 있다. 버틀러는 사회적 담론 차원에서 젠더 트러블을 일으킨다. 버틀러가 시도하는 것은 사회적 담론 영역에서 이질적인 복수의 정체성을 끌어들임으로써 하나의 정체성의 공간을 교란시키는 것이지 담론적 지평 너머에 존재하는 실재를 포괄하는 것은 아니다. 푸코의 영향이 짙게 배어 있던 초기의 『젠더 트러블』에서 버틀러는 권력과 담론이 젠더를 구성하는 측면을 강조하지만, 『문제는 몸이다』에 이르러서는 담론적 일원론자라는 비판에 맞서 모든 구성에 필연적으로 수반되는 외부를 '구성적 외부constitutive outside'라 부르며 받아들인다.[42] 이 외부는 지배 담론과 다른 이질적 담론이라는 점에서 바깥인 것은 사실이지만, 담론의 바깥이라고 할 수는 없다. 버틀러에게 바깥이란 지배 권력에 의해 재현불가능하고 의미화될 수 없는 방식으로 존재하기 때문이다. 이리가레의 잉여적 여성성 개념에 대해서 버틀러가 비판적 입장을 견지하는 것이나 이후 지젝과의 논쟁에서 상징계 너머에 있는 '실재' 개념을 문제삼는 것도 이와 연관된다. 버틀러에겐 상징계 바깥의 실재를 설정하는 것 자체가 형이상학적 본질론에 빠지는 것이다.[43] 버틀러는 사회적인 담론 수위에서 복수적인 정체성들이 불안하게 공존하는 상태를 열어놓음으로써 헤게모니 투쟁이 일어날 수 있도록 만들고자 한다. '젠더 트러블'이라는 그의 책 제목이 전달하고자 하는 바도 이성애적 젠더 정체성에 혼란을 일으킴으로써 하나가 아닌 '다수의' 정체성들이 불안정하게 공존하는 사회를 만들려는 것이다. 드랙 퀸drag queen(여장 남자)이 그의 논의에서 중심적 위치에 놓이는 것도 그/그

---

42. Judith Butler, *Bodies That Matter: On the Discursive Limits of "Sex"* (New York: Routledge, 1993), 4-12쪽 참조.
43. 물론 '외밀한extimate'이라는 라캉의 개념이 보여주듯 여기서 말하는 바깥이란 내부에 들어와 있는 바깥을 말한다.

녀가 남자이면서 여성의 '역할'을 수행함으로써 남성/여성의 젠더 구분에 혼란을 일으키는 존재이기 때문이다.

버틀러의 젠더 트러블 기획은 정치적으로 충분히 유의미하다. 젠더의 경계를 흐리는 것은 가부장적이고 이성애적 제도 규범이 '강제로' 할당한 이분화된 젠더 정체성을 넘어 다양한 젠더 가능성들을 실험할 수 있도록 해주는 측면이 분명 존재한다. 다양한 젠더'들'의 실험이라는 버틀러의 기획이 억압적인 '둘two'―사실은 하나―의 지배 아래 억눌려 있던 주변적 존재들에게 새로운 길을 열어주는 것은 분명하다. 하지만 내가 그로부터 비판적 거리를 유지하려는 것은 그의 논의에서 배제된 실재의 차원이 인간의 삶에서 생략되어도 무방한 것이 아니라고 생각하기 때문이다. 정신분석학의 '주체'는 사회적·상징적 정체성'들'로 포괄되지 않을 뿐 아니라 그것(들)을 내부에서 위협하는 잉여적 영역과 만나며 형성되는 것인데, 이 차원이 그의 논의에서 누락되어버리는 것이다. 상징화에 포괄되지 않는 실재를 지워버리는 것은 권력과 담론의 구성에 저항하는 차원을 삭제함으로써 주체를 상징질서에 완전히 종속시키는 것이기 때문이다.

콘스턴스 펜리가 적절히 지적했듯이 성차를 지우려는 시도는 페미니즘에서 정신분석을 제거하려는 최근의 움직임에서 뚜렷한 조류를 형성하고 있다. 이런 시도는 "페미니즘 담론의 범주를 성차에서 젠더 차이로 대체하거나―그렇게 함으로써 주체성과 섹슈얼리티의 형성에서 무의식의 역할을 삭제한다―심리적으로 분열된 주체 이론 대신 사회적으로 분리되고 모순된 주체 이론을 요구하는 형태로 나타난다."[44] 후자는 다중적 여성 주체 이론에서 나타난다. 여기서 다중성이란 여

44. Constance Fenley, "Missing m/f," in *The Woman in Question*, edit. by Elizabeth Cowie and Parveen Adams (Cambridge: The MIT Press, 1990), 7쪽.

성들이 이미 계급, 인종, 성정체성 등 다양한 사회문화적 위치position에 의해 분리되어 있기 때문에 여성이라는 단일 명칭 아래 총체화될 수 없다는 뜻이지, 개개 여성 속에 상징질서에 포괄되지 않는 무의식적 잉여가 존재한다는 의미는 아니다. 따라서 이를 동일한 범주에서 다루는 것은 곤란하다. 여성들 사이의 차이를 인정하고 그 차이를 하나의 중심으로 환원하지 말자는 논의가 문제인 것은 아니다. 그것은 당연히 필요하다. 다양한 이해관계가 충돌하는 현대사회에서 개개 여성의 삶을 구성하는 다양한 집합적 정체성들이 서로 충돌하고 연대하는 복합적 과정에 페미니즘이 훨씬 더 민감해질 필요가 있다는 것은 누구도 부인할 수 없는 당위다. 하지만 이런 당위가 여성 속에 잠재해 있는 실재의 차원을 지워버림으로써 여성을 상징질서에 완전히 종속시키는 방향으로 실현되어서는 안 된다는 사실을 기억하는 것도 중요하다. 페미니즘의 정치성을 위해서는 상징질서 내에서의 차이 못지않게 상징화되지 않는 차이를 주목하는 일도 중요하다. 물론 양자가 서로를 배척하는 방향으로 이루어질 필요는 없다. 서로가 주목하는 차원이 다르기 때문이다. 정신분석학이 주체에게서 상징질서에 완전히 종속되지 않는 차원을 인정하려는 것은 그렇게 하는 것이 개체의 고유한 차이를 동질화하려는 기도를 저지할 수 있고 무의식적 섹슈얼리티와 몸을 지닌 체현된embodied 존재로서 주체의 존엄성을 지킬 수 있기 때문이다.

6. 다시, "하나가 아닌 성"으로

"하나가 아닌 성this sex which is not one"이라는 이리가레의 표어를 하나로 묶이지 않는 다양한 여성의 삶과 이해관계를 존중하자는 사회학적 요구로만 해석하는 것은 이 표어 속에 잠재되어 있는 해방적 의미를 충분히 이해하는 길이 아니다. 여성이 '하나'가 아닌 것은 여성들이 놓여 있는 사회적 위치가 '다수'이기 때문만은 아니다. 여성의 '존재'는 현대사회에서 개인의 사회적 위치를 구성하는 삼두체제로 흔히 불리는 계급, 젠더, 인종 외에 잠재적으로 무수히 늘어날 수 있는 복수의 위치들을 덧붙이는 것으로 해명되지 않는다. 여성을—이 점에서는 남성도 마찬가지이지만—사회적 제도에 의해 구성되는 사회적 위치들의 총합으로 보는 입장은 여성 주체가 이런 사회적 제도들과 갖는 '문제적' 관계를 드러내지 못한다. 정신분석학적 지향의 페미니즘이 드러내고자 하는 것이 다름아닌 이 문제적 관계, 다시 말해 사회적 위치들로 환원되지 않는 '존재'의 차원이다. "하나가 아닌 성"이란 표현을 사용하면서 이리가레가 주목하려는 것도 바로 여성에게 있는 이 존재의 영역, 남근이라는 '하나'의 논리가 지배하는 남성적 질서에서 지워졌지만 잔여이자 잉여로 그 모습을 드러내는 (존재 아닌) 존재의 차원이다. 이 차원을 가리키기 위해 이리가레가 남성질서를 되비추는 반사적 여성성과 구분하여 잉여적 여성성이란 이름을 붙였다는 점은 앞서 언급했지만, 이 새로운 여성성은 여성 자신에게도 낯선 이질성으로, 아직 실현되지 않은 미지의 가능성으로 남아 있다. 여성이 자기 내부의 타자로 존재하는 이 여성성을 불러들이기 위해서는 남성적인 하나의 논리를 되비추는 여성성으로 길들여지거나 남성적인 하나의 세계에 편입됨으로서 유사類似 남성이 되려는 유혹 모두를 뿌리치면서 남성적 상징질서 자체를 거스르는 '존재의 모험'이 필요하다.

이리가레가 말하는 '하나'란 하나의 성(남성)만 있다는 의미이기도 하지만 개개의 고유한 단독성을 '하나'라는 전체로 환원시키는 논리를 가리키기도 한다. 이 말의 핵심은 개개의 고유한 차이를 하나의 질서로 통합시키려는 것이 바로 남성적 논리라는 것이다. 그렇다면 여성이 진정한 의미에서 여성이 되는 것은 하나 속으로 고유한 차이들을 통합해 들이는 폭력을 거부할 때, 여성 개개인을 여성이라는 집합적 보편성 속으로 끌어들이는 폭력을 거부할 때 이루어질 것이다. 라캉이 성 구분 도식에서 '여성'을 가리키는 프랑스어 'La Femme'에 빗금을 그은 것도 진정한 의미에서 여성이란 총체적 범주로 환원될 수 없는 단독적 존재라는 점을 가리키기 위해서다. 물론 이리가레처럼 라캉도 여성이 남성적인 길(남근적 향유를 따르는 길)을 따를 수도 있음을 부인하지는 않는다. 이때의 여성은 여성이지만 실은 남성을 선망하고 모방하는 유사 남성이라 할 수 있다. 라캉적 의미에서 남성이 상징적 거세를 받아들이지 않고 스스로를 상징계의 예외적 존재자라는 환상을 통해 보편성을 획득하는 존재라면 말이다. 또 여성은 이 예외의 환상에 빠지지 않고 '비전체not-all'의 논리에 따라 향유하는 존재다. 여기서 '비전체'의 논리란 이리가레가 남근 로고스 중심주의의 숨은 신이라 본 '하나'의 논리를 파괴하는 비동일성, 개별성들이 살아나는 단독적 보편성의 논리를 말한다. 그러므로 여성성에 대한 라캉의 논의는 '개별적' 여자, '하나의' 여자에 관한 것이지 집단으로서 혹은 총체적 범주로서 '여성 일반'에 대한 것이 아니다. 본래 라캉이나 이리가레에게 여성성(여성적 향유)이 의미있는 것은, 그것이 빗금이 그어지지 않은 대명사 여성이라는 또다른 전체로 환원되지 않고 개개 여성의 고유한 가능성으로 열려 있기 때문이었다. 물론 여성 개개인이 자신의 개체적 욕망과 향유를 누리기 위해서는 생물학적으로 여성이라는 사실로도, 사회 내에 주어진 여성의 위치로도, 사회가 부여해준 성정체성으로도, 혹은 정체성을 변태적으로 교란시키는 것으로도 자신을 환원시키지 않고 진정으로 자신이 되는 모험이 필요하다. 우리는 이 모험을 감행할 때 남성 사회의 규범과 법을 거스르는 불온한 여성적 윤리를 실천할 수 있다. 우리가 다음 장에서 살펴볼 안티고네는 바로 이 전복적 사랑의 윤리를 실천한 '여성'이다.

|

제2장

누가 안티고네를 두려워하는가?

안티고네를 둘러싼 비평적 쟁투

1. 헤겔 비판과 안티고네 구출 작전

기원전 4세기 무렵 지중해 연안의 도시국가 아테네의 무대에 등장했던 한 여성인물이 2,400년이라는 시간을 뛰어넘어 현대 비평의 해석 욕망을 자극하고 있다. 소포클레스의 비극 작품에 등장하는 안티고네라는 이름의 여성이 그 주인공이다. 그녀는 근친상간과 부친 살해라는 치명적 죄를 저지른 뒤 조국 테베에서 추방당한 눈먼 아버지의 손을 잡고 정처 없이 방랑의 길을 떠났다가(『콜로누스의 오이디푸스』), 아버지의 죽음 이후 형제 간의 싸움으로 목숨을 잃은 오빠의 시신을 묻어주기 위해 국법에 맞서 죽음으로 항거하는 인물이다(『안티고네』). 산 채로 무덤 속으로 들어가는 그녀의 모습은 현대 비평 담론이 그 앞에서 숨을 죽이며 전율하는 숭고한 이미지이자, 각 이론이 자신의 윤리성과 정치성을 가늠하기 위해 앞다투어 전유하는 이미지다.

익히 알려져 있듯이 그녀에 대한 비평적 해석과 전유의 욕망을 추동한 인물은 헤겔이다. 헤겔은 『정신현상학』과 『법철학』에서 국가의 법에 맞서 가족의 가치를 옹호하는 가정 여신의 숭배자이자 신의 법을 따르는 여성으로 그녀를 읽어낸다. 헤겔의 사변 변증법의 논리에 따라 남성적인 공적 법의 세계로 흡수, 지양된 그녀를 구출하기 위한 긴 펜들의 행렬에 우리 시대 비평 담론을 지배하는 이들이 총출동한다. 자크 데리다, 자크 라캉, 뤼스 이리가레, 그리고 주디스 버틀러까지 이 펜들의 전투에 가담하여 2,400년 전 아테네의 무대에서 장렬하게 죽은 그녀를 애도했다. 이 장에 살펴보려는 것은 이 애도의 서사 중 가장 치열한 비평적 쟁투를 벌였던 라캉과 버틀러의 논의다.

라캉과 버틀러 둘 다 헤겔의 안티고네 해석에 반대한다는 점에서는 의견의 일치를 보인다. 이들은 헤겔처럼 안티고네가 크레온의 세계와 화해 불가능할 정도로 대립해 있고, 그녀의 고결한 윤리적 태도에도 불구하고 이 대립을 해소하는 것은 크레온의 세계라는 식으로 읽지 않는다. 물론 헤겔의 안티고네 해석도 일관적이지는 않다. 헤겔은 후일 『법철학』(1820)에서 『안티고네』를 윤리적 행위를 보여주는 '근대' 드라마로 읽지만, 『정신현상학』(1807)에서 이 비극 작품이 '보편과 특수', '국가와 가족', '인간의 법과 신의 법', '남성과 여성' 간의 '대립'이 극복될 수 없었던 역사 이전 단계를 반영하는 것으로 해석한다. 헤겔에 따르면, 초기 그리스 사회는 공동체에 구체적 통일성을 부여해주는 '관습'을 통해 이 대립을 불안정하게 유지했다. 하지만 어떤 결정적인 윤리적 행위가 일어나면 대립의 균형은 무너지고 공동체는 붕괴된다. 왜냐하면 윤리적 행위는

긍정적 원리로서의 공동체와 그를 거스르는 현실의 분할을 불러들이는데, 이 현실은 이 긍정적 원리에서 보았을 때는 '부정적인' 현실이기 때문이다. 그러므로 윤리적 행위는 행위 자체가 죄guilt가 된다. ……윤리적 행위는 또한 실정적 차원에서 '범죄crime'적 의미도 띠게

된다. 왜냐하면 윤리 의식으로서 윤리적 행위는 특정한 법을 지향하지만 다른 법에는 등을 돌리는 위법 행위이기 때문이다.[1]

따라서 그리스 도시국가에서 죄를 짓지 않는 유일한 길은 어떤 행위도 하지 않는 것이다. 대립을 형성하고 있는 두 축 가운데 한쪽을 택하고 다른 쪽을 위반하게 되는 한, 모든 행위는 죄가 된다. 헤겔에 따르면 이런 불가피한 결말이 『안티고네』의 극적 구성 원리를 이루고 있다. 이 비극에서 두 주인공과 이들이 각기 대변하는 윤리 의식은 자신은 정당하지만 다른 쪽은 잘못이라고 생각한다. 신의 법을 따르는 안티고네는 크레온에게서 인간의 고집이 불러일으키는 폭력을 보는 반면, 인간의 법을 따르는 크레온은 안티고네에게서 자신의 권위를 고집하는 사적 개인의 오만과 국법에 대한 불복종을 본다. 이런 점에서 헤겔은 안티고네와 크레온 둘 다 죄를 범하고 있다고 말한다. 안티고네는 사적 개인인 오빠를 위해 행동함으로써 국가를 위험에 몰아넣고 있으며, 크레온은 국가를 위해 행동함으로써 가족의 가치를 희생한다. 따라서 두 입장 모두 유죄이고 서로 화해 불가능할 정도로 대립해 있다.

『정신현상학』에서 헤겔은 초기 그리스 사회가 크레온과 안티고네의 대립을 해결하는 것은 불가능했지만, 궁극적으로 이 대립은 국가에 의해 '지양'된다고 본다. 안티고네의 요구는 가족이라는 사적 세계에 갇혀 보편성에 의해 지배되는 정치 영역을 사유화하기 때문이다. 따라서 국가는 가족에 개입하여 공적 세계를 사유화하는 여성을 공동체의 적으로, "공동체의 영원한 아이러니"[2]로 만든다. 국가는 여성

---

1. Georg Wilhelm Fredrich Hegel, *The Phenomenology of Spirit*, trans. by A. V. Miller (Oxford: Oxford University Press, 1977), 468단락.
2. 같은 책, 475단락.

이라는 이 아이러니를 해소, 지양함으로써 정체성을 형성하지만 동시에 여성의 존재는 국가 유지에 필수적이다. 여성은 국가 존립에 필요한 아들을 낳아 국가에 제공해주는 존재이기 때문이다. 『법철학』을 집필하던 시기의 헤겔에게 여성은 무엇보다 어머니다. 『정신현상학』에서 안티고네는 오빠 폴리네이케스에게 성적 욕망을 갖지 않는 순수한 누이로 그려지지만, 『법철학』에서 그는 누이라기보다는 어머니로 표상된다. 이 여성은 동성同性 사회적homosocial 국가에 아들을 낳아 길러주지만 국가의 경계 속으로 들어가지 못하고 뒤에 버려지는 존재, 국가의 존립에 결정적 기여를 하지만 바로 그 국가를 유지하기 위해 쓸쓸히 사라져야 하는 존재다.[3]

　라캉과 버틀러의 목표는 헤겔에 의해 산 죽음으로 내몰린 안티고네라는 여성을 다시 살려내는 것이다. 하지만 두 사람이 살려내는 안티고네는 동일하지 않다. 그가 대변하는 윤리적 질서와 대변의 방식도 다르게 해석된다. 확정된 전언을 명시적으로 전달해주지 않고 다양한 해석 가능성을 자극하는 신탁처럼, 그녀의 주장도 후대의 해석에 열려

---

3. 물론 헤겔을 포함한 많은 남성 철학자가 손쉽게 등치하는 것과 달리, 여성과 어머니는 같지 않다. 어머니가 되지 않는 여성도 있기에 여성이라는 성이 어머니의 위치로 환원되는 것도 아니다. 여성성과 모성은 동일한 수위에서 취급될 수 없다. 또 크리스테바와 이리가레를 위시한 페미니스트들의 비판적 개입을 통해 밝혀졌듯이, 어머니가 되는 것이 일차적 의미에서 종족 재생산에 기여하는 것은 사실이지만, 모성이 남성 시민의 생산과 재생산에만 전적으로 바쳐지는 것도 아니다. 이리가레의 안티고네 해석은 이런 남성적인 공적 질서로의 진입에 저항하는 여성적 모반의 정치성을 살려내고 있다. 그에 따르면 안티고네는 혈연관계를 대변하지만, 이때 혈연이란 부계 중심으로 이어지는 친족적 혈연bloodline을 말하는 것이 아니라 추상적·정치적 영역이 배제하고 억압하는 피blood와 살flesh의 관계를 가리킨다. 이리가레의 해석에 따르면, 안티고네는 몸의 부정과 억압 위에 세워진 남성적 상징질서에 맞서 여성이 벌이는 살의 복권 운동, 헤겔적 의미의 정치적 영역 밖에서 정치성 자체를 심문하는 여성적 저항의 '육체적 행위bodily act'를 감행하는 인물이다. Luce Irigaray, *Speculum of the Other Woman*, trans. by Gillian Gill (Ithaca: Cornell University Press, 1985), 214-226쪽 참조.

있다. 이런 점에서 라캉과 버틀러 두 사람 모두 안티고네라는 모호한 신탁을 해독하기 위해 고심하는 우리 시대의 해석가라 할 수 있다. 두 사람은 각자 어떻게 안티고네의 신탁을 풀어, 그의 행위가 우리 시대에 던지는 윤리적·정치적 의미를 실천적으로 재구축했을까?

2. 상징적인 것인가, 사회적인 것인가?

버틀러는 라캉을 비롯한 구조주의적 관점을 견지하는 입장들이 친족이 국가에 의해 변증법적으로 지양된다고 보지 않는다는 점에서는 헤겔적 유산으로부터 이탈했지만, 친족을 '상징적인 것, 또는 상징질서the Symbolic or the Symbolic Order'라는 이름으로 대체하면서 이를 '사회적인 것the social'과 구분한다는 점에서는 여전히 헤겔의 틀 내에 있다고 비판한다. 헤겔에게 안티고네가 대변하는 친족 체계는 아직 사회적 관계로 들어가지 않은 혈연관계를 가리키는 것인데, 혈연관계를 지칭하는 것은 아니지만 라캉의 상징계 역시 사회적인 것과 구분된다는 점에서는 사회적 영역을 배제하는 헤겔을 따르고 있다는 것이다.

라캉이 상징계라 부르는 것은 자연적으로 주어진 것이 아니라는 점에서는 '문화적 구성물'이지만, 역사의 특정 시기에 발생했다가 다른 시기에는 사라질 수 있는 그런 가변적인 것은 아니다. 라캉이 상징계 개념을 빌려온 레비스트로스에게 근친상간 금기의 법은 문화적 법임에 틀림없지만, '특정한' 문화에 종속되지 않는 인간문화 '일반'에 해당되는 것이다. 그것은 한 문화를 다른 문화와 구분짓는 역사 상대적이고 맥락에 의존하는 것이 아니라 인간을 인간 아닌 것과 구분 짓는 법이다. 그것은 문화이기는 하지만 좁은 의미의 '사회적 관습'을 넘어서는 '보편적 구조'로서의 법이다. 라캉의 상징계 역시 이런 '보편적 구조'로서의 문화를 가리킨다. 그것은 어느 개인이, 혹은 특정 문화가 자의적으로 바꾸거나 지울 수 없는 차원을 지칭한다. 라캉에게 이런 상징계를 대표하는 것은 다름아닌 언어다. 언어의 습득과 함께 인간은 즉각적 욕구 만족의 세계에서 사회적 질서를 수용하면서 자신의 욕구를 억압, 통제, 조정하는 법을 배우는 '인간'으로 태어난다. 프로이트와 라캉이 강조하는 것은 '말하는 주체'라는 이 인간적 탄생이 인간에게 '존재의 상실'이라는 엄청난 대가를 요구하는 혹독한 통과제의이며, 인간이 결코 벗어날 수 없는 긴 후유증을 남기는 외상적 사건traumatic event이라는 점이다. 물론 라캉이 '거세'라 부른 외상적 사건은 개인사의 특정 시점에 실제로 일어난 사건이라기보다는 무의식의 형성을 설명하기 위해 상정하는 구조적인 것이자 사후적으로 재구성되어 효력을 발휘하는 사건을 가리킨다. 이런 점에서 보면 거세가 일어나기 전, 소위 말하는 '전 오이디푸스 단계'가 아버지의 개입 이전에 아이와 어머니 사이에 실제로 존재하는 어떤 충만의 세계가 아니라 거세 이후를 설명하기 위해 사후적으로 재구성한 신화적 성격의 세계이듯, 거세도 인간 욕망의 근원적 결핍성을 설명하기 위해 상정하는 신화적 성격의 사건에 가깝다.

버틀러는 라캉의 상징적 법이 신의 법이 아닌 인간 문화의 법이라는 점에서 '초월적 근거'를 갖고 있다고 말할 수는 없지만, 인간을 넘어 인간을 규정하는 '보편적' 법인 한 '초월적 효과'를 발휘한다고 비판한다. 버틀러에 따르면 이런 점에서 라캉은 한쪽 문으로는 신을 내보내면서 다른 문으로는 그 신을 다시 불러들이는 음험한 초월주의자다.[4] 상징계

---

4. Judith Butler, *Antigone's Claim: Kinship between Life and Death* (New York: Columbia University Press, 2000), 45쪽 참조.

를 초월적 효과를 발휘하는 보편적 구조로 설정함으로써 '사회적인 것'이 배제된다. 버틀러가 '사회적'이라 부르는 것은 우연적인 사회적 실천들과 그 집적체로서 제도적 규범을 말한다. 사회적인 것은 특정 집단의 사회적 실천에 의해 형성되는 만큼 언제든지 변화, 수정될 수 있는 가변적인 것이다.

물론 상징적인 것에 대한 구조주의적 시각이 사회적인 것을 완전히 배제하는 것은 아니다. 레비스트로스는 상징적 '규칙'은 변화가 불가능한 보편적 성격을 띠지만 그것이 나타나는 사회적 '양태modality'는 '가변적'이라고 말함으로써 사회적인 것이 들어설 여지를 남겨놓는다. 소쉬르가 구분한 랑그langue와 파롤parole의 이분법이 다시 도입되는 것이다. 하지만 버틀러는 규칙과 양태를 구분하고 상징적인 것과 사회적인 것을 나누는 이런 이분법적 시도는 유지될 수 없다고 생각하며, 이 이분법에 기초해 있는 라캉 정신분석학의 구조주의적 전제 자체에 도전한다. 버틀러에 따르면, 상징적인 것은 사회적인 것 '위에' 혹은 그것에 '선행하면서' 사회적인 것을 선험적으로 '규정짓는' 초월적 규칙이 아니라 사회적 실천에 의해 구성된 제도적 집적체 그 이상도 이하도 아니다. 따라서 구조주의에서 전제하는 상징적인 것은 없다. 사회적인 것만 존재할 뿐이다. 우리는 여기서 역사주의적 원리와 구조주의적 원리가 충돌하는 지점을 목격한다. 프레드릭 제임슨은 그의 주저 『정치적 무의식』을 "언제나 역사화하라"[5]라는, 이제는 마르크스주의의 고전적 명제가 되어버린 그 유명한 문장으로 시작한다. 사회적 구성물의 역사적·우연적 성격을 드러냄으로써 "모든 단단한 것을 녹아 사라지게" 만들려는 해체적 충동이 지배하는 우리 시대

---

5. Fredric Jameson, *The Political Unconscious: Narrative as a Socially Symbolic Act* (Ithaca: Cornell University Press, 1982).

에 변하지 않는 것과 단단한 것에 집착하는 라캉은 대기 속으로 사라져야 할 마지막 형이상학적 잔재에 불과한 것일까? 버틀러는 그렇게 본다.

버틀러의 지적처럼 라캉의 상징질서가 구조주의적 초월성의 혐의에서 자유로운 것은 아니다. 라캉이 상징질서가 역사적으로 어떻게 변화해왔으며 각 시대마다 어떻게 다른 양태를 띠어왔는지에 관해 말해준 적은 없다. 아니, 이런 물음 자체가 그의 일차적 관심사가 아니다. 정신분석학이 문제삼는 것은 인간이 상징적 질서로 진입하여 말하는 주체로 탄생하는 순간 발생하는 '존재와 언어', '몸과 기표' 사이의 근원적 불일치, 그리고 인간에게 결코 역사화될 수 없는 무의식적 잉여를 형성하는 이 불일치가 인간의 삶에 미치는 영향이다. 라캉이 '실재the Real'라고 표현하는 것은 상징적 기표의 세계로 들어가면서 주체가 잃어버리지만 완전히 사라지지 않고 그 흔적을 뒤에 남기는 대상이자, 주체가 자신의 잃어버린 존재를 되찾을 수 있는 '물the Thing'이다. 그것은 상징질서가 배제하려고 하지만 결코 배제되지 않고 다시 돌아오는 어떤 것, 상징계의 출현과 함께 생산되지만 상징계를 넘어서는 초과이자 잉여이며 상징계의 불가능성을 드러내는, 역사 속의 "비역사적 핵심unhistorical kernel"[6]이다. 특정한 역사적 제도들과 사회적 양식들은 이런 분열과 불가능성을 봉합하려는 노력이다. 역사주의적 설명은 이런 제도들과 양식들이 다양한 형태로 발전되어온 과정을 기술한다. 하지만 정신분석학이 관심을 갖는 것은 이것과는 다소 다른 문제, 다시 말해 이런 제도들과 양식들의 구성이 궁극적으로는 '실패한 시도'일 수밖에 없다는 점, 어떤 치명적 대가를 치르고

---

6. Slavoj Žižek, *Enjoy Your Symptom!: Jacques Lacan in Hollywood and Out* (New York: Loutledge, 1992), 81쪽.

서야 이루어지는 상징적 통합의 시도라는 점을 드러내는 것이다. 주체를 사회적 제도에 의해 구성되는 '사회적 위치들의 총합'으로 보는 입장은 주체가 이런 사회적 제도들과 갖는 '문제적' 관계를 드러내지 못한다. 정신분석학이 역사주의와 구분되는 것은 주체가 자기자신과 갖는 갈등이 사회제도로 환원될 수 없는 무의식적 잉여의 차원을 갖고 있다고 보는 점이다.[7] 이 차원이 삭제되어버릴 때 주체는 사회적 제도에 의해 구성된 '효과'에 불과하다. 이런 점에서 정신분석학에서 말하는 "주체의 구성the constitution of the subject"은 역사주의에서 말하는 "구성된 주체성constructed subjectivity"과 구분되어야 한다.[8] 전자는 후자에 포괄되지 않는 외상적 잔여를 지닌 존재다. 상징계라는 라캉의 용어가 인간이 종속되는 범문화적 상징질서를 가리키는 것이 아니라 다양한 사회구성체들을 가리키는 것으로 오해된다면, 이 오해는 "주체의 구성"에 관한 정신분석학적 문제를 "주체성의 역사적 형성"을 기술하는 역사주의적 과제와 혼동했기 때문에 일어난 것이다.[9] 이 혼동에 가담해온 역사주의적 시도들 가운데 비교적 최근의 것이 상징적인 것을 사회적인 것으로 대체하고 이로부터 실재의 차원을 지워버리려는 버틀러의 주장이다.

3. 애도 혹은 우울증?

라캉과 버틀러의 안티고네 독법이 갈라지는 또다른 지점은 프로이

---

7. Joan Copjec, *Read My Desire* (Cambridge: The MIT Press, 1995), 13쪽.
8. Charles Shepherdson, *Vital Signs: Nature, Culture, Psychoanalysis* (New York: Routledge, 2000), 89-90쪽.
9. 같은 책; 90-91쪽.

트가 발전시킨 '애도와 우울증'에 대한 상이한 해석이다. 라캉은 안티고네를 대상은 떠나보내되 대상에 대한 욕망은 간직한 애도자로 읽는 반면, 버틀러는 대상을 떠나보내지 않고 자아 속에 합체하는 우울증적 주체로 읽어낸다. 이런 해석상의 차이는 주체와 대상(혹은 타자)의 관계에 대한 이들의 미묘한 입장차에서 비롯된다. 우리는 이 차이를 통해 타자와 관계 맺는 방식에 대한 이들의 정치적·윤리적 지향의 일단을 살펴볼 수 있다. 이 지향이 지니는 함의를 구체적으로 검토해보기 위해 다소 길지만 이들에게 주체와 타자의 관계를 사유할 이론적 범주를 제공한 프로이트의 논의와 그에 대한 이들의 전유방식을 검토해볼 필요가 있다.

「애도와 우울증」(1915)에서 프로이트는 상실된 대상을 떠나보내는 심리적 작업을 애도mourning라 부른다. 대상의 상실이라는 외상적 사건에 직면하여 자아ego는 상실된 대상에게 투여했던 리비도를 회수하여 다른 대상으로 옮긴다. 물론 이 회수의 과정은 상당한 시간과 심적 에너지를 요구한다. 인간은 리비도를 결코 쉽게 포기하려 하지 않기 때문이다. 하지만 현실 테스트reality test는 자아에게 사랑하던 대상이 더이상 존재하지 않는다는 현실을 보여주면서 대상에 대한 애착(프로이트가 대상 리비도라 불렀던 것)을 철회하도록 요구한다. 고통스러운 심리적 과정을 거쳐 자아는 애도의 작업을 수행한다. 애도와 대조적으로 우울증은 자아가 대상을 떠나보내지 못하거나 떠나보내기를 거부하는 심리 상태를 가리킨다. 자아는 잃어버린 대상을 내부로 합체해incorporate 대상과 자신을 동일시한다.[10] 『자아와 이드』에서 프로이트는 상실된 대상을 자아의 내부로 합체, 동일시하는 것이 자아

---

10. Sigmund Freud, "Mourning and Melancholia," in *The Standard Edition of the Complete Psychological Works of Sigmund Freud*, The Vol. 14, edit. and trans. by James Strachey (London: Horgath Press, 1957), 243-257쪽 참조.

가 대상을 떠나보내는 선결 조건이 된다고 말함으로써 우울증적 동일시를 애도의 필수 단계로 설정했다. 이 우울증적 동일시는 대상으로 나갔던 리비도가 다른 대상으로 옮겨가지 않고 애초의 출발지였던 주체로 돌아와 주체 내부에 고여 있다는 점에서 나르시시즘적이다. 이런 점에서 프로이트는 우울증을 나르시시즘적 대상 선택(리비도가 외부적 대상으로 나가긴 하지만 '자기를 닮은' 대상을 선택함으로써 나르시시즘적 리비도를 간직하고 있는 경우)에서 근원적 나르시시즘(아메바처럼 리비도가 주체 내부에 고여 있는 상태)으로 퇴행해 들어가는 심리 상태로 본다.[11] 우울증 환자들이 외부 세계에 관심을 보이지 않는 것은 대상에 대한 관심과 사랑이 주체 내부로 후퇴해 바깥으로 나가지 않기 때문이다.

우울증의 또다른 특징은 자애심自愛心의 추락과 자아의 빈곤화다. 프로이트에 의하면 애도에서 빈곤해지는 것은 세계지만 우울증에서 곤궁해지는 것은 다름아닌 자아다. 우울증 환자들은 자신이 쓸모없고 도덕적으로 비난받을 인물이라고 비하할 뿐 아니라 심한 경우 자기 처벌의 방식으로 자살을 시도하기도 한다. 사랑했던 대상을 자아 속으로 데려와 보존하는 것이 우울증의 심리 기제라면 대상과의 동일시를 통해 자아가 확장되지 않고 왜 도리어 빈곤해지는 것일까? 프로이트는 이를 대상에 대한 공격성이 에고에 대한 공격성으로 이전되기 때문이라고 본다. 우울증 환자들에게 많이 나타나는 자기비난과 학대는 실상 자기 자신에게 가하는 비난과 학대라기보다는 자아 속으로 합체된 대상을 향한 것이다.[12] 그런데 왜 자아는 사랑했던 대상에게 비난과 공격을 퍼붓는 것일까? 프로이트는 두 가지 설명을 제시한

---

11. 같은 책, 249쪽 참조.
12. 같은 책, 248쪽 참조.

다. 첫째는 모든 사랑에는 증오가 필연적으로 동반된다는 것, 범속한 용어로 말하자면 사랑을 사랑이게 하는 것은 고운 정(쾌)뿐 아니라 미운 정(불쾌)이기도 하다는 사실이다. 프로이트는 이를 모든 사랑에 내재된 '애증의 양가감정ambivalence'이라 부른다. 다른 하나는 마조히즘적 경험이다. 대상의 상실이 일어나기 전 주체는 대상과의 관계에서 무시당하고 버림받은 경험을 하는데, 이것이 자아 속으로 합체된 대상을 향한 사디즘으로 변한다는 것이다. 프로이트는 두 가지 설명 중 어느 쪽이 더 정확한 원인인지 밝히지는 않지만, 우울증 환자에게 일어나는 자아의 빈곤화가 초자아에 의한 자아의 비난과 공격에서 기인한다는 점은 분명히 한다. 우울증 환자의 자기비난이 대개 도덕적 성격을 띠는 것도 양심이라는 형태로 초자아의 공격이 진행되고 있기 때문이다.[13]

우울증에 관한 프로이트의 설명에서 흥미로운 것은 대상에 대한 사랑과 공격이 자아 내부로 들어와 자아와 초자아의 갈등으로 전환된다고 읽는 것이 프로이트 후기 이론의 전환을 이끈다는 점이다. 프로이트는 이후 심적 지형도psychic topography—의식/무의식에서 이드/자아/초자아로의 전환—에서 자아와 초자아의 관계를 분석한다. 초자아의 자아 공격은 자아가 대상에 가하는 공격이 내부로 옮겨와 발생하는 것이다. 이런 점에서 우울증은 주체의 내부와 외부 '사이의between' 관계가 심적 기구들agencies '내부의within' 관계로 변화되는 과정을 설명해줄 수 있는 좋은 사례다. 뒤에 자세히 거론하겠지만, 버틀러가 우울증을 자신의 이론적 기획에서 핵심적 범주로 차용하는 이유 가운데 하나가 바로 이 안/밖의 경계가 서로 섞여들어가는 부분을 우울증적 동일시에서 찾을 수 있기 때문이다. 버틀러는 외부적 규

---

13. 같은 책, 247-252쪽 참조.

율 권력이 심리 내부로 이전되는 과정과 그 과정에서 발생하는 이중적 관계를 우울증에서 발견하고, 이를 자신이 이론화하고자 하는 '권력 모델'에 활용한다.

애도라는 표현을 사용하진 않지만 라캉은 안티고네를 기본적으로 애도적 주체로 읽는 반면 버틀러는 우울증적 주체로 읽는다. 라캉은 안티고네가 지키고자 하는 폴리네이케스의 시신을 그 어떤 것으로도 대체되지 않는 단독성이자 상징적 위치로 환원되지 않는 '물'로 보는 반면, 버틀러는 안티고네가 오빠라는 '이름'으로 호명하는 대상을 호명자의 의도를 초과하는 기표로 본다. 안티고네가 의식적으로 호명 대상에 포함시킨 것은 아니지만 그녀가 오빠라는 '기표'를 사용하는 순간, 오빠라는 대상은 의미의 복제reproduction와 대체transposability의 언어적 회로 속으로 들어감으로써 하나의 의미로 고정되지 않는 기표가 된다. 따라서 안티고네가 부르는 오빠는 폴리네이케스일 수도 오이디푸스일 수도 에테오클레스일 수도 있다. 그녀가 '오빠'라는 이름으로 호명하는 오빠는 이 다수의 오빠들 중 어느 하나로 고정되지 않는다. 발화되는 순간 말은 발화자의 의도를 넘어서기 때문이다. 물론 그녀가 이름을 불러주는 한 오빠는 폴리네이케스이고, 다른 오빠들은 친족 체계의 제도적 규범에 의해 말해졌으되 '말해지지 않는 것 the unspoken' 혹은 '말해질 수 없는 것the unspeakable'으로 밀려난다. 엄격한 친족 질서가 유지되는 사회에서 오이디푸스는 오빠이되 오빠로 불리어질 수 없는 존재이다. 따라서 안티고네가 오빠라는 이름을 부르면서 한 오빠(폴리네이케스)의 죽음을 애도할 때, 그 애도 행위는 오빠로 불리어질 수 없는 다른 오빠들(오이디푸스뿐 아니라 잠재적으로 무수히 많은 오빠)에 대한 사랑을 우울증적으로 합체하고 있다. 문제는 이 다른 오빠들에 대한 사랑은 합법적 제도 '밖에' 위치한 존재에 대한 사랑인 까닭에 사랑으로 인정받지도 못하고 언어화될 수도 없다

는 점이다. 그것은 부인된 사랑이면서 동시에 말해질 수 없는 사랑이
다. 하지만 사랑이 사라지는 것은 아니다. "합법성이 거부된 관계들,
혹은 합법화할 수 있는 새로운 용어들을 요구하는 그런 관계"의 사랑
은 "인간적인 것의 경계에 서 있는 비인간적인 것을 표상하는 존재로,
산 것도 죽은 것도 아니다."[14] 그것은 살아 있으되 죽었고 죽었으되 살
아 있는 '유령'으로 존재한다. 우울증적 사랑은 지배적 담론에서 담론
화되지 못한 유령적 형태로 존재한다. 안티고네가 '남성적'으로 보이
는 것은 애도되지 못한 오빠들을 자기 속으로 합체하여 그들과 자신
을 동일시하기 때문이다. 물론 이 동일시는 오빠에 대한 금지된 욕망
을 보존하는 방법으로 자아가 채택한 것이다. 욕망의 대상은 금지되
면 사라지는 것이 아니라 동일시를 통해 자아 속에 유령적 흔적으로
보존된다.

「애도와 우울증」에서 프로이트는 애도와 우울증을 대상의 상실이
라는 외상적 사태에 직면하여 주체가 보여주는 두 가지 다른 심리적
대응 방식으로 설명한다. 하지만 『자아와 이드』(1923)에 이르러서는
우울증적 동일시의 기제를 자아의 형성 메커니즘으로 확장한다. 자아
자체를 주체가 상실했지만 떠나보내지 못해 내부에 환상적으로 보유
하고 있는 대상들의 침전물, 즉 대상의 흔적을 간직하고 있는 고고학
적 잔해로 해석하는 것이다.[15] '나'라고 부르는 정체성이 실은 상실한
대상들과의 우울증적 동일시에 의해 형성된 것이라면, 나는 이미 더
이상 나의 것이 아니다. 나는 내가 사랑했지만 떠나보내지 못한 타자
들을 닮아 있기 때문이다. 버틀러가 프로이트의 우울증적 동일시를

---

14. Judith Butler, 같은 책, 79쪽.
15. Sigmund Freud, *The Ego and the Id*, *The Standard Edition of the Complete Psychological Works of Sigmund Freud*, Vol. 19, edit. and trans. by James Strachey (London: Horgath Press, 1957), 28-29쪽.

활용하는 지점이 여기다. 그가 궁극적으로 드러내고자 하는 것은 '나'라는 정체성이 고정된 실체로 주어진 것이 아니라 나 밖의 존재에 의해 '구성'된다는 점, 타자와의 동일시를 통해 '나'는 지속적으로 변화 가능한 유동적 경계의 존재라는 점이다. 이제 '정체성identity의 정치학'은 고정된 정체성을 해체하는 '동일시identification의 정치학'으로 바뀐다. 이를 『젠더 트러블』에서 버틀러가 발전시킨 수행성 개념과 연결시킨다면, 정체성은 수행적 행위performative act의 효과에서 '수행적 동일시performative identification'에 의해 구성된 것으로 확장되면서 주체 내부에 심적 공간을 확보하게 된다. 이런 구도에서 보면 우울증적 동일시는 그 병리적 성격을 벗고 타자에 대한 사랑을 통해 나를 타자에게 여는 개방적 행위가 된다. 이것이 버틀러가 안티고네의 우울증에 부여하는 윤리적 성격이다.

우울증에 관한 좀더 정밀한 읽기가 시도되는 『권력의 심리적 삶』에서 버틀러가 주목하는 또다른 우울증의 요소는 애증의 양가감정이다. 버틀러는 우울증의 특징인 양가적 태도에서 안/밖의 이분법을 해체할 수단을 발견하는 동시에 외적 규율 권력에 맞서는 정치적 저항의 씨앗을 찾는다. 프로이트는 자아가 대상에게 갖는 애증의 양가감정을 모든 사랑의 감정에 내재한 속성 내지 사랑했던 대상과의 관계에서 실제로 박해당한 경험에서 기인하는 것으로 해석한다. 그런데 버틀러가 발전시키는 것은 이 두 요인 중 어느 쪽도 아니다. 자신의 논리를 직접적으로 명제화하기보다는 프로이트에 대한 주석의 형태를 빌어 간접적으로 펼치고 있긴 하지만, 버틀러는 이 대목에서 프로이트와 다른 해석을 시도한다. 즉 그에게 외부 대상에 대한 자아의 증오 감정은 대상을 상실하게 될 위협에 직면하여 대상을 떠나보내기 위해 가동하는 감정—사랑을 미움으로 대체함으로써 대상을 떠나보내려 한다는 점에서—인 동시에, 사랑을 사랑으로 표현하지 못하도록 금지한 사회의 담론 권력 때문에 생성된 반동적 감정—금지된 대상을 사랑하기 때문에 자신이 당할 공격과 위협을 대상에게 투사하여 대상을 증오한다는 점에서—이다. 대상에게 드러내는 이런 증오의 감정은 이제 자아와 초자아의 갈등으로 무대화된다. 자아의 한 부분이 대상과의 동일시를 통해 변형된 자아에게 가혹한 학대와 비난을 가함으로써 자애감을 떨어뜨린다. 시간이 지나면서 자아의 한 부분은 비판적 기능을 전담하는 초자아로 발전한다. 그런데 초자아가 자아를 비난하는 것은 심리 내부에 마련된 '자아 이상ego-ideal'이라는 기준에 미달한다고 판단하기 때문이다. 자아 이상은 한 사회가 도달하고자 하는 이상적 모습을 말한다. 버틀러는 사회적 규율 권력이 이상적 자아라는 형태로 심리 내부에 자리잡고 있으면서 초자아로 하여금 자아를 지배, 통제, 조정, 감시하게 한다는 점에서 규제적 권력이 인간의 외부에만 존재하는 것이 아니라 내부에서도 어김없이 관철되고 있다고 본다. 버틀러에게 권력의 그물망을 빠져나가는 법 '밖outside'의 공간 혹은 법 '이전before'의 공간은 없다. 그녀가 푸코와 라캉을 대립시키면서 라캉의 '실재' 개념을 지속적으로 공격하는 것도 그것이 법 밖을 상정하는 형이상학적 잔재라고 보기 때문이다.

하지만 버틀러가 규율 권력의 감시망이 전일적으로 지배한다고 보는 것은 아니다. 그럴 경우 권력에 저항할 방법이 없기 때문이다. 라캉처럼 실재로 개념화하지는 않지만, 버틀러도 권력의 구성이 필연적으로 발생시키는 외부, 그녀가 '구성적 외부constitutive outside'라 부르는 것을 인정한다. 특히『문제는 몸이다』이후 버틀러는 자신에게 가해오는 담론적 일원론자라는 공격에 맞서 자신이 비판했던 프로이트-라캉 정신분석학으로부터 구성적 외부라는 개념을 받아들인다. 우울증 논의에서 구성적 외부는 자아에 합체된 금지된 대상이다. 사회의 규율 권력에 의해 어쩔 수 없이 포기할 수밖에 없는 금지된 욕망의 대상은 자아 속으로 자연스럽게 흡수, 동화되는 것—내투사 introjection라 부르는 과정—이 아니라 자아 속의 '이물질'로 혹은 환상적 '유령'으로 합체된다. 이물질 혹은 유령으로 합체된 대상은 자아를 위협하는 '내부의 외부'인 동시에 '언표된 욕망 속에 깃들어 있는 언표되지 못한 욕망'이다. 우울증이 흥미로운 것은 자아 속에 합체된 금지된 욕망이 금지를 해체하는 방식으로 풀리지 않고 초자아에 봉사하는 방식으로 전유당한다는 점이다. 금지된 욕망의 힘은 초자아의 사디즘적 공격에 쓰이는 수단이 된다.

버틀러가 규율 권력에 명백히 지배당하는 우울증의 이율배반을 주목하는 것은 무엇 때문인가? 어떤 점에서 우울증이 저항의 씨앗을 가지고 있다고 보는가? 버틀러는 자신이 우울증에서 밝혀낸 논리를 거꾸로 뒤집음으로써 저항의 가능성을 찾는다. 주체 속에 초자아의 억압적 힘이 존재한다는 것은 욕망의 힘도 사라지지 않고 남아 있다는 뜻이다. 억압하는 것과 억압당하는 것은 맞물려 있을 수밖에 없다고 보는 것이다. 이제 관건은 규율적 권력이 지배하는 사회에서 초자아에 봉쇄당한 공격욕을 외부로 돌리는 일이다. 우울증이 자아의 외부에서 내부로 되돌아간 '반사적 움직임reflexive movement'이라면 우리가 해야 할 일은 안에서 밖으로 외출을 시도하는 것이다. 버틀러는 우울증이 억압된 욕망과 공격욕을 외부로 돌리는 몸짓을 감행하는 것은 아니지만 이런 전환을 이루어낼 수 있는 잠재적 에너지를 지니고 있다는 점에서 사회적 저항의 가능성을 담보하고 있다고 본다. 말해지지 못한 채 자아 속에 합체되어 초자아의 공격 대상이 된 욕망을 말해주는 것, 더 정확히 말하자면 규범적 권력 때문에 상실할 수밖에 없던 금지된 욕망을 행할 '공적 제도'를 갖는 것이 우울증적 분노를 병리적 차원에서 해방시키는 길이다.

한편 버틀러가 애도를 거부하고 우울증적 동일시를 고수하는 것은 대상에 제한당하지 않는 자율적 자아라는 이데올로기를 거부하기 위해서다. 앞서 지적했듯이 우울증적 동일시는 자아를 타자에게 열어놓으면서 타자의 흔적을 간직하는 메커니즘을 보여주는데, 이는 안/밖의 이분법적 대립을 해체하고 복수적·분열적 정체성을 이론화하려는 버틀러 자신의 이론적 기획에 부합한다.[16] 이런 점에서 그는 자아가 리비도를 대상으로부터 회수하여 이를 다른 대상으로 옮김으로써 리비도의 자유로운 이동을 터놓는 애도보다는 우울증이 정치적으로 더 바람직한 가능성을 열어놓는다고 본다. 문제는 대상의 내면화가 무자비한 양심의 학대라는 형태를 취하지 않고 긍정적 동일시를 이룰 가능성을 탐색하는 일이다. 버틀러가 타자에 대한 긍정적 합체의 방식으로 애도를 생각하는 데리다의 주장에 공감하는 것도 초자아에 견인당하지 않는 우울증적 동일시의 가능성을 열어놓기 위해서다. 버틀러에 의하면, 이를 위해 가장 먼저 해야 할 일은 사회적으로 인정받지 못한 상실을 인정하고 말하지 못한 상실을 말하는 것이다. 물론 이 '인정'과 '언표화'의 과정은 개인적 차원만이 아닌 공적·제도적 차원을 포함하며, 이를 통해 우울증을 정치화할 수 있다.

우리는 프로이트의 우울증 논의를 비판적으로 독해한 버틀러의 논리를 따라가면서 한 가지 특이한 사실을 발견하게 된다. 프로이트의

---

16. 구체적으로 버틀러는 우울증적 동일시를 젠더 정체성 형성의 분석 도구로 사용한다. 이성애자 남자와 여자가 각기 '남성다움'과 '여성다움'이라는 '젠더 정체성 gender identity'을 획득하는 것은 자신이 한때 욕망했지만 사회적 금기 때문에 포기해야 했던 동성애적인 성적 욕망의 대상(남아는 아버지, 여아는 어머니)을 자아 내부로 합체하여 동일시했기 때문이다. 따라서 '젠더' 정체성은 금지된 '섹슈얼리티'를 자신 속에 우울증적으로 합체한 결과다. 반대의 경우도 마찬가지다. 동성애자 정체성도 이성애와 별개로 구성되는 것이 아니라 이성애적 욕망을 내부에 합체함으로써 형성된다. 따라서 동성애는 이성애에 이성애는 동성애에 의존한다. 동성애자 인권운동 진영 일부에서 버틀러가 동성애자 정체성을 해체함으로써 정치적 결속력을 떨어뜨린다고 비판하는 것도 그녀가 동성애를 이성애와의 관계 속에서만 설명하기 때문이다.

후기 심리 지형도를 구성하는 세 범주 중 자아와 초자아는 그의 독법에서 풍요롭게 활용되지만 이드id는 전혀 등장하지 않는다는 점이다. 프로이트의 이론에서 가장 중요한 범주라 할 수 있는 이드의 삭제가 말해주는 것은 무엇인가? 버틀러의 논의에 이드가 빠진 일차적 이유는 그가 주된 독해 대상으로 삼고 있는 프로이트의 논문 「애도와 우울증」에 이 범주가 등장하지 않기 때문일 것이다. 하지만 그가 빈번하게 활용하는 『자아와 이드』에서 이드는 프로이트의 심리적 지형도에서 결코 빼놓을 수 없는, 정신분석학의 핵에 해당하는 개념이다. 라캉이 충동drive 개념을 발전시키는 것도 프로이트의 이드에 대한 재해석이다. 1914년에 출판된 「나르시시즘에 대하여」를 기점으로 「애도와 우울증」, 『쾌락원칙을 넘어서』(1920), 『자아와 이드』, 『문명과 그 불만』(1930)에 이르는 일련의 프로이트 저작들은 그가 초기에 전개한 '자아보존충동'(현실원칙)과 '성충동'(쾌락원칙)의 이분법이 '생명충동'(쾌락원칙)과 '죽음충동'(쾌락원칙을 넘어선 원칙)으로 바뀌는 한편, 의식/무의식의 지형도가 자아/초자아/이드로 변모하는 과정 속에서 쓰였다. 따라서 이 시기 프로이트의 글을 제대로 이해하려면 프로이트 자신도 미처 개념화하지 못해 혼란에 빠져 있는 지점들을 그의 전체 이론 지형의 변모라는 틀 속에 위치시켜야 한다.

애도와 우울증 논의의 핵심 범주는 '대상'이다. 그런데 이 대상은 어떤 대상인가? 그것은 자아를 만족시키는 쾌의 대상인가, 쾌락원칙을 넘어 불쾌를 동반하는 이드적 충동의 대상—라캉식으로 번역하면 주체에게 주이상스를 불러일으키는 욕망과 충동의 대상 a—인가? 만일 좁은 의미의 쾌락적 자아를 만족시키는 대상이라면 그것은 '자아의 나르시시즘적 사랑'의 테두리를 넘지 않는다. 하지만 버틀러가 우울증적 대상을 금지된 성적 욕망의 대상이라 본다면 이는 쾌락적 자아를 만족시켜주는 좁은 의미의 나르시시즘적 대상이라 볼 수 없다.

그가 말한 금지된 성적 욕망은 자아 차원의 감정으로 환원되지 않는다. 그것은 쾌락원칙을 넘어서고 자아의 나르시시즘 너머에 있는 충동의 감정이다. 따라서 금지된 성적 욕망이 주체 내부에 이질적 잉여로 남아 있다면 이는 자아를 내부적으로 교란하고 분열하는 이드적 충동으로 설명되어야 할 것이다. 버틀러는 이드를 논의의 지평에서 탈락시키면서 프로이트적 충동과 충동의 대상에 대한 논의까지 지워버렸다.

프로이트가 애도라는 것으로 말하고자 했던 합리적 핵심은 바로 억압된 성충동과 욕망을 특정 대상에 대한 고착에서 풀어내 자유롭게 흐르게 만드는 것이다. 하지만 적어도 「애도와 우울증」 시기의 프로이트는 자아와 이드, 그리고 자아의 나르시시즘과 자아를 넘어서는 근원적 나르시시즘[17]을 개념적으로 구분해낼 수 없었다. '사랑의 대상'이라는 용어 속에 서로 다른 위상의 두 범주가 뭉뚱그려진 것이다. 따라서 죽음충동의 발견이라는 후기 프로이트의 이론적 변화에 입각하여 이 글을 제대로 읽어내려면, 사랑의 대상이라는 통칭 속에 합성되어 있던 '자아의 대상'과 '충동의 대상'을 구분해내고, 충동의 대상에 초점을 맞추어야 한다. 라캉이 상상계와 실재계를 구분하면서 전자를 자아의 나르시시즘에, 후자를 충동의 나르시시즘—주체 내부의 바깥으로 존재하는 실재적 대상에 대한 사랑—에 연결하는 것은 프로이트에게 모호하게 남아 있던 부분을 정리한 것이라 할 수 있다.[18] 라캉

---

17. 자아와 초자아가 구분되지 않는 것은 말할 것도 없고 자아와 이드, 주체와 대상의 분리도 일어나기 전의 원초적 상태를 말한다. 프로이트는 이 상태를 설명하기 위해 하나의 덩어리로 뭉쳐 있는 아메바의 비유를 든다.

18. 조앤 콥젝은 『여자가 없다고 상상해보라』에서 프로이트에게 이론적 미궁으로 남아 있던 나르시시즘을 승화와 연결시켜 읽어낸 버사니의 논지를 발전시키고 있다. 그는 '자아-사랑'으로서의 나르시시즘(자아에 고착된 사랑이라는 점에서 이 나르시시즘은 에고이즘으로 불릴 수 있다)과 자아의 해체에서 주이상스를 느끼는 충동 차원의 근원적 나르시시즘을 구분하면서 후자를 라캉의 실재적 부분 대상에 대

에게 상상계적 대상은 자아에게 완전한 이미지를 제공해줌으로써 쾌감을 주는 이상적 자아ideal ego이고 실재적 대상은 자아를 넘어 '주체'에게 불쾌를 동반하는 강력한 성적 쾌감(주이상스)을 주는 대상이다. 그것은 상상적·상징적 동일시의 지평 너머에 위치해 있다.

라캉에게 상상적·상징적 동일시와 욕망은 서로 다른 차원에 있다. 안티고네가 포기하지 않는 폴리네이케스의 시신은 주체가 상상적·상징적으로 동일시할 수 있는 대상이 아니라 그 너머에—물론 이 너머는 상징계 '내'에 뚫린 균열과 결핍을 통해서 드러나는 것이지 상징계를 초월함으로써 도달하는 것이 아니다—존재하는 실재적 대상이다. 안티고네는 이 물에 대한 애착을 보이는 것이다. 그런데 물은 외부에 존재하는 '특정' 대상이 아니라 주체에게 욕망을 추동시키는 '부재' 혹은 '공백'을 가리킨다. 따라서 인간이 대상을 욕망하는 것과 특정 대상에 고착되는 것은 같지 않다. 욕망의 고수perseverance가 대상에 대한 고착fixation과 같지는 않다. 프로이트가 충분히 개념화하진 못하고 있지만 그의 글에 잠재되어 있는 이론적 가능성을 발전시킬 때, 우리가 우울증과 애도를 가르는 기준으로 말할 수 있는 것이 바로 이것이다. 지젝에 의하면 애도자를 우울증적 주체와 구분하는 결정적 차이는 대상 a의 유지 여부다. 애도자는 대상을 잃는 대신 욕망의 대상 원인이라 할 수 있는 '대상 a'를 유지하는 반면, 우울증 환자는 대상은 유지하는 대신 대상 a를 잃는 사람이다.[19] 지젝에게 우울증적 주체는 "대상을 욕망하게 만들었던 원인이 철회되어 효력을 상실했기 때문에 그것에 대한 욕망을 상실해버린 주체다. 우울증은 대상을 박

한 매혹과 연결한다. Joan Copjec, *Imagine There Is No Woman: Ethics and Sublimation* (Cambridge: The MIT Press, 2002), 56~67쪽 참조.
19. Slavoj Žižek, "Melancholy and the Act," in *Critical Inquiry*, 26(Chicago: University of Chicago Press, 2000 Summer), 659~663쪽 참조.

탈당한, 좌절된 욕망의 극단적 상황을 드러내는 것이 아니라, 그보다는 차라리 그에 대한 욕망이 제거된 대상 그 자체의 현존을 대변한다."[20] 우울증적 주체의 전형적 예라 할 수 있는 인물이 햄릿이다. 우울증에 빠진 사람은 욕망을 상실한 사람이다. 그는 욕망을 잃어버린 대신 대상을 움켜쥐고 있다.

우울증적 동일시를 통해 버틀러는 타자를 자기 속으로 합체하는 자아의 개방적 윤리성을 드러내고자 하는 반면, 애도를 통해 라캉이 살려내고자 하는 것은 자아와 동일시의 차원을 넘어서는 실재에 대한 욕망이다. 문제는 다시 실재다. 버틀러는 우울증에 관한 긴 논의를 마무리짓는 한 대목에서, 리비도와 애착은 자유로운 에너지의 흐름이 아니라 결코 완전히 회복될 수 없는 역사성을 지니고 있는 것으로 해석되어야 한다고 말한다.[21] 리비도에 역사와 권력을 새기는 그녀의 작업이 인간의 심리를 사회적·역사적 차원과 연결하는 중요한 과제를 수행하는 것은 사실이다. 하지만 이는 역사의 구속을 넘어서는 리비도의 흐름을 봉쇄하는 것이기도 하다. 실재에 대한 욕망은 버틀러 자신이 배제해버린, 리비도의 자유로운 이동 가능성을 열어놓는다. 반면 라캉이 안티고네에게서 적극적으로 읽어내는 것이 다름아닌 구속당하지 않은 리비도의 분출, 승화라는 이름의 억압 없는 만족이다. 승화는 주체가 실재의 부름에 응답함으로써 비로소 새로운 주체로 태어나는 행위이다. 이 두번째 탄생의 순간은 주체가 '생물학적 존재'로 탄생하는 것과도 다르고 상징적 호명에 응답함으로써 '말하는 주체'로 태어나는 것과도 다르다. 그것은 상징적 호명에 저항하면서 주체의 '존재'의 급진적 변형을 수반하는 창조적 행위가 일어나는 순간이

20. 슬라보예 지젝, 『전체주의가 어쨌다구?』, 한보희 옮김(새물결, 2008), 228쪽.
21. Judith Butler, *The Psychic Life of Power: Theories in Subjection* (Stanford: Stanford University Press, 1997), 195쪽 참조.

다. 이 순간 주체는 지배적 상징질서에서 벗어난 새로운 기표와 담론을 생산한다. 이런 시각에서 애도자는 욕망의 실현을 통해 새로운 담론을 생산해내는 존재다.

4. 상징질서로부터의 급진적 분리 혹은 사회적 위치의 변태적 교란?

라캉이 읽어내는 안티고네는 욕망을 포기하지 않는 인물이다. 안티고네가 따르는 신의 법은 상징적 질서 '너머'에서 작동되는 욕망의 법(아닌 법)을 가리킨다. 그녀는 욕망의 법에 충실하면서 그것을 금지하는 국가의 법에 맞서 죽음을 무릅쓰고 마침내 죽음으로 월경越境한다. 그녀의 죽음은 단순히 육체적 죽음을 뜻하는 것이 아니라 상징적 관계로부터 단절하고자 하는 죽음이면서 동시에 죽음충동의 실현이다. 그녀가 죽음을 불사하면서 땅에 묻어주려고 하는 오빠 폴리네이케스의 시신은, 따라서, 상징적 현상으로 환원될 수 없는, 라캉이 '물the Thing'이라 부르는 실재-대상이다. 반역자에게는 장례식을 치러주지 말라는 크레온의 법을 어기면서 오빠의 시신을 묻어줄 때 안티고네가 옹호하는 것은 살아 있는 동안 오빠가 무슨 일을 했는가가 아니라 그의 '존재 그 자체'이고 대체 불가능한 그의 '단독성singularity'이다. 라캉은 안티고네가 크레온에 맞서 오빠의 시신을 묻어주는 행위를 그녀의 입을 빌어 다음과 같이 정당화한다.

내 오빠는 당신이 말하는 대로 죄인일지도 모릅니다. 오빠는 도시의 벽을 파괴하고 싶어했으며 동포들을 노예로 몰고 갔습니다. 오빠는 적들을 우리 도시의 구역 안으로 끌어 들였습니다. 하지만 그럼에도 오빠는 오빠 자신what he is이고 장례의식을 치러주어야 합니다. ……당신은 당신이 원하는 것은 어떤 것이든 내게 말할 수 있습니다. 누가 영웅이고 친구이며 누가 적인지 내게 말할 수 있습니다. 하지만 내 대답은 이렇습니다. 적이 영웅이나 친구와 동등한 가치를 갖지는 않는다는 (당신의) 주장은 아무 의미도 없다는 것입니다. 나에게는 당신이 말한 그 질서가 어떤 의미도 없다는 것이 중요합니다. 내 입장에서 오빠는 오빠입니다.[22]

상징적 세계가 구분한 '적'과 '친구'라는 의미망이 그녀에겐 중요하지 않다. 그렇다고 그녀가 헌신하고자 하는 가치가 헤겔의 설명처럼 공적 의미와 대립되는, 가족 구성원에 대한 여성적 사랑도 아니다. 죽음으로 들어가기 전 그녀가 마지막으로 토해내는 독백은 가족에 대한 여성적 친화로 그녀의 행동을 읽어내는 헤겔의 해석과 정면으로 배치된다. 안티고네는 말한다.

만일 내 남편이 죽었다면 다른 남자를 맞이할 수 있을 것이요, 자식이 죽었다면 다른 남자에게서 또다른 자식을 얻을 수 있겠지만, 이제 아버지와 어머니는 죽어 하데스에 계시니 내 어찌 남자형제를 다시 가질 수 있으리오.[23]

안티고네라는 여성인물에게 숨길 수 없는 매혹을 느꼈던 괴테가 끝내 받아들이기 어려웠던 것이 바로 이 구절이다. 가족에 대한 사랑이 그녀의 행동을 움직이는 이유라면 남편이나 부모와 다른 형제의

---

22. Jacques Lacan, *The Seminar of Jacques Lacan Book VII: The Ethics of Psycho-analysis 1959-60*, trans. by Dennis Porter (New York: Norton, 1992), 278쪽.
23. Sophocles, *Antigone in The Three Theban Plays*, trans. by Robert Fagles (New York: Penguin Books, 1984), 908-912쪽.

차이는 무엇인가? 라캉은 근대 독일 고전주의에서 시작되는 『안티고네』에 대한 오랜 비평적 수용사에서 하나의 패러독스로 남아 있는 이 구절이 실은 안티고네의 윤리적 행위를 이해하는 관건이라고 본다. 안티고네에게 오빠는 하나밖에 없는 단독성의 존재이고, 바로 이 전제가 그녀의 윤리적 행위를 추동한다. 라캉에 의하면 폴리네이케스의 단독성은 상징적 용어로 재현될 수 없는 '저편jenseits'을 가리킨다. 그것은 상상계적 이미지도 상징적 기표도 벗겨나간 실재계적 '물' 혹은 '순수 존재pure being'에 다름아니며, 물은 주체에게 '고유'하다.

물은 주체가 상징질서로 진입하면서 잃어버렸지만 주체에게 준 주이상스의 기억과 함께 잔여를 남기는 대상이면서, 그것을 되찾기 위해서라면 주체가 죽음도 불사하는 대상이다.[24] '대상'이라는 표현을 쓰

---

24. 헤겔은 폴리네이케스와 안티고네의 관계를 성적 욕망이 개입되지 않은 순수한 오누이 관계라고 했지만 라캉은 이런 해석에 반대한다. 주체와 물의 관계는 근본적으로 '성적sexual'이기 때문이다. 이런 점에서 라캉의 안티고네 해석은 데리다의 그것과도 차이가 있다.

데리다 역시 헤겔 체계가 소화할 수도 지양할 수도 없는 '잉여excess'로 안티고네를 읽어내는 점에서는 라캉을 포함한 현대의 반헤겔주의적 독법과 시각을 공유한다. 데리다의 독법이 부각시키는 것은 안티고네 그녀 자체, 혹은 그녀가 크레온과 벌이는 대결 국면 그 자체가 아니라 헤겔의 사변 변증법이라는 건축물을 해체하는 구조적 '이율배반antinomy' 혹은 '아포리아aporia'로서의 위치이다. 헤겔 체계는 사변 변증법이라는 집을 짓기 위해 이 아포리아에 '필연적으로' 근거해 있을 수밖에 없다는 것을 스스로 드러내도록 만드는 것이 데리다의 독법이 의도하는 것이다. 전형적인 데리다식 표현을 쓰자면, 안티고네는 헤겔 체계의 '가능성의 조건'이면서 '동시에' '불가능성의 조건'이다. 정밀한 읽기를 통해 안티고네가 헤겔 체계에서 이런 양면 긍정both-and의 이율배반적 위치를 점유하고 있다는 점을 스스로 말하게 한다는 점에서 데리다의 안티고네 독법은 그의 해체적 읽기의 탁월한 예이다. 데리다는 헤겔이 안티고네와 폴리네이케스의 오누이 관계를 성적 욕망도 상호인정 투쟁도 존재하지 않는 특유한 관계, 서로가 서로에게서 자신의 대자성을 돌려받기 위해 의존하지 않으면서도 자유로운 주체로 자신을 구성할 수 있는 윤리적 관계로 보았다는 점에 주목한다. 데리다는 사변 주체가 타자에게로 나아가되 그 타자로부터 결국 자신의 주체성을 돌려 받는 반성reflection의 운동 바깥에 오누이의 관계가 존재한다는 점에서, 이들의 관계는 주체로 환원되지 않는 타자와의 관계를 구현하고 있다고 해석한다. 데리다는 바로 이 점이 오누이 관계가 헤겔의 반성철학에 동화되지 않는 이질적 요소이며 궁극적으로 헤겔 체계를 허물어뜨리는 요소라고 읽는다.

긴 했지만 물은 특정한 경험적·실체적 대상이 아니다. 그것은 주체에게 욕망을 불러일으키는 '공백void'을 가리키는 것으로 이 공백의 위치를 차지하는 '실제' 대상이 무엇인가는 중요하지 않다. 문제는 어떤 대상이 주체에게 욕망을 불러일으키는 물의 위상을 갖는가 아닌가 하는 점이다. 안티고네에게 오빠 폴리네이케스의 시신은 바로 이 물의 위치를 갖는 존재이고, 그는 물의 요구에 충실하다. 폴리네이케스의 시신은 그녀가 자신의 대자for-self를 돌려받으려는 헤겔적 의미의 타자도 아니고 사회적 인정을 얻기 위해 싸움을 벌이는 존재도 아닌, 실재적 '물'이다. 이 물의 부름에 응답하면서 산 채로 무덤 속에 들어갈 때 코러스는 그가 마치 여신과 같으며 그녀의 얼굴은 순수한 광채로 빛난다고 전해준다. 그녀의 얼굴에 환히 빛나는 광채는 '순수 욕망'의 빛이고 이 빛이 그녀를 아름답게 만든다. 라캉의 감탄에 따르면, "이 경탄할 만한 소녀의 눈꺼풀 사이로 흘러나오는 욕망보다 더 감동적인 것은 없다."[25] 안티고네 자체가 베일에 가린 '물'이자 '숭고한 이미지sublime image'이기 때문이다.

셰퍼드슨의 설명처럼 안티고네가 오빠의 시신에 흙먼지를 덮어주는 '행위'를 할 때 그것은 어떤 유용한 목적을 위해 계산된 것도 아니

라캉은 안티고네와 폴리네이케스의 관계가 '성적 욕망'의 관계임을 지적한다는 점에서는 헤겔과 데리다 모두와 다르다. 라캉이 말하는 물에 대한 주체의 욕망은 타자에게서 주체를 되찾으려는 헤겔적 의미의 상호인정에 대한 욕망과는 다르다. 주체가 물과 갖는 관계는 데리다가 말하는 상호인정의 관계 너머에 위치한 타자와의 관계와 흡사하다. 프로이트의 계승자로서 라캉은 이 관계의 성격이 철저하게 '성적'이라고 본다는 점만이 다를 뿐이다. 데리다의 헤겔 독법은 『조종』에서 전개되고 있으며, 나는 사이먼 크리칠리의 다음 글에 실린 주해를 참조했다. Simon Critchley, "Derrida's Reading of Hegel in *Glas*," in *Ethics-Politics-Subjectivity: Essays on Derrida, Levinas and Contemporary French Thought* (New York: Verso, 2009), 1-29쪽.
25. Jacques Lacan, 같은 책, 218쪽.

고 상징적 관계에 의해 지배되는 폴리스에 저항하기 위함도 아니다.[26] 그것은 그렇게 하지 않을 수 없는 행위, 칸트적 의미의 도덕적 의무다. 이 행위는 폴리스와 어떤 관련도 맺지 않은 채 오직 그녀 자신과 물의 관계 속에서만 일어나는 행위, 상징적 세계로부터 분리된 곳에서 일어나는 순수 욕망의 행위이다. 극의 절정이라 할 수 있는 할 수 있는 매장 장면이 무대 밖에서 일어나면서 전령의 입을 통해 간접적으로 전달되는 것은 그것이 상징적 언어로는 재현될 수 없는 행위이기 때문이다.

버틀러는 안티고네의 행위를 상징질서로부터의 전면적 단절로 읽는 라캉의 해석에 반대하면서 상징질서의 저편으로 넘어가는 것이 우리가 나날의 삶을 살아야 하는 상징질서에 어떤 변화를 가져오는지를 질문한다. 그것은 상징질서 내에서 '살 만한 관계'를 다시 쓸 수 있는 비판적 시각을 열어주는가? 이 질문에 그는 그렇지 않다고 대답한다. 버틀러는 라캉적 의미의 분리가 실천 가능한 어떤 구체적 변화도 가져오지 못한다고 생각한다. 그녀가 읽어내는 안티고네의 행위는 크레온의 상징적 법과 절대적으로 대립, 단절되어 있는 '순수의 정치'가 아니라 자신이 저항하고자 하는 바로 그 체계에 어쩔 수 없이 섞여들어가는 '오염의 정치'다. 그녀가 지지하는 정치성도 상징질서를 월경하는 급진적 정치성이 아니라 상징질서 내에서 그것을 부분적으로 교란시키는 현실적 정치성이다. 버틀러는 사회적 질서에서 이탈하여 순수 존재를 향해 질주하는 인물로 안티고네를 읽어내는 라캉의 독법이 역사적 맥락을 무시하는 '순수' 관념론적 태도에서 기인한다고 비판하면서 안티고네가 처해 있는 역사적 조건을 되살리고자 한다.

---

26. Charles Shepherdson, "Of Love and Beauty in Lacan's Antigone," in *Umbr(a)*, 1(1999), 70쪽 참조.

물론 라캉에 의해 무시된 역사적 맥락을 복원하겠다는 버틀러의 주장이 문학작품에 대한 역사주의적 접근법의 일반적 방식을 따르는 것은 아니다. 그녀는 2,400년 전 아테네의 무대에 오른 『안티고네』라는 비극 작품을 이해하기 위해 그 시절로 거슬러올라가 당대 사회에 대한 사회역사적 정보를 찾지 않는다. 그녀가 복원하고자 하는 것은 작품 『안티고네』의 역사적 맥락이 아니라 일련의 소포클레스 비극에 등장하는 안티고네라는 이름의 여주인공이 처해 있는 역사적 맥락이다. 이를 위해 버틀러는 『안티고네』를 넘어 『콜로누스의 오이디푸스』로 거슬러올라간다. 『콜로누스의 오이디푸스』는 『안티고네』보다 나중에 쓰였지만 『안티고네』보다 먼저 일어난 사건을 다루고 있다. 『콜로누스의 오이디푸스』에서 아버지 오이디푸스가 자식들에게 내린 저주는 『안티고네』에 일어나는 사건을 결정짓는다. 『콜로누스의 오이디푸스』에서 오이디푸스는 테베를 떠나 테세우스가 통치하는 아테네에 두 딸과 함께 피난처를 얻어 살고 있다. 오이디푸스는 자신의 두 아들이 아버지가 테베로 돌아오는 것을 금지했을 뿐 아니라 왕권을 잡기 위해 싸움을 벌이고 있다는 소문을 듣는다. 아버지의 승인을 받으러 온 폴리네이케스에게 오이디푸스는 전투에서 패배할 것이라는 저주를 내린다. 안티고네의 만류에도 불구하고 폴리네이케스는 에테오클레스와 싸움을 벌이고 결국 패하여 전사함으로써 아버지의 말씀을 실현한다. 안티고네는 아버지의 저주로 오빠를 잃게 되고, 『안티고네』에서 그녀의 운명은 아버지의 말씀이 쳐놓은 덫에 걸린다. 그녀는 아버지가 오빠에게 내린 저주의 결과를 짊어져야 했을 뿐 아니라 죽기 직전 오이디푸스가 그녀에게 내린 또다른 저주를 떠안아야 했다. 오이디푸스는 임종 직전 안티고네에게 곧 죽게 될 자기 이외의 어느 누구도 사랑하지 못하게 될 것이라는 저주를 내리는데, 이후 드러나듯 이 저주는 실현된다. 오이디푸스의 말은 말해짐으로써 현실적 효과를 발휘하는 수행적 언어, 발화 순간의 시간성을 넘어 그 효과를 발휘하는 언어 행위speech act다. 오이디푸스 가문의 자손들에게 말과 현실은 떼려야 뗄 수 없을 만큼 얽혀 있다. 버틀러에 의하면, 안티고네가 처해 있는 역사적 조건은 아버지의 말씀에 의해 구성된 현실이고 이로부터 급진적 분리를 감행하는 것은 불가능하다.

버틀러는 안티고네가 아버지의 말씀이 만들어낸 현실적 결과에서 벗어나진 못한다 해도 그것에 완전히 종속되는 것도 아니라고 본다. 안티고네는 아버지의 말씀을 따르면서 아버지의 의도와는 다른 방향으로 말씀을 전함으로써 그것을 탈구脫臼시킨다. 그녀는 오빠를 사랑했으므로 자기 이외의 누구도 사랑하지 못하게 될 것이라는 아버지의 말씀을 따르지 않는다. 하지만 버틀러는 묻는다. 오빠에 대한 사랑은 아버지 오이디푸스에 대한 사랑과 다른 것이냐고. 안티고네가 오빠를 묻어주기 위해 국법을 위반할 때 그 오빠는 과연 누구인가? 폴리네이케스인가 오이디푸스인가? 양자를 구분할 수 있는가? 오이디푸스는 이오카스테의 남편이면서 동시에 아들이다. 어머니의 남편이라는 점에서 오이디푸스는 안티고네에게 아버지이지만 어머니의 아들이라는 점에서는 오빠이다. 오빠라는 대상은 하나가 아닌 여럿이며, 이들 사이의 경계도 확정지을 수 없다. 라캉에게 오빠 폴리네이케스는 결코 다른 대상으로 교환, 대체될 수 없는 단독성을 지닌 존재이지만 버틀러에게 오빠들은 얼마든지 대체와 교환이 가능하다. 물론이 대체와 교환은 친족적 경계의 위반을 수반한다. 친족 체계에 분명한 선을 그음으로써 혼란을 방지하는 것이 아버지의 말씀이 수행하는 임무라면—근친상간은 이 구분을 무너뜨리고 분리 이전의 혼돈chaos과 무구분de-differentiation 상태로 돌아가는 것이다—오이디푸스의 말은 결코 이 목적을 실현하지 못한다. 포의 「도둑맞은 편지」처럼 말씀(기표)은 최종 목적지에 도달하지 못한다. 언어적 회로에 들어서는 순간 굴절 없이는 화자의 의도가 수신자에게 전달되지 못할 뿐 아니라 화자 자신이 이미 분열된 존재이자 친족 질서를 한순간 혼란에 빠뜨리는 오염원이기 때문이다. 이는 안티고네도 마찬가지다. 그녀는 오이디푸스에게 딸이면서 누이다. 그녀가 부르는 오빠라는 호명도 발화자로서의 자신의 의도를 초과하여 아버지와 오빠를 동시에 불러낸다. 이런 점에서 버틀러는 안티고네가 친족 체계를 옹호한다고 보지 않는다. 오히려 그녀는 친족 체계에 일탈적 혼란을 초래하는 말썽꾼이며, 단일한 정체로 호명될 수 없는 '난잡한 변태'다. 버틀러가 읽어내는 안티고네는 친족 체계 내에 있으면서 그 작동기제를 내적으로 전복하는 자, 이미 가족의 경계를 확정지을 수 없을 만큼 가변적이고 유동적인 현대사회에서 복수적 정체를 지니며 살아가는 우리의 알레고리다. 그가 '포스트모던' 시대에 살고 있는 우리에게 던지는 주장은 이른바 분방한 퀴어들의 전복적 정치성, 남근 중심적이며 이성애적 중심적인 규범을 수행적으로 반복하면서 그 규범을 내적으로 패러디하는 정치성이다.

지젝이 안티고네를 크레온의 질서에 "아니요"를 선언하는 여성적 부정negation의 대명사, 남성적 "상징질서 내의 결핍lack in the Symbolic"[27]을 통해 드러나는 '실재'와 직면함으로써 상징질서를 넘어서는 여성

---

27. 라캉이 말하는 상징계는 닫힌 체계가 아니라 그 내부에 '결핍'을 안고 있는 열린 체계이다. 상징계를 결핍된 것으로 만드는 것은 상징계가 배제하려고 하지만 완전히 배제되지 않고 되돌아오는 실재the Real다. 라캉은 상징질서의 결핍을 가리키기 위해 '비전체not-all'라는 범주를 도입하는데, 남성은 환상을 통해 상징계의 결핍을 메우는 길을 택하는 반면 여성은 결핍을 메우지 않고 결핍 그 자체와 대면함으로써 상징질서로부터 분리를 감행하는 윤리적 선택을 한다고 한다. 이런 의미에서 진정으로 윤리적 행위는 여성적이다. 물론 여기서 말하는 남성과 여성은 생물학적 존재로서 남녀나 사회적 정체성 차원의 젠더를 가리키는 것이 아니라 실재와 맺는 구조적 관계를 가리키는 은유다. 따라서 성차는 일종의 구조적 논리다. 이에 대해서는 이 책 제1장 제3절 참조.

적 윤리의 대변자로 본다면, 버틀러는 안티고네가 크레온과 대립하기만 하는 것이 아니라 그를 닮아 있다고 주장한다. 안티고네는 크레온에 못지않게 남성적이라는 것이다. 따라서 그녀는 지젝의 주장처럼 여성적 윤리의 대변자가 될 수 없다고 한다. 과연 그럴까? 안티고네와 크레온 둘 다 자신의 고집을 꺾지 않는다는 점에서 닮아 보이는 것은 사실이다. 하지만 이 표면적 유사성이 안티고네가 크레온의 남성성을 닮았기 때문에 일어난 것일까? 버틀러의 주장처럼 안티고네는 크레온과 자신을 '동일시identify'하고 있는 것일까? 라캉의 입장에서 볼 때 안티고네의 고집이 욕망을 포기하지 않으면서 승화하는 것이라면, 크레온의 고집은 초자아의 도착적 집착이다. 물론 쾌락원칙을 넘어서는 주이상스를 추구한다는 점에서 양자는 일치한다. 하지만 주이상스를 추구하는 둘의 방식은 같지 않다. 승화를 통해 억압 없이 주이상스를 즐기는 것과 법에서 주이상스를 찾는 것은 같지 않다. 안티고네는 승화를 통해 주이상스를 즐기지만 크레온은 법의 실행 속에서 상대방에게 고통과 굴욕을 주면서 주이상스를 즐긴다. 크레온은 가학적인 입법자면서 타자에게 자신의 법을 강요하는 초자아고, 안티고네는 이런 초자아의 압력에 굴하지 않고 순수 욕망을 끝까지 추구한다. 따라서 양자를 닮은 존재로 만드는 것은 초자아와 욕망을 뒤섞어버리는 것이다.

물론 버틀러가 안티고네와 크레온을 닮은 존재로 만드는 것은 정신분석학적 의미에서 초자아와 욕망을 뒤섞기 위해서라기보다는 남성적 법으로부터 분리를 감행하는 '낭만적' 여성성을 인정하지 않기 위해서다. 버틀러는 오염되지 않은 순수 존재로의 탈주란 불가능한 꿈에 지나지 않으며, 설령 그것이 가능하다 해도 우리가 일상의 삶을 살아야 하는 상징질서에 구체적 변화를 가져오기 힘들다고 본다. 이는 라캉뿐 아니라 여성성(라캉의 용어로 말하자면 여성적 주이상스)의 정치성을 이야기하는 프랑스 페미니즘 일반에 대해 그가 갖는 불만이다. 라캉과 그의 페미니스트 후예들은 버틀러가 상징적 영역과 구분 짓는 '사회적 영역'에서 이루어지는 '정치' 투쟁을 말하기보다는 상징 질서 이전의 정치성에 관심을 두고 있다. 이런 정치성 이전의 정치성 pre-politics으로는 현실적 권력 관계를 바꾸지 못한다는 것이 버틀러의 판단이다.

이런 버틀러의 비판을 『안티고네』와 관련지어보면 무슨 말을 할 수 있을까? 산 채로 죽음을 맞이하는 안티고네의 행위는 테베에 아무런 정치적 영향을 미치지 못한 혼자만의 저항으로 끝나는 것인가? 안티고네가 오빠의 시신을 묻어주는 고독한 행위를 할 때 그것은 폴리스를 향한 것이 아니다. 이 행위는 살아 있는 자와 아무런 관련도 맺지 않은 채 오직 죽은 자에 대한 의무로 행해진다. 하지만 살아 있는 자에 대한 이 절대적 무관심에도 불구하고 그녀의 행위는 살아 있는 자들의 운명에 결정적 영향을 미친다. 폴리스의 시민들을 대변하는 코러스는 안티고네의 행위에 감동하여 크레온의 법을 잔인한 폭력으로 받아들이며, 크레온은 안티고네의 연인이었던 사랑하는 아들과 아내를 잃는다. 바로 이것이 어떤 상징적 고려도 없이 오직 자신의 욕망에 충실한 그녀의 행위가 폴리스에 미치는 정치적 효과다. 가시적 정치적 효과를 의도한 행동은 아니지만 그녀의 행동은 공동체의 운명을 바꾸고 국가의 질서를 와해시키는 정치적 효과를 낳는다. 이는 폴리스의 질서 자체를 해체, 재구성하는 급진적 정치적 효과를 일으키는 바, 버틀러가 제시하는 사회적 위치의 변태적 교란과는 다른 차원에서 이루어지는 것이다. 영웅의 죽음이 선포된 지 오래인 지금, 안티고네가 비극적 영웅이라는 이름에 값하는 고전적 면모를 지니고 있다면 그것은 그녀의 행동이 정치적 질서의 비극적 해체와 재구성이라는 혁명적 변화를 수반하기 때문이다. 덧붙여 올바른 독해는 아니지만 일부에서 안티고네를 일종의 파시스트로 읽는 것도 뭍에 대한 고수를 포기하지 않고 죽음으로 치닫는 그녀의 극단적 열정이 전통적 의미의 여성다움을 대변하는 이스메네가 택하는 타협의 길—프로이트식으로 이야기하면 불쾌한 자극을 최소한으로 줄이거나 항상성을 유지함으로써 '쾌'의 상태에 남으려는 태도—과 다른 길, 궁극적으로 폴리스 자체의 몰락을 초래하는 파국의 길을 선택하도록 하는 것과 무관하지 않다. 자기 자신과 공동체를 파괴하는 위험을 무릅씀으로써 공동체의 법 바깥으로 추방되는 안티고네의 비극적 행위를 통해 공동체는 갱생의 기회를 얻는다. 그녀의 윤리적 행위는 상징적법을 비틀어 예외를 만드는 주체의 해방적 힘을 예증한다. 신자유주의적 상징질서가 강제한 패배주의로 인해 다른 질서, 다른 세계, 다른 공동체에 대한 상상력이 극도로 위축된 우리 시대에, 안티고네가 보여준 해방적 윤리는 페미니스트 후예들이 따라야 할 모델이다.

제3장

|

히스테리적 육체, 몸으로 글쓰기[*]

1. 왜 히스테리인가? 왜 정신분석학인가?

이 장에서는 히스테리 여성들의 발작적인 몸이 여성의 욕망에 던지는 의미를 정신분석학적 관점에서 읽어보려고 한다. 가부장적 사회가 여성의 몸을 구성하는 방식이나 이렇게 구성된 몸에 대한 여성 자신들의 경험은 다양하다. 아니 가부장적 사회라 하더라도 시대적·문화적 흐름에 따라 여성의 몸에 대한 지배적 표상은 상당히 달라졌고, 여성들이 그 표상을 내면화하거나 그에 저항하는 방식 역시 엄청난 변화가 있었다. 예를 들어 아기에게 젖을 물리는 어머니의 모습은 한때 여성의 본능을 대변하는 숭고한 이미지로 널리 수용되었지만 이제 우리는 이런 이미지와는 완전히 다른 어머니를 만나게 된다. 2003년에 개봉했던 영화 〈4인용 식탁〉에는 젊은 엄마가 아이를 아파트 베란다 너머

* 이 글은 『여성의 몸—시각·쟁점·역사』(한국여성연구소, 창비, 2005)에 수록한 나의 글 「히스테리적 육체, 몸으로 글쓰기」를 해당 출판사의 허락하에 수정·보완하여 재수록한 것이다.

로 집어던지는 충격적인 장면이 나온다. 아이를 집어던지기 직전 그녀가 보여주었던 히스테릭한 눈빛과 떨리는 두 손은 관객들을 경악시켰음에 틀림없다. 세상에서 가장 이타적이면서 동시에 당사자인 어머니에게 가장 큰 만족을 주는 것으로 여겨졌던 모성이 어머니 자신을 옭아매는 끔찍한 질곡으로 변해 있는 것이다. 이 히스테릭한 살인자 어머니의 이미지가 등장하기까지 여성들이 어머니인 동시에 자신의 욕망을 가진 한 여성으로서 겪는 정신적·육체적 갈등은 오랫동안 묻혀 있었다. 영화 속 그녀가 보여준 파괴적인 광란의 몸짓은 모성에 대한 지배적 표상 아래에서 여성들이 의식적·무의식적으로 경험한 억압과 분열을 충격적으로 재현한 것이다. 한 여성 감독에 의해 가시적 영역으로 떠오른 히스테릭한 어머니의 내면적 경험은 병리적 방식으로 표현되는 여성 욕망의 문제를 마주보게 한다.

왜 여성들은 '이유도 없이' 아픈가? 왜 여성들은 화병이라 불리는 한국 특유의 여성적 질병을 그토록 긴 세월 앓아왔을까? 여성들이 무당이라 불리는 우리 사회의 비공식적 심리상담사를 찾아가 신들린 듯 풀어내는 말들은 어떤 억눌린 욕망과 분노를 표현하고 있을까? 우리가 오정희라는 한 예민한 여성 소설가의 작품에서 만나게 되듯, 압축적 근대화가 진행되었던 1970년대와 1980년대에 여성들은 가정이라는 고립된 섬에서 고독한 욕망의 내출혈을 앓았으며, '포스트모던 걸들'이 거리를 활보하는 2000년대에도 여성들의 출혈은 계속되고 있다. 2000년대 벽두에 한 젊은 여성 감독이 만든 문제적 영화에서 우리는 여성들의 멈추지 않는 내출혈을 또다시 목도하게 된다. 이들은 한국 근대화가 마련해준 깔끔한 아파트의 4인용 식탁에 아이와 함께 행복하게 앉지 못하고 구석진 베란다 너머로 아이를 집어던진다. 관객들로 하여금 섬뜩한 전율과 살인적 공포로 몸을 떨게 만드는 이들의 출혈은 앞으로 어떤 텍스트의 무늬로 계속될까?

히스테리라는 서구의 용어를 사용하고 있진 않지만 이런 질문들은 이미 히스테리라는 문제틀 속에 들어와 있다. 가부장적 사회에서 여성이 경험하는 '분열'과 그 분열을 통해 드러나는 '무의식적 욕망'을 '몸으로 표현하고 있는 여자들'이 히스테리 여성들이기 때문이다. 이들은 가부장적 현실을 초월한 혁명적 여성 주체들이 아니다. 이들은 가부장적 현실 속에 들어가 아버지가 정해준 법을 따르면서도 법의 균열을 통해 완전히 삭제되지 않은 자신들의 욕망을 병리적 증상으로 드러내고 있는 여자들이다. '몸의 증상'으로 드러나는 여성들의 욕망은 의식의 통제 너머에 있다. 그것은 '내 속에 내가 어쩔 수 없는 이방인'으로 들어와 있는 '무의식적 감정'이다. 히스테리를 거론한다는 것은 바로 이 '여성적 무의식'이라는 논의의 지평을 열어 '여성 주체'의 문제를 다시 생각해보는 일이다.

하지만 왜 무의식인가? 무의식은 페미니즘에 어떤 문제를 제기하는가? 무의식의 발견이라는 서구 사상의 코페르니쿠스적 전환을 이룩한 프로이트에 의하면, 무의식은 역사가 없다. 가부장제라는 남성중심적 역사를 변혁하려는 분명한 정치적 목표를 가지고 있는 페미니즘에 역사가 없는 무의식을 중요한 사회적 의제로 제기하는 것은 역사적 변화를 포기하는 것이 아닌가? 페미니즘을 포함한 변혁 지향적인 사회이론 일반이 정신분석학에 품는 불만이 바로 이것, 즉 정신분석학은 개인의 심리에 밀폐되어 있어 역사적 변혁을 이뤄낼 수 없는 무력한 이론이라는 혐의다. 의식적 실천을 통한 사회변화가 우선적 과제로 설정되는 현실 운동에서 '개인', 아니 '개인의 심리 속에 이방인으로 들어와 있는 무의식'을 거론한다는 것은 현실 회피로 간주되기 쉽다. 1990년대 여성주의 운동에서 여성의 욕망과 성이 중요한 문제로 부상하긴 했지만, 이런 욕망의 정치학도 여성 개개인 속에 잠재되어 있는 '무의식'에 충분히 주목한 것 같지는 않다. 설령 무의식을 고려하는 경우에도 개인을 호명하여 특정한 '정체성identity'을 부여해주는 이데올로기적 '구성' 기제로서만 논의되었을 뿐, 이러한 구성의 '이데올로기적 효과'를 넘어서는 '주체'의 측면은 간과되어왔다. 현대의 다양한 '담론 구성주의'의 흐름 속에서 담론에 의해 구성되지 않는 부분, 혹은 담론적 구성에 저항하는 부분은 가려져온 것이다. 하지만 히스테리를 겪는 여성들이 온몸으로 제기하는 문제는 담론적 구성을 넘어서는 '무의식적 주체'의 반란이다. 이들은 가부장적 상징 담론이 가하는 억압에 맞서 '자신도 모르게' 주체적 반란의 몸짓을 감행해왔다. '자아'를 넘어서는 '무의식적 주체'의 저항을 경유하지 않는 사회변화는 단기적인 것으로 끝날 공산이 크다. 1980년대를 뜨겁게 달구었던 사회변혁 운동이 그 노력과 열정에 값하는 결실을 거두지 못한 한 가지 이유는 변화를 이뤄낼 '개인 주체'에 대한 이해가 부족했기 때문이 아니었나 싶다. '직접적인' 사회적 실천에 대한 강박적 요구는 '개인의 무의식적 결단을 통과하는 실천'을 구상할 여유를 빼앗아버렸다. 이 글이 히스테리에 주목하는 것은 사회적 실천의 포기가 아니라 개인의 무의식적 선택을 통과한 새로운 정치적·윤리적 실천의 가능성을 모색해보려는 문제의식에서 비롯되었다.

이런 새로운 실천의 가능성을 탐색할 방법론적 도구를 제공한 것은 사실이지만, 프로이트 정신분석학은 히스테리 여성이 제기한 문제를 충분히 발전시키지 못했다. 지크문트 프로이트라는 이름의 유대인 남성이 창시한 정신분석학은 그 창시자를 침윤시켰던 가부장적 이데올로기에 구속되지 않을 수 없었으며, 따라서 히스테리 환자의 언어는 정신분석학 담론 속에서도 제대로 표현되지 못했다. 하지만 히스테리는 다른 어떤 담론보다 정신분석학에서 자신의 억압된 말을 들어줄 '공감적 청자'를 만나게 된다. 때로 이 청자가 듣기를 거부하고 자신의 언어를 강요하는 '권력자'로 변모하는 경우도 있지만, 우리가

분석 상담실에서 만나는 '말하는 여성'과 억압의 사슬에서 풀려나지 못한 그의 언설이 자유롭게 흘러나오도록 공감적 반응을 보여주는 '참여적 청자'는 히스테리 수용사에 새로운 변화를 이룩한 획기적 관계임이 분명하다. '대화 치료talking cure'라는 정신분석학의 치료술은 단순히 새로운 치료 '방법'인 것만은 아니다. 그것은 분석가와 피분석가 사이에 '대화적 관계'를 전제하는 새로운 소통과 윤리적 가능성을 열어놓는다. '말하는 입'과 '열린 귀'가 만들어갈 새로운 남녀 관계가 결코 쉽게 이루어질 수 없는 것임은 이후 정신분석가와 히스테리 환자의 불편한 관계를 통해 충분히 드러난다. 하지만 서로의 무의식적 욕망을 소통하고 존중하는 이 미완의 가능성을 분석적 상황을 넘어 사회적 관계 속으로 확장시킬 필요가 있다는 것이 이 장의 문제의식이다. 이 문제의식을 구체화하려면 가부장적 사회에서 각기 달리 형성되는 남녀의 무의식적 욕망과, 그 욕망들이 억압과 피억압이라는 불평등한 관계를 넘어 새롭게 만날 수 있는 정치적·윤리적 가능성을 모색하는 힘든 과제를 수행해야 한다. 나는 이 과제의 수행을 위한 이론적 실마리를 마련하기 위해 히스테리 수용사에서 정신분석학이 갖는 위상을 살펴보고, 히스테리 여성의 몸을 통해 드러나는 여성의 욕망 및 그것의 언어적 승화 형태들을 검토해보고자 한다.

2. 위험한 동맹―정신분석학과 히스테리의 만남

정신분석학은 히스테리 연구에서 출발했다. 그것은 히스테리 환자들의 육체적 증상을 읽어내고 그들의 파편화된 언어를 해석하는 것으로 시작되었다. 그들의 마비된 몸은 프로이트가 '무의식에 이르는 왕도'라 불렀던 꿈처럼 즉각적으로 해석될 수 없는 왜곡되고 일그러진 텍스트다. 히스테리 여성들의 수수께끼 같은 몸을 읽어내는 방법을 배우면서 프로이트는 정신분석학이라는 미답의 영역을 개척하고 그것을 구성하는 핵심적 개념들을 발견하게 되었다. 히스테리와 대면하면서 정신분석학의 핵이라 할 수 있는 '무의식', '섹슈얼리티sexuality' '오이디푸스콤플렉스'를 발견했으며, 정신분석학적 치료의 본질을 명명한 계기도 다름아닌 히스테리 여성이었다. 잘 알려져 있듯이 프로이트가 히스테리 현상을 본격적으로 접하게 된 것은 선배인 요제프 브로이어의 환자 안나 O.라는 여성을 통해서다.[1] 안나 O.는 브로이어에게 받은 치료를 대화 치료라 불렀는데, 바로 이것이 정신분석학이 찾아낸 고유의 독특한 치료 방법이다. 따라서 히스테리는 정신분석학에 의해 읽혀져야 할 대상이었을 뿐 아니라 정신분석학적 발견을 이끈 동인이기도 했다. 정신분석학은 히스테리 환자의 육체가 하는 말에 귀를 기울이고 그 육체의 언어를 해석해냄으로써 자신의 정체를 확립하게 된 것이다.

정신분석학이 히스테리와의 조우를 통해 자신의 이론적 집을 세워 갔다면, 히스테리도 정신분석학과의 만남을 통해 잃어버린 정체를 회복할 수 있는 기회를 얻는다.[2] 의학의 아버지 히포크라테스가 히스테

---

1. 안나 O.의 본명은 베르타 파펜하임(1859-1936)이다. 브로이어에게 히스테리 치료를 받은 그는 훗날 독일계 유대인 여성운동과 사회사업 분야에서 큰 업적을 남긴 중요한 인물이 되었다. 브로이어의 안나 O. 분석 사례사를 페미니즘적 관점에서 다시 읽어낸 다이앤 헌터에 의하면, 페미니스트들은 파펜하임이 공적 생활에서 펼친 자선 활동과 정치 활동의 공로는 높이 샀지만, 정신분석 이론과 기술에 기여한 그의 역할에 대해서는 별달리 주의를 기울이지 않았다고 한다. 헌터 자신의 해석이 메우려는 것이 바로 이 공백이다. 다이앤 헌터, 「히스테리, 정신분석, 페미니즘: 안나의 사례」, 케티 콘보이 외, 『여성의 몸, 어떻게 읽을 것인가?』, 한애경 외 옮김(한울, 2001), 143-167쪽 참조.
2. 서구에서 히스테리의 역사에 대한 연구는 상당한 수준으로 진척되어 있다. 이 장의 논의를 위해서는 주로 다음의 책을 참조했다. 크리스티나 폰 브라운, 『히스테리』, 엄양선 외 옮김(여이연, 2003); Juliet Mitchell, *Mad Men and Medusas: Reclaiming Hysteria* (New York: Basic Books, 2000).

리를 '자궁에 의해 생겨난 질식'으로 진단한 기원전 2000년 무렵부터, 히스테리는 자궁이 온몸을 떠돌면서 일으키는 질병으로 간주되었다. 히스테리와 여성이 연결된 것이 이때부터다. 히포크라테스는 히스테리를 일종의 '자궁 건조병'으로 파악했다. 그에 의하면 자궁은 성적 금욕 때문에 건조해지면 습기가 남아 있는 신체의 다른 부분들, 이를테면 정액이 있는 곳을 찾아 나선다. 온몸을 이동하던 자궁이 정액이 있는 촉촉한 부분을 발견하면 미친개처럼 그 부분을 물어뜯음으로써 신체적 증상을 일으킨다고 한다. 광폭하게 날뛰는 자궁을 잠재우고 자궁이 제자리에 머물러 있도록 하기 위해서는 정액이라는 물길을 대주어야 하는데, 합법적인 물길 제공 루트가 결혼이었던 만큼 가장 확실한 히스테리 치료법은 결혼을 통한 출산이었다. 중세에 이르러 히스테리는 악마에 사로잡힌 마녀의 주술로 간주되어 끔찍한 마녀사냥의 근거가 되었으며, 계몽주의 시대에는 당시 새로이 부상하던 생리학과 의학 담론에 의해 신경계나 뇌에 발생한 질병으로 분류되었다.

근대 정신의학의 대두와 더불어 히스테리는 그 병인으로 간주되었던 생물학적·주술적 요인들에서 벗어나 일종의 '정신질환'으로 받아들여지게 된다. 이로써 여성의 몸은 단순히 생물학적 유기체가 아니라 영혼과 연결된 육체로서 위상을 얻는다. 이와 함께 히스테리를 바라보는 담론에도 두 가지 큰 변화가 발생한다. 하나는 히스테리의 병인이 '아래'에서 '위'로 올라간 것이며, 다른 하나는 히스테리로부터 여성의 병이라는 꼬리표가 떨어진 것이다. 이제 이들 정신의학 담론에서 히스테리는 육체적 질병이 아닌 여성들의 과도한 지적 활동에서 기인하는 병으로 해석되는데, 이런 담론화가 도달한 필연적 귀결은 사회적·지적 활동을 중지시켜 가정과 모성이라는 사적 영역으로 그녀들을 복귀시키는 것이다. '신여성'이라 불린 일군의 여성들이 공적 영역에 들어가 남성의 전유물이었던 공적·정치적 발언권을 '훔쳐오던' 시절 히스테리의 병인을 여성의 지적 활동에서 찾는 의학 담론이 성행했던 것은 단순한 역사적 우연이 아니다. 가부장적 담론은 성역할 구분에 혼란을 초래하는 이 신여성들(남성적 여성이면서 많은 경우 모성을 거부한 여성들)의 대두에 맞서 전통적인 여성다움과 모성을 발명하는 한편, 바로 그 담론적 발명품을 통해 여성의 지적 활동을 억압·통제하는 이중 전략을 구사했던 것이다. 이런 전략에 의해 병리화된 존재가 히스테리 여성이다. 이런 여성의 통제와 함께 히스테리 남성도 정신의학의 권력 그물망에 걸리게 된다. 앞서 언급했듯이 여성의 '몸'이 일으킨 질병이 아닌 '정신'의 병으로 해석되면서 히스테리는 여성의 질병이라는 딱지를 떼게 된다. 문제는 남자의 몸을 갖고 있으면서 명백히 여성적 질병을 앓고 있는 이 '이상한' 남자들을 어떻게 설명할 것이냐 하는 점이었다. 이 난제의 해결을 위해서는 성차에 대한 생물학적 설명을 넘어 심리적 성차의 해명에 도달해야 하는데, 이는 육체/정신, 남성/여성을 구획하는 기존 통념을 넘어설 것을 요구한다. 하지만 히스테리를 '정신질환'으로 파악한 새로운 정신의학에서 이런 발상의 전환이 이루어진 것은 아니며, 정상/비정상성이라는 관념에 대한 비판적 심문이 있었던 것도 아니다. 남성 히스테리는 여성의 병을 앓고 있는 '비정상적인' 남성으로 간주되어, 남성다움을 특권화하는 가부장적 사회에서 비판의 표적이 된다.

수천 년 동안 히스테리를 짓눌러왔던 비정상적 병리라는 낙인을 거둬준 인물이 프로이트다. 프로이트는 정상과 비정상을 나누는 절대적 기준 자체가 존재하지 않으며, 따라서 모든 인간은 근원적 의미에서 히스테리를 겪고 있다고 본다. 히스테리에서 발견되는 무의식적 욕망과 그 억압이라는 기제는 '정상인'에게서도 발견되는 지극히 '보편적인' 메커니즘으로 정상과 비정상을 가르는 절대적 구획선은 없다. 정도의 차이가 있을 뿐이다. 오히려 정신분석학에서 비정상적 병리자들은 문화의 억압에 덜 길들여진 존재로 해석된다. 그들은 인간을 인간으로 탄생시키지만 성적 존재의 상실이라는 엄청난 대가를 요구하는 문화적 질서에 여전히 '불만'의 메시지를 던지고 '항의'의 몸짓을 멈추지 않는 존재들이다. 정신분석학은 이 분열된 인간들을 문화라는 정상적 규범 속으로 순치시키는 것이 아니라 이들의 병리적 증상을 통해 문화적 질서의 억압성을 드러내고 인간과 문화가 '덜 억압적으로' 만날 수 있는 길을 모색한다. 프로이트 정신분석학에 이르러 히스테리의 육체는 성적 존재로서 인간의 '진실'을 드러내는 텍스트로 받아들여지게 된 것이다.

하지만 히스테리와 정신분석학의 만남이 이처럼 행복한 장면만을 연출한 것은 결코 아니다. 정신분석적 치료를 주도한 '남성' 분석가와 그의 '여성' 환자라는 '성차'의 문제가 내내 둘의 관계에 영향을 미쳤으며, 정신분석학과 히스테리 사이의 오랜 불화와 반목도 바로 여기서 비롯된다. 히스테리 환자와 치료자 사이의 관계를 추적하면서 크리스티나 폰 브라운은 시대에 따라 달리 나타나는 히스테리 "증상"의 역사란 히스테리 여성들이 히스테리에 대한 지배적 "이론" 및 "치료법"에 "적응"하면서 이를 "전도시키는" 교묘한 위장과 연출의 산물이라고 지적한다.[3] 브라운은 이를 "효과적인 파업 형태인 준법투쟁"(60쪽)에 비유하며 그 구체적인 예를 19세기 샤르코의 히스테리 환자에게서 발견한다. 샤르코의 살페트리에르 병원은 히스테리 여성들이 이 남성 대가의 암시와 최면에 따라 히스테리 증상을 연출해 보이는 화려한 무대였다. 샤르코는 히스테리 증상을 정신적 외상을 입었을 때

---

3. 크리스티나 폰 브라운, 같은 책, 58-78쪽. 앞으로 이 글에서 이 책을 인용할 때는 쪽수만 표기하기로 한다.

나타나는 신경 체계의 자동반사적 반응이라고 보고 이 반사작용이 3단계를 거치며 진행된다고 주장했다. "유사 간질"이라 표현된 첫번째 단계에서는 근육 경련이 일어나고, 두번째 단계에서는 그가 "광대짓"이라 부른 증상을 드러내는바, 성적으로 도발적인 활 모양으로 몸을 비틀면서 괴성을 질러대며, 마지막 세번째 단계에서는 색정적인 태도를 노골적으로 드러내며 환각 증세와 함께 몸의 마비를 보인다.[4] 샤르코의 암시에 따라 히스테리 여성들은 누구도 부인할 수 없는 육체적 증상을 드러냈으며, 샤르코는 히스테리 여성들이 거짓을 꾸미고 있다는 반대자들의 주장에 맞서 눈앞에 전개되고 있는 이 증상의 현시를 자기 이론의 확실성을 입증하는 증거로 제시했다. 하지만 브라운이 지적하듯 다른 의사들의 실험에서 이 이론은 전혀 성공하지 못했거나 부분적으로만 성공했으며, 샤르코가 은퇴한 지 불과 몇 년이 지나지 않아 한때 누구도 부인하지 못할 정도로 확실해 보였던 이 증상들은 거의 사라졌다. 샤르코 자신도 말년에 이르러 히스테리 환자들이 "그의 3단계 모델을 '연기'해 보였을 뿐이며 어떤 의미에서 환자들은 그가 자신의 학설로 반박하려고 했던 바로 그것, 즉 흉내쟁이였을 것이라고 어렴풋이 생각하게 되었다"(62쪽)라고 한다. 샤르코의 히스테리 환자들은 가부장적 대가가 원하는 바를 증상으로 제시하면서 그 이론의 확실성을 입증해주는 듯하지만, 실은 '흉내내기'를 통해 그 모순성을 폭로하고 있었던 것이다. 브라운에 의하면, 지배적 모델을 수용하는 동시에 모순에 빠뜨리는 이런 흉내내기는 히스테리의 "준법투쟁"이 주인 담론을 전복하는 대단히 효과적이면서도 능동적인 전

---

4. 브라운은 샤르코의 히스테리 치료법을 3단계로 구분하고 있는데, 논자에 따라서는 이를 4단계로 나누기도 한다. 4단계로 읽어내는 논자로는 클레어 커헤인이 있다. Claire Kahane, *Passions of the Voice: Hysteria, Narrative, and the Figure of the Speaking Woman, 1850-1915* (Baltimore: Johns Hopkins University Press, 1995) 참조.

략이다.

 샤르코의 히스테리 극장에서 화려한 연극을 관람했던 관객 중 가장 열렬한 지적 관심과 흥미를 보인 프로이트와 브로이어는 샤르코와 다른 결론을 도출해내며, 1895년 『히스테리 연구』라는 기념비적 저서를 공동으로 출판하기에 이른다. 이 책에서 프로이트와 브로이어는 히스테리 여성과의 만남을 처음으로 기록하고 있다. 하지만 이 기록은 어긋난 만남의 기록이다. 프로이트가 단독으로 출판한 또다른 히스테리 여성 환자에 대한 임상 보고서(도라 분석)도 불화의 기록이다. 정신분석학과 히스테리의 첫 만남은 결코 행복한 조우가 아니었다. 정신분석학적 히스테리 치료의 시발점을 이룬 안나 O.의 사례에서 브로이어는 그의 아이를 임신했다는 환상에 사로잡힌 안나 O.의 전이 사랑을 견디지 못하고 치료를 중단한 채 아내와 함께 로마로 도망쳤다. 한편 이다 바우어라는 이름의 히스테리 여성 환자는 당시 집주인이 고용인을 해고할 때의 관습에 따라, 프로이트에게 2주일의 유예 기간을 준 다음 3개월 동안 받았던 치료를 일방적으로 중단한다. 하녀처럼 해고당한 프로이트는 끝내 내쫓긴 상처를 극복하지 못한다. 그녀에 대한 분석 사례사를 집필할 때 프로이트는 누이의 하녀 이름인 '도라'라는 이름을 그녀에게 붙임으로써 자신의 상처를 만회해보려고 하지만, 그의 사례사를 지배하는 것은 '성공적 복수'가 아니라 '실패'에 대한 자의식이다. '미완의 분석Fragments of Analysis'이라는 제목부터 분석의 통제권 속으로 들어오지 않는 여성의 욕망에 대한 불안을 노출한다. 스핑크스의 수수께끼를 풀고자 하는 오이디푸스처럼 프로이트는 여성 욕망의 비밀을 밝히려 하지만 그 비밀은 결코 풀리지 않는다. 그는 도라의 꿈에 등장하는 '보석 상자'를 끝내 열지 못한다. 프로이트는 오이디푸스콤플렉스라는 개념을 만들어냄으로써 인간 욕망의 근원적 구조를 밝혀내고자 했지만 이 개념에 의해서도 여성성이라는 보석 상자는 열리지 않는다. 프로이트가 오이디푸스적 도식이라는 해석의 열쇠를 도라의 몸속으로 찔러넣을 때, 도라는 프로이트의 남성적 침투 기획을 거부한다. 남성 분석가에게 하녀 대접을 받은 그녀는 거꾸로 주인-아버지를 하인처럼 해고시켜버렸다. 히스테리 여성 환자에게 당한 모욕의 기억은 정신분석학의 '외상'으로 남아 프로이트로 하여금 '여성의 욕망'이라는 문제로 반복해서 돌아가도록 만든다. 프로이트가 그려 보이고 이후 라캉이 이어가는 정신분석학의 긴 여정은 히스테리 여성 환자가 던지는 스핑크스적 질문에 해답을 찾아가는 오이디푸스의 지난한 모색 과정이다. 이 과정에서 정신분석학은 때로 주인의 위치에 올라서서 여성 욕망에 대한 해답을 처방하기도 하지만 궁극적으로 그 불가해성을 받아들이게 된다. 이 해답 불가능성에 대한 인식이 정신분석학이 여타 담론과 구분되는 지점이며, 정신분석학과 여성 사이에 '위험한 동맹'을 꿈꿀 수 있게 해주는 요인이다.

3. 증상으로서의 몸—외상, 실재, 현시

프로이트는 히스테리 증상을 유아기의 외상적 체험 때문에 발생한 불쾌한 '무의식적 욕망'과 이것이 의식으로 등장하는 것을 막는 '방어' 사이의 '심리적 갈등'과 '타협'의 산물로 이해한다. 히스테리의 고전적 사례라 할 수 있는 전환 히스테리는 언어로 표현될 수 없기 때문에 발산될 수 없었던 무의식적 욕망이 신체적 증상으로 '전환 conversion'되어 나타난 것이다. 히스테리 여성의 몸에 일어난 변화는 단순히 몸 그 자체에 발생한 '생리적' 변화가 아니라 의식화되지 못한 무의식적 욕망이 몸으로 이동하여 생겨난 변화다. 따라서 히스테리 여성들에게 흔히 나타나는 호흡곤란, 수족 마비 등의 육체적 증상을 치료하기 위해 팔, 다리, 목에 대한 의학적 처방에 의존한다면 실패할 수밖에 없다. 육체적 증상은 육체를 넘어서는 심리에서 발생하여 그곳으로 이전된 것이기 때문에, 치료를 위해서는 심리에 대한 이해가 선행되어야 한다. 신경생리학자였던 프로이트가 자연과학 분과를 떠나 정신분석학으로 이동한 것은 몸과 심리의 연계성에 주목했기 때문이며, 정신분석학의 몸 이론이 몸에 대한 생물학적·해부학적 접근법과 갈라서는 것도 바로 이 지점이다. 하지만 심리에 의해 결정되는 것이 몸이라고 보는 이런 몸 이론은 정신/몸의 이항 대립에서 정신의 우위를 인정하는 오래된 위계적 이분법과 무엇이 다른가. 히스테리의 육체적 증상을 해석하면서 프로이트가 찾아낸 육체는 심리의 영향을 받긴 하지만 심리적 차원에 완전히 종속되지 않는 몸이며, 육체/정신의 이분법을 넘어선 지점에 위치한 몸이다. 섹슈얼리티라는 차원이 들어오는 것이 이 대목이다.

초기 프로이트 이론에 의하면 히스테리 증상은 인간의 몸을 순환하고 있는 에너지와 이 에너지에 부착된 표상representation이 심리 장치를 지배하는 의식의 표상 체계 속으로 진입하지 못해 발생한 것이다. 리비도라 불리는 비물질적 에너지와 그에 부착된 병리적 표상—무의식적 관념unconscious idea이라 불리는—을 의식이 적절히 처리하지 못하면 병리적 표상은 '다른 장면the other scene'이라 불리는 무의식으로 내려보내지고 리비도는 온몸을 떠돌게 된다. 의식에서 밀려난 병리적 표상은 무의식의 저장소에서 사물 표상thing presentation으로 각인되고, 리비도적 에너지는 표상 체계에 묶이지 않은 채 자유로이 떠돌게 된다. 이것이 그가 '묶이지 않은 자유 에너지free unbound energy'라 부르는 것이다. 프로이트는 병리적 표상을 무의식으로 내려보내는 심리적 작업을 '억압'이라 부른다. 또 그는 리비도적 에너지가 무엇인가를 '원하는 감정affect', 즉 '소망wish' 혹은 '욕망desire'이며, 그것의 핵심적 성격이 '성적sexual'임을 발견하게 된다. 프로이트가 히스테리 증상의 원인으로 발견한 것이 바로 이 '무의식적 성적 욕망'인데, 이 발견이 진정한 의미에서 정신분석학의 출발점을 이룬다.

성충동(쾌락원칙)과 자기보존충동(현실원칙)의 이원론을 유지했던 초기에서 생명충동(쾌락원칙)과 죽음충동(쾌락 너머의 원칙)의 이원론으로 옮겨가는 후기에 이르면 리비도라 불렸던 성충동에도 분화가 일어난다. 성충동의 한 부분은 두 존재의 결합을 통해 생명을 탄생·지속시키는 성격을 갖고 있지만, 그것의 극단적 형태는 생명을 파괴하고 탄생 이전으로 돌아가고자 하는 성격을 갖고 있다. 이것이 쾌락원칙을 넘어선 죽음충동이다. 죽음충동 역시 '성적' 성격을 갖고 있지만 그것은 단순한 '쾌감'이 아닌 존재의 파괴에 이를 수 있을 정도의 격렬한 쾌감, 고통을 동반하는 강렬한 쾌감을 추구한다는 점에서 쾌락원칙을 넘어서 있다. 라캉은 생명체를 파괴시키지 않는 선에서 얻어지는 온건한 쾌감pleasure과 대비하여, 죽음을 무릅쓰고 죽음을 지향하며 주체에게 불쾌감을 불러일으킬 정도로 강력한 자극과 흥분을 가져다주는 충동을 '주이상스jouissance'라 부른다. 이 죽음충동은 사디즘과 마조히즘에서 가장 가시적으로 드러나지만, 이외에도 경쟁, 질투, 증오 등 주체와 대상을 파괴하는 공격 성향으로 다양하게 변주되어 나타난다. 주이상스라 불리는 죽음충동은 흥분의 방출을 추구하고 원초적 만족의 체험을 반복하고자 한다. 이 점에서 죽음충동은 반복 강박으로 나타난다. 이것이 프로이트가 1차 과정이라 부른 무의식에서 일어나는 사건이다. 반면 (전)의식에서 일어나는 2차 과정은 흥분의 방출을 억제하거나 보류한다. 전자가 풀어놓으면 후자는 묶어두려 한다. 묶기와 풀기, 수축과 이완의 이중 운동이 생명체를 끌고 가는 역동적 리듬이다. 성적 욕망과 충동은 아무리 조여도 새어나오는 것, 아니 새어나오다 급기야 터져버리는 어떤 힘이자 에너지다.

우리는 여기서 히스테리 증상과 '외상trauma'의 관계에 주목할 필요가 있다. 초기의 글 「히스테리의 병인론」(1896)에서 프로이트는 "히스테리의 증상은…… 외상적 방식으로 작용하는 어떤 경험에 의해 결정되는데, 이 경험은 환자의 심리 생활에서 기억의 상징이라는 형태로 재생된다"[5]라고 썼다. 여기서 "외상적 방식으로 작용하는" 경험이란 성인의 '유혹'이나 강간 같이 주체의 심리적 방어막을 붕괴시키는 끔찍한 사건을 말한다. 이런 외상적 사건은 사건이 일어날 당시에는 심리 장치에 의해 적절히 처리되지 못해 무의식 속에 '기억의 흔적'으로 가라앉아 있다가 이 억압된 흔적을 촉발시키는 제2의 사건이 발생하면 몸의 증상으로 나타난다는 것이 당시 프로이트의 생각이었다. 이런 점에서 히스테리적 증상은 억압된 '기억의 상징'이다. "히스테리는 기억 때문에 고통받는다"[6]라는 프로이트의 유명한 진술이 의미하는 바가 이것이다.

하지만 히스테리 환자의 이야기를 들으면서 프로이트는 '유혹'이나 강간 같은 외상적 사건이 과거의 특정 시점에 환자에게 실제로 일어난 사건일 수도 있지만 환자의 무의식적 환상이 만들어낸 허구일 수도 있다는 점을 발견한다. 파이어스톤을 위시한 미국의 초기 페미니스트들, 그리고 드워킨 같은 최근의 이론가들은 여성에게 가해진 성폭력을 피해자 여성이 지어낸 거짓말로 만들어버리는 이런 가설이야말로 프로이트의, 아니 정신분석학의 '남성 중심성'과 '정치적 반동

---

5. Sigmund Freud, "The Aetiology of Hysteria," in The *Standard Edition of the Complete Psychological Works of SigmundFreud*, Vol. 3, edit. by James Strachey et al., trans. by James Strachey (London: Horgath Press, 1962), 193쪽.

6. Josef Breuer and Sigmund Freud, *Studies on Hysteria, The Standard Edition of the Complete Psychological Works of Sigmund Freud*, Vol. 2, edit. by James Strachey et al., trans. by James Strachey (London: Horgath Press, 1955), 10쪽.

성'을 여실히 드러내는 것이라며 격렬하게 비판했다. 그간 성폭력을 둘러싼 국내 논의에서 강간 피해자의 증언이 허구일 수 있다는 이런 정신분석학적 주장은 별로 수용되지 않은 것으로 보인다. 한국 사회처럼 남성적 권력과 권위가 강고하게 지배하는 사회에서는 명백히 불리한 위치에 처해 있는 피해 여성의 인권을 지키고 피해자 증언의 진실성을 법적으로 확보하는 것이 필요하고도 절실하기 때문일 터이다.[7] 하지만 피해자의 증언이 허구적 구성물일 수 있다는 인식이 반드시 반여성적인 것으로 매도될 필요는 없다. 성폭력처럼 끔찍한 피해를 입은 여성도 수동적 위치에만 있는 것이 아니라 자신의 주체적 욕망과 의지를 가지고 있다는 점, 그리고 그 여성들이 발화하는 '허구적 이야기'가 이 욕망이 표현되는 길일 수 있는 가능성을 완전히 배제할 필요는 없다. 여성을 포함한 인간은 어떤 피해 상황에서도 수동적으로만 반응하는 존재가 아니다. 인간은 아무리 고통스러운 상황에서도 자신들의 주체적 의지와 욕망을 쉽게 포기하지 않는다. 욕망이 언제나 일반적이고 규범적인 방식으로만 표현되는 것도 아니다. 때로 그것은 환각이나 거짓말 같은 비정상적 방식으로 나타난다. 이 일탈적 자기 표현 가능성을 열어두는 것이 그녀들의 심리 깊숙이 가라앉아 있는 욕망을 만나는 길일 수 있다.

---

7. 성폭력에 관한 한 연구는 성폭력 사건의 기준을 피해자 여성의 '거부' 내지 '동의' 표현 여부에 두는 것에서 가해자 남성이 해당 여성의 동의를 구했는지를 입증하는 쪽으로 바뀌어야 한다고 주장한다. 신상숙, 「성폭력의 의미구성과 '성적 자기결정권'의 딜레마」, 『여성과사회』 제13호(2001), 27-30쪽 참조. 이 글에 따르면, 성과 폭력의 구분이 모호해 보이는 사건들에서 폭력의 입증 책임을 피해 여성에게 지우기보다는 가해 남성의 성적 행동이 "과연 타자의 상호주관적인 이해를 지향하는 것이었는지, 또 피해자가 자율적 판단을 내리는 데 필요한 의사소통의 인지적·윤리적 조건을 충족하는지"(29쪽)를 먼저 물어야 한다. 이런 관점의 이동은 성폭력 사건에서 피해 여성이 말하는 진술의 '사실성' 여부에 집착하는 시각의 남성 중심성을 넘어서도록 해준다.

하지만 폭력이라는 명백히 끔찍한 외상적 사건에 대한 기억과 그것의 육체적 전환이 여성의 욕망과 무슨 관계가 있다는 것일까? ('기억의 상징', '무의식적 욕망과 방어 사이의 타협적 산물'이라는) 앞서 거론한 히스테리 증상에 대한 두 정의는 어떻게 연결되는가? 우리는 여기서 정신분석학에서 말하는 '외상' 개념을 정밀하게 검토해볼 필요성을 느낀다. 앞서 지적했듯이 외상이란 주체를 감싸고 있는 심리적 보호막이 강력한 충격에 의해 붕괴되는 것을 말한다. 외상을 가리키는 영어 단어 '트라우마trauma'의 그리스어 어원은 '상처wound'라는 뜻으로, 말하자면 외상은 심리에 난 상처이자 심리적 보호막에 뚫린 구멍이다. 문제는 심리적 상처를 가져오는 이 충격이 외부뿐 아니라 내부에서도 온다는 점이다. 강간, 추행, 전쟁 같은 실제 사건은 외적 충격이지만 우리가 앞서 죽음충동이라 부른 섹슈얼리티는 의식의 방어막을 위협하는 내적 충격이다. 프로이트는 의식을 압도할 정도로 위협적인 자극이나 흥분으로 충동을 정의하고 있는데, 그렇다면 충동은 그 자체가 잠재적으로 외상의 요인이 되는 셈이다. 우리는 심리장치가 적절히 처리하지 못할 정도로 강력하게 분출되어 나오는 충동을 "내적 외상" 혹은 "구조적 외상"이라 부를 수 있을 것이다. 히스테리 증상은 외적 외상에 내적 외상이 겹쳐짐으로써 발생한 것이다.

라캉은 프로이트가 히스테리 환자의 증상에서 발견한 이 심리 드라마를 언어의 습득 이후 분열된 주체(소위 말하는 $)가 경험하는 무의식적 욕망과 충동으로 재정식화한다. 언어의 습득이 상징적 '의미'의 세계로 진입하는 것이라면, 이 진입과 동시에 주체는 라캉이 '존재'라 부르는 원초적 몸의 차원을 떠나게 되고 존재의 영역은 의미 속으로 완전히 포괄되지 않은 '잉여'로 남는다. 의미 속에 있는 비의미의 영역이 '실재the Real'이며 무의식적 욕망과 충동은 이 차원에 위치한다. 따라서 프로이트-라캉 정신분석학은 존재와 의미, 몸의 에너지와 심리적 표상을 구분하지만 양자를 이분법적으로 대립시킨 뒤 의미가 존재를, 그리고 심리적 표상이 몸을 지배하는 전통적 이원론을 따르지 않는다. 존재와 몸은 의미와 표상의 세계로 진입한 다음 구성되지만 의미와 표상의 세계에 낯선 이질적 잉여로서 '탈존ex-sist'한다. 히스테리 증상은 억압된 실재가 상징적 기표의 망을 뚫고 올라와 몸으로 '나타난' 것이다.

　여기서 우리는 '나타남' 혹은 '현시presentation'라는 말에 주목할 필요가 있다. 현시는 '재현representation'과 다르다. 재현, 아니 더 정확히 '상징적 재현'은 어떤 것이 상실된 다음 그것의 부재를 표현하는 기호 행위다. 흔히 지적하듯 사물의 죽음과 함께 기호가 탄생한다. 하지만 현시는 기호적 매개를 통하지 않은 직접적 나타남이다. 프로이트는 그의 손자가 하던 '포르트-다Fort-Da' 놀이를 통해 이 기호의 탄생 설화를 말하고자 한다. 프로이트의 손자는 엄마가 눈에 보이지 않자 사라진 엄마의 흔적을 보유하고 있는 실패를 집어던지며 '포르트'라 소리치고 실패를 다시 끌어당기며 '다'라고 소리치는 혼자만의 놀이를 한다. '포르트'와 '다'는 엄마의 부재라는 심리적 충격을 제어하기 master 위해 아이가 발명해낸 상징적 놀이에 등장하는 두 기표다. 기표 놀이를 통해 아이는 엄마의 사라짐(상실)을 견디며 어머니를 기표로 대체한다. 하지만 히스테리 증상에서 나타나는 것은 이런 의미의 상징적 재현, 다시 말해 대상의 부재를 기표로 대체하는 상징화의 과정이 아니다. 히스테리의 육체적 증상이 상징적 작용을 수행한다고 보는 피터 브룩스를 비판하면서 '상징화되지 않는 몸'을 이야기하는 줄리엣 미첼이 지적하는 것이 이것이다.[8] 다만 미첼은 브룩스가 원용

8. 이 부분에 대해서는 Juliet Mitchell, 같은 책, 203-215쪽 참조. 증상과 은유에 대한 브룩스의 논의는 『육체와 예술』, 이봉지·한애경 옮김(문학과지성사, 2000) 참조. 그 중 특히 프로이트의 도라 분석을 다룬 제8장 「말을 하는 육체, 민감한 그릇」 참조.

하는 구조주의자로서의 라캉이 라캉의 전부라고 재단하는 우를 범한다. 미첼이 재현과 구분하여 '현시'라 부르는 것은 상징적 기표로 재현되지 않는 충동이 직접 몸으로 '실연되는enacted' 되는 것을 말하는데, 이는 라캉이 말하는 실재적 몸의 존재 방식과 다르지 않다. 히스테리 증상은 재현되지 않는 몸, 아니 재현을 거부한 충동의 에너지가 몸으로 직접 옮겨온 것이다.

따라서 히스테리적 육체가 존재하는 곳은 실재와 상징계가 충돌하면서 서로 길항하는 접경지대다. 히스테리적 마비는 신체의 특정 부위, 소위 말하는 성감대에만 나타나는 것이 아니다. 무의식적 충동은 상징계의 원만한 질서를 교란하는 실재계적 '대상 a'를 찾아나서기 때문에 상징계의 균열을 드러낼 수 있는 부위라면 어디나 증상의 장소로 선택할 수 있다. 의식적으로 선택되는 것은 아니지만 증상의 지점은 무의식적 욕망이 자신을 위장할 수 있는 곳을 따라 끊임없이 대체된다. 도라의 사례에서 보여지듯, 히스테리 증상은 꾀병처럼 사지로, 입으로, 목으로, 가슴으로 옮겨간다. 그 증상은 무의식적 욕망이 검열과 억압을 피하기 위해 온몸을 떠돌며 일으킨 것이다. 도라는 K 씨의 페니스 압박으로 하체에서 느낀 성적 흥분을 상체로 옮겨 호흡곤란과 같은 증상을 일으킨다. 그녀의 호흡곤란과 기침은 K 씨의 포옹에서 비롯된 성적 흥분의 위장 증세다. 라캉은 증상을 은유metaphor의 메커니즘에 비교한다. 은유는 한 대상을 다른 대상으로 '대체하는substitute' 것이다. 상징계에 거주하고 있는 주체에게 완전한 만족을 주는 대상은 없으므로 주체는 그 흔적을 간직하고 있는 다른 대상을 찾아 옮겨가며 대리적·은유적 만족을 구할 수밖에 없다. 이러한 맥락에서 은유의 메커니즘은 (정신)분석적 증후의 메커니즘과 동일하다.[9] 앞서 거론한 프로이트 손자의 놀이를 예로 들자면, '포르트'와 '다'는 엄마의 부재를 의미화하는 상징적 기표이지만 '실패'는 사라진 엄마의 흔적을 간직하고 있는 대상이다. 어머니에게 투여되었던 주이상스는 엄마가 사라진 다음에도 완전히 상실되지 않고 엄마를 대체하는 대상 속에 남아 주체를 유혹한다. 주체는 상징계에 진입하고 난 후에도 자신에게 만족을 주었던 주이상스의 기억을 되찾아줄 대상을 찾아 떠돌아다닌다.

히포크라테스는 히스테리를 성적 만족을 얻지 못해 건조해진 자궁이 온몸을 떠돌며 일으키는 질병으로 정의했다. 프로이트-라캉 정신분석학 이론은 바로 이 고전적 히스테리론으로 회귀한 것이라 할 수 있다. 이들 정신분석학 이론에서 여성의 억압된 욕망은 온몸을 유랑하며 대리만족을 구하는 것으로 해석되고 있기 때문이다. 그렇다면 '떠도는 자궁'은 여성 욕망을 가리키는 은유로 복귀한 셈이다. 하지만 이 모든 이론이 탐색하고자 하는 여성의 욕망은 여전히 해명되지 않았다. 여성이 원하는 것은 과연 무엇일까?

4. 떠도는 자궁—여성의 욕망

히스테리 여성에게 증상을 일으키는 무의식적 욕망의 실체를 탐색하면서 프로이트는 주체에게 무의식을 촉발시킨 원초적 억압primary repression과 그것에 의해 의식으로 떠오르지 못한 '원초적 고착'의 대상을 찾아나선다. 무의식을 만들어낸 그 '최초의 사건'을 이론화해야만 이후 일어나는 억압을 설명할 수 있고, 무의식적 욕망의 향방에 대해서도 말할 수 있기 때문이다. 프로이트가 '무의식의 핵' 혹은 '존재

---

9. 라캉의 은유와 증상의 논리를 해석한 국내의 글로는, 홍준기, 「자끄 라깡-프로이트로의 복귀」, 홍준기·김상환 엮음, 『라깡의 재탄생』(창작과비평사, 2002), 85-99쪽 참조.

의 배꼽'이라 부르는 것은 이후 일어나는 억압(2차 억압secondary repression)에서 억압되는 것을 끌어당기는 무의식의 힘을 말한다. 바로 이 무의식의 핵을 형성하는 것이 원초적 억압이다. 하지만 원초적 억압은 그 발생 시점을 알 수 없는 시원적 사건이자 사후 효과를 통해 나중에 (재)구성되는 사건이기 때문에, 그것을 이론화하는 것은 가정의 형태를 띨 수밖에 없다. 오이디푸스콤플렉스와 거세콤플렉스라는 프로이트의 핵심 개념들은 이 시원적 사건을 둘러싼 성적 드라마를 설명하기 위해 만들어졌다.

'여성 욕망'을 남성 욕망과 구분할 수 있는 것은 가부장적 사회에서 이 원초적 억압이 일어나는 순간부터 여성과 남성이 '다른' 존재로 만들어지기 때문이다. 정신분석학적 지향을 띠고 있는 페미니즘 담론이 가변적인 사회문화적 범주인 '젠더' 대신 '섹스'라는 말썽 많은 용어를 유지하면서 '성차sexual difference'라는 개념을 포기하지 않는 것은 무의식이 형성되는 이 시점에서 이루어지는 성차를 설명하기 위해서다.[10]

초기에 프로이트는 원초적 억압에 의해 무의식의 핵으로 만들어지는 것을 '오이디푸스콤플렉스'로 파악하고, 이것이 히스테리를 비롯한 신경증의 궁극적 원인이라 보았다. 오이디푸스콤플렉스는 근친상간의 욕망을 실현하는 것을 방해하는 경쟁자인 동성의 부모에 대해서는 살해 욕망으로, 근친상간의 대상인 이성의 부모에 대해서는 성적 욕망으로 나타난다. 히스테리 여성들을 분석하면서 프로이트는 이들이 어린 시절 자신을 사랑해주었던 아버지를 성인이 된 다음에도 떠나보내지 못하고 아버지로부터 여전히 사랑받고 싶어한다는 사실

---

10. 라캉의 성 구분 도식에 관한 설명 및 섹스, 젠더, 섹슈얼리티를 둘러싼 버틀러와 라캉주의자들의 논쟁은 제1장 참조.

을 발견한다. 이들은 완전한 아버지를 원하며 그 아버지를 유혹하려고 한다. 인간은 규범과 법의 세계에 살고 있으므로 아버지에 대한 근친상간 욕망을 포기해야 하는데, 히스테리 여성들은 이를 포기하지 못하고 무의식 속에서 여전히 아버지를 찾고 있다. 반면 남성 히스테리 환자들은 어린 시절 근친상간적 욕망의 대상이었던 어머니를 포기하지 못하고 어머니에게로 돌아가려고 하는 사람들이다. 거세 공포란 이성의 부모에 대해 갖고 있는 근친상간 욕망을 포기하도록 만드는 아버지의 위협으로, 주체는 이 위협을 받아들임으로써 완전한 만족을 포기한다. '원초적 억압'이 발생하는 것이 바로 이 시점이다. 금기를 지시하는 아버지의 법 때문에 포기할 수밖에 없지만 완전히 사라지지 않은 오이디푸스적 욕망은 이제 '억압'되어 무의식이라는 새로운 심적 공간을 형성하게 되는 것이다.

초기에 프로이트는 오이디푸스적 환상과 그 억압이 히스테리의 궁극적 원인이며 히스테리적 욕망은 완전한 아버지에 대한 원초적 환상을 반복하는 것이라 보았지만, 이 입장은 이후 달라진다. 후기 프로이트의 이론적 변화를 요약하자면 前前 오이디푸스기 어머니의 발견과 여성성과의 만남이라 할 수 있다. 여성의 욕망에는 '아버지에 대한 욕망'으로 환원되지 않는 '다른' 욕망이 존재하며 히스테리 여성에게 나타나는 아버지에 대한 욕망은 이 다른 욕망을 은폐하기 위한 위장이자 변형이라는 점을 발견한 것이다. 앞서 언급한 도라 분석에서 프로이트는 아버지와 아버지의 대체물이라 할 수 있는 K 씨에 대한 도라의 오이디푸스적 욕망이 그녀의 히스테리 발작의 주요 원인이라고 지적한다. 하지만 도라는 아버지-분석가가 진단한 이 '진실'을 받아들이지 않으며, 육체적 증상도 사라지지 않는다. 프로이트는 여성 욕망이 지닌 비밀을 알고 있는 주인으로 군림하면서 그 비밀을 여는 열쇠를 제시하지만 도라의 욕망은 그가 제시한 오이디푸스적 욕망이라는 열쇠로는 열리지 않는다. 분석의 실패를 고통스럽게 자인하면서 프로이트는 '전이transference' 현상을 주목하지 못했다는 점과 함께, K 부인에 대한 도라의 동성애적 욕망을 제대로 파악하지 못했음을 지적한다. 실패의 경험을 통해 프로이트는 여성의 심리 발달단계를 남성적 형태의 역전, 다시 말해 남성을 기준으로 발달단계를 설정한 다음 그것의 여성 버전으로 설명하던 초기 입장(남아는 어머니를 욕망의 대상으로 삼다가 거세 위협 후 어머니를 포기하고 아버지와 동일시함으로써 남성적 '정체성'을 획득하고, 여아는 아버지를 욕망의 대상으로 삼다가 이를 포기하고 어머니와 동일시함으로써 여성적 '정체성'을 획득한다는 플롯)을 수정하고 여성의 욕망에서 전 오이디푸스기 어머니의 중요성을 인정하게 된다.

「여성의 성욕」(1931), 「여성성」(1933) 같은 후기 글에서 프로이트는 전 오이디푸스기라는 심리발달단계의 발견을 그리스 문명의 기원인 미노스 문명의 발견에 비유하고 있다. 이 두 글에서 전개되는 논리를 요약하면, 여자아이는 아버지에 대한 욕망 이전에 최초의 타자라 할 수 있는 어머니에게 리비도 애착을 갖고 있었고, 이후 오이디푸스 단계에서 발전시키는 아버지에 대한 애착은 이 일차적 관계의 토대 위에서 형성된다는 것이다. 프로이트는 여아가 어머니에서 아버지로 욕망의 대상을 옮긴 이유로 어머니가 충분한 젖을 주지 않거나 클리토리스의 자위를 금지한다는 점을 지적한다. 하지만 결정적인 계기는 역시 어머니의 '거세의 발견'이다. 전자의 경우에는 여아에게만 해당되는 것이 아니기 때문이다. 여자아이는 어머니에게 페니스가 없음을 발견하고 자신의 거세가 다름아닌 어머니로부터 비롯되었다고 생각하여 어머니를 미워하는 대신 페니스를 갖고 있는 아버지를 소망한다. 따라서 거세콤플렉스에 의해 오이디푸스콤플렉스가 해소되는 남아와 달리 여아에게 오이디푸스콤플렉스는 거세콤플렉스 이후에 형성되며, 따라서 그것의 극복은 쉽지 않다. 이는 여아가 남아처럼 거세 위협을 수용함으로써 초자아를 발전시키는 것이 힘들다는 것을 의미한다. 프로이트는 양심이나 죄의식 같은 도덕성의 결여나 사회적 관심의 부재가 여자아이에게 흔히 나타난다고 진단하며, 이를 거세 위협을 통한 초자아 형성의 실패에서 기인하는 것으로 해석한다. 우리가 익히 알고 있듯, 이런 해석은 생물학적 결정론의 혐의와 함께 프로이트의 여성 혐오증을 입증하는 확실한 증거로 받아들여져 페미니스트들로부터 강력한 반발을 불러일으켰다. 프로이트의 설명에 의하면, 남아의 거세콤플렉스에 해당하는 여아의 성향이 페니스 선망penis envy인데, 이 욕망이 이후 여성의 무의식적 성생활을 지배하게 된다고 한다. 이 플롯은 여아가 자신에게 페니스를 주리라 기대했던 아버지에 대한 오이디푸스적 욕망을 억압하고 어머니와 자신을 동일시한 후 궁극적으로 그녀 자신이 어머니가 되어 아들을 낳음으로써 간절히 소망하던 페니스 대체물을 얻는 것으로 대단원의 막을 내린다. 이것이 가부장적 사회에서 소위 말하는 '정상적 여성'이 되는 길이다. 아들의 어머니가 됨으로써만 여성은 여성이 되는 것이다. 사랑 대상의 이전과 함께 여아의 성욕 발달을 어렵게 만드는 또다른 요인은, 성감대를 클리토리스에서 질로 옮겨야 한다는 점이다. 여아는 성감대를 남근기 동안 자위를 통해 능동적 쾌감을 얻었던 클리토리스에서 남성을 통해 수동적으로 쾌감을 얻는 질로 옮겨야 하는데, 이런 능동적 위치에서 수동적 위치로의 이전이 쉽게 일어날 수는 없다. 이렇게 본다면 여자의 '여성 되기'란 참으로 어렵다. 그것은 남자가 겪지 않아도 될 이중의 억압을 거치는 길고도 험난한 여정이다.

히스테리는 여성이 정상적 여성으로 되기 위해 거쳐가는 이중의 억압 과정(전 오이디푸스기 어머니에 대한 욕망과 오이디푸스기 아버지에 대한 욕망)에서 억압당한 것이 완전히 삭제되지 않고 몸의 증상이나 환상을 통해 다시 돌아오는 현상이다. 문제는 이 이중억압의 관계를 해명하는 것인데, 이는 프로이트 이론에 잠재되어 있긴 하지만 그의 설명을 넘어서는 해석틀을 요구한다. 앞서 지적했듯이 프로이트는 여아가 최초의 타자라 할 수 있는 어머니에게서 아버지로 사랑 대상을 이전하는 것이 어머니에게 페니스가 없음을 발견한 것 때문으로 설명한다. 하지만 어머니에게서 페니스의 부재를 발견했을 때의 공포보다 더 근원적인 공포가 전 오이디푸스기 어머니와의 관계에 존재하는 것이 아닐까? 전 오이디푸스기 어머니에게서 페니스의 부재를 발견하고 그녀로부터 떠나는 것은 주체가 전 오이디푸스기 어머니와의 관계에서 경험하는 더 큰 위협에서 벗어나기 위한 '상징적 기제'는 아니었을까? 그리고 히스테리에서 발견되는 것은 전 오이디푸스기 어머니에 대한 애착과 오이디푸스기 아버지에 대한 애착의 모순적 공존이 아닐까?

이런 질문에 답하기 위해 우리는 프로이트의 이론에 설명되지 않은 채 남아 있는 전 오이디푸스기 어머니와의 관계라는 미답의 영역 속으로 들어가야 한다. 일부 페미니스트들이 낭만적으로 상상하듯 아이에게 전 오이디푸스기 어머니와의 이자 관계는 아무런 모순도 없는 행복한 유토피아가 아니다. 이리가레의 주장처럼 가부장적 사회에서 모녀 관계를 긍정적으로 재현해줄 상징적 언어가 부재하기 때문에 이 관계가 부정적으로 재현되는 것만도 아니다. 아이가 전 오이디푸스기 어머니에게서 경험하는 것은 '근원적 수동성'이다. 아이는 어머니의 몸에 전적으로 의존하여 어머니로부터만 쾌감을 얻을 수 있다. 어머니가 젖가슴을 떼어내는 순간 자신의 생존을 가능케 해주는 영양뿐 아니라 그 영양의 섭취와 함께 이루어졌던 성적 쾌감 역시 사라진다. 어머니는 아이에게 더할 수 없는 쾌감을 주지만 동시에 자신을 위협하는 존재, 아니 존재를 파괴하는 위협 속에서 경험되는 특별한 쾌감(주이상스)을 안겨주는 유혹적 존재다. 멜라니 클라인의 설명처럼 아이에게 어머니의 젖가슴은 아직 자신과 분리된 대상으로 경험되지 않기 때문에 어머니의 젖을 '빠는 행위'는 곧잘 어머니에 의해 '빨려지는 것'으로 경험된다. 아이가 어머니에 의해 '삼켜질지 모른다는 위협' 혹은 '잡아먹힐지 모른다는 위협'에 사로잡히는 것은 이 때문이다. 크리스테바가 말하는 공포의 어머니도 클라인이 이론화한 전 오이디푸스기 어머니에 대한 현대적 해석이다. 크리스테바의 설명처럼 아이는 어머니를 더러운 존재로 만들어 자신의 경계 밖으로 밀어냄으로써—이른바 비체화abjection—위협적 어머니에서 벗어나 숨쉴 공간을 확보한다. 하지만 이런 분리 행위에도 불구하고 그녀는 아직 너무 가까이 있다. 그녀는 주체와 객체를 가르는 경계선상에 위치하면서 언제든지 아이를 집어삼킬 수 있는 공포의 어머니로 현존한다.

아이는 어머니가 뭔가를 원한다는 사실은 알지만 아직 그것이 무엇인지 해독할 수 없다. 어머니에게 존재하는 '결여'는 아직 상징적으로 이해 가능한 '기표'로 제시되어 있지 않다. 그것은 상징적 기표 너머에 존재하는 결여다. 이런 의미에서 아이가 전 오이디푸스기 어머니에게서 경험하는 주이상스는 '남근적 쾌감 너머'에 위치해 있다. 아이에게 일종의 수수께끼로 존재하는 어머니의 결여를 상징적 기표로 재현해주는 것이 바로 아버지의 이름이 도입하는 '남근phallus'과 특권적 기표로서 그것이 수행하는 '거세'다. 이제 아이는 어머니에게 결여되어 있는 것이 다름아닌 '남근'이고, 따라서 어머니가 원하는 것은 남근이라는 상징적 해석을 취하게 된다. 이는 자신의 존재를 위협하는 실재-어머니로부터 도망치기 위해 가동되는 '방어적' 해석이다. 어머니가 결여한 것이 '남근'이라고 기표화되면 알 수 없는 불안에서 벗어날 수 있게 되는 것이다. 남아가 경험하는 거세 위협이나 여아가 발전시키는 남근 선망은 모두 남근적 재현 경제 너머에 위치해 있는 실재-어머니의 결핍을 '남근적 기표'로 대체하는 두 가지 다른 방식이다. 여아는 어머니가 남근적 의미에서 '거세'되어 있다고 해석함으로써 어머니를 떠나 아버지로 욕망을 옮기는데, 이런 오이디푸스기 아버지로의 욕망 이동은 전 오이디푸스기 어머니에게서 도망치는 방법이다. 이제 여아는 어머니가 결여하고 있는 남근을 아버지가 자신에게 줄 수 있다고 상상한다. 하지만 앞서 설명한 것처럼 여아에게 억압된 전 오이디푸스기 어머니는 완전히 삭제되지 않고 다시 돌아온다.

히스테리는 전 오이디푸스적 위치에서 오이디푸스적 위치로 옮겨가는 이런 남근적 욕망의 구도에서 무의식적 혼란과 혼선을 초래하는 존재다. 아니 히스테리는 하나의 성별 정체성(소위 말하는 정상적 여성다움)만 강요하는 지배적 성적 각본을 받아들이기를 거부하고 이분화된 성별 정체성을 뛰어넘는 다양한 성의 가능성을 무의식적으로 탐색하는 존재이다. 히스테리 갈등의 핵심에 '남자냐 여자냐' 하는 성별 정체성의 위기가 자리잡고 있는 것이 이 때문이며, 그녀가 성적 혼란과 무정부주의를 초래한다는 비판을 받는 것도 이 때문이다. 이른바 정상적 각본을 받아들이지 않을 경우 프로이트는 여아가 택하는 두 가지 길을 제시하는데, 두 경우 모두 히스테리에서 특징적으로 나타난다.

첫째, 여성의 성적 불감증이다. 정상적 각본에 의하면 여아는 어머니에서 아버지로 사랑 대상을 바꾸면서 남근을 선망해야 한다. 하지만 여성은 남근을 갖고 있는 (것처럼 보이는) 남성과의 관계에서 성적 만족을 경험하기보다는 종종 불감증을 보인다. 도라의 히스테리적 불감증이 이것이다. 문제는 히스테리 불감증이 프로이트의 설명처럼 남자의 남근과 비교하여 '형편없는' 자신의 성기에 불만을 느낀 나머지 아예 성욕 자체를 거부하는 것은 아니라는 점이다. 오히려 여성의 불감증은 어머니를 포기하고 남성에 대한 성적 욕망을 갖는 지배적 구도를 따르는 대신 성욕 자체를 거부하는 길을 택하는 것으로 해석될 수 있다. 잠재적으로 모든 도라는 원하지 않는 성욕을 추구하기보다 차라리 불감증을 택한다.

둘째, 여성은 거세된 어머니와 자신을 동일시하는 대신 남근기의 어머니나 아버지와 동일시하여 남성다움을 발전시키는 길을 택한다. 프로이트는 이를 '남성성 콤플렉스masculinity complex'라 부르며, 그것이 여아가 자신의 여성적 거세를 부인하고 클리토리스의 '남성적' 능동성을 유지하는 방식이라고 지적한다. 물론 프로이트는 클리토리스의 남성성을 유지하는 이 길도 오이디푸스기 이전의 능동성에서 자연스럽게 발달되어온 것이라기보다 오이디푸스 구도에 들어가 아버지를 욕망한 다음 그 아버지에게서 경험한 실망 때문에 퇴행한 것으로 해석한다. 프로이트는 이런 남성성 콤플렉스가 여성 동성애자에게 흔히 나타난다고 지적한다. 하지만 프로이트의 설명과 달리 여아가 발전시키는 동성애 경향은 아버지에 대한 실망 때문이라기보다는 전 오이디푸스기 어머니에 대한 욕망을 유지하기 위한 위장 전략으로 해석될 수 있다. 도라가 아버지와 동일시하는 것은 아버지의 질서에 편입하기 위해서라기보다는 전 오이디푸스기 어머니의 대체물이라 할 수 있는 K 부인에 대한 욕망을 유지하기 위해서다. 금지된 전 오이디푸스기 어머니에 대한 욕망을 유지하기 위해 여자는 남성과의 동일시라는 매개된 방식을 취하는 것이다.

여아가 어머니와의 동일시를 통해 여성다움을 발전시키는 정상적인 경로에서도 히스테리적 갈등은 여전히 남아 있다. 이 구도에서 여아는 전 오이디푸스기 어머니에서 오이디푸스기로 이전하여 아버지를 욕망하지만, 아버지는 딸의 환상 속에서 존재하듯 완벽한 존재가 아니라 이미 '거세된 존재'다. 도라가 욕망했던 아버지는 성 불능이다. 히스테리는 남근을 가지고 있다고 상상되는 완벽한 아버지에게서 완전한 만족을 추구하는 것 같지만, 실은 아버지의 결핍을 드러내고 그의 무능을 폭로함으로써 영원히 불만족 상태에 남으려고 한다. 라캉이 히스테리를 상징계에 진입한 분열된 주체의 원형으로 해석하는 것이 이 때문이다. 히스테리 환자는 결핍을 메워줄 완전한 대상에 대한 환상을 갖고 있지만 이 환상은 욕망을 지속시키기 위한 가장일 뿐 그녀가 진정으로 원하는 것은 만족이 아니라 불만족이다. 욕망이 지속되기 위해서는 만족을 끝없이 지연시켜야 하고 완전한 만족을 가져다주는 것으로 상상되는 대상의 결핍(거세)을 노출시켜야 한다. 히스테리적 욕망이 주인 담론 안에 있으면서도 그것을 빠져나가는 것이 이 때문이다. 그녀는 욕망의 화신 그 자체다. 따라서 끝없이 미끄러지는 그녀의 욕망을 붙잡으려는 주인-아버지의 시도는 실패할 수밖에 없다. 떠도는 '자궁'을 한곳에 붙잡아둘 수는 없기 때문이다. 그녀는 영원히 탈주하는 유목적 주체고 그녀의 탈주를 막을 완전한 아버지는 없다.

지금까지 우리가 살펴본 것처럼 히스테리는 오이디푸스콤플렉스와 거세콤플렉스를 거치면서 억압된 오이디푸스적 욕망과 전 오이디푸스적 욕망이 육체적 증상을 통해 나타나는 것으로 요약될 수 있다. 히스테리 증상으로 현시되는 억압된 욕망은 여성이 가부장제 사회가 호명하는 '정상적 여자'로 정착하기를 거부한다는 육체적 증거다. 하지만 이 저항은 동시에 당사자 자신에게 육체적 마비를 가져오는 병적인 것이기도 하다. 히스테리 여성 환자들의 저항은 다른 누구보다도 그녀들 자신에게 가장 큰 고통과 희생을 요구하기 때문이다. 주체 자신을 마모시키는 이 저항을 생산적 힘으로 전화시키려면 히스테리적 저항의 방식도 바뀔 필요가 있다. 아니, 실제로 여성들은 저항의 거점을 육체에서 언어로 이동시켜왔고, 이와 함께 '히스테리 서사'라는 새로운 예술적 창조성을 열어놓았다.

5. 증상의 언어적 전환—메두사의 서사

서양에서 히스테리가 정점에 도달했던 시기는 19세기로 알려져 있다. 샤르코의 극장에서 몸의 증상을 연기했던 히스테리 여성들은 20세기에 접어들면서 점차 역사의 무대에서 사라져 거식증의 형태로만 남아 있다고 한다. 그렇다면 그 많던 히스테리아는 다 어디로 간 것일까? 이들로 하여금 병리적 증상을 연출하도록 만들었던 가부장적 억압의 기제가 사라진 것일까? 줄리엣 미첼에 의하면 히스테리가 사라진 것이 아니라 히스테리 현상을 기술하는 의학적 사유 체계와 명명법이 달라졌을 뿐이라고 한다. 과거 히스테리라는 통칭으로 불렸던 현상이 경계성 질병borderline disease, 외상 후 스트레스성 증후군Post Traumatic Stress Syndrome, 히스테리성 인격장애histrionic personality disorder, 식이장애 등으로 세분화된 것일 뿐 히스테리 현상 자체가 소멸한 것은 아니라는 것이다. 이와 함께 미첼은 정신분석학이 개발한 '대화 치료'와 더불어 히스테리가 선택하는 '표현 매체'에도 변화가 발생했다고 지적한다. 이제 여성들은 '몸의 증상'보다는 '말'을 통해 자신들의 억눌린 욕망을 표현하게 되었다는 것이다.[11]

히스테리 여성 환자들이 정신분석 상담실이라는 좁은 공간에서 토해내는 말들은 반듯한 규범적 문장으로 완성되지 못하고 뒤죽박죽 일그러진 '증상적 문장들'이다. 그것은 환자들의 몸의 흐름을 담아내

---

11. Juliet Mitchell, 같은 책, 116-120쪽 참조.

는 '몸말'이면서, 남성 분석가를 '역전이counter transference'의 회로 속으로 이끄는 무의식적 감정이 투여된 '열정적 언어'다. 도라의 히스테리 언어를 기록한 프로이트의 사례사가 여성 욕망의 수수께끼를 풀어줄 흠집 없는 완결된 서사로 마무리되지 못하고 파편 더미로 부서진 것은 중립적 거리를 유지하려는 그의 노력에도 불구하고 이 남성 분석가 역시 도라의 언어가 뿜어내는 열정의 회로에 얽혀들어가지 않을 수 없었기 때문이다. 따라서 프로이트가 개발한 '사례사case history'라는 새로운 장르는 히스테리의 언어에 감염되지 않을 수 없었다. 그것은 '부인', '반전', '탈선', '우회', '파편화', '결락'으로 특징지어질 수 있는 히스테리의 언어를 고스란히 닮아 있다.

프로이트가 이 '케이스 히스토리'를 '히스테리 스토리histrionic story'로 변형시킨 것은 분석가 역시 히스테리 환자가 불러일으키는 불안과 공포를 제어할 수 없었기 때문이다. 그것은 그리스신화 속 괴물 여성인 메두사의 머리를 바라본 남성 응시자의 불안이다. 메두사는 뱀의 머리를 한 괴물 여성으로 보는 사람을 돌로 만들어버리는 무시무시한 힘을 소유하고 있다. 페르세우스가 위대한 영웅으로 올라설 수 있었던 것은 뱀으로 뒤엉킨 메두사의 머리를 잘라내는 데 성공했기 때문이다. 프로이트는 메두사를 거세된 여성의 은유로 읽는다.[12] 그의 거세 시나리오에 의하면 남자아이는 어머니의 몸에 뚫린 빈 구멍(거세)을 보고 머지않아 자신에게도 그와 같은 끔찍한 일이 닥칠 것이라고 두려워한다. 이 해석에 따르면 남자아이에게 거세 불안을 일으키는 '가시적 장면'(눈으로 보았더니 없더라!)이 바로 어머니의 거세다. 프

---

12. 메두사에 대한 프로이트의 해석은 Sigmund Freud, "Medusa's Head," in *The Standard Edition of the Complete Psychological Works of Sigmund Freud*, Vol. 18, edit. by James Strachey et al., trans. by James Strachey (London: Horgath Press, 1975), 273-274쪽 참조.

로이트는 신화 속 괴물 여성 메두사에게서 거세된 여성의 원형을 찾는다. 하지만 여성을 거세의 원형으로 읽어내는 프로이트의 독법은 남성의 불안이 투사된 해석이다. 앞서 지적했듯이 어머니의 몸에 뚫린 구멍을 '남근의 부재'로 해석하는 것은 최초의 타자인 실재 어머니의 위협에 대한 '방어적' 대응일 뿐이다. 따라서 프로이트의 해석과 달리, 메두사가 남성들에게서 공포를 불러일으키는 것은 남근의 부재 때문이 아니라 그녀가 남성을 집어삼킬 악어의 입 또는 블랙홀로 받아들여지기 때문이다. 멜라니 클라인과 쥘리아 크리스테바가 이론화한 전 오이디푸스기 혹은 원기호계 어머니는 아이를 집어삼키는 공포의 실재-어머니다. 남근은 이 실재-어머니라는 악어에게 잡아먹히지 않기 위해 악어의 아가리에 끼워놓은 상징적 기표이자 어머니의 몸이 불러일으키는 공포를 가려주는 상징적 담요다. 여성의 몸에 뚫린 구멍이 남근의 거세로 해석되는 한 남성은 실재 어머니의 위협에서 벗어나 자신들의 허구적 '있음'에 안도하게 된다. 하지만 메두사의 머리는 거세라는 상징적 재현 체계가 가동되기 이전의 혹은 그것을 넘어서 있는 지점에 위치한 여성이 불러일으키는 공포, 남성의 몸을 돌처럼 굳어버리게 만드는 공포다. 프로이트가 자신의 정신분석 상담실에서 만난 히스테리 여성들이 바로 현대판 메두사들이다. 이제 그녀들은 뱀의 머리 대신 '열정적 언어'로 남성 분석가를 위협한다. 프로이트의 케이스 히스토리를 분열시킨 10대 소녀 도라처럼 그녀들의 입에서 흘러나오는 말들은 남성 분석가에게 통제할 수 없는 공포를 불러일으켜 '방어적 권력'을 행사하도록 만든다.

히스테리 현상과 세기 전환기의 소설을 연관시켜 분석한 클레어 커헤인에 의하면, 19세기 후반 서구 사회에 등장한 '신여성들'이 당시

문화적 환경에서는 '말하는 메두사들'이었다고 한다.[13] 그녀들은 섹슈얼리티가 지워진 어머니의 자리를 박차고 나와 남성의 전유물이었던 공적 제단에 올라서서 불온한 연설을 토해내는 괴물 여성들이었다. 이들을 길들이기 위해 가부장적 권력 담론은 근대적 모성을 발명해 여성의 섹슈얼리티를 가정이라는 사적 공간에 유폐시키려고 했지만, 이미 터져나오는 해방의 소리를 막을 수는 없었다. 전환 히스테리로 알려진 19세기의 전형적 히스테리가 몸의 증상을 통해 억눌린 섹슈얼리티를 표현했다면, 신여성들은 말과 글로 자신들의 욕망을 표현했다. 이 말하는 메두사들의 시도는 주제와 형식 양 측면에서 여성의 욕망을 드러내줄 새로운 여성적 글쓰기를 찾아가는 과정이었다.

히스테리에 걸려 남성적 의학 권력의 혹독한 감시와 훈육의 대상이 되었다가 후일 여성운동가로 거듭난 샬럿 퍼킨 길먼의 「누런 벽지」는 히스테리적 글쓰기의 한 전형을 보여준다. 작중 여주인공은 글을 쓰고 싶어하지만 의사인 남편은 치료라는 명목으로 그녀를 한적한 시골 요양원에 가두고 어떤 정신적 활동도 하지 못하게 한다. 의학이라는 근대적 이름을 달고 있긴 하지만 그의 치료법은 한마디로 여성을 '집 안의 천사'라는 당대의 지배적 여성상에 끼워맞추는 것이다. 푸코의 지적처럼 그것은 근대 의학 담론이 여성의 몸에 가하는 새로운 형태의 권력 행위, 공적 영역으로 진입하려는 여성들을 사적 영역에 가두고 출산과 양육을 통한 안정적 노동력 공급원으로만 여성의 몸을 묶어두려는 지배 담론의 의학 버전이다. 19세기 서구 소설에 병든 여성상이 빈번하게 나타나는 것은 결코 우연이 아니다. 여성에게 자녀 양육에 필요한 수준 이상의 지성은 불필요한 잉여이며, 출산으로 이어지지 않는 그녀들의 성은 일탈된 과잉으로 간주되었다. 따라

---

13. Claire Kahane, 같은 책, 6-10쪽 참조.

서 그것은 지배 담론의 가혹한 통제와 규율의 대상이 된다. 이런 남성 중심적 근대 의료 권력에 복종하기를 거부하고 글쓰기를 향한 욕망을 포기하지 않는 「누런 벽지」의 여주인공은 문자 그대로 미친 여자가 되어간다. 하지만 그녀가 미쳐가는 과정은 동시에 자신이 갇혀 있는 방의 벽지 속에 감금되어 있는 한 여자를 해방시키는 과정이기도 하다. 그녀는 고흐의 그림 〈해바라기〉처럼 보는 사람을 환각과 광기로 몰아넣는 누런 빛깔의 벽지 속에 한 여자가 갇혀 있다고 느낀다. 벽지는 겉무늬와 속무늬 두 겹으로 되어 있다. 작중 여주인공의 상상 속에서 버섯 고깔을 뒤집어놓은 것 같은 겉무늬는 사방을 둘러싸고 있는 쇠창살로, 그리고 속무늬는 창살 뒤에 갇혀 있는 여자로 나타난다. 물론 그녀의 이런 상상은 벽지 속에 갇힌 여자와의 심리적 동일시에서 비롯된 것이다. 따라서 벽지 속에 갇혀 있는 여자의 해방은 그녀 자신의 해방이기도 하다. 남편과 시누이의 감시를 피해 조금씩 벽지를 뜯어내 마침내 벽지 속의 여자를 해방시키는 순간 그녀는 완전히 미쳐버린다. 해방과 광기가 동시에 일어난 것이다. 물론 광기를 통한 해방이란 모순적 기도이며, 남편 위를 기어가는 그녀의 마지막 몸동작이 남편으로 대변되는 가부장적 질서를 넘어서는 것으로 곧장 해석될 수도 없다. 결국 그녀는 자신이 타넘은 바로 그 의사 남편에 의해 요양원보다 더 가혹한 통제가 가해지는 정신병원에 보내지게 될 것이기 때문이다.

하지만 그녀가 미쳐가면서 찾고자 했던 것은 자신의 욕망을 나타내줄 언어이자 감금당한 여자의 몸을 해방시켜줄 기표였다. 작중 여주인공은 그토록 원하던 글을 생산하지 못하지만 그녀의 투쟁과 갈등을 기록하고 있는 소설 자체가 히스테리적 글쓰기의 모델이 된다. 히스테리적 글쓰기는 여주인공이 찢어냈던 누런 벽지를 닮아 있다. 그것은 겉무늬와 속무늬가 겹쳐 있는 벽지처럼 가부장적 겉무늬와 여성적 속무늬가 분열되어 있는 이중적 텍스트다. 아버지의 검열을 피하기 위해 여성들은 순종적인 표면적 서사 뒤에 여성적 욕망과 분노를 담고 있는 심층적 서사를 숨겨두었다. 그것은 히스테리 환자의 아버지를 향한 오이디푸스적 욕망 밑에 전 오이디푸스적 욕망이 묻혀 있는 것과 흡사하다. 『다락방의 미친 여자』의 저자들이 읽어낸 것처럼 표면과 심층이 분열되어 있는 이중적 형식은 이 소설을 비롯한 19세기 여성문학에 반복적으로 나타나는 형식적 특징이다. 이런 의미에서 본다면 19세기 여성문학은 히스테리 여성들의 광란의 몸이 빚어낸 글쓰기이며, 그녀들이 몸으로 제기한 문제를 언어로 전환한 것이라 할 수 있다.

21세기 초반 한국 사회에서 여성들이 쓰는 문학은 「누런 벽지」와는 분명 다른 모습일 것이다. 그것은 가부장적 감옥에 갇힌 미친 여자들이 토해내는 광란의 서사보다는 여성성이라는 가면을 쓰고 남성을 교묘하게 이용하는 영리한 포스트모던 걸들의 서사에 더 가까울지 모른다. 어느 젊은 여성 작가에 의해 다시 쓰인 김연실 이야기[14]는 우리 시대 '포스트모던 걸'들이 자신들의 선배 '모던 걸들'에 대해 '모던 보이들'이 취했던 지배와 통제의 제스처를 패러디할 수 있는 지점에 도달했음을 보여준다. 정이현의 단편들에 등장하는 포스트모던 걸들은 날렵하고 경쾌한 패러디적 걸음을 내디딘다. 이 여성들은 남성적 권력에 맞서기보다는 가부장제가 여성들에게 덧씌워놓은 여성다움이라는 전통적 의장을 '과장되게' 걸치고 남자들이 원하는 바를 들어주는 척하면서 실은 은밀하게 자신들의 욕망을 실현한다. 이 '척하기'가 그들이 가부장제에서 살아남기 위해 취하는 전략이다. 그들의 변

---

14. 정이현, 「이십세기 모단 걸_신 김연실전」, 『낭만적 사랑과 사회』(문학과지성사, 2003) 참조.

장술과 화장술은 진짜와 가짜(가장)의 구분을 불가능하게 할 정도로 완벽하다. 하여 그들의 화장한 얼굴을 바라보는 관객뿐 아니라 화장을 하는 그들 자신조차 화장 뒤에 자신의 맨얼굴이 있는지 알지 못한다. 하지만 가부장제가 재현한 여성다움을 취하면서 그것에 완전히 종속되지 않고 '패러디적 거리'를 유지하려면 화장 뒤의 '본질적 바탕'으로 주어져 있는 맨얼굴(본질적 여성성)은 아니라 해도 화려하게 덧바르는 화장(구성되는 여성성)의 주술적 효과에 넘어가지는 말아야 한다. 정이현 소설의 여주인공들에게 나타나는 영악함이 위태로워 보이는 것은 그들 자신이 화장의 가부장적 성격을 노출시키지 못하고 그 주술적 효과에 넘어가 스스로를 소외시키고 있는 것이 아닌가 하는 우려를 불러일으키기 때문이다. 포스트모던 걸들이 가장하는 여성성이 점점 더 교묘해지는 남성적 욕망의 구도에 흡수되거나 그것을 투영하는 데 끝나지 않고 여성 자신의 주체적 욕망을 유지하기 위해서는 고전적 히스테리에서 배울 필요가 있다. 이리가레의 지적처럼 히스테리 여성들은 흉내내기를 통해 아버지가 부여해준 여성다움을 취하면서도 그것에 완전히 종속되지 않고 아버지의 질서에 균열내는 하나의 고전적 모델이기 때문이다. 물론 이 균열이 아버지의 질서 자체를 전면적으로 붕괴시킬 정도로 큰 것은 아니다. 히스테리 여성들은 여전히 아버지의 질서에 따라 맴돌고 있기 때문이다. 하지만 그들의 증상적 언어가 팔루스의 무능과 공포를 폭로한 전환적 계기가 되었던 것은 사실이다. 언젠가 도래할 붕괴의 시기를 앞당기고 모방을 넘어서는 자율적인 '여성적 주이상스'를 획득하기 위해서는 잠정적으로 가부장적 질서에 틈을 만들어내는 히스테리적 전략이 필요하다.

제4장

|

포르노 트러블[*]

"성관계는 없다"

1. 성 보수주의와 남성 성 자유주의를 넘어

내가 아는 한 서구 논쟁사의 정리나 산발적 논의를 제외하면 한국에서 페미니스트들이 포르노 문제를 전면에 걸고 논쟁하거나 투쟁한 사건은 없었다. 한국에서 포르노 문제는 남성 성 자유주의자들이 성 보수주의자, 혹은 표현의 자유를 침해하는 사법 권력과 충돌했던 1990년대 이후 비로소 사회적 의제로 부각되었다. 마광수 사건, 장정일 사건 등 예술적 표현과 외설의 경계를 넘나드는 예술적 창작 행위가 사법 권력에 의해 처벌받을 때, 표현의 자유를 옹호하는 남성 성 자유주의자와 성 보수주의자, 그리고 이들의 세계관을 대리하는 국가 사이에 대립이 형성되었다. 페미니스트들은 이 대립 전선에 적극적으

---

* 이 글은 『포르노 이슈―포르노로 할 수 있는 일곱 가지 이야기』(몸문화연구소, 그 린비, 2013)에 수록한 나의 글 「성 보수주의와 남성 성 자유주의를 넘어―페미니스트는 포르노 문제에 어떻게 대응할 것인가」를 해당 출판사의 허락하에 수정·보완하여 재수록한 것이다.

로 개입해 들어가지 않았다. 페미니스트들이 이 전선에 개입하지 않은 데에는 검열과 표현의 자유라는 잘못 설정된 대립구도하에서는 포르노에 대한 페미니즘적 시각을 개진하기 어렵다는 인식이 일차적으로 작용했지만, 그 인식을 적극적으로 의제화하며 어떤 관점이 페미니즘적인지에 관해 충분히 논의하지 못한 것도 사실이다. 성적으로 노골적인 표현은 모두 포르노인지, 노골성의 기준은 무엇인지, 포르노가 과연 인간의 억압된 성욕망의 자유로운 표현인지, 그리고 무엇보다 여성의 성적 쾌락을 요구하는 것과 포르노적 재현 방식을 비판하는 것 사이엔 어떤 관계가 있는지에 관한 질문들은 진지하게 토론되지 못했다. 이런 논의의 결핍으로 인해 포르노 이슈가 사회적 쟁점으로 떠오른 1990년대에 한국 페미니스트들은 이 문제에 관해 꽤 오랫동안 불편한 침묵—물론 산발적 논의가 있긴 했지만—을 유지해왔던 것으로 보인다.

한국 페미니즘이 포르노 문제에 보인 침묵, 그리고 그 침묵에 함축된 곤경을 이해하려면 1990년대 한국 사회에서 전개된 성 담론의 이념적 성격과 그 지형도를 파악할 필요가 있다. 한국 사회에서는 1987년 6월 항쟁 이후 민주화가 일정 정도 성취되고 성, 육체, 쾌락, 욕망, 소비 등 개인의 자유와 해방의 욕구가 터져나오면서 성과 쾌락의 향유를 둘러싼 문제가 본격적으로 떠오르기 시작했다. 1994년 출간된 『섹스, 포르노, 에로티시즘: 쾌락의 악몽을 넘어서』는 한국 진보운동의 한계로 존재해왔던 '성정치학sexual politics'을 수면 위로 떠올린 사건이었다. 한국에서 지식인 동성애자들이 커밍아웃을 하고 동성애 담론이 제도적 매체에서 표현되면서, 한국에서 좌파와 우파를 동시에 지배했던 강고한 이성애 중심주의와 성 보수주의에 미세한 균열이 일어났다. 1997년 장정일 사건이 일어나면서 검열 철폐와 표현의 자유를 주장하는 흐름 속에는 성욕망의 해방과 성적 권리에 대한 급진적 요구가 있었다. 비록 전면화되지는 않았지만, 이 요구 속에는 포르노 문제도 내재되어 있었다. 성의 해방을 위해서는 (남성이) 포르노적 텍스트를 쓸 자유뿐 아니라 포르노를 즐길 권리가 보장되어야 한다는 것이다. 남성들이 그동안 죄책감을 느끼며 은밀하게 즐겨오던 '포르노적 쾌락의 생산과 향유의 권리'를 공개적으로 주장하기에 이른 것이다. 뒤에 다시 거론하겠지만, 김수기의 「포르노에 대한 다른 시각」과 이재현의 「포르노티즘과 에로그라피」 등은 당시 성의 자유로운 표현을 옹호한 남성 지식인들의 이런 시각을 공공연하게 표출한 글이다.

이 시기 한국 페미니즘 진영에서는 사회 민주화와 여성의 해방을 동시적으로 이루고자 했던 1980년대 여성운동에 대한 이른바 '영 페미니스트들'의 비판이 일면서 진보운동 내의 남성 중심성과 성폭력의 문제가 제기되었다. 민중해방이 여성해방을 동시적으로 이끌어낸다는 믿음이 환상이었고 운동사회 내부에서 성차별과 성폭력이 만연해 있다는 인식이 여성 활동가들 사이에서 퍼져나가고 있었던 것이다. 이와 함께 민족민주운동 내부의 '성폭력' 문제를 말해야 한다는 자각, 여성의 성적 자기결정권을 담론화해야 한다는 자각이 일어났다. 이 자각은 이른바 '100인위 사건'으로 표출되었다. 피해자주의를 전면에 내세운 '운동사회 성폭력 뿌리뽑기 100인 위원회'(이하 100인 위원회)란 긴 이름을 가진 이 조직은 성폭력이 '정치적' 문제이며 젠더의 권력 관계를 함축하고 있음을 드러냈다. 남성 성 자유주의자들과 동성애자 인권활동가들이 성해방을 내걸고 나오던 시기 페미니스트들은 그동안 묻혀 있던 성폭력의 문제를 폭로했다. 이렇듯 당시는 성적 표현의 자유를 주장하는 목소리, 동성애자 인권운동의 성장, 페미니즘 진영의 반성폭력 운동 등이 본격적으로 가시화된, 섹슈얼리티 담론의 형성 시기였다.

주목할 만한 사실은 100인 위원회 사건을 둘러싼 당시 대립 전선

이 보수주의와 페미니즘의 갈등이 아니라 프리섹스를 옹호하는 남성 성 자유주의와 성폭력 피해 여성의 입장을 강조하는 페미니스트의 마찰이었다는 점이다. 실제로 100인 위원회가 공개한 사례들 가운데 다수는 성적 자유를 표방하는 남성들이 동지적 관계와 친밀성을 매개로 일으킨 사건이었다.[1] 성폭력 가해/피해 논쟁에서 관건은 상대 여성의 동의 없이 친밀성을 빌미로 성적 자유를 구가하는 가해 남성과 그 자유의 행사를 폭력으로 경험하면서 성적 자기결정권의 침해를 주장하는 피해 여성 사이의 갈등이었다. 이런 측면에서 보면 성폭력을 폭력으로 느낀 여성들을 전통적인 성관념에서 벗어나지 못한 미성숙한 존재로 규정하며 오히려 계몽시켜야 한다는 (일부) 남성들의 전도된 시각은 성폭력 논쟁의 본질을 호도하는 것이었다. 하지만 이런 전도된 시각이 성 자유주의라는 신종 외피를 쓰고 이데올로기적 힘을 얻고 있었다. 페미니스트들은 성 자유주의에 내재된 이런 남성 중심적 권력과 폭력성을 비판하면서도 여성의 쾌락의 자유를 포기하지 않아야 했다. 하지만 성폭력에 대한 여성의 비판은 종종 성적 쾌락 그 자체에 방어적 태도를 보이는 것으로 비쳐지거나, 의도와 달리 종종 그런 현실적 결과로 나타나기도 했다. 반성폭력 운동은 성폭력을 여성의 성적 자율성에 대한 침해로 규정하고 사회적 억압과 남성 폭력에 맞서 여성의 '성적 자기결정권'을 중요한 권리로 주장했다. 남성 권력의 지배와 폭력의 위협 없이 성적 쾌락을 향유할 권리가 여성 주체성의 기초를 이룬다는 생각은 이후 성적 쾌락과 성폭력을 대립시키지 않고 사유할 가능성을 열어놓았다. 하지만 이 가능성을 현

---

1. 100인 위원회의 활동과 파장에 대해서는 다음의 글을 참조하라. 운동사회 성폭력 뿌리뽑기 100인 위원회, 「쥐는 언제나 고양이를 물어서는 안 된다?」, 『경제와사회』 제49호(2001), 150-176쪽; 황정미, 「성폭력의 정치에서 젠더정치로」, 같은 책, 177-199쪽.

실 속에서 풀어내는 작업은 결코 용이하지 않다. 페미니즘이 이 작업을 수행하려면 성의 자유를 남성 성 권력의 무제한적 발휘로 전유해버린, (중립을 가장한 남성 중심적) 성 자유주의와 대결하면서 여성의 성적 쾌락이 담보된 자유롭고 평등한 성관계를 앞당기기 위한 노력이 이루어져야 한다.

　포르노 문제에 대한 페미니즘의 대응을 반성폭력 운동의 상황과 직접적으로 연관지어 유추할 수는 없을 것이다. 무엇보다 포르노는 '재현물'이기 때문에 불평등하고 폭력적인 성관계가 실제로 일어나는 성폭력 '현실'의 문제와 곧장 등치시킬 수 없다. 하지만 적어도 지금까지 주류를 형성해온 다수 포르노가 단순히 노골적인 성 표현물인 것만이 아니라 성별화된 권력 관계를 기반으로 여성을 대상화하고 사물화시켜 성적 만족을 얻는 남성 중심적 재현 체계라면, 이 재현 속에 내재된 남성 중심성과 폭력성을 비판하는 작업을 진행하면서도 그 비판이 여성 자신의 쾌락의 표현을 가로막지 않는 해방적 기획으로 이어져야 한다는 점에서 포르노 이슈는 반성폭력 운동과 비슷한 문제의식을 지니고 있다고 말할 수 있다. 반성폭력 운동에서와 유사하게 포르노 문제에 대한 페미니스트들의 대응도 폭력/욕망, 피해/권리, 위험/쾌락이라는 대립 구도에 갇히지 않으면서 여성의 쾌락의 자유를 확장하는 쪽으로 나아가야 한다. 성 급진주의를 자처하는 남성들이 페미니스트들에게 가하는 비판, 이를테면 페미니스트들은 "섹스란 본질적으로 부끄러운 것이고 혼란스러운 것이고 죄를 불러일으키는 것으로 간주하는 전통적·도덕적 성 개념에서 한 발짝도 벗어나지 못하고 있"[2]으며, 따라서 포르노가 "페미니즘의 발목"이라는 비판[3]은

---

2. 김수기, 「포르노에 대한 다른 시각」, 김수기, 서동진, 엄혁 편, 『섹스 포르노 에로티즘: 쾌락의 악몽을 넘어서』(현실문화연구, 1994), 127쪽.
3. 같은 글, 124쪽.

전적으로 틀리지는 않지만 폭력에 대한 체감적 이해를 결여하고 있다. 페미니스트가 이성애 중심주의가 할당한 여성성의 이데올로기에 갇혀 "성적 수줍음"[4]에 빠져 있다는 지적 역시 일면적 타당성을 지니지만, 여성들이 보이는 이런 반응은 쾌락의 자유를 포기한 데에서 기인한다기보다는 바로 그 자유를 획득하기 위한 비판적 문제제기의 성격을 지닌다고 봐야 한다.

1997년 표현의 자유를 둘러싸고 포르노 문제가 한국 사회에 불거졌을 때 이재현은 "왜 한국의 페미니스트 언니들은 섹시하지 않은가?"[5]라는 반대 심문을 던지며 "한국 사회에서 포르노 논의는 아직 시작되지 않았다"[6]라고 주장한다. 포르노 논의에 참여하려면 자기 몸을 즐길 줄 알아야 하는데, 한국 사회에서 보수주의자들뿐 아니라 페미니스트도 자기 몸을 즐길 줄 모른다는 것이다. 그는 페미니스트가 몸을 향유하기 위해 스스로 포르노를 만들어보기도 하고 다양한 종류의 포르노를 보라는 진심어린 충고까지 아끼지 않는다. 나는 몸의 향유가 필요하다는 그의 주장에 동의한다. 졸지에 섹시하지 못한 집단으로 분류된 억울함 때문이 아니라 성폭력과 성욕망의 이중 구속에서 페미니스트들 역시 벗어나기 쉽지 않다는 점을 인정하기 때문에 더더욱 그의 주장에 동의한다. 그의 말마따나 남성의 욕망과 환상만이 아니라 "여성의 욕망이나 환상, 그리고 쾌락 역시도 가부장제적이고 남근적인 헤게모니 안에서, 그것도 특정한 내용과 방식으로 가정된 지식-권력의 틀 안에서 장구한 세월 동안 주조되어왔다. 따라서 여성의 욕망이나 환상, 쾌락에 대해 제대로 사유하는 것은 거의 불가

---

4. 서동진, 「누가 성정치학을 두려워하랴!」, 같은 책, 25쪽.
5. 이재현, 「포르노티즘과 에로그라피 2-1」, 『문화과학』 제11호(1997), 120쪽.
6. 같은 글, 122쪽.

능한 일이다.[7] 이 불가능한 작업을 위해 포르노 실험을 감행하라는 그의 주장에 어찌 반대할 수 있겠는가. 하지만 내가 이재현의 충고에 온전히 공감하지 못하는 것은 성해방의 진보성을 이기적이고 착종된 방식으로 전유하는 일부(다수?) 남성들이 성적 자유와 프리섹스를 앞세우며 성해방을 성폭력의 현장으로 만드는 데 활용하고 있는 현실을 외면할 수 없으며, 이런 폭력적이고 여성 비하적인 현실 구성에 포르노적 성의 향유와 소비가 기여하고 있는 현상을 부인할 수 없기 때문이다. 여성의 성적 훼손을 '살인의 추억'으로 기억하는 문화에서 여성들이 '밤길 되찾기 운동'을 할 수밖에 없는 시대착오적 현실 역시 나의 고려 사항 속에 들어있다. '두려움 없이 즐기라'라는 명령을 따르기에 여성들은 고위험사회에 살고 있다. 위험을 과장해서 겁먹게 만들기 위해서가 아니다. '쫄지 마 씨바'라는 해방적 욕설을 유포시키며 권력에 쫄지 않는 거침없는 이들이 공론장을 활보하는 동안에도 여성의 몸은 남성 쾌락의 대상으로 전유되어 SNS를 타고 흐르는 현실 때문이다.

1990년대 이후 한국 사회에서 성 자유주의 담론은 남성의 무제한적 성적 자유를 위한 전제이자 알리바이로 여성의 성해방을 거론한 측면이 다분하다. 금기를 말하는 것이 무색할 정도로 도처에 성이 넘쳐나고 '즐기라'라는 명령이 또다른 형태의 외설적 억압이 되어버린 사회에서 성을 말한다는 것은 더이상 금기를 깨는 위반도 해방도 아니다. 이중적 성 규범이라는 말조차 촌스럽게 느껴질 정도로 온 나라가 섹시함을 신종 우상으로 숭배하고 있는 문화에서 포르노의 위반성을 말한다는 것은 위선적이다. 한국은 음란 사이트 세계 2위 국가라는 국가 순위에 걸맞게 무차별적으로 살포되는 포르노성 스팸 메

---

7. 같은 글, 121쪽.

일과 이와 연결된 무수한 포르노 사이트, 포르노성 만화와 게임에 이르기까지 포르노의 공습을 피하는 것이 오히려 힘들 정도로 포르노에 포위된 나라에 살고 있다. 포르노의 정치성을 찾기 위해 프랑스대혁명 시절의 정치적 포르노로 올라가는 논자들도 있지만, 우리 사회에서 포르노는 린 헌트가 "진정한 현대적인 포르노그래피"라고 부르는 것, 즉 "성적 도발을 야기하려는 유일한 목적으로 성기나 성행위를 노골적으로 묘사하는" 것에 가깝다.[8] 정치적 혁명성이 거세되고 쾌락에 대한 도착적 집착이 일상화된 현실에서 '어떤 성을 어떻게 나눌 것인가'에 대한 고려 없이 성의 자유 그 자체를 절대화할 수는 없다. 페미니스트는 이재현의 반대 심문에 섹시함을 증명하는 방법으로 대응할 수도 있겠지만, 남성의 성적 행동이 과연 타자와 상호주관적 이해를 지향하는 것인지, 또 그 이해에 이르기 위한 감정적·육체적·인지적·윤리적 조건을 충족시키는 것인지 되묻지 않을 수 없다. '당신은 당신의 성적 자유에 책임을 지고 있는가?' '당신은 당신이 즐긴 것에 대해 책임을 지고 있는가'라는 질문을 생략할 때, 주체의 (자유주의적) 권리의 정치는 자신의 욕망에 대한 책임으로 이어지지 못하고, 가해자의 폭력과 피해자의 권리가 충돌하고 국가가 개인의 권리에 개입하는 것이 옳으냐 그르냐는 식의 자유주의적 틀 속에 갇히게 된다. 페미니스트는 자유주의에서 상정하는 젠더 중립적 개인이 과연 존재하는 것인지, 그 개인의 권리 주장이 불균형한 권력 관계라는 사회역사적 맥락 속에 존재하는 개인들을 시야에서 지워버리고 그들의 목소리를 침묵시키는 작용을 하는 것이 아닌지 되물을 수 있다. "개인적인 것의 정치화가 개인적인 것의 소멸을 위한 정치화가 아니듯, 반성폭

---

8. 린 헌트, 『포르노그래피의 발명: 외설성과 현대성의 기원, 1500-1800』, 조한욱 옮김(책세상, 1996), 378쪽.

력 운동은 여성들의 다양한 성적 욕망과 자유를 부정하는 것이 아니라 오히려 이 다양한 정체성과 욕망의 기획을 실현할 수 있는 자율적인 주체 위치를 확보하기 위한 인정 투쟁으로 이해되어야 한다[9]라는 한 여성학자의 주장은 비단 반성폭력 운동만이 아니라 '포르노 현상'을 논의하는 데에도 정당한 출발점이 될 수 있다. 이제 우리는 포르노 찬반, 혹은 검열/자유라는 그릇된 이분법적 시각을 벗어나 포르노가 어떻게 주체의 성적 욕망과 환상을 구성하고 재생산하는지, 그리고 포르노적 사회에서 우리 각자는 자신의 욕망과 쾌락을 어떻게 추구해야 옳은지 질문해야 한다.

2. 포르노 정의와 규제

포르노 논쟁이 뜨거운 사회적 이슈로 부각되었던 미국에서 포르노 문제에 대한 페미니스트들의 대응은 지나치게 법적 문제에 갇혀왔다고 할 수 있다. 말하자면 포르노를 법으로 규제하는 것이 옳은가, 혹은 규제하는 것이 실효성이 있는가하는 문제에 과도하게 몰입했던 것이다. 법적 규제를 옹호하는 페미니스트들의 주장이 과잉 대표되면서 불필요한 적대감을 촉발하고 페미니즘 전체에 대한 희화화로 이어지기도 했다. "포르노는 이론이고 강간은 그 실천이다"라는 로빈 모건의 주장은 페미니스트를 재현과 행위를 기계적으로 연결시키는 일차원적 인간으로 폄하시키는 데 결정적으로 작용했다. 포르노의 법적 규제는 검열과 국가의 개입이라는 또다른 문제를 끌어들였고, 이는

---

9. 신상숙, 「성폭력의 의미구성과 '성적 자기결정권'의 딜레마」, 『여성과사회』 제13호(2001), 41–42쪽.

페미니즘의 내분을 자초했다.[10]

나는 포르노 문제를 법적 차원을 넘어 정치적 차원에서 바라보아야 한다고 생각한다. 포르노 비판을 검열 옹호와 곧바로 연결시키지 않으면서 포르노 장르를 통해 지속되는 남성적 쾌락 향유 방식을 문제삼는 쪽으로 방향을 전환할 필요가 있다. 언어적·시각적 재현 체계인 포르노에서 남성의 '행위'를 끌어내고, 그 행동의 직접적 '결과'로 여성의 '피해'를 곧장 도출하는 방식보다 좀더 섬세한 접근법이 필요하다. 페미니즘 내에서도 이미 많은 비판이 있었지만, 이런 논의는 재현과 행위 사이에 직접적 인과관계와 영향 관계, 시간적 선후 관계를 설정하여 단편적인 비판에 그친다는 인상을 준다.

하지만 인과적 논리에 대한 비판이 재현 체계 자체가 현실 구성력을 갖지 않는다는 주장으로 이어져서는 안 된다. 이를테면 김수기는 앞에서 언급한 로빈의 주장을 이렇게 비판한다. "포르노는 이론이고 강간은 그 실천이다'라는 주장에서 이제 우리는 이 말의 전반부가 정확히 맞는 말이라고 지적할 수 있다. 사실 포르노는 이론일 뿐이다. 포르노는 성과 성적 쾌락에 대해 다양하게 사고하고 말할 뿐이다."[11] 이론은 이론일 뿐 현실적 실천과 아무런 관련이 없다는 이런 주장은 포르노의 유해성을 입증함으로써 검열을 옹호하고자 하는 논자들의 주장을 반박하기 위해 가장 흔히 채택되는 방식이다. '폭력적 포르노

---

10. 포르노를 둘러싼 미국 페미니즘 진영 내의 찬반 논쟁에 대해서는 다음의 글을 참조하라. 심영희, 「포르노의 법적 규제와 페미니즘」, 『한국여성학』 제10집(1994), 120-180쪽; 이나영, 「포르노그래피, 억압과 해방의 이분법을 넘어」, 『섹슈얼리티 강의, 두번째』(한국성폭력상담소 기획, 변혜정 엮음, 동녘, 2006), 277-311쪽; 이재현, 같은 글; 주유신, 「포르노그래피와 여성의 성적 주체성: 페미니스트 포르노 논쟁과 두 편의 텍스트를 중심으로」, 『영화연구』 제26호(2005년 8월), 397-422쪽; 최성희, 「자아로부터의 비상, 에로스」, 『페미니즘—차이와 사이』(이희원·이명호·윤조원 편, 문학동네, 2011), 83-109쪽.
11. 김수기, 같은 글, 132쪽.

가 성폭력범을 낳고 폭력적 게임이 폭력적 아이들을 낳는다. 따라서 법적 규제가 필요하다'라는 식의 주장이 문제를 안고 있는 것은 사실이다. 이런 식의 논의가 현실의 폭력성을 재현 탓으로 돌림으로써 현실을 회피하는 손쉬운 기제로 활용되어온 측면을 부인할 수는 없다. 포르노적으로 구성된 사회에서 재현물로서 포르노만을 비판하고 규제하는 것으로 문제를 해결할 수 없다는 것도 분명하다. 하지만 이런 단선적 인과론이 문제가 있다고 해서 재현의 현실 구성력을 배격하는 것은 옳지 않다. '이미지만은 아니다'라는 주장은 이미지를 행위와 곧장 연결시키지만 않는다면 옳다. 행동주의 이론에서 전제하듯 인간의 행위는 외부 환경이나 자극에 대한 기계적 반응이 아니다. 인간의 행위는 사회문화적으로 구성되면서 주체가 내리는 선택과 결정을 포함한다. 우리는 인간에게 주체적 선택의 몫을 남겨두면서도 사회문화적 재현 체계가 주체의 행위에 미치는 구성적 효과를 인정해야 한다. 문화 생산물의 주체 구성적 힘을 스스로 부정함으로써 책임을 면죄받고자 하는 태도는 비겁하다. 그것은 재현이 지닌 구성적 힘constituting power을 인정하지 않는 태도다. 재현은 현실과 무관한 이미지만의 세계거나 언어만의 세계가 아니라 현실을 구성하고 생산한다. 재현이 지닌 구성적 힘의 문제는 법적 차원의 검열과 규제가 아니라 정치적 차원에서 지적하고, 비판하고, 해체하고, 재구성되어야 한다.[12]

---

12. 이미 국내에도 잘 알려졌듯이, 포르노의 제조와 유통을 법적으로 규제하려는 페미니스트들의 시도는 미국의 미니애폴리스(1983년)와 인디애나폴리스(1984년)에서 포르노 규제 법안을 제출하는 형태로 나타났다. 하지만 포르노가 여성의 시민권에 해악을 미친다는 이들의 주장은 받아들여지지 않았다. 포르노 규제 법안은 미국 수정 헌법 제1조가 보장하는 표현의 자유를 침해한다는 이유로 1985년 연방대법원으로부터 위헌 판결을 받았다. 이로써 미국에서 포르노의 제조와 유통을 법적으로 규제할 수는 없게 되었다. 미국과 달리 캐나다 대법원은 1992년 표현의 자유를 침해하기는 하지만 여성에게 해로운 포르노를 불법화하는 것은 합법적이라는 판결을 내렸다. 캐나다는 포르노가 여성에게 해를 준다고 말한 세계 최초의 국가가 되었다.

직설적으로 물어보자. 왜 남성들은 포르노를 그렇게 많이, 열심히, 오랫동안 보는가? 한 일본 연구자에 의해 '15조원의 육체 산업'이라는 이름을 얻은 이 거대 다국적 산업을 먹여살리는 힘은 어디서 나오는가?[13] 물론 여성들도 포르노를 본다. 하지만 굳이 통계 수치를 들이대지 않더라도 포르노 소비자의 다수가 남성이라는 사실을 부인할수는 없다. 포르노 소비자의 75%가 남성이고 돈을 주고 구매하는 적극적 소비자의 98%가 남성들이다.[14] 포르노 비판에 앞서 선행되어야하는 것이 바로 이것, 즉 남성들을 끌어들이는 포르노의 '매혹'을 해명하는 일이다.

이 매혹의 실체를 해명하기 전에 먼저 수행해야 하는 것이 포르노가 무엇인지 정의하는 일이다. 하지만 포르노 문제의 어려움은 그 정의의 어려움에서 비롯된다고 할 수 있을 만큼, 포르노를 단일하고 매끈하게 정의하기란 불가능하다. 정의는 대상에 대한 특정한 관점과지식을 전제한다. 특히 포르노처럼 그 범주 안으로 들어갈 경우 정치적 올바름을 둘러싼 비판과 검열과 규제, 정치적·도덕적·문화적 갈

현재 한국은 형법 제243조, 정보통신망 이용촉진 및 정보보호 등에 관한 법률, 청소년보호법, 성폭력특별법 등의 법으로 음란물을 규제하고 있다. 이에 대한 자세한 논의는 서윤호, 「법은 포르노를 어떻게 판단하는가」, 『포르노이슈』(몸문화연구소 엮음, 그린비, 2013), 122-152쪽 참조.

13. 이노우에 세쓰코, 『15조원의 육체산업: AV시장을 해부하다』, 임경화 옮김(시네21북스, 2009).

14. 오기 오가스와 사이 가담에 따르면, 미국의 성인 동영상 유료 웹 사이트 중 가장 인기가 많은 곳의 고객 중 75% 정도가 남성이라고 한다. 방문객의 25%는 여자라는 이야기다. 넷 중 하나가 여자라면 적은 수라고 할 수는 없을 것이다. 하지만 포르노를 보려고 결제하는 이들의 성비 분석으로 들어가면 남녀 간의 격차는 끝도 없이 벌어진다. 포르노 사이트 전체 회원 중에서 여자 이름의 신용카드로 결제하는 경우는 단 2%에 불과하다고 한다. 이들은 포르노 수용에 나타나는 남녀의 차이를 진화생물학적 관점에서 해석하여 남성=포르노 관람자, 여성=로맨스 독자라는 등식을 만들어낸다. 이들의 생물학적 시각에 완전히 동의하지 않더라도 전체적으로 보아 포르노가 남성적 쾌락 장르인 것은 분명하다. 오기 오가스·사이 가담, 『포르노 보는 남자, 로맨스 읽는 여자』, 왕수민 옮김(웅진지식하우스, 2011), 66쪽 참조.

등이 동반되는 경우 누가 어떻게 정의하는가는 단순히 인식의 문제만이 아닌 법적·정치적 문제가 된다. 법적 규제는 규제 대상에 대한 정의를 요구하고, 시민권은 그 침해에 대한 정의를 요구한다. 포르노의 정치적·문화적 의미는 그것이 사유와 표현, 통제의 범주로 등장하게 되었다는 사실과 분리할 수 없다.

포르노의 근대적 발명을 역사적으로 점검한 린 헌트가 지적하듯이, 포르노의 의미는 국가와 작가/예술가, 성직자 들 간의 대립과 충돌을 통해 규정되어왔으며, 정의와 통제의 기준은 사회가 변화하고 권력의 중심축이 이동하면서 바뀌어왔다. 예를 들어, 서구에서 포르노그래피라는 단어가 프랑스어 사전에 처음 등장한 것은 1769년이었고 널리 쓰이게 된 것은 19세기이며, 옥스퍼드 영어사전에는 1857년 수록되었다.[15] 포르노그래피라는 말이 쓰이지 않았다고 해서 포르노적 표현물이 존재하지 않았던 것은 아니다. 포르노그래피라는 말의 어원이 '매춘부의 그림'이라는 그리스어에서 나왔듯이, 성 표현물로서 포르노는 고대 서양의 그리스 시대에도, 그리고 춘화라는 이름으로 우리나라 조선시대에도 존재했다. 욕망, 관능, 에로티시즘, 그리고 노골적인 성기묘사는 대부분의 시대와 장소에서 발견할 수 있는 '일반적인' 것이었다. 하지만 '음란한obscene 글이나 그림'이란 의미에서의 포르노그래피, 그리고 그것을 둘러싼 법적·정치적 통제 및 검열은 서구 근대성과 함께 출현했다. 프랑스혁명을 전후한 서구 근대에 포르노그래피는 구체제에 대한 정치적 공격과 연관되었던 자유사상, 인쇄 문화, 물질주의 철학 등 (남성 중심의) 민주주의적 함의를 지니고 있었다. 하지만 헌트의 지적처럼 당시 포르노에서 여성의 육체는 "모든 남성에 의해 동등하게 구입이 가능한 대상으로 상정되었다는 의미에서 민주화되

---

15. 린 헌트, 같은 책, 16쪽 참조.

었지만" 이것이 "여성의 해방을 의미"하는 것은 아니었다.[16] 포르노그래피는 "관음증과 여성의 물건화가 복합적으로 교차하면서 만들어진 새로운 형제애"를 낳았다.[17] 이 형제애는 "사회적 평준화라는 의미에서 민주적이었을지 몰라도 궁극적으로 그것은 대부분 남성만을 위한 평준화였다."[18] 따라서 근대 포르노그래피의 출현 속에는 형제애에 기초한 근대 민주주의의 젠더 모순이 깊이 새겨져 있다.

음란물이 법적·정치적·도덕적 규제와 검열의 대상이라는 근대적 정의는 이후 포르노의 핵심적 성격으로 자리잡는다. 물론 그 기준은 역사적 변화를 겪는다. 1868년 영국의 히클린 사건[19]에서는 외부의 부도덕한 영향에 취약한 사람들을 부패시키고 타락시키는데 미치는 영향력 여부가 판단 기준으로 등장한다. 1957년 로스 사건[20]은 '사회의 평균인'에게 호색적인 흥미를 자극하는 것으로, 그리고 1973년 밀러 사건[21]은 성적으로 노골적이어도 혐오감을 주지 않는 것은 음란한 것이라 볼 수 없다고 보면서 문학적·예술적·정치적·학문적 가치의 존재 여부를 중요한 판단 기준으로 제시한다.[22]

현재 우리나라에서 포르노는 법률적으로 '성적 수치심이나 성적 욕망을 유발하거나 만족'시키는 음란물로서 법적 규제의 대상이 된

---

16. 같은 책, 53쪽.
17. 같은 곳.
18. 같은 곳.
19. 영국의 벤저민 히클린이 음란 간행물을 배포했다는 혐의로 기소된 사건으로 포르노의 사회적 유해성을 판단한 최초의 판결로 유명하다.
20. 미국의 새뮤얼 로스가 상업적 목적으로 섹스 잡지 및 도서를 운송했다는 혐의로 기소된 사건이다. 우리나라 대법원은 이 사건에 적용한 기준을 따르고 있다. 서윤호, 같은 글, 94쪽 참조.
21. 마빈 밀러가 남녀의 성행위 장면이 묘사된 사진과 그림을 게재한 포르노 도서 4종과 영화를 선전하는 광고책자를 발송하여 고발당한 사건으로, 이 사건을 통해 미연방 대법원은 수정 헌법 제1조에 의해 보호되지 않는 음란물의 기준을 제시했다.
22. 이나영, 같은 글, 282쪽 참조.

다. 이는 형법, 음란 비디오물 및 게임물에 관한 법률, 청소년보호법, 성폭력특별법, 정보통신망 이용에 관한 법률 등에 산포되어 있고, 위법 시 부과되는 형량 역시 일관되지 않다. 음란성에 대해서는 대법원과 헌법재판소가 다른 판단 기준을 제시한다. 대법원은 음란물을 "일반 보통인의 성욕을 자극하여 성적 흥분을 유발하고, 정상적인 수치심을 해하여 성적 도의 관념에 반하는 것"으로 규정한다.[23] 여기서 음란성의 판단 기준은 "그 시대의 건전한 사회 통념", "일반인의 성적 수치심과 도의심"이다. 반면, 헌법재판소는 음란에 이르지 않는 성 표현물인 저속을 음란과 구분하고 저속은 표현의 자유의 보호를 받는 반면 음란은 그렇지 못하다고 명시하고 있다. 음란의 기준으로는 다음 세 가지를 제시한다.

노골적이고 적나라한 성 표현으로서 '인간 존엄 내지 인간성을 왜곡'하는 정도까지 이른 것…… 성적 흥미 유발의 목적만 있는 것으로 전체적으로 구조상 문학, 예술, 학문 혹은 정치적 가치를 갖지 않는 것…… 사회의 건전한 성도덕을 크게 훼손하되 사상의 경쟁 메커니즘에 의해서도 그 해악이 해소되지 못할 만큼 노골성을 지닌 것.[24]

전체적으로 대법원과 헌법재판소의 판결은 각기 미국의 로스 판결과 밀러 판결을 따르고 있는 것으로 보이는데, 대법원의 판단 기준이 보수적이라면 헌법재판소의 기준은 조금 완화되었다고 볼 수 있다. 하지만 두 경우 모두 성 도덕주의적 관점에 기초해 음란을 "성적 도의 관념에 반하고", "성도덕을 크게 훼손하는 것"으로 제시하고 있다.

---

23. 서윤호, 같은 글, 133쪽에서 재인용. 대법원 판결과 헌법재판소 판결에 대한 이후 해석은 서윤호의 글을 참조했다.
24. 같은 글, 137-138쪽.

포르노에 관한 한국 법 담론을 분석한 한 법학자의 발언을 빌지 않더라도, 우리는 일반인의 성적 도의 관념이라는 기준 자체가 극히 모호하고 자의적이라는 점을 지적하지 않을 수 없다. 결국 한국의 성 보수주의적 법 담론은 "기존의 법적 강제가 실효성을 거두기 어려울 때 새로운 사회 공포와 자기 계몽의 근거를 한층 강화하려는 스스로의 규범적 핑계"[25]였을 뿐이다. 자신을 위한 규범적 정당화란 결국 성보다는 성을 규정하는 권력이, 그리고 권력을 통해 이루고자 하는 사회통제가 성에 관한 법 담론의 핵심적 관건이었음을 말해준다.

페미니스트의 포르노 정의는 성 도덕주의적 관점 및 보수주의적 관점과 다른 시각을 제시한다는 점에서 차별화된다. 포르노가 여성의 시민권을 침해한다고 보고 포르노 규제 법안을 발의한 캐서린 매키넌에 따르면, 포르노란 "말이나 그림을 통해 여성을 종속시키는 사실적이고 성적으로 노골적인 표현물이다."[26] 여기서 관건은 성적 노골성 그 자체가 아니라 여성을 종속시킨다는 사실이다. 매키넌에 따르면, 포르노는 지배와 권력의 차이를 성애화함으로써 여성의 종속을 자연스러운 것으로 만드는 표상 체계이다. 매키넌 자신은 아홉 개의 기준을 제시하여 여성의 종속성을 규정하는데,[27] 이 기준 자체는 문제를 해

---

25. 박종성, 『포르노는 없다: 권력에 대한 복합적 반감의 표현』(인간사랑, 2003), 334쪽.
26. Catharine A. MacKinnon, *Only Words* (Cambridge and Mass: Harvard University Press, 1993), 22쪽.
27. 매키넌이 제시한 아홉 가지 기준은 다음과 같다. "1) 여성을 성적 대상, 물건, 또는 상품으로 비인간화하여 표현하는 것, 2) 여성이 고통이나 굴욕을 즐기는 것으로 표현하는 것, 3) 여성이 강간을 당하면서 성적 쾌락을 즐기는 것으로 표현하는 것, 4) 여성을 결박되거나, 잘리거나, 절단되거나, 멍이 들거나, 신체적으로 다치는 성적 대상으로 표현하는 것, 5) 여성을 성적으로 복종하는 자세, 노예 상태, 예속적이거나 전시되는 대상으로 표현하는 것, 6) 여성의 신체―질, 가슴, 엉덩이를 포함하되 그것들로 한정되지 않는―가 부분으로 환원되는 방식으로 전시하는 것, 7) 여성은 본성상 매춘부라고 표현하는 것, 8) 여성이 물건이나 동물에 의해 침투당하는 것으로 표현하는 것, 9) 여성이 비하, 상해, 고문당하는 장면을 표현하거나, 여성이 더럽거

결하기보다는 또다른 문제의 원인이 된다. 보는 관점과 맥락에 따라 얼마든지 다른 해석이 가능하기 때문이다. 하지만 포르노를 '음란'으로 규정함으로써 성 도덕주의적 관점을 취하지 않고 '여성의 종속'이라는 시각을 취한 것은 아홉 가지 기준의 적실성을 여부를 떠나 매키넌이 포르노 논의에 기여한 중요한 부분이다. 그의 정의가 포르노 전체에 적용될 수는 없지만, 현재 포르노 시장의 대부분을 차지하고 있는 주류 이성애 포르노에 한정할 경우 그 포괄적 유효성을 인정할 수는 있다.

3. 남성적 쾌락 장르로서의 주류 이성애 포르노

말이나 그림은 재현이다. 어떻게 여성을 비하하고 종속시키는 재현물이 남성 수용자들을 그토록 매혹시키는가? 포르노적 재현 체계의 특성은 무엇인가? 성적으로 노골적이고 명시적인 장면, 이를테면 생식기의 전시나 성행위 장면의 묘사도 그 자체 포르노적이라기보다는 그것이 특정한 방식으로 재현되었을 때 포르노적이 된다. 관건이 되는 것은 '얼마나 벗었느냐 혹은 성행위 장면이 있느냐'라기보다는 '어떻게 그려지는가'다. 로스 카워드의 지적대로, 포르노적 재현은 "몸(보통 벗은 몸)이나 성행위를 하고 있는 사람들을 일정한 규약에 따라 보여줌으로써 이들이 사회에 의해 포르노적인 것으로 해석되게 만든다."[28] 여기서 관건은 포르노적 재현 양식이 특정한 해석과 의미화

나 열등하거나 피를 흘리거나 멍이 들거나 다치는 것을 성적으로 보이는 맥락에서 그리는 것"이다. Catharine A. MacKinnon, *Feminism Unmodified: Discourse on Life and Law* (Cambridge and London: Harvard University Press, 1987), 176쪽.
28. Roth Coward, "Sexual Violence and Sexuality," in *Sexuality: A Reader*, edit. by

양식에 기초해 있다는 사실이다.

포르노는 나름의 재현 규칙을 가진 하나의 독자적인 문화 장르다. 특정 장르가 관객들과 독자들에게 지속적으로 어필하는 것은 나름의 설득력과 소구력을 지녔을 때 가능하다. 이런 장르적 규약 속에는 오랜 세월 지속되는 공통적 특성과 관객의 취향과 감수성의 변화에 따라 바뀌는 가변적 속성이 공존한다. 포르노 장르 안에는 주류 이성애 포르노, 게이와 레즈비언 포르노, 하드코어와 소프트코어 포르노 등 하위 장르가 존재하며, 수간, 소아성애증, 사도마조히즘 등 성 도착적 유형들이 존재한다. 내가 이 글에서 주목하려는 것은 성적 표현물로서 포르노 장르 안에 존재하는 다양한 변이가 아니라 주류 이성애 포르노의 관습적 규약과 그 효과이다.

주류 이성애 포르노의 관습적 규약은 '만남-흥분-사정'이다. 이는 전형적으로 이성애 남성의 환상을 부추기는 장치로서 일시성과 반복성을 그 특징으로 한다. 이 직선적 코스가 너무 노골적이라 환상이 작동하지 않을 때 서사가 삽입된다. 하지만 포르노에서 서사는 성적 합체를 위해 언제든지 멈춰서는 부차적인 요소다. 다시 말해 포르노에서 서사는 성행위의 개연성을 보완하기 위해 들어오지만 성행위라는 목적을 위해서는 언제든지 뒤로 물러선다. 포르노가 마치 다큐멘터리처럼 성행위를 사실적으로 묘사하는 것 같아 보이는 것이 이 때문이다. 스티븐 마커스가 적절히 지적하듯이, "포르노에서 언어는 거추장스러운 필요이고 그 기능은 일련의 비언어적 이미지들을 촉발하는 것인 만큼 부차적이다. 포르노의 서사는 남성 독자의 자위 행위에 필요한 만큼의 길이로 지속되는 성행위 장면의 반복일 뿐이다."[29] 포르노에서 쾌

Feminist Review (London: Virage, 1987), 310쪽.

29. Steven Marcus, *The Other Victorians: A Study of Sexuality and Pornography in Mid-Nineteenth-Century England* (New York: Basic Books, 1967), 268쪽.

락은 너무 나아가는 것이 분명하다. 비非포르노 영화에서는 모든 것을 다 보여주지 않는다. 어느 순간이면 이미지는 흐려지고 카메라는 시선을 돌린다. 지젝의 말처럼 "장면은 차단되고 우리는 결코 '그것'을 직접 보지 못한다."[30] 하지만 포르노는 재현의 한계를 넘어 기어이 '그것'을 보여준다. 서사는 '그것'을 보여주기 위한 위장일 뿐이다.

그러나 재현의 한계를 넘어서는 '그것'의 직접적 제시가 포르노를 환상이 작동하지 않는 실재의 현시로 만드는 것은 아니다. 포르노에 나타나는 성과 성행위의 노골적 전시는 종종 포르노가 환상의 외피를 찢어내고 실재에 접근하는 것으로 읽게 만든다. 이를테면 김종갑은 현대사회에서 포르노를 향한 열정을 실재에 대한 열정으로 읽어내고 이를 "실재가 사라진 사회에 대한 증상적 발현"[31]으로 해석한다. 그에 따르면 근대사회에서 존재는 그 의미에서 분리되고 성은 탈맥락화된다. "포르노는 낭만화된 여성성에 대한 반발로서 동물화된 여성의 상을 제공한다. 여기서 인간은 서로 사랑하는 인격적인 존재가 아니라 동물처럼 교미하는 탈인격적 존재이다. 이 외피를 벗고서 진짜 섹스의 핵심으로 단박에 진입하려는 욕망이 포르노다."[32] 문제는 지젝이 "그것"이라 부르고 김종갑이 "진짜 섹스"라 부르는 것이 환상이 벗겨진 실재 그 자체와의 대면이 아니라 주체가 자신의 결핍을 감추기 위해 불러낸 허상이라는 점이다. 따라서 포르노는 낭만적 사랑의 환상에 대한 교정으로서 "진짜 섹스"에 진입하는 것이라기보다는 진짜처럼 보이는 가짜, 그러나 진짜보다 더 큰 위력을 발휘하는 가짜 섹

---

30. 슬라보예 지젝, 『삐딱하게 보기』, 김소연·유재희 옮김(시각과 언어, 1995), 222쪽.
31. 김종갑, 「실재를 향한 열정으로서 포르노」, 건국대학교 몸문화연구소, 『포르노를 말한다: 건국대학교 몸문화연구소 2012년 춘계 학술대회 발표집』, 59쪽. 이 글은 약간 수정되어 『포르노 이슈—포르노로 할 수 있는 일곱 가지 이야기』(몸문화연구소 엮음, 그린비, 2013) 3장에 실렸다. 인용은 학술대회에서 발표된 초고에서 가져왔다.
32. 같은 글, 70쪽.

스에 대한 열정적 애착이고 그것에 대한 환상이다. 나중에 김종갑 자신이 인정하듯이, 진짜 섹스에 다가가는 것으로 보였던 포르노는 더 많은 것을 요구하는 과잉 섹스이자, 이 과잉을 위해 "최후의 알갱이마저 가짜의 질서에 편입시켜버리는…… 주체의 욕망"[33]에 다름아니다. 김종갑이 더 묻지 않는 것은 과잉에 매달리는 이 주체가 과연 누구인가라는 질문이다.

지젝은 앞서 문장의 "그것" 옆에 괄호를 치고 "성기의 삽입 등"이라고 표현했다.[34] 문제는 '어디로' 삽입되는 '어떤' 성기인가다. 주류 이성애 포르노에 직접적으로 드러난 성기는 여성의 구멍 속으로 삽입된 발기된 남성 성기이다. 물론 여성의 구멍은 입일 수도 항문일 수도 있고, 하나일 수도 여럿일 수도 있다. 그러나 그 모든 변이 아래 놓인 공통성은 바로 과잉 팽창된 남성 성기이다. 매키넌은 포르노가 여성을 성적 대상이나 물건으로 만든다고 말했다. 여성만이 아니라 남성도 그렇게 한다고 말한다면 이 지적은 옳다. 포르노에서 남성은 온전한 인간이 아니다. 타자와 소통할 수 있는 인격적 자아가 필요하지도 않다. 그는 몸의 한 부분, 욕망의 시각적 언어로 그려진 성기일 뿐이다. '해부학이 운명이다'라는 프로이트의 지적은 포르노에 그려진 남성에 문자 그대로 적용되어야 한다. 남자라는 존재에 맞서 음경이 솟아오른다. 물론 그 음경을 찔러 넣는 여성도 당연히 음부로 환원된다.

음경은 남근Phallus과 같지 않다. 남근이 남성을 특권적 존재로 만드는 사회적·상징적 권위의 표상이라면 음경은 남성의 신체적 기관이다. 페미니스트의 포르노 비판에 대한 남성들의 역비판이 겨냥하고 있는 것이 바로 이것, 즉 페미니스트들이 음경과 남근을 혼동하면서

---

33. 같은 글, 68쪽.
34. 슬라보예 지젝, 같은 책, 222쪽.

남근 비판을 음경 비판으로 대체하고 있다는 점이다. 이를테면 김수기의 다음 지적이 겨냥하는 바가 이것이다.

> 포르노가 자지를 통해 수동적인 여성성을 위협한다는 주장은 단지 성기에 대한 잘못된 인식의 결과일 뿐이다. 남성의 권력이 자지에서 나오는가? 페미니즘의 유일한 목적이 남성 타도인가? 문제삼아야 할 것은 자지의 상징적 의미가 구축되는 대립 체계 즉 포르노와 성적 재현물들에 대한 담론적 근저에 접근하는 일일 것이다. ……오히려 포르노는 자지를 노골적으로 있는 그대로 보여주고 있다는 점에서 남근적이지 않다. 그런데도 포르노가 남근적인 이유는 자지를 보여주는 데 있어서 '성'에 관한 진실을 모두 알고 있는 것처럼 가정하기 때문이다. 마치 남근이 그 자체 단일적인 것으로 가정하는 것처럼 포르노 역시 성을 단일한 것으로 가정하기 때문이다. 따라서 남근이 아닌, 자지를 공격하는 것은 남성적 권력의 진짜 원천을 회피하고 있는 것이다.[35]

김수기의 비판과 달리 페미니스트가 포르노를 비판하는 것은 포르노가 성기와 성행위를 노골적으로 보여주기 때문이 아니다. 남성의 권력이 생물학적 기관에 불과한 음경에서 나온다고 순진하게 믿어서도 아니고 성적 수줍음에 사로잡혀 적나라한 성 묘사를 받아들이지 못하기 때문도 아니다. 페미니스트들이 문제삼는 것은 포르노에 그려진 음경과 남근 사이에 결코 뗄 수 없는 환유적 관계가 존재한다고 생각하기 때문이다. 포르노에 재현된 음경은 단순히 생물학적 기관이 아니라 남성 권력의 육체적 축소판이다. 가부장적 사회의 권력 관계 일반으로 확장할 수는 없겠지만, 적어도 포르노 장르에서 남근과 음

---

35. 김수기, 같은 글, 130쪽.

경 사이엔 환유적metonymic 관계가 있다. 그것은 전체를 대리하는 부분으로 기능한다. 김수기의 주장과는 달리 포르노는 음경을 있는 그대로 보여주지 않는다. 가리지 않았다고 있는 그대로 보여준다고 말할 수는 없다. 그도 인정하듯이 포르노가 "성에 관한 진실을 모두 알고 있는 것처럼 가정"한다면, 그 진실은 성관계에서 남성의 파워와 우월성을 자연스러운 것으로 만들기 때문이다. 롤랑 바르트의 지적처럼 이데올로기의 기능이 사회적으로 구성된 '자의적arbitrary' 관계를 '자연화naturalize'함으로써 당연하게 만드는 것이라면, 포르노에 그려진 음경은 남성 권력을 자연화하는 육체적 수단이다. 이를 위해 동원되는 것이 거짓 단순화다. 포르노는 성행위가 일어나는 사회적 맥락도 성행위를 주관하는 행위자도 무시한다. 거기에 존재하는 것은 추상화된 허구적 성기다. 앤절라 카터가 포르노를 "성교를 위한 프로파간다"[36]라 부르며 그 이데올로기가 "본질적으로 반동적"[37]이라 말할 때 의미하는 바가 이것, 즉 포르노는 발기된 음경의 재현을 통해 성적 지배를 자연화한다는 사실이다.

포르노에서 발기에 실패하는 음경을 본 적이 있는가? 그 음경의 삽입으로 오르가즘을 느끼지 않는 여자를 본 적이 있는가? 아무리 짓밟히고 모욕을 당해도 여성은 쾌락의 절정을 경험하고 괴성을 지른다. 여성의 향유가 포르노의 페티시가 되는 이유가 이 때문이다. 화면 가득히 클로즈업되는 희열에 찬 여성의 얼굴, 그것을 즐기지 않을 이성애자 남성 관객이 많을까? 포르노에서 음경은 언제나 발기해 있고, 언제 어디서고 즉각 솟아오를 준비가 되어 있다. '남자를 지배하는 발

---

36. Angela Carter, "Polemical Preface: Pornography on the Service of Women," in *Feminism and Pornography*, edit. by Drucilla Cornell (New York: Oxford University Press, 2000), 536쪽.
37. 같은 책, 537쪽.

기된 음경', 이것이 포르노가 남성을 유혹하는 정체다.

이는 물론 환상이다. 현실에서 그런 음경은 없다. 문제는 이 불가능성이 환상의 힘을 약화시키는 것이 아니라 오히려 강화시키고 거듭 그곳으로 돌아가게 만든다는 점이다. 최소한 현재 포르노 시장의 대부분을 차지하는 주류 이성애 포르노는 포르노를 만드는 남성, 포르노 안에 재현된 남성, 포르노 밖 남성 관객의 욕망이 소통하는 재현 방식이다. 생산-재현-소비를 연결짓는 이 회로에서 남성들은 불가능에 도달하려는 꿈을 꾼다. 실현 불가능하기 때문에 더욱 매달리는 매혹은 과연 어디서 나오는 것일까? 그 심리적 원천은 무엇일까?

4. 포르노의 환상 기제—남근적 어머니에 대한 공포와 초월의 환상

포르노가 남성들을 끌어들이는 유혹의 정체를 해명하기 위해 지금까지 제출된 여러 해석 중에서 나에게 가장 설득력 있게 다가온 것은 드루실라 코넬의 것이다. 코넬이 포르노의 발기된 음경에서 역추적해 들어가 찾아낸 것은 거대한 남근적 어머니phallic mother 앞에서 거세 위협에 떨고 있는 꼬마 남자아이다. 그 꼬마의 모습을 요약하자면 다음과 같다.[38]

자신의 모든 것을 받아주는 것으로 느꼈던 엄마에게 자신이 전부가 아님을 알게 되는 순간 아이는 트라우마를 겪는다. '나'는 엄마에게서 분리되어야 한다. 인간이 하나의 독립된 개체로 서기 위해 이를 피할 수는 없다. 나의 욕구need를 넘어서는 엄마의 욕망desire의 발견

---

38. Drucilla Cornell, *Abortion, Pornography and Sexual Harassment* (New York: Routledge, 1995), 122-140쪽 참조. 이하에서 설명하는 남근적 어머니의 환상은 코넬의 논의를 재구성한 것이다.

은 내가 엄마에게서 떨어져나와야 한다는 것을 의미한다. 더욱이 이 순간 발견한 엄마는 여자다. 욕망하는 엄마의 발견 이전에 엄마는 여자가 아니다. 그저 나의 욕구를 채워주는 젖가슴일 뿐이다. 엄마와 맺고 있던 이자二者 관계를 깨뜨리는 존재는 상징적 아버지이다. 포르노와 관련하여 중요한 것은 아이가 경험하는 나르시시즘의 상처다. 이 상처가 트라우마로 불릴 만큼 엄청난 것은 아이가 어머니-타자에게 갖는 절대적 의존성 때문이다. 육체적으로 취약한 아이는 욕구의 충족을 위해 엄마에게 절대적으로 의존한다. 아이의 상상 속에서 엄마는 언제나 그곳에 있으면서 자신의 욕구를 채워주는 존재다. 아이는 엄마가 자신의 전부고 자신이 엄마의 전부라고 상상한다. 서로가 서로에게 전부가 되는 절대적 관계가 깨어질 때 아이는 트라우마에 떨어진다. 아이는 이 상처를 쉽게 극복하지 못하고 엄마에게 저항한다. 자신의 안전을 빼앗아간 것은 바로 엄마의 욕망이라고 상상하기 때문이다.

물론 이 절대적 안전성이라는 것은 환상이다. 그리고 이 환상과 조응하는 것이 엄마가 상처입지 않은 완전한 존재, 거세되지 않는 존재라는 환상이다. 이것이 그녀가 '남근적 어머니'라 불리는 이유다. 남근적 어머니는 생물학적으로는 여성의 성기를 지니고 있지만 아직 '결핍'이 없는, 말하자면 모든 것을 가진 전능한 존재다. 어머니/아이의 충만한 이자 관계라는 환상이 깨어지면 남근적 어머니는 아이의 상상 속에서 생명을 주기도 하고 빼앗기도 하는 위협적인 존재로 남는다. 이 남근적 어머니에 대한 공포와 욕망이 그녀를 무의식 속에 억압하도록 만든다. 하지만 남근적 어머니를 잃어버리는 것이 상실감만을 주는 것은 아니다. 상실 못지않게 얻는 것이 있다. 아이는 엄마를 잃는 대신 사회적 상징질서 속에서 사회적 위치를 얻는다. 어머니를 잃고 상징적 위치를 얻게 해주는 존재가 상징적 아버지다. 아버지-대

타자가 어머니-타자를 통제함으로써 아이에게 정체성을 가져다줄 수 있는 것은 그가 남근적 권력을 지니고 있기 때문이다.

포르노에서 그려지는 음경이 바로 이 남근을 가진 음경, 남근적 어머니를 통제할 수 있는 아버지의 상상적 음경이다. 남아는 거대하게 발기된 음경을 통해 거세 공포에서 벗어난다. 상상적 음경의 환상은 아이로 하여금 음경과 남근을 분리시키지 않아도 되게 한다. 음경과 남근의 차이를 인정하고 결핍을 받아들이는 것이 거세를 수용하는 것이라면, 양자를 분리하지 않는 것은 거세를 회피하는 것이다. 환상적으로 형상화된 아버지의 음경을 통해 남아는 자신의 거세를 받아들이는 대신 어머니를 통제하고 해체한다. 포르노에 반복적으로 나타나는 성폭력은 남근적 어머니를 방어하는 무기다. 아이는 어머니를 찢고 부수고 버려야 한다. 그러나 환상으로 존재하는 바로 그 이유 때문에 남근적 어머니는 완전히 사라지지 않는다. 히치콕의 영화 〈사이코〉에 등장하는 연쇄살인범처럼 아이는 계속해서 남근적 어머니를 죽여야 하지만, 죽은 후에도 그녀는 다시 살아난다. 연쇄살인범이 훼손된 여성의 육체를 살인의 추억으로 남기며 걸어간 행로는 이 무의식적 환상이 얼마나 질기고 무서운지 생생히 입증한다. 남성들이 포르노로 반복해서 돌아가는 것은 남근적 어머니가 그들의 무의식 속에 새겨져 있기 때문이다. 포르노가 결코 그 목적에 도달할 수 없는 반복 행위가 되는 것은 이 때문이다. 남근적 어머니를 없애려면 그녀를 지배할 수 있는 상상적 아버지의 위치에 올라서야 한다. 하지만 현실 속 남성은 그 누구도 이 예외적 위치를 차지할 수 없다. 현실 속 여성들 역시 파편으로 존재하지 않는다. 하지만 포르노에서 여성들은 신체의 한 부분, 남성의 성기가 뚫고 들어가는 텅 빈 구멍으로 존재한다. 포르노에서 남성은 찌르고 부수고 뚫는다. 남성들이 포르노에서 경험하는 짜릿한 흥분과 전율은 육체적 쾌락 그 자체라기보다는 이 초월의 환상에서 나온다. 비록 그 초월의 끝이 자위라는 혼자만의 무력한 행위라 할지라도 말이다. 살인이 초월의 최종적 행위라고 주장할 때 사드는 이 말의 뜻을 정확히 알고 있었다. 역설적이게도 사드에게 가장 육체적 행위라 할 수 있는 섹스는 육체를 초월하는 행위이다. 물론 남성들은 초월이 불가능하다는 것을 알고 있다. 초월 뒤에 공포가 놓여 있다는 것도 안다. 알면서 부인하는 것이 페티시즘fetishism의 논리라면 포르노 보는 남자들은 근원적으로 페티시스트이다.

5. 성적 평등의 요구와 욕망에 대한 책임

이제 남은 문제는 어떻게 이 환상을 다룰 것인가. 환상 속에서 여성들이 찢기고 부서진다고 해서 환상에 법을 들이댈 수는 없는 노릇이다. 법적 규제를 통해 인간의 무의식적 환상을 교정할 수 있다면 포르노 문제를 풀기는 의외로 쉽다. 환상의 힘은 그것이 금지되면 될수록 더욱 더 강해진다는 역설에 있다. 성을 둘러싼 금기와 규제는 결코 넘지 못할 경계선을 긋는 것이 아니라 권력과 쾌락의 끝없는 나선 구조를 만든다.

그러나 환상이 환상으로 그치지 않고 주체의 심리에 영향을 미쳐 현실적 힘을 행사한다면 환상에 대한 책임이 필요하다. 금기에 대한 억압이 문제라 해서 모든 것을 '욕망해도 괜찮아'라고 말할 수는 없다. 욕망의 자유 못지않게 욕망에 대한 책임도 필요하다. 모든 개인이 자신의 욕망을 추구할 절대적 자유를 행사하는 이른바 홉스의 자연 상태에서 한 개인의 욕망은 다른 사람의 욕망을 무한정 침탈할 수 있다. 이 만인의 만인에 대한 전쟁 상태에서는 사실상 어떤 자유나 권리도 존재할 수 없다. 주류 포르노에서 그려지는 폭력과 남성 지배가 여성에게 피해를 주는 것은 그것이 단순히 특정 성범죄와 인과적으로 연결되기 때문이 아니다. 설령 포르노가 성폭력을 유발했다고 해도 그 직접적인 인과관계를 입증하기란 쉽지 않다. 또 여성 관객들이 포르노적 환상에 대해 어떤 협상력도 갖지 못하는 일방적 피해자인 것도 아니다. 여성들은 자신들을 종속시키고 비하시키는 위치와만 동일시하는 것이 아니라 여러 위치와 동일시할 수 있다. 이를테면 포르노에 흔히 등장하는 사도-마조히즘적 장면에서 여성 감상자들은 지배당하는 마조히즘적 위치와 동일시하는 것만이 아니라 지배하는 사디즘적 위치와도 동일시할 수 있으며, 가학과 피학 사이에 넘을 수 없는 선이 있는 것이 아니기에 얼마든지 위치 이동이 가능하다. 하지만 여성 감상자들이 전복적 수용을 포함하여 포르노에 대해 다양한 형태의 협상력을 발휘할 수 있다고 해서, 여성을 비하하는 재현물이자 남성적 환상으로서 포르노가 여성에게 피해를 주지 않는다고 말할 수는 없다. 우리가 개인의 권리를 포괄적 의미로 받아들인다면, 다시 말해 자율성과 더불어 인식적·감성적·미적·도덕적 능력들의 균형 있는 발휘, 그리고 친밀한 인간관계의 참여 등을 포함하는 광의의 의미로 이해한다면 다수 포르노에 그려진 종속적인 성 자체가 여성의 평등권을 침해하는 것이다.

드루실라 코넬은 성적 존재로서 한 인간이 평등한 시민으로서 공적 영역에 참여할 수 있는 "개인individual"이 되려면 최소한의 조건을 보호받아야 한다고 주장한다. 그가 "개인화를 위한 최소 조건minimum conditions of individuation"[39]이라 부르는 것은 우리가 평등한 시민으로서 공적·정치적 삶에 참여할 수 있는 주체적 개인으로 자신을 변화시킬 수 있는 동등한 기회를 갖는 데 필수불가결하다. 코넬은 이 조건이 다

---

39. 같은 책, 5쪽.

음 세 가지를 포괄해야 한다고 주장한다. 첫째, 신체적 보전physical integrity, 둘째, 자신을 타인과 구별해주는 언어적 기술을 습득하기에 충분한 상징 형식에 대한 접근성, 셋째, 상상적 영역imaginary domain 이다.[40] 코넬이 '상상적 영역'이라 부르는 것은 "감정적 문제에 깊이 연루된 성적 존재"로서 한 개인이 자신이 누구인지 판단하고 재현하는 "심리적·도덕적 공간"[41]을 가리킨다. 이런 상상적 영역 개념의 핵심에 자리잡고 있는 것이 바로 인격체로서 개인the person은 태어나면서 주어지는 것이 아니라 생성 과정에 있다는 생각이다. 개인은 미래적 가능성이자 지향성이다. 코넬은 라캉 정신분석학의 논의를 원용하여 인간이 거울 속에서 만나는 상상적 이미지가 자아의 형성에 필수적이라고 주장한다. 자신을 되비춰주는 상상적 이미지가 적절히 공급되지 않거나 심각하게 훼손될 때 자아는 상처를 입는다. 상상적 영역의 침해는 가장 깊은 수위에서 우리가 타인에게 가하는 잘못이자 폭력이다. 포르노가 여성에게 피해를 준다면 그것은 포르노가 남성들에게 성범죄를 유발하기 때문이 아니라 여성들이 한 인격체로서 자기 자신을 형성하기 위해 확보해야 하는 상상적 이미지를 훼손하고 비하하기 때문이다.

성적 자율권은 한 개인이 자신의 성과 관련된 문제에 대해 자유롭게 선택하고 결정하는 자율적 주체라는 것을 인정하는 법적 권리의 표현이다. 문제는 남성이 자신의 성적 욕망을 추구할 권리를 행사하는 것이 여성의 권리와 갈등하는 상황이 벌어질 수 있다는 것이다. 여성주의 법학자들이 젠더 중립적인 합리적 개인이라는 관점이 보편성이라는 외피를 쓰고 있지만 사실상 남성의 관점이라고 비판하면서 피해

---

40. 같은 책, 4쪽.
41. 같은 책, 5쪽.

자의 관점이나 합리적 여성의 관점을 모색하게 된 이유가 여기에 있다. 피해자의 관점은 피해자가 놓여 있는 권력 관계의 맥락에 대한 이해와 고려, 그리고 구체적인 타자의 윤리적 관점에 대한 인정과 배려를 필요로 한다. 이는 전형적인 자유주의에서 상정하는 소유권으로서의 자기결정권이나 중립적 공정성으로는 도달할 수 없는 시각이다.

하지만 주관적 시각에 불과한 남성적 시각이 보편성으로 군림해온 남성 중심주의가 문제라고 해서 보편성을 버리고 주관성으로 도피하는 것이 해결책이 될 수는 없다. 하나의 보편성을 주관적 이해관계를 지닌 복수의 기준들로 대체하는 것이 법을 더 정의롭게 만들지는 못한다. '차이difference'의 이름으로 주장되는 주관적 기준들이 경합할 때 그 어떤 것도 정당성을 주장할 수 없고 모두가 옳다는 상대주의나 힘이 곧 정의라는 권력 투쟁론을 수용해야 하기 때문이다.

인간은 법 앞에 평등한 존재라는 자유주의적 시각에 내장된 가능성을 그 최대치로 끌어올리기 위해서는 평등 속의 차이를 말할 수 있어야 한다. 우리는 보편적으로 각자 다 다르다. 단 그것은 우리가 동등한 개인으로 서로를 대할 수 있는 조건에 한해서이다. 고유한 개체적 존재로서 각자의 차이가 살아날 수 있는 이런 '조건의 평등성'은 에티엔 발리바르가 "평등 속의 차이" 혹은 "보편적 다양성"이라 부르는 것과 일치한다.[42] 페미니즘 논의에서 대립과 갈등을 일으켰던 '평등과 차이'의 문제 역시 보편적 차이에서 그 해결책을 찾을 수 있을 것이다. 여성이 남성과 평등한 권리를 요구하는 것은 양성 사이에 아무런 차이가 없다고 주장함으로써 성차를 지워버리는 것이 아니라 개인성의 이름으로 여성적 성의 평등한 가치를 요구하는 것이다. 남성적 성masculine sexuality에 특권적 가치를 부여하는 가부장적 사회가

---

42. 에티엔 발리바르, 『대중들의 공포』, 서관모·최원 옮김(도서출판b, 2008), 530쪽.

여성적 성feminine sexuality을 비하하거나 그 가치를 절하해왔다면, 이는 개인성을 형성하기 위한 평등한 조건을 부인해왔다는 것을 의미한다. 여성이 차이를 지닌 자율적 개인으로 존재하려면 이런 차이가 살아날 수 있는 최소한의 조건이 인정되어야 한다. 평등은 자유와 배치되는 것이 아니라 그 선결 조건이다. 평등의 주장은 여성의 자유를 가로막는 강요된 성 규범과 성차별적 관행의 철폐를 요구하는 것이지 성차를 무화시키거나 성을 초월하는 것이 아니다. 차별 철폐와 기회 균등은 다양한 차이들이 가능하게 만드는 전제 조건이다. 페미니즘은 이 보편적 조건을 얻기 위한 싸움이었고, 이 싸움을 통해 여성뿐 아니라 많은 사회적 약자와 소수자의 인간적 가능성을 확장시켰다.

포르노가 문제인 이유는 포르노가 여성이 자유를 획득하기 위한 최소 조건으로서 신체적 보전과 상상적 영역을 제한하고 훼손하기 때문이다. 페미니즘 내에서 포르노 찬반론자들은 각기 성적 자유와 평등을 요구했다. 포르노 옹호론자들은 포르노 규제가 남성뿐 아니라 여성의 성적 자유와 표현의 자유를 침해한다고 비판했고, 반대론자들은 포르노가 여성의 평등권을 침해한다고 주장했다. 여기서 자유와 평등은 서로 대립되는 가치로 설정되어 있다. 하지만 앞서 우리가 살펴보았듯이, 최소한 주류 이성애 포르노 속에서 여성들이 남성의 성적 환상의 대상으로만 그려져 있다면 이는 여성들의 상상적 이미지에 제한으로 작용하는 것이다. 이런 이유에서 매키넌은 포르노가 여성의 종속과 차별을 일으키는 수행적 행위로서 여성의 평등권을 침해한다고 주장하며, 포르노를 여성 차별이라는 현실적 효과를 발생시키는 "강요된 언어 행위coercive speech act"라고 명명한다.[43] 물론 여성들은 남성적 환상에 의해 그 존재가 규정당할 만큼 취약하지는 않다.

---

43. Catharine A. MacKinnon, 같은 책, 13-25쪽.

여성들이 남성의 재현 행위 때문에 얼마나 희생당해왔는지 주장함으로써 그 권리를 보장받으려는 이른바 '피해자화'의 함정에서 벗어나기 위해서도 포르노에 너무 큰 권능을 부여해서는 안 될 것이다.[44] 하지만 남성적 환상의 재현으로서 포르노가 그런 실제적 위력을 행사하는 것은 아니라고 해서 포르노가 여성이 자신의 신체와 성에 대해 다른 상상을 할 수 있는 기회를 제한하고 축소시키지 않는다고 말할 수는 없다. 여성들 개개인이 자존감을 지닌 인격적 개체가 되려면 자신의 신체적 욕구와 성적 욕망에 대해 자유롭게 상상하고 다양한 정체성을 실험할 수 있는 공간이 필요하다. 포르노는 이런 상상의 영역을 제한하고 축소시킴으로써 개인성의 최소 조건을 침해한다. 특히 신체를 훼손 없이 온전하게 보존하는 것은 개인성의 기획에 필수적이다. 여성의 신체를 절단하고 파괴하는 폭력적 포르노는 성 보수주의자들이 주장하듯 성적 도의심에 반하는 수치심과 불쾌감을 조장하기 때문이 아니라 여성의 신체적 존엄성을 훼손하고 여성의 성을 비하하기 때문에 문제다.

포르노 규제가 필요하다면 그것은 자신의 생각을 표현하고자 하는 권리나 그 표현물을 보고자 하는 권리를 막을 법적 강제가 아니라 보지 않으려는 자의 권리, 혹은 보고 싶지 않은 자의 권리 보호라는 차

---

44. 웬디 브라운은 미국 사회에서 역사적으로 상처받았다는 사실에 근거하여 권리를 주장하는 집단적 움직임이 자유를 향한 민주주의 투쟁을 대체하는 현상이 일어나고 있다고 비판한다. 상처받은 피해자 정체성에 근거하여 권리를 주장하는 이런 경향 속에는 포르노와 성폭력 피해를 정치화하는 급진적 페미니즘 일각의 움직임도 포함된다. 브라운 자신은 포르노 규제를 법제화하고자 한 드워킨과 매키넌의 시도에 반대 입장을 분명히 한다. 미국에서 스스로 '제3물결 페미니스트'를 자처하는 젊은 세대 여성들 중에서는 이런 피해자 페미니즘에 맞서 여성의 주체성과 파워를 강조하는, 이른바 '임파워먼트 페미니즘empowerment feminism'을 주장하기도 했다. 피해자화의 문제에 대한 브라운의 입장을 보려면, Wendy Brown, *State of Injury: Power and Freedom in Late Modernity* (Princeton: Princeton University Press, 1995) 참조.

원에서 시도되어야 한다. 보고 싶지 않은 자들에게까지 포르노를 살포하여 보지 않을 수 없게 만든다면, 이는 포르노적 성과 다른 방식으로 자신의 섹슈얼리티를 상상할 수 있는 기회를 제한한다. 보고자 하는 사람들에게만 포르노 관람을 허용하고 불특정 다수에게 무차별적으로 이루어지는 살포 행위는 규제할 필요가 있다. 휴대폰, 이메일, 인터넷 등에 본인의 의사와 무관하게 혹은 그에 반하여 무차별적으로 살포되는 포르노물은 규제되어야 한다. 생산이 아닌 전시와 관람의 영역에서 이루어지는 규제는 표현의 자유를 침해하지 않는다. 표현의 자유라는 헌법적 권리는 남성뿐 아니라 여성에게도 필요하다. 여성이 자신의 성을 상상하고 표현함으로써 자신이 누구이고 또 누구여야 하는지 실험하기 위해서는 표현의 자유를 포기할 수 없다.

우리는 포르노를 새로운 의미 구성의 가능성에 열어놓아야 한다. 여성들이 성에 관한 대안적 표현물을 창조해내지 못한다면 남성적 환상을 반영하는 현재의 포르노들은 불변의 실체로 존재할 것이다. 여성에 대한 성차별적 시각은 우리 문화 전반의 상징적 코드 속에 깊이 각인되어 있다. 따라서 포르노만 공격할 수는 없다. 가부장적 문화에서 여성의 성은 성애화와 물상화가 동시에 이루어지고 있기 때문에, 포르노 역시 여성 억압의 원인이라기보다는 가부장적 사회문화의 반영이자 그것의 재생산에 기여하는 한 형태다. 포르노 생산을 규제하고 포르노 추방 캠페인을 벌이는 것으로 여성 억압의 원인을 제거할 수는 없으며, 남성적 환상을 교정할 수도 없다. 감시와 비판을 넘어 성에 대한 다른 상상이 제공되지 않는다면 현재의 포르노는 계속될 것이다.

여성이나 사회적 약자를 종속과 폭력의 대상으로 삼지 않는 성 표현물을 생산하는 작업도 미미하게나마 우리 사회에서 시도되었다. 이를테면 페미니스트 예술가들이 남성적 포르노를 전복하는 여성적 포르노를 만들고 이를 '포르나'라고 명명한 퍼포먼스가 있다. 하지만 포르노라는 말에 이미 사회적으로 구성되고 통용된 너무 많은 의미 층위와 관습적 규약이 쌓여 있기에, 포르노를 일차원적으로 변용하는 것으로 보이는 이러한 시도가 적절한 대안인지에 대해서는 의문이 든다. 남녀의 위치를 단순히 뒤집기만 해서는 포르노적 환상 구조를 해체할 수 없다. 무엇보다 성을 하나의 물건이자 도구로 환원하는 시각을 넘어 감성의 충족을 동반하는 성이 그려지지 않는다면, 여성 소비자들의 감각을 열 수는 없을 것이고 욕구도 만족시킬 수 없을 것이다. 이는 포르노적 환상 구조 자체를 넘어서는 상상을 요구한다. 타인을 비하하거나 물상화하지 않는 욕망, 이성애적 가부장제 이데올로기의 각본에 매이지 않는 환상, 아직 탐사되지 않은 미지의 가능성이자 잠재력으로서 여성의 섹슈얼리티에 대한 실험은 계속되어야 한다. 프랑스의 여성주의 철학자 뤼스 이리가레는 여성의 질을 남성의 성기가 뚫고 들어가는 '구멍'이 아니라 서로 접촉하고 애무하는 "두 입술 two lips"이라 불렀다.[45] 두 입술은 여성의 몸을 아름답게 표현하는 비유이자 남성적 동일성의 논리에 견인당하지 않는 여성적 성에 대한 윤리적 지향을 담고 있다. 이리가레가 이론적 언어로 담론화한 두 입술이 새로운 시각적·언어적 표현을 만날 때 포르노를 넘어서는 성적 재현은 그 모습을 드러낼 것이다.

나는 표현의 자유를 침해하지 않으면서 여성이 인격적 개체로서 존엄성을 존중받으려면 무차별적으로 살포되는 포르노 전시를 규제하고 여성의 욕망과 쾌락이 투영된 대안적 성 표현물을 창조해야 한다는 두 가지 과제를 제시했다. 하지만 일상에서 마주치는 한국 사회

---

45. Luce Irigaray, *An Ethics of Sexual Difference*, trans. by Carolyn Burke and Gillian C. Gill (Ithaca: Cornell University Press, 1993), 18쪽.

의 현실은 이 과제의 실현과는 다른 방향으로 움직이고 있는 것 같다. 이를테면, 근자에 들어 사회적 현상으로 대두한 남성 주체들의 욕망 고백과 왜곡된 욕망 실현은 자신의 욕망이 사회적으로 형성되어온 과정을 반성적으로 성찰하거나 다른 주체의 욕망을 해치지 않는 윤리적 방향으로 나아가기보다는 금지된 욕망의 고백과 해소 그 자체에 몰입함으로써, 우리가 앞서 살펴본 포르노에 대한 남성 자유주의자들의 대응 양태를 되풀이하고 있다.

특히 2012년 한국 사회는 이루지 못한 욕망 때문에 괴로워하는 소심한 아저씨들의 고백으로 뜨거웠다. 지금까지 과잉의 규제력을 발휘한 '계戒'의 명령에서 벗어나 솔직하게 '색色'의 욕망을 인정하자는 한 남성 법학 교수의 고백은 많은 남자의 공감을 얻었다. 그 욕망은 학위를 위조하여 대학 교수가 된 여성 큐레이터와 사랑에 빠진 고위 공직자에서 중국인 브로커 여성과 애정을 나누는 외교관으로 이어지고 있고, 그 끝자락에는 친구 집에서 『플레이보이』 잡지를 몰래 훔쳐보던 까까머리 중학생이 놓여 있다. 저자 김두식은 안식년 기간 동안 체류한 미국의 한 대학에서 동성애자 목사의 강연을 듣고 선 하나를 넘었다고 고백한다. 성에 관한 금기의 선 하나를 넘고 난 후 그가 조심스럽게 내놓은 것이 이제 우리 모두 몸의 욕망을 억누르지 않았으면 좋겠다는 제안이다. 그가 유포한 '욕망해도 괜찮아'라는 메시지는 금기와 죄의식에 시달려온 한국 남성들에게 안도와 위로를 선사한다.

인간은 살의 존재이기 때문에 살의 소통을 억압해서는 안 된다는 그의 주장 자체가 문제는 아니다. 이는 전적으로 옳다. 문제는 『플레이보이』에 그려진 살들의 관계가 문제라고 느껴지지 않는 그의 감각이다. 세상에 존재하는 모든 욕망이 괜찮은 것은 아니다. 눈 밝은 한 서평가가 예리하게 지적했듯이,

모든 욕망이 더러운 것은 아니지만 모든 욕망과 그 욕망의 관계 역시 전적으로 순수할 수는 없다. ……저자는 자신의 욕망에 최대한 접근하고자 하지만 실패한다. 그 욕망을 오직 반성의 대상으로만 삼을 뿐 욕망끼리의 함수관계나 욕망의 사회적 형성 과정에는 그다지 귀를 기울이지 않고 있기 때문이다.[46]

이제 우리는 욕망을 억압하는 사회를 반성하면서 '욕망해도 괜찮아'를 주장하는 수준을 넘어 서로 갈등하는 욕망들이 부딪칠 때 '어떻게 더불어 살 것인가'를 고민해야 한다.

1990년대 이후 한국 사회에 주도적 영향력을 미치기 시작한 남성들의 성 자유주의는 성적 욕망과 표현의 권리에는 민감했지만 상이한 욕망을 가진 사람들이 어떻게 공존할 것인가에 대해서는 둔감했다. 포르노적 성에 만연한 폭력성이 여성들에게 상처가 된다는 주장도 그들의 욕망의 권리 앞에선 침묵당하기 일쑤였다. 남성들의 성적 욕망이 괜찮은 것이 되려면 그들이 살을 맞대는 사람들도 괜찮다고 느낄 수 있어야 한다. 포르노에서 남성 욕망의 대상으로 재현되었던 여성들과 사회적 약자들, 다양한 젠더의 성소수자들은 그들이 살을 나누는 파트너이자 감정을 교류하는 이웃이다. 욕망의 권리가 이웃의 억압으로 이어지지 않으려면 욕망에 대한 책임이 필요하다. 이것이 포르노 논의에 유효한 윤리적 명제다.

---

46. 최수태, 「욕망해도 괜찮아? '강부자', '고소영', '김재철'도?!」, 『프레시안』(2012년 6월 8일).

제5장

|

성차와 민주주의
차이와 평등을 다시 상상하기

1. 근대 시민권의 역설과 대의민주주의의 위기

"여성은 단두대에 오를 권리가 있다. 그러니 연단에 나설 권리도 있어야 한다." 올랭프 드 구주가 이 혁명적 발언을 한 것은 1791년, 근대 시민혁명을 이끈 프랑스대혁명의 주창자들이 「인간과 시민의 권리선언」(1789)을 발표한 지 불과 2년 뒤이다. 드 구주가 단두대에 오를 권리를 몸소 실행에 옮기면서까지 시민의 대열에 들어서고자 했지만, 여성들이 공적 연단에 오를 시민권을 얻기까지는 150년이라는 세월이 더 필요했다. 1848년 3월 제2공화국이 모든 프랑스인의 투표권을 인정하고 보통선거를 실시할 때에도 여성들은 '모든' 프랑스인의 범주에서 제외된다. 프랑스에서 여성이 '모두'의 범주에 들어 선거권을 포함한 보편적 시민권을 얻은 것은 1944년이다. 하지만 이 역시 여성운동의 온전한 성과라기보다 어느 정도는 이차대전중 좌파 활동의 견제에 보수적인 여성들을 활용하려는 드골 정권의 정치적 계산에서 비롯된 결과다.

혁명적 공화주의의 전통이 강한 프랑스에서 여성이 보편적 시민권의 핵심 요소 중 하나라 할 수 있는 선거권을 얻기가 유독 힘들었던 것은 '모두'가 표상하는 '추상적 개인abstract individual'의 범주에서 배제되었기 때문이다. (남성과 달리) 여성은 자연에 구속된 특수한 존재, 여성이라는 생물학적 '성차'에 귀속된 존재라는 통념이 지배적이었던 것이다. 개인은 인종, 계급, 종교, 직업이라는 사회적 특성에서 떨어져 나와 추상화될 때 같아지면서same 평등한equal 존재가 된다. 다시 말해 개인에게 보편적 평등equality은 특수한 규정들에서 텅 빈 존재로 추출되어 같아짐으로써 '등가화equivalence'의 회로 속으로 들어갈 때 주어진다. 하지만 성차는 이 등가의 회로 속으로 들어갈 수 없는 자연적 차이라는 생각이 혁명가들의 머리를 지배하고 있었다. 이들은 여성의 생물학적 성차란 추상화될 수 없는 것이기 때문에, (자신의 생물학적 성차를 초월할 수 있는 남성과 달리) 여성은 근대민주주의가 요구하는 자유롭고 평등한 추상적 '개인'의 위치에 올라설 수 없다고 보았다. 인간의 질서는 성차라는 자연의 명령에 개입할 수 없다. 따라서 자연의 질서에서 벗어난 '인간으로서', 그리고 사회계약을 통해 '모든 사람'에게 자유롭고 평등한 민주주의적 정치체를 만들어낸 근대적 '시민으로서' 행해진 권리선언에서 여성이 배제되는 것은 당연하다. 자유, 평등, 우애라는 프랑스혁명의 3대 원칙에서 우애fraternity의 상대는 평등한 남성들이었고 이들 사이의 사회적 계약관계가 근대민주주의 정치체제였다. 프랑스혁명이 아버지-국왕의 머리를 단두대에서 잘라낸 후 만든 근대민주주의 정체체제가 (남녀 모두를 포괄하는 시민공동체가 아니라) 아버지를 거세한 '형제들의 체제the regime of brothers'가 된 것은 우연이 아니다.

근대 페미니즘은 남성 공화주의자들에겐 당연한 이 여성 배제의 논리를 '모순'으로 인지하는 것에서 시작한다. 남성 공화주의자들은 모두를 위한다는 프랑스혁명의 권리 선언과 여성 시민권 배제 사이의 모순을 정당화하고자 자연적 '차이'를 사회적 '차별'의 존재론적 근거로 삼는다. 페미니즘은 여성을 배제하는 이 논리의 모순을 집요하게 폭로하면서 보편적 해방이라는 대의를 비판적으로 심문해왔다. 이를 통해 남성 공화주의자들이 주장하는 보편적 인간과 시민이 보편을 사칭한 '허구적 구성물'로 드러났다.『페미니즘 위대한 역설』에서 페미니스트 역사학자 조앤 스콧이 설득력 있게 보여주듯이, 정치적 언어를 말할 수 없는 존재로 규정된 여성들이 입을 열어 말을 하기 시작할 때 이들은 이른바 보편 담론의 역설을 공공연하게 드러내는 존재, 스콧이 드 구주의 발언을 빌어 명명한 "오직 역설만을 던져주는 존재only paradox to offer"가 된다.[1]

근대 대의민주주의와 여성 사이에 존재하는 이 역설적 관계는 여성들이 참정권을 획득하면서 일차 해소되는 것 같지만, 단순히 선거권자가 아니라 선출 권력의 대표자가 되는 문제는 여전히 해결되지 못한 채 남아 있었다. 이 글의 본론에서 살펴볼 남녀동수법 제정운동(이하 남녀동수 운동)이 격렬하게 일어나던 1990년대(1992년부터 2000년까지)의 프랑스 사회에서 여성이 유권자로서 차지하는 비율과 선출 권력의 대표자로서 차지하는 비율 사이엔 현격한 차이가 존재했다. 이 격차는 당시 운동의 슬로건이던 "유권자의 53%가 여성, 선출된 자의 6%가 여성, 오차를 발견하라"라는 문구에 압축적으로 표현되어 있다.[2] 대의하는 자와 대의되는 자 사이에 존재하는 이 엄청난 격차, 아니 대의체에서 대의하는 자의 배제와 추방은 대의민주주의의 위기를

---

1. 조앤 W. 스콧,『페미니즘 위대한 역설』, 공임순·이화진·최영석 옮김(앨피, 2006), 5쪽.
2. 조앤 W. 스콧,『성적 차이, 민주주의에 도전하다』, 오미영 외 옮김(인간사랑, 2009), 164쪽.

극명하게 부각시켰을 뿐 아니라, 프랑스혁명의 유산인 대의민주주의의 보편주의적 가치를 무색케 하기에 충분했다.

물론 1980년대와 1990년대 프랑스 사회에서 대의민주주의의 위기가 공공연하게 거론되었던 것은 선출 권력에서 여성의 과소 대표성 때문만은 아니었다. 1988년 대통령 선거 1차 투표 때 극우파 장마리르 펜 국민전선당 대통령 후보의 강력한 부상은 선거가 과연 국민의 의사를 반영하는 제도인가에 대해 심각한 물음을 던지게 만들었다. 대의민주주의의 꽃이라 일컫는 선거 자체가 국민의 의사를 심각하게 왜곡하는 것으로 변질되어버렸다면, 대의민주주의를 어떻게 신뢰할 수 있으며, 선출 공직자들이 국민의 대표라고 어떻게 인정할 수 있는가? 선거와 선출 공직자의 대의 가능성 자체에 대한 이런 심각한 회의와 함께, 대의민주주의의 위기를 촉발한 또다른 요인은 모로코와 알제리를 비롯한 구식민지 출신 이주민들의 대규모 프랑스 유입이라는 새로운 상황이다. 자유, 평등, 우애에 기초한 근대민주주의를 정치적 자산으로 공유하고 있는 프랑스인들과 다른 문화적 정체성을 지닌 집단들의 프랑스 유입은 이들의 문화적·종교적 정체성을 프랑스의 공화주의적 보편주의라는 틀 속에 어떻게 통합시켜낼 것인가라는 새로운 문제를 제기했다. 18세기에 고안된 대의민주주의 체제는 조합주의corporatism라는 새로운 형식의 출현을 막을 수 없었다. 말하자면 인종, 민족, 종교 등의 차이가 한때는 통합을 이루었던 대의민주주의적 국가 프로젝트에 정치적 도전을 하고 있는 것이다. 대규모 국가 간 이주, 그리고 이질 집단 간 융합과 혼성이 국가 경계를 가로지르고 그로 인해 국가가 다수의 국민에게 더이상 보편적 통합의 기제로 기능하지 못하게 된 역사적 변화 속에서, 대의민주주의는 내적 한계와 모순에 직면했다. 이런 한계와 모순에 대한 인정은 한편으로는 대의민주주의 제도의 정당성에 의문을 제기하고 대의될 수 없는 데모스(인민)

의 직접 통치를 옹호하는 급진적 흐름(직접민주의)으로 이어졌고, 다른 한편에서는 대의민주주의 자체는 수용하되 대의민주주의가 국가를 구성하는 다양한 집단들 간의 차이를 수용하지 못하고 있다는 비판 의식을 바탕으로 다른 대안을 모색하는 것으로 이어졌다. 정치체는 프랑스적 기준과 상충된다고 여겨지는 문화적·종교적 실천에 기초한 차별에 반대하고 시민으로서의 권리를 요구하는 북아프리카 이주민들의 주장을 어떻게 수용해야 하는가? 정치공간에서 프랑스 시민이 되려면 종교적·문화적 차이를 비워내고 추상적 개인으로 존재해야 한다. 하지만 추상화되기를 거부하고 '구별된 존재'로 남기를 요구한다면, 이 차이를 어떻게 할 것인가? 미국식 다문화주의 방식을 따라 다양성과 차이를 인정하는 길을 따를 것인가, 아니면 공화주의적 보편주의라는 프랑스적 이상을 고수할 것인가? 프랑스 공화주의 전통을 따르는 대의민주주의 주창자들은 문화적·인종적 차이를 수용하는 미국식 다문화주의의 길을 따르지 않으면서 대의민주주의의 위기를 돌파하려고 했지만, 이른바 차이와 보편의 문제를 해결하지는 못했다.

차이는 보편을 부정하고 보편은 차이를 배제하는 길 이외에 다른 선택지는 없는가? 차이를 보편과 결합하는 것은 불가능한가? 앞서 근대 페미니스트 운동가들이 지적한 프랑스 공화주의의 모순, 자연적 차이와 추상적 보편주의 사이의 모순적 대립에서 벗어날 길은 없는가? 이런 물음들은 비단 페미니즘만이 아니라 이른바 정체성의 정치에 기초한 여타 사회운동들이 공히 마주하고 있는 난제다. 남녀동수 운동은 집단 정체성을 포함의 근거로 삼지 않으면서 그러한 정체성을 기반으로 한 배제에 저항하려는 새로운 발상법으로 대의민주주의의 성차별에 저항했던 운동이다. 성차와 보편주의를 대립시키지 않으면서 결합하는 길을 모색했고 현실 정치공간에서 풀어냈다는 것, 정체성의 정치와 다문화주의적 발상을 넘어서는 실험이었다는 것이 바로 남녀동수 운동의 의의다. 실제로 얼마나 많은 여성이 남녀동수 운동 이후 선출직 공직에 진출해 정치 공간을 여성주의적으로 바꿔냈느냐 하는 현실적 판단—그 자체로 중요한 문제이긴 하지만—을 넘어 더 넓은 정치적·이론적 맥락에서 평가가 이루어져야 하는 이유가 여기에 있다. 이 글은 이런 문제의식하에 1992년부터 2000년 사이에 프랑스에서 이루어진 남녀동수 운동의 이론적·정치적 의미를 페미니즘이 봉착했던 역설과 연결시켜 해석해보려고 한다. 하지만 그전에 먼저 페미니즘이 내부적으로 부딪쳤던 역설에 대한 이해가 필요하다.

2. 페미니즘의 역설—차이와 평등의 딜레마와 정체성 정치의 위기

앞서 스콧이 드 구주의 표현을 빌어 명명한 "역설"의 심각성은, 보편적 인권과 시민권을 주장한 근대 남성의 보편 담론뿐 아니라 페미니즘 자체도 역설이라는 사실에서 온다. 이 역설은 1791년 드 구주가 「여성과 시민의 권리 선언」을 공표할 때 이미 내재되어 있었다. 인간을 여성으로, 시민을 여성 시민으로 옮기면서 여성이 인간과 시민이라는 범주 속에 '동등하게' 포함되기를 요구할 때 그 발화의 시발점은 다름아닌 여성이라는 '차이'다. 차이의 이름으로 보편의 위치를 요구할 때 내적 모순과 긴장은 피할 수 없다. 여성은 보편의 범주 속으로 들어가는 한 여성이라는 차이를 지워야 하고, 차이를 고수하는 한 보편의 범주를 요구하기는 힘들다. 더 구체적으로 말하자면 인간과 시민이라는 보편의 범주 속으로 들어가자면 성이라는 특수한 규정으로부터의 '추상'이 필요하다. 특수한 정체성이 지워진, 혹은 그것을 초월한 추상적 개인으로 올라설 때에야 여성은 (그리고 남성은) 특수한 집단들의 이해관계로 분리되지 않는 '일반의지'를 대표하는 자격을 부여받는다. 하지만 추상화되는 한 여성이라는 특수한 집합적 규정과 정체성은 무화되거나 초월된다. 성차를 유지하면서 보편적 개인이 된다는 것은 불가능하다.

'평등과 차이의 딜레마'로 명명되는 이런 역설은 페미니즘 역사에 반복적으로 등장했을 뿐 아니라 오늘날까지도 모습을 바꾸어가며 계속되고 있다. 평등의 페미니즘과 차이의 페미니즘은 각기 (여성을 남성과 같다고 보는) 추상적 개인과 (근본적 차이를 주장하는) 성차화된 자아 사이에서 한 가지 입장을 취해왔다. 프랑스 역사에 한정해서 말하자면, 1944년 여성들은 투표권을 획득함으로써 나누어질 수 없는 하나의 일반의지 속으로 진입한다. 정치적으로 시민이 됨으로써 여성은 추상적 개인으로 재현될 수 있었다. 하지만 정치적 권리라는 차원에서 보편적 시민의 위치를 부여받은 다음에도 여성들은 차별로 전환되는 차이의 문제를 피해갈 수 없었다. 참정권 이후 페미니즘은 역설적 공간 안에서 구축되었는데, 그곳은 한편으로는 시민권의 이름 아래 여성과 남성의 평등이 주어졌지만, 다른 한편에선 성차에 따른 불평등이 여전히 지속되고 있었다. 여성들은 평등의 약속과 그 실현 사이의 모순을 지적하며 정치적 권리를 요구했고 그것을 얻었지만, 여성이 시민이 되자 추상적 개인은 무성화되었거나 남성이라는 존재 형식으로 남게 되었다. 에티엔 발리바르가 "허구적 보편성"이라고 명명한 보편성의 내적 모순에 직면한 것이다.

이 새로운 모순에 직면하여 시몬 드 보부아르는 투표권의 획득이 여성의 차별을 해결한 것이 아니라 모순의 지점을 이동시켰을 뿐이라고 생각했다. 보부아르는 선거권 획득 이후 여성은 "주체로서가 아니라 주체성을 부여받은 역설적인 객체로서 남성 앞에 서 있다. 여성은 자신을 자동적으로 자아이자 타자로 간주한다. 이 모순은 좌절을 낳는다[3]라고 고백한다. 이 좌절을 경험하면서 보부아르는 여성이 진정으로 자율적인 주체의 위치에 올라서려면 여성이라는 몸의 물질성과 현실의 제약에 구속되는 내재성에서 벗어나 초월성으로 이동하는 실존적 변화가 필요하다고 보았다. 보부아르는 여성 개개인에게 주어진 이 실존적 과제를 수행할 때 여성은 남성과 동등한 주체적 자유를 선취할 수 있다고 생각했다. 반면 이리가레는 성차가 개성의 필수불가결한 조건인바, 추상적 개인주의는 초월할 수 없는 성차를 억압하거나 남성성을 보편으로 규범화하여 여성 억압을 지속시킬 뿐이라고 주장한다. 따라서 여성이 진정으로 자율적인 주체가 되려면 성차를 버려서는 안 된다. 물론 이리가레에게 성차란 생물학적으로 주어지거나 남성 담론이 만들어낸 제도화된 구성물(남성을 반사하는 종속적 대립물로서의 여성성이라는 점에서 '반사적 여성성'이라 부른 것)이 아니라 남성 담론의 균열된 틈새로 모습을 드러내는 열린 가능성(잉여적 여성성)이다.[4]

여성은 남성과 같은가? 그리고 이 동질성이 평등을 요구할 유일한 근거인가? 아니면 여성은 남성과 다르고, 그 다름 때문에 혹은 다름에도 불구하고 동등한 대우를 받을 권리가 있는가? 페미니스트들은 이 질문들에 상반되는 방식으로 대답해왔지만, 어느 쪽이든 역설을 산뜻하게 해소할 수는 없었다. 조앤 스콧은 페미니스트 운동이 이 '역설'을 피할 수는 없다고 주장한다.

페미니스트들이 보여준 역설들은 모두 그들이 만들어낸 것은 아니었는데도, 우리는 페미니즘의 역사를 기술하며 이 사실을 무시하는 잘

---

3. Simone de Beauvoire, *The Second Sex*, trans. and edit. by H. M. Parshley (New York: Vintage Books, 1974), 799쪽.
4. 여성성에 대한 이리가레, 라캉, 버틀러의 입장 차이는 제1장 참조.

못을 범했다. 페미니즘의 역사를, 마치 그것이 평등이냐 차이냐 하는 올바른 전략을 선택하는 문제인 양 단순화하는 것은, 둘 중 어떤 하나가 사실은 쓸모가 있었고, 궁극적으로 [그 한 가지 전략으로] 페미니즘 문제가 종결이나 해결에 도달할 수 있었다고 말하는 것이다. 그러나 페미니즘의 역사는 유용한 취사선택의 역사거나, 자유롭게 성공 전략을 선택해온 역사가 아니다. 오히려 직면한 딜레마들을 해결하기 위해 근본적인 문제점과 여러 차례 씨름해온…… 역사이다.[5]

근원적 문제를 환기시키는 창조적 역설이라 부를 수 있는 이 딜레마는 사실 페미니즘 운동에만 나타나는 것이 아니라, 이른바 정체성의 정치—정체성이 고정된 본질로 주어지는 것이 아니라 구성되는 것이라는 입장을 취하는 것까지 포함하여—를 표방하는 모든 운동이 부딪칠 수밖에 없는 문제이기도 하다. 이를테면 흑인이라는 점이 강조되면 인간 전체를 대표하지 못하게 되고, 흑인이라는 점이 지워지면 인간이라는 존재 안에서 흑인이라는 인종적 차이가 삭제되는 딜레마에 빠진다. 흑인이면서 동시에 인간이 되는 긍정성의 도약으로 나아가지 않는 한 이 딜레마를 벗어날 길은 없다. 배제를 폭로하고 포함을 요구하는 정체성의 정치학은 역사적 인과관계에서 부정의 부정이라는 변증법적 운동으로 시작된다. 그런데 이 변증법적 운동이 긍정의 도약으로 전환하는 과정에서, 보편성을 획득하기보다는 부정의 악무한에 떨어질 가능성이 더 커진다. 다시 말해 차이의 인정이라는 명목하에 일어나는 다문화주의적/다원주의적 정체성의 정치는 허구적 보편성을 부정하면서 한없이 사소한 차이들의 나열과 나르시시즘에 매몰될 위험을 떨치기 힘들다. 특수한 차이들은 특수 자체의 이름

---

5. 조앤 W. 스콧, 『페미니즘 위대한 역설』, 58–59쪽. [ ]은 내가 보충한 것이다.

으로는 방어될 수 없다. 차이들을 규정하는 구조적 차원이 고려되지 않을 때 차이들의 무한 연쇄를 넘어설 길을 찾기란 어렵다. 이는 결국 차이에 대한 무관심과 다르지 않은 현실 결과에 이르게 된다. 지젝이 헤게모니와 보편성의 문제로 라클라우, 버틀러와 벌인 논쟁에서 주장했듯이, 다양한 차이의 헤게모니 투쟁만을 이야기하면 이 차이들이 번성하는 공통의 지반 자체가 근본적 배제와 적대에 기초해 있음을 은폐하게 된다.[6] 사회적 정체성들의 헤게모니 투쟁 한복판에서 작동하는 '구조적 부정성'(적대)을 인류 보편의 수준에서 해방의 에너지로 실현해내는 일이 새로운 정치의 과제여야 한다. 일종의 '규제적 이념', 혹은 '이상'으로서의 보편성과 새롭게 관계를 맺어야 하는 것이다. 그런데 이 관계 설정은 (버틀러식으로) 보편성의 자리를 텅 빈 영역으로 보는 것, 이 공백을 사회적 관계들의 구조화와 탈구조화 및 재구조화의 과정에서 사회적 개별자들이 일련의 결정적인 효과들을 산출하는 통로로만 보는 방식으로 접근해서는 곤란하다. 그 공백을 공백으로 두고 사유하기보다 그것의 실정적 내용을 과연 어떤 사회적 개별자가—이를테면 여성, 동성애자, 흑인 등이—차지하는가라는 문제로 정치성의 논의를 해소시켜버릴 위험이 크기 때문이다. 지젝의 주장처럼 정치화의 공간으로서 시민권은 공백으로 존재하는 보편의 실정적 내용을 재의미화하기 위한 헤게모니 투쟁을 통해 형성된다기보다 "개인들이 자기 존재의 핵심을 자신들의 특수한 상황과 더이상 동일시하지 않는 한에서만,"[7] 즉 정치 행위자가 특정 정체성의 담지자

---

6. 슬라보예 지젝, 「끝없이 처음부터 반복하기」, 슬라보예 지젝·주디스 버틀러·어네스토 라클라우, 『우연성, 헤게모니, 보편성: 좌파에 대한 현재적 대화들』, 박대진·박미선 옮김(도서출판b, 2009), 297쪽.
7. 슬라보예 지젝, 「계급투쟁입니까, 포스트모더니즘입니까? 예, 부탁드립니다」, 같은 책, 156쪽.

인 자신과 근원적 불일치를 주장하고 그래서 스스로를 사회 자체의 보편성의 주체로 상정할 권리를 주장함으로써 이루어진다.

　20세기 초 영국 참정권 운동을 이끈 조세핀 버틀러는 페미니즘이 요구하는 것은 여성들만의 권리가 아니라고 주장했다. "우리의 주장은 이보다 더 광대하고 심오하다. 우리는 모두의 권리를, 정의와 평등과 자유의 위대한 원칙을 몸으로 존중하는 모든 남녀의 권리를 주장한다."[8] 하지만 파시즘의 창궐을 목전에 둔 1930년대 버지니아 울프가 『3기니』에서 인용한 이 구절은 현실화되지 못하고 이상으로 존재할 뿐이다. 버틀러와 울프의 기대와 달리 페미니즘은 인류 보편의 해방을 위한 운동으로 전화되지 못한 채 여성들만을 위한 운동으로, 그리고 여성들 중에서도 인종, 계급, 성정체성, 종교, 지역 등 다양한 사회적·문화적 범주들로 나누어져 더 미세하게 차이화된 집단들이 이해관계를 둘러싸고 헤게모니 쟁투를 벌이는 협의의 정치로 이해되고 있다. 여성운동이 잃어버린 보편성과 접속하는 것은 어떻게 가능한가? 집단적 이해를 얻기 위한 협소한 권리 투쟁으로 퇴행한다면, 페미니즘은 남성 지배 사회에서 자신들이 누려온 권리가 박탈되는 것에 대해 전도된 피해 의식에 사로잡힌 남성들이 반동적으로 공격성을 표출하고 있는 작금의 현실에 적절히 대응할 근거와 가치를 잃게될 것이다. '일베 현상'에서 나타나듯 기득권을 잃어버린 남성들의 재남성화와 파시즘화가 결합되는 성적 반동의 시절에, 페미니즘이 인류보편의 과제와 접속하지 않는 한 스스로를 피해자라 생각하는 가해자들의 역공에 더 많이 시달리게 될 것이다.

---

8. 버지니아 울프, 『3기니』, 태혜숙 옮김(여성사, 1994), 189쪽.

3. 남녀동수법—보편적 개인으로서 여성에 대한 요구

남녀동수 운동은 차이와 정체성의 정치학에 몰두하면서 여성운동이 한동안 놓치고 있던 보편적 해방의 문제를 새로운 발상법으로 풀어낸 운동이다. 이 운동은 여성 공직자의 수를 증가시킬 목적으로 프랑스 페미니스트들이 주도한 것으로, 2000년 6월 6일 법안이 통과되면서 그 목표가 일부 현실화된다. 간단히 요약하자면, 이 법은 거의 모든 선출 공직자의 전체 후보자 중 절반이 여성이어야 할 것을 요구한다.[9]

남녀동수 운동이 시작된 시기는 1992년이다. 그 토대가 된 문헌은 프랑수아즈 가스파르의 『여성시민에게 권력을: 자유, 평등, 동수』였다. 이것은 프랑스혁명의 보편적 이상이었던 자유, 평등, 우애(형제애)에서 우애(형제애)를 남녀동수로 바꾼 것이다. 남녀동수 운동가들의 주장은 "인류의 절반이 여성이므로 선출 공직자의 절반이 여성이 되는 것이 보편적 평등에 부합된다"라는 것이다. 이들은 배제된 집단의 과거 차별을 교정하는 적극적 조치affirmative action로서 할당제를 요구하는 것이 아니라, 성의 차이가 보편적이라는 사실을 기반으로 해서 인간에 대한 정의 방식을 일원론(인간=남성)에서 이원론(인간=여성과 남성)으로 변화시키려고 했다. 할당제에 대한 유엔의 공식 입장에 나와 있듯이, 할당제는 "특정 집단의 구성원을 하나의 집단으로 간주함으로써 궁극적으로는 집단적 정체성으로부터 추상화시키고 개인으로 대우하기 위한 역설적 의도"를 가진 것으로 "차별을 종식시킬 기법이자 긍정적 차별의 형태"다.[10] 할당제는 사회적 차별과 젠더 불균

---

9. 이하 남녀동수 운동에 대한 해석은 조앤 W. 스콧, 『Parite! 성적 차이, 민주주의에 도전하다』를 토대로 삼았다.
10. 조앤 W. 스콧, 같은 책, 88-89쪽.

형을 시정하기 위한 한시적 조처로서 실제 많은 국가에서 여성의 정치 참여를 획기적으로 끌어올리는 역할을 담당해왔다. 하지만 그 부작용 또한 적지 않다. 할당제는 한 집단이 얻는 만큼 다른 집단이 잃는다는 인식을 심어줄 수 있기 때문에 이해관계가 상충하는 현실 국면에서 집단적 반발에 휘말리기 쉽다. 또 차별을 종식시키기 위해 얼마만큼의 긍정적 차별—흔히 30%로 지적되는—이 필요한 것인지 설득하기 어려울 뿐 아니라, 이 보호조치가 여성도 남성 못지않게 국가를 대표할 능력이 있다는 생각을 가로막는 역기능으로 작용하기도 한다. 이런 문제의식하에 남녀동수 운동가들은 할당제가 기존 남성질서 안에서 수용 가능한 타협점을 찾는 것일 뿐이지 여성의 진정한 평등을 획득하는 방식은 아니라고 보고, 더 급진적인 길을 모색한다.

이전의 페미니즘 운동이 같음과 다름 중 어느 한 쪽을 선택하는 입장을 취했다면, 남녀동수 운동은 다름(차이)을 취하면서 같음(보편)에 도달하려는 입장을 취한다. 이들은 성차 자체의 물질성, 즉 개인들이 남성과 여성으로 환원 불가능한 성적 차이를 갖는 존재라는 점을 인정하고 그 차이를 드러냄으로써 대의제에 전제되어 있는 남성성이라는 성적 특징을 없애고 성차가 인정되는 추상적 개인을 보편화하자고 주장한다. 여기에 이들 주장의 독특함이 존재한다. 즉, 이들은 남성과 여성의 성차를 주장하면서도 그 성차가 어느 한 성이 추상적 개인이 되는 것을 막지 않는다고 본다. 오히려 추상적 개인 그 자체가 이미 성차화된 존재라고 여긴다. 성차화된 존재로서 추상적 개인은 일반의지의 구현체인 국가에서 한 성의 특수성이 아니라 분할되지 않는 모두, 즉 보편성을 대변한다. 이들은 보편주의를 양성 모두에게 확장함으로써 권력을 탈성화하는 역설적 시도를 하고자 한다. 이 역설적 시도는 자유주의적 평등의 페미니즘과 차이의 페미니즘 양자의 문제 설정을 모두 빗겨나는 제3의 방식이다. 자유주의적 평등의 페미니즘은 성sex은 정치적 개인에 대한 정의에서 고려해서는 안 될 육체적·사회적 특성이라고 주장하며 공적 영역에서 성의 중성화를 통해 평등을 이루고자 했다. 반면 차이의 페미니즘은 대의제를 추상적 방식으로서가 아니라 사회적으로 위치지어진 인간 행위자들의 작용이라는 한층 민주적인 개념으로 재정의하고자 했다. 하지만 남녀동수 운동에서 상정하는 성차는 자유주의에서 상정하듯 공적 영역에서 초월되어야 할―비록 사적 영역에서는 유지될지라도―차이도 아니고, 차이의 페미니즘이 주장하듯 사회문화적 구성물로서 여성들이 남성들과 달리 취하게 된 특별한 자질을 가리키는 것도 아니다. 남녀동수 지지자들은 여성은 남성과 같고, 그래서 정치에 동등하게 참여할 권리를 얻어야 한다거나 여성과 남성은 다르고, 그래서 기존 남성 정치 영역에서 부족한 부분을 제공해야 한다고 주장하지 않는다. 그들은 진정한 평등이 이루어지려면 성이 추상적 개인주의 개념에 포함되어야 한다고 주장한다. 이들은 여성을 남성으로 상상된 중성적 모습에 맞추려 하지도, 여성이라는 분리된 구현체incarnation로 만들려고 애쓰지도 않았다.

이 운동의 주창자 중 한 사람인 세르방슈레베르는 성차를 인정하면서 탈성화하고자 하는 자신들의 역설적 시도를 이렇게 설명한다. "인간 종은 두 다리로 직립하는 하나의 단일체이며, 하나의 몸의 일부분인 두 다리는 서로 교환할 수 없다. 우리는 이러한 이원성―차이가 아니라 이원성―에 대한 정치적 인정을 추구한다. 그것이 바로 남녀동수이다."[11] 세르방슈레이버는 '차이'가 여성과 남성의 불가피한 생물학적 능력과 특성에 관한 문화적 가정으로 가득 채워진 반면, 이원성

---

11. Claude Servan-Schreiber, "Dialogue de femmes"(typescript, October 18, 1992), 9쪽. 조앤 W. 스콧, 같은 책, 125쪽에서 재인용.

은 그러한 연결을 막는다고 생각했다. 성적 이원성은 이른바 남성성과 여성성의 대칭적 차이로 구성된 '상보성complementality'에 대한 주장도, 사회의 필수적인 이성애 토대에 관한 주장도 아니다. 인간이 남녀 두 성으로 나누어졌다고 말하는 것이 두 성의 이성애적 결합을 자동적으로 긍정하는 것은 아니다. 상보성과 이성애적 토대는 추상적 개념이 아니라 문화적 정의다. 남녀동수 운동은 성차에 대한 문화적 정의—영미권 담론에서 섹스와 구분하여 '젠더'로 명명하는 문화적 구성—를 받아들이지 않는다. 오히려 남성과 여성은 단순하게 두 가지 인간 유형으로 존재해왔다. 그런데 사회적 차별이 여성이 선출 의회에서 대표자가 되는 것을 방해해왔다면, 이는 민주주의 원칙에 대한 위반이다.

민주주의는 보편적 열망이며, 보편성은 여성과 남성을 포괄한다. 그러므로 만약 대의제가 동등하지 않다면—남녀동수이지 않다면—어떤 대의민주주의도 없을 것이다. 오늘날 선출 의회에서 나타나는 여성의 과소 대표성은 한결같이 너무 두드러져서 사유의 결핍, 결과적으로 법적 결함을 드러낸다. 이러한 불균형 때문에 새로운 민주주의적 계약이 필요하다. 계약이라는 단어는 계약하는 당사자들이 서로 동등하다고 가정한다. 오직 남녀동수법을 채택하는 것만이 이러한 평등이 허위가 아니라는 것을 보증할 것이다.[12]

남녀동수 주창자들은 자신들이 여성을 계급이나 사회적 집단으로 다루지 않는다고 주장한다. 여성은 모든 이익집단을 가로지르기 때문

---

12. Françoise Gaspard et al., *Au pouvoir citoyennes*, 130쪽. 조앤 W. 스콧, 같은 책, 269쪽에서 재인용.

에 여기에 문제가 되는 여성의 이해관계는 없다.

여성을 선출하는 것은 별도의 단일한 집단을 입법부에 끼워넣는 것이 아니라 여성들을 모든 정당에서, 그리고 모든 측면의 논쟁적 쟁점에서 볼 수 있게 되는 것이다. 여성은 어디에나 존재한다. 여성은 모든 계급 속에 있으며, 모든 사회적 범주 속에 존재한다. 여성은 어떤 특수한 이해관계를 대변하는 압력 집단이나 이익집단이 아니라 주권적 인민의 절반, 즉 인간 종의 절반을 구성한다.[13]

이런 시각은 여성을 정의될 수 있는 속성이나 본질을 가진 하나의 집단으로 보는 시각이 아니라 민주주의의 보편주의적 원칙을 이행하는 의미를 지니고 있다. 나는 이 점이 중요하다고 본다. 남녀동수 운동은 성차화된 인간으로서 여성을 호명하면서 여성의 주체 위치를 보편화하려고 했다는 점에서 성차를 정치화하는 새로운 방식이었다. 이 운동은 차이와 평등이라는 페미니즘 운동의 역사에 내재된 역설에 새로운 방식으로 대응하는 유력한 인식적 방식이자, 구체적 목표와 전략을 지닌 정치 프로그램으로 기획된 것이었다.

하지만 이 새로운 대응 방식이 성공을 거두기 위해서는 성적 이원성에 대한 주장이 남성성과 여성성이라는 기존의 '젠더 스테레오타입'으로 떨어지는 것을 막고, 정치적 대의의 영역에서 보편적 개인의 위치에 올라선 여성 대변자들이 인류 보편적 해방을 개시할 수 있을 때에 가능할 것이다. 이는 에티엔 발리바르가 일차적 소속이나 구속에서 개인을 해방시키는 민족국가의 '허구적 보편성'과 구별하여 '이상적 보편성ideal universality'이라 부른 것을 실천하는 작업과 원리적

---

13. 같은 책, 125쪽.

으로 일치한다. 발리바르는 이상적 보편성을 "모든 제도적 제약들에 맞서 상징적으로 원용될 수 있을 절대적인 또는 무한한 요구"로 정의한다.[14] 발리바르는 차별에 대항하는 주장은 배제된 집단에 이름붙이기를 요구하지만, 이는 그 배제를 특정한 권리에 대한 위반이 아니라 인간 보편성 그 자체의 이상ideal에 대한 위반으로 정의한다고 강조한다.

비차별non-discrimination 속에서의 비무차별화non-indifferentiation, 즉 차별화를 향한 복잡한 투쟁인 동등을 향한 여성의 투쟁은 공동체의 형성 없이도 연대성을 창출하거나 혹은 시민권을 쟁취한다. 장클로드 밀네에 의하면, 여성은 전형적으로 '역설적 계급'이다. 여성은 자연적인 친족과 유사한 상상적인 것에 의해 결합하지도, 그들 자신을 특권집단으로 여기도록 하는 어떤 상징적 목소리에 의해 호명되지도 않는다. 오히려 이 투쟁은 실제로 공동체 일반을 변혁시킨다. 그러므로 그것은 직접적으로 보편주의적이며, 이는 우리가 (갑자기 특수주의적인 것으로 등장하는) 권위와 대의제의 형태를 포함하는 정치라는 바로 그 개념을 변혁시킬 수 있다고 사고할 수 있게 해준다.[15]

스콧의 평가처럼 "남녀동수 운동은 허구적 보편성에서와 같이 사회적 차이를 무시하려는 것이 아니라 해부학적 이원성을 추상적 개인주의의 첫번째 원칙으로 만듦으로써 프랑스의 정치체제에서 진정

---

14. 에티엔 발리바르, 「보편적인 것들」, 『대중들의 공포』, 서관모·최원 옮김(도서출판 b, 2007), 533쪽.
15. Étienne Balibar, "Ambiguous University", in *Differences*, Vol. 7, no. 1(Spring 1995), 64쪽. 조엔 W. 스콧, 같은 책, 115쪽에서 재인용. 이 글은 「보편적인 것들」이라는 제목으로 국내에 번역되었다. 주 14 참조.

한 보편주의를 실현하고자 했다."[16]

하지만 이후 남녀동수 운동이 겪게 된 현실적 굴절 과정에서 보듯이, 사회적 차별의 원인으로서 젠더 차이와 포함을 위한 토대로서의 해부학적 이원성의 구분을 엄밀하게 유지하기는 쉽지는 않았다. 육체에 부착된 사회문화적 의미로부터 육체 그 자체를 분리하는 일은 어렵다. 육체에 부여된 의미들은 대개 정당화를 위한 근거로 자연적 육체를 이용하기 때문이다. 더욱이 이 운동의 주창자 중 한 사람이었던 실비안 아가친스키가 남성과 여성의 생물학적 차이를 남성성과 여성성이라는 상보적인 젠더 역할로 바꾸면서 이를 이성애 커플 담론으로 전유할 때 동성애를 배제하는 정치적 보수 담론으로 떨어진다.

남녀동수 운동은 본질주의의 함정에 떨어졌다는 비판으로부터 자유롭지 못했다. 자연적 본질로서의 '섹스'와 사회문화적 구성물로서의 '젠더'의 연결을 끊으려는 페미니즘의 오랜 노력을 무화시키고 있다는 비판이 그것이다. 섹스/젠더 이분법을 해체하면서 섹스 자체를 젠더의 효과로 만드는 주디스 버틀러식의 문화적 구성주의가 페미니즘 담론의 새로운 조류로 올라선 시대에, 섹스를 젠더로부터 개념적으로 구별해내고 섹스의 차이에서 문화적 젠더를 경유하지 않고 추상적 개인의 탈섹스화로 곧장 도약하려는 이들의 시도가 거센 비판과 저항을 불러일으키리라는 것은 쉽게 짐작할 수 있다. 섹스의 생물학적 본질주의에 떨어졌다는 비판, 남성과 여성의 본질화된 대립을 해소하기보다 오히려 지속시킬 뿐이라는 비난은 이들을 끈질기게 따라다녔다.

사회 구성론적 페미니스트들뿐 아니라 자연적·사회적 속성으로부터 추상적 개인으로의 도약이라는 기본 입장을 공유하는 일부 공화

---

16. 조앤 W. 스콧, 같은 책, 116쪽.

주의자들 역시 남녀동수 입장에 반대 의견을 표명했다. 공화주의자들은 차별은 오직 (생물학적) 차이를 무시함으로써 극복될 수 있다고 보는 반면, 남녀동수 지지자들은 이원성으로서 차이를 재천명함으로써 차별을 해결하고자 했기 때문에 양자 사이의 견해 차이는 근본적이었다. 공화주의는 남녀동수가 여성이기 때문에 여성을 대변한다고 의도적으로 곡해하면서 이 운동이 차별을 재생산할 뿐이라고 비판한다. 문제는 제거 불가능한 차이를 제거할 수 있다고 믿는 허구가 근대 공화주의의 여성 배제 논리였다면, 이들은 그로부터 벗어날 길을 제시하지 못한다는 것이다.

이 단계에서 우리는 페미니즘이 성차의 문제를 어떻게 다루어야 할 것인가 하는 한층 근본적인 문제와 만나게 된다. 남녀동수를 주장하는 이들은 페미니즘 논의의 근본에 놓여 있는 이 문제에 해결책을 제시한 것인가? 아니면 선출직 공직에 여성들을 효과적으로 진입시키기 위한 정치적 효과를 위해 이론적으로는 수용할 수 없는 입장을 취한 것인가? 그것은 스콧이 말한 페미니즘의 역설을 해결한 것인가? 이런 질문들에 대한 대답은 성적 차이를 문화적 속성들로부터 벗겨내어 탈상징화함으로써 양성이 각기 추상적 보편으로 도약이 가능하다고 보는 입장, 그리고 이 입장에 전제되어 있는 생물학적·해부학적 차이를 어떻게 받아들이느냐 하는 데 있는 것으로 보인다. 결론부터 말하자면 나는 성차와 젠더 정체성을 개념적으로 구분하는 전자에 대해서는 동의하지만, 성차를 그야말로 생물학적 차이로 환원하는 후자의 입장에는 수긍하지 않는다. 성차가 이상적 보편성에 도달하는 것을 가로막는 장애가 아니라 특수한 정체성으로 분할되지 않는 '일반의지'를 대표할 수 있어야 한다는 이들의 시각은 옳다. 그렇지 않다면 여성들은 영원히 여성이라는 특수성에 갇힌 존재를 벗어날 수 없기 때문이다. 허구적 보편성의 위치를 참칭해온 남성 역시 특수 이익에 매인 특수한 존재라는 식의 대응으로 이 문제에 대한 해결책을 찾기도 힘들다. 이럴 경우 보편이라는 지평을 아예 시야에서 놓쳐버리면서 특수성들 사이의 헤게모니 싸움 이외의 다른 길을 찾을 수 없기 때문이다. 문제는 사회문화적 정체성으로도 생물학적 차이로 환원되지 않는 성차란 무엇이고 그것이 어떻게 보편에 도달할 수 있는가를 해명해내는 데 달려 있다.

앞에서 나는 라캉 정신분석학과 뤼스 이리가레의 논의를 결합하여 '성차'를 실체적 규정성을 가진 정체성이 아니라 그 규정성을 내부적으로 가로막는 부정성으로 읽어낸 바 있다.[17] 이리가레의 '잉여적 여성성excessive femininity'은 남성 질서가 규정해준 규범적 젠더 정체성을 반사하는 대립적 종속물이 아니라, 이런 제도화된 젠더 정체성을 무너뜨리고 교란시키는 라캉적 의미에서 '실재the Real', 즉 남근적 동일성의 논리가 지배하는 상징질서에서 지워졌지만 잔여이자 잉여로 그 모습을 드러내는 부정성이다. 부정성으로서의 성차를 상상적/상징적 동일시를 통해 구성되는 젠더 정체성과 혼동해서는 안 된다. 오히려 그것은 정체성 구성의 불가능성을 드러냄으로써 젠더 스테레오타입이 규범으로 물화되는 것을 막는다. 앞서 지적했듯이, 성차를 불가능성으로 규정하는 것은 성차가 라캉 정신분석학적 의미의 "실재", 즉 상징화에서 배제된 것과 관계된다는 것을 말한다. 성차가 여타 인종적·종교적·문화적 차이와 다른 수위에 있다면, 이는 이 차이가 실정적 정체성이나 상징적 위치가 아니라 그 불가능성, 주체의 통합성이 아니라 그 분열과 연결되어 있기 때문이다. 라캉이 성차 도식formula of sexuation이라 부른 것은 주체의 핵심에 자리잡고 있는 실재에 대응하는 두 가지 상이한 양태를 가리키는 것이지 상보적인 주체 위치나

---

17. 이 책의 제1장 제4절과 제6절 참조.

젠더 역할을 말하는 것이 아니다. 남성과 여성이라는 문화적으로 규정된 젠더 정체성은 성적 차이라는 실재를 상보적인 상징적 젠더 대립으로 바꿔놓으려는 실패한 시도다.[18]

성적 차이가 실재라는 말은 그것이 자연적이거나 선험적으로 주어진 것이라는 뜻인가? 그렇다면 그것은 불평등한 젠더 관계를 개선하려는 어떤 정치적 시도도 불가능하게 만드는가? 실상 이 두 질문은 버틀러가 라캉 정신분석학이 상정하는 성차에 대해 가하는 주된 비판을 압축하고 있다. 버틀러의 입장을 받아들인 국내의 한 논자가 "역사적이고 정치적인 범주로서 민족과 계급이 사고되는 것과는 달리, (라캉 정신분석학에서) 성차는 주체 구성 과정의 '결여'라는 형식적 차원, 즉 유사 초월적이거나 근원적 토대로서 인식되어온 경향이 있기" 때문에 "정치와 정치 변동의 조건이 될 뿐…… 정치 변동의 대상이 되지 않는다"라고 비판하는 것도 이 연장선상에 있다.[19] 나는 이 비판이 정치성을 상징질서 내부의 변화로 제한할 경우에는 옳다고 본다. 하지만 더 급진적 의미의 정치성은 바로 그 상징질서 자체의 구조적 변화를 겨냥하는 것이 아닐까? 지젝의 주장처럼 "실재라는 비역사적 빗금과 전적으로 우연한 역사성의 대립은 그릇된 것이다. 역사성의 공간을 지탱하는 건 다름아닌 상징화 과정의 내적 한계로서의 비역사적 빗금이다."[20] 버틀러의 문제는 상징계의 불가능성으로서 적대를 상징적 차이로 환원시켜버린다는 점이다. 그는 실재적인 것으로서 성차를 양성 각각이 이성애적 정체성을 정의하는 확고하고 변동될 수 없는 상징적 대립들의 집합으로 해석하고, 그것을 재의미화, 재상징

---

18. 라캉의 성차 도식에 대한 상세한 설명은 제1장 제4절 참조.
19. 권김현영, 「성적 차이는 대표될 수 있는가」, 권김현영 외, 『성의 정치 성의 권리』 (자음과모음, 2013), 38쪽.
20. 슬라보예 지젝, 같은 글, 293쪽.

화의 가능성에 열어놓는 것이 정치성이라고 본다. 하지만 성적 차이는 성욕의 우연한 표류를 고정시키는 궁극적 참조점이 아니다. 이와 반대로 우리가 성욕에 대한 다양한 도착적 형식을 갖게 되는 것은 성적 차이의 실재와 이성애적 상징적 규범으로 규정된 형식들 사이에 존재하는 영속적 간극 때문이다.

실재로서의 성차는 남녀동수 지지자들이 말하는 해부학적 이원성/차이와 같지 않다. 그것은 문화적·상징적 구성 이전에 남녀 양성이 갖고 태어나는 생물학적 차이를 말하는 것이 아니라 상징적 구성 자체의 종결을 가로막는 내적 불가능성이다. 불가능성이기 때문에 그것은 본질론적으로 주어진 것이 아니라 미래적 가능성에 열려 있다. 남녀동수 지지자들의 생각과 달리, 이런 상징적 불가능성으로서 성차가 보편성의 수준에 이를 수 있는 것은 그것이 역사적으로 우연한 상징적/문화적 구성을 초월하여 '추상적 개인'이 되기 때문이 아니라 상징적 규정성을 가로질러 상징적 공동체 전체를 변혁시킬 수 있기 때문이다. 바로 이것이 여성이 역설적 계급인 이유다. 평등을 향한 여성의 요구는 상징질서 내에서 차별받는, 이해관계를 공유하는 하나의 동질적 집단으로서 여성의 권리를 얻기 위한 싸움이라기보다는 인간 보편성 그 자체의 해방이라는 이상을 지향한다. 그것은 하나의 동질적 정체성을 가진 또다른 특수를 주장하기보다는 바로 그 특수한 이해를 차별적으로 대변하는 기존 정치의 장 자체를 근본적으로 변혁하는 것이다. 남녀동수 지지자들이 여성을 특수주의적 문화적 차이로 묶지 않고 보편의지를 대변할 수 있는 존재로 파악한 것의 합리적 핵심은 여기에 있지 않을까 한다. 다만 그 문제의식과 지향점은 옳지만, 생물학적 이원론에서 추상적 개인으로 올라서는 길을 이론적으로 해명하는 데에는 동의하기 어려운 부분이 있다.

4. 남녀동수제의 현실화와 그 평가

남녀동수제는 프랑스 페미니스트들이 투표권을 획득한 다음에도 대의체에서 여성들의 과소 대표성이 쉽게 극복되지 않는 현실을 바꾸기 위해 도입한 급진적 시도였다. 이 운동은 대의하는 여성들과 대의체 사이의 간극이 대의민주주의의 위기를 불러일으켰을 때 그를 타개하기 위한 노력이 남녀동수라는 급진적 발상을 통해 제기된 것이다. 1999년 헌법 개정과 이를 이행하는 법이 2000년 6월 통과되었을 때 그 법안은 추상적 개인으로서 여성의 대표성을 획득하려는 애초의 의도와는 달리 보호주의적 할당제와 비슷한 방식으로 만들어진다. "법은 남성과 여성이 선출 공직에 동등하게 접근할 것을 '장려한다encourage'"라는 헌법 제3조 개정안의 문구는 페미니스트들이 제안했던 '확립한다establish'나 '보장한다guarantee'라는 표현에 비하면 상당히 약화되었고, 정당을 다룬 헌법 제4조 개정안에는 "정당은 법이 정한 조건하에서 제3조 마지막 줄에 열거한 원칙을 실현하기 위해 기여contribute할 것이다"라고 기술되었다.[21] '장려'와 마찬가지로 '기여' 역시 남녀동수법 지지자들이 의도했던 어떤 힘도 동반하지 않은 모호한 용어였다. 이것은 분명 기대에 어긋나는 것이었다. 하지만 실제 법안을 통과시키기 위해 지지자들은 현실적 타협을 택했고 마침내 정치 공직에서 남녀 50대 50의 동수 추천을 법으로 통과시켰다. 이는 정치 영역을 변혁시키고자 하는 여성운동의 노력에서 유례를 찾기 힘든 혁명적 조치였다.

하지만 적극적 조치를 거부하는 프랑스 특유의 정치 문화가 있었

---

21. 남녀동수법의 현실적 법제화 과정을 보려면 조앤 W. 스콧, 같은 책, 제6장 「법의 힘」 참조. 입법 과정의 후퇴와 타협에 대해서는 특히 236-239쪽 참조.

음에도 불구하고 헌법 개정안과 남녀동수법은 모순적이게도 적극적 조처와 상당히 닮아 있었다. 그 법은 배제된 집단을 가시화시켰지만 그 배제의 근원적인 이유를 밝히지 않은 채 이들을 포함시키려고 했기 때문이다. 아가친스키의 주장처럼 여성이 문화적 의미로부터 추상화되지 못하고 그것의 집합적 대변체가 될 때 여성은 국가 전체의 대표자가 아닌 특정 유권자와 그들의 특수한 이해관계를 대변하는 존재로 취급된다.

남녀동수법의 실제 진행과정이 애초의 의도를 관철시키지 못한 것은 아쉽지만, 이 법이 근본적 변화를 위해 시동을 걸었다고 평가할 수는 있다. 이 법의 최종적 성공 여부는 대의제라는 현실 정치 공간에서 여성들의 활동을 통해 서서히 드러날 것이다. 여성이 아래로부터 정치체제에 진입하는 것은 결국 정치에서 젠더 고정관념을 탈상징화하는 효과를 가질 것이고, 그렇게 함으로써 예측할 수 없는 방식으로 정치 권력의 장을 변화시킬 수 있을 것이다. 남녀동수제에 대해 전체적 평가를 내리기엔 아직 시간이 짧다.

제2부

모성적 주체와
모성적 사랑

제6장

|

언어의 혁명, 주체의 혁명
쥘리아 크리스테바의 정신분석적 모성론

1. 크리스테바의 수용 맥락

쥘리아 크리스테바는 1980년대 이후 영미권에서 '프랑스 페미니스트'로 통칭되었던 일군의 프랑스 여성 이론가들 중에서 한국의 독자들에게 가장 친숙한 이름이다. 엘렌 식수, 뤼스 이리가레, 쥘리아 크리스테바는 시몬 드 보부아르의 실존적 페미니즘 이후 프랑스에 새로운 페미니즘의 기류를 전파했던 삼두마차라 할 수 있는데, 그중에서도 한국의 학계에 가장 일찍, 그리고 가장 광범위하게 수용되었던 이론가가 크리스테바다. 확인해본 바에 의하면, 크리스테바의 주저 『시적 언어의 혁명』(1974), 『공포의 권력』(1980), 『언어, 그 미지의 것』(1981), 『사랑의 역사』(1983), 『검은 태양』(1987) 등이 비록 완역은 아니지만 모두 우리말로 번역되어 있고 그의 사상을 체계적으로 해설한 영어권 저술도 번역되어 널리 읽히고 있다.[1] 국내 필진이 집필한

---

1. 켈리 올리버, 『크리스테바 읽기』, 박재열 옮김(시와반시사, 1997) 참조.

크리스테바 연구서도 출간되었고 그의 이론을 원용하여 작품 분석을 시도한 경우도 적지 않다.[2] 크리스테바의 이론은 1990년대 한국 문단을 주도한 여성 작가들의 글쓰기를 옹호하는 논리로 폭넓게 활용되었을 뿐 아니라(여성적 글쓰기),[3] 1980년대 리얼리즘 문학과 구분되는 새로운 문학을 옹호하고자 했던 일군의 1990년대 평론가 그룹에 의해 적극적으로 원용되기도 했다(비루하게 만들기, 비체화 혹은 폐기 등으로 번역되는 그의 abjection 개념).[4] 서구 담론에 뿌리 깊이 잠재해 있는 남근 로고스 중심주의phallogocentrism를 비판하고 성차를 담론 속에 기입해 넣는 것이 프랑스 페미니스트들이 공유하는 목표라면, '차이의 페미니즘'이라 부를 수 있는 페미니즘 이론 중에서도 크리스테바의 국내 수용이 유독 두드러졌던 것은 흥미로운 현상이라 하지 않을 수 없다.

차분한 분석이 필요하겠지만, 우선 쉽게 떠올릴 수 있는 요인으로는 크리스테바 이론이 포스트구조주의 경향의 프랑스 페미니즘 이론을 수용한 적지 않은 문학 연구자들이 쉽게 활용할 수 있는 텍스트 분석 개념을 제시했다는 점, 그리고 남성 이론, 그중에서도 프로이트/라캉 정신분석학을 대하는 크리스테바의 비교적 유연한 태도가, 다소 온건한 국내 여성 이론가들뿐 아니라 페미니즘에 심리적 저항감을 갖고 있는 남성 이론가들에게도 큰 무리 없이 받아들여질 수 있었다는 점을 들 수 있다. 프로이트/라캉 정신분석학의 남성 중심성을 과

---

2. 김인환, 『줄리아 크리스테바의 문학 탐색』(이화여자대학교 출판부, 2003) 참조.
3. 김혜순, 『여성이 글을 쓴다는 것은』(문학동네, 2002); 신수정, 「비명과 언어―여성을 말한다는 것」, 『푸줏간에 걸린 고기』(문학동네, 2003); 김양선, 「빈곤의 여성화와 비천한 몸」, 한국여성연구소, 『여성의 몸―시각·쟁점·역사』(창비, 2005); 이명호, 「몸의 반란, 몸의 창조: 오정희론」, 같은 책 참조.
4. 황종연, 「비루한 것의 카니발―90년대의 소설의 한 단면」, 『비루한 것의 카니발』(문학동네, 2001) 참조.

격하게 비판하면서 여성적 글쓰기를 여성의 육체 체험과 더욱 밀착시키고 있는 이리가레와 비교하면(그의 '두 입술' 담론을 떠올려보라), 여성성보다는 모체母體, 모성성, 모성적 사랑 개념에 더 경도되어 있는 크리스테바의 입장이 다소 온건하다는 점은 어느 정도 수긍할 수 있을 것이다. 특히 크리스테바가 심리적 수위에서 모친 살해의 필요성을 수용해 '상상적 아버지imaginary father' 개념을 도입함으로써 주체가 타자를 사랑할 수 있는 심리적 공간을 열어주는 존재로 아버지를 다시 불러들였을 때, 그에게 우호적이었던 페미니스트들도 가부장적 이데올로기에 굴복한 것이 아니냐는 의혹과 비판을 쏟아냈던바 있다.

물론 이 온건함을 크리스테바 이론의 단점으로 곧장 연결할 필요는 없을 것이다. 크리스테바도 지적하듯이 남근과 상징적 아버지를 중심으로 구조화되어 있는 프로이트 정신분석학에서 어머니는 "거대한 무massive nothing"로 남아 있다고 해도 과언이 아니다.[5] 여성이 어머니로서 체험하는 복합적 경험은 남근 선망으로 간단히 해석되거나 일차적 나르시시즘으로 돌아가려는 남성들의 무의식적 욕구에 의해 왜곡되어 왔을 뿐 제대로 해명된 적이 없었다. 어머니의 경험뿐 아니라 아이가 어머니와 맺는 복합적인 심리적 관계 역시 그 다양한 측면들이 충분히 분석되었다고 할 수 없다. 페미니스트 정신분석학자들은 프로이트와 라캉이 지적 어둠 속에 방치해둔 아이와 어머니 사이의 심리적 관계를 해석하려고 했지만, 이 관계 속에 잠재해 있는 어두운 모습들을 정면으로 응시하기보다는 이상화의 함정에 빠져들었다. 억압적인 아버지가 끼어들지만 않았더라면 어머니와 아이의 관계는 지

---

5. Julia Kristeva, "Stabat Mater," in *The Kristeva Reader*, edit. by Toril Moi, trans. by Leon S. Roudiez (Oxford: Blackwell, 1986), 179쪽.

배와 종속, 억압과 결핍이 사라진 행복한 유토피아로 남아 있었을 것이라는 환상이 분석을 대신해버린 것이다.[6] 크리스테바 자신에게도 이런 환상이 전혀 없다고는 말할 수 없다. 뒤에 다시 거론하겠지만, 아이와 어머니 사이의 '원기호적the semiotic' 관계에 대한 크리스테바의 설명에는 이런 환상의 혐의가 배어 있다. 하지만 크리스테바는 페미니즘 담론까지 지배하는 이 환상을 뚫고 들어가 아이와 어머니 사이의 복합적 관계—물론 이 관계에는 아버지의 그늘이 드리워져 있다—를 바라보고자 했다. 인간의 심리발달의 중심에 아버지 못지않게 어머니가 놓여 있으며, 어머니와 아이 사이에는 사랑과 보호의 감정 못지않게 파괴와 공격의 욕구가 지배하고 있음을 이론화한 멜라니 클라인의 정신분석학은 크리스테바가 이 환상을 뚫고 나가기 위해 활용했던 소중한 지적 자원이다.[7] 크리스테바가 어머니에게 보이는 이론적 관심은 여성을 어머니로 환원시킴으로써 여성으로서의 주체성을 부인하려는 가부장적 이데올로기에 동조거나, 반대로 모성성에 대한 페미니즘 일각의 낭만화에 무비판적으로 편승하는 것과는 다르다. 이 두 함정을 피하면서 모성 혹은 모녀/모자 관계의 심리적 실체, 그리고 그것이 갖는 사회문화적 의미를 탐색하고 이를 광범한 의미의 페미니스트 문화 실천으로 추구했다는 점이―그가 자신을 페

---

6. 아버지가 개입되기 전 아이와 어머니는 '공생symbiosis'과 '합일unity'의 심리적 관계를 맺는다고 설명하는 낸시 초도로, 제시카 벤자민 등의 이론이 여기에 해당한다. 이 이론은 여성의 '돌봄 노동caring labor' 전반을 재평가하고자 했던 1970년대와 1980년대 페미니즘의 정치적 욕구와 결합하면서 일정 정도 가부장적 편견을 불식시키는 긍정적 기능을 했지만, 모성에 대한 또다른 낭만화의 함정에 빠지는 한계를 갖는다.
7. 크리스테바는 한나 아렌트, 시도니가브리엘 콜레트, 멜라니 클라인을 20세기가 배출한 세 명의 여성 천재라 보고, 이들의 삶과 이론을 서술한 지적 전기를 발표했다. 멜라니 클라인에 대한 이론적 탐색과 전기적 서술이 결합된 책은 국내에 번역되었다. 쥘리아 크리스테바, 『정신병, 모친살해, 그리고 창조성: 멜라니 클라인』, 박선영 옮김(아난케, 2006) 참조.

미니스트로 정체화한 적이 없으며 페미니즘과 비판적 긴장 관계를 유지하고자 했음에도—크리스테바 이론의 페미니즘적 기여라 할 수 있다.

기호학자로 출발한 크리스테바는 정신분석학을 자신의 이론 전개의 핵심적 고리로 전유하여 구조주의 기호학의 한계를 돌파하는 동시에, 프로이트/라캉 정신분석학에 빈 구멍으로 남아 있는 어머니의 문제를 여성의 시각에서 재조명하여 정신분석학의 재구성을 시도한다. 그는 기호학과 정신분석학 양쪽에 이론적 기반을 두면서 양쪽 모두를 내부적으로 혁신하고자 했다. 이 내부적 혁신을 통해 그는 주체의 혁명, 언어의 혁명, 성의 혁명, 나아가 정치혁명이 하나의 연속적 흐름을 이루며 확산되는 넓은 의미의 '문화혁명'을 이루고자 했다. 크리스테바가 자신이 속한 68세대의 에피스테메를 공유하는 것이 있다면 그것은 바로 주체, 언어, 성, 정치가 하나로 결합된 급진적 차원의 혁명을 꿈꾸었다는 점일 것이다. 그는 주체가 붕괴되는 지점에서 주체를 바라보고, 언어가 해소되는 지점에서 언어를 사유하며, 젠더를 비롯한 기존의 사회관계를 구성했던 범주들이 무너지는 지점에서 사회를 바라보고자 했다. 말하자면, '정체성의 정치학'이나 이데올로기 투쟁으로 국한될 수 없는 급진적 차원의 문화혁명, 인간과 언어와 사회가 그 기저에서 근본적 갱신을 이루는 문화혁명을 꿈꾼 것이라 할 수 있다. 크리스테바가 마르크스주의에서 등을 돌리고 정신분석학으로 기울어진 것은 사회변화를 포기한 것이라기보다는 인간을 이데올로기적 구성물로만 바라보는 조작적·도구적 관점을 받아들일 수 없었기 때문이며, 그가 상상적·상징적 동일시와 호명interpellation의 차원에서 정신분석학과 마르크스주의의 접목을 시도했던 동시대 이론가들에게 동조할 수 없었던 것도 정체성 너머에서 이루어지는 근본적 주체 혁명을 포기할 수 없었기 때문이다. 정신분석학이 열어준 미지의 대륙이라 할 수 있는 무의식과 충동과 환상의 영역은 크리스테바로 하여금 근본적 차원의 변화를 꿈꾸게 했다. 뒤늦게 태어난 자의 역사적 이점을 이용해보면 우리는 68세대의 거대한 꿈이 씁쓰름한 좌절로 이어졌으며, 이 좌절과 함께 이후 68세대의 이론가들이 걸어간 보수화의 길도 목도했다. 크게 보면 크리스테바 역시 68세대 서구 지식인들이 걸었던 것과 크게 다르지 않은 지적 여정을 밟았다고 할 수 있다.

다양한 프랑스발 '포스트' 이론의 국내 수용이 활발하게 이루어지던 1990년대 한국의 문화 지형은 크리스테바가 급진적 문화혁명을 꿈꾸었던 1960년대 말의 프랑스와는 분명 다르다. 동구 사회주의권의 몰락은 '진보' 이념의 쇠퇴를 재촉했으며 문학 영역에서도 리얼리즘론에 대한 비판과 자성이 뒤따랐다. 그 내부에 다양한 스펙트럼이 존재하겠지만, 리얼리즘 문학은 재현 주체의 당파적 현실 인식을 매개로 '객관 현실의 역사 발전 방향'을 반영하는 문학이라는 전제를 공유하고 있다고 볼 수 있는데, 역사의 발전 방향에 대한 회의와 더불어 리얼리즘론에 내재하는 '재현적' 사고에 대한 근본적 비판이 제기된 것이다. 이와 함께 진보 주체의 젠더 성격에 대한 문제제기도 이어졌다. 남성 노동계급을 운동의 중심에 두고 여성을 비롯한 다양한 주변 계급들을 위계적으로 구조화하는 진보운동의 시각은 남성 중심적·계급 중심적 편향을 노정할 수밖에 없다는 페미니스트들의 비판이 본격적으로 제기되면서, 그간 계급에 가려 충분히 주목받지 못한 성차 범주를 적극적으로 드러내려는 움직임이 일어난 것이다. 한국에서 '포스트' 이론은 1980년대 변혁운동의 의미를 무화하려는 보수적 움직임에 활용된 측면도 없지 않지만, 더 장기적이고 근본적인 변화를 이루기 위한 새로운 성찰의 자원으로 접근된 측면이 크다. 이데올로기적 당파성을 넘어서는 지점에서 문학의 의의를 읽어내고 계급적 차원만이 아니라

한 개인을 구성하는 다양한 사회적·심리적·육체적 차원들에 관심을 갖게 된 것이다.

나는 문학의 역할과 인간 주체를 바라보는 이런 새로운 시각의 대두가 1990년대 한국에서 크리스테바를 말할 수 있는 공간을 열어주었다고 생각한다. 이 새롭게 열린 담론 공간에서 크리스테바는 한편으로 인간 주체 속에 내재해 있는 무의식과 섹슈얼리티를 글쓰기와 접목시키면서 다른 한편으로 이를 성차의 문제와 결합해낼 수 있는 통로를 열어주었다. 주체가 어머니 혹은 모체와 갖는 심리적 관계는 크리스테바가 열어준 이 통로의 핵심에 위치해 있는 문제 설정이다. 앞서 언급했듯이 1990년대 한국 문화지형에서 크리스테바의 수용이 두드러졌다면 그것은 문학/언어, 주체, 성차를 연결해 사유한 그의 문제 인식이 문학 연구와 페미니즘 양쪽에 새로운 사유의 지평을 열어주었기 때문이다. 크리스테바는 페미니즘을 출발시킨 모태적 슬로건이라 할 수 있는 '개인적인 것이 정치적이다'라는 말 중 '개인적인 것'(주체성)의 의미 영역을 섹슈얼리티와 무의식의 차원으로 확장시키고 이 차원이 갖는 정치성을 탐색했다. 그것은 사회 이데올로기적 층위에 머물러 있던 기존 정치성 범위를 심리적·육체적 층위까지 확대할 것을 요구하는 것이었다. 그는 또 언어와 글쓰기에 대한 관심을 가장 격렬하고 깊은 층위로까지 밀고 나갔다. 그것은 재현의 틀을 넘어서서 무의식적 충동과 육체가 글쓰기 속으로 들어오는 어떤 '체현된 embodied' 글쓰기의 가능성을 탐색하는 것이었다.

사회와 언어, 그리고 의식 외부에 놓여 있는 것을 그 내부로 끌어들이는 일은 모순에 봉착할 수밖에 없다. 크리스테바가 정신분석학을 통해 접근한 무의식과 섹슈얼리티의 영역은 사회와 언어와 의식의 한계를 '초과'하는 것이다. 한 문화를 지탱해주는 규범적 경계의 바깥쪽으로 완전히 건너가면 혼돈과 광기에 떨어진다. 규범적 경계 안에 머물러 있으면 자신을 지탱해주는 안정된 정체성은 유지할 수 있지만 그 정체성은 쉽게 굳어진다. 양쪽 모두의 함정을 피하기란 사실상 불가능하다. 하지만 이 불가능성을 무릅쓰는 것이 크리스테바의 지적 모험이라 할 수 있다. 크리스테바에게 정신분석학과 문학은 이 불가능한 관계의 양 측면을 말할 수 있는 우리 문화의 몇 안 되는 예외 공간이다. 이 두 제도는 문화와 문화의 타자를 함께 아우를 수 있는 합법적 공간인 것이다. 재클린 로즈의 예리한 지적처럼, 규범적 경계의 안과 밖 "둘 다를 취하는 것to take two"은 필연적으로 아포리아에 빠지지만 그 아포리아를 회피함으로써 논리적 정합성을 따르는 것보다는 모순을 떠안는 것이 인간과 삶의 실체에 접근하는 길일 것이다. 양자 모두에 얽혀들 수밖에 없는 것이 인간과 삶의 실제라면 이론에게 요구되는 것은 다른 무엇보다 이 실제에 접근하려는 노력이기 때문이다.[8]

초기의 크리스테바가 경계의 바깥으로 걸어나가 경계를 허무는 쪽이었다면 후기의 크리스테바는 경계의 필요성을 어느 정도 인정하고 경계를 다시 세우는 쪽으로 기울어진다. 다만 그 경계는 상징적 아버지가 정해준 고착된 법의 경계가 아니라 타자를 향해 열릴 수 있는 잠정적 경계다. 크리스테바의 용어로 말하자면 그것은 원기호적 어머니에서 상상적 아버지로 건너가는 것이며, 시적 혁명에서 전이 사랑으로 옮겨가는 것이다. 『시적 언어의 혁명』이 전자를 대표하는 저작이라면 『사랑의 역사』는 후자를 대표하는 저작이다. 그 경계에 놓여 있는 것이 『공포의 권력』이다. 『공포의 권력』은 크리스테바 이론 발전사에서 경계선상에서 놓여 있을 뿐 아니라 그 자체 주체와 객체를

---

8. Jacqueline Rose, "Julia Kristeva -Take Two," in *Sexuality in the Field of Vision* (London: Verso, 1986), 149-150쪽.

선명히 가를 수 없는 경계의 문제를 탐색하고 있는 저작이다. 이 책은 또 아이와 어머니의 관계 속에 사랑과 감사의 감정뿐 아니라 공격과 공포의 감정 역시 잠재해 있음을 드러냄으로써, 전前 오이디푸스기 어머니와의 관계가 안고 있는 어두운 측면을 밝혀내고 있다. 그러나 어머니의 몸을 '비체'로 만들어 분리해냄으로써 주체의 경계를 만드는 작업은 충분히 성공하지 못한다.[9] 주체의 경계 밖으로 미처 떨어져 나가지 못한 어머니의 몸은 무시무시한 공포의 힘으로 돌아와 주체를 집어삼킨다. 1987년 발표한 『검은 태양』은 모친 살해에 성공하지 못한 주체가 경험하는 우울의 감정으로 다시 돌아가고 있다. 공포, 우울, 사랑은 그러므로 어머니와의 원초적 심리적 관계가 주체에게 발생시키는 감정의 세 형태라 할 수 있다. 후기 크리스테바는 언어로 표상되지 않는 이 감정들에 대한 정신분석을 시도하고 그 감정들이 사회적·문화적·예술적 층위에서 드러나는 다양한 양상을 해석하고 있다. 이 글은 후기 크리스테바의 이론적 변화를 염두에 두면서 『시적 언어의 혁명』에 초점을 맞추려 한다. 『시적 언어의 혁명』은 기호학, 정신분석, 페미니즘을 넘나들며 전개되는 크리스테바의 사유에 이론적 토대를 마련한 핵심 저작이자 가장 전위적인 텍스트이기 때문이다. 하지만 이 기념비적 저술로 들어가기 전 우리는 먼저 구조주의 기호학을 넘어서기 위해 크리스테바가 걸어간 길을 간략하게 더듬어볼 필요가 있다.

---

9. abjection은 주체와 대상의 경계에 존재하는 대상을 더러운 것으로 만들어 주체의 경계 밖으로 버리는 행위를 의미하고, the abject는 경계를 흐리는 대상을 말한다. abjection은 비체화鼻涕化로, the abject는 비체로 번역한다

2. 구조주의를 넘어—바흐친의 카니발, 상호텍스트성, 시적 언어

불가리아 출신의 호기심 많은 여학생으로 프랑스 국비 장학금을 받고 1965년 파리에 첫발을 내디딘 순간부터 크리스테바는 당시 프랑스에 만개하고 있던 구조주의 기호학의 흐름에 합류해 들어가지만, 기호학에 내재해 있는 과학주의적 충동과는 거리를 두었다. 문화 현상을 외부 세계의 반영이 아니라 독자적인 기호 체계로 바라보는 기호학의 입장은 텍스트의 의미를 텍스트 바깥의 외부 현실을 재현한 '내용'이 아니라 '형식'에서 찾으려 했던 크리스테바 자신의 관심과 일치한다. 하지만 구조주의 기호학에 여전히 강하게 남아 있는 이분법적 사유 경향—기표와 기의, 랑그와 파롤의 이분법—과 형식을 하나의 체계로 규범화하는 태도에 대해서는 분명한 반대의 입장을 취한다. 1984년 「내 기억의 과장」이라는 제목으로 발표한 자전 에세이에서, 크리스테바는 프랑스 구조주의 기호학과 자신의 관계를 다음과 같이 기록했다.

우리에게 구조주의는…… 이미 수용된 지식이었다. 간단히 말해, 이는 우리가 과거에 '형식'이라고 비하해서 바라보았던 것의 실제적 구속 constraint―당시 우리는 이 구속을 '물질material'이라 부르곤 했다―을 더는 시야에서 놓쳐버려서는 안 된다는 것을 의미했다. 우리는 이런 형식적 리얼리티의 논리로 구조가 된 현상들이나 사건들―친족 체계에서 문학 텍스트까지―의 의미를 구성했으며, 반드시 '외부적 요인'에 의존하지 않고도 이해할 수 있는 가능성을 획득했다. 하지만 애초에 우리의 과제는 이렇게 습득된 지식을 취한 후 곧바로 다른 일을 하는 것이었다.

어떤 사람들에게 중요한 과제는 은폐된 형이상학의 주변적 형식으로서 현상학과 구조주의를 '해체'하는 것이었다. ……다른 사람들—나는 나 자신을 이 부류에 넣는다—에게는 한편으로 발화 주체와 그 주체의 무의식적 경험을, 다른 한편으로는 다른 사회구조의 강제를 고려함으로써 구조를 '역동화dynamize'시키는 작업이 중요했다.[10]

구조주의에서 형식(기호)의 자율성과 물질성을 인정하는 법을 배웠지만 처음부터 그것과 다른 길을 모색했다는 이 진술은 구조주의에서 포스트구조주의로 지적 전환이 일어나던 시기 크리스테바 자신이 걸었던 지적 여정을 요약해준다. 그는 데리다처럼 구조를 '해체'하는 길보다는 구조를 '역동화'하는 길을 택했으며,[11] 이를 위해 '발화 주체' 및 발화 주체의 '무의식'과 '사회'를 도입했다. 텍스트라는 구조에 발화 주체의 무의식을 끌어들이기 위해 그가 원용한 것이 정신분석학이라면, 사회를 끌어들이기 위해 활용한 것이 형식주의와 역사주의의 종합을 시도한 러시아 문학 연구자 미하일 바흐친의 이론이다. 물론 바흐친을 통해 도입된 사회는 텍스트에 외재하면서 텍스트를 결정하는 외부적 요인이라기보다는 이미 텍스트 속에 들어와 텍스트의 단일성을 허물어뜨리는 담론적 힘으로 존재하는 것이다.

바흐친을 서구 학계에 처음으로 소개하면서 크리스테바는 바흐친이 개진한 '대화주의dialogism' 개념을 수용하여 이를 '상호텍스트성

---

10. Julia Kristeva, "My Memory's Hyperbole," in *The Portable Kristeva*, edit. by Kelly Oliver (New York: Columbia University 1997), 9쪽.

11. 크리스테바는 데리다의 그라마톨로지(문자학)가 구조를 해체한다는 점에서 동조하지만, 데리다는 의미화 과정을 겪는 주체에 관심이 없기 때문에 그 주체가 구조를 파열·갱신하는 것에도 냉담하다고 비판한다. Kristeva, *Revolution in Poetic Language*, trans. by Margaret Waller (New York: Columbia University, 1984), 142쪽 참조. 이런 점은 '주체 없는 역사history without subject'를 주장하며 마르크스주의의 탈인간화/탈주체화를 선언한 초기 알튀세와 크리스테바가 구분되는 지점이기도 하다.

intertextuality'이라는 자신만의 독자적인 개념으로 발전시킨다.[12] 텍스트는 하나의 고정된 의미 구조를 갖는 단성적 체계가 아니라 이질적 담론들 사이에 대화가 일어나는 다성적 구조라는 바흐친의 생각은 닫힌 텍스트 구조를 역동화하는 크리스테바 자신의 관심과 부합하는 것이었다. 크리스테바가 이후 밟게 될 지적 궤도와 연결해보면, 바흐친의 대화주의 개념에 대한 크리스테바의 해석은 선행하는 다른 텍스트의 담론(들)을 하나의 텍스트 속에 단순히 병렬하는 것이 아니라 담론들의 '이행移行, passage'이 발생시키는 새로운 의미를 가리킨다. 이런 점에서 크리스테바의 상호텍스트성 개념은 좁은 의미에서 한 텍스트가 다른 텍스트를 지시하거나 인용하거나 영향을 미치는 것을 가리키는 것이 아니라—1990년대 초 표절 문제를 둘러싸고 우리 문단에서 오용된 것처럼 다른 작가의 글을 무단으로 도둑질하는 행위를 정당화하는 개념은 더더욱 아니다—한 텍스트 속에 최소한 두 개 이상의 의미화 체계들이 상호침투하여 의미의 '전환'을 일으키는 관계를 가리킨다.[13]

복수의 의미화 체계들이 텍스트 속에서 대화적 관계를 형성하는 양태는 다양하게 분석될 수 있겠지만, 이후 크리스테바 이론의 전개 방향과 관련해서 특히 주목할 만한 것은 카니발적 담론 양식이다. 일반적으로 카니발은 정상 세계의 질서, 규범, 금기, 법이 일시적으로 뒤집어지는 무정부적 해방 상태를 말하는데, 크리스테바는 카니발화가 가진 진정으로 위반적인 성격은 법과 '대립'되는 뭔가를 통해 법을

---

12. 바흐친의 대화성과 소설을 크리스테바 자신의 관점에서 소개 및 정리한 글은 Julia Kristeva, "Word, Dialogue and Novel," in *The Kristeva Reader*, 34-61쪽 참조.
13. 『시적 언어의 혁명』에서 크리스테바는 상호텍스트성이 텍스트의 기원이나 영향을 추적하는 식으로 잘못 활용되는 것을 막기 위해 '전환transpostion'이라는 용어를 사용하겠다고 말한다. Julia Kristeva, *Revolution in Poetic Language*, 59-60쪽 참조.

부정하는 데 있다기보다는 이 대립 구도 자체가 허물어지는 논리를 함축한다는 점에 있다고 보며, 이를 '이중성double'의 논리라 부른다. 이중성의 논리는 법과 법 아닌 것을 동시에 취함으로써 이분법의 경계 자체가 모호해지는 상태를 가리킨다. 이를테면 카니발의 참여자들은 배우이면서 관객이고, 무대의 주체이면서 놀이의 대상이며, 인간이면서 가면이다. 양자를 구분하는 것은 불가능하다. 크리스테바는 이러한 이중성을 "일자이면서 타자the One and the Other"라 부른다.[14] 하나[一者] 속에 다른 것[他者]이 들어와 있는 상태는 하나가 아닌 분열된 상태다. 카니발적 담론 양식이 크리스테바에게 상호텍스트성의 대표적 예로 보이는 것은 하나의 담론과 그 담론을 내부적으로 붕괴시키는 다른 담론이 서로 분리될 수 없는 이중성을 형성하고 있기 때문이다. 그런데 카니발적 담론 양식에서 일자의 언어를 분열시키는 '다른' 언어는 무엇보다 성과 죽음을 향해 있는 원초적 욕망과 무의식의 언어다. 그것은 하나의 규범적 의미를 전달하는 의사소통적·의식적·논리적·표상적 언어를 벗어나 의미 이전의 상태로 향하는 언어, 크리스테바가 "시적 언어poetic language"라 부르는 언어이다. '어구전철'[15]뿐 아니라 리듬, 소리, 톤 등 의미로 환원되지 않는 다양한 차원이

---

14. Julia Kristeva, "Word, Dialogue and Novel," in *The Kristeva Reader*, 40쪽.

15. 어구전철語句轉綴, anagram은 문자나 음소적 패턴을 바꿈으로써 표면적 의미와 다른 효과를 낳는 수사적 장치—이런 점에서 이중적 장치—인데, 크리스테바는 그것이 기의로 묶이지 않는 기표(문자)의 무한히 자유로운 확산과 생성이 일어나는 시적 언어의 한 특징이라 보고 있다. 크리스테바는 anagram이라는 용어보다 paragram이라는 용어를 더 선호하고 있다. Julia Kristeva, 같은 곳 참조. 이 시기의 크리스테바는 아직 프로이트/라캉 정신분석학을 깊이 있게 다루지 않지만, 어구전철은 기의보다 기표의 물질성이 더 중요하게 작용하는 무의식의 논리를 따르는 수사적 장치라는 점에서 정신분석학의 자장 안에 있다. paragram에 대한 간단한 정의를 보려면 Leon Roudiez, "preface," in Julia Kristeva, *Desire in Language: A Semiotic Approach to Literature and Art*, edit. by Leon S. Roudiez and trans. by Thomas Gora, Alice Jardine, and Leon S. Roudiez (Oxford: Basil Blackwell 1980), 14-15쪽의 용어 해설 중 'gram' 항목 참조.

시적 언어를 구성한다. 바흐친식의 카니발적 담론 양식이 이후 크리스테바에게 수용되는 방식은 독백 담론으로 수렴되지 않는 이 두 의미화 실천 차원의 모순, 갈등, 대결을 더욱 정교하게 이론화하는 것이다.

3. 『시적 언어의 혁명』—의미 실천의 혁명성

1974년 프랑스 국가박사학위논문을 출판한 『시적 언어의 혁명』은 발화 주체와 그 주체의 무의식을 도입함으로써 언어 구조를 역동화하고자 하는 크리스테바의 이론적 관심이 체계화된 저서이다. 프랑스어 원본으로 무려 646쪽에 달하는 이 초매머드급 박사학위논문은 크리스테바가 1960년대 후반에서 1970년대 초반에 이르는 시기 동안 주창했던 '기호분석학'[16]이라는 새로운 학문을 '텍스트 연구'로 확장하

---

16. 기호분석학semanalysis이란 기호를 가리키는 'sem'과 분석을 의미하는 'analysis'를 종합하여 크리스테바가 새로이 만든 학문 영역이다. 그것은 프로이트의 정신분석학에 상응하는 과학, 다시 말해 정신이 아닌 기호를 그 대상으로 하는 분석학이자 비판 과학critical science이다. 하지만 크리스테바가 수립하고자 하는 기호분석학은 하나의 체계화된 '형식적 구조'로서 기호를 연구하는 고전 기호학과 구별된다. 아니, 그는 고전 기호학에 내재해 있는 바로 이 체계화·구조화·형식화 경향이 기호분석학이 극복해야 할 가장 큰 한계라 보면서 고전 기호학에 누락되어 있는 발화 주체를 도입함으로써 정태적 의미 구조를 역동적인 '의미화 실천 과정'으로 열어젖히고자 한다. 이에 따라 기호분석학은 과학을 지향하면서 동시에 과학에 대한 비판critique of science이기도 하다. 기호분석학은 그것이 과학인 한 일정 정도 메타 이론적 성격을 띠지 않을 수 없지만 과학성 자체에 대한 비판을 자신의 본질적 계기로 포함하고 있다. 크리스테바의 이런 문제의식은 세계를 정태적 구조가 아닌 변화 가능한 역동적 과정으로 바라보는 마르크스의 유물론적 세계관을 떠올리게 하는 것으로, 그가 마르크스주의에 대해 비판적 거리를 유지하면서도 '생산production'이나 '실천 practice' 같은 마르크스주의의 개념을 여전히 사용하는 배경이기도 하다. 크리스테바는 semanalysis를 semiotics와 혼용하여 쓰기도 하면서 이를 전통적 기호학을 가리키는 semiology와 구분한다. 기호분석학에 대한 크리스테바의 견해는 Julia Kristeva, "Semiotics: A Critical Science and/or a Critique of Science" and "The

는 동시에 이를 로트레아몽과 말라르메 두 아방가르드 시인의 시 텍스트 분석을 통해 실증해 보이고 있다. 아쉽게도 내가 참조한 영어본은 두 시인의 텍스트를 구체적으로 분석하고 있는 제2부가 빠진 채 이론 문제를 다루는 제1부만 실려 있지만, 이 부분적인 글만으로도 이론과 작품 분석을 종합하고자 하는 크리스테바의 학문적 야망을 확인하기에 충분하다.

그렇다면 구조에 발화 주체를 도입한다는 것은 무슨 의미이며, 그것이 어떻게 역동적 과정으로서 의미화 실천과 연결되는가? 이 질문에 답하기 전에 우리는 『시적 언어의 혁명』 제1부 제1장에서 크리스테바가 현대 언어학이 전제하는 언어 개념에 비판적으로 개입해 들어가는 지점에 주목할 필요가 있다. 크리스테바는 현대 언어학이 주체 개념을 결여하고 있거나 주체 개념을 끌어들이는 경우에도 "초월적 자아" 개념에 머물러 있으며, 기호의 외부성externality에 대한 질문을 지연시키고 있다고 본다.[17] 그에 따르면 현대 언어학이 배제한 기호의 외부성에 주목하는 두 지적 조류가 등장하는데, 하나가 정신분석학이고 다른 하나가 의미론과 화용론이다. 정신분석학은 인간의 육체를 순환하는 에너지라 할 수 있는 충동과 무의식을 기호 속으로 끌어들임으로써 소위 기호의 자의성arbitrariness 테제를 넘어 기호의 "자극화motivate"를 이루고자 한다. 의미론과 화용론은 구조 언어학이 배제한 '말하는 주체'를 언어 속으로 도입함으로써 언어의 외부성을 끌어들이려고 한다. 하지만 이들이 도입한 말하는 주체는 여전히 후설 현상학적 의미의 "초월적 자아transcendental ego" 관념에 묶여 있다는 것이 크리스테바의 생각이다. 그런 점에서 그것은 정신분석학을 통해

System and the Speaking Subject," 같은 책 참조.
17. Julia Kristeva, *Revolution in Poetic Language*, 21쪽. 이 글에서 이후 이 책을 인용할 때는 쪽수만 표기하기로 한다.

도입된 "충동과 무의식으로서의 주체"와는 다르다. 주체에 대한 두 상반된 입장이 크리스테바 자신의 이론 전개의 밑그림으로 작용한다. 크리스테바는 정신분석학을 통해 언어에 도입된 충동과 무의식의 차원을 "원기호적인 것the semiotic"이라 부르고, 현상학적 의미론과 화용론에 의해 도입된 '의미'의 차원을 라캉의 용어를 빌어 "상징적인 것 the symbolic"[18]이라 부르며, 이 두 차원이 "의미화 과정signifying process"의 "두 양태two modalities"를 구성한다고 본다.(24쪽) 의미가 고정되지 않고 '생성'중에 있게 되는 것은 이 두 차원의 '역동적dynamic' 상호작용 때문이다.

'상징적인 것'이 의미의 세계를 가리킨다면 '원기호적인 것'은 의미 이전 상태를 가리킨다. 원기호적인 것은 주체의 통일성이나 정체성뿐 아니라 주체에게 주어진 가능성으로서의 다양한 위치까지 제거된, 언어적 분리separation 이전에 울리는 충동의 리듬을 담지하고 있다. 정신분석학적으로 원기호적 충동은 전 오이디푸스기 어머니와 아이 사이의 미분화된 관계와 연결되는데,[19] 크리스테바는 이 시기 충동의 기

---

18. 'the semiotic'을 '기호적인 것'이라 옮길 수도 있을 것이다. 크리스테바는 이 말이 부호, 흔적, 지표, 각인 등을 뜻하는 그리스어에서 가져온 것이라 말하고 있다. 앞서 주 16에서 일차 지적했듯이 크리스테바는 semiotics를 signifier/signified의 이분법에 기초해 있는 '기호sign' 체계들을 연구하는 semiology와 구분하고 있는데, 'the semiotic'을 기호적인 것이라 번역할 경우 sign과 혼동될 우려가 있다. 무엇인가를 가리키는 표식으로서 기호이긴 하되 의미 질서로 포섭되기 이전의 기호라는 점을 살릴 번역어가 필요하다. 이런 점을 감안하여 김성호는 'the semiotic'을 '원기호적인 것'이라 번역하고 있다. 우리말 어감상 다소 어색한 감이 없지 않지만 크리스테바의 의도를 살리기 위해 이 글에서는 김성호의 번역어를 사용하기로 한다. 김성호, 「육체의 언어: 크리스떼바와 로런스의 문학텍스트론」, 『안과밖』 제13호(2002), 79쪽, 주 4 참조.
19. 물론 우리는 여기서 '이전'이라는 표현을 시간적 선후 관계로만 해석하지 말아야 한다. 심리발달 단계상으로 볼 때 원기호적인 것은 아이가 언어 세계로 들어가기 전 어머니의 몸과 아직 분리가 일어나지 않은 상태를 가리키지만, 언어 세계에 들어간 이후에도 완전히 사라지지 않고 남아 있는 '잔여remainder'이자 '잉여excess'라 할 수 있다.

본적 성격이 구순기와 항문기적이며, 이중적인(생명충동과 죽음충동) 동시에 이질적heterogeneous이라고 생각한다.

이런 원기호적 충동의 리듬은 '코라chora'로 모아진다. 그리스어로 자리, 터, 영역 등을 뜻하는 코라는 원래 『티마이오스』에서 플라톤이 제시한 개념이다. 크리스테바는 플라톤의 개념을 차용하여 코라를 다음과 같이 재정의한다. 코라는

> 본질적으로 유동적이며, (충동의) 운동과 일시적 정지로 이루어진 극히 잠정적인 분절articulation이다. 우리는 이 불안정하고 비결정적인 분절을 이미 표상 단계에 의존하면서도 현상학적·공간적 직관에 자리를 내주고 기하학을 발생시키는 배치disposition와 구분해 받아들인다. ……코라는 모형도 모형의 복사도 아니다. 그것은 형상화와 사유화에 선행하면서 그것들의 토대가 된다. 그것은 음성적·운동적 리듬으로 유추될 수 있을 뿐이다.(25-26쪽)

요약하자면 코라는 아이의 충동 에너지가 일차적으로 모이는 '공간'이지만, 이 공간은 주체와 객체로 분리되어 가시적인 무엇을 '표상'하는 '위치'라고 할 수 없는 일시적인 '분절'일 뿐이다. 플라톤 자신도 코라를 어머니의 자궁과 연관시키고 있듯이 인간의 심리 발달단계에서 코라는 아이의 충동이 최초로 향하는 어머니의 몸과 연관된다. 구순기와 항문기의 아이에게 어머니의 몸은 아직 자신으로부터 분리되지 않은 연속체로 경험되는데, 그 어머니의 육체가 보이는 반응이 아이의 충동을 규제하고regulate 질서짓는order 힘으로 작용한다. 어머니의 몸은 기본적으로 무정형적이고amorphous, 파열적이며disruptive, 혼란스러운chaotic 충동이 돌진charge과 정지stasis의 리듬을 반복하도록 만드는 규제적 힘으로 작용한다. 이런 점에서 크리스테

바는 "어머니의 몸이 사회관계를 구조화하는 상징적 법을 매개하고, 파괴·공격·죽음의 도정에 있는 원기호적 코라의 질서화하는 원리"(27쪽)라고 말한다. 원기호적 코라도 완전한 혼돈 상태에 있는 것이 아니라 어머니의 육체적 반응을 통해 나름의 질서를 형성하고 있음을 인정하고 있는 것이다. 물론 어머니가 행사하는 질서화 원리는 상징적 법을 매개하긴 하지만 상징적 법과는 다르다. 아버지의 이름을 통해 행사되는 상징적 법symbolic law이 거세 위협을 통해 아이로 하여금 어머니의 몸으로 향하는 충동을 억압하면서 어머니의 몸이 있던 자리에 언어를 대체하도록 만드는 금기로 작용한다면(언어의 탄생은 사물의 타살 위에 서 있다는 라캉의 진술), 원기호적 어머니의 규제는 이런 금지와 처벌의 방식을 취하지 않으면서 아이의 무정형적 충동에 일정한 리듬과 방향을 부여한다. 그것은 충동의 '돌진'에 '정지'를 가져오게 하여 충동을 '분절'하지만 이 분절은 분리separation와 다르다. 분리가 일어나려면 무엇보다 주체와 객체가 독립된 개체로 떨어져야 하기 때문이다.

크리스테바가 '정립상定立相, the thetic'이라 부르는 것이 바로 이 분리가 시작되는 단계를 말한다. 정립상이란 원기호적인 것과 상징적인 것을 가르는 경계인데, 그것은 주체와 객체의 분리에서 유래하는 '위치' 혹은 '입장'이다. 문장구조 속에서 하나의 변별적 위치로 자신을 정립하지 못하면 의미는 발생하지 않는다. 대상과 구분되는 하나의 독립된 위치로 자신을 정립함으로써만 의미를 발생시킬 수 있는 것이다. 이 분리가 언어적 차원에서 나타나는 것이 주어와 술어라는 문법적 위치이고 심리적 차원에서 나타나는 것이 엄마와 내가 미분화된 연속체를 이루는 것이 아니라 독립된 개체임을 받아들이는 것이다.(이런 점에서 크리스테바에게 심리적 영역과 언어적 영역은 서로 연결되어 있다.) 아버지라는 삼자三者의 개입을 통해 어머니로부터의 분리가 완성되지만(라캉이 말하는 '아버지의 이름'을 통해 이루어지는 상징적 거세 혹은 상징적 분리), 거울에 비친 이미지와 실제 자기 사이에 차이를 인식하고 그 이미지와 동일시를 일으키는 거울 단계(라캉의 상상계)에서 이미 분리가 일어나고 있다.[20] 분리는 자아를 형성하는 상상적 동일시의 전제 조건인 것이기에 크리스테바는 정립상을 거울 단계에 위치시킨다. "그것이 단어든 문장이든 모든 발화는 정립적이다. 발화는 동일시를 요구한다. 다시 말해 주체는 (거울에 비친) 자신의 이미지를 통해 이미지로부터 분리되어야 하며, 대상을 통해 대상으로부터 분리되어야 한다."(43쪽)

크리스테바가 말하는 '의미화 실천'이란 상징화될 수 없는 원기호적 충동의 분출을 통해 상징적 법을 '위반'하는 것을 의미한다. 그런데 의식, 언어, 상징적인 것의 타자(혹은 외부성)라 할 수 있는 이 원기호적인 것은 의식이나 언어에 의해 정립된 타자가 아니다. 다시 말해 원기호적인 것은 언어나 의식 자체에 속하는 부정, 따라서 언어로 표상 가능하고 의식화될 수 있는 부정이 아니다. 의미화 실천이란 바로 이 의식화될 수도 상징화될 수도 표상될 수도 없는 급진적 부정성으로서 원기호적인 것이 상징적인 것을 '위반'하여 상징적 의미 체계를 쇄신하는 것을 말한다. 그런데 이런 위반이 함축하는 '부정성negativity'은 헤겔적 의미의 부정Negation이나 지양Aufhebung과는 다르다. 변증법적 운동이 부정의 부정, 즉 모순의 제거를 통해 어떤 새로운 정립상의 상태 syn-thesis(종합)를 지향한다면 의미 실천적 위반은 모순의 재활성화를

---

20. 이런 점에서 크리스테바의 원기호적인 것은 라캉의 '실재the Real'와 유사하며 원기호적 어머니의 몸은 라캉의 '물the Thing'과 동일한 개념 층위를 갖고 있다. 다만 라캉이 실재로서의 어머니와 아이의 관계 속으로 깊숙이 들어가지 않았다면, 크리스테바는 멜라니 클라인을 통해 이 관계의 성격을 세밀하게 분석하고 있다. 이런 맥락에서 크리스테바는 라캉 정신분석학을 변형하고자 하면서도 여전히 라캉 틀 내에 남아 있다.

통해 정립상을 파열시키고 탈종합화하며de-syn-thesize, 극단적일 경우 정신분열증에서 나타나듯 정립상 단계를 폐제시켜foreclose 상징적 기능 자체의 상실로 이어질 수 있다.(69쪽) 요약하자면 크리스테바가 말하는 의미화 실천이란 새로운 명제나 주체의 위치를 정립할 수 있는 '상징적 의미'를 생산하는 것이 아니라 그런 정립이 생성되기 위한 조건이자 과정으로서 의미의 폭발적 분출을 말한다.

이미 충분히 짐작할 수 있겠지만, 여기서 크리스테바가 말하는 '의미signifiance'란 우리가 일반적으로 이해하는 의미meaning와는 다른 것이다. 후자가 상징적인 것 안에서 만들어지는 표상적·의사소통적 의미를 가리킨다면 전자는 이런 의미에 선행하는 의미, 아니 의미와 무의미 사이의 중간 지대에 존재하는 의미를 가리킨다. 프랑스어 'la signifiance'는 이런 차원의 의미를 전달할 수 있지만 이 말의 영어 번역어에 해당하는 'signifiance'나 우리말 번역어 '의미'는 프랑스어의 어감을 온전히 전달할 수 없다. 언어를 배우기 전 아이들이 내는 소리(옹아리), 리듬, 몸짓 등은 구체적인 상징적 의미를 갖는다고 말할 수는 없지만 그렇다고 아무 의미도 없거나 순전히 자의적이라고 말할 수도 없다. 상징적 의미와 다른 이런 감성적·감각적·육체적 차원의 의미가 크리스테바적 의미에서 'la signifiance'를 말한다. 다만 이런 비언어적 요소들은 언어의 바탕을 형성하고 있지만 의미 전달 기능에 가리어 감지되지 않을 뿐이다. 의미 전달 기능을 일차적 과제로 삼지 않아도 되는 예술에서는 비언어적 요소들이 비교적 자유롭게 흘러나올 수 있다. 아이들의 말놀이와 함께 예술은 사회로부터 의미 전달 기능을 제도적으로 면제받은 예외 공간이기 때문이다. '시적 언어'라는 이름으로 크리스테바가 말하는 것이 바로 의미 이전의 세계로 들어가 의미의 '체현體現, embody'을 이룩한 언어를 일컫는다. 언어를 구성하는 구문syntax과 의미전달의 기능이 완전히 무너지면 정신질환자의 말처럼 뒤죽박죽인 혼돈의 언어로 떨어지게 된다. 시적 언어란 일반인의 언어와 정신질환자의 언어 사이의 경계에 위치하여 일상적 언어를 혁신하는 언어이다. 크리스테바는 이런 시적 언어의 특징이 두드러진 텍스트의 기능을 '생성 텍스트genotext'라 부르며 이를 '현상 텍스트phenotext'와 구분한다. 현상 텍스트는 현상학적 자아에 포착된 의미 체계이자 의사소통에 기여하는 언어적 구조이며, 생성 텍스트란 충동의 원기호적 분절이 진행되는 (비)언어적 차원, 현상학적 의미를 분쇄시킴으로써 의미 전달에 구속되지 않는, 다른 차원의 의미를 생성하는 텍스트의 기능을 가리킨다.

현상 텍스트와 생성 텍스트는 모든 텍스트를 구성하는 두 차원이자 기능이지만 크리스테바는 '어떤' 텍스트는 다른 텍스트보다 정립상을 깊숙이 관통하여 생성 텍스트적 기능을 더 많이 드러내고 있으며, 이를 결정하는 것은 사회적 구속력과 그에 대한 (무의식적·육체적) 주체의 저항 정도에 달려 있다고 본다. 사회적 구속력social constraint 이라고 표현하며 크리스테바가 염두에 두고 있는 것은 가족 구조, 결혼 제도, 국가, 생산양식, 어머니와 사회의 관계 등 다양한 요인이 포함된다. 이런 점에서 크리스테바는 상징적인 것을 범문화적이며 보편적인 언어 구조로 바라보는 라캉보다 훨씬 더 역사적이다. 앞서 인용한 에세이에서 크리스테바가 구조를 역동화하는 방법으로 발화 주체의 무의식뿐 아니라 사회적 압력을 이야기한 것이 이와 연결될 수 있을 것이다. 특정 사회가 사회로 기능하려면 상징적인 것이 원기호적인 것을 일정 정도 억압하는 것을 피할 수는 없다. 하지만 상징적인 것과 원기호적인 것의 관계는 사회마다 달리 나타나며, 이 관계의 역사는 좁은 의미의 사회관계나 마르크스주의에서 상정하는 생산양식의 역사와 반드시 일치하지 않는다. 원기호적인 것이 상징적인 것을 위반함으로써 일어나는 의미화 실천 혹은 의미 생성 과정에 대한 평가에 따라 역사의 시간을 분할하는 정신분석학 고유의 관점, 다시 말해 정신분석학적 의미의 역사 유형학을 도출해낼 수 있다는 것이 크리스테바의 생각이다. 그것은 '주체 없는 객관적 과정으로서 역사'가 아닌 '(무의식적) 주체의 역사'를 읽어내는 해석학이 될 것이다. 크리스테바가 『시적 언어의 혁명』에서 정신분석학적 관점으로 읽어낸 역사 유형학을 설득력 있게 제시하고 있다고 말하기는 어려울 것이다. 하지만 비판자들의 주장과 달리 원기호적인 것을 구속하는 사회적 힘들에 대한 관심 자체가 부재하거나 상징적인 것을 사회적 힘들과 완전히 분리시키고 있는 것은 아니다. 물론 크리스테바가 상징적인 것을 구체적인 사회관계로 곧장 연결하는 것은 아니지만 상징적인 것에 영향을 미치는 사회적 힘들을 의식하고 있으며 이를 자신의 텍스트 분석에 어느 정도 통합하고 있다는 점까지 부인해서는 안 될 것이다.

원기호적인 것에 영향을 미치는 사회적 압력 중에서도 재생산 기능을 담당하는 어머니와 사회의 관계는 크리스테바가 특히 강조하는 것 가운데 하나로서, 그를 프로이트/라캉 정신분석학에서 멀어지게 하는 동시에 페미니즘적 문제의식에 가까이 다가가도록 만드는 요인이다. 크리스테바에 의하면 남근적 원리에 의해 구조화되어 있는 상징질서 속에서 여성은 성차를 지닌 존재로 보이지 않아야 한다. 남근적 상징질서를 지탱하려면 성적 존재로서 어머니의 육체적 쾌락은 숨기면서 사회의 재생산을 위해 어머니가 담당하는 출산과 양육의 역할은 유지해야 한다. 기독교의 동정녀 성모마리아 신화는 성차화된 존재로서 어머니의 육체는 지우고 그 자리에 어머니의 신화를 들여놓는 사회적 상징 기제다. 물론 이 중세 기독교 신화에서 어머니의 주이상스는 지워지긴 하지만 완전히 사라지지는 않는다. 성모마리아의 눈물과 젖은 상징 질서로 완전히 포섭되지 않은 어머니의 육체적 주이상스를 드러내는 표식이다. 그런데 국가 지배적인 근대 부르주아 사회는 원기호적 어머니를 '남근적 어머니'로 바꿈으로써 중세 기독교 사회에서도 어느 정도 남아 있던 어머니의 주이상스를 더욱 철저하게 지워버린다. 원래 국가는 아버지의 이름의 지배를 받는 상징적 표상 기능에서 유래하는 정치적 대의 기구인데, 국가 지배적인 사회형태로 발전하게 되면 '표상/대의' 기능에 수렴되지 않는 어머니 혹은 어머니의 몸에 대한 억압은 더 심해질 수밖에 없다.

크리스테바가 분석 대상으로 삼고 있는 아방가르드 텍스트들이 생산되었던 19세기 말의 프랑스 사회는 근대 부르주아 민족국가가 자본주의 생산양식과 결합하여 제국주의로 팽창하던 역사적 국면에 들어서 있었다. 자본주의 생산양식은 상품의 생산에 일차적 중요성을 부여하는 경제체제이기 때문에 여성이 가정에서 수행하는 재생산 기능은 주변화될 수밖에 없다. 특히 여성이 어머니로서 담당하는 '종의 재생산' 기능은 사회의 유지에 필수적이면서도 상품 가치의 생산으로 이어지지 못하기 때문에 자본주의 사회에서는 부차적인 것으로 치부된다. 남근적 국가기구가 자본주의적 상품경제와 결탁하여 강고한 힘을 발휘하던 시절에 등장한 말라르메와 로트레아몽의 시는 의미화 실천을 수행한 문학적 사례다. 이들은 공개적인 이데올로기 투쟁에 참여하기보다는 여전히 표상 기능에 묶여 있는 사실주의적 글쓰기 양식을 거부하고 원기호적 주이상스의 분출을 통해 상징적 법을 파열시켰다. 크리스테바는 이런 의미화 실천이 비단 문학 영역에 머무는 것이 아니라 다른 사회적 실천으로 이어질 수 있다고 본다.

4. 정신분석학의 정치성, 모성적 사랑, 법 밖의 윤리

의미화 실천 혹은 시적 언어의 혁명성에 대한 크리스테바의 주장은 많은 동조자를 얻은 만큼이나 신랄한 비판의 대상이 되었다. 비판은 두 집단에서 제기되었다. 하나는 마르크스주의 진영이고 다른 하나는 페미니즘 진영이다. 먼저, 마르크스주의자들은 크리스테바 이론이 심리적·미학적 전복을 정치적 전복과 연결시킬 수 있는 고리를 제시하지 못하고 있다고 비판한다. 크리스테바에 대해 상당히 우호적인 토릴 모이조차

크리스테바는 기본적으로 주체, 다시 말해 이런 텍스트에 드러난 형성 과정으로서의 주체가 사회의 혁명적 파열을 예견하거나 혹은 그 비슷한 것을 한다고 생각한 것 같다. 그러나 이런 주장을 지지해줄 진술이라곤 비교, 상동 같은 다소 기이한 개념들뿐이다. 주체적인 것과 사회적인 것 사이에 그런 상동적 관계를 만들어내는 실제 사회정치적 구조에 대한 구체적 분석은 크리스테바의 글 어디에도 없다.[21]

라고 비판한다. 그리고 이런 비판은 크리스테바 이론의 정치성 자체에 대한 비판으로 이어진다.

정치적인 맥락에서 원기호적인 것을 무의식적 힘으로 강조하는 크리스테바의 입장은 **집단적인** 혁명적 기획의 일부가 되어야 하는 의식적인 의사결정 과정에 대한 어떤 분석도 배제해버린다. 조직과 연대성

---

21. Toril Moi, *Sexual/Textual Politics: Feminist Literary Theory* (New York: Metheun, 1985), 171쪽.

보다 부정성과 파열을 더 강조하는 것은 사실상 크리스테바를 정치적으로 무정부주의적이며 주관적 입장으로 유도한다. 이 점에서 나는 크리스테바의 시학을 정치적으로 불만족스러운 것으로 생각하는 마르크스주의 페미니스트 문학 집단과 의견을 같이한다.[22]

결국 문제의 핵심은 크리스테바의 의미화 실천이 갖는 '정치성'을 어떻게 평가하느냐에 달려 있다.

크리스테바가 아방가르드 텍스트에서 발견한 심리적·미학적 위반을 좁은 의미의 정치성과 곧장 연결할 수는 없을 것이다. 하지만 그것들은 정치적 변화의 조건과 한계에 대해 더 근본적 질문을 던지는 것으로 이해되어야 한다는 것이 나의 생각이다. 무의식과 충동에 대한 크리스테바의 관심은 이런 문제들을 배제한 채 사회변화를 논의해온 기존 마르크스주의에 대한 비판적 인식에서 비롯되었다. 정신분석학을 통해 밝혀진 무의식과 섹슈얼리티의 진실은 그것들이 의식적으로 통제되거나 관리될 수 있는 성질의 것이 아니라는 점이다. 섹슈얼리티가 주체의 자기 인식과 자기 정의를 뒤흔들 수 있는 무서운 힘이자 주체가 쉽게 통제할 수 없는 '섬뜩함das Unheimlich/the uncanny'이라는 사실이야말로 프로이트가 우리에게 알려준 불편한 진실이다. '정치적인 것'이 주체를 구성하고 있는 무의식적 차원을 배제한 채 모이가 생각하듯 '의식적 의사 결정'만 다루는 것이라면 정치의 영역은 상당히 제한적일 것이다. 우리가 "개인적인 것이 정치적이다"라는 페미니즘을 출발시킨 명제에 담긴 뜻을 진정으로 사유하려면 개인적인 것을 구성하는 것의 범위를 의식을 넘어 무의식으로, 관념을 넘어 감정과 육체로 확장시킬 필요가 있다. 이것은 분명 도전이다. 주체의 '정체

---

22. 같은 책, 170쪽. 강조는 원저자.

성' 자체를 허물어뜨리는 낯설고 불안한 힘을 정치성의 영역으로 끌고 들어오는 것은 기존 정치성 개념의 해체적 확장을 요구하는 것이기 때문이다. 파시즘의 망상 상태가 절정에 도달한 시기에 정신분석학 연구에 고독하게 매진한 프로이트와 멜라니 클라인을 언급하면서 크리스테바가 말했듯이, 우리는 "광기가 오늘날 가장 격렬한 정치적 현실이며 정신분석학은 광기와 동시대의 것이라는 사실"[23]을 기억해야 한다. 우리는 광기를 거부함으로써 정치성의 울타리를 협소하게 유지하기보다는 광기를 '환영'함과 동시에 '돌봄'으로써 광기와 '동행'하는 새로운 정치성을 구성할 필요가 있다.

『시적 언어의 혁명』에서 크리스테바가 광기를 환영하는 급진적 부정성의 미학에 경도되었다면 이후 그는 광기를 돌보는 현명한 정신분석학자로 기울어진다. 물론 『시적 언어의 혁명』 단계에서 이미 크리스테바는 원기호적인 것이 상징적인 것을 완전히 대체할 수 없다는 점을 인정했다. 원기호적인 것이 상징적인 것에 침투하여 상징적인 것을 변화시키는 '역동적' 관계를 구상하는 것이 이 단계에서 보인 크리스테바의 관심이었다. 그가 『시적 언어의 혁명』에서 의미화 실천을 말할 때 그때의 '실천practice'은 미학적이면서 넓은 의미의 정치적인 것이었던 반면 후기로 올수록 그것은 '임상 치료practical cure'에 가까워진다. 이런 변화는 그가 정신적 고통에 시달리는 구체적 개인들을 만나 그들이 다시 삶을 시작할 수 있도록 도와주는 정신분석 임상의로 활동한 것과 연관되어 있다. 혁명이라는 거창한 말이 후기 크리스테바 이론에서 사라지면서 사랑이 들어서게 된 것도 광기를 지혜롭게 돌보지 않으면 삶 자체가 불가능하다는 현실적 필요성을 인정했기 때문이다. 광기의 '부정성'으로부터 어느 정도 '거리'를 유지함

---

23. 쥘리아 크리스테바, 『정신병, 모친살해, 그리고 창조성: 멜라니 클라인』, 56쪽.

으로써 정체성을 유지하되 그 정체성이 굳어지지 않도록 정체성의 경계를 끊임없이 개방하는 유연한 자세를 갖는 것이 개체적 삶이나 집단적 삶에서 필요하다고 본 것이다. 크리스테바가 '상상적 아버지'를 다시 불러들임으로써 원기호적 어머니로부터 심적 분리(모친 살해)의 필요성을 인정할 때 그것은 상징적 아버지의 세계에 투항하는 것이라기보다는 '자기'라는 어느 정도의 경계를 가짐으로써만 타자를 받아들일 수 있는 심리적 공간이 만들어진다는 점을 인정한 것이라 할 수 있다.

크리스테바에게 가해진 두번째 비판은 주체가 원기호적 어머니와 갖는 관계 설정과 연관된다. 크리스테바가 원기호적인 것을 전 오이디푸스기의 어머니와 연결시켰을 때 많은 페미니스트가 이를 환영했다. 그들은 원기호적 어머니와 아이의 관계에서 억압적 아버지가 개입되기 전 페미니스트 유토피아의 가능성, 잃어버린 모계사회에 대한 향수를 읽어냈다. 하지만 원기호적 어머니와 아이의 관계가 결코 아름다운 것만은 아니라는 사실은 이들을 당혹스럽게 만들었다. 사실 『시적 언어의 혁명』 단계의 크리스테바 역시 전 오이디푸스기 어머니와 아이 사이에 존재하는 복잡한 관계를 충분히 대면했다고 할 수는 없다. 그가 원용한 프로이트/라캉 정신분석학이 미답의 영역으로 남겨두었던 이 검은 대륙을 밝히기 위해 멜라니 클라인을 부분적으로 원용하고 있긴 하지만, 클라인을 통해 밝혀진 관계의 양면성을 크리스테바가 정면에서 대결한 것은 아니다. 이후 크리스테바는 『시적 언어의 혁명』에서 항문기적인 '배출expulsion'이나 '거부refusal' 같은 개념을 통해 어렴풋이 밝힌 어머니와 아이의 복합적 관계를 깊이 파고든다. 어머니는 아이에게 아직 '부분 대상part object'으로, 아니 더 정확히 말하자면 젖을 주는 '좋은 대상'인 동시에 젖을 빼앗는 '나쁜 대상'으로 '분열'된 젖가슴으로 존재한다는 점을 받아들이게 된다. 클라인이 망상 분열적 위치라 불렀던 이 시기 어머니와 아이의 관계는 어머니의 젖가슴을 깨물고 집어삼키는 사디즘적 공격 환상에 지배되는 만큼이나 그 젖가슴으로부터 공격당하고 집어삼켜질지 모른다는 마조히즘적 박해 환상에 지배된다. 요컨대 아버지가 개입되기 전 어머니와 아이의 관계도 결코 평화롭거나 아름다운 것만은 아니다. 원기호적 어머니, 그는 사랑뿐 아니라 죽음과 파괴를 가져다주는 존재이기도 하다. 크리스테바가 비체화라는 개념으로 설명하고자 했던 것이 바로 '주체'—주체/객체의 분리가 일어나지 않았기 때문에 아직 주체라 부를 수도 없는—에게 너무 가까이 있어 주체를 집어삼킬 수도 있는 무시무시한 공포의 힘으로 현존하는 어머니의 몸을 더러운 것으로 만들어 주체 바깥으로 버림으로써 자신의 경계를 유지하려는 심리적 기제다. 하지만 주체는 아직 어머니를 버리는 데 성공하지 못한다. 주체에게 어머니는 여전히 더럽고 무서운 힘으로 현존하고 있다. 비체 어머니에 대한 이런 탈낭만화는 어머니에 대한 남성들의 환상뿐 아니라 페미니스트들의 환상도 깨부수는 것이었다. 이런 비체 어머니상은 실제 어머니의 모습이라기보다는 주체가 발달시킨 심리적 '환상'이다. 문제는 이 환상이 쉽게 사라질 수 있는 것이 아니라 개체의 삶이나 집단의 삶에 막강한 영향력을 미치는 '심리적 리얼리티'로 존재한다는 점이다. 더욱이 심리적 리얼리티는 사적 개인의 내면에만 갇혀 있지 않고 공적·정치적 영역으로 들어가 실제 정치적 힘을 발휘한다. 『공포의 권력』에서 크리스테바가 공들여 분석하고 있는 셀린의 박해 환상은 반유대주의의 심리적 토대를 형성하고 있다. 그러므로 크리스테바가 시도한, 셀린이라는 한 남성 작가의 원초적 어머니에 대한 환상 분석은 파시즘의 심리적 기원을 밝히는 정신분석학적 이데올로기 분석의 모델이라 할 수 있다.

크리스테바가 이론화한 '모성적 사랑의 윤리'는 원초적 어머니에 대한 이런 환상의 정치적 파괴력을 이해한 다음에 나온 것이다. 인간의 심리에서 어머니는 주체와 타자의 행복한 합일을 주재하는 사랑의 수여자이기만 한 것이 아니라 주체를 집어삼키고 박해하는 공포의 존재이기도 하다. 「슬픔의 성모Stabat Mater」에서 크리스테바가 다시 어머니의 사랑을 말할 때 그 사랑은 비체 어머니의 파괴적 힘을 넘어선 지점에 연원을 둔 사랑이다. 아이를 임신하고 출산하는 과정을 몸소 겪으면서 크리스테바는 아이가 여성의 몸속에 들어왔다가 떠나는 육체적·심리적 체험에서 모성적 윤리의 가능성을 끌어낸다. 프로이트/라캉 정신분석학은 아이에 대한 어머니의 사랑을 남근에 대한 욕망으로 읽어낸다. 크리스테바는 모성에 존재하는 이 남근적 욕망을 전면 부인하지 않으면서도 그를 넘어서는 다른 가능성을 찾아낸다. 크리스테바는 아이에 대한 어머니의 사랑이 자신이나 자신과 닮은 존재 혹은 자신이 성적 욕망을 통해 하나가 되고 싶은 존재에 대한 사랑이 아니라, '타자에 대한 사랑love for an other'을 함축하고 있다고 주장한다. 아이는 내 몸속에 있긴 하지만 내 것이 아니다. 아이는 나로 환원되지 않는 내 속의 타자, 내 몸 안의 '주름fold'이자 '접목椄木, graft'이다.[24] 탯줄이 끊어지고 나면 아이와 어머니 사이엔 메울 수 없는 '간극gap'과 '심연abyss'이 존재한다. 심연은 분리다. 인간이 겪는 최종 분리는 죽음이다. 따라서 어머니는 타자를 몸안에 품고 있으면서 분리와 심연과 죽음을 몸으로 체험한다. 더욱이 어머니는 아이가 분리 과정에서 겪는 불안과 공허emptiness를 극복할 수 있도록 사랑의 보호막을 쳐준다.[25] 이 보호막 속에서 아이는 분리의 트라우마

---

24. Julia Kristeva, "Stabat Mater," in *The Kristeva Reader*, 178쪽.
25. 크리스테바가 '상상적 아버지imaginary father' 혹은 '개인의 전사前史의 아버지 father of individual prehistory'라고 부르는 존재가 수행하는 기능이 바로 이 어머니의 사랑이다. 상상적 아버지란 금기를 명령하는 상징적 아버지가 아니라 사랑의 보

를 극복하고 사회 속으로 안전하게 들어간다. 어머니의 사랑이라는 보호막이 없다면 아이는 가이아 여신의 뱃속에 갇힌 자식들처럼 영원히 어머니를 떠나지 못하거나 분리불안이라는 정신질환에 시달린다. 인간의 삶에서 가장 힘든 과제 중 하나라 할 수 있는 이 분리 과정을 무사히 통과했다고 해서 인간이 그 트라우마에서 영원히 벗어나는 것은 아니다. 존재의 해체에 이르는 절망의 순간 우리는 다시 어머니의 사랑을 찾는다.

가톨릭에서 아들 예수를 죽음의 세계로 떠나보내며 슬픔과 비탄에 빠진 성모마리아를 기리는 성가 '스타바트 마테르'는 절망에 빠진 인간에게 사랑의 손길을 건네주는 음악으로 자리잡았다.[26] 이 성가의 한

호를 통해 아이가 어머니의 몸에서 떨어져나오도록 도와주는 아버지의 기능을 말한다. 앞서 잠시 언급했듯이, 아버지의 역할을 재도입하면서 어머니로부터 심적 분리(정신분석학에서 흔히 모친 살해라고 말하는 심적 기제)의 필요성을 인정하고 있다는 점 때문에, 크리스테바는 영미 페미니스트 심리학자들로부터 많은 비판을 받았다. 하지만 크리스테바가 말하는 상상적 아버지는 전통적 의미에서 아버지의 기능이라기보다는 '아버지-어머니 결합체'의 성격을 띠고 있다. 그것은 아이가 어머니의 몸에서 분리될 때 겪는 외상적 충격을 극복할 수 있도록 지원해주는 어머니의 사랑—꼭 어머니만 이 일을 해야 하는 것은 아니지만—과 다르지 않다. 이 점에서 크리스테바는 모성의 중요성을 강조하는 낸시 초도로나 제니카 벤저민의 시각과 다르지 않다. 다만 어머니와 아이 사이에 합일과 공생을 강조하는 이들의 경향과 달리, 어머니로부터 분리 필요성을 인정하고 있다는 점은 차이를 보인다. 크리스테바는 아이가 어머니에게 분리될 때 경험하는 공허감을 극복할 수 있도록 지원하는 모성적 사랑이 정신분석 현장에서 분석가가 수행하는 역할이라고 생각한다. 이런 점에서 크리스테바는 피분석가에게 어떤 정서적 지원이나 심리적 기대감을 주지 않은 채 피분석가 스스로 자신의 욕망을 대면하도록 요구하는 라캉과는 다른 생각을 갖고 있다. 크리스테바는 피분석가가 자기 욕망을 대면하기 위해서라도 사랑의 보호막이 필요하다고 본다. 상상적 아버지에 대한 크리스테바의 설명을 보려면, Julia Kristeva, "Freud and Love," 같은 책, 240-256쪽 참조.
26. Stabat Mater는 라틴어로 "어머니 서 계시다"라는 뜻으로, 가톨릭의 성모 통고기념일(9월 15일) 미사에서 성모의 고통을 묵상하는 기도문이다. 이 기도문은 원래 13세기 이탈리아 시인이었던 야코포네 디 토디가 쓴 장시長詩인데, 프란치스코 수도회 수사가 곡을 붙인 것이 최초의 스타바트 마테르이다. 이후 많은 작곡가가 같은 시에 곡을 붙였다. 비발디, 페르골레시, 로시니, 구노, 드보르작의 곡이 특히 많이 연주된다. 우리말로는 '슬픔의 성모', '비탄에 잠긴 성모', '성모애가' 등으로 번역된다.

대목인 '사랑의 원천이신 성모여Eia Mater, fons amoris!'는 절망에 빠진 사람이 마지막으로 기대는 구원의 언덕이다. 십자가에 못 박힌 예수는 죽음으로 건너가는 마지막 순간 하느님 아버지께 '아버지 왜 저를 버리시나이까?'라는 물음을 던졌지만, 그의 고통과 고독과 절망을 덜어준 것은 아버지의 말씀이 아니라 어머니의 눈물이 아니었을까. 십자가 곁에 말없이 서서 눈물 흘리는 성모마리아는 '동정녀'가 아니라 자기 몸속에 아들을 품었다가 세상으로 떠나보낸, 임신과 출산과 수유와 양육의 전 과정을 몸으로 겪어낸 어머니이다. 기독교 담론은 성모마리아가 예수와 갖는 관계를 결코 도달할 수 없는 하느님 아버지에게 다가가려는 시도로 그려왔지만, 성모마리아에게 예수는 초월적 존재가 아니라 자신의 몸안에 육체적 현존으로 실재했던 아들이다. 그녀는 육체를 지닌 이 아들에게 육체적 주이상스를 경험한다. 성모마리아와 예수는 구체적 몸을 지닌 어머니와 아들의 관계, 젖과 눈물로 이어진 모자 관계다. 그 어머니가 아들의 죽음 앞에서 흘리는 눈물은 아버지의 말씀과 율법 너머에서 흘러나오는 '법 밖의 사랑outlaw love'이자, 타자의 고통에 온몸으로 공명할 때에만 생성되는 사랑이다. 크리스테바는 성부-성자-성신의 삼부일체 속에 지워진 성모의 육체적 사랑을 복원하는 것이, 어머니됨의 문제에 봉착하여 개인적으로 방황하는 많은 현대 여성에게 모성에 대한 새로운 문화적 이상을 마련해주고 페미니스트 윤리의 가능성을 열어주는 길이라고 본다.

여성적 윤리를 모성적 사랑과 연결하는 일은 물론 위험을 안고 있다. 그것은 여성을 어머니로 가두는 가부장적 이데올로기를 추인하는 것일 수 있고 모성으로 환원되지 않는 많은 삶의 차원을 여성들에게서 배제하는 것일 수도 있다. 그러나 모성적 차원이 여성들의 삶의 전부를 구성하지 않는다는 점을 인정하면서, 동시에 모성적 체험이 정치적·윤리적 목소리를 낼 수 있도록 사회적 통로를 찾을 필요는 있다. 그것은 '도덕의 수호자'라는 이름으로 남성들이 어머니에게 오랫동안 지워왔던 짐을 무비판적으로 떠맡는 것이 아니라 남성적 법 자체를 허무는 이단의 윤리, 크리스테바가 "여성 윤리herethics"[27]라는 말로 표현하고자 했던 모성적 윤리를 실천하는 길이 될 것이다. 우리가 오늘날 "사랑의 원천이신 성모여"를 다시 읊조린다면 그것은 남성적 법에 저항하는 격렬하고 혁명적인 사랑의 길을 선택하는 것이지, 그 법을 지탱하는 착하고 온순한 도덕의 길을 따르는 것은 아니다. 그러나 혁명적 사랑의 길도 타자의 고통에 공감하는 슬픔의 눈물을 동반하지 않을 때는 위험하다. 혁명과 사랑은 함께 가야한다. 아니 사랑의 실천이 혁명이어야 한다.

---

27. Julia Kristeva, 같은 책, 185쪽.

제7장

|

사자의 요구[*]
토니 모리슨의 『빌러비드』 읽기

1. 유령의 집—모순의 출현 공간

토니 모리슨의 『빌러비드』는 죽은 자를 묻지 못하는 한 흑인 여자
의 이야기로 시작된다. 세서는 장례식에서 목사들이 낭독하는 "소중
한 사랑Dearly Beloved"이란 말을 묘비에 전부 새겨넣지 못하고 "빌러
비드"라는 한 단어만 파넣는다. 낯선 비석꾼의 몸 아래에서 두 다리를
벌리고 먼 하늘을 쳐다본, 죽음보다 긴 10분 동안의 대가로 그녀가
번 돈은 "빌러비드"라는 한 단어를 새겨넣을 정도밖에 되지 않는다.
묘비명은 완성되지 못했고 무덤도 여전히 열려 있다. 비록 몸은 땅속
에 묻혀 있지만 세서의 죽은 딸 빌러비드는 여전히 잠들지 못하고 있
다. 죽은 자는 제대로 묻히지 못하면 유령으로 돌아와 살아 있는 자들
을 쫓아다닌다. 자크 라캉은 『햄릿』을 분석한 글에서 "누군가 이승을

---

[*] 이 글은 『토니 모리슨』(김미현·이명호 외, 동인, 2009)에 수록한 나의 글 「사자의
요구—토니 모리슨의 『빌러비드』 읽기」를 해당 출판사의 허락하에 수정·보완하여
재수록한 것이다.

떠날 때 그에 합당한 의식이 수반되지 못하면 유령으로 출현한다"라고 말했다. 장례 의식이 사자의 상실을 받아들이는 '애도의 의식'이라면, 사자가 현세로 돌아온다는 것은 그들이 문화적 기억의 공간에서 자리를 찾지 못했다는 것을 의미한다. 살아 있는 자들이 제대로 된 장례 의식을 거행하고 적절한 상징적 기억을 부여해줄 때까지 죽은 자는 살아 있는 자들을 추격한다. 작품 초두에 세서는 그녀가 애도하지 못한 죽은 딸의 유령에 사로잡혀 있다.

『빌러비드』는 3부로 구성되어 있는데, 각 부는 모두 집의 묘사로 시작된다. 빌러비드라는 유령의 독기가 집 안 구석구석에 스며들어 있는 제1부는 "124는 원한에 차 있었다"²라는 문장으로 시작되고, 그 독기가 집 밖의 사람들에게는 알아들을 수 없는 소음으로, 그리고 집 안에 살고 있는 세 모녀에겐 잃어버린 자장가 가락으로 울려퍼지는 제2부는 "124는 소란스러웠다"(169쪽)로 시작된다. 마지막으로 유령이 떠난 제3부는 "124는 고요했다"(239쪽)로 시작된다. 집의 분위기를 결정하는 것이 산 사람이 아니라 죽은 사람이라면 그 집은 사람이 살 만한 집이 아니다. 폴 D가 도착해서 유령을 쫓아내기까지 18년이라는 긴 세월 동안 오하이오 주 신시내티 시 124번지에 위치한 이 집에는 빌러비드의 유령 이외에 어떤 살아 있는 존재도 들어설 여지가 없었다. 하지만 폴 D의 빌러비드 추방 의식은 곧 실패한 것으로 드러난다. 그에게 쫓겨난 빌러비드는 다 큰 처녀의 모습을 하고 '124'의 문 앞에 다시 나타나, 자기를 쫓아낸 폴 D를 집 밖으로 몰아낸다.

'124'를 특별하게 만드는 것은 그것이 귀신이 출몰하는 무시무시한

---

1. Jacques Lacan, "Desire and the Interpretation of Desire in *Hamlet*," in *Yale French Studie*, 55/56(1977), 38쪽.

2. Toni Morrison, *Beloved* (New York: Penguin, 1987), 3쪽. 이후 이 책을 인용할 때는 쪽수만 표기하기로 한다.

집이라는 사실만이 아니라, 호미 바바의 표현을 빌자면 "역사의 가장 섬세한 공격이 일어나는 자리"라는 점이다.[3] 아니 '124'는 라캉식으로 미국 역사의 억압된 '실재'가 돌아오는 공간이라고 말하는 것이 더 적절하다. 유령이 돌아오는 순간은 역사의 모순이 위협적으로 드러나는 '트라우마적' 순간이기 때문이다. 바로 이 점이 '124'가 바바의 말처럼 "집 같지 않은unhomely" 집이 되는 이유이다. 바바에 의하면, 집 같지 않은 집은 "홈리스homeless" 상태와도 다르고, 사회적 삶을 사적 영역과 공적 영역으로 나누는 낯익은 분리 체계 속으로 쉽게 통합되지도 않는다.[4] 사적 공간임에 틀림없지만 '124'가 공/사의 이분법을 무너뜨리는 것은 그것이 이 이분법을 교란하는 이질적 공간으로서 "정치적 삶에 발생하는 더 큰 균열"[6]과 연결되기 때문이다. 집은 정치적 역사로부터 면제된 사적·여성적 안식처가 아니라 공적 역사의 모순과 균열이 '유령적'으로 각인되어 있는 공간이다.

『빌러비드』가 그려 보이는 '유령의 출현으로서의 역사'는 역사주의에서 일반적으로 상정하는 '연속적 서사로서의 역사'와는 다른 것이다. 역사주의에서 역사는 하나의 목적—지배자의 승리든 피지배자의 해방이든—을 향해 나아가는 일직선적 운동으로 이해되지만, 유령의 출몰로서의 역사는 이런 선조적 움직임을 중단시키는 '단절로서의 역사'이다. 벤야민은 「역사의 개념에 대하여」에서 '반복으로서의 역사'와 '지배자의 서사로서의 역사'를 대립시키고 있는데, 전통적 역사주의의 흐름 가운데 하나를 대변한다고 할 수 있는 후자에서 역사는 지배 집단의 승리라는 최종 목적지를 향해 나아가는 일직선적 운동

---

3. Homi K. Bhabha, *The Location of Culture* (London: Routledge, 1994), 9쪽.
4. 같은 곳.
5. 같은 책, 11쪽.

으로 파악된다.[6] 이런 연속적이고 목적론적 역사 기술에서 배제되는 것이 역사에서 실패한 것들이다. '실제 일어난 것들'의 연속성이 수립되려면 역사에서 실패한 것들은 억압되어야 한다. 하지만 승리주의자의 역사와 대립하여 피지배자들은 자신들의 기획에 맞춰 과거를 전유한다. 과거는 '구원'과 연결되는 시간적 지표를 담고 있기 때문이다. 구원이라는 이 미래적 차원은 '억압된 것'의 형태로 과거 속에 포함되어 있다. 벤야민이 말하는 '메시아적 시간'이란 억압된 것이 구원의 가능성을 품고 되돌아오는 순간을 의미한다. 이 순간 역사 발전의 연속적 흐름은 중단되고 불가능한 일들이 일어난다. 벤야민에게 '반복으로서의 역사'는 억압된 과거가 '유령으로 돌아와' 현재를 만나는 '단절로서의 역사'인데, 슬라보예 지젝은 억압된 과거가 현재와 직접 대면하는 순간을 정신분석학의 '전이적 상황transferential situation'과 연결시킨다.[7] 전이가 일어나는 순간 주체는 현재로 자연스럽게 통합되지 않는 이질적 과거와 조우한다. 이 순간 과거와 현재가 동시에 시간 밖에 위치한다. 전이에서 '시간 밖의 대상'이 돌아온다는 것은 어떤 전前 시간적인 원초적 상태가 돌아온다는 것이 아니라, 과거뿐 아니라 현재도 불가능성에 빠뜨리는 '상징질서 밖의 대상'이 돌아오는 것을 말한다. 억압된 과거가 유령으로 출현하는 순간 한 사회의 응축된 모순이 폭발하여 현상적으로 안정되어 보이는 지배질서가 붕괴한다는 것이다.

'124'에 출몰하는 '빌러비드'의 유령이 문제적인 것은 그녀의 출현으로 미국 역사에서 억압된 한 시대가 200년이란 시간을 뛰어넘어

---

6. Walter Benjamin, "Theses on the Philosophy of History," in *Illuminations*, edit. By Hannah Arendt, trans. By Harry Zohn (New York: Schocken, 1969) 참조.
7. Slavoj Žižek, *The Sublime Object of Ideology* (New York: Verso, 1989), 136-142쪽 참조.

현재에 말을 건네기 때문이다. '빌러비드'의 발이 '124'에 닿는 순간 노예제라는 암흑의 시대가 현재로 걸어들어와 미국의 집에 균열을 내기 시작한다. '124'에 출몰하여 이 집에 금을 내는 유령은, 한 세기 반 전 에이브러햄 링컨이 미국의 집을 붕괴시키는 원죄라 선언하면서 전쟁을 통해 극복하려고 했지만 전쟁 이후에도 여전히 남아 미국인들을 괴롭히는 '인종적 분리와 모순'이라는 유령이다.

모리슨의 『빌러비드』는 인종적 모순이라는 유령을 다시 불러내 미국 역사가 어떻게 이 유령을 떠나보내야 하는지 질문하는 소설이다. 이런 점에서 작중인물들뿐 아니라 작품 역시 '애도'의 의식을 거행하고 있는 셈이다. 상실한 사랑의 대상을 떠나보내는 심적 작업을 애도라 명명한 프로이트를 따라, 한 개인 혹은 집단이 상실을 처리하고 사자를 묻어주는 장례 의식을 애도라 부를 수 있다면, 모리슨이 이 작품에서 끈질기게 질문하는 것은 노예제라는 미국 역사의 암흑기 동안 죽어간 흑인 노예들을 어떻게 떠나보내야 하는가다. 죽은 자를 떠나보내자면 어떤 의식이 필요한가? 죽은 자를 묻기 위해 살아남은 자는 죽은 자에게 어떤 윤리적·역사적 의무를 지고 있는가? 미국은 이 애도의 과제를 성공적으로 수행해왔는가?[8]

미국 문학에서 모리슨에 앞서 이런 질문들을 제기하고 그에 대해 진지한 해답을 모색한 작가는 윌리엄 포크너다. 모리슨이 포크너에게서 발견한 "물러서지 않는 정면 응시"[9]는 역사적 모순을 끈질기게 바라보는 작가적 시선을 말하는 것으로, 이는 모리슨 자신의 소설을 특

---

8. 죽은 자에 대한 윤리적 책임과 관련된 애도와 우울증의 정치적 함의에 대해서는 제2장 참조.
9. Toni Morrison, "Faulkner and Women," in *Faulkner and Women: Faulkner and Yoknapatawpha, 1985*, edit. by Doreen Fowler and Ann J. Abadie (Jackson: University Press of Mississippi, 1986), 296쪽.

징짓는 점이기도 하다. 하지만 노예제를 시행한 가해자의 후손으로서 포크너가 거행한 애도의 의식이 그 제도의 피해자이자 희생자인 흑인 노예들의 슬픔을 어루만져주기에는 한계가 있다. 피해 당사자들이 애도 의식을 수행하려면 무엇보다 먼저 자신들이 겪었던 심리적 외상을 직면해야 하기 때문이다. 피해자들이 외상적 사건을 대면하는 일은 어렵다. 모리슨은 노예제도가 있던 시절 흑인들이 겪어야 했던 끔찍한 경험을 극화하기 위해 흑인 어머니가 딸을 제 손으로 죽이는 극단적 사건을 작품의 중심으로 설정한다. 이런 설정을 통해 모리슨은 그동안 묻혀 있던 '흑인 어머니'의 경험을 드러내고 '여성적 시각'으로 노예 시절을 대면하게 된다. 인종뿐 아니라 성이라는 또하나의 시각을 역사적 과거를 응시하는 눈으로 부각하는 것이다. 따라서 작품을 읽어내는 비평에서도 이 두 시선을 회피하지 않는 집요함이 요구된다. 무엇보다 작품의 중심 사건으로 설정되어 있는 세서의 친족 살해 사건의 의미를 여성의 시각에서 읽어낼 필요가 있다. 하지만 지금까지 비평에서 이 사건이 정면으로 다뤄진 경우는 거의 없었다. 세서의 살인 행위는 '모성애의 표현'이라는 식으로 옹호되거나 '모성적 소유 행위'로 매도되어 왔을 뿐, 노예제에 대한 '어머니의 저항'과 관련지어 이 사건이 던지는 급진적 의미는 여전히 해명을 기다리는 문제로 남아 있다. 나는 이 글에서 이 문제에 답해보고, 노예 후손들이 과거를 떠나보내는 애도의 의식을 거행할 때 요구되는 점들을 밝혀보고자 한다.

2. "400년간의 침묵" 그리고 그 이후—모성의 윤리

『빌러비드』의 중심 모티프 가운데 하나는 노예제도하에서 노예 어머니가 겪는 비극적 운명이다. 『어둠 속의 유희』라는 비평서에서 모리슨은 자신이 "400년간의 침묵"이라 부른 공백, "노예 부모와 자식의 관계와 고통에 대한 역사적 담론의 공백"을 지적하고 있다.[10] 윌라 캐더의 『사피라와 여자 노예』를 읽으며 모리슨은 백인 여성 작가가 쓴 이 소설이 노예 어머니와 딸 사이를 감싸고 있는 기이한 침묵 위에 서 있음을 발견한다. 작품에서 백인 여주인은 자신의 남편과 흑인 여자 노예인 낸시가 부적절한 관계일지 모른다는 의심에 사로잡혀 낸시를 위험에 빠뜨릴 계략을 꾸미는데, 낸시의 어머니는 딸의 생사보다는 백인 여주인의 안부를 더 걱정한다. 딸이 안주인의 계략에서 벗어나 멀리 도망쳤다는 소식을 듣고 그녀가 내보이는 반응이라고는 "뭐 들은 얘기 없느냐"라는 한마디가 전부다. 모리슨에 따르면, 이 침묵이 말하는 것은 "노예 어머니는 어머니가 아니며" 그녀는 "자식에 대해 아무런 의무감도 느끼지 않는…… 태생적으로 죽은"[11] 존재라는 이데올로기다.

모리슨은 기존 담론 속에서 보이지 않고 들리지 않았던 노예 어머니들을 구출해내면서 이들에게 노예제도에 대한 '저항가'로서의 위치를 부여한다. 이를 위해 모리슨은 핵심적 질문을 제기한다. 노예 어머니가 노동력 재생산 수단으로 활용되어왔다면 그녀가 자기 자식에 대한 권리를 요구할 때 무슨 일이 일어나는가? 자식에게 생명을 수여하는 동시에 노예로 이끄는 상황에서 흑인 어머니는 장차 자신의 전철을 밟게 될 딸과 어떤 관계를 맺는가? 모성이 철저하게 부인되는 상황에서 흑인 어머니는 어떻게 모성을 행사할 수 있는가?

모리슨은 이런 질문들을 탐색할 기회를 실존 인물인 마거릿 가너

---

10. Toni Morrison, *Playing in the Dark: Whiteness and the Literary Imagination* (New York: Random House, 1993), 21쪽.
11. 같은 책, 21쪽.

에게서 발견한다. 마거릿 가너는 1851년 함께 도망친 자식들이 노예 사냥꾼에게 붙잡히자 그들을 노예제 사회로 돌려보내는 대신 자기 손으로 죽이기로 마음먹는다. 그는 자식 넷 중에서 한 명을 죽인 후에 체포되었는데, 당시 이 사건은 노예제 폐지론자들에 의해 노예제의 비인간성을 증언하는 사건으로 부각되었다. 한 인터뷰에서 모리슨은 신문에 실린 차분하고 조용한 이미지의 가너를 본 순간부터 그가 내린 '끔찍한 선택'에서 벗어나지 못하게 되었다고 말한다. 신문 속의 그는 자식을 죽인 끔찍한 여자가 아니라 슬픔을 감내하고 있는 조용한 여성의 모습이었다. 마거릿 가너의 영아 살해는 모리슨에게 흑인 어머니의 역설적 사랑에 개입된 역사적·윤리적 문제를 탐색해볼 수 있는 실제 사례를 제공해주었다.

노예제도에 대한 흑인들의 저항을 논의하면서 폴 길로이는 죽음을 선택하는 프레드릭 더글러스의 방식과 마거릿 가너의 방식을 비교한 적이 있다. 길로이는 죽음을 선택하는 두 사람의 행위를 각기 남성적 폭력과 여성적 폭력이라 부르며 전자는 "외부, 즉 억압자를 향하고" 후자는 "내부 즉, 부모의 사랑과 자부심과 욕망의 가장 귀중하고 친밀한 대상을 향한다"[12]라고 설명한다. 프레드릭 더글러스는 노예제 폐지 운동에 앞장선 남성 흑인 지도자다. 자신이 어떻게 노예에서 자유로운 인간으로 해방되었는지를 기록한 자서전에서 더글러스는 흑인 킬러인 코비와 벌인 싸움을 서술한다. 이 대결에서 더글러스는 구차한 목숨을 부지하는 길을 택하지 않고 죽음을 선택함으로써 오히려 자유를 얻는다. 길로이에게는 이 자유가 주인과의 대결을 회피하지 않는 흑인 남성의 저항 의식을 보여주는 것으로 해석된다. 헤겔이 펼치

---

12. Paul Gilroy, *The Black Atlantic: Modernity and Double Consciousness* (Cambridge: Harvard Uiversity Press, 1993), 66쪽.

는 주인과 노예의 변증법으로 예증되는바, 노예는 주인과의 투쟁에서 목숨을 선택함으로써 주체적 의식을 잃어버리는 존재로 여겨졌지만, 더글러스는 속박된 삶이 아니라 죽음을 선택함으로써 자유와 유토피아적 의식을 획득했다는 것이다. 프레드릭 더글러스의 결투는 흑인 노예들이 목숨을 건 자유의 투쟁을 보여주는 원형적 사건이다. 반면에 마거릿 가너는 더글러스처럼 억압자를 물리침으로써 자유를 얻는 것이 아니라 자신의 딸을 희생시키고 죄의식에 떨어진다. 그것은 흑인 남성의 주체적 행위에 미달하는 자기 파괴적 행위로 비친다. 이런 길로이의 해석에 따르면 가너를 모델로 하는 세서의 살인 행위도 노예제도에 대한 저항으로서 의미를 지니지 못한 자신 파괴적 행위에 지나지 않는다. 길로이는 죽음을 선택하는 마거릿 가너의 행위에 개입된 여성적 저항 형태를 설명할 수 없다고 솔직히 고백하면서, 이를 추후 해명이 요구되는 미완의 분석 과제로 남겨둔다.

세서의 행위가 자신이 가장 아끼는 존재를 파괴하는 것은 분명하다. 하지만 그 파괴가 노예제도라는 지배질서에 어떤 파괴력도 행사하지 못하는 무력한 행위에 지나지 않는가? 그녀의 살인은 자신의 내부를 파괴할 뿐 외부 질서는 전혀 건드리지 못하는 불비의 행위인가?

작품에서 폴 D가 뒤늦게 아이를 죽인 이유를 묻자 세서는 이렇게 대답한다. "나는 그를 막았어." "나는 내 아이를 안전한 곳으로 데려다 놓았어."(164쪽) 하지만 이 말은 세서가 저질렀던 사건에 대한 구체적 언급도, 폴 D의 질문에 대한 직접적 대답도 되지 못한다. 영아 살해라는 끔찍한 사건은 논리적 설명을 거부한다. 그것은 말하는 화자에게도 듣는 청자에게도 재현이 불가능한 사건이다. 하지만 세서에게 그 사건은 아주 단순하다.

그건 단순했다. 그녀는 마당에 쭈그려 앉아 있었다. 그들이 오는 것을 보면서 그게 학교 선생의 모자라는 것을 확인하자 그녀는 날갯짓 소리를 들었다. 작은 벌새가 머리털 속으로 부리를 쑤셔넣으며 날개를 퍼덕였다. 그 순간 그녀가 생각한 것이 있다면 안 된다는 것이었다. 안 돼, 안 돼, 안 돼 안 돼, 안 돼 안 돼 안 돼! 단순했다. 그녀는 날아올랐다. 자신이 모을 수 있는 모든 생명, 멋지고 귀중하고 아름다운 자신의 온 존재를 그러모아 그녀는 베일을 지나 저기 멀리, 아무도 그들을 해칠 수 없는 그곳으로, 그들을 끌고, 밀고, 데려갔다. 아이들이 안전할 수 있는 저 너머, 이 세계 바깥으로.(163쪽)

화자가 세서의 살인 행위를 서술할 때 지배적으로 활용하는 이미지는 날개 속으로 새끼들을 끌어안는 어미새의 이미지이다. 세서는 노예제도의 암흑 속으로 빨려들어갈 아이들을 살려내기 위해 그들을 몸속으로 끌어안고 이 세계 너머로 데려간다. 하지만 바깥으로의 '월경越境'은 이 세계 자체에 대한 격렬한 거부를 동반한다. 연속적으로 외치는 "안 돼"는 이 세계를 부정하고 거부하는 언어 표현이고, 살인은 그것을 실행에 옮기는 물리적 행위다.

제도화된 도덕의 기준으로는 세서의 행위를 정당화하지 못한다. 기존 도덕의 관점으로 보면 세서의 행위는 동정과 연민을 불러일으키긴 하지만 결코 용인될 수 없는 명백한 살인이다. 하지만 기존 도덕 규범을 초과하고 일탈하는 이 예외적 사건은 세서의 시어머니 베이비 석스로 하여금 며느리의 행위를 비난도 인정도 못하게 만들며, 다시 살아 돌아온 유령 딸에게 자신의 행위를 설명하려고 할 때 세서를 광기로 몰아넣는다. 세서에게 살인 이야기를 들은 뒤 폴 D는 "당신의 사랑은 너무 진해"라고 말한다. 세서는 "너무 진하다고? 사랑은 진한 거야. 그렇지 않으면 사랑이 아니야. 엷은 사랑은 사랑이 아니야"(164쪽)라고 응수한다. 세서는 시어머니에게도 말하지 못한 채 18년 동안 가슴속에 봉인해왔던 이 사건을 폴 D에게 말하지만 자신의 "진한 사랑"을 납득시키지 못한다. 폴 D는 조금만 사랑하고 작은 것들만 욕망함으로써 노예제도라는 비인간적 제도에서 살아남은 남자다. 아니, 그는 자신의 욕망을 스스로 포기함으로써 생존을 유지해왔다. 이 때문에 그는 남성성 콤플렉스에 빠져 수탉보다 못한 존재라며 자기 모멸감에 사로잡힌다. 하지만 세서는 그럴 선택을 할 여지조차 없었다. 어머니라는 위치는 그녀 스스로 "진한 사랑"이라 부른 끔찍하고 격렬한 사랑을 하지 않을 수 없도록 만들었으며, 인간세계를 넘어 비인간적 세계로 들어가도록 요구했다. 그녀의 사랑에 압도된 폴 D는 말한다. "세서, 당신은 두 발 달린 인간이야, 네 발 달린 짐승이 아니라고."(165쪽) 인간이 어떻게 그렇게 할 수 있느냐는 폴 D의 이어지는 비난은 인간적 차원을 넘어서는 지점에서 이루어진 세서의 선택을 이해하지 못한 지적일 뿐이다.

세서의 행위를 둘러싼 비평가들의 논란은 세서와 아이의 관계에 대한 상반되는 해석에서 기인한다. 그녀의 행위는 한편에선 비인간적 노예제도에서 자식을 구하는 "모성적 구출"[13]로 받아들여지는가 하면 다른 한편에선 자신을 "어머니-소유주"로 정의하면서 이를 실천에 옮긴 "불법적 소유"[14]로 비판받는다. 바버라 크리스천은 한 대담에서 세서의 영아 살해를 노예제도의 소유 논리를 반복한 파괴적 모성이라고 비판한다. 노예제도의 위력은 그 체제에 저항하는 존재들의 정신

---

13. Marianne Hirsch, "Maternity and Rememory: Toni Morrison's *Beloved*," in *Representation of Motherhood*, edit. by Donna Bassin, Margaret Honey, and Meryle Kaplan (New Haven: Yale University Press, 1994), 104쪽.
14. Susan McKinstry, "A Ghost of An/Other Chance: The Spinster-Mother in Toni Morrison's *Beloved*," in *Old Maids to Radical Spinsters: Unmarried Women in the Twentieth-Century Novel*, edit. by Laura Doan (Urbana: University of Illinois Press, 1991), 267-268쪽.

마저 속속들이 규정해버릴 만큼 압도적이어서 노예 어머니는 노예제도의 소유 논리를 자기도 모르게 재연하고 있다는 것이다.[15] 권위 있는 흑인 여성 비평가가 세서의 결정에 대해 내린 이 평가는, 체제 논리를 재생산할 수밖에 없는 흑인 노예의 딜레마와 한계를 힘겹게 인정한 것으로 평가할 수 있다. 하지만 이런 자기비판은 과녁을 잘못 설정했다. 크리스천의 생각과 달리, 세서에게 빌러비드는 누구에게도 빼앗기지 않고 지켜야 될 나의 '소유물'이자 나를 비춰주는 '나의 닮은 꼴'이 아니다. 세서에게 빌러비드는 나를 포기하면서까지 내가 책임을 지는 '타자', 모리슨 자신의 용어를 빌리면 내 "밖의" 존재다. 모리슨은 한 인터뷰에서 세서와 가너가 저지른 살인 행위를 여성적 사랑의 방식이라고 해석하며 다음과 같은 흥미로운 의견을 내놓고 있다.

여성은 자기 이외의 다른 존재를 너무 사랑한다. 그는 인생의 모든 가치를 자기 밖의 존재에 둔다. 자식들을 죽이는 여성은 그들을 너무나 사랑한다. 아이들은 그들 자신에게 최상의 존재이고, 그는 그 아이들이 망가지는 것을 보지 않을 것이다. 그는 그 아이들이 다치는 것을 보지 않을 것이다. 차라리 그들을 죽일 것이다. 이것은 여성 특유의 특성이다. 우리 안에 있는 최상의 것은 우리 자신을 파괴하도록 만든다는 생각이 들었다.[16]

여성들에게 아이들은 나보다 내가 더 아끼는 나의 '최상의 존재'다.

15. Barbara Christian, "A Conversation on Toni Morrison's *Beloved*," in *Toni Morrison's Beloved: A Casebook*, edit. by William L. Andrews and Nellie Y. Mckay (Oxford: Oxford University Press, 1999), 217쪽.
16. Toni Morrison, *Conversations with Toni Morrison*, edit. by Danille Taylor-Guthrie (Jackson: University Press of Mississippi, 1994), 208쪽.

여성들은 그런 아이들이 다치는 것을 지켜보기보다는 차라리 파괴함으로써 위험에서 구하려고 한다. 이것이 자신에게 가장 소중한 존재에 대한 여성적 사랑의 방식이다. 이 행위는 불가피하게 사랑의 대상을 희생시키지만, 행위 주체를 그런 희생 속으로 몰아넣은 사회체제에 치명적 일격을 가한다.

가녀의 영아 살해는 미국 민주주의에 대한 도전이자 저항이다. 그것은 인간은 누구나 평등한 존재라는 미국 민주주의의 정언명령이 감추고 있는 자기모순, 즉 인간의 범주에서 특정 인간을 배제하는 모순을 폭로한다. 민주주의 체제하에서라면 노예 어머니도 그 딸도 물건이 아니라 인간으로서의 평등한 권리가 부여되어야 한다. 하지만 미국 사회는 독립선언문에서 스스로 공언한 그 권리를 노예들에게 적용하지 않았다. 자신의 딸이 주인의 재산이자 노동력 재생산 도구로만 정의될 때, 다시 말해 노예의 자손은 어머니의 자식이 아니라 주인의 재산일 뿐이라는 '강요된 선택'에 내몰릴 때 세서는 이 강요를 받아들이기를 거부하고 딸에 대한 어머니의 권리를 포기하지 않는다. 그녀는 모성의 권리를 끝까지 주장함으로써 노예 소유주의 '재산'을 빼내 다른 곳으로 옮긴다. 노예 딸이 인간으로 살 수 있는 다른 세상으로. 노예제도라는 "이상한 제도" 아래에서는 노예 어머니라는 용어 자체가 형용모순이다. 그녀는 주인이 소유한 물건이지 자율적 인격체로서 인간이 아니다. 따라서 노예 어머니가 자신에게 거부된 모성의 권리를 요구할 때 끔찍한 형태를 취하지 않을 수 없다. 그녀에게는 자신에게 최상의 존재인, 이른바 '아갈마agalma(보물)'를 희생시키는 트라우마적 사랑이야말로 자신의 아이를 강탈하려는 체제의 시도를 저지하고 아이에 대한 헌신을 끝까지 포기하지 않는 윤리적 행위다. 이는 라캉이 그리스 비극의 여성 인물 안티고네에게서 찾아낸 '여성적 윤리'에 육박하는 행위이다. 안티고네가 크레온의 국법에 맞서 죽음으로 오빠 폴리네이케스에 대한 사랑을 고수했다면, 세서는 딸의 죽음을 무릅쓰면서까지 딸에 대한 사랑을 지킨다. 노예 소유주는 자신의 소유물을 잃었지만 재산권을 주장할 수 없다. 물건에 지나지 않는 노예에게 법적 책임을 물어 배상을 요구한다면 이는 노예에게 정치적 주체로서 시민권을 인정하는 것이기 때문이다. 세서의 급진적 행위를 통해 미국 민주주의는 자기모순에 직면한다. 이는 특정 인간 집단에게는 인간의 권리를 부인하고 물건 취급을 하면서도 '모든 인간은 자유롭고 평등하게 태어났다'라고 주장하는 모순, 독립된 국가의 이념적 토대를 세우기 위해 스스로 공언한 민주주의 이념을 허물어뜨리는 내적 모순이다.

주체가 자신의 대의를 배반해야 대의를 지킬 수 있는 역설적 상황에서 결정을 내려야 한다는 곤경, 이것이 세서의 윤리적 선택을 끔찍하게 만드는 점이다. 알렌카 주판치치는 이런 곤경을 가장 근원적 의미에서 "공포"가 출현하는 상태라고 말한다.[17] 세서는 죽음보다 못한 노예제도에 맞서 인간으로서 딸의 권리를 선택하지만 그 선택은 딸의 생명을 희생시킨다. 세서는 자신의 희생을 통해 딸의 목숨을 구할 수 있었다면 기꺼이 그렇게 했을 것이다. 하지만 자신의 죽음으로도 딸이 노예로 팔려가는 것을 막을 수는 없었다. 세서는 이런 강요된 선

---

17. Alenca Zupančič, *Ethics of the Real: Kant, Lacan* (London: Verso, 2000), 216쪽. 주판치치는 이런 극단적 선택을 감행하는 윤리적 인물의 예로 앨런 퍼쿨라 감독의 영화 〈소피의 선택〉의 유대인 어머니 소피를 든다. 소피는 아들, 딸과 함께 아우슈비츠 절멸수용소로 끌려오는데, 독일 장교로부터 가스실로 보낼 한 아이를 선택하라고 강요받는다. 소피는 결국 딸을 가스실로 보내고 아들의 목숨을 구하는 선택을 내린다. 주판치치는 같은 구절에서 소피의 선택을 "최고의 윤리적 행위"라 말하며, 그가 "최소한 한 아이를 구하기 위해 불가능한 선택을 감행하고, 이와 함께 다른 아이의 죽음에 대해 최대한의 책임을 지고 있다"라고 평가한다. 하지만 소피의 선택은 그에 주어진 "강요된 선택" 자체를 거부하는 진정으로 급진적 행위라기보다는 강요에 따른 타협일 뿐이다. 그는 이런 선택을 내렸다는 죄의식에 시달리다가 결국 스스로 목숨을 끊는다.

택에 맞서 자신보다 더 소중하게 여기는 자신의 보물 '빌러비드'를 살해함으로써 그 인간적 존엄성을 지키려는 불가능한 시도를 감행한다. 그녀가 윤리적으로 행동할 수 있는 유일한 길은 '비윤리적' 방식이다. 이것이 그녀의 선택을 공포로 몰아넣는다. 하지만 세서는 공포의 상황에서 물러서지 않고 외상적 결정을 내린다. 죽음을 향한 주체적 도약이라 할 수 있는 이 순간, 세서는 인간의 법 바깥으로 튕겨나가고 공동체로부터 스스로를 단절시킨다. 이제 그는 노예제도라는 미국의 지배적 사회경제체제뿐 아니라 흑인 공동체로부터도 떨어져나온다. 그는 노예 시절의 고통을 함께 겪었던 마음의 동료이자 이성 친구이기도 한 폴 D로부터 인간이 아니라 네 발 짐승이라는 비난을 당하면서 자신이 내린 윤리적 결정의 책임을 홀로 감당하는 비극적 희생물이자 공동체의 잉여물이 된다.

3. 기억의 공동체—외상적 기억에서 살아남기

딸을 죽이는 것이 그녀가 선택한 윤리적 길이었다 해도 세서는 그것이 남긴 긴 외상적 충격을 감당해야 했다. 그녀는 18년 동안 124라는 유령적 공간에서 사회적 관계가 단절된 채 죽음 같은 삶, 아니 삶을 저당잡힌 죽음을 견뎌야 했다. 작품에서 독자가 만나는 것은 사건 그 자체가 아니라 사건 이후 세서가 치러내는 고통스러운 내면의 전쟁이다. 그녀는 자신이 죽인 딸을 묻지 못하고 유령으로 돌아온 딸과 기이한 동거를 시작하면서, 스스로 "재기억rememory"이라 부른 억압된 과거의 기억에 사로잡힌다. 세서의 '재기억'은 프로이트가 "외상적 반복traumatic repetition"이라 이름붙인 기억될 수 없는 기억, 자신도 모르게 과거의 상처로 되돌아가는 무의식적 반복(플래시백)을 연상시킨다.

세서의 삶을 가로막는 과거의 흔적은 그녀의 몸에 상처로 각인되어 있다. 세서는 여러 번 탈출을 감행하다가 붙잡혀 학교 선생에게 심한 매질을 당하는데, 그 흔적이 등에 상처 자국으로 남아 있다. 이 상처 자국은 노예 소유주가 그녀의 몸에 새겨 넣은 '기호'이다. 그것은 노예란 주인 마음대로 처분할 수 있는 '재산 품목'이라는 기의를 담고 있다. 세서의 등가죽은 오랫동안 마비되어 있어서 18년이 지난 다음 폴 D가 어루만져주어도 아무런 반응을 보이지 않는다.

소설에는 세서의 등에 난 상처를 해석하는 몇 가지 장면이 제시되어 있다. 상처를 입힌 사람은 백인 소유주이지만 그것을 읽어내는 사람은 백인 사회의 주변부에 살고 있는 가난한 백인 소녀와 흑인 남성과 흑인 여성이다. 세서가 도망치도록 도와주고 세서의 또다른 딸 덴버가 태어날 때 산파 역할을 한 백인 소녀 에이미는 세서의 등에 난 상처를 만개한 "벚꽃"(16쪽)으로 읽고, 폴 D는 "전시하기엔 너무나 화려한 대장장이의 장식 조각"(17쪽)으로 읽는다. 이들은 백인 소유주가 기입한 피의 기록을 한 폭의 아름다운 예술품으로 변모시킨다. 이런 미적 변모를 통해 그들은 주인이 기입해놓은 의미를 수정하고 변형한다.

하지만 세서는 자신의 몸에 의미가 기입되고 해석되는 행위에 주체적으로 참여하지 못한 채 수동적 대상으로 남아 있을 뿐이다. 매 헨더슨은 세서의 딜레마가 노예제도하에서 흑인 여성이 처한 "이중 부정" 상태를 보여준다고 말한다. 이 시기에 노예 여성들은 "자신의 목소리와 글을 갖지 못했고 그 결과 역사 또한 갖지 못한 채 타인에 의해 성적·인종적 정체성이 각인되는 백지"[18]에 지나지 않았다는 것이

---

18. Mae G. Henderson, "Toni Morrison's *Beloved*: Re-Membering the Body as

다. 세서의 과제는 자신의 몸에 새겨진 역사의 기호를 스스로 읽어내는 법을 배우는 것이다. 하지만 그것은 그녀가 노예제에서 물리적으로 해방되는 것뿐 아니라 해방된 자신의 몸과 마음에 대한 권리를 주장할 수 있을 때에야 가능하다.

세서를 포함한 해방된 노예들을 괴롭히는 것은 자기 몸과 정신의 권리를 주장하는 일이 결코 쉽지 않다는 점이다. 작품이 초점을 맞추는 것도 그들이 노예제도하에서 경험한 외상적 사건 그 자체가 아니라 그 사건이 드리우는 심리적 여파이다. 노예제도는 사라졌지만 그들은 여전히 노예로 살고 있다. 예전 노예들은 과거의 외상에서 벗어나기 위해 기억을 '억압'하고 '침묵'으로 대응한다. 상처를 직접 대면하면 과거의 수렁에서 헤어나오기 힘들다는 것을 그들은 너무도 잘 알고 있다. 따라서 이들에게 침묵과 억압은 살아남기 위한 전략이다.

한 인터뷰에서 모리슨은 "노예제도라는 주제는 흑인들도 기억하고 싶어하지 않고 백인들도 기억하고 싶어하지 않는…… [미국이라는] 국가의 기억상실"[19]이라고 말한 적이 있다. 노예시절을 작품화하는 것을 오랫동안 망설여왔다고 고백하면서 모리슨은 그 시절로 돌아가자 300년이란 엄청난 시간의 무게가 덮쳐왔다고 말한다. 물론 모리슨은 노예제도가 있었던 그 시절이 왜 미국의 국가적 기억에서 빈 구멍으로 남아 있는지 이해한다. 백인들에게 그 시절로 돌아간다는 것은 인류 역사상 최초로 자유와 평등의 이념에 기반을 두고 근대 민족국가를 건립한 나라라는 미국의 '상상적 허구'가 붕괴되는 것을 경험하는 일이다. 따라서 그들은 그로부터 도망쳤다. 해방된 노예들에게 노예시절을 기억한다는 것은 살아 돌아오지 못할 심리적 전쟁터로 나가

Historical Text," in *Toni Morrison's Beloved: A Casebook*, edit. by William L. Andrews and Nellie Y. McKay (Oxford: Oxford University Press, 1999), 87쪽.
19. Toni Morrison, 같은 책, 257쪽.

는 것을 의미했다. 살아남기 위해 그들은 망각과 억압으로 도망쳤다. 하지만 "노예제도에서 도망치면서 그들[흑인들]은 [자신의 선조인] 노예들로부터도 도망쳤으며 그렇게 함으로써 자신들이 져야 할 (윤리적) 책임을 방기했다"라고 모리슨은 주장한다.[20] 모리슨이 분명히 말하듯, 해방된 노예들은 양날의 과제를 갖고 있다. 그들에겐 "공포를 기억해야 할 필요가 있다. 하지만 (동시에 그들은) 공포에 먹혀 버리지 않는 방식으로, 다시 말해 파괴적이지 않은 방식으로 (과거를) 기억해야 한다."[21]

이 작품의 서술 구조에서 핵심적 관건은 소설이 다루는 것이 기억할 수도 재현할 수 없는 외상적 사건이라는 점이다. 재현할 수 없는 사건을 재현하기 위해 소설은 우회적이고 순환적인 서술 방식을 취한다. 필립 페이지를 위시한 많은 평론가가 적절히 지적해왔듯이, 소설의 서술 방식은 세서가 딸의 살해 사건을 폴 D에게 말할 때 그려보이는 순환적 동작을 닮았다.[22] 세서는 영아 살해라는 끔찍한 사건의 전말을 말하지 못한다. 그녀는 불쑥 한마디 던졌다가 긴 침묵에 빠지고 다시 큰 원을 그리며 돌아온다. 폴 D는 그녀의 머뭇거리는 말에서 기억의 파편을 끄집어내 그녀가 다시 기억 속으로 들어갈 수 있도록 한참을 기다린다. 소설은 세서가 침묵과 억압의 저편에서 기억의 조각들을 들어올렸다 다시 내려놓은 반복 동작을 닮았다. 작중인물들이 과거를 대면하는 데 어려움을 겪고 있는 것과 마찬가지로 작품 자체도 기억의 불가능성이라는 난제에 봉착한다. 이 난제를 뚫기 위해 모리슨은 사건의 전모를 독자에게 요약해주기보다는 파편화된 기억의

---

20. 같은 책, 247쪽.
21. 같은 곳.
22. Philip Page, *Dangerous Freedom: Fusion and Fragmentation in Toni Morrison's Novels* (Jackson: University Press of Mississippi, 1995), 140쪽.

조각들을 병치시키는 방식을 택한다. 화자의 시점으로 서술되는 경우도 있지만 대부분은 인물들 자신의 기억과 회상이 조각이불처럼 잇대어져 있다. 이런 복수적 시점의 병치는 일부 포스트모더니즘 소설에서 보이듯, 극단적인 파편화와 분열로 나아가는 것이 아니라 집단적 기억과 목소리의 공동체를 형성하기 위한 시도다. 노예제라는 외상적 과거가 개인의 경험이 아니라면 그 기억과 치유도 집단적 노력을 통해서만 가능하다. 모리슨은 하나의 목소리가 지배하는 단성적이고 독점화된 기억 대신 고통의 경험을 공유하는 '기억의 공동체'를 형상화한다. 기억의 연대를 통해서만 외상의 후유증을 견뎌낼 수 있다고 보기 때문이다.

4. 빌러비드―억압된 것의 회귀

하지만 해방된 노예들의 기억 행위가 아무리 집단적으로 이루어진다 해도 그들은 자신들의 심리 속에 깊숙이 가라앉아 있는 상처를 대면하기 전까지는 과거에서 벗어나지 못한다. 빌러비드의 복귀는 치유의 과정이 시작되기 위해 반드시 거쳐야 하는 필수 단계이다. 빌러비드는 소설의 주인공들에게 끊임없이 그들이 억압하려고 하지만 완전히 억압하지 못한 뭔가를 떠올리게 만든다. 폴 D는 스탬프 페이드에게 말한다. "그녀(빌러비드)는 뭔가를 상기시켜요, 내가 기억해야 할뭔가를 말이요."(234쪽) 빌러비드에 의해 헝겊 인형처럼 이리저리 들려 결국 집 바깥으로 쫓겨났지만 폴 D는 차가운 헛간 마룻바닥에서 그녀를 다시 만나게 된다. 빌러비드는 그를 쫓아와 "내 안을 만지고 내 이름을 불러달라"(117쪽)라고 요구한다. 폴 D는 딸 정도의 나이밖에 되지 않은 빌러비드와 섹스를 한 다음 수치와 혐오감에 몸을 떨지만 그렇게 할 수밖에 없었다고 느낀다. 그것은 거역할 수 없는 준엄한 명령이었다. 빌러비드와의 육체적 관계는 오래 잊고 있던 폴 D의 맹목적 "생의 욕구"를 깨워 "깊은 바닷속"(264쪽)으로 그를 데려간다. 그곳에서 그는 살아남기 위해 억압해왔던 '욕망'을 다시 만난다. 모리슨은 억압된 것과의 '육체적' 접촉을 통해서만 외상적 과거로부터 풀려날 수 있다는 것을 보여주기 위해 산 자가 죽은 자와 몸을 섞고 죽은 자를 임신시킨다는 그로테스크한 상황 설정도 마다하지 않는다.

도대체 살아 있는 자에게 자신을 만지고 이름을 불러달라고 명령하는 이 여귀는 누구일까? 사실주의적 기대를 송두리째 배반하면서 독자들을 초현실적인 공간 속으로 데려가는, 죽음보다 더 깊은 눈동자를 갖고 있는 이 '예쁜' 귀신은 대체 누구일까? 그것은 역사에서 벗어난 환영인가? 역사가 너무 끔찍해 모리슨은 환상으로 도망간 것일까? 『어둠 속의 유희』에서 모리슨은 19세기 미국 문학의 주도적 양식이었던 '고딕 로맨스'를 설명하면서, 이 장르가 역사를 회피하는 형식이 아니라 역사와 정면 대결을 벌이는 형식이라고 강조한다.[23] 19세기 백인의 정신은 자유와 평등 이념에 기반을 둔 근대 계몽의 기획을 성공적으로 실현한 나라 미국이라는 공식 담론의 이면에 존재하는 계몽의 어두운 그림자에 시달렸다. 흑인 노예들은 미국의 기획을 위협하는 살아 있는 모순이자 그들의 계몽적 기획을 붕괴시키는 검은 유령으로 현존하기 때문이다. 모리슨에 따르면 이 인종적 암흑을 탐색하기 위해 고안된 것이 유령적 존재에 대한 매혹, 공포, 불안으로 상징되는 고딕 형식이었다. 고딕 로맨스는 사실적 역사에서는 대면할 수 없는 심층적 차원의 진실, 사실적 언어로는 재현될 수 없는 미국

---

23. Toni Morrison, *Playing in the Dark: Whiteness and the Literary Imagination*, 37쪽.

역사의 '인종적 모순'에 접근하기 위해 고안된 재현 양식이다.[24]

모리슨은 흑인 노예들의 내면을 표현하기 위해 이 고딕 로맨스양식을 채택한다. 19세기 이래 간단없이 생산되어온 노예 서사에서도 말해지지 못한 진실, 정면으로 응시하기가 너무 끔찍해 베일 뒤에 가려둘 수밖에 없던 흑인 노예들의 내면적 진실을 말하려면 표면적 사실에 얽매이는 사실주의적 소설보다 고딕 로맨스가 더 적절하다고 판단한 것이다. 모리슨은 노예들의 억압된 내면적 경험에 더 깊은 역사적 차원을 부여하고 사실과 환상의 이분법으로는 감당할 수 없는 미국 역사의 심층적 '실재'를 재현하기 위해—혹은 재현의 불가능성을 재현하기 위해—빌러비드라는 유령을 창조한다.

따라서 빌러비드는 역사와 환상, 사회와 개인이 교차하는 중층적 존재이다. 개인적 차원에서 빌러비드는 엄마에 의해 살해되었지만 그 엄마를 다시 만나기 위해 돌아온 세서의 딸이다. 하지만 작품에서 개인적 차원과 긴밀히 얽혀 있는 사회적 차원에서, 그녀는 아프리카에서 신대륙으로 끌려오는 '중간 항로Middle Passage'를 경유하는 동안 죽어간 모든 '빌러비드', 미국 대륙에 발을 내디디기 전 노예선에서 죽어 미국 역사에서 사라진 흑인 노예들을 암시한다. 빌러비드가 엄

---

24. 리처드 체이스 이래 미국 문학비평계에서 로맨스는 영국 문학과 구분되는 미국 문학의 특수성을 보여주는 형식으로 부각되어왔다. 하지만 1980년대부터 신미국주의자들은 미국 문학의 비사회성과 비역사성을 예증하는 것으로 여겨져온 로맨스 장르에 대해 대대적인 이데올로기적 비판을 수행했다. 국내에서 미국 문학비평계의 논쟁과 로맨스 논의를 연결시켜 정리한 글로는 양석원과 유영종의 논문이 있다. 양석원,「로맨스와 미국소설비평: 역사와 상상력의 변증법」,『근대영미소설』, 제5권 1호(1998), 1-22쪽; 유영종,「미국문학의 로맨스 소설 이론」,『안과밖』, 제14호(2003), 212-229쪽 참조. 모리슨의 '고딕 로맨스' 논의는 '로맨스'로 일반화되지 않는 '고딕적' 요소에 주목하면서, 이 고딕적 요소를 흑인 노예라는, 미국적 계몽 담론을 위협하는 '인종적 유령'과 연결하고 있다. 따라서 로맨스의 고딕적 요소를 부각시키는 것은 이 장르의 인종적 성격을 드러내는 것이다. 이런 점에서『빌러비드』는 미국 역사의 인종적 모순을 드러내는 재현 양식으로서 '고딕 로맨스'의 유효성을 입증하는 좋은 예가 될 수 있을 것이다.

마 세서로부터 버려지는 외상적 사건이 시드의 영아 살해라면, '아프리카인'이 '아프리카계 미국인'으로 재탄생하는 정체성 이동 과정도 이와 흡사한 상실을 거친다. 흑인 노예들은 엄마의 몸 아프리카에서 떨어져나와 전혀 이질적인 공간에 내동댕이쳐지는 유기遺棄를 경험한다. 모리슨은 전前 언어적 단계의 아기가 엄마의 몸에서 분리되었다가 다시 엄마의 몸으로 돌아오는 이야기를 '어머니-아프리카'에서 떨어져나온 흑인 노예들의 이야기와 교직交織한다. 양자 모두에게 상징적 담론은 거부되어 있다. 빌러비드는 말을 배울 기회를 갖지 못했을 뿐 아니라 이름도 얻지 못한 채 "벌써 기어다니는 아기"(93쪽)라 불린 것이 전부이다. 작품의 제사題詞에 나오는 "6,000만 그리고 그 이상"의 노예들은 영어를 말할 줄 모른다. 그들은 아프리카의 역사와 미국의 역사 사이에서 사라져버린, 따라서 어떤 역사적 담론에도 등장하지 못하는 '지워진 존재들'이다. 그들을 가리키는 6,000만이란 숫자 뒤에 혹처럼 붙어 있는 "그리고 그 이상"이라는 구절은 역사적 담론에 부재하는 '잉여'로서 그들의 존재 양태를 말해준다.

이 재현될 수 없고 재현되지 않는 부재이자 잉여로서의 빌러비드의 존재 양태를 설명하기 위해 '실재 대상'이라는 명칭을 달아주는 것도 좋을 듯하다. '유령'으로서 빌러비드의 존재는 '실재 대상'으로서 그녀의 위치를 말해준다. 유령은 실체화될 수도 없고 담론화될 수도 없다. 그것은 효과를 통해서만 자신을 드러내는 부재 원인이다. 부재함으로써 현존하는 유령적 존재로서 빌러비드는 미국적 상징계에서 상실되었지만 다시 돌아와 자신의 자리를 요구하는 모든 것을 상징한다. 빌러비드는 말한다. "나는 내가 있을 자리를 찾아야 해."(213쪽) 하지만 그녀가 찾아야 할 자리는 미국의 상징 담론에는 존재하지 않는다. 그녀에게 적절한 자리를 찾아주는 작업은 단순히 누락되어왔던 사실을 보충하거나 특정한 역사적 시기에 대한 재평가를 시도하는 것으로는 이루어질 수 없다. 그것은 자유와 평등의 땅이라는 미국적 상징 담론에 포괄되지 않는 결핍 지점을 대면함으로써 완전히 새로운 역사를 기술할 때 가능하다. 이 작업이 이루어질 때까지 빌러비드는 떠나지 않고 자신의 내부를 만지고 이름을 불러달라고 요구할 것이다. 이 요구는 작중인물들뿐 아니라 독자들에게도 미국 역사의 외상적 지점으로 돌아가 미국 역사에서 "말할 수 없고 말해지지 않은 것"[25]을 대면하도록 한다.

여기서 말할 수 없고 말해지지 않은 것이란 끔찍한 외상적 사건 그 자체만을 의미하지는 않는다. 물론 일차적으로 그것을 말할 수 없는 것은 너무 끔찍해서 언어적 재현이 불가능하기 때문이지만 이것이 이유의 전부는 아니다. 그것을 말할 수 없는 또다른 이유는 외상적 사건으로의 반복적 회귀를 통해 '부정적으로만' 드러나는 무의식적 욕망의 대상을 만나게 되기 때문이다. 프로이트는 일차대전에서 돌아온 신경증 환자들이 끔찍한 공포와 고통에 시달리면서도 전쟁에 관한 꿈을 반복적으로 꾼다는 사실을 발견한다. 꿈의 목적이라 할 수 있는 소망 충족에 명백히 위배됨에도 불구하고 이처럼 고통스러운 기억으로 반복적으로 돌아가는 이유는 무엇인가. 그것은 외상적 사건으로의 반복적 회귀를 통해 아직 소망이라는 형태로 '재현되지 않은' 무의식적 욕망과 죽음충동, 아니 쾌락원칙을 벗어난 욕망과 충동이라는 실재를 '부정적으로' 만나게 되기 때문이다. 이런 의미에서 빌러비드는 끔찍한 노예제의 기억이면서 동시에 그 기억에 의해 '억압된 욕망'이기도 하다. 장갑의 앞뒷면처럼 붙어 있는 이 두 차원을 고려하지 못할

---

25. 이 표현은 미국 문학에서 아프리카계 미국인의 존재를 설명하기 위해 모리슨이 사용한 것이다. Tonk Morrison, "Unspeakable Things Unspoken: The Afro-American Presence in American Literature," in *Modern Critical Views: Toni Morrison*, edit, by Harold Bloom(New York: Chelsea House, 1990), 201쪽.

때 빌러비드의 존재는 입체성을 잃어버린다. 정신분석학적 시각에 입각하여 작품을 분석한 브룩스 부손과 린다 크럼홀츠가 빠져드는 함정이 이것이다. 이들은 외상이란 개념을 주체의 심리적 방어막을 붕괴시키는 '외부적' 충격에 국한시키는 까닭에 주체 '내부'에 자리잡고 있는 '무의식적 욕망과 충동'의 차원을 놓쳐버린다. 이들에게 빌러비드는 노예제의 기억을 상징할 뿐 이 기억 밑에 가라앉아 있는 욕망을 상징하지 않는다. 하지만 유령적 존재로서 빌러비드의 위치를 제대로 읽어내려면 그녀가 상징하는 또다른 차원, 즉 상징 담론에서 말해지지 못하고 있지만 '꿈'과 '욕망'으로 남아 있는 정치적 무의식을 살려내야 한다. 억압된 욕망의 형태로 과거 속에 각인되어 있는 정치적 무의식을 현실 역사 속에 살려내는 것이 벤야민이 말한 '메시아적 구원'에 이르는 길이다. 따라서 이 차원을 삭제하는 것은 정치적 해방과 구원이라는 유토피아적 계기를 지워버리는 것이다.

5. 세 여자의 꿈—욕망의 환상적 충족

텍스트에서 억압된 욕망이 실현되는 절정의 순간은 세 모녀(세서, 덴버, 빌러비드)가 언 강에서 스케이트를 타는 장면이다. 여기서 강제적으로 끊긴 딸과의 유대를 회복하고 싶은 노예 어머니의 욕망과 엄마의 몸으로 돌아가고 싶은 딸의 욕망은 환상적으로 실현된다. 동시에 이 장면은 '어머니-아프리카'를 되찾고 싶은 아프리카계 미국인들의 정치적 무의식이 황홀하게 실현되는 순간이기도 하다. 아무도 오지 않고 아무도 바라보지 않는 언 강에서 흑인 어머니가 죽은 딸과 산 딸의 손을 맞잡고 얼음을 지치는 이 평화로운 순간을 화자를 이렇게 전한다. "바깥에선 눈발이 단아한 모양으로 굳어졌다. 겨울 별빛의 평화는 영원한 것 같았다."(176쪽) 텍스트는 역사적 시간을 계절의 은유로 표현하면서 세 모녀에게 '영원'을 선사한다.

작품의 제2부를 구성하고 있는 네 편의 내적 독백에서 세서와 덴버와 빌러비드는 처음엔 각기 별개로 마지막엔 하나의 코러스가 되어 역사가 앗아가버린 그들의 사랑을 표현한다. 작품에서 가장 시적인 부분이라 할 수 있는 내적 독백 부분에서 산 자는 죽은 자와, 그리고 죽은 자는 산 자와 역사가 끊어놓은 사랑의 유대를 회복한다. 그들은 자신들의 사랑을 '영원한 현재형'으로 표현함으로써 인간의 사랑을 파괴시키는 시간의 능력을 부정한다. 세 독백 중에서 가장 감동적인 빌러비드의 독백에서 엄마를 되찾으려는 딸의 욕망, 아니 엄마와의 분리를 인정하지 않으려는 어린 딸의 심리가 절절하게 표현된다. "나는 그녀에게서 떨어지지 않는다 내가 멈출 곳은 없다 그녀의 얼굴은 내 것이고 나는 그녀의 얼굴이 있는 곳에 같이 있고 싶고 그 얼굴을 바라보는 일은 멋진 일이다"(210쪽) 하지만 빌러비드의 독백에서 그녀가 찾으려는 엄마의 얼굴은 세서이면서 동시에 '중간 항로' 중 노예선에 승선했다가 사라진 아프리카계 딸아이의 엄마이기도 하다.

나는 언제나 웅크리고 있다 내 얼굴 위에 있던 남자는 죽었다 그의 얼굴은 내 얼굴이 아니다 그의 입에선 단 냄새가 나지만 눈은 감겨 있다…… 처음에 여자들은 남자들로부터 떨어져 있고 남자들은 여자들에게서 떨어져 있다 폭풍이 불어와 남자들은 여자들과 섞이고 여자들은 남자들과 뒤섞인다 내가 그 남자의 등 밑에 있게 된 것이 그때다 한동안 나는 내 위에 얹힌 그의 목과 넓은 어깨만 본다…… 그의 노래는 한 여자가 나무에서 꽃을 꺾어 둥근 바구니에 담는 장소에 관한 것이다 구름 앞에서 그녀는 웅크리고 앉아 있다 하지만 그 남자가 눈을 감고 내 얼굴에서 죽을 때까지 나는 그녀를 보지 못한다.(210-212쪽)

독자들은 이처럼 텍스트에 산발적으로 흩어져 있는 지각知覺이 노예선에서 일어나는 상황이라는 것을 알려주는 단서도 찾을 수 없고 빌러비드가 그곳에 가게 된 정황을 설명해주는 진술도 발견할 수 없기 때문에 당황하게 된다. 독자들이 경험하는 당혹감은 아무런 이유도 설명도 없이 노예선에 끌려가야 했던 아프리카인들의 심리적 혼란을 반영한다. 파편화된 구문과 마침표의 부재는 문법적 경계를 무너뜨린다. 호텐스 스필러스가 적절히 해석하듯이, 그것은 남자와 여자의 경계도 없고 산 사람과 죽은 사람의 구별도 무너진 상태에서 아프리카인들이 겪어야 했던 일종의 "접경지대 상태"[26]를 언어적으로 재현한 것이다. 동시에 그것은 엄마와 하나가 되려는 전 오이디푸스 단계에 있는 아기의 욕망을 표현하고 있다. 빌러비드는 엄마의 웃는 얼굴을 찾아 그 속으로 들어가려고 한다. 하지만 엄마가 바닷속으로 들어감으로써 그녀는 엄마의 얼굴을 잃어버린다. 그녀는 다리 위에서 기다리다가 마침내 물속으로 들어간다. "그녀는 내가 결합하고 싶어 한다는 것을 안다 그녀는 나를 씹어서 삼킨다 나는 사라진다 나는 그녀의 얼굴이다 내 얼굴이 나를 떠났다 나는 멀리 헤엄쳐가는 나를 본다 정말 멋지다 나는 내 발 밑바닥을 본다 나는 혼자다 나는 둘이 되고 싶다 나는 결합하고 싶다."(213쪽) 이제 '나' 와 '그녀'의 구분은 존재하지 않는다. 마지막 제4부에서 세 모녀의 목소리는 하나의 코러스로 어우러지고 셋이 함께 부르는 아래 노래에서 그 정점에 이른다.

　　빌러비드
　　너는 내 언니

---

26. Hortense J. Spillers, "Mama's Baby, Papa's Maybe: An American Grammar Book," in *Diacritics*, 17.2(1987), 72쪽.

너는 내 딸

너는 내 얼굴. 너는 나

나는 너를 찾았고, 너는 내게로 돌아왔어

너는 나의 빌러비드

너는 내 것

너는 내 것

너는 내 것

[…]

당신은 미소짓는 걸 잊었어

나는 널 사랑했어

당신은 날 다치게 했어

너는 내게로 돌아왔어

당신은 나를 떠났어

나는 널 기다렸어

당신은 내 것

너는 내 것

당신은 내 것(216-217쪽)

여기서 세 모녀의 결합은 최고조에 이른다. 언어가 이들의 결합을 반영한다. 마침표는 사라지고, '나'와 '너/당신'이라는 주격 인칭대명사는 서로를 향해 나아가 구분을 잃고 마침내 '내 것'이라는 소유격으로 융합된다.

6. 여성 공동체의 애도 행위

바버라 클레어 프리먼은 이 작품이 프로이트가 옹호하는 것과는 다른 형태의 애도를 요구한다고 주장한다. 프로이트는 자아가 상실된 대상을 떠나보내지 못하고 대상과 자신을 동일시하는 우울증과 달리, 애도의 경우 자아는 상실된 대상으로부터 리비도를 분리시켜 다른 대상으로 이전하는 데 성공한다고 말한다. 하지만 프리먼은 『빌러비드』의 애도 의식이 이런 프로이트적 애도와 달리 과거를 단절하는 것이 아니라 과거와 맺는 "유대를 긍정"[27]한다고 한다. 이런 점에서 프리먼은 124에 살고 있는 세 모녀가 서로에게 끊을 수 없는 사랑과 애착을 선언하는 제2부의 마지막 독백을 애도 작업의 완성으로 본다. 과연 그럴까? 이들의 결합이 모녀의 끈을 다시 이으려는 여성적 욕망을 환상적으로 실현하고 있는 것은 사실이지만, 그 환상에 고착될 때 현재의 삶은 온전치 못하게 된다. 소설의 제3부에서 세서는 빌러비드에게 완전히 사로잡혀 흑인 공동체와의 관계도 잃어버리고 살아 있는 딸 덴버를 사랑해주는 것도 잊은 채 모두를 집어삼키는 파괴적 사랑에 함몰된다. 세서는 자신이 했던 "톱질을 보상하려고 했으며 빌러비드는 그 대가를 지불하게 만들었다"(251쪽) 이 지불과 보상의 악순환은 무한정 계속된다. "세서가 벌받는 아이처럼 의자에 앉아 입술을 핥고 있는 동안 빌러비드는 그녀의 삶을 먹어치우고 점점 부풀어올라 비대해졌다."(250쪽) 최악의 상황은, 세서가 빌러비드에게 용서를 구할 때에도 진정으로 원하는 것은 "용서받는 것이 아니라 용서가 거부당하는 것이며 빌러비드가 이를 도와주고 있다"(252쪽)는 것이다. 세

---

27. Barbara Claire Freeman, "Love's Labor: Kant, Isis, and Toni Morrison's Sublime," in *The Feminine Sublime: Gender and Excess in Women's Fiction* (Berkeley: University of California Press, 1995), 139쪽.

서는 자신에 대한 사랑도 타자에 대한 사랑도 잃어버린 채 폭군으로 군림하는 빌러비드에 완전히 압사당한다.

앞서 우리는 빌러비드를 딸을 되찾겠다는 세서의 욕망이 실현되는 실재 대상이자 내 안의 타자라고 보았다. 그 실재-타자에 대한 사랑을 포기하지 않을 때 지배적 상징질서를 위반하는 세서의 윤리성이 드러난다. 하지만 소설이 진행됨에 따라 빌러비드와 세서의 관계는 변모한다. 세서는 완전히 빌러비드에 사로잡혀 죄의식에 짓눌려버린다. 세서가 처음엔 폴 D를, 다음엔 덴버를 자신이 그리는 '사랑의 원환圓環'에서 배제하고 둘만의 폐쇄적 회로에 갇히는 것은 세서의 욕망이 닫히는 과정이기도 하다. 이제 빌러비드는 세서의 욕망을 가로막는 가학적 초자아로 군림한다. 욕망이 폐쇄되고 그 자리를 죄책감 guilt이 차지하는 과정이 프로이트가 말한 우울증적 병리라면, 그것은 프리먼이 주장하듯 애도의 절정이 아니라 애도의 실패를 드러내는 증상이다.

작품의 제3부에서 이런 우울증적 죄의식의 폐쇄 회로를 뚫는 인물이 덴버다. 덴버는 굶주리는 엄마에게 먹을 것을 갖다주기 위해 124의 문턱을 넘어 더 넓은 공동체로 나아간다. 하지만 닫힌 문턱을 넘기 위해선 누군가의 도움이 필요하다. 덴버가 124의 문턱을 넘도록 도와주는 인물이 죽은 할머니 베이비 석스다. 석스는 끔찍한 사건이 난무하는 바깥세상으로 나가는 것을 두려워하는 손녀에게 과감히 문턱 밖으로 나가라고 말한다. 물론 어디에도 흑인을 지켜줄 보호막은 없다는 사실을 먼저 알아야 한다. 하지만 이 앎은 바깥세상으로부터 자신을 폐쇄시키는 것이 아니라 바로 그 세상 속으로 들어가도록 하는 것이어야 한다. 할머니의 도움으로 가족의 회로에서 벗어난 덴버는 어린 시절 글을 가르쳐주었던 존스 부인을 찾아간다. 뒤늦긴 하지만 덴버는 엄마와 딸이 분리되지 않은 '원기호적the semiotic' 상태에서 언어와 사회라는 상징질서 속으로 진입한다. 하지만 상징질서로의 진입이 어머니의 목소리를 완전히 지워버리는 방식으로 이루어지지는 않는다. 덴버가 굶어죽어가는 엄마 이야기를 하자 백인인 존스 부인은 "오 내 아가"라고 말한다. "세상에서 여성으로서 삶을 그녀[덴버]에게 열어준 것은 그토록 친절하고 부드럽게 발음된 '아가'라는 말이었다." (248쪽) 존스 부인의 모성적 언어는 덴버가 '공동체의 딸'임을 말해준다. 덴버는 하나의 양육 집단에서 다른 양육 집단으로 옮겨간다. 하지만 둘 사이엔 차이가 있다. 흑인 여성 공동체는 세서의 닫힌 모성에서 벗어나 크리스테바식 '모성적 사랑'을 요구한다. 모성적 사랑은 아이를 자기 몸속으로 집어삼키는 것이 아니라 상상적 아버지의 도움으로 상징계로 나가도록 도와준다. 상상적 아버지는 거세가 아닌 사랑의 보호를 통해 아이가 엄마의 몸에서 분리되도록 도와준다. 덴버가 만나는 여성 공동체는 바로 이 크리스테바적 의미의 모성적 사랑의 세계다.

과거가 현재를 집어삼키지 못하게 하기 위해 서른 명의 흑인 여자들은 '엑소시즘exorcism'을 거행한다. "무릎을 꿇고 앉았거나 서 있던 사람들이 세서 주위로 모여들었다. 그들은 기도를 멈추고 태초로 한 걸음 물러섰다. 태초에 말씀이 있지 않았다. 태초엔 소리가 있었고, 그들 모두는 그 소리가 어떤 것인지 알고 있었다."(259쪽) 흑인 여성들의 목소리는 성경을 수정한다. 여기선 하느님 아버지의 '말씀'이 아니라 어머니의 '소리'가 창조의 원천이 된다. 서른 명의 흑인 여자들이 외치는 목소리는 세서의 영아 살해 이후 무너진 흑인 여성 공동체를 회복한다. 그것은 숲속 공터에서 해방된 노예들에게 억눌리고 뒤틀리고 잘려나간 몸을 사랑하라고 구원의 메시지를 들려주던 베이비 석스의 모성적 목소리를 복원한 것이다. 이 사랑의 목소리에 의해 빌러비드는 역사의 뒤안으로 물러난다.

하지만 공동체의 개입이 세서의 치유를 위한 충분조건이 되지는 못한다. 세서가 온전한 주체로 다시 태어나기 위해서는 그와 함께 고통을 겪었고 그의 비명에 공명해줄 친밀한 존재의 도움이 필요하다. 소설의 마지막 장에서 폴 D는 124로 다시 돌아온다. 폴 D는 세서의 상처난 몸을 씻겨주면서 한때 베이비 석스가 담당했던 모성적 복원의 역할을 떠맡는다. 세서는 빌러비드가 떠난 뒤 이제 아무것도 남은 것이 없다고 말한다. 하지만 곧 그녀는 여자들로 하여금 속내 이야기를 풀어내고 설움에 겨운 눈물을 터뜨리게 하는 폴 D 속의 그 무엇인가가 자신의 망가진 몸과 마음을 지켜줄지 모른다는 느낌을 받는다. 폴 D 속에 들어 있는 그 무엇은 흑인 남성에게 형성된 '여성적 힘'이다. 사실 세서의 살인이 네 발 짐승의 행위에 지나지 않는다고 비난할 때 폴 D는 인간적 차원을 넘어선 지점에서 이루어진 세서의 선택을 이해할 준비가 되어 있지 못했다. 세서의 결정을 이해하고 공감하기 위해 그는 호텐스 스필러스가 "자기 내면의 여성성에 '예스'라고 말할 수 있는 [흑인 남성의] 힘"[28]이라 부른 자질을 길러야 한다. 노예제가 강제한 남성성 콤플렉스에서 벗어나 진정으로 타자를 사랑하고 공감할 수 있는 존재가 되기 위해 그는 빌러비드와의 육체적 접촉이라는 여성적 교육 과정을 거쳐야 했다. 마지막 장면에서 폴 D는 더이상 세서를 비난하지 않으며 남성적 기준으로 재단하지도 않는다. 폴 D가 "자기 내면의 여성성에 '예스'를 말할 수 있는 힘"을 진정으로 길렀는가는 여전히 의심스럽고, 작가 역시 흑인 남녀 사이에 존재하는 성적 대립과 갈등을 너무 쉽게 화해시키면서 흑인 남성을 미화한다는 혐의에서 자유로운 것은 아니지만, 빌러비드와의 관계가 그에게 세서의 몸에 새겨진 고통스러운 역사를 읽고 수용할 수 있도록 해준

---

28. Hortense J. Spillers, 같은 글, 80쪽.

것은 분명하다. 그녀의 몸을 씻어준다는 것은 부서진 몸을 어루만지고 그 몸에 각인된 상실된 역사를 회복시켜준다는 것을 의미한다. 세서는 자신의 '최상의 존재'가 떠났음을 슬퍼하면서도 마침내 빌러비드의 떠남을 부정하지 않고 사실로 받아들인다. 세서가 빌러비드의 상실을 받아들인다는 것은 그녀로부터 심리적 '분리'가 가능해졌다는 것을 의미한다. 폴 D가 그녀의 얼굴을 어루만지며 "당신 자신이 당신의 보배야, 세서. 바로 당신이"라고 말하자, 세서는 "나? 나라고?"(273쪽)라고 외친다. 세서의 대답은 여전히 의심과 의혹 속에 놓여 있지만 그녀가 일인칭 단수를 사용한다는 것은 주체로서 자신을 인식하기 시작했음을 말해준다.

7. 끝나지 않은 이야기

소설의 주인공들이 빌러비드의 엑소시즘에 성공하긴 하지만 소설에서 그녀가 완전히 사라지는 것은 아니다. 그녀는 소설의 에필로그에 다시 출현한다. 여성 공동체가 세서를 구해내자 빌러비드는 엄마의 미소짓는 얼굴을 다시 한번 잃는다. "이제 그녀는 빌러비드를 뒤에 남겨둔 채 저기 있는 사람들의 얼굴 속으로 뛰어들어갔다. 다시, 그녀만 남겨두고."(262쪽) 이 장면은 노예선에서 엄마가 시체들 사이로 몸을 던지던 자살의 순간을 반복하고 있다. 또다시 혼자 남게 되자 배가 잔뜩 부른 빌러비드는 자신이 홀연히 솟아나왔던 강물 속으로 들어간다. 화자는 물속에서 그녀가 잊힐 것이라고 말한다.

누구나 그녀를 어떻게 불렀는지 안다. 하지만 그녀의 이름을 아는 사람은 아무도 없다. 기억에서 지워지고 행방이 묘연했지만, 그녀가 실종

되었다고 할 수도 없다. 아무도 그녀를 찾지 않기 때문이다. 설령 그녀를 찾는다 하더라도 이름을 모른다면 어떻게 그녀를 부를 수 있는가? 그녀는 요구받을 권리가 있지만, 그녀를 요구하는 사람이 없다.(274쪽)

하지만 빌러비드가 완전히 잊히는 것은 아니다. 에필로그의 마지막에서 모리슨은 '빌러비드'의 이름을 불러준다. 이 이름 부르기는 역사에서 사랑받지 못했던 사람들에게 사랑을 건네는 행위이기도 하다. 에필로그에서 작가는 "그것은 전할 만한 이야기가 아니었다"라고 두 번 말하고, 뒤이어 "이것은 전할 만한 이야기가 아니다"로 변주한다.(274-275쪽) 바버라 프리먼이 적절히 지적하듯, '그것'에서 '이것'으로 대명사가 바뀌고 '과거'에서 '현재'로 시제가 변형되는 것은 공동체의 책임이 변모하는 것을 반영한다. 해방된 흑인 노예들이 살아남기 위해서는 빌러비드의 이야기를 '그것'으로 부르고 과거 시제로 말해야 한다. 하지만 독자들은 이 이야기를 떠나보낼 수 없다. 이제 '이' 이야기를 사라지지 않도록 하는 것은 독자들의 몫이다. 아프리카계 미국인은 개인의 삶에서는 사랑하는 사람의 상실을 받아들여야 하지만 집단적 삶에서는 노예제와 '중간 항로'의 외상을 간직해야 한다.

과거에 대한 성급한 작별과 특정한 기억으로의 자의적 통합은 죽은 자에 대한 책임도 윤리도 아니다. 그것은 살아남은 자가 서둘러 청산한 부채의 탕감일 뿐이다. 사자에게 진 빚을 얼마만큼이라도 갚을 수 있고 사자를 이승에서 떠나보낼 수 있는 것은 살아 있는 자가 사자에게 제대로 된 '공적 기억'을 복원해주고 그의 상실을 애도하는 '역사적 의식儀式'을 거행할 때 가능하다. 『빌러비드』를 집필하던 중 글로리아 네일러와 가진 인터뷰에서, 모리슨은 자신의 글쓰기가 미국 역사에서 "묻히지 못한 혹은 의식적 절차도 없이 매장되어버린" 흑인 노예들에게 예술적 장례 의식을 거행해주는 것이라고 말하면서, 그의식이 감당해야 할 역사적·윤리적 책임을 통감한다고 고백하고 있다.[29] 모리슨이 거행한 장례 의식으로 흑인 노예들은 긴 침묵에서 깨어나 언어를 얻었지만, 이것으로 미국 역사가 노예 유령들의 출몰을 막을 수는 없다. 모리슨이 수행한 것은 빌러비드와 흑인 집단 사이에서 이루어진 피해자 집단 내부의 의식이었을 뿐, 가해자를 포함한 미국 사회 전체는 그녀에게 진 빚을 갚지도 그녀의 이름을 불러주지도 않았다. 빌러비드를 죽게 한 원인 제공자이자 "6,000만 명 혹은 그 이상"의 흑인 노예들의 삶을 앗아간 가해자들은 어디 있는가? 상처입은 사람들의 고통은 어느 정도 드러났지만 가해자의 모습은 무대 뒤로 사라짐으로써, 그 고통을 가져다준 한 사회의 구조적 폭력의 실체는 가려진 조각난 기억, 미국 역사는 이 깨진 기억을 아직 회복하지 못하고 있다. 이런 점에서 빌러비드가 폴 D에게 요구했던 "내 안을 만지고 내 이름을 불러달라는" 명령, 사자가 산 자에게 던지는 엄중한 윤리적 요청은 미국 역사에서 여전히 유효하고 절박하다.

---

29. Toni Morrison, *Conversations with Toni Morrison*, 209쪽.

제8장

모성적 사랑과 재즈적 율동
토니 모리슨의 『재즈』 읽기

1. 잃어버린 어머니를 찾아서

모리슨의 많은 소설이 그러하듯 『재즈』 역시 독자들을 당혹스럽게 하는 끔찍한 사랑 이야기다. 『빌러비드』가 딸의 목을 자르는 노예 어머니의 문제적 사랑을 다루고 있다면, 『재즈』는 연인의 가슴에 총구멍을 내는 한 중년 흑인 남자의 일탈적 사랑을 그리고 있다. 모리슨이 이런 살인적 사랑을 반복해서 작품의 소재로 취하는 것은 극단에 이끌리는 취향 때문도 아니고 자극적 소재에 대한 대중 영합적 관심 때문도 아니다. 그리스 비극의 열렬한 독자로서 모리슨은 사회적 허용과 금기의 테두리를 넘어서는 극단적 행동 속에서 인간 존재의 핵을 파악하려고 한다. 한 인간이 자신의 존재의 핵심에 이르는 것은 의식적 차원을 넘어서는 어떤 감정과 행동, 다시 말해 특정한 역사적 상황 속에서 자신의 전 존재를 던져넣는 어떤 선택을 통해서다. 아리스토텔레스가 비극의 영혼을 행동이라고 했을 때, 그 행동은 단순히 플롯을 전개시키는 일련의 사건을 말하는 것만이 아니라 주체의 존재의

257

변형을 수반하는 극적 행동을 포함한다. 모리슨이 살인을 동반하는 끔찍한 사랑을 작품의 중심 소재로 즐겨 선택하는 것은 이런 극적 행동을 통해 지배적 상징질서를 위반하는 주체의 존재의 중핵에 이를 수 있다고 생각하기 때문이다. 그리스 비극과 모리슨 소설의 친연성을 가장 분명하게 보여주는 작품은 흑인 메데이아black Medea로 알려진 『빌러비드』지만 『재즈』 역시 예외가 아니다.

모리슨은 하나의 고립된 사건으로 극적 행동에 접근하기보다는 그 행동에 이르기까지 한 인물이 경험하는 감정의 역사를 화자와 여러 인물의 관점에서 고고학적으로 재구성하는 방식을 취한다. 작품에서 화자는 사건을 안정적으로 조망해주는 삼인칭 서술자가 아니다. 그는 작품이 진행되면서 스스로 변모하고 성장하는 불확실한 존재다. 화자는 자신이 파악한 사실을 확신하지 못하고 인물에 대한 판단을 계속 수정해나가는 불안한 면모를 보인다. 말하는 어조나 표현으로 볼 때 중년 여성임이 분명해 보이는 이 익명의 화자는 스스로를 '나'로 지칭하며 자신의 의견을 공공연하게 드러낸다. 그는 자기가 내린 판단의 오류와 한계도 솔직하게 인정한다. 그의 말투는 흑인 여성들의 수다를 닮은 어투에 가까우나 말의 의미를 명료하게 파악하기는 쉽지 않다. 모리슨은 의도적으로 이런 화자를 선택한다. 흑인들이 북부 대도시에서 새로이 경험하는 정서적 혼란과 충격을 생생하게 전달하려면 안정적 서술자보다는 오류와 수정 가능성에 열린 불확실한 서술자를 활용하는 것이 적절하다고 판단한 것이다. 모리슨은 화자의 이런 면모가 작품이 닮고자 하는 재즈의 즉흥성과 창조성을 담아내기에 적절하다고 본다. 하지만 화자에게만 서술을 맡길 경우 사건의 전체적 그림을 제공해주기가 힘들다. 즉흥성과 미학적 건축물을 동시에 얻기 위해 모리슨은 화자에게 서술을 전담시키기보다는 작중인물들에게 서술의 기회를 나누어준다. 각기 다른 이들의 이야기를 재구성함으로써 독자들이 전체적 그림을 그릴 수 있도록 하기 위해서다.

모더니즘과 포스트모더니즘 기법이 결합된 이런 독특한 서술에서 고고학적 재구성의 대상이 되는 과거는 주체의 외부에 덩그러니 놓여 있는 '사실'이 아니다. 모리슨이 관심을 갖는 것은 실증적 사실 그 자체가 아니라 사실 뒤에 숨겨진 주체의 진실, 역사 속에 있지만 특정한 역사적 사실로 환원되지 않는 주체의 내면적 진실이다. 실상 이 진실의 복원은 모리슨이 노예 서사slave narrative의 현대적 계승자로서 자신이 수행해야 할 예술적 과제로 설정했던 것이다. 모리슨은 엄혹한 노예 시절에도 흑인 노예의 비참한 삶에 대한 기술이 계속되어 왔다는 사실에 무한한 자부심을 느끼면서도 내용상 공백이 존재함을 아쉬워한다. 이런 공백이 발생한 것은 출판을 지원한 백인 후원자들의 구미를 맞추기 위해 "말하기 끔찍한 사건에 베일을 드리우고" 사건을 경험한 노예들의 내면을 제대로 드러내지 못했기 때문이다. 흑인 여성 소설가로서 모리슨이 스스로에게 부여한 작가적 과제가 바로 노예 서사에 드리운 베일을 찢고 언어적 표현을 얻지 못한 채 침묵으로 존재하는 흑인 노예들의 내면을 그려내는 것이다.[1] 『빌러비드』에서 모리슨이 채택한 초현실주의적 재현이나 모더니즘적 서술 기법 같은 다양한 형식 실험은 흑인 노예들의 "말할 수 없고 말해지지 않은" 경험을 재현하기 위한—혹은 재현의 불가능성을 재현하기 위한—노력의 일환이었고, 이 실험은 『재즈』에서도 계속된다.

물론 모리슨이 복원하고자 하는 흑인 인물들의 내적 진실은 역사적 사실과 분리되지 않으며 진실을 이미 주어진 것인 듯 고스란히 '복원'하는 일도 가능하지 않다. 작중 주인공 조 트레이스의 이름이 징후

---

1. Toni Morrison, "The Site of Memory," in *Inventing the Truth: The Art and Craft of Memoir*, edit by William Zinsser (Boston: Houghton Mifflin, 1987), 109-113쪽.

적으로 드러내듯, 주체의 진실은 '흔적trace'을 통해 재구성되는 어떤 것, 결코 그 확실성을 입증할 수 없는 허구적 구성물이기 때문이다. 『재즈』에서 주요 화자를 비롯한 다양한 서술적 목소리들이 밝혀내고 자 하는 것은 여기저기 흩어진 흔적들을 통해 작품의 핵심에 놓여 있 는 비극적 사건의 의미를 재구성하는 것이다. 작품이 시작되기도 전 에 이미 사건은 일어났고 사건에 개입된 인물들도 표면에 드러나 있 다. 문제는 사건의 숨겨진 의미를 밝히는 것이다. 왜 조 트레이스는 사랑하는 연인 도카스를 죽였으며 그의 아내 바이얼릿은 죽은 연적 의 얼굴에 칼을 긋는 끔찍한 행동을 저질렀을까? 왜 도카스는 죽어가 면서 자신을 죽인 살인범의 이름을 끝끝내 말하지 않았을까? 이런 질 문들에 답하기 위해 모리슨은 화자의 서술뿐 아니라 작중인물들의 서술을 통해 사건 당사자인 조, 바이얼릿, 도카스와 그들 주변 인물들 의 사회적·감정적 역사에 접근해 들어가는 방식을 취한다. 1926년 뉴 욕 할렘에서 일어난 한 치정 살인 사건의 숨겨진 비밀을 풀려면, 노예 해방 이후 남부에서 가난한 소작농으로 살았던 한 흑인 부부가 북부 의 대도시로 옮겨와 할렘에 정착하기까지 60년에 이르는 흑인의 역 사를 이해해야 하는 것이다. 이런 의미에서 이 소설은 19세기 후반에 서 20세기 초반에 이르는 시기의 흑인 사회사를 재구성하는 넓은 의 미의 역사소설이라 할 수 있다.

　모리슨은 도시 이주가 흑인들에게 가져다준 '자유'와 '해방'에도 불 구하고 작중 주인공들이 살인이란 파괴적 행동에 이르게 된 내면적 이유를 '어머니의 상실'이란 심리적 외상과 연결하고 있다. 여기서 말 하는 어머니의 상실이란 주체가 사회와 절연된 채 경험하는 순전히 심리 내적 요인만이 아니라 가족의 해체라는 미국 흑인 특유의 역사 적 현상과 긴밀하게 얽힌 심리 체험을 말한다. 흔히 자궁 가족womb family으로 알려진 흑인 가족에서 어머니는 부재하는 아버지를 대체하는 가족의 중심이다. 올란도 패터슨이 적절히 지적했듯이, 노예제도는 흑인 남성을 '사회적 죽음social death'으로 몰아넣었다. 노예제는 흑인 남성에게 가족의 부양자로서 역할을 인정하지 않았을 뿐 아니라 결혼도, 그리고 결혼에서 생긴 아내와 자식도 합법적으로 인정하지 않았다. 당연히 자신의 성을 자식에게 물려줄 수도 없었다. 남성을 아버지로 만들어주는 법적 권리와 사회적 능력은 주어지지 않은 채 남자로서 벌거벗은 몸만 남겨진 상태가 노예제도하 흑인 남성의 조건이었다. 더욱이 흑인 남성은 자식이 아버지의 존재를 알기도 전에 노예시장으로 팔려나가는 상황에 빈번히 처했기 때문에 아버지 역할을 수행할 기회 자체를 박탈당했다. 자식이 아버지에 대한 기억이 없는 경우도 허다했다. 이런 아버지 부재 상황에서 자식을 키우고 건사하는 역할은 거의 전적으로 어머니에게 맡겨졌다. 노예해방령이 선포되면서 흑인 아버지에게도 아버지가 될 법적 길은 열리지만 사회적 권위와 경제적 능력은 쉽게 주어지지 않았다. 무엇보다 그들에겐 배우고 따를 아버지 모델이 없었다. 딸을 강간하는 『가장 푸른 눈』의 남자 주인공 촐리 브리들러브처럼 그들은 얻을 것도 잃을 것도 없는 막다른 골목에서 순간적 느낌에 따라 행동하는 무책임하고 불안정한 삶을 산다. 노예 시절부터 시작된 이런 아버지 부재 내지는 약화 상황은 해방 이후에도 계속되어 어머니를 중심으로 가족이 형성되는 독특한 흑인 문화가 만들어진다.[2]

물론 『빌러비드』의 베이비 석스나 세서의 이야기에서 극명하게 드러나듯, 노예제도가 존재하던 시절 흑인 어머니도 어머니의 지위를 부여받지 못하고 노예로 규정되었으며, 자기 자식에게 모성을 행사할

---

2. 노예제도 속에서 겪은 흑인 남성들의 역사적 곤경에 주목하면서 부성적 존재로서 흑인 남성들이 보인 한계와 잠재적 변화 가능성을 담아낸 모리슨 작품 속 남성인물들의 분석은 13장 참조.

권리를 박탈당했다. 노예시장에 팔려나갈 인간 상품인 자식에게 노예 어머니가 보여줄 수 있는 최선의 사랑의 표시가 딸의 목숨을 앗아가는 역설적 방식이었음을 우리는 『빌러비드』를 분석한 앞 장에서 이미 살펴보았다. 하지만 이런 모성의 역사적 박탈에도 불구하고 흑인 가족에서 어머니는 여전히 중심에 놓여 있다. 죽은 딸의 유령과 화해를 시도하는 것도, 부서진 가족 구성원의 몸과 마음을 치유하는 것도 어머니다. 특히 흑인 모녀 관계는 모리슨이 흑인 사회의 분열과 상처를 넘어설 윤리적 가능성을 찾은 곳이다. 하지만 어머니가 차지하는 이런 절대적 크기와 비중 때문에, 어머니의 상실은 흑인들의 심리적 갈등과 방황을 규정하는 근원적 요인으로 작용한다. 노예 시절과는 다른 역사적 환경에 직면하여 흑인 남녀들이 겪었던 어머니의 상실은 이들의 인생 역정을 결정짓는 외상적 체험으로 작용한다. 이 외상적 체험은 도시로 이주한 후 흑인들이 새롭게 경험하는 자유와 그 이면에 계속되고 있는 인종차별이라는 새로운 역사적 외상과 맞물리면서 흑인들의 삶을 규정한다. 따라서 작품의 초점은 노예해방 이후 북부로의 이주와 이산이라는 새로운 역사적 환경 속에서 흑인들이 내·외적으로 겪는 외상을 드러내고 그 극복 가능성을 모색하는 데 맞추어져 있다.

이 가능성을 역사적으로 실현한 예술 형식이 작품의 제목으로 선택되었을 뿐 아니라 모리슨이 소설이라는 글쓰기 장르를 통해 도달해보고자 한 음악 형식으로서 '재즈'다. 노예 시절부터 음악은 다른 어떤 예술 장르보다 흑인들의 상처와 고통, 해방의 갈망을 가장 잘 표현하는 미학 형식으로 자리잡았다. 이집트에 팔려간 유대인처럼 신대륙이라는 이방의 땅에 붙잡혀 온 흑인 노예들은 '소울soul'이라는 종교음악을 통해 영혼의 갈구를 표현해왔다. 그들은 이집트인 모세를 흑인 노예의 선지자로, 갈릴리 예수를 아프리카계 미국인의 해방자로 만들면서 속박의 현실에서 풀려나는 '엑소더스exodus'를 꿈꿔왔다. 남부의 거친 벌판에서 노동 노예로 혹사당했던 그들은 아프리카에서 익힌 노동요field song를 근대 서양음악의 멜로디와 결합하여 완전히 새로운 음악 블루스를 창조했다. 블루스는 노예해방 이후 역사상 처음으로 '정치적 시민'이자 '사적 개인'으로 존재한 전前 노예들ex-slaves의 마음을 표현한 새로운 음악이다. 미국 남부 소도시 떠돌이 흑인 연주자들과 보컬리스트들이 만들어낸 이 음악을 통해 전 노예들은 법적으로는 해방되었지만 사회경제적으로는 여전히 노예 취급을 받는 새로운 역사적 현실에서, 사랑을 만나 감정을 교류하고 육체를 나누며 이별하는 체험, '근대 주체'로서 한 '개인'이 겪는 감정적·육체적 경험을 표현할 수 있었다. 흑인 작가 아미리 바라카(필명은 리로이 존스)는 블루스야말로 아프리카 대륙에서 아메리카 대륙으로 팔려온 이후 200년의 세월 동안 미국 땅에서 하나의 독자 집단을 형성하며 살아온 미국 흑인들의 영혼을 담아낸 예술 형식이라고 주장한다. 블루스는 아프리카 음악이 아니다. 그것은 백인 지배하의 미국 땅에서 차별과 억압을 견디며 살아온 '미국 니그로American Negro'의 음악이다. 바라카는 경멸적 시선을 담고 있는 미국 니그로라는 표현을 쓰면서까지 아프리카계 미국인의 독자성과 흑인 미학의 자율성을 주장한다. 그는 그 '미국 니그로'가 노예제도와 인종차별이라는 잔혹한 현실에서 따낸 '미학적 보물'이 바로 블루스라고 주장한다.[3] 블루스는 미국 흑인들이 미국 문화에 안겨준 위대한 선물이다. 바라카가 자부심에 차서 미국 흑인을 '블루스 피플blues people'이라고 부를 수 있는 근거다.

---

3. 블루스에 대한 바라카의 해석은 Leroi Jones, *Blues People: Negro Music in White America* (New York: Harper Perennial, 1999) 참조.

재즈는 블루스를 현대화한 음악이다. 재즈는 자본주의적 근대화가 한층 진행된 대도시에서 피아노, 트럼펫 등 서양악기를 수용하고 백인 레코드 산업의 지원을 받아 상업적으로 생산된 음악이다. 재즈는 흑인음악에서 출발했지만 흑인'만'의 음악으로 게토화되지 않고 백인들까지 끌어넣은, 명실상부 다문화 미국을 대표하는 음악으로 발전한다. 미국 문화사에서 1920년대는 흔히 재즈 시대라 불린다. 스콧 피츠제럴드의 소설 『위대한 개츠비』에서 개츠비의 파티에 모인 백인 상류층 사람들의 몸을 들썩이게 했던 음악이 바로 재즈다. 모리슨은 1920년대 미국 문화를 휩쓴 이 재즈 열풍의 인종적 기원을 복원하려고 한다. 재즈는 흑인만의 것도 아니지만 흑인성이 지워진 백인음악으로 전유될 수도 없다.

모리슨에게 재즈는 남부의 시골 마을에서 북부의 도시로 이주해온 20세기 초 흑인들의 삶의 내용과 리듬을 담아낸 미적 형식이다. 재즈는 해방 이후에도 여전히 흑인들의 몸과 마음에 새겨진 내외부의 상처를 드러내고 자유를 협상할 수 있는 감정적 힘을 표현하고 있는 형식이다. 재즈는 작품 『재즈』가 채택하고 있는 비극적 구조와 닮아 있으면서도 비극을 지배하는 운명론적 세계관을 넘어 새로운 주체를 구성할 수 있는 유동적 흐름을 담고 있다. 이 재즈적 율동을 통해 작품의 주인공들은 과거의 심리적 외상으로 되풀이해서 돌아가는 반복의 회로에 매여 있으면서도 그 폐쇄적 회로를 넘어 즉흥적으로 자신을 구성할 수 있게 된다. 반복과 반복을 넘어서는 정서적 에너지의 역동적 결합, 이것이 작중인물들의 삶을 추동하는 리듬일 뿐 아니라 재즈의 리듬이기도 하다. 이 글은 주인공들과 재즈를 지배하는 두 힘의 역동적 결합을 어머니의 상실이라는 심리적 외상과 그것을 치유해가는 흑인 여성들의 모성적 사랑에 초점을 맞추어 읽어보고자 한다.

2. 재즈─상실과 욕망과 창조의 선율

작품에서 "허리띠 아래 난잡한 음악"[4]으로 불리는 재즈는 노예제의 사슬에서 풀려나 자신의 몸과 마음에 대한 소유권을 주장할 수 있게 된 흑인들이 새로이 경험하는 자유를 표현한다. 흑인들에게 자유란 무엇보다 '욕망할 수 있는 자유'다. 『빌러비드』에서 흑인 할머니 베이비 석스는 무언가를 욕망하기 위해 나 아닌 누군가의 허락을 받을 필요가 없는 것이 자유라고 말한다. 노예제도하에서 그녀의 몸은 다른 무엇을 위한 수단으로 이용되었을 뿐 그 자체로 사랑받지 못했다. 노예의 몸은 묶이고 잘리고 구멍이 뚫리고 마침내 텅 비었으며, 생명의 리듬을 담고 있는 심장도 오랫동안 박동소리를 내지 않았다. 자신의 몸을 옭아맨 노예문서에서 풀려나 자유를 얻는 순간 처음으로 그녀는 심장의 박동소리를 듣는다. 따라서 심장의 박동소리에서 해방된 노예들을 치유할 힘을 끌어내는 그녀의 신성한 종교의식이 영혼의 해방보다 몸의 해방을 더 강조하는 것은 당연하다. '네 영혼을 사랑하라'라는 기독교 가르침을 '네 몸을 사랑하라'로 바꾸는 것이 이들 해방된 노예가 자신을 긍정하고 사랑하는 길이자 자유를 쟁취하는 길이었다. 자신의 몸이 원하는 바를 얻기 위해 누구의 허락이나 명령을 받지 않아도 되는 것이 자유라면, 자유는 미리 정해진 길을 따르지 않는다. 그것은 지금까지 가질 수 없었던 것을 향하며, 더는 세상에 의해 구획되거나 주조되지 않는다. 그것은 인종적 금기 아래 억눌려 있던 흑인들의 육체적 욕망이 출구를 찾아 떠도는 것이다. 금기를 깨는 욕망의 탐색은 '뉴 니그로New Negro'라 불린 새로운 인종적 주체의 창조로 이어진다. 새로운

---

4. Toni Morrison, *Jazz* (New York: Plume, 1993), 56쪽. 이후 이 글에서 이 책을 인용할 때는 쪽수만 표기하기로 한다.

흑인상을 창조하려는 열망으로 부풀어 올랐던 이 시기가 미국 문학에서 '할렘 르네상스'라고 알려진 1920년대이고, 재즈는 그 시대정신을 가장 잘 표현하고 있는 예술 형식이다.[5]

재즈는 점잖고 품위 있는 음악이 아니다. 그것은 머리에서 가슴으로 그리고 그 아래로 내려가 허리띠 밑 하체가 연주하는 '음탕한' 음악이다. 앨리스가 일하는 낮 시간에 그녀의 조카딸을 돌봐주는 밀러 자매는 종교적 금욕으로 무장한 여성들인데, 이들은 재즈를 악의 소리로 심판하고 이 음악을 들려주는 흑인 술집을 백인 경찰에게 고발하는 행위도 서슴지 않는다. 흑인 여성을 육체와 성에서 '구출'하려는 이들의 노력은 노예 시절부터 흑인 여성들을 옭아맨 이데올로기적 굴레에서 벗어나기 위한 몸부림이기도 하다. 헤이즐 카비의 설명처럼 성경 속 악녀 이세벨[6]로 상징되는 섹시하고 육감적인 흑인 여성상은 노예 시절부터 백인 사회가 흑인 여성들에게 부여한 이미지 가운데 하나다. 섹슈얼리티가 거세된 대리 어머니이자 백인 주인 가문의 양육자로 표상된 흑인 유모black mammy상의 정반대편에 놓여 있는 이 이미지는 애초 노예 여성들에 대한 백인 주인의 폭행과 강간을 정당화하기 위해 만들어져 흑인 여성들의 인격을 박탈하는 이데올로기로 작용했다. '매춘부'와 마찬가지로 흑인 여성들은 백인 여성들에게 부여하는 '숙녀' 대접을 하지 않아도 무방한 존재로 간주되었던 것이다.

이런 부당한 대접에서 벗어나기 위해 노예해방 후부터 세기 전환

---

5. Joachim E. Berendt, *The Jazz Book: From Ragtime to Fusion and Beyond*, rev. by Gunther Huesmann, trans. by H. and B. Bredigkeit, et al. (Brooklyn: Lawrence Hill, 1992), 145-160쪽.

6. 이세벨Jezebel은 이스라엘 7대 왕 아합의 왕비로 바알을 숭배하며 이스라엘 신의 선지자들을 박해한 인물로, 오랫동안 악녀의 대명사로 통했다. 특히 화려한 몸치장과 화장을 한 그녀의 모습은 '팜파탈'의 상징이다. 미국 문화의 맥락에서는 섹슈얼리티를 과감하게 드러내는 흑인 여성을 비하할 때 주로 이 이미지가 동원된다.

기에 이르는 동안 흑인 여성 운동의 한 조류는 '진정한 여성다움true womanhood'을 얻기 위해 싸웠다. 세기 말 애나 줄리아 쿠퍼라는 흑인 여성 운동가의 목소리가 담긴 『남부의 소리』[7]에는 '흑인 여성에게 진정한 여성다움을 달라'라는 소리가 함께 울리고 있었고, 좀더 복합적이고 분열된 어조를 띠고 있긴 하지만 그 소리는 30년 뒤 출판된 한 흑인 여성 소설가의 작품에서 다시 울리고 있다. 넬라 라슨의 『모래늪』(1928)의 여주인공 헬가는 섹슈얼리티가 도드라지게 부각되는 인물이다. 그녀는 바로 이 성적인 몸 때문에 인생의 전락을 겪는다. 뉴욕이라는 인종차별적이고 남성 중심적이며 자본주의적인 공간에서 헬가의 몸은 남성들 사이에서 교환되는 상품으로 전락한다. 이런 교환의 사슬에서 벗어나기 위해 그녀가 선택한 목사의 아내라는 위치는 그녀를 또다른 회로에 묶는다. 이제 그녀는 전통적으로 여성을 옭아매었던 출산의 늪에 빠진다. 이 작품에서 라슨이 이세벨로 상징되는 지배적인 문화적 규정을 비판하면서 흑인 여성의 성을 주체적으로 재해석하려고 노력한 것은 사실이다. 하지만 작중 여주인공 헬가가 흑인 여성의 성을 대상화하는 현실에 보이는 반응은 '진정한 여성다움'으로 수렴되는 보수적 길이다. 헬가는 자신의 욕망과 성을 억압하고 모성이라는 전통적 의무를 받아들인다. 세기 전환기의 많은 흑인 여성은 헬가와 비슷한 행로를 걸었으며, 앞서 언급한 쿠퍼처럼 여성다움의 획득을 운동의 목표로 삼았다.

물론 여성다움을 획득하기 위한 이런 투쟁이 흑인 여성들이 처한 역사적 딜레마를 반영하는 것은 사실이고, 또 당시로선 일정 정도 정치성을 지니기도 했다. 그들은 '더럽고 육욕적인 여자'라는 악의적 이

---

7. Anna J. Cooper, *A Voice from the South* (Xenia: The Aldine Printing House, 1892).

미지에서 벗어나 백인 여성에게만 할당되었던 숙녀의 지위를 부분적으로 성취했다. 하지만 이 운동은 노예해방 후 흑인 여성들이 추구하기 시작한 육체적 자유와 성적 욕망을 억압했다. 특히 이 운동은 한편으로 흑인 중산계급 여성들의 계급적 이해관계와 접합되고 다른 한편으로 노예 시절 강탈당한 남성다움을 되찾으려는 흑인 남성들의 이해관계에 부응하면서 흑인 여성에 대한 보수적 이미지를 양산하는 데 기여한다.

재즈는 이런 보수적 여성상과 충돌한다. 재즈는 몸의 욕망에 충실하고 몸이 부르는 소리에 정직하게 응답한다. 따라서 보수적 여성 이미지에 갇혀 있는 앨리스가 재즈에서 '음탕한' 육체적 욕망을 발견하고 이를 물리쳐야 할 여성의 적으로 간주하는 것은 '당연하다.' 앨리스는 조카 도카스로 하여금 "심장이 엉덩이를 모르고 머리가 심장과 엉덩이를 감독하도록 하기 위해 노심초사하지만" 도시 곳곳에서 울려퍼지는 재즈 가락을 막을 도리는 없다. 그것은 "엉덩이"가 부르는 소리이고 열여덟 소녀가 그 소리에 응답하지 않을 수 없다.

재즈에서 울려나오는 몸의 소리는 동시에 "위험한 소리"이기도 하다. 그것은 금기의 선을 넘으라고 충동질하고 억눌려 있던 적개심을 표출하게 만든다. 재즈는 뭔가를 깨고 부수고 뒤집으라고 유혹하며, 거리에 늘어선 행인들로 하여금 두 주먹을 불끈 쥐게 만든다.

싸구려 술집, 주점, 막술집 따위에서 흘러나오는 이 음악은 행복과 환대를 가장하고 있긴 하지만 너그러운 느낌을 주진 않았다. 이 음악을 들으면 그녀는 자기 자신에게나 자신이 알고 있는 모든 사람에게 세상이 저지른 못된 짓거리에 복수하기 위해 주먹으로 유리창을 깨부수고 세상을 낚아챈 다음 세상의 모가지를 비틀어 목숨을 짜내고 싶은 충동을 억누르기가 어려웠고 이 충동을 막기 위해 앞치마 주머니에 손

을 찔러넣어야 했다.(59쪽)

앨리스는 이 폭력과 선동의 소리가 가해오는 위험으로부터 조카딸을 지키기 위해 안간힘을 다하지만 그녀 혼자서 도시 전체를 감싸고 흐르는 재즈 가락을 막아내기란 불가능하다. 아니 허리띠 밑 하체가 연주하는 육감적인 음악을 듣고 있는 동안 그녀 역시 자기도 모르게 앞치마 주머니 속에서 두 주먹을 불끈 쥐게 된다. 앨리스가 이토록 애써 재즈 가락을 막으려 한 것은 200명의 사망자를 낸 세인트루이스 인종 시위와 시위 진압 과정에서 백인 경찰이 보인 인종차별적 태도에 저항의 의사를 표시하기 위해 뉴욕 5번가를 걸어가는 시위대의 행진 속에 어김없이 재즈의 정서가 흐르고 있다고 보기 때문이다. 세인트 루이스 시위 때 죽은 동생 부부의 전철을 밟지 않으려면 재즈가 유발하는 위험한 감정을 막아야 한다는 명령이 그의 마음 깊이 새겨져 있다. 하지만 앨리스는 알고 있다. 세인트루이스 인종 시위는 백인 신문이 보도하듯 불만에 가득찬 흑인 제대 군인들이 벌인 폭동이 아니라 무고한 시민이 흑인이라는 이유로 무참히 살육당한 사건이라는 것을. 그의 제부는 제대군인도 아니고 백인이 차지했던 일자리를 가지려고 하지도 않았다. 그는 무기를 지니고 있지 않았고 폭동에 가담하지도 않았다. 그런데도 그는 전차에서 끌려나와 백인 군중의 발에 밟혀 죽었다. 그의 집은 백인이 지른 불로 폭삭 가라앉았고 동생은 그 불에 타죽었다. 미국의 꿈을 안고 도시로 건너온 흑인들이 이 새로운 약속의 땅에서 마주한 것은 자유의 가능성 못지않게 더욱 교묘하고 치졸하게 이루어지는 인종차별과 폭력이었다. 재즈는 이들의 분노, 적개심, 공포를 그 리듬과 멜로디 속에 담아내고 있다. 재즈를 듣는다는 것은 앨리스가 애써 억누르고 있는 이 위험한 감정들을 다시 불러내는 일이다. 그러니 막아야 한다.

폭력성을 동반하는 욕망과 함께 재즈의 또다른 특징은 즉흥적 창조성이다. 재즈는 다음에 무엇이 올지 예측할 수 없는 불확정적 음악이다. 재즈 연주자들은 정해진 악보를 따라 연주하다가도 관객과의 교감이 일어나는 절정의 순간에 이르면 즉흥적으로 새로운 멜로디를 창조한다. 이 순간 솔로 연주자는 지금까지와는 전혀 다른 자신을 구성한다. 그는 집단 속에 있으면서 집단을 넘어 자신의 개성적 자아를 만들어낸다. 물론 이렇게 구성된 자아는 완전한 것도 고정된 것도 아니다. 그것은 새로운 창조에 열려 있는 가변적이고 임시적 구성물이다. 넬리 매케이와 한 인터뷰에서 모리슨은 재즈가 "감정적 종결점"을 갖고 있지 않으며 우리를 "항상 모서리에 세우는" 음악이라고 말한다. 그녀는 이런 열린 성격이 흑인 문화의 고유한 미학이라고 주장하며 자신의 글쓰기에서 재즈에 응축되어 있는 흑인성을 복원하고 싶다고 말한다.[8]

모리슨의 이런 희망이 『재즈』에서 현실화되고 있음은 작품의 초두에서 이미 감지된다. 이 작품은 "쉿sth"이라는 하나의 소리로 시작되며 소설 전체가 주 멜로디에 대한 다양한 변주로 구성되어 있다. '조-바이얼릿-도카스'의 삼각 구도가 작품의 첫 단락에 제시되어 있고 소설의 나머지는 이 주제의 변주라 할 수 있다. 서술 시점은 화자가 독점하는 것이 아니라 여러 등장인물들에게 분산되어 그들의 눈과 입으로 서술된다. 각 인물들은 작품의 서두에 제시된 주제 멜로디를 변주하여 자기 나름의 독특한 가락을 만들어낸다. 개별 인물들이 이루어내는 즉흥적 연주와 창조는 화자로 하여금 자신이 인물들을 제대로 파악하지 못했다고 고백하도록 만든다. 뒤에 다시 거론하겠지만,

---

8. Nellie Y. McKay, "An Interview with Toni Morrison," in *Toni Morrison: Critical Perspectives Past and Present*, edit. by Jr. Henry Louis Gates and K. A. Appiah (New York: Amistad, 1993), 409쪽.

화자는 '조-바이얼릿-도카스'의 삼각관계를 규정하는 운명론적 성격이 '조-바이얼릿-펠리스'의 또다른 삼각구도에서 변화되었다는 점을 눈치채지 못했다고 토로한다. 이런 오독은 화자가 그려내는 인물들이 고정된 틀을 벗어나 새로운 존재로 변모했기 때문에 일어난 것이다.

욕망과 창조의 멜로디와 함께 재즈를 지배하는 또다른 선율은 상실감이다. 재즈의 전신인 블루스는 가난한 남부 시골 마을에서 소작농으로서 흑인들이 경험한 고통과 상처를 감정적 밑그림으로 갖고 있다. 흑인들이 도시로 이주한 후 블루스를 지배하던 상실과 슬픔의 감정은 약화되지만 완전히 사라진 것은 아니다. 그것은 재즈에도 여전히 남아 자유의 환상 아래 잠재되어 있는 폭력적 현실을 반영한다. 무엇인가를 욕망한다는 것은 갖고 있지 않은 것을 원하는 감정인 동시에 잃어버린 것을 되찾으려는 감정이기도 하다. 잃어버린 것에 사로잡혀 있는 심리가 상실감의 근간을 이루고 있다면 재즈를 지배하는 욕망 밑에는 상실감이 짙게 드리워 있다고 말할 수 있다. 재즈는 도시로의 이주 이후에도 계속되는 일상적 억압과 폭력 속에서 흑인들이 경험하는 심리적 공포와 상실감을 반영한다. 이스트 세인트루이스 인종 시위 때 도카스의 아버지는 백인들의 발에 밟혀 죽었고 엄마는 불타 죽었다. 중년의 남자와 사랑에 빠지고 재즈에 몸을 내맡기는 열여덟 소녀의 마음속에는 부모를 잃은 상실의 그늘이 짙게 드리워 있다. 어머니를 잿더미로 만들었던 화재를 두 눈으로 똑똑히 지켜보고 닷새 동안 두 번의 장례식에 참석하면서도 단 한 마디 말도 하지 않았던 그녀가 입었을 마음의 상처를 화자는 이렇게 전한다. "이스트 세인트루이스 대화재 당시 작은 현관이 무너질 때 불이 붙어 연기에 휩싸인 나무토막 몇 개가 허공 속으로 폭발했다. 그중 한 토막이 아무 말도 못한 채 멍하니 입을 벌이고 있던 그녀의 입속으로 들어가 목구멍을 타고 넘어갔던 게 분명하다."(61쪽) 그녀의 몸속엔 불꽃 하나가 타오르고 있다. 그것은 목구멍 아래로 내려가 배꼽 밑에 자리잡는다. 시위대의 드럼 소리나 재즈 가락은 그녀의 배꼽 밑에서 타오르고 있는 이 불꽃이 영원히 꺼지지 않을 것이라는 사실을 확인해준다. "엄마?"라고 던지는 도카스의 부름은 대답 없는 부름이다. 이해할 수도 설명할 수도 없는 참혹한 상실에 노출된 어린 소녀는 오직 재즈에서만 그 대답을 어렴풋이 느낄 뿐이다. 빅트롤라 축음기의 레코드 바늘처럼 그녀는 잃어버린 것을 찾아 도시를 방랑하고 그녀가 헤매는 도시의 거리에는 재즈 가락이 울려퍼진다. 모리슨은 상실과 욕망이 동전의 앞뒷면처럼 붙어 있는 재즈에서 1920년대 뉴욕 할렘에 살았던 세 남녀의 어긋난 사랑을 읽어낼 시대적 은유를 발견한다.

3. 흔적과 틈새

사랑을 찾아 떠도는 도시의 외로운 사냥꾼은 어린 소녀 도카스만이 아니다. 도카스와 무모한 사랑을 벌이고 급기야 살인을 저지르는 50대 후반의 흑인 남자 조 트레이스의 삶도 사랑을 찾아가는 길고 긴 여정이었고, 죽은 연적의 얼굴에 칼자국을 남기려고 장례식장에 뛰어든 중년의 여자 바이얼릿의 인생도 잃어버린 사랑을 찾아 떠도는 삶이었다. 시간적으로는 19세기에서 20세기로, 공간적으로는 남부에서 북부로 건너오는 이들의 인생 역정에서 사랑에 대한 갈증은 이들의 삶을 연주하는 주제음이다.

흥미로운 것은 사랑을 찾아가는 이들의 여정의 시발점에 놓여 있는 존재가 일차적 사랑 대상이자 최초의 타자라 할 수 있는 어머니라는 점이다. 어머니의 상실은 이들의 방랑을 추동하는 심리적 근원이다. 조는 헌터스 헌터로부터 들판의 동굴에 기거하는 와일드라는 이름의 여자가 누군가의 어머니일지 모른다는 이야기를 듣고 그가 자신의 어머니라고 생각한다. 와일드가 살고 있는 동굴을 처음 찾아갔을 때 조는 역한 냄새 때문에 동굴 속으로 들어가지 못한다. 두번째 다시 찾아가서야 붉은 날개가 달린 지빠귀새를 보고 그녀가 동굴 옆 히비스커스 숲속에 있음을 알아차린다. 모리슨의 작품사에서 보면 와일드는 『빌러비드』의 마지막 장면에서 임신한 몸으로 강물 속으로 홀연히 사라진 빌러비드다. 한 인터뷰에서 모리슨은 와일드를 빌러비드의 후일 모습으로 의도했음을 밝힌다. "작품 『빌러비드』의 마지막 장면에 임신한 흑인 여자가 나오죠. 『재즈』의 골든 그레이 섹션에는 와일드라는 미친 여자가 나오고요. 그 와일드가 세서의 딸 빌러비드일 수 있어요."[9] 그렇다면 조 트레이스는 빌러비드와 폴 D의 자식인 셈이다. 빌러비드가 미국 역사에서 지워진 인종적 타자성을 상징하는 존재라면 와일드는 그 계승자라 할 수 있다. 그녀는 말을 할 줄도 모르고, 더럽고, 미친 여자다. 무엇보다 그녀는 자식을 돌볼 줄 모른다. 조는 한갓 미물만도 못한 그런 어머니에 대해 견딜 수 없는 수치심을 느끼면서도 그 어머니를 향해 억누를 수 없는 갈증을 느낀다. 윌리엄 포크너의 소설 『압살롬, 압살롬!』의 흑인 혼혈아 찰스 본이 자신을 버린 백인 아버지로부터 아들로 인정받기를 필사적으로 원하듯, 조도 자신을 버린 어머니에게서 아들로 인정받고 싶어한다. 하지만 본이 끝내 아버지에게서 어떤 인정의 표시도 얻지 못하듯, 조도 어머니로부터 아무런 반응도 얻지 못한다. 조가 어머니에게 바라는 것은 '내가 네 엄마다'라는 분명한 말이 아니다. 그가 14년 전 버린 자신의 아들이라는 사실을 인정해줄 표시, 이를테면 나뭇잎 사이로 내밀어주는

---

9. Angels Carabi, "Toni Morrison: Interview," in *Belles Lettres: A Review of Books by Women* 10.2(Spring 1995), 43쪽.

손 같은 것이다. 하지만 와일드는 조가 그토록 원하는 손을 끝내 건네주지 않는다. 어머니로부터 버림받은 이 상실감은 조의 심리에 메울 수 없는 구멍을 뚫어놓아 그를 영원히 어머니에게 매달리는 아이로 만든다.

　인간은 어머니에게서 분리되어 사회적 상징질서에 들어가야만 독립된 존재가 될 수 있다. 어머니의 몸에서 분리되는 것이 사회적 주체로 서기 위해 거쳐야 하는 통과제의이긴 하지만 인간은 이 분리가 초래하는 트라우마적 충격을 막아줄 보호막이 필요하다. 보호막이 없다면 인간은 영원히 이 존재론적 분리에서 발생하는 불안을 극복하지 못하고 내적 공허에 빠지게 된다. 쥘리아 크리스테바는 어머니의 몸에서 분리될 때 인간이 경험하는 공허를 덜어주려면 그녀가 '상상적 아버지'라 부르는 존재의 정서적 지원이 필요하다고 주장한다. 그에 따르면 상상적 아버지는 거세를 명령하는 상징적 아버지와 달리 '사랑'을 통해 아이가 어머니에게서 떨어져 나오도록 돕는 존재다. 아버지라는 이름으로 불리긴 하지만 상상적 아버지는 '어머니와 아버지의 결합체'의 성격을 띠고 있다. 그가 수행하는 역할도 모성적 사랑과 다르지 않다. 주체를 집어삼키는 공포의 존재로 경험되는 전 오이디푸스기 어머니와 달리 상상적 아버지/어머니의 결합체가 보여주는 사랑은 주체로 하여금 최초의 타자이자 성적 쾌감이 투여된 어머니의 상실을 견디게 해주는 정서적 지지물로 작용한다.[10] 조의 삶을 불행으로 몰아넣은 것은 그가 어머니를 떠나보낼 정서적 버팀목을 갖지 못했다는 점이다. 어머니에게 거부당한 경험은 조가 "평생을 끌고 다녀야 할 내면의 공허"(37쪽)를 만들어놓았고 이 공허를 메우기 위해

---

10. Julia Kristeva, "Freud and Love: Treatment and Its Discontent," in *The Kristeva Reader*, edit. by Toril Moi, Trans. by Leon S. Roudiez et al. (New York: Columbia University Press, 1986), 240-271쪽.

그는 평생을 떠돈다.

조는 학교에 입학해서 이름을 묻는 선생님의 질문에 양부모의 성 대신 '트레이스Trace'라고 대답한다. 트레이스라는 단어는 '제 친부모는 어디 계십니까?'라는 조의 질문에 양어머니가 한 대답에서 유래했다. 조는 "그들은 흔적도 없이 사라졌다They disappeared without trace"라는 양어머니의 대답을 듣고 그들이 남긴 흔적이 자신이라고 해석한 것이다. 자의적 해석에서 비롯된 것이긴 하나 이 사건은 조의 마음속에 잠재되어 있던 무의식을 반영하고 있다. 조는 자신의 정체성을 부모가 남긴 흔적에 뿌리내리면서 그 자취를 따라가 사라진 부모를 되찾고 싶은 욕망에 사로잡혀 있는 것이다. 운명처럼 조의 인생은 스스로 작명한 이 이름의 주문에 걸려든다. 흔적은 어떤 것이 사라지면서 뒤에 남긴 자국이자 표식이다. 인간은 흔적을 추적함으로써 사라진 존재를 뒤쫓지만 애초의 대상을 온전히 복원할 수는 없다. 영원히 복구할 수 없는 부재의 대상을 쫓아가는 과정이 '흔적trace'을 따라가면서 만드는 '길track'이다. 조는 일곱 번의 변신을 시도하면서 자신의 길을 개척하는데, 그가 걸어가는 길은 사라진 어머니를 찾아가는 반복적 회귀 과정이다. 이런 점에서 조는 어머니라는 존재의 시원으로 돌아가기 위해 평생을 떠도는 흑인 율리시스다. 하지만 그는 율리시스처럼 고향으로 돌아가지 못한다. 그가 돌아갈 고향 '이타카'는 지상 그 어디에도 존재하지 않으며 그에게 손을 내밀어 줄 어머니도 없기 때문이다.

도카스는 중년에 접어든 조가 다시 찾은 어머니다. 조는 일곱 번에 걸친 변신으로 '뉴 니그로'가 되지만, 이렇게 자신을 바꿀 수 있는 힘도 열여덟 살 난 소녀가 던지는 마력 앞에서는 속수무책이다. 아내 바이얼릿과의 결혼은 조의 내면에 뚫린 구멍을 메워주지 못했다. 조와 바이얼릿이 처음으로 만나는 장면은 둘의 어긋난 욕망을 상징적으로 보여주는 사건이다. 엄마에게 버림받은 뒤 얼마 지나지 않은 어느 날 조는 늘 올라가 잠을 자던 나무에서 떨어지는데, 그가 추락하는 곳이 바로 바이얼릿이 서 있던 자리다. 바이얼릿과의 우연한 만남은 그의 추락과 동시에 일어난다. 물론 그가 나무 아래로 떨어지는 물리적 추락은 어머니에게서 버림받은 심리적 추락과 연결되어 있다. 이후 바이얼릿과의 관계에서 조는 어떤 선택도 내리지 않고 하강과 몰락에 자신을 맡긴다. 조는 바이얼릿이 자신을 선택하도록 내버려둘 뿐 스스로 바이얼릿을 선택하지 않는다. 후일 조의 회상에 따르면, 조는 바이얼릿을 처음 만났을 때 "어떤 느낌"(37쪽)을 받았는지 기억하지 못한다. 감정적 소외에서 시작된 만남이 내면의 공허를 메워줄 충만한 관계로 발전하기는 어렵다. 도카스는 조가 공허를 메우기 위해 선택한 대리 어머니다. 조는 바이얼릿과의 관계에서는 자신이 바이얼릿에 의해 선택되었지만 도카스와의 관계에서는 자신이 그녀를 선택했으며, 이 선택을 통해 자신은 구원되었다고 말한다. 조의 표현을 빌자면, 그는 "사랑으로 떨어진 것이 아니라 사랑으로 올라갔다."(135쪽) 하지만 이런 정서적 상승이 그를 구원해주지는 못한다. 그는 여전히 어머니의 상실을 애도하지 못한 심리적 아이이기 때문이다. 어머니의 젖을 찾는 구순기 아기처럼 조는 도카스라는 달디단 사탕을 찾아 도시를 헤맨다. 그 옛날 어머니를 찾아 온 산을 헤매고 다녔듯, 이제 그는 변심한 애인을 찾아 도시를 헤맨다. 이런 점에서 조의 도카스 찾기는 어머니 찾기의 반복이다. 화자는 변심한 도카스를 찾아 도시를 헤매는 조의 방랑을 빅트롤라 축음기판에 비유한다.

내 장담컨대, 그는 도시의 궤도에 묶여 있다. 도시의 궤도는 블루버드 레코드 홈을 따라 도는 바늘처럼 그를 끌어당긴다. 도시 주위를 돌리고 또 돌린다. 바로 이렇게 도시는 사람을 빙빙 돌린다. 도시가 원하는 것을 하도록 하고 이미 정해진 길이 가리키는 곳으로 가게 만든다. 그러면서도 내내 자유로운 양 착각하도록 만든다. ……도시가 낸 궤도를 벗어날 수는 없다. 무슨 일이 일어나든, 부자가 되든 가난뱅이로 남든, 건강을 망치든 노년에 이르도록 오래 살든, 언제나 출발했던 곳으로 되돌아온다. 모두가 잃어버린 그 한 가지 젊은 사랑에 굶주린 채로.(120쪽)

조는 자신이 도카스를 선택한다고 생각하지만 실상 그는 축음기판을 도는 바늘처럼 이미 정해진 길을 따라갔을 뿐이다. 그를 이끄는 것은 도시의 욕망이고 이 욕망이 출발하는 곳에는 존재의 시원인 어머니가 있다. 변심한 도카스를 찾아가는 동안 조는 그녀를 만나면 손을 잡아주리라 생각한다. 하지만 그가 내미는 것은 손이 아니라 권총이다. 총은 도카스에게 내미는 그의 손이며, 도카스의 가슴에 박히는 총탄은 그녀의 가슴에 닿는 그의 뜨거운 손길이다. 후일 조가 도카스의 친구 펠리스에게 털어놓듯, 도카스를 향한 그의 사랑은 어떻게 사랑해야 하는지도 모른 채 대상을 자신의 것으로 만들기 위해 살인도 불사하는 맹목적 사랑이다. 명부의 왕 플루톤이 페르세포네를 하계로 납치하듯 조는 도카스를 죽여 마음속에 새겨넣는다.

도카스의 죽은 얼굴에 칼집을 내는 바이얼릿의 인생도 어머니의 상실을 보상하려는 긴 여정이다. 바이얼릿의 어머니 로즈 디어는 남편을 대신해 가족 부양의 책임을 홀로 떠맡다가 지독한 가난과 인종차별을 견디지 못하고 우물에 몸을 던진다. 어머니가 빠져 죽은 우물은 바이얼릿의 삶을 빨아들이는 블랙홀이자 그녀가 빠져들고 싶은 어머니의 자궁이다. 엄마로부터 버림받은 이 끔찍한 기억 때문에 바이얼릿은 모성을 거부한다. 하지만 중년에 접어든 바이얼릿은 유산한 아이를 상상하며 아이를 먹이고 입히는 어머니의 역할로 돌아가고,

급기야 길거리에서 남의 아이를 유괴하는 이상한 행동도 서슴지 않는다. 섹스보다 더 강한 모성의 어긋난 수행은 바이얼럿이 자신의 내부에 벌어진 '틈새'를 메우려는 절망적 시도다.

남편 조의 변심이 있기 오래전부터 바이얼럿은 이미 존재의 균열을 경험하고 있었다. 그녀는 길을 가다가 이유도 없이 털썩 주저앉는다. 자신을 지탱할 수 없을 정도로 내면에 뚫린 구멍이 커졌기 때문이다. 화자는 바이얼럿의 내면에 생긴 균열을 "대낮의 환한 빛 아래 보이는 어두운 틈새"(22쪽)라 부른다. 그녀의 의식을 비추는 환한 빛은 영사기처럼 일상적 행동을 비추지만 그녀의 내면에는 이 빛이 뚫고 들어가지 못하는 어두컴컴한 틈이 벌어져 있다. 바이얼럿의 일상적 자아는 내면에 뚫린 구멍을 마주 보기 두려워하지만 그의 내부에 자리잡고 있는 또다른 존재는 벌어진 틈을 통해 드러난 욕망과 만날 것을 요구한다. 이 억압된 욕망과의 만남이 바이얼럿으로 하여금 오래 잊었던 자신의 '엉덩이'를 새삼 기억하게 만들고 도카스의 시신에 칼을 긋게 만든다. 이 폭력적 난동이 있고 난 다음 그녀가 얻는 바이올런트Violent라는 별명은 제비꽃Violet이라는 연약한 꽃 속에 숨어 있던 파괴적 욕망을 표현하고 있다. 바이올런트 바이얼럿이 되고 나서야 비로소 그녀는 '흑인 여성으로서 자신의 욕망'을 인정하게 되고, 그 욕망을 빼앗기지 않기 위해 칼을 품고 다니는 수많은 흑인 여성의 행렬에 동참한다.

바이얼럿이 도카스의 시신에 칼을 꽂는 것은 일차적으로는 남편을 빼앗아간 연적에 대한 질투와 복수심에서 비롯된 것이지만, 동시에 그것은 도카스로 상징되는 '밝은 피부색깔의 여자'가 되고 싶은, 백인의 시선에 동화된 자신의 욕망을 죽이는 것이기도 하다. 백인 주인집의 하녀였던 할머니 트루 벨에게 어린 시절부터 들어온 금빛 피부색의 골든 그레이는 바이얼럿의 마음을 지배하는 백색 이상이다. 바이얼릿은 조가 "희고 밝고 젊은" 도카스와 사랑에 빠지자 남편을 사로 잡은 것이 다름아닌 도카스의 하얀 피부색이라고 생각하여 연적의 사진을 벽난로 위에 올려놓고 그녀를 닮으려고 한다. 바이얼릿에게 도카스는 그녀가 어린 시절부터 꿈꾸어온 연인 골든 그레이를 대체 하는 백색 이미지이다. 내면화된 이 이미지를 죽이지 않는 한 그녀는 자신을 소외시키는 백인 이데올로기에서 벗어나지 못한다. 도카스의 이모 앨리스와 나눈 대화에서 바이얼릿은 자신이 도카스의 얼굴을 짓이겨놓은 것을 후회하지 않는다고 말한다. 그것이 폭력적이고 일탈 적인 방식으로 이루어진 것은 문제이지만 백인화된 자신을 죽이지 않는 한 진정으로 자신이 되는 것은 불가능하기 때문이다.

모성에 대한 바이얼릿의 맹목적 허기에는 잃어버린 어머니를 찾으 려는 절망적 시도 이외에 백인을 닮고 싶은 소외된 욕망도 작용하고 있다. 그녀는 자신이 갖고 싶어했지만 갖지 못했던 하얀 얼굴을 이제 아이를 통해 얻으려고 한다. 바이얼릿에게 아이는 검은색으로 상징되 는 자신의 성적·인종적 결핍을 메워줄 존재다. 그에게 아이는 두 가 지 점에서 정신분석학에서 말하는 남근의 의미를 갖는다. 가부장적 사회에서 이등 시민으로 규정되는 자신들의 성적 거세를 보상하기 위해 어머니들은 남근의 대리물로서 아이를 원한다. 아이는 여성의 무의식을 지배하는 남근 선망을 충족시켜주는 존재이기 때문이다. 하 지만 이런 성적 보상과 함께 바이얼릿에게 아이는 인종적 거세를 보 상해주는 기능도 수행한다. 백인 중심 사회에서 하얀 피부색은 단순 한 얼굴색이 아니라 사회적 특권을 상징하는 기표다. 남근이 성별을 가르는 차이의 기표이자 가부장적 상징질서를 구조화하는 특권적 기 표라면, 인종차별적 사회에서 하얀 피부색이 바로 그런 기능을 수행 한다. 백인 중심 사회에서 검은 얼굴은 그 자체로 의미를 부여받지 못 하고 흰색에 미달하는 '결여'와 '부정'으로 규정된다. 흑인들은 자신의 결핍을 채워줄 하얀 피부색을 원하게 되는데, 바이얼릿이 바라는 아이가 바로 이 백인 선망을 충족시켜 주는 인종적 남근이다. 바이얼릿이 납치하려고 했던 아이도, 그리고 그녀가 정성껏 머리를 단장해 주었던 상상 속 딸아이도 검은색 얼굴이 아닌 하얀 살결을 가진 아이다. 도카스를 찌르고 난 뒤 바이얼릿은 관 속에 누워 있던 여자아이가 "남편을 빼앗은 계집아이였는지 아니면 자신의 자궁에서 도망쳐버린 딸이었는지"(109쪽) 묻는다. 바이얼릿은 도카스를 자기가 유산한 아이로 여기며 그의 얼굴에 칼을 긋는 순간에도 그와 소리 없는 대화를 나누었다고 고백한다. 하지만 잃어버린 딸과 나누는 이 침묵의 대화도 백색 언어로 물들어 있는 왜곡된 것일 뿐이다.

바이얼릿이 그녀의 삶에 메울 수 없는 구멍을 뚫은 어머니의 상실을 진정으로 극복하려면 백인 이데올로기에 사로잡힌 이런 부정적 모성에서 벗어나야 할 뿐 아니라 스스로 모성을 포기할 수밖에 없었던 어머니를 진정으로 이해해야 한다. 결혼 초엽에 바이얼릿이 아이를 유산시키면서 모성을 거부한 것이나 중년에 접어들어 아이에게 보이는 맹목적 집착은, 방향은 다르지만, 모두 그녀에게 심리적 트라우마로 남아 있는 어머니의 상실을 제대로 넘어서지 못했다는 증거다. 모성에 대한 거부도 왜곡된 집착도 그녀의 마음속에 뚫린 우물을 메워주지 못한다. 내면의 우물을 메우려면 우물에 몸을 던지기까지 어머니가 겪었을 갈등을 이해하고 어머니의 마음 속에 뚫린 우물을 들여다봐야 한다. 우물 속 어둠을 들여다보고 그 긴 터널을 거쳐가지 않는 한 어둠에서 벗어날 수는 없다. 하지만 우물 속을 들여다보다 어둠에 빠지지 않으려면 어둠 속 여행에 동행할 누군가가 필요하다. 누가 그 일을 할 것인가?

4. 모성적 사랑과 자아의 창조

　바이얼릿의 어둠 속 여행에 동행하는 인물은 도카스의 이모 앨리스다. 바이얼릿이 앨리스를 찾아간 것은 남편의 마음을 빼앗아간 딸 같은 소녀가 도대체 어떤 인물인지 알기 위해서인데, 앨리스는 조카딸을 죽인 원수의 아내이자 조카딸의 시신에 불경을 저지른 여자를 도저히 받아들일 수 없었다. 하지만 앨리스는 막무가내로 밀치고 들어오는 이 거친 여자를 물리칠 수 없었고, 급기야 그녀의 뜯어진 코트를 기워주기에 이른다. 적대적 관계에 있던 두 여자가 만들어가는 사랑과 화해의 과정은 그녀들이 흑인 여성으로 각기 억압했던 내면의 욕망을 만나고 자기 안의 어머니를 살려내는 과정이다.

　남편을 다른 여자에게 빼앗긴 후 앨리스는 남의 남자를 강탈하고 재즈 가락에 맞춰 엉덩이를 들썩이는 조잡하고 위험한 여자들과 자신을 분리하는 방식으로 살아남는다. 하지만 그녀는 바이얼릿과의 만남을 통해 그들의 폭력성을 이해하고 억압해왔던 자신의 한 부분을 풀어놓게 된다. 앨리스가 바이얼릿에게 '왜 자기 조카에게 그런 끔찍한 짓을 저질렀느냐'고 묻자 바이얼릿은 '당신이라면 그러지 않겠느냐'고 되묻는다. '당신이라면 당신 남자를 위해 싸우지 않겠느냐'라는 바이얼릿의 대답을 들으며, 앨리스는 자신도 남편을 다른 여자에게 빼앗겼을 때 그 여자의 얼굴을 짓이겨버리고 싶은 강렬한 보복 감정에 사로잡혔던 기억을 떠올린다. 앨리스는 만일 남편이 죽지 않았더라면 자기도 바이얼릿처럼 끔찍한 일을 저질렀을 거라고 생각하며 바이얼릿의 마음을 이해한다. 블루스적 감성이라 부를 수 있는 이 강렬한 사랑과 복수심을 자기 내면에서 발견하면서 앨리스는 바이얼릿에게서 또다른 자신의 모습을 본다. 바이얼릿은 앨리스와의 만남을 통해 그녀가 그토록 미워했던 도카스 역시 어린 시절 어머니의 죽음을 목격해야 했던 상처 입은 아이라는 것을 알게 되고, 이를 통해 자신이 오래 잊고 있던 어머니를 기억하게 된다. 바이얼릿은 앨리스에게 변심한 애인을 죽이고서도 여전히 그 그늘에서 벗어나지 못하고 있는 남편과 결혼 생활을 유지해야 할지 호소하는데, 이 호소에 앨리스는 그녀에게 어른처럼 행동하라고 답한다. '어른'이라는 말이 나오는 순간 앨리스는 자기도 모르게 어머니를 부르고, 이 부름은 바이얼릿에게까지 전염되어 그녀로 하여금 오래 잊었던 어머니를 떠올리게 한다.

"아, 엄마" 앨리스 맨프리드가 갑자기 이렇게 내뱉더니 손으로 입을 가렸다.
　　바이얼릿도 똑같은 생각을 했다. 엄마, 엄마? 이게 엄마가 맞닥뜨렸지만 다시는 겪고 싶지 않았던 일인가요? 선택할 힘이 있는 사람의 사랑을 받지 못하고, 또 앞으로도 그러지 못할 것이라는 걸 알면서 나무도 없는 그늘에 앉아 있어야 하는 일이요. 모든 게 끝나고 그저 말만 남아 있는 그곳에 하릴없이 앉아 있어야 하는 일 말이에요.
　　그때 두 여자는 서로를 외면했다. 침묵이 계속되다가 마침내 앨리스 맨프리드가 말했다.
　　"그 코트 줘요. 그 안감 더는 봐줄 수가 없네요."(110쪽)

우물에 뛰어들기 전 어머니가 오랫동안 앉아 있어야 했던 "나무도 없는 그늘"의 자리에 앉아본 후에야 바이얼릿은 어머니를 부를 수 있다. 바이얼릿은 어머니 역시 지금의 그녀처럼 남편의 사랑을 받지 못하고 세상의 무게를 홀로 감당해야 했던 가여운 여자라는 것을 이해하게 된 것이다. 어머니의 삶에 드리워진 "그늘"과 자신의 내면에 뚫린 '균열'을 연결해 바라볼 수 있는 시각을 확보한 다음에야 비로소 바이얼릿은 어두컴컴한 공간에서 벗어날 수 있다. 어머니의 그늘과 바이얼릿의 균열은 그들을 죽음과 파괴로 몰아넣은 내면의 어둠이다. 이 어둠은 노예해방 이후 가난한 하층민 흑인 여성들이 어떤 사회적·감정적 보호도 받지 못하고 극단적 가난과 인종차별에 내몰린 역사적 상황과 연동되어 있다. 바이얼릿은 어머니가 자살한 후 어머니를 기억에서 지웠다. 어머니보다 더 억척스럽고 강인한 여성이 되는 것으로 어머니를 잊으려 했다. 하지만 어머니는 메워질 수 없는 틈으로 그의 마음속에 남아 있었다. 바이얼릿이 어머니의 자살 이후 처음으로 어머니를 부르는 이 순간 그녀에게 어머니 역할을 해주는 사람이 앨리스다. 앨리스는 말없이 바이얼릿의 코트 안감을 기워줌으로써 바이얼릿에게 어머니가 되어준다. 어머니도 어머니가 필요한 것이다.

앨리스는 바이얼릿에게 모성적 사랑을 실천해 보여줄 뿐 아니라 바이얼릿이 빠져 있던 반복의 회로에서 벗어나자면 자기를 새롭게 만드는 일이 필요하다는 결정적 조언을 해준다. 자아의 재창조는 외상적 반복에 빠져 있는 흑인들에게 절실히 요구되는 심리적 작업이다. 그러려면 무엇보다 자신을 옭아매었던 허구적 이미지에서 벗어나는 일이 선행되어야 한다. 앞서 지적했듯이, 바이얼릿의 내면을 지배하는 것은 골든 그레이로 표상되는 백인성이다. 바이얼릿이 도카스와의 관계에서 경쟁적 보복에 사로잡힌 것도 왜곡된 모성에 집착한 것도 바로 이 백색 이미지 때문이다. 자신의 내면에 드리운 이 이미지를 제거하지 않는 한 새로운 자아를 만들어낼 공간이 열리지 않으며 타자와 참다운 유대 관계를 맺을 수도 없다. 바이얼릿은 펠리스에게 도카스의 얼굴에 칼자국을 내면서 자신을 지배해온 "희고 밝고 젊은 그것"을 죽였다고, 그리고 그것을 죽인 자신도 죽였고 이제 남은 것은 "나me"라고 말한다. "나"를 외치는 바이얼릿의 선언은 『빌러비드』의 마지막 대목에서 "나? 나라고?"를 외치는 세서의 발언을 연상시키지만, 여전히 회의적 수준에 머물러 있는 세서에 비해 훨씬 단호하고 적극적이다. 바이얼릿의 자아 선언은 더이상 타자의 욕망의 노예가 되지 않고 주체적 욕망을 갖게 되었다는 자신감의 표현이다. 물론 바이얼릿이 선언하는 '나'는 고착된 소유적 주체도 아니고 사회적 이상을 그대로 내면화하는 상징적 주체도 아니다. 그것은 타자와의 관계에서 형성되는 임시적이고 유동적인 주체다. 바이얼릿의 '나'가 타자와의 관계에서 형성되는 것은 사실이지만 그렇다고 타자에 함몰되는 것은 아니다. 타자도 나와 마찬가지로 고유한 욕망을 가진 존재, 결코 통제될 수 없는 타자성을 내부에 지닌 존재이기 때문이다. 이 타자성을 지닌 존재와 감정적 유대를 맺는 것이 사랑이다. 이 사랑의 실천을 통해 바이얼릿은 '바이올런트'가 되는 보복의 악순환을 끊고 치유의 길로 나아간다.

작품의 후반부에 바이얼릿은 도카스의 친구 펠리스의 어머니가 됨으로써 그녀가 앨리스에게 받았던 사랑을 다른 여자에게 건네준다. 이 모성적 사랑의 세대적 전수를 통해 도카스-조-바이얼릿의 파괴적 삼각관계는 펠리스-조-바이얼릿의 긍정적 관계로 변모한다. 물론 바이얼릿이 부정적 관계를 변화시킬 수 있었던 데에는 펠리스의 역할도 적지 않았다. 까무잡잡한 피부색의 펠리스는 하얀 살색의 도카스와 달리 바이얼릿에게 백인에 대한 선망을 불러일으키지 않는다. 그녀는 검은 살결의 딸이 되어줌으로써 바이얼릿이 오랫동안 소망해왔던 어머니가 되도록 도와준다. 또 그녀는 도카스의 마지막 말("내게 사과는 하나밖에 없었어. 이 말을 그에게 전해줘. 하나뿐이었어")을 조에게 전해줌으로써 조가 그토록 갈망해왔던 사랑의 언어를 선사하고, 조는 마침내 어머니에게서 버림받은 마음의 상처를 치유하게 된다.

작품은 재즈처럼 연속되는 마지막 일곱 개의 작은 섹션을 통해 여러 인물들의 삶의 체험을 반추한다. 이는 제각각 흩어져 있던 인물들의 이야기가 마치 조각이불처럼 하나로 이어지는 것과 같다. 펠리스는 도시의 거리를 활기차게 걷고 있고, 앨리스는 스프링필드로 돌아가 밤을 새는 데 필요한 물건을 대줄 누군가를 만나며, 바이얼릿은 조와 함께 있던 1906년의 기억으로 돌아간다. 바이얼릿은 조가 나무 위에 앉아 고된 일과를 마친 뒤 잠에 곯아떨어진 자신을 내려다보던 모습을 떠올리며 행복감에 젖어 미소를 짓는다. 조와 바이얼릿이 조각이불을 덮고 나란히 누워 옛 기억을 떠올리는 장면은 이들이 어떻게 과거의 상처를 변형시키고 있는지 보여준다.

그는 그녀 곁에 누운 채 머리를 창문 쪽으로 돌렸다. 그는 유리창을 통해 어둠이 피가 엷게 흘러내리는 어깨 모양으로 변하는 것을 바라보았다. 그 모양은 서서히, 아주 서서히 날개에 붉은 깃을 단 새 모양으로 바뀌어갔다. 그사이 바이얼릿은 조의 가슴에 손을 얹고 있었다. 조의 가슴은 햇빛이 환히 비치는 우물가이고, 그 아래에선 누군가 그들 두 사람에게 나눠줄 선물(흑연심이 박힌 연필, 벌 뒤럼 담배, 잽 로즈 비누)을 줍고 있는 것 같았다.(224-225쪽)

이 장면에서 조는 도카스의 어깨에 흘러내렸던 붉은 피가 어머니 와일드의 존재를 알려주었던 붉은 새의 이미지로 변하는 것을 본다. 바이얼릿 역시 어머니가 빠져 죽은 우물이 햇빛이 환히 비치는 모습으로 바뀌고, 그 우물가에서 아버지가 사랑의 표시인 선물을 나눠주는 환영을 본다. 이제 그들에게 심리적 외상으로 남아 있던 어머니와의 관계는 긍정적 방향으로 바뀐다. 이렇듯 어머니와의 관계를 재조정하면서 조와 바이얼릿은 아이에서 어른으로 성장한다. 이들은 이불 밑에서 육체를 나누긴 하나 육체에 함몰되지 않고 서로의 내면으로 열린 성숙한 사랑을 나눈다. 이 성숙한 사랑이야말로 이들이 화자의 예상을 배반하면서 존재의 변화를 이룩했음을 보여주는 징표다.

물론 두 사람이 성숙한 사랑을 나눌 수 있도록 도와준 펠리스가 충분한 내면적 밀도를 갖춘 인물로 그려지지 못했다는 아쉬움이 없는 것은 아니다. 도카스 역시 제대로 형상화되어 있지 못하다는 비판을 수긍하지 않을 수 없다. 더욱이 조의 살인이 사랑의 접촉인 양 그려지고, 살인의 피해자가 살인을 묵인하는 듯한 인상을 주는 것은 문제적이다. 이로 인해 조가 한 개인으로서 져야 하는 법적·윤리적 책임은 시야에서 사라지고, 여성에게 가해지는 남성 폭력이라는 문제 역시 회피된다. 작품은 죽은 도카스가 도시의 지붕 위 재즈 연주자들의 음악 속에서 다시 살아난다는 식으로 말함으로써 그녀의 죽음을 미학화하는 데 일조한다. 이런 미학적 회피가 『재즈』를 『빌러비드』에 비해 감정적 강렬성과 서사적 밀도가 떨어지는 작품으로 만든 요인이라는 지적도 인정할 만하다. 하지만 억압과 자유, 욕망과 상실, 폭력적 현실과 소비문화의 유혹이 공존하는 새로운 역사적 환경에서 내적 갈등과 모순을 겪고 있는 흑인들의 상황을 고려할 때, 조와 바이얼릿이 그런 파괴적 행동에 이를 수밖에 없는 것이나 신세대 흑인 인물이라 할 수 있는 도카스와 펠리스가 재즈적 가벼움을 보이는 것은 현실의 변화를 일정 정도 반영한다고 옹호하고 싶다.

화자가 바이얼릿과 조의 맞잡은 손에서 발견하는 사랑의 접촉은 그가 재즈에서 듣는 것인 동시에 책장을 넘기는 독자에게 요구하는 것이기도 하다. 책장을 넘기는 독자의 손에서 화자는 고통을 넘어서는 치유의 힘을 발견하고, 긴 고립에서 자신을 구출해주고 새로이 만들어줄 사랑의 힘을 본다. 도카스의 가슴에 닿고자 했던 조의 손은 이제 파괴적 총탄이 아닌, 책장을 넘기는 독자의 따뜻한 손으로 이어진다. 작품의 마지막 대목에서 '의인화된 책personified book'은 독자에게 말을 건넨다.

　나는 당신이 나를 들고 있는 모습, 나를 당신 가까이 두는 모습을 사
랑한다. 나는 당신의 손가락이 나를 들었다 넘기는 모습을 사랑한다.
나는 당신의 얼굴을 한참 들여다본다. 당신이 내게서 멀어지면 나는
당신을 그리워한다. 당신에게 말하고 당신의 대답을 듣는 것, 그건 짜
릿한 전율이다.(229쪽)

　이 구절은 모리슨이 갈망해왔던 이상적인 독자-텍스트 관계를 표
현한다. 독자가 책을 읽고 그 내용에 몸과 마음으로 공감하는 것은 일
종의 에로틱한 친교 행위다. 모리슨이 작가로서 오랫동안 꿈꾸어온
것은 책에서 '말하는 소리'가 연인의 '사랑 노래'처럼 들리게 하는 것
이다. 그것은 글쓰기에서 '소리'의 흔적을 간직하려는 흑인 구술 문학
의 전통을 이어받아 '말하는 텍스트speakerly text'의 이상에 도달하는
것이다. 『재즈』는 모리슨의 이 꿈이 실현된 텍스트이고, 그 실현에 재
즈라는 음악 형식의 문학적 차용은 지대한 공헌을 했다. 문학은 음악
을 지향한다는 말을 20세기 미국 흑인 사회사의 맥락에서 실행에 옮
긴 텍스트가 작품 『재즈』다. 이를 통해 모리슨은 재즈라는 미국 음악
에 묻혀 있는 흑인의 뿌리를 복원하고, 그 음악 속에 녹아 있는 흑인
의 감성을 문학적으로 살려내는 데 성공한다.

제9장

|

소녀가 어머니가 되기까지[*]

오정희 소설 속 여성들과 어머니들

1. 몸의 발화

오정희 문학은 세계에 대한 추상적·관념적 인식에 경도되기보다는 체험에 밀착한 글쓰기를 지향해왔다. 작가 자신이 "내 몸과 정신에서 직접 발화하고 뚫고 지나간 것이 아니면 어떤 상상력도 믿지 못하는 의심 많은 성향"[1]임을 밝힌 바 있고, 이런 성향은 허황된 관념에 굴하지 않고 감각적 체험에 밀착하는 글쓰기로 이어졌다. 1960년대 이후 한국 소설을 일별하면서 김윤식은 '관념 지향적 글쓰기'의 대척점에 오정희 소설을 놓고 그의 글쓰기의 특징을 '순수 감각성'으로 규정한다.[2] 관념과 감각을 절대적 대립항으로 설정하는 도식화의 위험을

---

* 이 글은 『여성의 몸—시각·쟁점·역사』(한국여성연구소, 창비, 2005)에 수록한 나의 글 「몸의 반란, 몸의 창조」를 해당 출판사의 허락하에 수정·보완하여 재수록한 것이다.
1. 오정희·박혜경, 「안과 밖이 함께 어우러져 드러내 보이는 무늬」, 『문학과사회』 제9권 제4호(1996), 1524쪽.
2. 김윤식, 「텍스트적 표준으로서 오정희 소설」, 『목련초』(범우사, 2004), 7-30쪽 참조.

안고 있긴 하지만, 김윤식의 지적은 오정희 소설의 특징을 정확히 짚고 있다. 보고, 듣고, 만지고, 냄새 맡고, 맛보는 감각적 체험은 오정희 소설 속 주인공들이 자기 자신과 외부 세계를 경험하는 지배적 방식일 뿐 아니라 작가 오정희가 세계와 만나는 주요한 방식이기도 하다. 그의 소설은 '설명'보다 '묘사'에 의존해 있고 묘사의 경우도 외부 현실에 대한 '객관적 관찰과 기록'보다는 세계에 대한 '주관적인 감각 반응'에 일차적 초점이 맞추어져 있다. 그의 소설이 산문 장르에 일반적으로 요구되는 사실적 관찰과 설명보다는 강한 정서적 환기력을 동반하는 시적 이미지를 적극적으로 차용하고 있는 것도 이와 무관하지 않다.

주관적인 감각적 반응의 극대치가 오정희가 말한 "몸과 정신에서 직접 발화하고 뚫고 지나간" 글쓰기다. 몸과 정신을 나란히 놓고 있는 것에서도 드러나듯이 오정희 소설에서 몸과 정신은 분리되어 있지 않다. 오정희 소설에서 몸은 정신의 지시를 다소곳이 따르는 노예도 아니고 정신이 자유를 획득하기 위해 빠져나와야 할 감옥도 아니다. 육체는 의식을 투명하게 반영하는 외적 매개물도 아니고 의식의 초월을 위해 지양해야 할 물질적 질료도 아니다. 오히려 오정희 소설에서 내면적 의식은 육체적 체험과 맞닿아 있고 감각적 질감과 얽혀 있다. 아니, 오정희 작품에서 육체는 의식에 침범하여 의식의 투명성을 흐릿하게 만들고 의식의 현존성을 와해시키는 이물질로 기능한다. 육체는 주체 '속'에 있지만 주체 '밖'에 존재하면서 의식의 일관성과 통일성에 균열을 일으키는 '타자'다. 오정희 소설은 타자적 존재로서 육체가 부르는 소리를 주의깊게 경청하고 육체가 걸어오는 말에 민감하게 반응하는 글쓰기다. 오감五感은 육체가 세계를 경험하는 통로이자 육체가 건네는 언어다. 오정희는 이런 오감의 체험을 가장 섬세하고 깊이 있게 읽어내고 이를 감각적 언어로 번역해내는 데 탁월한 재능을 발휘해왔다. 파괴적 충동을 자극하는 붉은색(「불의 강」), 구역질을 일으킬 것 같은 비릿한 냄새(「완구점 여인」), 공포와 불안을 달래기 위해 맛본 풋감의 떫은 단맛(「유년의 뜰」), 위층에서 들려오는 아이 엄마의 발걸음 소리(「저녁의 게임」) 등은 그의 작품에서 흔히 만날 수 있는 대표적인 감각 체험이다.

이런 감각들은 오정희 소설에서 육체적 경험이 자아의 정체성을 보증해주는 안정된 기반이 아니라 그 정체성을 붕괴시키는 불안정한 토대임을 말해준다. 오정희 소설 속 주인공들이 경험하는 육체는 쾌감을 선사하는 매끈하고 아름다운 몸과는 거리가 멀다. 그들에게 육체는 안정된 정체성을 폭발시키는 혼돈과 불쾌의 원천이다. 그들은 혈관이 부풀어올라 폭발할 것 같은 팽팽한 긴장에 휩싸이고(「어둠의 집」), 스멀스멀 기어가는 이물감에 몸을 움츠리고(「전갈」), 허옇게 비듬이 돋아나 미라처럼 보일 정도로 강박적으로 손을 씻고(「번제燔祭」), 비릿한 욕지기로 먹은 것을 꾸역꾸역 토해내고(「유년의 뜰」), 간질 발작에 온몸을 뒤틀고(「옛우물」), 더러운 종양을 제거하듯 여섯 달째로 접어든 아이를 지워버린다(「봄날」). 그들의 몸은 자신이 통제할 수 없는 내적 힘의 분출구이자 그들을 걷잡을 수 없는 불안과 혼돈 속으로 밀어넣는 파괴적 힘의 현현 장소이다. 오정희는 비장애인과 다른 몸 체험을 하는 장애인의 삶에 주목함으로써 이른바 '정상적인' 몸이라는 사회의 고정관념을 파열시킨다. '과잉(육손이)'과 '기형(곱사등이)'은 주체에게 나르시시즘적 만족을 주는 아름다운 몸의 반대편에 있다. 하지만 장애인이 아니라 하더라도 오정희 소설 속 주인공들의 몸 체험은 이들과 크게 다르지 않다. 그의 작품에서는 비장애인들도 사회가 설정해준 정상의 기준과 불화하고 있기 때문이다. 우리는 이 내부적 힘을 쾌락원칙 너머에서 작동되고 있는 충동drive이라 부를 수 있을 것이다. 그들의 몸은 무의식적 충동과 그것을 가로막는 의식적 방어 사이에서 벌어지는 격렬한 전투다.

인간이 자신에 대한 가장 일차적인 상상(象)을 지각하는 것도 몸이고 세계와 관계 맺는 가장 원초적인 매개체도 몸이다. 라캉의 지적처럼 인간이 '나'라는 정체성을 형성하는 것은 거울에 비친 자신의 '몸 이미지'와 상징질서가 부여해주는 몸에 대한 '의미'를 통해서다. 물론 이 상상적·상징적 정체성은 거울 속 이미지와 상징적 기표와의 동일시에 기초한 '소외'와 '결핍'의 산물이지만 그것이 주체의 '나'임을 보장해주는 것은 사실이다. 사회가 부여해주는 이미지와 의미가 없다면 인간은 타자들과의 관계에서 자신을 정체화할 몸에 대한 지각을 획득할 수 없다. 문제는 인간에게 정체성을 부여해주는 이 세계가 결코 중립적이지 않다는 점이다. 이 세계는 남성의 특권을 중심으로 조직되어 있고, 여성은 '남근'이라는 주인 기표의 비호를 받지 못한 열등한 존재로 자신을 정체화해야만 이 세계의 주민이 될 자격을 부여받는다. 남근을 '가진' 남자들과 달리 여자들의 몸은 남근이 '결여된' 몸으로 규정된다.[3] 하지만 여자들의 몸 체험 속에는 이런 남성 중심적 이미지와 의미 속에서 지양되지 못한 이질적 힘들이 존재한다. 그것은 유령처럼 하계(下界)를 떠돌다가 상상적 거울의 깨어진 틈과 상징적 기표의 망에 뚫린 구멍을 통해 순간적으로 그 모습을 드러낸다. 라캉이 '실재'라 부른 이 차원의 몸은 남근적 이미지와 기표에 의해 정체화된 몸과 충돌한다.

인간 주체의 탄생과 몸의 변신을 설명하는 보편 서사로서 정신분석학적 패러다임을 오정희 소설에 기계적으로 적용할 수는 없겠지만,

---

3. 가부장적 상징질서에서 여성은 남근이 결여되어 있기 때문에 남근을 원해야 하며 (남근 선망), 남근을 가지고 있지 않기 때문에 스스로가 남성의 욕망을 떠받치는 남근이 된다(남근 되기). 물론 이 두 가지가 유일한 선택지는 아니다. 이에 대해서는 1장 참조.

그의 소설 속 주인공들이 경험하는 몸을 설명할 방법적 도구로 라캉의 실재적 몸 개념을 부분적으로 차용할 수 있을 것이다. 가부장제가 부여한 육체 이미지와 그 상징적 의미들에 저항하고 반란을 일으키는 실재적 육체가 오정희 소설 속 여주인공들의 몸과 근본적으로 맞닿아 있다는 것이 나의 생각이다. 육체란 자연적으로 주어진 것만도 상상적 이미지와 상징적 의미에 의해 구성된 것만도 아니다. 상상적·상징적 동일시를 통해 형성된 육체는 그에 저항하는 실재적 육체의 반란에 의해 전복될 위협에 항시적으로 놓여 있다. 전자가 주체에게 사회적·문화적 정체성을 부여하고 '나'의 경계를 확정지어주는 육체라면, 후자는 그 정체성을 위협하고 전복하며 나를 나의 경계 밖으로 몰고 가는 육체이다. 진정한 의미의 타자란 자아로부터 안정된 정체성과 통일성을 박탈하는 어떤 것이다. 오정희 소설에서 지배적으로 등장하는 육체란 바로 이 타자로서의 육체, 상상적·상징적 동일시를 무너뜨리는 실재 육체다. 오정희 소설은 이 타자적 육체를 뚫고 지나가고 그 육체가 직접 말하는 글쓰기다. 단단한 형식에 의해 적절히 통제되어 있긴 하지만 그의 소설이 발산하는 폭발적 에너지는 여기에서 기인한다. 이 글은 여성의 몸 체험이라는 프리즘을 통해 오정희 소설 속 여주인공들이 어린 소녀에서 어머니가 되기까지 겪는 길고 험난한 여정을 살펴보고자 한다. 그 끝에 우리는 근대 한국 여성이 도달한 모성의 한 원형을 만난다.

2. 성장의 중지와 몸의 반란

「유년의 뜰」과 「중국인 거리」는 6·25전쟁 직후에 유년기와 사춘기를 보낸 한 소녀의 성장기이다. 물론 두 소설의 여주인공을 동일인물로 단정지을 수는 없다. 두 작품의 주인공들은 고유한 이름을 가지고 있지 않고 그들이 살고 있는 연대나 거주 공간도 분명치 않다. 하지만 1950년대에서 1980년대에 이르는 시기에 유년부터 중년을 보낸 한국 여성의 일대기를 연작 형식으로 그리고 있는 소설집에서, 첫 두 작품의 여주인공은 아이에서 성인으로 이행해가는 한 여자아이를 전형화하고 있다고 봐도 무방할 터이다. 그 여자아이가 피난지에서 보낸 한철과 항구도시로 이사한 후 보낸 한 시절을 일인칭 서술자의 관점으로 그리고 있는 작품이 「유년의 뜰」과 「중국인 거리」이기 때문이다.

멀리서 포성이 들리는 피난지 마을이나 전후 피난민들이 몰려든 항구도시의 중국인 거리는 모두 전통적 질서가 와해되거나 왜곡된 형태로 변형된 공간이다. 한국 성장소설의 한 특징을 이루고 있는 아버지 부재라는 가족 상황은 이 작품들에도 예외 없이 나타난다. 「유년의 뜰」의 아버지는 징집되어 집을 떠나 있고, 「중국인 거리」의 아버지는 집으로 돌아왔지만 자식의 성장을 인도할 정신적 지표 역할을 하지 못한다. 먹고살기의 문제를 절체절명의 과제로 던진 전쟁은 여성을 생존의 주체로 만들고 부권을 한낱 추문으로 만든다. 부재하거나 추문으로 변해버린 아버지와 생존을 떠맡은 어머니 사이에서 어린 딸들이 치르는 성장의 고행은 전형적인 오이디푸스 서사에서 비켜나 있을 수밖에 없다. 가부장제 사회가 요구하는 '정상적인' 여자로 성장하기 위해 그들은 어머니를 떠나 아버지의 딸로 거듭나야 하지만 전쟁은 그들을 인도해줄 아버지를 앗아가버렸다. 아버지 부재의 공간에서 딸들의 성장에 결정적 영향력을 행사하는 존재는 어머니거나 그들의 미래가 될 (가족 안팎의) 언니들이다. 「유년의 뜰」에선 어머니와 주인집 언니들이, 「중국인 거리」에서는 할머니와 매기 언니가 이런 역할을 수행하고 있다. 문제는 '정상적인' 여자로 성장하기 위해 어린 소녀가 닮아야 할 '자아 이상'이 규범적 모델이 되기에는 이미 부적절한 존재들, 아버지의 율법 밖으로 걸어나간 '불온한' 존재들이 라는 점이다. 따라서 가부장제에 일시적 균열이 일어난 전쟁이라는 특수한 상황에서 여자아이가 걸어가게 될 성장의 길은 아버지의 질 서에 '편안히' 안착하는 전형적 여자가 되는 것과는 다른, 성장 자체 가 문제시되는 변칙적 길이 될 수밖에 없다.

이런 변칙적 성장 과정에서 여성의 육체는 극심한 갈등과 분열과 대결의 장소로 등장한다. '노랑눈이'라는 별명으로 불리는 「유년의 뜰」의 주인공-화자는 부엌 찬장에 놓인 찐 고구마를 훔쳐먹거나 주 인집 감나무에서 떨어진 감을 몰래 주워먹는다. 도둑질과 식탐이 결 합된 주인공의 훔쳐먹기는 엄마로부터 버림받은 상실감과 부재한 아 버지의 대역을 자임하고 나선 오빠의 폭력을 견디려는 자기 보존의 방식이다. "멍청하고 걸귀가 들렸는지 노상 먹을 생각밖에 없는" 일곱 살짜리 여자아이를 비춰주는 거울 이미지는 당연히 연약하고 '청순 한' 소녀의 몸일 수 없다. 그것은 이루지 못할 욕망으로 부풀어오르고 공포로 일그러진 모습, "불룩 튀어나온 배와 작고 주름진 가랑이"를 가진 남다른 모습이다. 라캉의 상상계적 아이와 달리 노랑눈이는 거 울에 비친 자신의 모습에 희열을 맛보기는커녕 까닭 모를 설움에 울 음을 터뜨린다.

식탐에 사로잡힌 소녀의 내면을 지배하는 것은 가부장적 승인 밖 으로 튕겨나간 여자들에 대한 매혹과 그들의 몸에 가해지는 처벌에 대한 공포다. 가부장적 법 밖으로 나간 여자들의 욕망과 그것을 처벌 하는 아버지 혹은 대리 아버지 사이의 갈등은 유년의 뜰에 드리운 어 두운 그림자다. 작중 화자의 가족 구도 내에서 이 갈등은 오빠와 엄마 의 갈등으로, 화자 가족이 세들어 살고 있는 집 전체의 구도에서는 외 눈박이 목수와 그의 딸 부네의 갈등으로 나타난다. 얼굴에 뽀얀 분칠을 하고 읍내 밥집에 나가다 급기야 정육점 사내와 정분이 났다는 소문이 동네에 짜하게 퍼진 어머니는 가부장적 모성 밖으로 걸어나간 어머니다. 그녀는 남편 없는 집안을 먹여 살리기 위해 생존의 현장에 뛰어들지만 더이상 가족을 위해 헌신하는 인고의 어머니가 아니다. 그런 어머니와 오빠 사이에 흐르는 팽팽한 긴장은 화자에게 전쟁의 포격 소리보다 더 큰 공포로 다가온다. 밥줄을 쥐고 있는 어머니에게 함부로 휘두르지 못하는 권력의 채찍을 오빠는 언니에게 휘두른다. 부쩍 밤 외출이 잦아진 언니의 몸에 오빠는 매서운 매질로 처벌의 문신을 새겨놓는다. 오빠가 휘두르는 감시와 처벌의 채찍은 화자에게도 떨어진다. "떨어진 감에 손가락만 대봐라, 손목을 잘라버리겠다"라는 오빠의 명령은 노랑눈이 화자에겐 신체 박탈이라는 현실적 위협이다. 하지만 오빠의 위협에도 불구하고 언니의 밤 외출이 멈추지 않듯 노랑눈이의 도둑질도 그치지 않는다. 금지의 채찍에 억눌리기에는 그들의 몸에서 터져나오는 욕망의 물살이 너무 세기 때문이다.

　오빠와 엄마 혹은 엄마의 어린 후예인 언니 사이의 갈등은 화자에게 생생하게 다가오지만 주인집 부녀의 갈등만큼 비극적이지는 않다. 안집 부네는 아버지의 명령을 거부한 여자의 운명을 몸으로 증거하는 인물이다. 동네 사람들 입에 회자되는 소문에 따르면, 외눈박이 목수는 "바람난 딸을 벌건 대낮에 읍내 차부에서부터 끌고 와…… 단숨에 머리칼을 불밤송이처럼 잘라 댓바람에 골방에 처넣고, 마치 그럴 때를 위해 준비해놓은 듯 쇠불알통 같은 자물쇠를 철커덕" 물려놓았다. 또 부네가 "들창을 열고 야반도주를 하려 하자 발가벗기고 들창에 아예 굵은 대못을 처버렸다." "쇠불알통 같은 자물쇠"나 "굵은 대못"은 여자의 몸에 새겨진 남근적 금기와 억압의 메타포이다. 화자는 부네가 갇힌 골방 앞을 지날 때면 부네의 몸에 새겨진 고통이 자신에게 이전되는 듯한 생생한 공포와 가슴을 짓누르는 슬픔에 휩싸인다.

가을 해는 짧았다. 어느새 부네의 방문은 엷은 햇빛에도 눅눅히 잠겨들고 있었다. 나는 잦아드는 부네의 방을 보면서 이유를 알 수 없는 서러움이 가슴에 차오르는 것을 느꼈다.

불현듯 닫힌 방문의 안쪽에서 노랫소리가 들리는 듯했다.

어쩌면 약한 탄식 같기도, 소리죽인 신음 같기도 했다.

아아아아아아

아아아아아아

어느 순간 감청색의 창호지가 부풀어오르고 그 안쪽에서 어른대는 그림자를 얼핏 본 것도 같았다.

아아아아아아

그 소리는 다시 들리지 않았다. 분가루처럼 엷게 떨어져내리는 햇빛뿐이었다. 내가 들은 것은 환청인지도 몰랐다. 그러나 입 안쪽의 살처럼 따뜻하고 축축한 느낌이 내 몸을 둘러싸고 있음을, 내 몸 가득 서러움과 같은 욕정이 차올라 해면처럼 부드러워지고 있음을 느낄 수 있었다.[4]

"서러움 같은 욕정"―일종의 형용모순이라 할 이 감정에 대해 육체가 보인 반응이 입 안쪽 살의 느낌 같은 따뜻한 축축함이다. 그것은 속수무책으로 당할 수밖에 없는 폭력과 야만의 세상에 일곱 살짜리 여자아이가 보내는 육체적 응답이다. 그날 밤 안집에서 터져나온 곡성과 다음날 저녁 부네의 널에 박히는 못소리는 아버지의 금기 밖으로 튕겨나간 딸의 비참한 말로를 확인해주는 소리다. 귀신처럼 예뻤다는 부네는 죽은 지 백일이 되던 날 청홍의 비단사주를 받고 시집을 갔다. 아침 밥상에서 화자는 첫날밤을 치른 신랑 각시가 다리

---

4. 오정희, 「유년의 뜰」, 『유년의 뜰』(문학과지성사, 1991), 42쪽.

를 꼬고 있더라는 어머니와 할머니의 수군거림을 듣지만, 오후 동네 야산에서 먼 하늘로 사라지는 한줄기 연기를 본다. "다시는 짐승으로도 인간으로도 몸을 받아 이승에 나오지 마라." 안집 여자가 흐느끼며 내뱉은 이 말은 가부장제 사회에 '몸 받아' 나온 여자들의 운명에 대한 강력한 항거의 표현이자 연기처럼 사라진 딸의 몸에 바치는 슬픈 진혼가다.

하지만 아버지의 폭력에 의해 육체를 짓밟힌 부네의 죽음에도 불구하고 이미 반란의 대열에 올라선 여자들의 행진은 계속된다. 이제 그녀들은 물리적 폭력에 의존할 수밖에 없는 가부장의 허약함을 알아버렸고, 이 폭로된 권위 앞에 가부장들은 맥없이 무너지거나 참담하게 일그러진다. 가부장의 허위를 폭로하는 존재가 미국인이 주인인 집의 식모로 일하는 부네의 동생 서분이라는 것은 흥미롭다. 서분이는 일제강점기라는 한 번의 종속 후 또다시 외부적 힘에 복속되었던 불행한 정치적 상황 속에서, 한국 '가장'이 처한 허약한 위치를 노출시키는 존재이자, 독립적인 주체로 올라서지 못하고 더 힘센 외국 남성의 힘을 빌려 자신의 삶을 향유했던 한국 여성들의 모순적 상황을 보여주는 인물이다. 분결같이 고운 그녀의 손, 그녀가 입고 다니는 (당시로선) 외설적 복장, 미제 초콜릿과 향수, 그리고 무엇보다 그녀의 입에서 튀어나오는 해리슨 씨라는 미국 남자의 이름은 이미 무너진 부권을 추문으로 만들기에 충분하다. 서분이가 영어 읽기에 열심인 오빠에게 던진 "순 한국식 발음이다 얘"라는 한마디는 오빠의 권위에 치명타를 날린다. 오빠가 과시하듯 큰소리로 발음한 영어가 정통 미국식 발음에 미달하는 가짜임이 밝혀지면서 오빠는 왜소한 존재로 전락한다. 오빠가 맹렬하게 연습하는 "아임 낫 라이어", "아임 어니스트 보이"는 가짜로 전락한 한국 남성의 초라한 자화상을 말해주는 비루한 '콩글리시'다. 읍내 저잣거리가 주는 달짝지근한 쾌감을 찾아 밤 외출을 멈추지 않는 언니에게 주먹을 날리던 오빠는 이제 밤이면 서분이와 함께 어디론가 사라진다. 미국이라는 거대한 권위의 후광을 받아 더욱 강렬하게 성적 매력을 발산하는 서분이의 육체는 오빠를 무장해제시킨다. 미국인 집 식모라는 종속적 위치를 매개로 한 것이긴 하지만 서분이의 육체는 언니 부네의 몸이 겪어야 했던 폭력과 수난에서 비켜나 있다는 점에서 변모된 여성의 위치를 말해준다.

오빠를 해리슨 씨에게 소개시켜주겠노라는 약속을 하고 떠난 서분이에게서 아무 연락이 없자 오빠는 다시 언니에게 주먹질을 시작한다. 하지만 이미 오빠의 권위에 뚫린 구멍을 보아버린 언니가 예전처럼 가만히 매질을 당하고 있을 리 없다. 언니는 고개를 빳빳이 쳐들고 오빠의 가슴에 비수 같은 한마디를 쏘아붙인다. "난 오빠가 그 계집애하고 무슨 짓을 했는지 알아. 그 더러운 짓을 안단 말야." 누이의 "더러운 짓"을 금지했던 자신이 "더러운 짓"의 주인공으로 고발당하자 오빠는 처참하게 일그러진다. 남루한 피난민 방 "한쪽 면에 버티어 선 거울은 줄줄이 피를 흘리고 있는 버짐투성이의 메마른 계집애를, 슬픔과 증오와 수치심으로 비참하게 일그러진 열여섯 살 사내아이의 초라한 모습을 비웃듯 남김없이 드러내어 오연히 번쩍였다." 거울에 비친 오누이의 모습은 전쟁이 초래한 한국 가부장제의 균열을 증언하는 이미지다. 그것은 현실적 힘도 도덕적 정당성도 잃어버린 채 참담하게 일그러진 오빠와 그 오빠의 권위에 맞서다 피투성이가 된 몸뚱이로 쓰러진 여동생의 모습이다.

아버지의 귀환은 부서진 가부장제를 온전한 옛 모습 그대로 복원하지 못한다. 대행 가장의 폭력이 지배하던 '공포 시대'에 화자는 부재하는 아버지에 대해 따뜻하고 넉넉한 기억을 갖고 있었다. 하지만 아버지에 대한 긍정적 기억은 폭정의 시대를 견디기 위한 상상의 산물에 불과할지도 모른다. 아버지 없는 시간 동안 가족에게 생긴 변화는 가족 구성원 모두 아버지가 돌아오는 것에 불안과 두려움을 갖게 만든다. 아버지의 귀환이 초래할 새로운 낯섦은 피난민 가족이 소화하기 어려운 이질적 감정이다. "아버지가 돌아오셨다. 모시고 가거라"라는 교장 선생의 전언을 듣고 화자가 보인 첫 반응은 놀라움도 기쁨도 아닌, 탁자 위에 놓인 케이크 한 조각을 훔쳐먹는 것이다. 훔쳐먹기는 새로운 상황에 노출된 어린 육체가 보인 즉자적 반응이다. 하지만 어린 육체는 낯선 이물질을 삼키지 못하고 꾸역꾸역 토해낸다. 전쟁이 끝난 후 돌아온 아버지는 무너진 가족의 경계를 다시 그어주고 중단된 성장을 인도해줄 거대한 존재라기보다 걸인과 다름없는 초라한 존재이자 구토를 유발하는 이물질로 경험된다. 화자는 학교 변소간에 앉아 "다리 사이에 머리를 박고 구역질을 하며 똥통 속을 들여다"보다가 한 줄기 햇빛 속에서 "무엇인가…… 소리치며 일제히 끓어오르고" 있음을 본다. 가부장적 상상계의 거울 속에서 아름답고 완전한 몸을 보는 대신 화자는 끓어오르는 똥들을 본다. '햇빛 속에 투명하게 드러난 똥들의 맹렬한 반란', 이 이미지는 오물 속에서 격렬하게 폭발하는 어린 여자아이의 욕망과 그 욕망을 담고 있는 여성 육체의 비루함을 동시에 포착하고 있다. 일곱 살 소녀의 몸은 가부장적 상징질서가 구성해내는 아름다운 여자의 몸으로 거듭나지 못하고 똥통 속에서 들끓고 있는 비천한 욕망 덩어리로 남아 있는 것이다. 그녀는 전쟁이 가져다준 대행 가장의 시대도 그리고 전쟁의 종식과 함께 도래할 새로운 가장의 시대도 받아들이지 못한 채 억눌린 욕망을 몸으로 표현하면서 유년의 시간대를 통과한다.

「중국인 거리」에서 아버지는 돌아왔고 화자의 가족은 피난민 마을에서 항구도시로 옮겨와 외형적으로는 평범한 가족 생활을 유지하고 있다. 전쟁 동안 발생한 가부장제의 일시적 균열은 봉합된 것처럼 보인다. 욕망의 외출을 감행했던 어머니는 집으로 돌아와 임신을 했고 아버지는 오빠의 폭정을 마감하고 집안을 책임지는 전형적인 가장으로 자리를 잡아가고 있다. 하지만 돌아온 아버지가 딸들의 성장을 인도할 권위 있는 존재로 자리를 굳힌 것은 아니다. 아버지는 어머니에게 여덟번째 아이를 임신시키는 육체적 존재일 뿐, 부성에 수반되는 상징적 권위의 소유자로 비치지 않는다. 친엄마를 계모라고 말하는 아이들, 차라리 의붓자식이어서 맘대로 집을 나갈 수 있기를 고대하는 아이들, 이 아이들에게 가족은 든든한 성장의 울타리가 되지 못한다. 한국 가부장제의 재편기라 할 수 있는 전후에 어린 딸들은 미약한 아버지와 출산의 감옥에 갇힌 어머니 사이에서 적절한 성장 모델을 찾지 못한 채 방황하고 있다.

방황하는 어린 소녀가 살고 있는 곳이 피난민과 중국인과 '양공주'가 함께 거주하는 혼성 공간으로 설정된 것은 단순한 지리적 배경 선택 이상의 의미를 갖는다. 중국인 거리는 전후 재편중이던 한국 사회의 주류 질서 속으로 진입하지 못한 주변적 존재들(피난민), '순수' 혈통에 이질적 요소를 끌어들인 '오염원들(양공주)', 단일민족 신화에 젖어 있던 한국 사회의 인종적 타자들(중국인)이 함께 어울려 살고 있는 이질 혼성 공간이다. 물론 이 공간이 주류 질서의 위계와 억압과 배제의 논리에서 완전히 벗어난 해방구인 것은 아니다. 하지만 어른 사회의 위계질서를 아직 다 내면화하지 않은 아홉 살짜리 소녀에게 이 혼성 공간은 주류 질서 밖의 삶을 모색할 수 있는 곳으로 경험된다. 이곳에서 화자는 '양공주' 매기 언니와 중국 남자를 통해 민족적 경계 밖의 삶을 경험하기도 하고 할머니를 통해 정상적 가족 질서 속으로 들어가지 못하고 주변인으로 떠돌아야 했던 여자의 삶을 목격하기도 한다. 혼돈과 새로움이 착종되어 있는 이 혼성 이질 공간에서 화자는 소멸과 파멸의 운명에 처해 있는 여성의 육체를 홀로 대면한다.

아홉 살배기 여자아이에게 할머니와 매기언니의 잇단 죽음은 전후 한국 사회에서 '여자의 몸'을 갖고 있는 존재들의 비참한 현실을 목격하도록 해준 사건이다. 시집온 지 석 달 만에 남편이 처제를 본 탓에 의붓딸에게 몸을 의탁해야 했던 할머니는 중풍으로 쓰러져 아기가 된 다음에야 집으로 돌아간다. "개밥에 도토리" 신세가 되어 죽음을 맞이한 할머니는 그악하기 그지없는 살의와 독설로 평생을 버틴다. 할머니는 고양이가 갓 낳은 제 새끼들을 잡아먹도록 유도했다가 기다렸다는 듯 일곱 개의 조그만 대가리를 신문지에 싸 하수구에 버린다. 할머니의 고양이 살해는 모성적 존재에 대한 질투심의 표현이자 여성을 모성적 존재로 규정짓는 사회에 대한 일탈적 저항이다. 할머니가 고양이 새끼에게 보인 살인 충동은 가부장제 사회가 여성에게 부여한 모성애라는 이름의 '거룩한' 감정을 패러디하고 있다. 물론 모성애를 부정한 할머니에게 여자로서 육체적 쾌락이 주어진 것도 아니다. 「유년의 뜰」에서 화자가 목격한 할머니의 벗은 몸은 출산의 흔적이 전혀 없는 둥글고 풍요로운 배와 박꽃처럼 하얀 속살로 눈부시다. 할머니의 이름이 말해주듯 그것은 하얗게 빛나는 '꽃봉지'였다. 하지만 할머니의 꽃봉오리는 한 번도 꽃을 피워내지 못했고 「중국인 거리」에서는 한 송이 마른 꽃으로 시들어갔다.

매기 언니의 몸은 할머니의 몸이 겪어야 했던 것보다 더 극심한 소외와 폭력에 시달린다. 중국인 거리에 살고 있는 피난민들에게 매기 언니는 이방인과 몸을 섞고 이방의 피를 끌어들인 오염원이다. 그녀는 백인 남자 사이에 혼혈 자식을 두었지만 현재는 흑인 군인과 동거 중이다. 단일민족 신화와 순수혈통주의가 지배하는 한국 사회에서 이국 남자와 몸을 섞는다는 것도 문제적이지만 흑인 남자와 몸을 섞는다는 것은 더 큰 문제다. "검둥이"는 한국인이 선망하는 미국 시민에 끼지 못하는 '열등한' 종족이기 때문이다. 할머니가 매기 언니의 딸

제니를 "짐승의 새끼"라 부르듯 혼혈아는 인간의 범주에 들지 못하는 '짐승'이다. 하지만 아직 어른들의 시선에 완전히 동화되지 않은 어린 여자아이들에게 매기 언니는 멋진 옷과 화려한 물건을 소유하고 있는 선망의 대상으로, 매기 언니의 2층 방은 신기한 보물로 가득찬 보물 창고로 보인다. 치옥이는 당당하게 "나는 커서 양갈보가 될 거"라고 말하고 화자는 친구의 선언에 이의를 달지 않는다. '양공주'라는 수사적 미화가 떨어져나간 적나라한 이름 "양갈보"는 어른들에게는 조소와 경멸을 불러일으키는 수치의 존재이지만, 어린 소녀들에게는 미제 물건으로 상징되는 매혹적인 소비 상품과 가부장석 가족 질서 속의 여자들이 누리지 못하는 육체적 쾌락을 향유하는 도발적 섹슈얼리티의 소유자로 보인다. 화자에게 "양갈보" 매기 언니는 입덧으로 수채에 쭈그리고 앉아 구역질을 하는 어머니의 삶과도, 남편에게 버림받은 채 쓸쓸이 소멸해간 할머니의 삶과도 다른 가능성을 보여주는 인물이다. 모성에 묶이지 않는 섹슈얼리티의 모험과 소비 상품에서 맛보는 쾌락의 향유는 아홉 살짜리 여자아이가 "양갈보"에게서 찾아낸 새로운 가능성이다. 하지만 가능성은 곧 불가능성으로 바뀐다. 술 취한 흑인 군인이 매기 언니를 2층 방에서 던져버린 것이다. 헤드라이트 불빛에 노출된 매기 언니의 시신은 구식민지적 가부장제가 신식민지적 형태로 변모해가던 시기 이방의 남자에게 몸을 내어준 한 여성이 겪는 처참한 운명을 적나라하게 보여준다.

따라서 먼발치에서 슬픈 시선을 던지는 중국 남자를 낭만적 동경의 눈으로 바라보고 "따스한 핏속에서" "참을 수 없는 근지러움"을 느끼던 어린 소녀에게 닮고 싶고 되고 싶은 여자의 몸은 없다. 임신한 어머니의 구역질에서 소녀가 발견한 것은 정신적 초월을 가로막는 동물성이었고, 생명의 탄생은 탄생에 어울리는 신비보다는 죽음의 징후를 짙게 드리우고 있다. 지독한 난산 끝에 어머니가 여덟번째 아이를 낳았을 때 화자는 "이해할 수 없는 절망감과 막막함으로 어머니를 불렀다. 그리고 옷 속에 손을 넣어 거미줄처럼 온몸을 끈끈하게 죄고 있는 후덥덥한 열기를, 그 열기의 정체를 찾아내었다. 초조初潮였다.[5] 여성성의 육체적 지표라 할 월경을 소녀는 부정적으로 체험한다. 그것은 다가올 성적 쾌락의 신호나 생명 창조의 신비로 열린 축복이 아니라 거미줄처럼 온몸을 옥죄는 위협과 공포로 경험된다. 월경은 자신의 몸에서 흘러나오지만 자신이 통제할 수 없는 더러운 피, 주체의 경계를 흐리고 주체를 위험으로 몰고 가는 크리스테바적 의미의 '비체'다. 물론 이런 월경 '체험'은 월경 그 자체와는 아무 관계가 없다. 그것은 월경하는 여자들의 몸에 대한 '문화적 해석'이자 이 해석을 뒷받침해주는 부정적 여성상의 심리적 여파이다. 긍정적 모델이 되어주었어야 할 어른들에게서 어떤 대안적 모습도 발견하지 못한 소녀에게 월경은 피하고 싶지만 피할 수 없는 운명 같은 것이다. 이 운명을 받아들이면서 소녀는 성인의 길로 접어든다. 하지만 가부장적 상징질서가 강요한 여자다움을 받아들이기엔 소녀의 핏속에 길들여지지 않은 야생의 흔적이 남아 있다. 온몸을 긁게 만드는 근지러움은 사춘기 처녀로 하여금 아버지와 히스테리 게임을 벌이고 잃어버린 어머니의 몸을 찾아가도록 만드는 육체적 힘이다.

3. 히스테리적 게임과 애도하지 못한 어머니의 죽음

「저녁의 게임」은 어둠이 깔리는 저녁 식탁에서 늙은 아버지와 나이든 딸이 벌이는 화투 놀이를 그린 작품이다. 하지만 뒷면에 패가 휜

---

5. 오정희, 「중국인 거리」, 같은책, 81쪽.

히 드러나 있는 화투장을 가지고 부녀가 벌이는 게임 뒤엔 또하나의 게임이 벌어지고 있다. 정신질환에 시달리다 아이를 죽인 후 기도원에서 죽음을 맞이한 어머니에 대한 부채 의식과 어머니를 그런 비참한 상태로 몰아넣은 아버지에 대한 증오와 반발이 딸의 화투장에 그려진 그림이라면, 그럴 수밖에 없었다는 변명과 함께 딸 역시 어머니를 가두는 것에 동의하지 않았느냐는 질책이 아버지의 화투장에 그려진 그림이다. 소설은 손에 들고 있는 화투장과 마음에 들고 있는 화투장을 병치시키면서 아버지를 향한 딸의 복잡한 심리를 의식의 흐름 기법으로 그리고 있다. 무릇 게임이란 상대를 이기기 위해 치열한 머리싸움을 하는 벌이는 심리적 대결이다. 신도시의 어느 허름한 2층집 부엌 식탁에서 벌어지는 이 부녀의 게임은 한 세기 전 독일의 어느 정신분석 상담실에서 프로이트와 그의 유명한 히스테리 환자 도라 사이에 벌어진 게임을 연상시킨다. 두 게임 모두 오이디푸스적 표층 밑에 전 오이디푸스적 심층을 숨기고 있다. 도라가 K 씨를 향한 오이디푸스적 욕망과 그것의 현재적 재현이라 할 수 있는 프로이트를 향한 '전이 사랑' 밑에 K 씨 부인을 향한 전 오이디푸스적 욕망을 감추고 있듯, 위층에서 들리는 아이 엄마의 발소리는 딸의 무의식 심층에 자리잡고 있는 어머니를 불러내는 소리다. 따라서 아버지와 딸이 화투 놀이를 하는 3인용 식탁의 빈자리에 어머니를 불러들이고 아버지와 딸의 게임을 분열시키는 어머니의 비명에 귀를 기울이는 것이 작품의 심부深部에 이르는 길이자 딸의 무의식의 배꼽에 이르는 길이다.

어머니가 정신병에 걸려 아이를 죽이는 끔찍한 행동을 하게 된 것은 "아버지의 문란한 생활" 때문인 것으로 되어 있다. 엄마 자신의 입으로 이야기된 것이라서 사실 여부를 확인할 수는 없지만, 엄마가 "머리통이 물주머니처럼 무르고 크게 부풀어오른, 연골체의 갓난아이"를 낳게 된 것은 아버지의 분방한 성생활 때문인 것으로 암시된다. 유치원 보육 교사였던 엄마는 목청이 곱고 연약한 여자였다. 당시 초등학교 학생이었던 화자의 시선에 그런 엄마가 겪었을 심리적 갈등이 포착되지는 않는다. 다만 학교에서 돌아와 아기가 어디 있느냐는 어린 딸의 물음에 "고드름처럼 차가운 손가락을 목덜미에 얹으며" "인형을 사줄께"라고 대답한 엄마의 말과 몸짓은 기억 속에 저장되어 있다. 정신병원의 호송차가 와 실어가려고 할 때 식탁 아래로 기어들어가 "아가, 난 싫어, 좀 말려줘"라고 외치던 엄마의 소리가 화자의 귓전에 어른거린다. 삐뚤삐뚤한 글씨로 써내려간 엄마의 편지에서 나던 마른 꽃 냄새는 코끝에 여전히 남아 있다. 막 부패하기 시작한 엄마의 시신에서 풍기던 "연기처럼 매움한 꽃 냄새"와 엄마의 관 뚜껑에 박히던 못질 소리는 지금도 여전히 코끝과 귓전을 맴돈다. 엄마를 환기시키는 감각적 기억들은 딸의 몸에 달라붙어 떨어지지 않는다. 엄마의 죽음을 애도하지 못한 딸은 자신의 몸에 주렁주렁 매달린 엄마의 기억들로 무겁다.

엄마의 기억으로 무거워진 딸의 육체는 멀리서 들리는 휘파람 소리에 충동적으로 반응한다. 휘파람 소리는 아버지의 집에 깃들어 있는 엄마의 소리이기 때문이다. "싸르륵 싸르륵 머릿속의 혈관이 텅텅 비어가는 듯한 악성빈혈의 증세에도" 휘파람 소리는 어김없이 울려오고, 그 소리에 딸은 응답하지 않을 도리가 없다. 그것은 도망치려고 해도 도망칠 수 없는, 몸속에 합체된 엄마의 소리이기 때문이다. 화자가 육체적 반응을 보이는 남자들은 상실한 엄마를 환기시키는 엄마의 대체물들이다. 10년 전 화자는 휘파람을 불며 나타난 맑은 눈빛의 '그애'를 만났다. 그애의 몸에선 마른 꽃 냄새가 풍겼다. 그애가 오지 않게 되면서 화자는 머리에 붉은 꽃을 달고 그애의 몸 아래에 누워 있는 자신을 상상한다. 10년이 지난 지금 그녀는 멀리서 휘파람을 부는 또다른 사내를 만난다. 그녀는 지루한 화투 놀이를 서둘러 끝낸 다음 공사장으로 나간다. 공사장 노동자로 일하는 사내의 몸 아래에서 밤의 어둠 속을 떠다니는 마른 꽃 냄새를 맡는다. 10년 전 꿈속에서 그애와 섹스를 나눌 때처럼 그녀는 술 냄새를 풍기는 낯선 남자의 몸 아래에서 머리에 꽃을 꽂고 있는 자신을 상상한다. "미친 여자나 창부"가 아니면 아무도 머리에 꽃을 꽂지 않는 세상에서 그녀는 낯선 사내에게 몸을 파는 "노처녀"가 되어 있다. 그녀가 몸을 내어주는 것은 잃어버린 엄마를 되찾으려는 절망적 몸짓인 동시에 아버지의 질서에 순응할 수 없는 내면적 광기의 분출 행위이다. 10년 전 꿈속 섹스의 희화화라 할 수 있는 이 물화된 섹스에는 어떤 만족도 쾌락도 없다. 자발적으로 '매춘부'의 몸을 연기演技하고 있는 그녀의 몸은 자신의 것이 아니라 죽은 엄마의 기억으로 가득차 있는 타자의 소유물이기 때문이다.

남자와 섹스를 한 후 집으로 돌아와 어두컴컴한 방에서 화자는 홀로 자위에 빠져든다. 엄마를 환기시키는 위층 여자의 발소리를 들으며.

방은 조용한 어둠 속에 가라앉기 시작했다. 이윽고 집 전체가 수렁 같은 어둠 속으로 삐끄덕거리며 서서히 잠겨들기 시작했다. 여자는 침몰하는 배의 마스트에 꽂힌, 구조를 요청하는 낡은 헝겊 쪼가리처럼 밤새 헛되고 헛되이 펄럭일 것이다. 나는 내리누르는 수압으로 자신이 산산이 해체되어가는 절박감에 입을 벌리고 가쁜 숨을 내쉬며 문득 사내의 성냥 불빛에서처럼 입을 길게 벌리고 희미하게 웃어 보였다.[6]

낯선 남자에게 몸을 판 다음 빈방에 돌아와 홀로 자위하는 여자, 그녀의 벌어진 입 사이로 흘러나오는 광기 어린 희미한 웃음. 여자에게

---

6. 오정희, 「저녁의 게임」, 같은 책, 120쪽.

서 이보다 더 심하게 아우라를 빼앗아간 장면을 찾기는 쉽지 않을 것이다. 또한 이보다 더 참담하게 여자의 절망을 그려낸 장면을 찾기도 쉽지 않을 것이다. 씁쓸한 쾌락 뒤에 버려진 여자의 육체는 "침몰하는 배의 마스트에 꽂힌, 구조를 요청하는 낡은 헝겊 쪼가리처럼 밤새 헛되고 헛되이 펄럭일 것이다." 하지만 그녀의 구조 요청에 응답해줄 사람은 없다. 아버지는 침몰하는 배의 무능한 선장이고 어머니는 죽었고 오빠는 도망쳤다. 「저녁의 게임」은 죽은 어머니를 떠나보내지도 못하고 아버지의 배에서 탈출하지도 못한 채 어머니의 광기를 대물림하고 있는 딸의 산산이 해체되고 있는 육체를 보여주는 것으로 끝난다.

어머니를 떠나보내지 못하고 아버지와 심리적 갈등을 겪고 있는 딸의 이야기는 「저녁의 게임」이 발표되기 오래전부터 오정희 소설을 지배해온 모티프 가운데 하나다. 「번제」에서는 어머니를 잃지 않기 위해 어머니가 되기를 거부하는 여자가 등장한다. 정신병원에 입원해 있는 그 여자는 옛 애인을 연상시키는 정신과 의사와 '전이 사랑'에 빠져 있지만 그녀의 심리를 지배하는 것은 남자가 아니라 어머니다. 옛 애인에게 결별을 선언하고 그의 아이를 낙태하도록 만든 것도 어머니다. 세상의 딸들은 어머니의 몸에서 태어나 어머니의 몸을 닮아가지만 어머니를 떠나 아버지의 질서 속으로 들어가야만 '정상적인' 여자가 될 수 있다. 어머니를 적절히 애도하는 것은 가부장제 사회에서 정상적 여자가 되기 위해 거쳐야 하는 필수 과정이다. 하지만 어머니의 몸에서 떠나기를 거부할 때 그들은 어머니의 몸이 되는 것도 거부한다. 그들은 가부장적 담론이 신성시 여기는 여성의 육체, 모체母體라는 이름의 몸이 되기를 거부한다. 「번제」는 어머니의 자궁에서 떨어지지 않기 위해 자신의 자궁에 아이를 담기를 거부하는 여자의 (무)의식을 그린 작품이다.

화자를 '요나 콤플렉스'에 빠뜨린 트라우마적 사건은 어린 시절 경험한 익사 공포이다. 이 체험은 (어머니에게 임신 사실을 숨기는 장면과 아이를 자신의 목에서 떼어내는 장면 등을 거치며) 약간의 변형을 보이긴 하지만 작품의 초두에 등장하는 화자의 꿈에서 거의 그대로 반복된다. 문학작품에서 '물'은 흔히 어머니의 자궁에서 경험한 공생적 일체감을 복원해주는 이미지로 등장한다. 하지만 이 작품의 화자에게 물은 어머니와 자신을 떼어놓는 거대한 이물질로 경험된다.

그리고 내 앞에는 가직하게 어릴 적의 바다, 모래톱에 밀리는, 은빛 수천 수만의 비늘을 번쩍이며 뒤채는 거대한 한 마리의 뱀이 있어 나는 헤엄치고자 헤엄치고자 버둥거렸다. 그것은 어머니에게로 돌아가고자 하는 나 나름의 노력이었다. 어머니와 관련된 최초의 기억은 익사의 공포에서 비롯됐다. 유년 시절 어머니와 갔던 바다에서 물에 빠졌을 때 나는 물속에서 허우적거리며 이젠 다시 어머니에게로 갈 수 없다는, 그녀의 자궁에서 떨어져나온 이래 가장 확실히 분리되었음을 막연한 느낌으로 자각하여 얼마나 외로웠던가.

⋯⋯어머니가 손에 십자가를 쥐고 타계했을 때 오히려 어느 때보다도 나는 그녀와 굳게 결합되어 있었다. ⋯⋯어머니와 나 사이에 개재하여 번득이던 물결을 한걸음에 뛰어넘어 단지 한 개의 알로 환원되어 그녀의 자궁에 부착된 듯 편안한 느낌 속에서 나는 다시는 떠나지 말자 떠나지 말자 다짐하고 있었다.

그러나 밤마다 거듭되는 그와의 끈질긴 싸움 끝에 어느 날 문득 최초로 잉태의 기미를 손끝으로 느꼈을 때 나는 다시 한번 어머니에게서 완벽하게 떨어져나온 격렬한 충격을 맛보아야 했다. 나는 내 속에 또 다른 하나의 알을 기르고 있다는 사실을 인정할 수 없었다.[7]

---

7. 오정희, 「번제」, 『불의 강』(문학과지성사, 1997), 174–175쪽.

다소 길게 인용한 이 장면은 '화자의 심리' 심층에 놓여 있는 장면일 뿐 아니라 '텍스트의 심리' 심층에 놓여있는 장면이기도 하다. 이 장면을 지배하는 시각 기표들은 은빛 물결-뱀-아이-남근/자궁-알의 대립 이미지다. 이 무의식적 기표의 사슬에서 '은빛 물결'은 몸을 뒤척이는 한 마리 거대한 '뱀'이라는 '남근적 이미지'로, 뱀은 다시 '아이'로 연결되고 그 반대편에 '알'과 '자궁'이 또다른 기표의 회로를 이루고 있다. 익사라는 어린 시절의 트라우마적 사건은 화자의 심리 공간에 영원히 지워지지 않을 무의식적 기표들을 각인시켜놓았다. 이 기표들이 연상시키는 근원적 공포는 어머니의 상실이다. 화자는 어머니의 상실이라는 원초적 트라우마에서 벗어나지 못해 그것을 촉발시키는 억압된 기억들로 반복해서 돌아간다. 그것은 화자가 애인과 함께 화살을 쏘던 장면에서, 그리고 화자가 빈번하게 꾸는 꿈과 환영에서 반복된다. 애인과 활 놀이를 할 때 화살이 손을 떠나 시위에 꽂히는 순간 화자는 예의 은빛 비늘을 본다. 작품이 시작되기 전날 밤 꾼 꿈에서도 그녀는 은빛 뱀의 이빨에 물리는 공포에 사로잡힌다.

  분리를 넘어 다시 어머니의 자궁으로 돌아가기 위해 화자는 처음엔 애인을, 그다음엔 자신의 "목에 지렁이처럼 얽힌 아이"를 떼어낸다. 작품의 제목인 '번제'는 산 동물을 불에 태워 신에게 바치는 유대 사회의 희생 제의를 일컫는다. 하지만 이 작품에서 번제의 제물을 받을 신은 가부장적 신이 아니라 어머니라는 이름의 대모신大母神이고, 그가 바칠 제물은 배 속에 든 아이다. 산 생명을 제물로 바치는 도착적 희생 제의는 화자와 어머니 사이에 발생한 간극을 메우려는 절망적 시도이자 어떤 희생을 치르더라도 어머니의 사랑을 되찾겠다는 절대적 욕망이다. 이 희생의 열망과 사랑의 의지에 지배되는 한 화자는 어머니를 대체할 다른 존재를 받아들이지 못하고 어머니의 자궁 속에 한 개의 알로 매달려 있는 탄생 이전의 상태로 회귀하려는 퇴행

욕망에 시달린다.

화자가 어머니와의 절대적 합일을 욕망하며 살해한 아이는 화자의 환각 속에 노란 수선화를 든 아기 유령으로 출현한다. 그녀를 괴롭히는 존재가 어머니의 유령에서 아기 유령으로 바뀌긴 했지만 화자는 여전히 죽은 자의 손아귀에서 놓여나지 못하고 있다. 고양이 눈알처럼 파랗게 불꽃을 피우고 있는 아기 유령은 화자를 공포로 몰고 가숨을 쉬기조차 힘들게 만든다. 그 아기 유령이 외치는 "태어나지 않은 자를 위해 기도하라"라는 소리는 아기를 죽였던 과거의 기억 속으로 그를 몰아넣는다. 하지만 아기 유령과의 반복적 대면을 통해 그녀는 아기를 죽인 자신의 행위가 하느님의 동산에 핀 꽃을 꺾는 행위, 꽃 속에 들어 있는 태어나지 않은 아이의 영혼을 지워버리는 '심술궂은 마녀'의 행태였음을 인식하게 된다. 이 인식이 이제 화자로 하여금 아기 유령을 어머니와 자신 사이를 가로막는 이물질이 아닌, 자신이 젖을 먹여야 할 어린 생명으로 받아들이게 한다. 화자는 부활절에 유년부 아이들이 가져온 인형을 다시 살아난 아이로 착각하여 젖을 먹이고 싶어한다. 환각 속에서 이루어지는 수유 욕망은 화자가 자신의 모성을 받아들이게 되고 어머니로부터 심리적 거리를 유지하게 되었음을 말해준다. 어머니 이외의 다른 존재를 받아들일 심리적 공간이 어느 정도 확보된 것이다.

하지만 작품 말미에 등장하는 화자의 환각에서 어머니와 어머니를 가로막는 바다는 여전히 사라지지 않고 있다. 화자는 창문으로 스며드는 햇빛을 바다의 은빛 물결로 착각하여 "바다 건너 한 마리 어린 양이 피를 흘리며 죽어가는" 환영에 시달린다. 살인의 죄책감에 시달리는 그녀는 피부의 기름기가 다 없어져 허연 미라처럼 될 때까지 강박적으로 손을 씻는다. 손 씻기는 죽은 아이의 피를 씻어내려는 정화 의식인 동시에 살인의 죄를 저지른 자신에 대한 무의식적 처벌이다.

화자가 이런 죄의식과 자기 처벌의 악순환에서 벗어나려면 어머니를 떠나보내는 '애도의 의식'을 거행할 수 있어야 한다. 이는 「저녁의 게임」의 화자에게도 적용되는 말이다. 문제는 가부장적 사회에서 어머니에 대한 욕망을 포기하고 아버지의 질서로 편입되는 것 이외의 다른 식으로 어머니를 애도하는 일이 결코 용이하지 않다는 점이다. 가부장적 상징질서가 부여한 정체성을 거부할 때 그들은 아버지의 법밖에서 자신의 욕망을 탐색해야 한다. 히스테리 환자라 불리는 일군의 여성들이 병리적 증상을 통해 드러내 보이는 것이 아버지의 법망에 완전히 포괄되지 않는 무의식적 욕망이다.[8] 그들의 몸은 억압된 에너지가 터져나오는 욕망의 통로다. 병리적 증상을 넘어 그들의 욕망이 자유롭게 흘러나오기 위해서는 상징질서 자체로부터 여성의 욕망을 '분리해내고' '남근적 주이상스' 밖에서 자신의 몸을 즐길 수 있어야 한다. 「저녁의 게임」과 「번제」에 등장하는 여주인공들은 아버지의 질서 안에서 어머니와 무의식적 유대를 병리적 방식으로 유지하고 있다. 하지만 가부장적 상징질서에 수렴되지 않으면서도 어머니와 이별하는 길, 어머니를 떠나보냄으로써 어머니를 살려내는 '여성적 승화feminine sublimation'의 역설에는 이르지 못하고 있다.

4. 창조적 몸과 순환적 시간

「유년의 뜰」과 「중국인 거리」의 어린 소녀들이 탐색했던, 가부장적 모성으로 나포되지 않는 여성적 욕망은 출구를 찾기 어려웠고, 「저녁의 게임」과 「번제」의 나이든 딸들을 사로잡았던 어머니로의 회귀 욕

---

8. 히스테리적 욕망과 남근적 욕망구도의 관계에 대해서는 이 책의 제3장 제4절 참조.

망은 여성 자신의 몸의 부정과 해체로 귀결되었다. 이는 여성이 가부장적 질서 너머에서 자신의 주체성과 육체를 상상하고 구성하는 일이 쉽지 않음을 의미한다. 오정희 소설의 긴 여정에서「옛우물」은 분수령이 되는 작품이다. 이 작품에 이르러 오랫동안 작가 오정희를 괴롭혀온 모성과 모체의 문제가 나름의 해결책을 찾게 된다.「옛우물」을 오정희 작품사의 한 획을 긋는 이정표로 만들어주는 것은 가부장적 시간을 월경越境하는 여성적 시간으로의 이행이 일어나는 여성의 몸 체험이다. 보기에 따라 이런 이행은 오정희 문학이 여성의 삶을 규정하는 일상적·역사적 세계에서 신화적·자연적 세계로 초월한 것으로, 따라서 현실 속에 몸담고 사는 여성들의 일상에서 후퇴한 것으로 해석될 수도 있다. 하지만 역사 속에서 역사를 넘어가는 초월적 계기와 만나는 것은 기존 질서에 결박당하지 않는 유토피아적 가능성으로, 가부장제의 부정과 해체를 넘어 긍정적 여성주의를 만들어갈 가능성으로 이어질 수 있다.

오정희에게 긍정적 여성주의는 여성적 초월을 가로막는 물질적 짐이라 여겨지던 모체를 자기 존재의 '매트릭스matrix'로 재전유하는 것에서 시작된다. 이는 오정희 소설에서 초경을 온몸을 옥죄는 위협과 공포로 경험한 어린 소녀의 부정적 몸 체험과 어머니의 유령에 사로잡혀 자신의 육체를 거부하는 딸들의 파괴적 몸 체험에서 벗어난 새로운 몸의 생성이 일어났음을 의미한다. 이 새로운 몸의 생성은 여성적 결핍을 메워줄 남근의 소유나 재생산 수단으로 환원되지 않는 '모체의 재발견'이라 할 수 있다. 관념론적 남성 철학에서 초월은 육신이라는 어두운 동굴 속에 갇힌 영혼이 영원불멸의 광명 세계로 날아오르는 것을 의미한다. 하지만 오정희 소설에서 초월은 육신의 동굴을 떠나는 것이 아니라 그 어두컴컴한 동굴 속으로 다시 돌아오는 것이다. 동굴 벽면에 비친 영상을 통해 그림자 너머의 세계를 상기하고 그

곳으로 날아가고자 하는 플라톤의 동굴 속 남성 수인囚人들과 달리, 오정희 소설 속 여자들은 비상의 관념성을 몸으로 깨닫고 있다. 「옛 우물」의 화자는 "아이를 낳은 뒤로 나는 이전에 그토록 빈번하게 꾸던 꿈, 날거나 추락하는 꿈을 꾸지 않는다"라고 말한다. 마흔다섯 살의 생일을 맞이한 이 중년 여성 화자에게 어머니가 된다는 것은 비상과 추락, 상승과 하강이라는 수직적 세계에서 자기 몸안에 타자를 담고 있는 수평적 '겹침'과 '포갬'의 세계로 이동하는 것을 의미한다. 자기 몸안에 타자를 품었던 기억을 지니고 있는 그에게 몸은 정신의 초월을 위해 벗어던져야 할 감옥이거나 나를 나 속에 가두는 폐쇄 공간으로 경험되지 않는다. 그곳은 죽은 타자에서 미래에 올 타자에 이르기까지 수많은 타자가 거주하는 열린 공간, 지나간 과거가 침전沈澱되어 있고 다가올 미래가 선취先取되어 있는 열린 현재다. 내 몸을 타자에게 내주면서도 내 것에 강박적으로 집착하지 않는 존재, 나의 소멸을 운명으로 받아들이고 내 몸안에 깃든 타자를 통해 소멸의 시간을 넘어 자연의 순환이라는 거대한 지속에 동참하는 존재, 오정희가 「옛우물」의 화자와 함께 도달한 여성의 모습은 이런 모성적 존재 양태다.

이런 모성적 열림과 지속의 존재 양태를 작품 속 화자는 목욕탕이라는 가장 세속적이고 육체적인 공간에서 발견한다. 서로 다른 연배의 여자들이 몸을 열어놓고 때를 밀고 있는 동네 목욕탕에서 화자는 러시아 민속인형에서 발견한, 누적적이고 다층적으로 존재하는 여성들의 삶의 양태를 본다.

남편이 지난해 가을 러시아 여행에서 민속 인형을 사왔다. 얇은 나무로 만든 것으로 볼이 붉은 처녀의 얼굴이 그려지고 민속 의상의 무늬와 채색을 입힌, 얼핏 오뚜기처럼 단순한 모양이었지만 그 안에는 똑같은 모양의 인형들이 크기의 차례대로 겹겹이 들어 있었다. 그것은 내게 인생의 중첩된 이미지로 받아들여졌다. 앙상한 뼈 위로 남루하고 커다란 덧옷을 걸친 듯 살가죽이 늘어진 한 늙은 여자 속에 얼마나 많은 여자들이 들어 있는 것일까. 보다 덜 늙은 여자, 늙어가는 여자, 젊은 여자, 파과기의 소녀, 이윽고 누군가, 무엇인가가 눈틔워주기를 기다리는 씨앗으로, 열매의 비밀로 조그맣게 존재하는 어린 여자아이.[9]

늙은 여자의 몸속엔 세대를 달리하는 수많은 여자의 몸이 겹겹이 들어서 있다. 소멸의 문턱에 들어선 한 여자의 몸은 지금은 씨앗으로 존재하는 어린 여자아이의 몸에 의해 소멸의 운명에서 벗어나 지속된다. 이처럼 존재의 소멸을 낳는 시간의 선조적인 진행을 거스르는 겹겹이 중첩된 시간을 내부에 품고 있는 여성의 몸은 일회적인 존재를 넘어 무한히 펼쳐진 시간적 과정에 참여한다. 니체의 관점을 여성주의적으로 전유한 크리스테바를 따라, 우리는 이 시간성을 '직선적 시간성'과 구분되는 '순환적cyclical' 혹은 '기념비적monumental' 시간성이라 부를 수 있을 것이다.[10] 직선적 시간성이 연속적 전개로 파악된 목적론적 시간이라면 기념비적 시간성은 차이를 만들어내며 '영원 재귀the recurrence of eternity'하는 시간이다. 크리스테바는 이런 니체적 분류법에 정신분석학적 문제의식을 접목시켜 전자를 '강박적 시간'으로 후자를 '히스테리적 시간'으로 연결짓고 각각에 남성/여성이라는 성적 표지를 부여한다. 강박증 환자들은 과거를 지우고 미래로 달려나감으로써 시간을 정복하려고 한다. 하지만 그의 정복욕 밑에 놓여

---

9. 오정희, 「옛우물」, 『불꽃놀이』(문학과지성사, 1995), 31–32쪽.
10. Julia Kristeva, "Women's Time," in *The Kristeva Reader*, edit. by Toril Moi, trans. by Leon S. Roudiez et al. (New Yrok: Columbia University Press, 1986), 188–193쪽 참조.

있는 것은 노예 심리다. 반면 과거의 기억 때문에 고통받는 히스테리 환자들은 직선적 시간으로 지양되지 않은 과거가 미래적 시간성을 담고 회귀하는 전前 시간적 시간성anterior temporality을 자신의 몸속에 품고 있다. 과거와 미래가 만나는 이 역설적 시간성을 통해 그들은 시간의 굴레에서 벗어나 영원한 지속의 과정에 동참한다. 유장한 지속의 흐름 속에서 인간 존재를 바라볼 수 있는 새로운 시간성을 확보함으로써 「옛우물」의 화자는 사라진 존재들을 자신의 몸속에 다시 살려낼 수 있다. 그녀의 몸속엔 한때 그녀가 지옥까지 가겠노라며 젖꼭지를 무는 아이를 떼어놓고 따라갔지만 어느 날 신문 부고란에서 망자亡者로 다시 만난 '그'부터 어린 시절 우물에 빠져 죽은 정옥이라는 이름의 친구에 이르기까지 수많은 존재의 흔적이 새겨져 있다. 자식을 포기하면서까지 따라갔던 '그'와의 관계에서 화자는 애써 감추려 했던 욕망의 허위를 꿰뚫어보고 집으로 돌아온다. 물론 그녀가 지옥까지 따라가겠노라는 욕망의 또다른 모습을 볼 수 있었던 데에는 돌아오지 않는 부모를 기다리며 서럽게 울어대던 술집 아이의 울음도 한몫 했다. 하지만 아이는 그녀의 욕망을 가로막는 방해물이라기보다 영원할 것처럼 보이는 욕망의 덧없음을 일깨워주고 더 큰 지속의 흐름 속으로 그녀를 밀어넣어준 존재다. 이 대목에서 화자는 개체적 존재로서 여성적 욕망과 모성적 책임이라는, 여성을 오랫동안 괴롭혀왔고 지금도 괴롭히고 있는 대립을 넘어선다. 그녀가 '그'와의 사랑을 접은 것은 아이를 위해 자신의 욕망을 희생한 것이라기보다 (그런 측면을 전적으로 배제할 수는 없지만) '그'를 향한 욕망의 허구성을 깨달았기 때문이다. 자신의 욕망을 구조화하는 허구적 논리와 결별하고 그녀는 더 큰 생명의 흐름에 자신을 내맡긴다. 이 흐름 속에서 그녀는 이제 없는 '그'가 자신의 몸속에 현존함을 느낀다. 우리는 여기서 작품의 제목이기도 한 옛우물의 상징에 도달한다.

자궁의 신화적 변형이라 할 '옛우물'은 모체의 창조성을 상징한다. 우물의 깊고 그윽한 공간은 생명의 자궁을 지닌 여성의 몸 그 자체와 상징적으로 일치한다. 그것은 자기 몸속에서 생명을 길러내 자연의 유장한 과정에 참여하면서 이를 통해 그녀 자신도 일회적 존재의 운명을 넘어서는 여성의 창조적 삶을 표상한다. 화자는, 우물에 빠져 죽은 어린 시절 친구 정옥이나 '그'를 비롯한 모든 사라진 존재를 자신의 몸속에 살아 있게 함으로써 자신이 장구한 자연의 질서 속에 있음을 깨닫는다. 죽어간 모든 존재는 우물에 살고 있다는 전설 속 금빛 잉어처럼 찬란한 존재로 그녀의 몸속에서 헤엄치고 있다. 그것은 증조할머니가 말해준 금비녀의 신화적 변신에 해당하는 존재의 변이變異다. 증조할머니의 이야기에서 각시는 우물에 금비녀를 빠뜨리고 죽지만 금비녀는 금빛 잉어로 변해 천년이 지나면 이무기가 되고 또 천년이 지나면 용이 되어 하늘로 올라간다. 작품의 마지막에 화자는 자신의 생명보다 더 오래 지속될 나무를 끌어안고 돌연 이상한 욕구로 몸이 뜨거워지고 급기야 억눌린 비명을 지르며 산산이 해체되어 흰빛의 다발로 흩어지는 육체적 희열을 경험한다. 자연과 나누는 육체적 교감과 성적 희열을 통해 그녀는 자신의 몸속 우물의 금빛 잉어를 살려낸다. 금빛 잉어는 그녀가 존재하지 않을 어느 시간대에도 그를 통해 세상에 나온 존재들 속에 영구히 살아 있을 것이다. 우리는 여기서 「번제」의 여주인공을 외상적 공포로 몰아넣은 은빛 물고기가 금빛 잉어로 변신해 있음을 알 수 있다. 「번제」의 여주인공으로 하여금 자궁에 아이를 싣지 못하게 한 은빛 물고기는 이제 어머니와 그를 갈라놓는 방해물이 아니라 그녀의 몸을 통해 세상에 나온 금빛 잉어로 변해 있다. 어머니로서 자신의 몸을 긍정함으로써 그녀는 모성적 환희와 생명의 향연에 참여한다. 그녀가 경험하는 모성적 창조성의 세계는 역사보다 훨씬 근원적인 지속의 시간, 자연의 순환과 우주적 생명 과정에 연결되어 있다. 자신의 몸이 우주적 시간으로 이어질 타자들을 담는 생명의 주머니가 되는 한 여성은 무한infinity으로 열려 있다. 오정희가 오랜 갈등과 방황 끝에 도달한 곳에서 우리는 무한으로 이어지는 여성의 몸을 만난다.

5. 여성적 무의식의 탐색

「옛우물」에서 오정희가 도달한 모체의 긍정이 새로운 지평을 연 것은 분명하지만, 그것이 가부장제 사회에서 여성이 겪는 갈등과 분열을 일거에 해결해줄 수 있는 것은 아니다. 「옛우물」의 여주인공이 수용한 모성적 타자 인식이 자신의 내부에 자리잡고 있는 여성적 욕망을 완전히 대체할 수는 없고 그녀가 획득한 영원회귀의 지속성이 소멸의 시간대를 영구히 초월할 수도 없다. 가부장적 질서가 지배하는 일상적 현실에서 그녀는 여전히 가부장제가 규정하는 모성에 대한 헌신과 여성적 욕망 사이에서 갈등을 겪을 수밖에 없으며 소멸의 불안에 벗어날 수도 없다. 이런 갈등과 불안에서 면제된 공간은 현실의 세계 그 어디에도 없다.

하지만 그녀가 도달한 새로운 인식이 가부장적 현실과 관계 맺는 주체의 양태를 바꿀 수는 있다. 그녀는 어머니를 애도하지 못해 자신의 어머니됨을 받아들이지 못하는 병리적 상태에서 벗어나 어머니로서 자신의 육체를 긍정할 새로운 시각을 얻는다. 오정희가 획득한 이 시각이 의미 있는 것은 그것이 가부장적 모성과의 힘든 싸움 끝에 얻어진 것이기 때문이다. 그녀가 긍정한 모성은 아이 때문에 욕망을 포기하지 않으며, 오히려 어머니의 육체는 이 모성 자체에서 잃어버린 성적 쾌감과 희열을 회복하기까지 한다.

오정희가 후배 여성 작가들에게 준 선물은 바로 한국 사회에서 한 여성이 어머니가 되기까지 겪는 그 모든 갈등과 방황과 모순과 희열을 다양한 각도에서 드러내준 것이다. 그는 페미니즘의 기치를 선명하게 내세우지 않으면서도 여성들의 경험을 가장 깊은 수준에서 탐색하고 이를 여성적 문체로 실험해왔다. 또한 어떤 외부 압력이나 이데올로기에도 용기 있게 대면해왔고 이를 적확하고도 섬세한 필치로 표현해왔다. 그의 문학적 탐침이 뚫고 내려간 곳은 한국 여성의 내면 깊숙한 곳에 자리잡고 있는 무의식이고, 그가 끊임없이 시도한 문체적 실험은 의식화될 수 없는 이 여성적 무의식을 의식적 언어로 번역해내려는 지난한 과정이었다. 여성들의 무의식 속으로 내려가기 위해서는 가부장적 검열에 굴복하지 않을 용기가 필요하다. 오정희 이후 많은 여성 작가가 등장하여 한국 여성의 무의식적 공간을 탐색해왔고 이 공간에 문학적 얼굴을 그려왔지만, 그의 소설은 후배 여성 작가들에게 낯선 길을 인도해줄 하나의 빛나는 별로 여전히 남아 있다.

제3부

젠더 지형의 변화와
(포스트)페미니즘 논쟁

제10장

|

로맨스와 섹슈얼리티 사이
젠더 관계의 변화와 포스트페미니즘 문화 현상

1. 페미니즘의 죽음?

1998년 6월 29일, 『타임』은 '페미니즘은 끝났는가?'라는 제목의 특집 기사를 내보내면서 지난 40여 년 동안 미국 사회에 심대한 변화를 가져온 페미니즘의 종말을 암시하는 듯한 질문을 던진다. 이 질문에 대한 『타임』의 대답은 텔레비전 드라마 〈앨리 맥빌〉(1997-2002)의 배우 캘리스타 플록하트이다. 『타임』은 캘리스타 플록하트를 수전 앤서니, 베티 프리던, 글로리아 스타이넘과 함께 200년에 걸친 미국 페미니즘의 역사를 대표하는 네 명의 인물 가운데 하나로 선정한다. 캘리스타 플록하트가 『타임』의 표지 인물에 포함된 것은 그녀가 연기하는 드라마 캐릭터 앨리 맥빌과 동일시되고 있기 때문이다. 하버드 법대 출신의 똑똑하고 유능한 변호사면서도 거식증을 연상시키는 깡마른 몸매에 여성스러운 옷차림을 하고 끊임없이 남자친구를 갈망하는 앨리의 분열증적 모습은 페미니즘의 죽음을 선언하는 것으로 비친다. 그녀는 페미니스트 선배가 닦아놓은 제도적 평등의 결실은 누리면서도 '페미니스트적 목표'는 거부하고 '규범적 여성성'의 신화에 빠져드는 신세대 여성들을 대변한다. 특집호에 실린 한 기사는 "요즈음 세련된 영 페미니스트의 관심사가 무엇인가"라고 물은 뒤, 바로 "그들의 몸, 그들 자신"이라고 대답한다. 앨리의 브랜드가 된 '나 먼저 페미니즘me-first feminism'은 여성해방을 위한 집단적 실천으로서 페미니즘이 나르시시즘적 개인주의로 퇴행하는 것으로 받아들여진다. 세대론적 함의를 진하게 풍기는 '포스트페미니즘'이라는 수상쩍은 명칭이 대중매체에 빈번하게 등장하기 시작한 것이 이 무렵이다.

이 악명 높은 표지 기사가 실린 『타임』이 인쇄되기 몇 주 전, HBO는 〈섹스 앤 더 시티〉를 방영하기 시작하고, 2년 전 대서양 건너편에서는 『브리짓 존스의 일기』(1996)가 출판되어 공전의 히트를 기록한다. 앨리 맥빌, 브리짓 존스, 그리고 〈섹스 앤 더 시티〉에 등장하는 네 명의 여성은 몇 해 전 세계 대중음악계를 흔들어놓은 스파이스 걸스와 함께 포스트페미니즘 현상을 거론할 때 가장 자주 호명되는 인물들이다. 대중매체가 만들어놓은 이 여성상은 동시대 여성 소비자들의 열렬한 환호를 받으면서 새로운 문화 아이콘으로 등장한다. 미래에 대한 불안과 공포는 있지만 경제적 독립과 성적 자유를 향유하며 로맨스를 찾아 거리를 헤매는 이 도시의 젊은 여성들은 이전 세대보다 더 독립적이고 폭넓은 선택을 하는 '파워 페미니스트'인가, 아니면 신자유주의 소비문화가 생산하는 새로운 '여성성의 체계the regime of femininity'에 갇혀 자기를 감시·통제하는 '규율적 여성 주체'인가? 이들에게 페미니즘은 계승해야 할 유산인가, '사라지는 매개자vanishing mediator'인가? 포스트페미니즘은 페미니즘과 어떤 관계를 갖는가? 그것은 '포스트'라는 시간적 계기를 통한 극복인가, 아니면 새로운 세대의 재정의를 통한 확장인가? 방향을 바꾸어, 페미니즘은 포스트페미니즘 문화 현상에 어떤 대응을 해야 하는가? 페미니즘은 페미니즘의 성공을 당연하게 여기면서 동시에 타자화하는 것으로 여겨지는 포스트페미니즘 현상에 '비판적 개입'을 해야 하는가, 아니면 '정치적 올바름'을 넘어 소비문화 속에서 일상적 삶을 영위하는 젊은 세대 여성들의 개인주의적 욕망을 수용할 수 있는 새로운 정치로 개방되어야 하는가?

이 글은 〈섹스 앤 더 시티〉라는 대중문화 텍스트 읽기를 통해 이런 질문들에 우회적으로 접근해보고자 한다. 앞서 언급했듯이 〈섹스 앤 더 시티〉는 〈앨리 맥빌〉, 〈브리짓 존스의 일기〉와 더불어 포스트페미니즘 문화 현상을 점검해볼 수 있는 '문제적' 텍스트다. 세 작품 모두 신세대 여성들의 정서에 강력하게 어필함으로써 엄청난 대중적 성공을 거두었을 뿐 아니라 새로운 문화적 문법을 정립한 것으로 평가받고 있다. 페미니스트로서의 집단적 정치 의식보다 한 개인으로서 여성의 감정적 자율성과 성적 선택에 더 몰입하는 개인주의적 성향은 세 작품이 공유하는 문화적 감수성이지만, 〈섹스 앤 더 시티〉는 섹슈얼리티 실험의 측면에서 다른 두 텍스트보다 훨씬 더 급진적이고 개방적이다. 여성이 결혼제도 바깥에서 자유롭게 수행하는 성적 실험, 낭만적 사랑이라는 문화적 각본에 발생한 균열, 양성의 대립 관계를 뒤흔드는 동성애적 시각의 전유를 통해 이성애 여성의 성적 욕망에 일어난 퀴어적 변형, 신자유주의적 소비문화에서 백인 중산층 여성들이 상품과 맺는 미학적·쾌락적 관계 등은 〈섹스 앤 더 시티〉를 통해 읽을 수 있는 새로운 젠더 질서의 결절 지점들이다. 이 지점들을 독해함으로써 우리는 '신자유주의 시대 문화적 감수성이자 담론체계'로서 포스트페미니즘의 정치적 의미를 탐색해볼 수 있을 것이다.

2. 포스트페미니즘의 발생 맥락

그전에 먼저 잠정적이나마 포스트페미니즘이라는 용어의 의미를 정리할 필요가 있다. '포스트'라는 접두어가 붙은 여러 사조의 등장은 20세기 후반 서구 사상계 전반의 현상이지만, 이 접두어가 페미니즘에 붙여졌을 때 발생하는 충격은 남다른 구석이 있다. 페미니즘이 추구했던 해방의 목표가 성취되었으니 이제 페미니즘은 더이상 존재 이유를 상실했다는 함의가 담겨 있기 때문이다. 페미니즘의 목표는 페미니즘 없는 세상이다. 그런 만큼 포스트페미니즘은 페미니즘이 지향하는 세상이기도 하다. 문제는 우리가 살고 있는 세상이 페미니즘 없는 세상을 말해도 좋을 만큼 여성해방과 성평등이 이루어졌는가이다. 포스트페미니즘에 의혹의 시선을 던지는 사람들이 갖는 의구심이 이것이다. 이 의구심은 미국에서 포스트페미니즘이라는 용어가 본격적으로 등장하기 시작한 1980년대 초반의 상황을 살펴보았을 때 더욱 분명해진다. 여타 '포스트주의'와 달리 포스트페미니즘은 자신들의 차이를 부각시키고자 하는 사람들이 적극적으로 만들어낸 명칭이라기보다는 외부에서 붙인 용어라고 할 수 있다. 한편으로 포스트페미니즘은 반포르노 운동을 주도했던 '희생자' 페미니스트들을 비판하면서 여성의 성적 욕망과 개인적 선택을 옹호했던 신세대 여성들의 '자유주의적' 목소리를 분리해내기 위해 대중매체가 의도적으로 채택한 명칭이고, 다른 한편에서는 1980년대 레이건 정부 시절의 신보수주의적 '반동'을 명명하기 위해 페미니즘 진영 내부에서 붙인 이름이다. 전자가 앞서 언급한 『타임』 특집 기사처럼 대중문화가 신세대 여성에게서 읽어낸 '탈'페미니즘적 개인주의와 연결되어 있다면, 후자는 미국의 여성 저널리스트 수전 팔루디가 『반동: 여성에 대한 선포되지 않은 전쟁』(1992)에서 강도 높게 비판한, 여성을 전통적 역할로 회귀시키는 보수적 움직임과 연관되어 있다. 이런 보수적 움직임에는 나오미 울프가 '미의 신화'라 부른 여성의 외모에 대한 새로운 가부장제 이데올로기가 작동하고 있다. 앤절라 맥로비의 지적처럼, 1990년대 포스트페미니즘 담론에는 '포스트post'가 '레트로retro'와 접속하는 '이중적 개입double engagement'의 전략이 작동하고 있는 것이다.[1]

물론 이런 이중적 개입에 간섭해 들어오는 제3의 담론도 존재한다. 스스로를 '제3물결 페미니스트the third wave feminist'로 정체화하는 일군의 페미니스트들은 제2물결 페미니즘을 계승하면서도 그에 도전한다. '물결'의 메타포가 말해주듯, 이들에게 전 세대 페미니즘은 점점 커지는 거대한 소용돌이처럼 흘러넘쳐 다음 세대로 확산된다. 『들어라: 다음 페미니스트 세대의 목소리들』(1995), 『진실해지기: 진실 말하기와 페미니즘의 모습 바꾸기』(1995), 『제3물결 어젠다: 페미니즘 운동하기와 페미니스트 되기』(1997) 등 1990년대 중반 이후 봇물 터지듯 흘러나오는 저작들은 페미니즘에 사망 선고를 내리지 않으면서도 소비 대중문화 속에서 일상을 사는 젊은 세대 여성들의 '모순적 삶'과 '양가성'을 강조한다. 이들은 '다중적 정체성'과 '포스트아이덴티티 정치학'을 수용하면서도 이것이 정치의 거부로 나아가지 않고 여성 개인의 욕망과 섹슈얼리티에 진실한 새로운 페미니스트 정치학의 구성으로 이어지길 희망한다.

우리는 포스트페미니즘 현상에 접근하기 위해 '포스트', '안티', '레트로', '제3의' 담론이 혼란스럽게 얽혀 있는 1990년대 미국 사회의 젠더 질서와 페미니즘의 지형 변화에 주목할 필요가 있다. 1990년대 초반은 1960년대 말 시작된 제2물결 페미니즘이 30년이란 시간을 경

---

1. Angela McRobbie, "Post-Feminism and Popular Culture," in *Feminist Media Studies*, 4.3(2004), 255-256쪽.

유하면서 '아버지-아들'의 오이디푸스적 투쟁에 비견될 수 있는 '어머니-딸'의 갈등이 전면에 등장하는 시기다. 맥로비의 지적처럼 1990년대 초반에 이르러 페미니즘은 정치적 성년으로서 주류로 올라서면서 학문, 정치, 문화를 비롯한 여러 분야에서 반성적 성찰과 자기 검증에 접어드는 일종의 "전환기"를 맞이한다.[2] 페미니즘이 내·외부로부터 계급적·인종적·성적 기반을 심문받고 포스트페미니즘이 등장하게 되는 새로운 변화에 직면하게 되는 것이다. 포스트페미니즘이란 명칭이 이 변화를 명명하는 데 적합한지에 대해서는 논란이 있을 수 있다. 용어의 선택에 좀더 섬세할 필요가 있는 것도 분명하다. 하지만 용어의 정확성보다 더 중요한 것은 새로운 용어의 등장과 더불어 나타나는 새로운 현실이고, 이 현실에 기초하여 대안적 정치의 가능성을 모색하는 일이다. 포스트페미니즘의 의미를 확정하려는 강박적 집착에 사로잡힘으로써 '정의의 함정definitional trap'에 빠지기보다는 개방적 시선으로 포스트페미니즘이 등장하게 된 역사적 현실을 이해할 필요가 있다는 것이 내 생각이다. 우리는 1990년대 이후 미국 사회에서 페미니즘의 지형 변화를 일으킨 요인으로 다음 세 가지를 추출해볼 수 있다.

(1) 포스트페미니즘이라는 용어를 쓰건 쓰지 않건, 가야트리 스피박, 트린 민하, 주디스 버틀러 등이 주도한 포스트식민주의·포스트구조주의 페미니즘 담론은 '제2물결 페미니즘'에 대한 혹독한 비판을 수행하여 '여성'이라는 범주를 붕괴시킨다. 푸코의 지적 영향하에 제2물결 페미니즘의 핵심 거점이었던 여성의 '육체'와 '주체'가 해체된다. 이제 여성은 '하나'가 아닌 '여럿'으로 분화되며, 그 여럿도 실체로 주어진 '본질'이라기보다 '담론'에 의해 구성된 '효과'로 재조정된다.

---

2. 같은 글, 256쪽.

이런 여성 범주의 해체는 프랑스 페미니스트들에 의해 일차적으로 이루어지지만 그것을 가장 철저하고 극단적으로 밀고 나간 사람은 미국의 퀴어 이론가 주디스 버틀러다. 이제 이성애 규범의 효과로서 젠더는 남성과 여성이라는 억압적 두 개의 틀을 벗어나 퀴어의 패러 디적 전복에 의해 여러 개로 다양화된다. 복수의 젠더들이 경연을 벌 이는 이른바 '젠더 트러블'의 시대로 접어든 것이다. 젠더 트러블의 시대에 '여성들'은 아무 문제 없이 '우리'로 호명되는 존재가 아니라 다른 많은 젠더의 억압 위에 서 있는 문제적인 '여성'로 재조정된다.

(2) 1990년대 들어서면서 미국 사회에서는 여성해방을 위한 변혁 운동이자 실천으로서 페미니즘이 대중문화와 접속하면서 '대중적 페 미니즘'이라는 현상이 일어난다. 그런데 대중문화가 특별한 관심과 애정을 쏟아부으며 간절하게 호소하는 집단이 바로 '영 걸young girl' 이다. 걸의 역사적 등장이라 부를 수 있을 수 있는 이런 새로운 현상 에서 주목할 만한 것은 이 '영' 걸들 다수가 '올드' 페미니스트와 거리 를 두면서 페미니즘 운동 진영에서 걸들의 구조적 부재가 발생한다 는 점이다. 이는 사회운동으로나 학문적 연구로서 페미니즘이 주류로 올라서면서 일어난 자연스러운 현상이지만, 페미니즘에 대한 영 걸들 의 대응에는 특이한 정서적 반발이 있다. 『뉴욕 타임스』로부터 "시대 정신을 정의한 책 가운데 하나"라는 극찬을 받고 수백 편에 이르는 서평, 인터뷰, 특집 기사의 대상이 된 『다음날 아침』(1994)이란 유명 한 책에서, 26세의 프린스턴 대학원생 케이티 로이피는 데이트 강간 을 비판하는 페미니스트에게 "희생자 위치에 집착하는 현대판 청교 도주의자"라는 직격탄을 날린다. 젊고 똑똑하고 매력적인 로이피는 선배 페미니스트를 고발하는 글로 일약 스타로 올라선 후 곧바로 코 치라는 브랜드의 광고 모델로 픽업된다. 문제는 선배 페미니스트와 거리를 두는 젊은 여성이 로이피 한 사람만이 아니라 일종의 시대적

흐름으로 굳어지게 되었다는 점이다. 전부는 아니겠지만 1990년대 이후 상당수 젊은 여성들에게 페미니즘은 무관심의 대상만이 아니라 적극적으로 부인해야 할 공포의 대상으로 변질된다. 1984년 모나 채런은 『내셔널 리뷰』에 「페미니스트의 실수」라는 글을 싣는다. 이 글에서 채런은 페미니즘이 자기 세대의 여성들에게 "고소득, 담배, 한부모의 선택, 강간 위기 센터, 개인의 신용, 자유연애, 여성 산부인과 의사" 등을 가져다주긴 했지만 "대다수 여성의 행복이 걸려 있는 한 가지, 남자를 빼앗아갔다"라고 주장한다.[3] 로이피나 채런 같은 젊은 세대 여성들에게 페미니즘은 개인적 행복을 빼앗고 성적 쾌락을 금지하는 억압적 어머니 담론으로 비친다. 이 어머니들의 부당한 권력에 맞서 딸들은 자유롭게 남자를 선택하고 성적 쾌락을 즐길 권리를 요구한다. '섹시한 몸'으로 표상되는 현대판 '여성성'과 '페미니스트' 사이에 대립 구도가 형성되어, "나는 페미니스트는 아니지만……"이라는 어구가 젊은 여성들의 세대적 관용어가 된다. 이제 페미니즘이 사라진 대중문화의 공간에서 섹시한 소녀들은 포스트페미니즘적 '해방'의 상징으로 담론화된다.

(3) 자본주의의 구조적 변형이 일어나는 1990년대 이른바 신경제 New Economy 체제하에서 자유시장의 논리는 비단 시장만이 아닌 삶의 전 영역으로 파고들어 주체의 내면을 구성하는 이른바 '주체화 담론'으로 부상한다. 자유시장의 논리가 민주주의적 가치를 대체하면서 주체를 구성하고 통제하는 주인 기표로 작동한다. 신자유주의는 개인을 '기업가적 자아enterprising self'로 호명하면서 개인의 자유와 선택을 강조하고 자기 계발을 중시하는 이데올로기를 유포한다. 이 이미

---

3. Deborah Siegel, *Sisterhood, Interrupted: From Radical Women to Grrls Gone Wild* (New York: Palgrave MacMillan, 2007), 105쪽에서 재인용.

지는 개인의 자율성을 높이고 잠재력을 개발함으로써 개인의 삶과 행복과 가치를 극대화하는 이데올로기적 표상이다. 이 표상 속에서 개인들은 현실적으로는 아무리 묶여 있다 해도 자유의지와 선택이라는 '주인 담론'을 통해 세계를 파악하고 행동한다. 이데올로기 효과로서 '자유'가 현실의 '구속'을 대체하는 담론 현상이 헤게모니를 획득하게 된 것이다.

그런데 이런 기업가적 자아의 '자유로운 선택'이 가장 즐겁고 유쾌하게 일어나는 곳이 바로 소비 공간이다. '나는 쇼핑한다, 고로 자유롭다'라는 정언명령은 젊은 세대 여성들의 일상을 지배하는 모토다. 이들에게 소비는 단순히 인간의 기본적 욕구를 충족시켜주는 물품의 구매 행위가 아니라 자신을 새로이 창조·변형하는 '미적 행위aesthetic act'다. 물론 소비에서 자아의 미적 창조를 경험하는 것은 경제적 구매력을 갖춘 중산계급 이상의 여성에게만 해당된다. 이런 점에서 소비 미학은 분명 계급적 성격을 지닌다. 하지만 소비를 통한 라이프스타일의 창조는 비단 중산계급 여성뿐 아니라 다양한 계급의 여성들을 유혹하는 강력한 이데올로기로 작용하면서 문화적 지배력을 획득한다. 이제 인간의 육체 자체도 하나의 상품이 되어 여성은 자신의 몸뿐 아니라 성적 파트너의 몸에 대해서도 (이론적으로는) 구매자로서의 권력과 쾌락을 향유한다. 여성에게 소비는 가부장적 젠더 규범을 흔들 수 있는 권력인 동시에 바로 그 시장이 형성해놓은 여성성 이데올로기에 종속되는 불안정한 행위이다. 시장은 여성을 소비자-주체로 구성한다. 하지만 소비자-주체로서의 권력을 누리기 위해 그녀는 시장이 만들어놓은 여성성의 질서에 자신을 상품으로 내놓아야 한다. 신자유주의 경제체제에서 여성이 누리는 소비적 자유는 권력과 종속, 공모와 위반, 편입과 일탈 등 모순적 용어들의 병치로 묘사할 수 있는 양가적 성격을 갖는다.

'이성애적 젠더 질서의 퀴어적 변모와 다중적 정체성으로 여성의 분열', '대중 페미니즘의 확산과 더불어 페미니즘과 새로운 여성성의 대립', '신자유주의적 소비문화의 확산과 여성 소비자의 권력 증대', 이 세 가지 요인은 현대 미국 사회에서 여성들이 서 있는 역사적 맥락이면서 가부장적 이성애 자본주의에 변형을 일으키고 있는 현실적 힘이다. 페미니즘 앞에서 붙어있는 '안티', '포스트', '레트로' '제3의' 등의 접두어들은 여성들이 이 세 계기와 맺는 특정한 방식을 가리킨다. 포스트페미니즘은 페미니즘에 대한 '안티'나 '레트로'로 단순화할 수 없으며, 급진적인 '제3의'와 완전히 구분되는 것도 아니다. 포스트페미니즘에서 페미니즘의 종말(어밀리아 존스, 메리 혹스워스)과 안티페미니즘의 기류(타니아 모들스키)만 읽어내는 입장은 문제가 있다. 포스트페미니즘은 페미니즘의 종말이나 극복이라기보다 페미니즘의 지속적 변형의 과정 중 나타나는 한 단계라 할 수 있다. 변형 속에는 연속과 단절이 공존한다. 그것은 완전히 새로운 페미니즘의 탄생도 아니고 페미니즘의 단순 폐기도 아니다. 잠정적 판단이지만 나는 포스트페미니즘을 페미니즘이 후기 자본주의의 소비 대중문화와 '협상'하는 문화적 현상이자 감수성으로 본다.

협상의 정치학은 해방의 정치학과 완전히 배치되진 않지만 방향에 차이가 있다. 제2물결 페미니즘을 이끌었던 해방의 정치학은 여성으로서 의식 개혁 작업을 통해 자본주의적 가부장제에 대립·저항하는 집단적인 것이었다면, 협상의 정치학은 전통적인 남성과 여성, 공적 정체성과 사적 정체성의 이분법적 구속에서 풀려난 여성 개개인이 젠더, 인종, 계급, 섹슈얼리티를 비롯한 다양한 사회적 범주가 교차하는 모순적 주체 위치들을 협상하여 잠정적 선택과 결정을 내리는 개인적이며 미시적인 정치학이다. 퍼트리샤 만이 "참여적 개인engaged individual"이라 부른 이 새로운 형태의 개인들—혼란스러울 정도로 다양한 동기와 의무와 욕망을 지닌 '모순적 행위자conflicted agency'로서 선택과 책임을 지는 개인들—은 일상적·미시적 차원에서 후기 자본주의 소비문화와 협상을 벌이고 있다.[4] 물론 이 협상에는 모순과 긴장이 따른다. 이런 점에서 '순수한' 페미니즘과 '불순한' 포스트페미니즘을 이분법적으로 대립시키기보다는 포스트페미니즘의 불순성과 다원성을 "모순적인 후기 모더니티의 증상"으로 읽어내는 스테파니 겐츠와 벤자민 브래본의 유연한 시각은 참조할 만하다.[5] 모순적 현실의 '증상'으로서 포스트페미니즘은 내부에 모순과 균열을 포함할 수밖에 없다. 하지만 증상은 봉합되어 있던 사회적 적대가 위협적으로 드러나면서 새로운 변화를 일으킬 수 있는 생산적 틈새다.

결국 포스페미니즘 문화 현상을 통해 우리가 대면해야 할 것은 가부장적 이성애 규범, 대중매체, 신자유주의적 소비문화 등 밀레니엄 전환기 여성들이 마주하고 있는 현실이다. 이런 현실 앞에서 페미니즘은 새로운 질문을 던져야 한다. 페미니즘은 대중적이면서 동시에 정치적일 수 있는가? 페미니즘은 소비자본주의 사회의 상품이 되고 난 후에도 여전히 사회변화를 일으킬 수 있는가? 대중매체가 막강한 위력을 발휘하는 재현의 세계에서 페미니즘은 어떤 정치학을 취할 수 있는가? 포스트페미니즘이라 불리는 현상은 21세기 페미니즘이 이런 질문에 대답하는 하나의 모습이다. 그리고 그 모습은 아직 완결되지 않은 진행형이다.

---

4. Patricia S. Mann, *Micro-Politics: Agency in a Postfeminist Era* (Minneapolis: University of Minnesota Press, 1994), 124쪽.

5. Stephanie Genz and Benjamin A. Brabon, *Postfeminism: Cultural Texts and Theories* (Edinburgh: Edinburgh University Press, 2009), 6쪽.

3. 〈섹스 앤 더 시티〉와 포스트페미니스트 현상

페미니즘의 죽음을 알리는 특집호를 낸 지 3년이 지난 2000년, 『타임』은 "누가 남편이 필요하단 말인가"란 제목의 또다른 특집호를 낸다. 싱글의 삶을 주체적으로 선택하는 여성들의 수가 증가하고 있다고 소개하면서 『타임』은 이전 세대보다 독립적이고 폭넓은 선택을 내리며 성적 자유를 구가하는 싱글 여성의 대변자로 〈섹스 앤 더 시티〉의 네 명의 여성을 거명한다.[6] 이들은 지난 40년간 미국 페미니즘 운동의 직접적 수혜자이면서 페미니즘 혁명 '이후'의 감수성을 보여주는 '포스트페미니스트 여성상'으로 부각된다. 이 여성들은 여성이 결혼 제도 속으로 들어가지 않고도 사랑을 나누고 성적 자유를 누리며 풍요로운 삶을 살아가는 새로운 세대의 모델이다. 물론 이들의 풍요로운 실험적 삶을 받쳐주는 것은 경제적 능력이다. 그들은 뉴욕 맨해튼의 아파트에 살며, 일주일에 한 번 브런치를 즐기고, 400불이 넘는 마놀로 블라닉 구두를 살 수 있는 전문직 여성들이다. 여성이 획득한 경제력을 기반으로 '결혼-사랑-섹슈얼리티'의 견고한 '삼각 동맹'에 균열이 일어나면서 일부일처제 결혼은 여성들이 선택할 수 있는 다

---

6. 〈섹스 앤 더 시티〉의 원작은 1997년 출간된 동명의 베스트셀러로, 작가 캔디스 부슈널이 『뉴욕 옵서버』에 '잔인한 행성 맨해튼'이라는 제목으로 연재한 90여 편의 칼럼 모음집이다. 내용은 주로 데이트 정글에서 생존하는 법이었다. 이 칼럼의 열렬한 애독자였던 TV 제작자이자 게이 감독인 대런 스타가 1998년 이 칼럼집을 HBO에 코미디 시리즈로 만들면서 드라마는 공전의 히트를 한다. 〈섹스 앤 더 시티〉는 지상파 방송이 아닌 케이블 TV 채널을 이용하여 선택된 시청자들에게 어필하는 차별화된 방식으로 대성공을 거두었다. 2001년 시즌 6을 마감으로 종영된 후 2008년에는 마이클 패트릭 킹 감독에 의해 영화화된다. 영화는 드라마에 비해 낭만적 사랑과 결혼의 코드를 강화한 대신 성적 실험성은 약화시킨 것으로 보인다. 하나의 대중문화 상품이자 현상으로서 〈섹스 앤 더 시티〉를 종합적으로 평가하려면 칼럼, 드라마, 영화 등 장르를 이동하면서 형성되는 문화적 의미를 총체적으로 살펴야 하지만, 이 글에서는 포스트페미니스트 문화상품으로서 성적 급진성을 가장 많이 담고 있다고 여겨지는 드라마를 주요 분석 대상으로 삼을 것이다.

양한 삶의 양식 중 하나로 축소된다. 그것도 문제투성이의 후진적 삶으로. 여성을 결혼으로 몰고 갔던 아이의 존재도 더이상 남편의 필요성을 확인해주는 요인이 되지 못한다. 미란다의 경우 남편 없는 어머니 역할의 선택도 가능하며 그 선택이 자유로운 성생활의 포기로 곧장 이어질 필요도 없다. 이제 남편 대신 필요한 것은 친밀한 관계를 맺을 수 있는 사랑의 대상과 쾌락을 나눌 수 있는 성적 파트너다. 〈섹스 앤 더 시티〉는 결혼은 해체시켰지만 낭만적 사랑과 성적 쾌락 사이에서 갈등하는, 혹은 둘 다를 갖고 싶은 여성들의 이중적 욕망이 투영된 '포스트모던 로맨스'다.

(1) 로맨스 다시 쓰기

낭만적 사랑의 환상을 거부하고 성적 만족을 추구하는 서맨사가 있다면, 환상에 사로잡혀 결혼에 집착하는 샬럿이 있다. 이들의 중간쯤 어딘가에 냉소적인 미란다가 있고, 낙관과 비관 사이를 왕복하면서도 끝내 사랑에 대한 믿음을 포기하지 않는 캐리가 있다. 드라마의 화자이자 중심인물인 캐리는 "자신감 넘치고 성취 지향적인 모든 싱글 여성의 내면에는 구원받기를 기다리는 연약하고 섬세한 공주가 있다"는 것에 의문을 품지 않는다. 그녀가 집착하는 마놀라 블라닉 구두는 포스트페미니스트 싱글 여성에게 왕자님이 신겨주는 신데렐라의 구두다. 하지만 드라마의 오프닝 장면에서 공주처럼 차려입고 거리를 걷다가 버스가 튀기는 물에 젖고 마는 캐리의 모습은 포스트페미니스트 공주 신화에 닥칠 얼룩을 암시한다. 이 장면은 〈섹스 앤 더 시티〉의 내러티브를 구성하는 근본적 모호성, 낭만적 로맨스 서사에 대한 아이러니한 다시 쓰기가 불가피함을 보여준다.

〈섹스 앤 더 시티〉를 통렬히 비판한 샬럿 레이븐은 "다이어트 콜라를 달고 사는 10대부터 30대의 (『오만과 편견』의 주인공인) 미스터 다시Mr. Darcy의 팬까지 여성은 남성이 설계한 환상 광경을 선호한 나머지 현실을 황폐화시킨다"라고 말한다.[7] 이 환상 속에서 여성들은 가부장제가 만든 여성성의 신화에 갇혀 페미니즘적 주체성을 망각한다는 것이다. 경제적 독립과 선택의 자유를 누리는 포스트페미니스트 여성들이 역설적이게도 구원을 기다리는 가부장적 여성성의 이데올로기를 벗어나지 못하고 있다는 비판을 받는 것은 이 때문이다. 하지만 문제는 똑똑하고 자유로운 이 여성들이 왜 페미니즘적 사고를 하지 않느냐고 성토하는 것이 아니라 이들이 가부장적 동화 같은 로맨스 이야기를 포기하기가 왜 이렇게 힘든지, 그리고 이들이 즐기는 로맨스 서사 속에 어떤 변화가 일어나고 있는지 성찰하는 것이다.

우리는 1980년대 중반 이후 여성학자들이 축적해온 로맨스 연구 성과를 기반으로 여성들이 로맨스 읽기를 통해 무엇을 원하는지 어느 정도 알게 되었다. 페미니스트 학자들이 로맨스 현상에 관심을 갖게 된 것은 페미니즘 혁명이 여성들의 의식에 일대 전환을 가져왔다고 평가되는 1970년대 초반 이후, 역설적이게도 여성들이 대량으로 낭만적 사랑의 판타지에 빠져들고 있는 현실에 대한 의심 때문이었다. 페미니스트 의식 개혁을 통해서도 여성 대중 속에 잠재되어 있는 사랑에 대한 환상을 제거할 수 없다면, 로맨스 읽기를 통해 여성 대중이 원하는 것이 무엇인지 진지하게 들여다볼 필요가 있다는 반성이 페미니스트 학자들 사이에서 일게 된 것이다. 할리퀸 로맨스를 탐독하는 여성 독자들에 대한 민족지학적 연구를 통해, 재니스 래드웨이는 여성들의 로맨스 읽기가 현실 도피적 환상인 것은 분명하지만 그 환상 속엔 전 오이디푸스기 어머니에 대한 사랑과 오이디푸스기 아

---

7. 킴 아카스, 재닛 맥케이브, 「금기를 깨는 여자들의 말 걸기: 웃음의 포인트」, 『섹스 앤 더 시티 제대로 읽기』, 홍정은 옮김(에이션더블유, 2008), 153-154쪽에서 재인용.

버지에 대한 사랑을 동시에 얻으려는 여성의 이중적 욕망이 작동하고 있음을 찾아냈다. 할리퀸 로맨스의 전형적 남성상 속에 '양육하는 여성적 부드러움'과 '남성적 강인함'이 공존하는 것은 이런 여성적 욕망이 투영되었기 때문이라는 것이 래드웨이의 분석이다. 로맨스 읽기를 통해 여성들은 가부장제 사회에서 충족할 수 없었던 양가적 욕망을 적극적으로 실현하고 있다는 것이다. 타니아 모들스키는 여성의 로맨스 읽기에서 남성에 대한 여성의 보복 환상을 읽어낸다. 모들스키에 따르면 로맨스 텍스트에 편재하는 여성의 마조히즘은 가부장제 사회질서에 대한 도전이 될 불안·욕망·갈망을 위장하는 덮개로 쓰이고 있다고 한다. 여자가 고통받으면 남자도 고통받는다. 여성에게 로맨스는 남자 때문에 힘들지만 언젠가는 남자를 자기 앞에 무릎 꿇리고 말겠다는 확신에서 권력과 복수심을 얻는 보복 환상, 그의 책 제목처럼 "복수심을 품고 있는 사랑loving with a vengeance"이다. 좀 다른 방향이긴 하지만 래드웨이와 모들스키의 분석은 가부장제 사회에서 여성들이 사랑의 환상과 완전히 결별하지는 못하지만 자신의 욕망에 따라 환상을 변형시키고 있음을 보여주고 있다. 문제는 이런 환상의 변형 속에 잠재된 여성들의 욕망을 읽어내어 이를 주체적 방향으로 풀어내는 일이다.

우리는 캐리 앞에 나타난 두 명의 남성상에서 래드웨이가 찾아낸 '강인한 유혹자'(빅)와 '모성적 배려자'(에이단)에 대한 여성의 욕망을 본다. 마흔셋의 이혼한 월스트리트의 거부인 빅은 전용 운전사를 둔 멋있고 세련된 도시남이다. 빅이라는 그의 호칭이 말해주듯 그는 남근적 거대함과 성적인 힘을 지닌 인물이다. 반면 에이단은 따뜻하고 섬세하고 예술적이다. 에이단은 빅보다 덜 섹시하고 덜 열정적이지만 안정감과 따뜻함을 준다. 빅이 성적으로 끌어당기는 강력한 유혹자라면 에이단은 부드럽게 캐리를 감싸는 감성의 깊이를 보여준다. 두 명의 남성상 중에서 캐리를 더욱 강하게 끌어당기는 것은 빅이다. 캐리는 에이단이 주는 배려와 안정감을 사랑하지만, 담배를 끊지 못하듯 빅의 남근적 유혹을 뿌리치지 못한다. 하지만 빅과 에이단이 진흙탕에 뒹굴며 싸움을 벌일 때 캐리는 자신의 두 가지 환상이 공존할 수 없음을 깨닫는다. 캐리가 두 남자가 선사하는 전혀 다른 환상을 모두 원한다는 것은 '완벽한 한 사람Mr. Right'이라는 낭만적 개념을 심각하게 분열시킨다. 조애나 D. 마티아의 지적처럼, 애정이 발전하면서 "빅과 에이단의 판타지는 천생연분의 존재 가능성을 제시하기도 하고, 그것을 한계짓기도 하면서 결국은 해체한다."[8]

캐리의 역설적 욕망은 어떤 남성상도 그의 욕망을 온전히 충족시킬 수 없음을 보여준다. 시즌 1의 마지막에서 캐리는 빅의 감정적 불성실함을 비판하며 헤어진다. 빅이 자신에게 헌신하지 못한다는 것을 깨닫는 순간 빅에 대한 낭만적 환상은 무너진다. 하지만 환상이 현실로 대체되는 이런 순간에도 빅에 대한 캐리의 집착은 완전히 사라지지 않는다. 시즌 3에서 캐리가, 나쁜 남자 빅의 접근을 거부하는 데 실패하면서 그의 불륜 이야기는 빅에 대한 캐리의 환상을 강화시키는 것으로 보인다. 하지만 자신의 부정으로 에이단과 헤어진 뒤 캐리는 에이단과의 재결합을 간절히 원한다. 에이단과 스티브가 연 바 개업식에서 그를 다시 만났을 때 캐리는 자신이 한 실수를 자꾸 떠올린다. 캐리는 에이단이 그들이 함께 나누지 못한 웨딩케이크 같은 축하 케이크를 건네며 이렇게 말한다. "나는 이 케이크를 원하지 않았던 적이 결코 없어."(시즌 4 에피소드 5) 자신이 놓쳐버린 케이크를 되찾기 위해 그는 에이단의 아파트 앞에 찾아가 사랑을 고백하고 결국 그의 사랑을 되찾는 데 성공한다. 하지만 얼마 지나지 않아 캐리는 에이단

---

8. 조애나 D. 마티아, 「미스터 빅, 완벽한 남자를 찾아가는 낭만적 여정」, 같은 책, 35쪽.

의 존재에 거북함을 느낀다. 에이단이 그를 돌보고 보호하는 구원자 역할을 완벽하게 수행하면 할수록 캐리는 싱글 여성으로서 자신의 독립성을 침해당한다고 느낀다. 마침내 그가 결혼을 요구하자 캐리는 몸으로 거부 의사를 표명한다. 캐리가 미란다와 신부 드레스 숍에서 웨딩드레스를 입고 거울에 비친 자기 모습을 보았을 때 갑자기 공황 장애를 느끼고 두드러기 반응을 일으킨다. 드레스를 벗으려고 미친 듯이 쥐어뜯으며 캐리는 말한다. "내 몸이 결혼이란 걸 말 그대로 거부하고 있어. 난 타고나길 신부가 되긴 글렀나봐." 캐리가 에이단과 두번째로 헤어졌을 때 결혼과 행복한 결말을 향해가는 로맨스의 여정은 붕괴된다. 시즌 5와 시즌 6에서 캐리는 각기 잭 버거와 알렉산드르 페트로프스키에게 낭만적 사랑을 느끼지만, 이들과의 관계가 그녀의 깊은 갈망을 충족시켜주지는 못한다. 버거는 지적 활력과 남근적 매력으로 캐리를 빠져들게 만들지만, 그의 지성과 남성다움 밑엔 불안과 신경증이 도사리고 있다. 알렉산드르 페트로프스키는 이국적 취향과 화려한 예술 감각으로 캐리의 환상을 자극하지만, 파리에서 살아온 그는 자신의 직업적 성공에만 몰두한 채 타인을 보살필 줄 모르는 나이든 이방인일 뿐이다.

결국 캐리의 사랑이 최종적으로 돌아가는 곳은 빅이다. 아니 어쩌면 캐리는 한 번도 빅을 떠난 적이 없는지 모른다. 빅은 감정적으로 미숙하다는 한계를 갖고 있지만, 그럼에도 불구하고 빅이 캐리에게 던지는 매혹은 눈부시다. 하지만 빅에 대한 캐리의 환상을 구성하는 남근적 매혹은 시즌 5에서 상실된다. 빅이라는 그의 이름이 말해주듯, 빅은 사이즈가 크다. 한 에피소드에서 서맨사는 남자의 성기 사이즈가 중요하다고 말하는데, 상징적이든 실제적이든 캐리에게 빅은 남근 사이즈가 큰 남자다. 빅이 심장 수술을 받았다는 것은 그의 매력을 구성했던 큰 사이즈의 남근을 잃어버렸거나 최소한 축소되었다는 것을 의미한다. 남근을 상실하면서 비로소 빅은 캐리에게 감정적으로 열린다. 드라마 최종회에서 빅은 파리에 갇힌 외로운 공주 캐리를 구출함으로써 낭만적 구원의 환상을 다시 실현하는 것처럼 보인다. 하지만 그의 성공적 구출에도 불구하고 그는 남근적 거대함을 잃어버린 왕자일 뿐이다. 구원의 대상이 된 캐리나 시청자 모두 "미스터 빅은 얼마나 큰가?"라는 의문을 갖지 않을 수 없기 때문이다.[9]

구원적 남성상에 대한 이런 의혹은 낭만적 사랑과 결혼의 환상에 가장 깊숙이 빠져들었던 샬럿이 그 판타지로부터 가장 지독한 배반을 경험한다는 설정이나, 낭만적 환상으로부터 가장 냉소적인 거리를 유지했던 미란다가 가장 낭만적이지 않은 남자 스티브와 연애를 하고 아이를 낳고 결국 그와 안정된 관계를 맺는 것을 통해서도 드러난다. 샬럿의 첫 결혼은 여성이 품고 있는 이 환상의 위험성을 극적으로 드러내는 사건이었고, 위선적 결혼의 파탄을 통해 그는 비로소 이 환상으로부터 어느 정도 거리를 유지할 수 있게 된다. 반면 하버드 법대 출신의 잘 나가는 여성 변호사이면서도 작고 소박하고 가난한 웨이터인 스티브와 만나 우여곡절 끝에 결혼에 이르는 미란다는 이 환상에 가장 덜 중독되었기 때문에 가장 성공적인 관계를 이룰 수 있었다. 〈섹스 앤 더 시티〉에 등장하는 네 명의 여성은 낭만적 판타지의 불안정성을 인정하면서 그것과 아이러니한 협상을 벌이고 있다. 이 협상에서 가장 중요한 것은 자신의 욕망을 충족시켜줄 완벽한 남자에 대한 환상으로부터 아이러니한 거리를 유지하고, 그 자리에 '그녀 자신'을 올려놓는 일이다. 샬럿과 캐리, 미란다의 남자 찾기를 통해 시청자들은 환상과 현실적 로맨스 사이에 넘을 수 없는 간극이 존재함을 보게 된다. 〈섹스

---

9. Laura A. K. Brunner, "How Big Is Big Enough: Steve, Big, and Phallic Masculinity in Sex and the City," in *Feminist Media Studies*, 10,1(2010), 87쪽.

앤 더 시티〉는 여성을 사로잡는 낭만적 사랑을 서사의 중심에 두면서
도 그것이 개인적 타협과 재정의가 필요한 불안정한 것으로 만듦으로
써 로맨스 다시 쓰기를 시도하고 있다. 물론 이 다시 쓰기가 로맨스의
폐기로까지 이어지지는 않는다. 하지만 네 명의 여성이 토요일 아침
브런치를 즐기며 나누는 솔직하고 통렬한 대화는 환상으로부터 자신
을 방어하는 집단적 해독제 역할을 하기에 충분하다.

(2) 성의 자유와 퀴어 감수성

〈섹스 앤 더 시티〉에서 사랑에 대한 탈낭만화를 가장 과격하게 시
도하는 인물은 서맨사이다. 그는 가부장제 사회에서 여성들을 사로잡
아왔던 두 개의 제도적·이데올로기적 굴레인 결혼과 낭만적 사랑 모
두에서 벗어나 자유롭게 성적 쾌락을 즐긴다. 많은 여성 시청자는 캐
리의 사랑에 감정적 공감을 보내면서 서맨사의 자유로운 성관계에서
해방감을 맛본다. 사실 〈섹스 앤 더 시티〉의 네 명의 여자들이 누리는
성적 쾌락은 포스트페미니스트 여성들의 힘을 상징하는 것으로 보인
다. 그들은 성적으로 적극적이라 해서 '타락한 여성' 취급을 받지 않
으며, 섹스에 따르는 위험(HIV에 대한 공포가 잠시 등장하긴 하지만 강간
과 성폭력의 공포는 거의 드러나지 않는다. 이상한 남자는 있지만 폭력적 남
자는 거의 없다) 때문에 위축되지도 않고, 파트너를 고를 수 있는 선택
권을 박탈당하지도 않는다. 섹슈얼리티에서 누리는 힘과 자유는 〈섹
스 앤 더 시티〉 전편을 관통하는 중심 주제이며, 이것을 가장 극단적
으로 밀고 나가는 인물이 서맨사다. 그는 전통적으로 남성적 쾌락 양
태라 부르는 일회적 성관계를 갖는데 거리낌이 없으며, 성적 파트너
의 선택에도 제한이 없다. 기본적으로 그의 성적 파트너는 이성애자
남성이지만 레즈비언 여성이나 양성애자 남성도 그의 파트너 목록에
서 빠지지 않는다. 그의 말마따나 그는 동성애, 이성애, 양성애를 모

두 실험하는 "강력한 '혼종적' 존재, 곧 여성의 몸에 갇힌 남성적 자아"이다. 대학 시절 한때 여성을 사랑한 적이 있다고 고백하는 미란다는 지금은 아이를 낳아 혼자 키우는 이성애자 비혼모지만, 각진 몸매에 여성스럽지 않은 옷을 입고 냉소적 유머를 구사하는 남성적 여성이다. 그런 그가 고환도 없는 작고 가난하고 다정한 스티브와 연애를 하고 끝내 결혼에 이른다는 설정은 이들의 이성애 관계 속에 퀴어 코드가 스며들어 있음을 암시한다. 퀴어 남자친구와 이성애자 여성 사이의 우정은 〈섹스 앤 더 시티〉의 가장 강력한 매력 중 하나이다. 물론 이 매력은 상당 부분 이성애자 여성의 환상을 중족시키기 위한 것이다. 하지만 이성애자 여성이 퀴어 남성에 대해 동성애 혐오증을 보이는 대신 감정적 소통 상대를 만난다는 설정은 관습화된 이성애 규범을 뛰어넘는 발상이다.

〈섹스 앤 더 시티〉가 이성애 드라마인 것은 사실이다. 이를테면 캐리는 션과 데이트를 하는데, 나중에 그가 양성애자임을 알게 되어 심리적 불편을 겪는다.(시즌 3, 에피소드 4) 서맨사는 양성애가 모든 성적 경험에 열려 있는 것이라고 옹호하지만, 샬럿은 동의하지 않는다. 서맨사는 '포스트모던 성'이라 부를 수 있는 실험적 관점을 태연하게 캐리에게 말한다. "정신 차려. 새로운 밀레니엄에는 성적 꼬리표가 붙지 않을 거야. 성적 표현이 중요한 시대지. 네가 남자와 자든 여자와 자든 아무 문제가 되지 않을 거라고. 사람마다 그냥 다른 거지. 모두가 섹스를 가려서 하지 않을걸. 네가 게이든 이성애자든 상관없어질 거란 말이야."(시즌 2 에피소드 16) 하지만 서맨사의 이런 급진적 견해에도 캐리의 불안감은 사라지지 않는다. 캐리는 양성애자들의 파티에서 병 돌리기 게임을 하다 돈과 키스했을 때 "나는 이상하고 혼란스러운 성적 지향 나라의 앨리스였다"라고 생각한다. 양성애를 혼란스러운 것으로 배치하면서 성적 지향에 있어서는 한쪽을 택해야 한다는 입장을 취하고 있는 것이다.

〈섹스 앤 더 시티〉가 명백히 이성애 기조를 유지하는 것은 사실이지만, 작품을 관통하는 성적 상상력, 다시 말해 '성적 실험과 탐색'은 퀴어 문화에서 온 것이다. 퀴어 문화는 섹슈얼리티와 젠더 사이의 자연화된 이분법을 약화시키고 고정된 성정체성을 해체하기 때문에 여성의 욕망에 대해서도 중요한 통찰력을 제공한다. 나아가 이성애 감수성에 익숙한 대중은 퀴어 섹슈얼리티를 낭만적 사랑이라는 신화에 구속되지 않는 성관계이자 비교적 유연한 관계로 받아들이기 때문에, 퀴어 섹슈얼리티는 낭만적 사랑이라는 이성애 로맨스 코드를 허문다. 〈섹스 앤 더 시티〉를 "퀴어 포스트페미니즘"이라 부르는 제인 제하드의 명명이 어색하지 않은 것이 이 때문이다.[10]

주디스 버틀러는 이성애가 자연스러운 규범이 아니라 동성애 배제를 통해 작동하는 수행적 실천임을 보여주었다. 이성애는 동성애를 타자화하면서 정상성을 획득하지만, 동성애는 이성애 속에 배제된 타자로 들어와 있다. 동성애가 이성애 정체성 속에 우울증적으로 합체되어 있다는 이런 시각은 복잡한 이론 속에만 존재하는 것이 아니라 〈섹스 앤 더 시티〉 같은 대중문화 텍스트 속에도 깊숙이 스며들어 있다. 〈섹스 앤 더 시티〉의 주요 인물들은 이성애자이지만 서사적 퀴어성은 이성애의 재현 방식 자체를 바꾸고 있다. 〈섹스 앤 더 시티〉의 네 여성은 섹스를 하거나 전화를 걸거나 잠을 자기 위해서만 집으로 간다. 시즌 5에서 미란다의 출산 이후를 예외로 하면, 집 안에서 하는 일이라고는 몸치장이 거의 전부다. 그들 각자가 자신의 직장에서 수행하는 노동도 좀체 등장하지 않는다. 그 대신 성적 실험과 에로틱한

---

10 Jane Gerhard, "Sex and the City: Carrie Bradshaw's Queer Postfeminism," in *Feminist Media Studies*, 5.1(2005), 38쪽.

항해는 계속한다.

　매주 토요일 아침 식당에 모여 브런치를 즐기며 자신의 섹스 파트너에 대해 시시콜콜 이야기를 나누는 네 명의 여성은 잠재적 퀴어에 가깝다. 그들이 밤을 보내는 사람은 이성애 남자이지만 서로에 대해 갖는 감정적 친밀성은 사랑하는 남자들이나 잠재적 남편들보다 더 진하고 더 오래 지속된다. 이들이 만든 유대는 남자들에게서 얻을 수 없는 일종의 대안 가족이다. 남자 찾기에 지친 서맨사가 혼자 병들어 있을 때 그를 보살펴주는 것은 캐리이며, 에이단과 헤어진 뒤 새로 아파트를 구해야 하는 캐리가 돈이 없어 쩔쩔맬 때 그의 결혼 반지를 건네주는 것은 샬럿이다. 이 반지를 판 돈 덕분에 캐리는 빅에게 경제적으로 의존하지 않고도 맨해튼에 '자기만의 방'을 가질 수 있었다. 미란다가 스티브를 끌어들이지 않고 혼자 아이를 낳기로 결심할 때 그의 결심을 지지해준 것도 여자친구들이다. 미란다가 스티브와 혼인서약을 할 때 캐리와 서맨사는 손을 맞잡고 있다. 이성애 결혼과 동성 간 우정이 나란히 병치됨으로써 어느 하나를 규범으로 특권화하지 않는다. 샬럿의 결혼식 단체 사진을 찍기 위해 나란히 서 있을 때 캐리는 다음과 같이 말한다. "무슨 일이 있어도 당신을 사랑할 사람을 찾는 것은 상당히 어렵다. 하지만 나는 그런 사람을 셋이나 찾았으니 충분히 운이 좋았다."(시즌 3, 에피소드 12) 어떤 인물은 결혼을 하고 또다른 인물은 아이를 낳고 수많은 남자와 데이트를 하면서도, 〈섹스 앤 더 시티〉에서 사랑하는 가족은 언제나 네 명의 여성이다. 이들의 생물학적 가족은 거의 등장하지 않는다. 캐리의 말마따나 인생에서 가장 중요한 것은 가족이지만, 그 가족은 "당신이 태어난 가족일 수 있지만 때때로 당신이 당신을 위해 만든 가족일 수 있다."(시즌 2 에피소드 15)

　그렇다고 이들이 만든 대안 가족이 제2물결 페미니즘에서 말하는 보편적 자매애와 합치하지도 않는다. 다른 시민권 운동과 마찬가지로 역사적으로 여성운동은 정치적 목적을 이루기 위해 어느 정도의 집단성을 요구했다. 여성으로서의 동질성을 기반으로 하는 자매애는 이런 집단적 정치성의 이념적 근거로 수용되었다. 하지만 〈섹스 앤 더 시티〉에서 네 명의 여성이 만드는 여성적 유대감은 개인적이다. 그들은 여성으로서 정치적 입장을 공유한다기보다는 성적 행위, 결혼, 데이트, 쇼핑 등과 같은 작고 개인적인 문제들에 대해 의견을 나누고 각자 자신의 선택을 내리는 데 도움을 얻는 소통과 친밀성의 공동체로 서로의 관계를 설정한다. 포스트페미니스트들에게서 일반적으로 나타나듯 이들은 더 넓은 정치적 어젠다는 건드리지 않으면서 삶에서 개인적 선택에 초점을 맞춘다.

이들이 매주 토요일 아침 브런치를 먹으며 교환하는 대화는 〈섹스 앤 더 시티〉의 진정한 주제이다. '먹기'와 마찬가지로 '말하기'도 쾌락이 만들어지는 과정이다. 이들의 '섹스 토크'는 이성애 로맨스 판타지가 실제 성 경험과 일치하지 않는다는 것을 밝히는 즐거운 토론장이자 의식 개혁의 공간이다. 섹스에서 여성이 원하는 것과 원하지 않는 것이 가려지고, 남성의 육체에 대한 여성의 주체적 읽기가 시도된다. 이 드라마에서 포스트페미니즘적 감수성이 가장 잘 발현되는 곳을 찾으려면 바로 이들의 솔직하고 자유로운 섹스 토크다. 그런데 섹스 토크가 중요한 것은 말하는 내용뿐 아니라 말하는 행위 그 자체가 여성에게 성적 만족과 감정적 친밀성을 주기 때문이다. 성적 행위는 성기적 쾌락에 국한되지 않고 듣는 사람을 포함하는 넓은 육체적·감정적 과정으로 확장된다. 제인 제하드의 예리한 관찰을 따르면, 〈섹스 앤 더 시티〉의 영리함은 여성들을 동성애자로 만들지 않으면서 이성애를 넘어서도록 만드는 데에 있다.[11] 이성애적 규범이 엄연히 작동하

---

11. 같은 글, 44쪽.

는 대중매체에서 이 '고품격' 드라마는 동성애로 표현하지 않으면서 동성 간 사랑의 가능성을 실험하는 절묘한 선을 지키고 있다.

물론 이 '아슬아슬한' 선은 대런 스타라는 게이 감독의 뛰어난 대중적 감각이 만들어낸 것이다. 대런 스타는 성적 금기가 완고하게 지켜지는 지상파 채널 대신 HBO라는 프리미엄 케이블 채널을 선택하여 성인 콘텐츠를 제공하는 쪽으로 방향을 잡는다. 1972년 새로 출범한 HBO는 위성 전달 방식을 사용함으로써 유통의 새로운 형태를 개척했다는 평가를 받는데, 과도한 중간광고 없는 프로그램이라는 새로운 형태가 그것이다. 수익은 광고가 아닌 시청자가 매달 납부하는 시청료로 이루어진다. 이를 통해 HBO는 광고주들과 타협할 필요가 없었고 방송사 내부 검열과 정부 규제로부터도 자유로울 수 있었다. 그 대신 새로운 시청자를 끌어들이고 그들의 욕구에 부응하는 차별화된 프로그램을 제작해야 한다는 부담을 떠안게 된다. 대런 스타는 케이블 방송의 이런 특성을 드라마 제작에 십분 활용하고 있다. 중간광고가 없기 때문에 〈섹스 앤 더 시티〉는 하나의 완결된 작은 영화처럼 보인다. 실제로 스타는 수전 세이델먼과 앨리슨 앤더스 같은 유명한 독립영화 감독을 제작에 참여시켜 드라마의 예술영화적 가치를 부여하면서 마니아 집단을 만들어낸다. 〈섹스 앤 더 시티〉의 마니아 집단은 지적 대화를 즐기고 새로운 성적 실험에 개방적이며 소비문화를 향유할 수 있는 중산계급 이상의 싱글 여성들이다. 케이블 방송이라는 매체에 부합하는 이들 전문직 여성 시청자를 상대로 대런 스타는 포스트페미니즘과 퀴어가 만나는 접점을 찾아 문화상품으로 만드는 데 성공한다. 물론 성공의 대가처럼, 게이 감수성을 이성애자 시청자를 끌어들이기 위한 수단으로 활용했다는 비판을 받지만, 그가 일반 대중뿐 아니라 학계의 연구자에게도 지속적 논쟁거리를 제공하는 대표적인 대중문화 텍스트를 생산했다는 데에 이의를 달 수는 없을 것이다.

(3) 미학적 소비와 여성 소비자 주권

〈섹스 앤 더 시티〉에 도입된 퀴어 감수성은 이 드라마의 소비자본주의적 생활 방식과 공명한다. 맨해튼이라는 화려한 도시 공간에서 게이 남성은 포스트포디즘 생활 방식의 선두주자로 소개된다. 게이 남성은 출산을 위한 섹스에서 쾌락을 주는 섹스로 옮겨감으로써 재화와 서비스의 '생산'에서 '소비'로 중심축이 이동하는 소비자본주의 시대의 생활 방식을 구현하고 있다. 그런데 생산에서 벗어난 이런 소비문화는 게이 남성만이 아니라 드라마의 여성인물들에게서도 광범하게 나타난다. 무엇보다 육체에 대한 이들의 태도를 지배하는 것이 바로 이 소비 취향이다. 〈섹스 앤 더 시티〉의 여성들은 자신의 육체를 시각적 쾌락을 선사하는 취향 상품으로 본다. 쾌감을 주는 날씬하고 아름다운 몸으로 만들기 위해 그들은 털을 깎고, 요가를 배우며, 조깅을 한다. 육체에 대한 이런 상품적 관계는 남성 육체에 대한 그들의 태도에도 적용된다. 그들은 경제적 안정을 위해 남자의 몸에 대한 쾌락을 포기하지 않는다. 남성=생계 수입자, 여성=가정 관리라는 영역 분리에 기초한 젠더 이분법이 무너지면서 그들은 남자의 경제력에 의존할 필요 없이 스스로의 힘으로 구매자의 위치에 올라선다.

이런 점에서 데이비드 그리븐은 〈섹스 앤 더 시티〉의 여성인물들을 19세기 말 미국 사회에 등장한 소비력을 갖춘 신여성의 현대적 후계자들이라 본다.[12] 그들은 성적 욕망과 취향을 지닌 주체로서 자신이 갈망하는 대상을 소비할 권리를 갖고 있다. 이들의 성적 소비 권리를 급진적으로 만드는 것은 너무 자주 등장하는 이상한 남자들이다. 남자를 먹어치우는 뱀파이어 여성들로서 그녀들은 겉으로 보기에 멀쩡

---

12. 데이비드 그레벤, 「괴상한 남자들—결혼할 수 없는 여자들」, 『섹스 앤 더 시티 제대로 읽기』, 78쪽 참조.

해 보이는 남자들의 비정상성을 폭로함으로써 그들의 정상성이 감추고 있는 심각한 결함을 드러낸다. 그리븐의 지적처럼 이들의 급진성을 배가시키는 것은 이들이 "살펴보고 따져보고 구매했다가 반품할 수도 있는 능력"을 갖고 있다는 점이다.[13]

그런데 이들이 구매 상품으로서 남자의 몸에서 기대하는 것은 도덕적 감각이나 이데올로기적 정체성이 아니라 미적 쾌감이다. 중요한 것은 '기분이 좋다'라는 느낌이다. 이제 남자는 키가 작거나, 정액 맛이 이상하거나, 이상한 냄새가 나거나, 키스를 잘 못한다는 이유로 거부된다. 돈이 많거나 정치적 권력을 갖고 있다는 것이 저급한 취향을 용서해줄 수 있는 이유가 되진 못한다. 경제적 구매력을 갖춘 까다로운 소비자로서 여성들은 남자라는 상품의 이모저모를 살펴보고 표면적 이미지가 내용물과 합치하는지 꼼꼼히 따진다. 발에 딱 맞는 구두를 고르는 것이 힘들 듯 수많은 남자와 데이트를 하고 잠을 자도 자기한테 맞는 남자를 찾기란 어렵다.

문제는 여성이 소비자로서 상품에 대해 갖는 통제력이 결코 일방적이지 않다는 점이다. 그들은 구매하는 만큼이나 구매된다. 좋은 상품으로 자신을 판매하기 위해 그들은 육체의 훈육을 감내해야 하고 아름다운 몸으로 보이기 위해 끊임없이 가장해야 한다. 캐리는 머리가 손질되지 않았거나 옷을 제대로 갖춰 입지 않았다는 이유로 외출을 하지 않는다. 연출되지 않는 자신의 몸을 상품으로 내놓고 싶지 않은 것이다. 육체와 섹스에 가장 민감한 서맨사는 성형수술을 통해서라도 젊음을 유지하고 싶어한다. 위험을 무릅쓰고 성형수술을 감행한 그가 캐리의 출판기념회에 벌겋게 달아오른 얼굴을 감추기 위해 챙 넓은 모자를 쓰고 나타나는 장면은 젊고 아름다운 육체에 대한 강박

---

13. 같은 글, 79쪽.

이 현대판 뱀파이어 여성을 옥죄는 이데올로기임을 보여준다.

〈섹스 앤 더 시티〉에서 제5의 주인공으로 이야기되는 패션은 여성이 자신의 몸을 자유롭게 바꾸는 조형적 행위이지만, 화려한 옷 속의 여성의 몸은 언제나 완벽한 라인으로 통제되어 있다. 제인 아서스는 〈섹스 앤 더 시티〉에 등장하는 여성들을 "부르주아 보헤미안"이라 부른다.[14] 아더스에 따르면 이들은 1980년대 등장한 여피족의 뒤를 이어 미국 사회의 새로운 소비자 집단으로 부상하는데, 일견 모순되어 보이는 부르주아적 가치와 보헤미안 가치를 몸소 결합하고 있다. 그들은 부르주아의 '정숙함respectability'을 벗어나 키치적 취향을 끌어들이지만 그것이 '난잡함'으로 떨어지지 않는다. 완벽하게 통제된 육체의 선과 성적 자유의 결합, 이것은 〈섹스 앤 더 시티〉에 등장하는 네 여성 중 특히 캐리에게서 분명하게 드러난다. 그는 서맨사의 성적 자유를 무한히 누리지 않으면서도 샬럿의 억눌림에서 벗어나 자유와 통제, 사랑과 섹스를 적절히 결합시키고 있다. 캐리 역을 연기한 제시카 파커의 의상은 이런 캐릭터를 드러내주는 데 결정적인 역할을 한다. 때로 고가의 명품 브랜드의 옷을 입고 그 유명한 마놀라 블라닉 구두를 신을 때도 있지만, 캐리의 옷은 비교적 저렴한 가격에 과감한 성적 노출과 몸에 꽉 끼는 소녀적 특성을 배합하고 있다. 그녀는 성적으로 솔직하지만 가볍지는 않다. 부르주아 가정의 여성이 도덕적 헤게모니를 장악한 이후, 전통적으로 성적 자유로움은 하층계급 여성의 속성으로 여겨졌다. 캐리의 성적 개방성은 이런 부르주아 예의범절을 위반하고 있다. 상품화된 매끈한 몸과 적절하게 노출된 비관습적 의상을 결합시킴으로써 캐리는 '난잡하다'라는 시선에서 비껴 있다. 하

---

14. Jane Arthurs, "Sex and the City and Consumer Culture: Remediating Postfeminist Drama," in *Feminist Media Studies*, 3.1(2003), 90쪽.

지만 바로 그렇기 때문에 그녀는 언제나 자신을 아름답고 완벽한 여성의 몸으로 가꾸어야 한다. 성적 자유를 누리고 소비자로서 선택권을 행사하는 포스트페미니스트 여성들은 역설적이게도 섹시하고 아름다운 몸이라는 새로운 여성성의 체제에 갇혀 있다.

4. 포스트 9. 11과 보편적 소비권을 위한 투쟁

〈섹스 앤 더 시티〉는 소비자본주의 사회에서 인간의 육체와 상품적·미학적 관계를 맺는 포스트페미니스트 여성들의 사랑과 욕망을 그린 대중문화 텍스트이다. 여성들은 결혼의 구속에서 벗어나 다양한 섹슈얼리티를 실험하고 낭만적 사랑 이야기를 다시 쓴다. 대중문화에 작동하는 이성애 금기를 위반하고 동성애 문화와 은밀한 접속에도 일정 정도 성공한다. 하지만 섹슈얼리티의 실험이 여성의 몸을 규율하는 새로운 여성성의 체제를 내파하지는 못하고 있는 것 같아 보인다. 드라마 속 네 여성들은 자유와 구속, 일탈과 공모가 서로 길항하는 모순된 지점에 멈춰서 있다.

〈섹스 앤 더 시티〉에서 소비자 주권은 여성들에게 어느 정도 선택의 자유를 주긴 했지만, 그것이 소비의 근원성과 보편성에 대한 인식을 바탕으로 한 전반적인 사회 개혁으로 나아가지는 못하고 있다. 소비자 주권은 소비할 능력을 가진 사람만이 아니라 소비를 해야 하는 모든 사람의 보편적 권리로 확대되어야 한다. 모든 사람은 노동하는 존재일 뿐 아니라 소비하는 존재이다. 인간은 생산자로서의 권리를 누려야 하는 만큼 자원이 허락하는 선에서 소비자로서의 권리를 누려야 한다. 하지만 〈섹스 앤 더 시티〉의 여성들은 소비 행위에 함축된 보편적 인권에 대한 인식을 보여주지 않는다. 그녀들은 상품의 질을 꼼꼼히 따지는 구매력을 갖춘 까다로운 소비자로 올라서긴 했지만, 소비 행위에 참여할 수 없는 이른바 '몫 없는' 사람들로 시선을 돌리지 않으며, 그들이 구매하는 상품이 생산-유통-소비로 이어지는 전체 자본주의 질서에서 차지하는 위치를 총체적으로 파악하지도 못한다. '나는 소비한다, 고로 자유롭다'라는 신자유주의적 정언명령은 '나는 소비한다, 고로 투쟁한다'라는 또다른 명령과 결합되어 소비자의 보편권을 위한 사회적 개혁과 이어질 때 급진적인 정치적 의미를 획득할 수 있을 것이다.

〈섹스 앤 더 시티〉는 2002년 시즌 6을 마감으로 종영한다. 이 종영 시점은 증상적이다. 2001년 가을 뉴욕 월드트레이드센터를 강타한 9·11 폭격은 소비자본주의의 화려한 성적 스펙터클을 부수는 트라우마적 순간이다. 그것은 소비 속으로 들어오지 못한 노동, 탈근대 제국에 뛰어든 전근대, 소비자본주의에 통합되지 못한 계급이 회귀하는 순간이다. 9·11 이후 뉴욕의 스카이라인이 달라지고 있다면 포스트페미니즘의 스카이라인도 재조정되는 것이 불가피해 보인다. 백인 중산계급 여성들의 쾌락적 소비가 보편적 소비권의 획득이라는 변혁의 논리와 만나 계급적·인종적 각성을 이룰 때 포스트페미니즘의 미시정치학은 거시정치학과 만나는 접점을 찾을 수 있을 것이다.

제11장

젠더 지형의 변화와 페미니즘의 미래

1990년대 미국과 2000년대 한국 페미니즘 담론 비교

1. 페미니즘의 죽음 혹은 실종?

페미니즘 관련 도서 중 이례적으로 스테디셀러의 반열에 올라선 여성학자 정희진의 『페미니즘의 도전』이 출판된 것은 2005년이다. 출판사의 설득에 따른 것이긴 하지만, 책 제목은 페미니즘을 하나의 의미 있는 '도전'으로 제기하는 담대함을 보여준다. 그러나 이 책이 출판된 지 채 5, 6년이 지나지 않은 현재, 페미니즘을 기존 질서에 대한 급진적 도전으로 여기는 태도를 찾기란 쉽지 않다. 이 글을 준비하기 위해 최근 십여 년 동안 국내에서 발표된 페미니즘 문학 관련 글들을 찾아 읽어보면서 가장 먼저, 그리고 가장 뚜렷하게 느낀 것은 이제 어느 누구도 선뜻 페미니즘 문학에 대해 말하고 싶어하지 않는 분위기다. 페미니즘을 특집으로 꾸민 예외적 경우도 페미니즘 문학의 활력과 갱신을 논의하기보다는 도전과 모색, 심지어 좌표 상실을 인정하는 수사가 지배하고 있다.[1] 이를테면 김양선은 2000년대 한국 문학 비평을 논하는 글에서 "여성문학 비평과 이론의 좌표 상실, 작품의 실상과는 동떨어진 여성문학 비평의 과잉 담론화가 2000년대 들어 더욱 심화되고 있다[2]라는 비판적 진단을 내리고 있다. 임옥희는 지난 30년 동안 한국 여성운동의 역사를 3기로 나누면서 여성운동이 제도화되면서 성공을 구가하던 시절을 지나 2007년 이명박 정부 이후부터 페미니즘의 "나쁜 죽음"이 일어나고 있다고 보고 있다.[3] 임옥희의 진단에 따르면, 모든 가치를 화폐가치 하나로 평정하는 돈의 폭력 시대가 도래하면서 페미니즘이 타자와 공존하는 대안 가치를 제시하지 못하고 제도화되거나 유행 담론으로 소비되는 "나쁜 죽음"에 처하게 되었다. 페미니즘에 지속적 관심을 보인 여성 비평가들 사이에서 페미니즘의 위기와 죽음이 논의되는 한편으로, 비평적 유행에 유달리 민감한 한국 문학비평계에서 페미니즘 문학 논의는 거의 눈에 띄지 않는다. 1990년대 문학이 '여성 작가와 여성 글쓰기의 시대'로 불릴 만큼 문학계에서 '여성 파워'가 두드러진 시대였다면, 2000년대 문학에 나

---

1. 2000년대 들어 페미니즘 문학을 꾸민 특집으로는 『문학수첩』 2006년 봄호 '여성 문학을 묻다'와 영문학 학술지 『안과밖』 제21호 '오늘의 페미니즘, 도전과 변화'가 있다. 전자에는 2000년대 한국 여성문학에 초점을 맞추어 그 문제적 성격을 비판하거나 성토하는 글들이 주류를 이루고 있다면, 후자의 글들은 한국 여성문학을 포함하여 영미권 페미니즘 조류의 변화를 두루 살피고 있다. 보는 시각이나 비판 강도의 차이를 보이긴 하지만, 한국과 미국 모두 페미니즘에 새로운 도전이 제기되고 있다고 파악하는 점은 동일하다.
2. 김양선, 「2000년대 한국 여성문학 비평의 쟁점과 과제」, 『안과밖』 제21호(2006), 41쪽.
3. 임옥희, 『채식주의자 뱀파이어: 폭력의 시대, 타자와 공존하기』(여이연, 2010), 8쪽. 이 책에서 임옥희는 지난 30년 동안 한국 페미니즘의 변화를 개괄적으로 1기/ 1987-1997: 민주화 투쟁과 여성운동의 독자성 추구, 2기/ 1997-2007: 좌파 정권 10년 동안 여성운동의 제도화와 협상 과정, 3기/ 2007년 이명박 정권 이후: 여성운동의 생존과 다변화 모색으로 구분하고 있다. 1997년에서 2007년 사이 10년을 좌파 정부라 부를 수 있을지는 의문이지만, 이른바 민주진보진영이 정권을 잡은 그 기간 동안 한국 여성운동은 여성부 신설, 호주제 폐지, 성매매방지법, 군가산점, 모성보호, 여성 국회의원 할당제, 정부부처 여성 할당제 등 여성계의 요구를 정부정책으로 전환시키는 데 성공했다. 하지만 이런 성공의 결과 여성운동이 국가에 기대고 여성운동가들이 관료화되면서 여성운동이 비판 세력으로서 급진적 동력을 잃어버리는 부정적 상황에 봉착했던 것도 사실이다.

타나는 페미니즘의 좌표 상실과 실종 현상은 그 자체 하나의 '징후'라 할 만하다. 『실천문학』 2011년 가을호는 '2000년대의 마지막 말들'이라는 기획 특집을 꾸렸는데, 새로운 밀레니엄의 첫 10년을 규정했던 열다섯 개의 키워드 중 여성과 관련된 것은 하나도 없다. '근대문학의 종언'이 뽑힌 것을 보면, 사망 선고를 둘러싼 분분한 논란이긴 했지만 (근대)문학의 존재 정당성에 대한 담론은 하나의 의미 있는 담론적 사건으로 기억된 것으로 보인다. 그렇다면 왜 페미니즘 문학은 담론의 지평에서 사라진 것일까? 사라졌다는 표현이 지나치다면 '희미해졌다'로 고쳐도 좋다.

1928년 발표한 『자기만의 방』에서 버지니아 울프는 여자가 글을 쓰기 위해서는 자기만의 방과 1년에 500파운드의 돈이 필요하다고 했다. 글쓰기에 필요한 정신적 자유의 조건이 바로 자율적 공간과 돈이라고 본 것이다. 울프의 말마따나 500파운드로 상징되는 경제적 독립이 피억압자들이 빠지기 쉬운 원한과 두려움의 함정에서 벗어나 사물을 그 자체로 볼 수 있는 정신의 자유를 가져다준다면, 2000년대 한국의 여성 작가들은 이 자유를 향유할 수 있는 위치에 올라선 것일까? 여성이라는 과도한 자의식을 갖거나 남자보다 못할 바 없다고 애써 주장하는 대신 이제 여성들은 자신의 성에 대해 자유롭게 표현하는 단계에 접어든 것인가? 아니면 이른바 페미니즘 담론의 소멸은 여성들이 제도적 '평등'을 일정 정도 획득한 후 이분화된 젠더 대립의 유효성이 약화되어 젠더 이외의 사회적 범주가 더 큰 규정력을 지니게 된, 역사적 변화의 결과인가? 이에 따라 여성과 남성의 차이보다 여성들 내부의 계급적·인종적 차이가 더 크게 부각되고, 젠더가 흐려지거나 모호하게 뒤섞인, 이른바 '혼종적' 젠더들이 등장하게 된 것일까? 이럴 경우 성차와 젠더 불평등에 관심을 쏟는 페미니즘은 여전히 급진적 도전이 될 수 있을까? 몇 년 전 발표한 글에서 정희진은 성인

지적 관점에서 세계를 파악하는 인식론이자 실천으로서 여성주의는 "보이지 않던 젠더 구조를 드러냄gendering과 동시에 그러한 젠더 구조가 (일시적이고 우연한) 역사적 산물임을 강조함으로써 젠더를 해체하는 데 일조하는 것이다"[4]라고 주장한다. 젠더의 가시화에 무게를 두었던 이전의 입장에 비해 젠더의 해체 쪽으로 무게추가 이동해 있다. 이런 무게중심의 이동에는 신자유주의하에서 일국 내 젠더 격차보다 인종과 국적에 따른 계급 격차가 성별 범주의 변화에 더 큰 영향을 미치게 되었다는 상황 인식이 작용하고 있는 것으로 보인다. 그렇다면 페미니즘은 그 자신의 위상을 어떻게 조정해야 하며 앞으로 어떤 역할을 수행해야 할 것인가?

글의 초두부터 질문이 많다. 하지만 적어도 내가 보기에 이런 물음들은 비단 한국 문학만이 아니라 영미 문학 페미니즘 진영에도 이미 10여 년 전부터 등장했던 전 세계적 현상이기도 하다. 미국은 우리보다 훨씬 격렬하게 비슷한 물음이 제기되면서 페미니즘 진영 내부의 세대 갈등과 인종 대결의 형태로 전개되었다는 점에서 차이가 있다. 여성들이 처해 있는 역사적 맥락과 사회적 조건에 따라 차이가 있긴 하지만, 한국과 미국의 페미니즘이 공히 새로운 형태의 전환을 맞아 위기에 봉착하게 된 것은 분명해 보인다. 이 장에서는 영문학 연구자로서 페미니즘의 제도화와 젠더 지형의 변화로 요약될 수 있는 이런 새로운 현상을 비교문화적 시각에서 읽어내고, 버지니아 울프의 통찰에 힘입어 위기를 타개할 수 있는 방안을 모색해보고자 한다.

---

4. 정희진, 「편재遍在하는 남성성, 편재偏在하는 남성성」, 권김현영 편, 『남성성과 젠더』(자음과모음, 2011), 17쪽.

2. 1990년대 미국 페미니즘—젠더 이분법의 해체와 여성의 내적 분화

1990년대 중반, 미국 여성운동 진영 내부에서는 이분화된 젠더 범주가 수행하는 배제 기능에 대한 경계가 확산되면서 남성/여성 및 남성성/여성성이라는 전통적 대립 구도의 유효성이 의문시되기 시작했고, 여성운동 진영 바깥에서는 페미니즘의 종말을 암시하는 담론들이 울려퍼지기 시작했다.[5] 세대론적 함의를 진하게 풍기는 포스트페미니즘이라는 신조어가 대중매체에 빈번하게 등장하기 시작한 것도 이 무렵이다. 포스트가 '탈'을 의미하든 '이후'를 의미하든 그것이 페미니즘 앞에 붙는 순간 페미니즘의 견고한 위상이 흔들리는 것은 사실이다. 페미니즘이 추구했던 해방의 목표가 이루어졌으니 이제 페미니즘은 존재 이유를 상실했다는 함의가 담겨 있기 때문이다.

페미니즘의 위상 해체를 둘러싼 이런 논란은 급기야 1980년대 미국 페미니즘 문학비평의 아이콘으로 군림했던 수전 구바로 하여금 '무엇이 페미니즘을 병들게 하는가'라는 반격성 질문을 던지게 만든다.[6] 구바는 페미니즘의 위기를 일종의 비평적 거식증에 비유하면서 그 원인을 상대적으로 더 억압받는 위치가 정치적 올바름의 토대라

---

5. 1998년 6월에 발행된 『타임』 등에서 다루었던 '페미니즘의 종말' 담론의 자세한 내용은 제10장 참조.

6. Susan Gubar, "What Ails Feminist Criticism?," in *Critical Inquiry*, 24.4(1998) 참조. 구바의 글에 대한 반박으로는 Robyn Wiegman, "What Ails Feminist Criticism? A Second Opinion," in *Critical Inquiry*, 25.2(1999) 참조. 페미니즘의 질병을 둘러싸고 수전 구바와 로빈 위그먼 사이에 벌어진 논쟁에 대한 국내의 소개 및 비판적 점검으로는 정소영, 「"포스트페미니즘" 시대의 페미니즘 비평: 보편성과 여성, 그리고 문학」, 『비평과 이론』 제12권 제2호(2007) 참조. 단행본으로 출간되기 전 학회에 발표할 당시 구바의 논문은 '누가 페미니즘을 죽였는가?'라는 더 자극적인 제목을 내걸고 있었다. 여성을 여성의 살인범으로 돌리는 자극성 때문에 제목을 '누가 페미니즘을 병들게 했는가?'로 바꾸긴 했지만, 구바의 글에는 선배 페미니스트들을 비판한 탈구조주의 페미니스트들과 탈식민주의 페미니스트들에 대한 강한 적대감과 원망이 흐르는 것이 사실이다.

고 여기며 자신과 입장이 다른 여성에 대해서는 어떤 말도 할 수 없게 하는, '정체성의 정치the politics of identity'[7]와 프랑스발 이론으로 무장한 탈구조주의라고 본다. 구바는 현재 페미니즘이 처한 거식증 상태를 남성 이데올로기 비판—여성문학 전통의 복원—여성 내부의 차이 생산으로 이어지는 이른바 페미니즘 비평의 3단계를 잇는 네번째 단계라고 지적하며, 이를 "메타비평적 불화metacritical dissension"라고 명명한다.[8] 여성 내부의 차이를 강조하는 경향은 세번째 단계에서도 이미 시작되었지만, 네번째 단계에서 이 흐름은 차이의 생산적 인정이 아니라 여성들 사이에 모든 공통성을 지워버리고 갈등과 대립을 조장하는 입장으로 변질되었다는 것이 구바의 판단이다. 거식증은 종종 자살로 귀결된다. 구바에 따르면 인종적 정체성의 정치가 여성들이라는 단어를 특정 소수의 여성들만 대변할 수 있도록 축소시켰다면, 탈구조주의는 이 용어를 완전히 사라지게 만들었다고 한다. 페미니즘이 학계에 성공적으로 진입하여 제도화의 길을 걷는 동안 자살로 끝날 질병에 시달렸다는 것은 얼마나 역설적인가! 구바의 글은 자기모순에 빠진 페미니즘의 현 상태에 대한 깊은 우려와 페미니즘을 이렇게 몰고 온 세력들에 대한 강한 분노로 물들어 있다. 인종적 정체성의 정치학에 대한 구바의 비판은 벨 훅스, 샌드라 모한티, 가야트리 스피박 등 백인 페미니즘 비판을 선도하는 주요 이론가들을 겨냥하고 있고, 탈구조주의 이론가로는 쥘리아 크리스테바, 주디스 버틀러, 도나 해러웨이 등을 타깃으로 삼고 있다. 구바의 평가에 따르면, 백인 페미니즘이 인종주의와 제국주의에 공모했다는 주장은 애초에는 올바른 지적이었음에도 어느 순간 백인 페미니스트의 자기반성

---

7. 여기서 구바가 염두에 두는 정치적으로 가장 '올바르고 진보적인' 집단은 다중적 억압이 중첩된 가난한 흑인 여성이나 제3세계 하층계급 여성, 성소수자 여성이다.
8. Susan Gubar, 같은 글, 886쪽.

까지 불가능하게 만드는 '비평적 폐기critical abjection'로 이어졌다. 여기에 흑인 여성, 제3세계 여성, 성소수자 여성이라는 비평가의 정체성 표지가 곧바로 담론의 진정성을 담보하는 것으로 여겨지면서 조악한 형태의 '비평적 선출critical election'이 일어났다는 것이다. 그는 이런 비평적 선출 결과, 여성들 사이에 대화가 불가능해지고 여성은 수많은 하이픈으로 쪼개진 병든 단어가 되었다고 한탄한다.[9]

스피박은 인종적 정체성의 정치를 탈구조주의 이론과 결합시킨 대표적인 이론가다. 바로 이 결합 덕분에 그녀는 가장 큰 영향력을 행사하는 페미니스트 이론가로 군림하고 있다. 하지만 그의 영향력은 구바가 이 글에서 비평적 '난해주의obscurantism'라 부르는 탈구조주의의 문제점을 노출한 것은 물론이고, 인도 여성이라는 그 자신의 인종적 위치는 '존경할 만한' 제3세계 하위주체 여성의 대변자로서의 정당성과 진정성을 부여해주는 알리바이로 작용하기에 이르렀다고 한다. 스피박은 "다른 모든 명칭과 마찬가지로 여성이라는 이름[의 사용]은 그것이 아무리 정치적이라 해도 언어 오용catachresis"이며, 따라서 "우리는 역사적으로 지정학적으로 문자 그대로의 지시체로 상상할 수 없는, 권리를 박탈당한 여성을 여성이라 부른다"라고 주장한다.[10] 여성이 언어와 담론에 의해 만들어지는 언어적·담론적 구성물이고, 이 구성은 필연적으로 오용의 가능성을 배태하고 있다면, 언어 바깥에 "문자 그대로의 지시체"이자 "본질"로 존재하는 여성은 없다. 백인 여성들은 자신의 거울 속 얼굴을 보고 그 이미지에 따라 대문자 '여성'을 정의하지만, 스피박 자신은 어떤 담론을 통해서도 온전히 말해질 수 없는

---

9. 같은 글, 881-886쪽 참조.
10. Gayatri Chakravorty Spivak, "Feminism and Deconstruction, Again: Negotiations," in *Outside the Teaching Machine* (New York: Routledge, 1993), 137, 139쪽.

하위주체 여성들을 본다. 구바의 평가에 따르면, 스피박이 하위주체 여성들을 바라보는 것은 인도 여성으로서 자신의 이미지와 주류 페미니즘 유권자 사이의 괴리를 인식했기 때문일 뿐 아니라 하위주체 여성들을 지워버리는 담론적 동일시를 끊임없이 지연시켜야 할 필요성 때문이기도 하다. "하위주체 여성은 말할 수 있는가?"라는 질문에 대해 스피박은 부정적 대답을 내놓는다. 재현의 매개를 거치지 않고 그들의 목소리에 접근하는 것은 불가능하며, 재현은 언제나 권력의 그물망을 통과해야 하기 때문이다. 하위주체 여성들의 목소리를 침묵시키는 담론을 탈구시키고 지연시키는 끝없는 해체 작업이 스피박이 스스로에게 부여한 과제이다.

여성 범주와 젠더 이분법의 해체를 가장 극단적으로 밀고 나간 인물은 퀴어 이론가 주디스 버틀러다. 버틀러에게 여성은 문법적 허구이자 실패에 처할 수밖에 없는 담론적 구성물이다. 버틀러의 복잡한 이론적 수사 속에서 페미니즘은 강요된 이성애 규범에 사로잡힌 체제 내적 담론이자 성소수자들을 배제하는 지배 담론으로 비판된다. 이성애 규범의 효과로서의 젠더는 남성과 여성이라는 억압적 '둘'의 논리를 벗어나 퀴어의 패러디적 전복을 통해 여러 개로 분화된다. 복수의 젠더들이 헤게모니 투쟁을 벌이는 이른바 젠더 트러블의 시대로 접어든 것이다. 이제 여성'들'은 아무 문제 없이 '여성'으로 호명되는 존재가 아니라 다른 많은 젠더의 배제 위에 서 있는 문제적인 '존재'로 재조정된다. 여성은 담론에 의해 우연적으로 구성되는 효과일 뿐 효과에 선행하는 본질로 존재하지 않는다.[11]

---

11. 젠더 이분법을 해체하고 섹스의 구성성을 주장하는 버틀러의 입장을 보려면 주디스 버틀러, 『젠더 트러블』, 조현준 옮김(문학동네, 2008) 참조. 제2장에서 밝혔던 대로 나는 극단적 문화 구성론에 입각한 버틀러의 시각, 특히 여성 범주와 젠더 이분법의 해체가 정치적으로 배제된 퀴어의 복권을 의도하는 유의미한 기획임에도 불구하고, 젠더와 젠더 트러블을 상징계의 층위에 위치시키고 실재의 층위에서 작동하

여성을 언어 오용이라 여기며 재현과 담론의 그물망 속으로 휘발시켜버리는 탈구조주의에 대한 구바의 비판은 신랄하다. 구바는 탈구조주의 페미니즘이 여성이라는 범주 자체를 해체시켜 페미니즘의 근거이자 행위 주체를 지워버리고 '여성주의적 여성 혐오증'을 유포했다고 비판한다. 그의 글 제목이 암시하듯이 이들은 페미니즘을 병들게 만들고 여성을 무력한 단어로 만든 장본인이다.

하지만 구바의 이런 문제제기는 큰 반향을 얻지 못한 채 젊은 세대 페미니스트들로부터 백인 중산계급 이성애 페미니즘의 틀을 유지하려는 기득권 수성 전략으로 받아들여져 공격당한다. 신세대 이론가를 대변하는 로빈 위그먼은 미국 페미니즘 학문의 변화 과정을 질병과 자살로 이어지는 퇴화 과정으로 읽어내는 구바의 해석 자체가 편향된 시각에 기초해 있다고 비판한다.[12] 구바가 페미니즘 내부에 세대적·인종적·계급적·성적 갈등과 긴장을 초래한 역사적 조건의 변화에 대한 이해를 결여하고 있을 뿐 아니라, 이런 내적 갈등과 비판을 페미니즘의 풍요로운 자산으로 이해하기보다는 불모의 거식증으로 읽어내고 있다는 것이다. '젠더 하나만의 패러다임'에 사로잡힌 이런 시각은 서구 백인 여성만을 중심으로 설정하고 나머지 타자들은 주변에 배치하는 인종적 편향성을 벗어나지 못한 채 백인 여성이 주류로 군림했던 과거로 돌아가려는 상처받은 백인 여성의 회귀본능에 지나지 않는다는 것이 위그먼의 진단이다. '상처받은 백인성'은 위그먼이 구바의 글에서 찾아낸 감정적 기제이다. 백인 여성을 기득권 집단이 아니라 유색인 여성들로부터 비평적 폐기와 위험에 내몰리는 피해자로 느끼는 이런 감정 기조는, 최근 미국 사회에서 자유 개념을 대체하며

는 성차를 지워버리는 문제점을 지니고 있다고 생각한다.
12. Robyn Wiegman, 같은 글, 362-379쪽 참조.

대두된 '상처받았다는 사실에 근거한 권리 주장'이라는 부정적 조류와 조응한다. 현재 미국에서는 백인들이 과거에 비해 특권을 침해받고 있다는 사실에 근거하여 여러 차별금지법들을 공격하는 보수적 움직임이 일고 있는데, 탈식민적·탈구조주의적 페미니스트에 대한 구바의 정서적 반감 역시 이런 상처받은 정체성에 근거한 권리 주장에 지나지 않는다는 것이다.

여성들을 수많은 차이로 분할함으로써 여성 범주 자체를 해체시키는 탈식민주의적·탈구조주의적 페미니즘에 대한 구바의 비판이 강한 정서적 반감과 피해 의식에 물들어 있는 것은 사실이다. 차이들을 가로질러 다시 공통의 여성으로 돌아가자는 감정적 호소가 그의 글에 깊게 배어 있음도 부인할 수 없다. 위그먼의 지적처럼 '좋았던' 그 시절로 돌아가는 것은 이제 불가능하다. 2단계 페미니즘에 내재한 백인 중심주의 이데올로기와 이성애 중심성에 대한 후대 페미니스트의 비판이 때로 여성을 여성의 적으로 돌리는 파괴성을 보이는 것은 사실이지만, 가상의 공통의 여성을 설정하여 그로 회귀하는 방식으로 차이의 문제를 해결할 수는 없다. 이는 인간이라는 추상적 보편성을 설정하여 성차와 인종적 차이를 지워버리는 남성 중심주의적 방식을 여성 내부에서 되풀이하는 것이기도 하다. 하나로 환원될 수 없는 다양한 사회적 위치에 있는 여성들의 복합적 경험들을 여성의 경험이라고 통칭해서 묶는 것은 위험하다. 이런 일반화가 어떤 가상의 보편적 여성 또는 특정한 여성 집단만을 염두에 두었다는 소수집단 여성들의 비판을 겸허하게 수용할 필요가 있다. 여성이 단일한 범주로 묶일 수 없다고 받아들이는 것은 불가피하면서 필수적이다. 서로 다른 정체성을 지닌 여성 집단들이 다양한 이해관계로 부딪치는 현대사회에서 서로 충돌하고 연대하는 복합적 과정에 페미니즘이 민감해질 필요가 있다는 것은 거부할 수 없는 윤리적 당위이자 현실적 조건이다.

하지만 동시에 하나로 환원되지 않는 여성에 대한 인정이 다양한 여성들의 삶과 이해관계를 존중하자는 사회학적 요구나 다원주의적 논리로 제한되는 방식으로만 풀려서도 안 될 것이다. 여성이 하나가 아닌 것은 여성들의 사회적 위치가 여럿이기 때문만은 아니며, 여성들이 이 위치에 따라 복수적·중층적 정체성들을 지니고 있기 때문만도 아니다. 계급, 젠더, 인종를 포함하여 잠재적으로 무수히 늘어날 수 있는 사회적 위치들을 덧붙이는 것으로 여성의 '존재'가 해명되는 것은 아니다. 제1장에서 언급했듯이, 여성을─이점에서는 남성도 마찬가지이지만─사회적 제도에 의해 구성되는 사회적 위치들의 총합으로 보는 입장은 여성이 이런 사회적 제도와 갖는 '문제적' 관계를 드러내지 못한다. 하나가 아닌 성이란 말은 사회적 위치들로 환원되지 않을 뿐 아니라 이 위치들을 무너뜨리고 교란시키는 '실재'의 차원, 하나의 논리가 지배하는 남성적 상징질서에서 지워졌지만 '잔여'이자 '잉여'로 그 모습을 드러내는 존재의 차원이다. 뤼스 이리가레는 이 차원을 남성질서를 되비추는 '반사적 여성성speculative femininity'과 구분해 '잉여적 여성성excessive femininity'이라고 명명했다. 그것은 남근 로고스 담론의 가능 조건이지만 존재론적 규정이 없기 때문에 존재한다고 말할 수도 없는 방식으로, 남성 담론을 파열시키는 잉여로서 존재한다. 일종의 파열적 잉여disruptive excess로서 이 새로운 여성성은 여성 자신에게도 낯선 이질성이자 아직 실현되지 않은 미지의 가능성으로 남아 있다.[13]

이리가레가 페미니즘에 선사한 '하나가 아닌 성'이라는 슬로건은 앞서 지적한 두 층위, 즉 사회적·상징적 정체성의 차원과 상징화되지

---

13. 물론 이 잉여적 여성성의 실현은 각기 다른 정체성을 지닌 여성 개인을 여성이라는 집합적 총칭으로 환원시키는 것이 아니라, 여성 개개인의 욕망와 충동에 충실한 길이라는 것이 내 생각이다. 구체적인 지적은 제1장 참조.

않는 차원 모두에서 적극적으로 해석될 필요가 있다. 페미니즘은 사회적 상징계 속에서 특정 정체성을 부여받은 존재로서 여성들을 어느 하나의 위치로 환원시키지 않음으로써 여성 내부의 차이들을 지우지 않으면서 고착된 젠더 정체성에 트러블을 일으켜 다양한 젠더 정체성'들'을 실험할 수 있는 개방적 공간을 여는 것이 필요하다. 이와 동시에 여성들을 남근적 상징질서에 완전히 종속시키지 않음으로써 상징적 정체성과 파열적 관계를 가질 수 있는 잉여적 차원을 유지하는 것 역시 필요하다. 양 차원 모두에서 '하나가 아닌 성'이 되는 것은 남녀 이분법에 기초한 고착된 젠더 우물에서 벗어나는 길이 될 뿐 아니라 남성적 하나의 논리에 빠지지 않고 단독적 개체로서 개개 여성들의 고유한 가능성을 살리는 길이 될 것이다.

3. 2000년대 한국 페미니즘의 지형 변화
─신자유주의의 확산과 계급의 복귀

한국 페미니즘 담론에서 페미니즘의 질병이나 죽음을 외치는 목소리는 아직 크지 않다. 앞서 언급한 김양선과 임옥희의 글이 2000년대 들어 페미니즘의 정체성 상실과 나쁜 죽음을 지적하고 있긴 하지만, 이런 비판적 목소리도 소수에 지나지 않는다. 전반적 분위기는 차라리 암묵적 침묵이나 후퇴라고 말하는 것이 옳다.

1990년대 후반과 2000년대 초두에, 1980년대 여성운동이 페미니즘의 독자성을 유지하지 못하고 젠더 범주를 계급 범주에 종속시켰다고 비판하는 이른바 '영 페미니스트들'의 문제제기가 있었다. 이들은 진보운동 내부의 가부장성과 성차별적 문화, 성폭력 사건을 공개하면서 남성들과의 연대를 중시한 기존의 페미니즘 활동에 비판을 제기하고 나섰다. 영 페미니스트라는 이름은 세대 간 갈등을 부각시키지만 그 내용을 보면 진보운동의 남성 중심성에 대한 비판과 여성주의적 시각의 관철이 주를 이루고 있다. 하지만 '일상의 젠더정치학'의 복원을 요구하는 이들의 목소리는 지속적 파장을 일으키지 못하고 주변화되거나 사실상 침묵으로 떨어진다. 2000년대 들어 그동안 크게 주목받지 못했던 성소수자들이나 이주여성들에 대한 관심이 일면서, 여성 내부의 차이와 다양성의 정치를 여성운동의 주요 의제로 강조하는 흐름이 나타난다. 성매매방지법 시행 이후 성매매를 여성의 성에 대한 남성의 폭력이자 여성의 성적 자율성에 대한 침해로 보는 이른바 주류 여성운동가들과 성판매를 생존 수단으로 선택한 성매매 여성들 사이에 갈등이 생겨났다. 주류 여성운동가들은 성매매 여성들의 인권 침해 현실을 목격하고 이를 해결하기 위해 성매매방지법을 추진했지만, 일부 성매매 여성들은 자신들을 피해자가 아니라 성노동자로 인정하고 법의 보호를 받으며 일할 수 있게 해달라고 요구했다. 주류 페미니스트들과 성매매 여성들 사이에 발생한 틈은 그들과 우리는 하나라는 식의 자매애 선언으로는 결코 메워지지 않는다. 여성들 사이에 존재하는 계급적 격차를 인정하지 않고서는 섹슈얼리티 문제에 접근하는 것이 불가능하다는 사실을 인식시켜준 것은 성매매방지법을 둘러싸고 벌어진 격론이 2000년대 여성운동에 남긴 교훈이다. 여성 내부의 소수자들의 목소리가 표출되고 이들이 주류 여성운동과 대립각을 세우는 흐름은 새로운 성찰을 요구하고 있다. 동성애, 성매매와 같이 기존의 성규범에 의해 억압되었던 문제들을 대면하기 위해서는 섹슈얼리티를 새롭게 조명하는 시각의 전환이 요구되지만, 이 역시 현재는 출발선상에 머물러 있는 것이 사실이다. 황정미의 지적처럼 서로 다른 집단의 여성들이 소통을 기반으로 연대의 기틀을 마련해야 한다는 주장은 많지만, 여성 내부의 계급적·인종적·지역적·세대적 차

이가 구체적으로 어떻게 표출되는지 확인하고 인정하는 일은 초보적 수준에 머물러 있다.[14]

계급 문제가 인종 문제와 긴밀하게 결합되어 있는 미국 사회에서 신자유주의 사회의 모순은 주로 인종이라는 틀로 시사되지만, 이주민 유입이 미국만큼 두드러지지 않은 한국 사회에서 자본주의적 모순은 이른바 양극화 현상으로 표출되는 계급적 성격을 강하게 띤다. 물론 계급 문제가 88만원 세대 담론으로 표상되는 세대 착취의 형태로 나타나는 측면이 강하지만, 세대 불평등 역시 계급 문제가 치환된 형태에 가깝다. 소비자본주의의 환상이 무너지고 신자유주의적 자본주의의 위기가 가시화된 1997년 IMF 사태와 2008년 세계 금융 위기 이후, 항시적 고용 불안과 계급 양극화는 개인의 삶에 직접적 영향을 미치는 중대한 문제이자 화급한 사회적 현안으로 부상한다. 위험 사회, 격차 사회, 불안 사회 등으로 다양하게 호명되는 신자유주의적 자본주의 시대에 페미니즘은 젠더 범주를 다시 계급 범주와 연결시켜 사유해야 했던 저 1980년대의 문제의식으로 복귀하는 새로운 국면에 접어들고 있다.

하지만 어떤 복귀도 차이를 배태하지 않은 단순 복귀는 아니다. 페미니즘이 놓여 있는 현실적 지형 자체가 변화했기 때문이다. 미국과 한국의 페미니즘 이론 논쟁에서 가장 눈에 띄는 것은 여성 범주의 구성성과 젠더 대립 구도의 해체를 통한 이른바 '복수적 젠더들'의 출현과 여성 내부의 차이의 대두이지만, 이보다 더 근본적인 변화는 신자유주의 경제체제의 지배와 대중문화의 압도적 위력이라 할 수 있다. 신자유주의적 자본주의는 이윤 추구를 위해 젠더, 인종, 민족 같은 전통적 경계를 넘어 개인의 능력에 기반을 둔 무한 경쟁과 효율성을 사

---

14. 황정미, 「한국 여성운동의 의제와 성찰성」, 『안과밖』 제21호(2006), 35-39쪽 참조.

회 운용원리로 채택한다. 이에 따라 성별 분업 이데올로기가 제공하는 전업주부이자 양육자로서 전통적 여성성 역시 위기에 처하며, 여성 내부의 계급 양극화가 두드러진다.

신자유주의가 유포하는 지배적 이데올로기는 성별, 인종, 나이 등 개인을 구속하는 거추장스러운 표지를 떼어내고 자유롭게 자신을 개발하는, 이른바 기업가적 자아enterprising self 이념이다. 이 이념 속에서 개인들은 자유의지와 선택이라는 담론을 통해 세계를 파악하고 행동한다. 한국 사회에서 IMF 경제 위기는 이 담론의 기저를 흔드는 물질적 현실로 작용했다. 하지만 소비 공간에서 이 담론이 발휘하는 위력은 여전히 강력하다. 특히 젊은 세대 여성들에게 소비 공간에서의 자유와 미적 취향의 개발은 강력한 유혹이다. 최근 몇 년 동안 인터넷 공간을 떠돌았던 명품녀, 된장녀를 비롯하여 소비하는 여성들을 가리키는 수많은 호칭을 떠올려보면 이런 현상을 쉽게 이해할 수 있을 것이다.

소비 공간에서 발휘되는 자유 효과는 이제 우리 시대 진정한 지배 문화의 위치에 올라선 대중문화에서 더욱 확대된다. 1990년대 이후 한국과 미국 공히 여성해방을 위한 변혁운동이자 실천으로서 페미니즘이 대중문화와 접속하면서 '대중적 페미니즘'이라는 현상이 일어난다. 그런데 대중문화가 특별한 관심과 투자를 아끼지 않는 집단이 바로 '소녀들girls'이다. 이런 소녀들의 등장에서 주목할 만한 것은 소녀들의 다수가 언니 페미니스트(혹은 '올드' 페미니스트)와 거리를 두면서 페미니즘 운동에서 소녀들의 공백이 일어난다는 점이다. 2000년대 이후 대학 사회에서 여성학 강좌의 인기가 시들해지고 여학생회가 여자 대학생들로부터 외면받는 현상을 떠올려 보면 소녀와 페미니즘 사이에 발생한 괴리를 이해할 수 있을 것이다. 한국의 경우 '촛불 소녀'처럼 대중문화가 유포하는 소녀상과 다른 모습이 등장한 것은 사실이다. 하지만 발랄하고 개성적이고 해방적이라는 촛불 소녀도 언니 페미니스트들과 여성주의적 연대를 하려고 하는 것 같지는 않다. 비단 대중문화뿐 아니라 문단에서도 이런 경향이 발견된다. 2000년대 한국 문단에서 젊은 여성 소설가와 시인과 비평가는 많지만 페미니즘은 희미해지거나 실종되는 역설적 상황이 발생하고 있는 것이다. 2000년대 젊은 여성 작가들 사이에서 페미니즘은 '후지다'는 느낌, 그리하여 자신을 페미니스트로 정체화하고 싶지 않다는 태도가 편재해 있다는 인상은 받는 것은 내가 한국 문단을 잘 알지 못하는 외부적 관찰자이기 때문만은 아닐 것이다.

신자유주의적 소비자본주의와 기업가적 자아 이데올로기의 지배, 대중문화의 확산과 더불어 올드 페미니스트와 현대판 여성성의 대립은 2000년대 한국 여성들이 서 있는 역사적 맥락이면서 가부장적 이성애 자본주의에 변형을 일으키고 있는 현실적 힘이다. 2008년 금융위기는 소비자본주의의 화려한 스펙터클을 부수는 트라우마적 순간이었다. 그것은 소비 속으로 들어오지 못한 노동, 소비자본주의에 통합되지 못한 계급이 복귀하는 순간이다. 이 트라우마적 복귀가 신자유주의 자본주의 체제를 내파할 수 있는 현실적 힘으로 전화될 수 있을 것인지, 아니면 탈정치화의 바람으로 흘러갈 것인지 예단할 수는 없다. 슬라보예 지젝은 최근 글로벌 금융 위기를 다룬 저서에서 다음과 같이 경고한바 있다.

오늘날 좌파에게 장시간의 썸싱이 필요할지 모르겠다. ……실행 가능한 전지구적 대안을 제시하지 못하는 좌파의 무능력이 또다시 만천하에 드러난 이상 현 위기의 주된 희생자는 자본주의가 아니라 좌파 자신이 될 가능성이 현실적으로 존재한다.[15]

그는 좌파가 오래전 잃어버렸지만 새로이 복원해야 할 공산주의는 역사의 끝에 도달해야 할 확실성이 아니라 파국을 향해 질주하는 자본주의의 기차를 멈추는 실천적 행위를 통해 도래한다고 설파하면서 혁명적 개입의 필요성을 역설한다. 지젝의 과장된 수사를 문자 그대로 받아들일 필요는 없지만, 좌파의 위기를 실천적 개입을 통해 돌파하려는 그의 문제의식 자체는 본받을 만하다.

4. 울프를 통해 다시 생각해보는 페미니즘의 미래
─차이를 통해 도달하는 보편성의 지평

'위기'라 부르든 '죽음'이라 부르든 아니면 한층 온건하게 '정체 국면'이라 부르든, 2000년대 한국 사회에서 페미니즘이 마주하고 있는 곤경을 돌파할 길은 어디서 찾을 수 있을까? 우리는 어떤 실천적 개입을 통해 페미니즘의 해방성과 정치성을 다시 열어젖힐 수 있을까? 나는 버지니아 울프의 에세이에서 그 단초를 찾을 수 있지 않을까 생각한다. 페미니즘의 위기는 페미니즘의 제도적 정착과 부분적 성공의 결과다. 물론 다수의 여성들이 자율적 공간과 경제적 독립을 성취하지 못한 채 여전히 경제적 궁핍과 심리적 박탈감에 시달리는 것은 사실이지만, 여성들이 제도적 평등과 경제적 힘을 어느 정도 획득한 것도 부인할 수 없다. 울프가 "교육받은 남성의 딸들"이라는 긴 이름을 부여한 중산계급 여성들은 1년에 500파운드의 돈을 벌고 자선단체에 3기니를 기부할 수 있을 만큼 경제적 독립성을 획득했다. 물론 이 독

---

15. 슬라보예 지젝, 『처음엔 비극으로 다음엔 희극으로』, 김성호 옮김(창비, 2010), 38-39쪽.

립성은 남성의 그것에 비하면 여전히 미흡하다. 남성과 겨루기에 부족함이 없을 정도로 평등을 충분히 성취한 것은 아니다. 그녀가 여자 대학의 건립과 여성들의 직업 마련을 위한 협회에 각각 1기니씩을 기부한 것은 여성들의 지적 성취와 경제적 능력이 더 높아져야 한다는 현실적 필요성을 인정했기 때문이다. '아직은' 여성들은 남성과 동등한 조건을 획득하지 못했다. '여전히' 지적 차별과 경제적 불평등은 존재한다. 이를 해소하기 위해 여성이 여성을 위한 단체에 기부하는 일은 필요하다. 하지만 전쟁 방지를 위한 노력에 기부를 요청하는 어느 신사의 편지를 받고 그녀가 그 대의에 공감하며 1기니를 '조건 없는 선물'로 주기로 결정한 것은 이제 여성도 남성과 함께 공동의 목표를 위해 기여할 수 있는 위치에 올라섰고 또 마땅히 그래야 한다는 의지를 담고 있다.

그러나 울프는 돈은 기부하면서도 전쟁방지협회에 가입하지는 않겠다고 결정한다. 목적에는 동의하지만 목적을 이루는 방법은 여성과 남성이 달라야 한다는 것이다. 울프에게 여성이 남성과 공유하는 공동의 목표란 전쟁 방지와 평화 증진을 위해 문화의 힘을 키우는 일이다. 임박한 전쟁의 위협 앞에서 평화를 위한 노력에 여성도 남성과 똑같이 기여해야 한다는 생각은 남녀가 공감할 수 있는 '보편적 대의'에 그녀가 동의했음을 의미한다. 실상 이 보편적 대의는 그녀가 조세핀 버틀러의 말을 인용하여 페미니즘의 대의를 말하는 것이기도 하다. "우리가 주장하는 바는 여성들만의 권리가 아니다. 우리의 주장은 이보다 더 광대하고 심오하다. 우리는 모두의 권리를, 정의와 평등과 자유의 위대한 원칙을 몸으로 존중하는 모든 남녀의 권리를 주장한다."[16]

---

16. 버지니아 울프, 『3기니』, 태혜숙 옮김(여성사, 1994), 189쪽. 번역은 약간 수정했다. 이후에 이 글에서 이 책을 인용할 때는 쪽수만 표기하기로 한다.

남녀 모두가 공감하는 보편성이라는 대의는 차이의 담론이 지배하면서 한동안 페미니즘 담론에서 사라진 가치다. 하지만 울프는 보편적 대의라는 주장에 흔쾌히 동의한다. 울프의 예리한 문제의식은 보편적 대의에는 공감하지만 그것을 성취하는 방법에서는 성차를 유지해야 한다고 본다는 점에서 돋보인다.

우리는 당신의 말을 반복하거나 당신의 방법을 답습하지 말고 새로운 말과 새로운 방법을 창조함으로써, 당신 단체에 가입하지 않고 당신 단체의 외부에서 그 목표를 위해 일함으로써 당신의 전쟁 방지를 가장 잘 도와줄 수 있습니다. 목표는 우리 둘 다 같습니다. 그것은 "정의와 평등과 자유라는 위대한 원칙을 몸으로 존중하는 모두의, 모든 남녀의 권리"를 주장하자는 것이지요. ……당신 단체의 가입 신청서로 되돌아가봅시다. 앞에서 제시한 이유 때문에 우리는 신청서에 서명을 하지 않을 겁니다. 하지만 우리의 목표가 당신의 목표와 같음을 가능한 한 실질적으로 증명하고자 여기에 1기니를 기부합니다. 이 돈은 당신 스스로 부가한 조건 외에 다른 조건 없이 자유롭게 쓸 수 있는 선물입니다.(255쪽)

울프가 '국외자 단체'라 부르는 새로운 여성 단체는 영국인으로서 어떤 특권이나 보상도 바라지 않는, 그리하여 여성에겐 '조국이 없다'라고 주장하는 '국가 밖의 단체'다. 또 그것은 과시와 명성에 휘둘리지 않고 무기를 들고 싸우지 않으며 지도자나 위계질서도 없는 단체이자, 전시에 군수품 제조나 부상병 간호를 거절할 의무를 지키고 남자 형제들이 전쟁터에 나가도록 선동하거나 설득하지 말고 완전히 무관심한 태도를 유지하는 단체다. 남성질서의 '국외자'로 자신을 위치시킴으로써 새로이 만들어내는 언어와 방법은 여성만의 독특한 차이다.

그러나 이 차이는 생물학적으로 여성이기 때문에 주어지는 것도 아니고, 가부장제 사회가 여성에게 부여해준 젠더 정체성과 제도화된 여성성(이리가레의 남성적 동일성을 되비추는 종속적 대립물로서의 반사적 여성성)으로 환원되지도 않는다. 또 여성으로서 억압당하고 차별받는다는 사실 때문에 자동적으로 주어지는 것도 아니다. 생물학적으로도 문화적으로도 현실적으로도 주어지는 것이 아니라면 여성의 차이란 과연 무엇인가? 그것은 모든 여성에게 열린 것인가? 아니면 교육받은 남성의 딸이라는 중산계급 여성들에게만 열린 것인가?

『자기만의 방』에서 울프는 여성이 여성임을 의식하지 않을 때 비로소 성차가 자유롭게 발현된다고 말한 적이 있다. 메리 카마이클이라는 가상의 여성 작가를 설명하면서 울프는 그녀가 "여성으로서, 그러나 여성이라는 것을 잊어버린 여성으로서 글을 쓴 것입니다. 그리하여 그녀의 책은 성이 그 자체를 의식하지 않을 때라야 생겨나는 그 신기한 성적 자질로 가득차 있습니다"(XX쪽)라고 말한다. 성차는 상대성과 의식적 대립을 통해 형성되는 것이 아니라 대립 자체를 의식하지 않을 때 비로소 흘러나오는 어떤 특이한 성적 특질을 말한다. 그것을 미리 규정하거나 한정할 수는 없다. 그렇다고 '없다'고 말할 수도 없다. 고정된 본질로 '있음'을 말할 수도 없고 그렇다고 '없음'을 말할 수도 없는 이 독특한 (비)존재는 어떻게 발현되는 것일까? 자의식적 젠더 대립 구도를 넘어선 지점에서 발현되는 비대칭적 차이는 여성 자신에게도 낯선 이질성이자 아직 실현되지 않은 미지의 가능성으로 남아 있다. 여성들이 역사 속에 진정 자신이 되는 열린 과정이 종결되기 전까지 그것을 규정할 수는 없다. 여성이 자신이 되는 열린 과정이란 사회적으로 주어진 현실적 정체성의 차원만이 아니라 충동과 욕망의 수위에서 자신이 원하는 바를 온전히 향유할 수 있는 것을 말한다. 물론 이 과정은 울프의 생각처럼 그렇게 자연스럽게 흘러나오는 것은 아니며, 남성성과 여성성의 조화로운 합일, 후대 페미니스트들에게 숱한 논란을 불러일으켰던 '양성성androgyny'을 통해 이루어지는 것은 아닐 것이다. 그것은 차라리 여성으로서 온전한 욕망과 향유를 가로막는 현존 질서를 거스르는 존재의 모험과 실천적 행위를 통해 창조되는 열린 가능성일 것이다.

여기서 우리는 '여성은 무엇을 원하는가'라는 존재론적·정신분석학적 물음을 정치적 층위로 이전시킬 필요성을 느낀다. 울프도 지적하듯이 여성이 원하는 바를 얻기 위한 필요조건은 500파운드의 돈과 자기만의 방이다. 하지만 이것이 충분조건은 아니다. 이 조건을 얻기 위해 여성들은 오랜 세월 투쟁해왔고 그것을 불가능하게 하는 현실에 맞서 원한과 분노를 표출해왔다. 그녀가 여자대학의 건립과 여성의 직업을 마련해주는 협회에 각기 1기니를 기부하기로 한 것은 여성의 잠재력을 실현하기에 아직 충분한 조건이 형성되어 있지 않다고 판단했기 때문이다. 하지만 남성과 대립각을 세우고 남성에 대해 원한과 분노를 느끼는 단계를 넘어 '여성이 원하는 바'를 실현하려면 사회적 특권과 경제적 잉여를 거부하고 가부장적 질서의 '국외자'가 되려는 결단이 필요하다. 이런 결단 속에는 이른바 "무임금 노동자들"라 할 수 있는 교육받은 남성의 딸들이 돈으로 환산된 임금을 국가로부터 받도록 압력을 넣는 일과 동시에 자발적 가난을 선택하는 일도 포함된다. 집안에서 무임의 가사 노동자로 일하면서도 아버지와 오빠와 남편의 경제력에 기대는 의존 상태를 벗어나는 일이 시급한 만큼이나 청빈한 삶을 선택하는 일도 중요하다. 방향은 다르지만 전자와 후자 모두는 돈의 노예에서 벗어나 주체적 자유를 얻기 위해 필수적이다.

청빈은 먹고살 만한 충분한 돈을 뜻합니다. 즉 당신은 어떤 다른 인간 존재에게서도 독립할 수 있을 만큼 충분한 돈을 벌어야 하고 심신의 발달에 필요한 최소한의 건강, 여가, 지식 등을 누릴 수 있을 만큼 돈을 벌어야 합니다. 하지만 그 이상의 돈은 한 푼도 벌지 않는 것입니다.(148쪽)

경제적 독립을 스스로 얻을 수 있는 사회적 조건을 만드는 일이 여성들에게 중요한 시절이 있었다. 그러나 소비의 소비를 위한 뭇의 싸움은 더이상 진보적일 수 없다. 신자유주의적 소비주의하에서 더 많은 돈은 더 많은 소비로 이어지고 더 많은 소비는 더 많은 '자유 효과'를 주지만 실상은 돈의 노예로 만들 뿐이다. 자발적으로 가난을 선택함으로써 불공정한 소비에 의존해 있는 자본주의 질서로부터 물러나는 것, 울프가 "수동성의 실험"(212쪽)이라 부른 저항 방식을 실천해야 한다.

여성들이 만든 국외자 단체는 가부장적 자본주의 질서에 참여하지 않음으로써 소극적·부정적 저항을 한다. 무관심의 태도를 견지하며 "하지 않는 것"은 기존 질서와 대립각을 세우며 투쟁을 벌이는 행위가 아니라 그로부터 자신을 국외자로 빼내는 행위이다. 이는 알랭 바디우가 '빼기subtraction'의 정치성이라 부른 것과 상통한다. 빼기란 헤게모니 장으로부터의 후퇴일 뿐 아니라 이 장의 진정한 좌표를 드러내면서 그 장 자체에 전면적으로 영향을 미치는 빼기이다. 신자유주의적 자본주의의 규정력이 점점 커져 포함된 자와 배제된 자의 간극이 극도로 넓어지는 지금, 여성들에게 진정 어려운 것은 이 질서로부터 자신을 빼내고 배제된 자들의 보편적 해방을 위해 싸우는 일이다. 20세기 초 울프에게 교육받은 아버지의 딸들은 무급 가사 노동자였다. 아버지가 주는 경제적 혜택을 누리긴 하지만 그녀들은 아버지의 돈에 휘둘려 원한과 공포에 짓눌려 있는 집안의 프롤레타리아였다. 아버지는 딸들에게 돈을 주는 대신 가정의 천사로 남기를 요구했다. 이 아버지의 요구에 맞서 자기 안의 숙녀를 죽이고 집안의 천사를 죽이는 일이 그들이 가장 먼저 수행해야 할 과제였다. 하지만 집안의 아버지가 자본의 아버지로 모습을 바꾸고 돈으로 생존을 위협하는 오늘날, 현대판 아버지의 질서 앞에서 공포로 주눅들지 않고 정신의 자유('자존')를 지키며, 특권을 주려는 자들을 '조롱'하고, '거짓 충성심을 배제'하며 '청빈한 삶'을 사는 것이 우리 시대 국외자 단체에 가입한 여성들이 따라야 할 행동 지침이자 실천 덕목이다. 울프가 말한 네 가지 덕목은 개인적 차원의 소박한 도덕률로 보인다. 그렇다. 그것은 분명 개인적이다. 하지만 개인주의적인 것은 아니며, 기존 사회가 설정한 도덕률을 충실히 따르는 것도 아니다. 오히려 우리 시대의 지배 권력으로 군림하는 신자유주의적 자본주의 질서로부터 자기 자신을 빼냄으로써 그 질서의 구조적 폭력에 맞서는 주체적 행위, 개별 여성으로서의 단독적 차이를 여성이라는 가상의 집합성 속으로 끌어들이기를 거부하면서 한 개체적 존재로서 시도하는 1인 저항 행위다.

여성이 원하는 바를 현실화할 수 있는 사회적 비전을 제시하고 자유와 평화라는 보편적 대의에 남성과 함께 참여할 때 페미니즘은 급진적 도전으로 남을 수 있을 것이다. 우리 시대 페미니즘에 실종된 것이 바로 '차이를 통해 도달하는 보편성의 새로운 지평'이 아닐까. 페미니즘은 신자유주의적 소비 대중문화가 부여하는 현대판 여성성의 이데올로기에 맞서 내부의 '소녀'를 죽이고' 배제된 자들을 양산하는 자본의 구조적 폭력에 맞서 모든 못 없는 자를 위해 사랑을 실천할 때 급진적 정치성을 회복할 수 있을 것이다.

제12장

|

남성, 남성성, 페미니즘 이론[*]

1. 페미니즘과 남성성의 동반 위기

 '위기' 담론의 출현은 새로운 현상이 아니다. 역사의 격변기마다 사람들은 자신들이 대면한 새로운 현실을 기술하기 위해 위기 담론을 내세웠다. 1960년대 중반 베티 프리던은 미국 중산계급 가정의 침실에서 여성들이 "이름 없는 병"을 앓고 있다는 진단을 내렸다. 프리던은 남성과 동일한 교육을 받았음에도 가정이라는 좁은 울타리에 갇혀 이름 없는 질병을 앓고 있는 중산계급 여성들의 삶의 모순을 밝혀냈고, 이런 인식은 '제2물결 페미니즘'이라는 거대한 사회운동으로 이어졌다. 한 세대가 지난 후 미국의 기혼 여성들 중 다수는 임금 노동시장에 진입했고, 여성들이 침실에서 소리 없이 앓았던 질병도 어느 정도 치유되었다고들 한다. 그로부터 30년이 지난 후 우리는 미국

---

* 이 글은 『페미니즘―차이와 사이』(이희원·윤조원·이명호 외, 문학동네, 2011)에 수록한 나의 글 「남성, 남성성, 페미니즘 이론」을 수정·보완하여 재수록한 것이다.

의 중년 남성들이 "이름 없는 남성의 병"에 시달리고 있다는 또다른 진단을 듣는다.[1] 남성 특권에 대한 '상상적 기대'를 배반하는 '현실 인식'으로 정신적 몸살을 앓고 있는 남성들의 불안이 미국 사회의 새로운 현상으로 떠오른 것이다. 로빈 위그먼은 미국 남성들에게 나타나는 광범위한 위기 현상에 주목하면서 1990년대에 이르러 미국 사회에서 남성성이 "새로이 드러나면서 새로이 위기에 처하게 되었다"라고 지적한다.[2] 그의 분석에 따르면, 1990년대 미국 사회에서 남성성은 역사상 처음으로 특수한 젠더 표지를 지닌 것으로 가시화되면서 동시에 바로 그 표지가 위기에 처하는 독특한 역사적 상황에 봉착했다고 한다. 이 위기를 초래한 것은 한편으로 기존의 젠더 규범에 도전한 1960년대 반문화운동의 영향이고, 다른 한편으로는 미국적 '남성다움'에 대한 냉전 질서적 합의를 유지하지 못한 레이건-부시 집권 시기 군국주의적 보수 남성 담론의 실패다. 위그먼의 지적대로 1990년대 이후 미국 학계에서 남성성이 연구 대상으로 떠올랐다면 그것은 남성성이 "내적으로 도전받고 역사적으로 단절되었으며 대중적으로

1. Gail Sheehy, *Understanding Men's Passages: Discovering the New Map of Men's Lives*(New York: Random House, 1998), 22쪽.
2. Robyn Wiegman, "Unmaking: Men and Masculinity in Feminist Theory," in *Masculinity Studies and Feminist Theory: New Directions*, edit. by Judith Kegan Gardiner (New York: Columbia University Press, 2002), 32쪽. 위그먼은 1999년 클린턴-르윈스키 성추행 사건의 정치적 쟁점화를, 동성 사회적 권력 공간인 백악관에서 오랫동안 보호받았던 미국 최고 권력자의 이성애적이며 폭력적인 남성성이 위기에 처하게 된 상징적 사건이라 보고 있다. 그에 따르면 이 사건은 여성의 육체뿐 아니라 권력을 쥐고 있는 남성의 육체 역시 더이상 치외법권 지대에 남아 있지 못하고 대중적·정치적 시선에 노출되어 있음을 알리는 역사적인 사건이다. 딸 첼시조차 대통령 아버지 "빌의 육체가 진흙탕에서 벗어날 수 없다는 사실을 알게 되었다"라는 것이다. 위그먼의 전반적인 평가에 따르면 1990년대 미국 사회는 최고 권력자 남성의 남성성이 위기에 처하고, "묻지도 말하지도 마라don't ask, don't tell" 정책을 통해 군대 내 동성애가 사실상 인정되며, 여자 프로 농구 리그의 창설 등 이성애 규범에 입각한 전통적 젠더 구분이 무너지기 시작한 역사적 시기다. 같은 글, 31쪽 참조.

엉망이 되어버린[3] 1990년대 미국의 역사적 상황과 연관이 있다.

흥미로운 점은 남성성의 위기의식이 여성운동의 성취에 따른 필연적인 부산물이기보다는 여성운동 자체의 위기와 함께 나타났다는 점이다. 1960년대 미국 여성운동과 페미니즘 담론의 큰 축을 이끌었던 급진적 페미니즘은 남성성이야말로 여성을 억압하고 남성 지배를 유지시키는 이데올로기이자 제도적 관행, 태도, 성격 유형으로 보았다. 이러한 문제의식을 바탕으로 수십 년에 걸쳐 진행된 페미니즘적 성찰과 투쟁이 많은 변화를 이끌어왔음은 분명하다. 그러나 현재 페미니즘의 성장이 계속되고 있다고 말하기는 어려우며, 오히려 페미니즘의 위기라는 징후적 현상이 나타나고 있다. 이러한 페미니즘의 침체는 물론 성차별적 억압이 종식되었기 때문이 아니다. '비정규직의 여성화'라 부를 수 있는 여성 노동자의 낮은 임금과 불안정 고용, 가정과 국가를 위협하는 남성 폭력의 건재, 여성의 육체를 공략하는 신종상품 기술의 발달은 여전히 미흡한 현실을 보여주는 대표적 현상이다. 페미니즘이 문제삼아야 하는 문제는 여전히 산재하며, 억압과 차별의 지점이 더욱 교묘해지고 다양해지고 있다고 말하는 것이 더 정확한 평가일 것이다. 이런 성차별적 현실에도 하층계급 여성들, 유색인종 여성들, 성소수자 여성들, 젊은 세대 여성들이 연대한 페미니즘이 현실 정치와 문화에 개입하는 일은 점점 어려워지고 있다. 이렇듯 남성 권력의 물질적 기반은 약화되고 있지만 그것이 여성 권력의 강화를 통한 양성평등과 진정한 인간해방으로 이어지지 않고 남성성과 페미니즘의 동반 위기라는 새로운 현상을 보이는 것이다.

페미니즘이 처한 이런 모순적 상황은 여러 측면에서 분석될 수 있다. 무엇보다 젠더 관계를 포함한 사회관계 일반을 지배하는 신자유

---

3. 같은 글, 32쪽.

주의적·다국적 자본주의의 규정력이 강화되었다는 사실을 들 수 있다. 신자유주의적 자본주의는 이윤 추구를 위해서라면 젠더, 인종, 민족 같은 전통적 경계를 따지지 않으며, 개인의 능력에 기반을 둔 무한 경쟁과 효율성을 사회 운용 원리로 채택한다. 초기 자본주의가 배태한 성별 분업(남편=생계부양자, 부인=전업주부이자 양육자)과 가족의 점진적인 해체는 신자유주의 시대의 대세가 된 것인 양 보인다. 여성의 경제활동 참여율은 지속적으로 증가하고 있다. 여성의 노동시장 참여는 동시에 비정규직 여성의 양산과 여성 내부의 양극화라는 모순을 동반했고, 이에 따라 여성의 연대 추구보다는 여성들 사이의 계급적 차이가 더욱 부각되는 현상이 발생했다. 하지만 이런 차이에도 기득권 여성에게든 하층계급 여성에게든 성별 분업 이데올로기가 주입한 전업주부이자 양육자로서 전통적 여성성이 그 힘을 잃어가고 있다는 것은 부인할 수 없다. 한편, 자본의 논리가 강제한 성별 분리 이데올로기의 완화와 함께 1960년대 이후 서구에서 등장한 성소수자 운동의 발전은 남성성과 여성성이라는 이성애적 젠더 구성에 변화를 일으켰다. 이성애 규범에 입각한 두 가지 성별의 대립과 분리 이데올로기에서 남성/여성, 남성성/여성성은 일종의 '거울 짝패specular double'로서 '적대적 대립과 의존' 관계를 구축한다. 대립은 의존을 전제한다. 양자를 지탱하던 대립 축에 균열이 생기면 하나의 동질적 범주로서의 각 항목 역시 내적 힘을 잃어버린다.

이제 공/사 영역 구분에 의한 전통적 이성애 젠더 대립 구도로는 현대사회의 다양한 젠더들을 설명하기가 어려워졌다.[4] 이런 어려움을 극적으로 요약하는 것이 "젠더라는 이름으로 사회운동을 하는 것이

---

4. 나는 2000년대 한국 여성문학에 대두한 새로운 경향과 관련하여 이런 남성(성)/여성(성)의 대립에 기초한 기존 여성문학론의 변모 양상을 살핀바 있다. 「2000년대 한국 여성의 위상과 여성문학의 방향」, 『문학수첩』 제13호(2006), 79-94쪽 참조.

여전히 가능한가"라는 도발적 질문이다.[5] 이분화된 젠더 범주가 수행하는 배제 기능에 대한 경계가 확산되면서 남성/여성, 남성성/여성성이라는 전통적 범주를 사용하는 것이 가능한지를 묻는 것이다. 이런 의문과 함께 우리는 일각에서 '포스트젠더' 혹은 '포스트페미니즘' 시대라 부르는 역설적이면서 복잡한 젠더 지형 속으로 진입하게 된다. "페미니스트 탈젠더운동"[6]이나 "젠더 트러블"[7] 기획을 이 시대 페미니즘의 정치적 과제로 설정하는 논의들도 이제 낯설지 않다. 이런 논의들은 가부장적이고 이성애적인 제도 규범이 강제로 할당한 이분화된 젠더 정체성을 넘어 다양한 젠더 가능성을 실험할 수 있도록 해주는 의의가 있다.

이 글은 젠더의 위상에 일어난 새로운 변화를 염두에 두고 페미니즘이 남성성 문제에 어떻게 개입할 수 있고 또 역으로 현대 남성성 이론을 통해 어떻게 페미니즘의 이론적·실천적 변화를 모색할 수 있는지, 그 심층적인 방안을 논의하는 장이 될 것이다.[8] 남성성 문제는 페미니즘과 동떨어진 '그들의' 문제가 아니라 페미니즘의 과제와 맞닿아 있고 페미니즘의 변화를 요구하는 실천적 이슈라는 것이 이 글의 문제의식이다.

---

5. Denise Riley, *Am I That Name: Feminism and the Category of "Women" in History* (Minneapolis: University Press of Minnesota, 1988) 참조.
6. Judith Lorder, "Using Gender to Undo Gender: A Feminist Degendering Movement," in *Feminist Theory*, 1.1(2000), 88쪽.
7. Judith Butler, *Gender Trouble: Feminism and the Subversion of Identity* (New York: Routledge, 1990) 참조.
8. 퀴어 담론의 부상이라는 관점에서 헨리 제임스 연구 경향을 분석하며 남성성 문제를 페미니즘적 시각으로 읽어낸 국내 논문은 윤조원, 「젠더 연구의 흐름과 비평적 독서의 변화: 헨리 제임스의 경우」, 『안과밖』 제21호(2006), 120-145쪽 참조.

2. 젠더 수행성과 하나가 아닌 남성성

남성/여성, 남성성/여성성의 이분법적 대립 구도를 토대로 페미니즘의 정치성을 주장하거나 남성성의 재구성을 시도하는 입장은 모두 성별 이분법을 지탱하고 있는 '가부장제' 혹은 '남성 지배체제'라는 일원론에 기대고 있다. 이 일원론적 이원론에서는 사실상 남성이라는 하나의 성밖에 없다. 서구 담론의 역사에는 남성이라는 하나의 성밖에 존재하지 않았고, 여성은 남성의 결핍, 부정, 부재로서 존재했다는 이리가레의 주장은 바로 이러한 지점을 지적하고 있다. 남성 혹은 남성성을 수행적 행위에 의해 구성되는 문화적 산물로 연구하는 작업은 '초월적 기표'의 지위에 있던 남성을 특수한 '젠더 표지gender mark'를 지닌 성적 기표로 다시 자리매김하는 일이다. 남성/남성성이 초월적 보편에서 특수한 젠더로 재설정되고 남성이 인식의 주체가 아닌 대상으로 등장했다는 사실은 젠더 관계의 혁명적 변화를 보여주는 징표다. 남성 문화가 지배적 담론으로 군림해온 오랜 기간 동안 남성은 결코 특수한 젠더로 자신을 인식하지 않았다. 남자라는 육체를 갖고 있고 '그'라는 남성 인칭대명사를 쓰면서도 남성은 성을 초월하는 보편자로 자신의 지각·경험·인식을 대변해왔다. 반면 여성은 언제나 보편성에 미달하는 '특수한' 존재이거나 '초월성'에 도달하지 못한 채 '내재성'에 갇힌 존재로 정의되었다. 서구 담론에 대한 페미니스트 철학자들의 비판적 개입을 통해 우리는 보편/특수, 초월/내재, 추상/구체의 이분법이 남성/여성이라는 성별 이분법에 의해 표상되어왔으며, 성별 이분법은 의식/육체, 주체/대상이라는 또다른 이분법과 만나고 있음을 인식하게 되었다. 따라서 남성이라는 성을 보편에서 특수로, 인식의 주체에서 대상의 자리로 재조정하는 것은 가부장적 담론을 지배해온 이 오랜 위계 구도를 전복하는 혁명적 의미를 지닌다.

종속집단만이 아니라 지배집단 역시 하나의 특수한 범주로 연구된다는 것은 그 자체로 권력 구도를 위협하는 전복적 행위다. 그것은 흑인이 백인에 대해, 비서구가 서구에 대해, 동성애자가 이성애자에 대해, 그들이 오랫동안 점유해온 보편이라는 위치를 문제삼는 것과 유사한 정치성을 갖는다. 그들은 보편자가 아니라 지배자다. 지배집단으로서 그들이 행사해온 사회정치적 권력, 담론적·이데올로기적 헤게모니에 대해서는 중층적인 분석이 필요하지만, 부당하게 점유해온 보편의 지위에서 끌어내리는 일이 필요하다는 것만은 분명하다. 해리 브로드의 적절한 지적처럼, 인종이든 젠더든 섹슈얼리티든 "특정 범주에 의해 표식된 종속집단보다는 범주 자체를 문제삼는 것이 원칙적으로 우리에게 요구되는 지식으로 나아갈 수 있는 유일한 길이다."[9] 이런 시각에 따라 페미니즘은 1980년대 이후 여성만이 젠더 표지를 달고 있는 것이 아니라 남성 역시 젠더 집단이라는 사실을 드러내는 연구를 진행해왔다.

이런 남성 연구는 다양한 갈래로 나타난다. 특수한 젠더로서의 남성이 특정 사회에서 역사적으로 구성되어온 방식에 대한 역사주의적 접근[10], 규범적 남성성의 구성을 위해 억압되어왔던 것들이 어떻게 타자로서의 여성성으로 환치되어왔는가를 이해함으로써 남성성과 여성성이 서로 얽혀드는 부분을 이해하려는 접근[11], 근대 민족의 탄생과 남성성이 연관되는 양식에 대한 연구,[12] 규범적 남성성의 이데올로기

9. Harry Brod, "Studying Masculinities," in *Masculinity Studies and Feminist Theory: New Directions*, 167쪽.
10. Anthony E. Rotundo, *American Manhood: Transformations in Masculinity from the Revolution to the Modern Era* (New York: Basic Books, 1994) 참조.
11. Kaja Silverman, *Male Subjectivity at the Margins* (New York and London: Routledge, 1992) 참조.
12. 조지 L. 모스, 『내셔널리즘과 섹슈얼리티: 근대 유럽에서의 고결함과 비정상적 섹슈얼리티』, 서강여성연구회 옮김(소명출판, 2004) 참조.

속에서 남성이 남성으로서 누리는 기득권 못지않게 육체성을 거부당하며 겪은 내적 갈등과 고통에 대한 접근,[13] 지배적 남성성의 표준에 들지 못한 주변화된 남성들의 사회적·정치적·심리적 갈등 연구(흑인 남성성, 아시아계 남성성, 동성애자의 남성성 연구), 남성성을 퀴어적으로 변형한 여성에 대한 연구,[14] 남성적 섹슈얼리티와 '남성적 위치'에 대한 정신분석학적 연구,[15] '남성 페미니스트'의 가능성을 질문하는 입장[16] 등 다양한 경향이 존재한다.

물론 이런 여러 갈래의 연구 경향에는 상실의 위기에 처한 규범적·이성애적 남성성을 복구하려는 남성주의적 남성 연구도 포함된다. 사실 미국에서 남성운동이 대중적으로 확산된 데는 위기에 처한 남성성을 복원하려는 남성주의적 시각이 일조한 측면이 크다. '프로미스 키퍼Promise Keeper(약속을 지키는 사람)' 같은 단체의 급속한 성장과 여성화된 현대 남성들에게 내면의 '야성적' 남성성을 회복할 것을 주문하는 로버트 블라이의 『무쇠 한스 이야기』 같은 책이 베스트셀러가 된 현상은 이런 복고주의적 남성운동의 부흥을 알리는 대중적 신호였다. 페미니즘을 남성 권력에 대한 도전으로 간주해 적대적 입장을 취했던 남성들의 태도가 1990년대 초 '남성성 위기' 담론에서 새로운 포장을 하고 나타난 것이다. 전도된 피해자주의와 신종 복고주의 경향이 기득권 상실에 대응하는 남성들의 반동적 정서인 것은 사실이다. 그만큼 페미니즘과 남성성 연구 사이에 적대감이 존재하는

---

13. Calvin Thomas, *Male Matters: Masculinity, Anxiety, and the Male Body on the Line* (Urbana: University of Illinois Press, 1996) 참조.

14. Judith Halberstam, *Female Masculinity* (Durham: Duke University Press, 1998) 참조.

15. Joan Copjec, *Read My Desire: Lacan against the Historicists* (Cambridge, Massachusetts: The MIT Press, 1995) 참조.

16. Tom Digby, edit. *Men Doing Feminism* (New York: Routledge, 1998) 참조.

것도 부인할 수 없다.

하지만 남성성 회복을 목적으로 하는 가부장적 남성성 연구에 대해 '비판적' 입장을 취하면서 남성 혹은 남성성을 수행적 행위에 의해 구성되는 문화적 산물로 연구하는 작업은 페미니즘과 대립 관계가 아니라 페미니즘적 시각을 확장하려는 시도로 이해될 수 있다. 남성 자신이 남성성에 대해 의문을 갖는다는 것은 이미 남성성이 실패했음을 인정하는 것이다. 남성성의 실패에 대한 남자들의 인정, 고백, 분석이 페미니즘에 특히 유용한 것은 가부장제에 대한 내부 고발자의 위력을 갖기 때문이다. 페미니즘에 저항하는 남성들의 목소리를 누그러뜨리기 위해서는 이런 내부 고발자가 필요하다. 페미니즘이 남성성을 연구하는 학자들을 적대 세력이 아니라 잠재적 협력자로 받아들이게 된 배경에는 가부장제의 구조적 모순에서 기인한 문제를 개인적 폭력 또는 차별의 차원으로 환원하는 일부 시각에 대한 비판적 성찰이 들어 있다. 더구나 하나의 동질적 정체성을 지닌 것으로 간주되어왔던 여성이 인종, 섹슈얼리티, 계급 등 사회적 권력 관계를 토대로 다양한 표상으로 가시화되면서 남성이라는 하나의 이름으로 묶이는 적을 상정하는 것도 어려워졌다. 여성이 하나가 아니라는 성찰이 남성도 하나가 아니라는 인식을 이끈 것이다. 이로써 페미니즘은 여럿으로 존재하는 남성 및 남성성과 지배/종속 관계라는 단일한 범주로 환원될 수 없는 복합적인 관계를 맺게 된다. 특히 1970년대 이후 흑인 페미니스트들은 여성의 공동의 적으로 남성 개인을 전제하는 것이 인종차별적 백인 사회에서 흑인 남녀 관계를 이해하는 적절한 설명 방식이 될 수 없음을 깨닫고 있었다. 모든 남성이 동일한 남성적 특권을 갖고 있는 것은 아니기 때문에 남성은 억압자, 여성은 피억압자라는 이분법 도식에 근거해서 권력 관계를 사유하는 것은 현실 분석에 한계를 노정할 수밖에 없다는 점을 알게 된 것이다. 백인 남성성의 규범하에서 거세된 여성적 존재로 구성되는 흑인 남성들의 독특한 역사적 곤경은 페미니즘 진영으로 하여금 '음경을 가진 남성'='남근을 가진 남성'이라는 등식이 흑인 남성들에게 성립될 수 없음을 받아들이도록 만들었다. 흑인 노예를 인간이 아닌 물건으로 취급한 '동산 노예제chattel slavery'가 종식된 이후에도 사회적 권력, 상징적 권위, 경제적 능력을 모두 잃은 채 성적인 존재 내지 폭력적인 이미지로 표상되어온 신종 인종주의하에서 흑인 남성들은 지속적으로 남성으로서 위기에 처해왔다는 인식이 흑인 페미니스트들 사이에 공유되어온 것이다. 이런 이해에는 '사회적 죽음'에 내몰린 흑인 남성의 젠더 위기가 백인 남성의 위기와 동일시될 수 없다는 인식이 깔려 있다.

하나가 아닌 남성/남성성에 대한 문제의식은 1990년대 미국 젠더 연구를 휩쓴 퀴어 담론에 의해 더욱 세련된 이론화의 길을 걷는다. 미국에서 퀴어 담론 연구를 촉발한 이브 세즈위크의 첫 저서 『남성들 사이』가 출판된 것은 1985년이지만, 그의 후속 연구서(특히 『벽장의 인식론』, 1991)를 비롯한 다양한 퀴어 이론이 가부장적 남성성 담론을 교란하는 역할을 본격적으로 수행한 것은 1990년대 들어서다. '젠더 스터디'의 부상에 지대한 공헌을 한 기념비적 텍스트로 평가되는 『남성들 사이: 영국 문학과 남성 동성 사회적 욕망』에서 세즈위크는 게일 루빈의 젠더 이론을 활용하여 두 남자와 한 여자 사이에 존재하는 에로틱한 삼각관계를 분석하고 있다. 루빈의 1975년 논문 「여성들의 거래: 섹스의 정치경제학에 대한 노트」는 가부장적 이성애를 여성의 거래 형태로 개념화하는데, 이것이 세즈위크의 동성 사회적 남성 유대 분석의 이론적 기초로 활용된다. 세즈위크의 지적처럼, 루빈의 글은 가부장적 이성애가 "남성과 남성의 유대를 공고히 하려는 일차적 목적을 위해 여성을 교환 가능한 상징적 재산으로 이용한다"라는 점을 밝혀냈다.[17] 여성의 교환을 가부장제의 기초로 보는 루빈의 시각은 뤼스 이리가레의 시각과 일치하면서도 다르다.「그들 사이의 상품」에서 이리가레는 다음과 같이 주장한다. "가부장적 사회가 기초해 있는 교환은 남성들 사이에서만 일어난다. ……이는 사회문화적 질서의 가능성 자체가 동성애를 조직 원리로 요구한다는 것을 의미한다. 이성애는 경제적 역할을 부과하는 것에 지나지 않는다."[18] 여성의 교환에 기초한 남성 동성애를 가부장제의 근본원리로 보고 이성애는 경제적 역할을 위해 보조적으로 채택된 것으로 보는 이리가레의 시각은 남성 "동성 사회적 연속체"에서 섹스가 '역사적으로' 담당해온 역할을 제대로 살피지 못하는 불충분한 논의라는 것이 세즈위크의 비판이다. 고대 사회에서는 동성 사회적 연속체가 남성들 사이의 섹스를 계급 기반의 젠더 특권을 전수하는 교육적 방법으로 활용했다고 말할 수 있지만, 근대 서구 사회에서 남성 동성애는 가혹한 처벌과 공포의 대상으로 전락했다. 문제는 이리가레가 이런 역사적 변화를 주목하지 않았다는 점이다. 남성 유대에 대한 세즈위크의 역사주의적 접근은 남성적인 것의 영역을 '동일성의 경제'로 읽어내면서 여성을 이 상징적 경제의 궤도 바깥에 위치시키는 이리가레의 접근과 다르다. 세즈위크는 가부장적 동성 사회를 지속적으로 구성하고 확장시키는 과정에서 억압하거나 협상하거나 배제해야 했던 모순, 괴리, 분열에 주목하는 쪽으로 관심을 돌린다.

세즈위크는 근대 영국 문학에 반복적으로 등장하는 '한 여자를 사이에 둔 두 남자의 관계'가 여성을 이성애적 욕망의 대상으로 둔 남성

---

17. Eve Kosofsky Sedgwick, *Between Men: English Literature and Amle Homosocial Desire* (New York: Columbia University Press, 1985), 26쪽.
18. Luce Irigaray, "Commodities Among Themselves," in *This Sex Which Is Not One*, trans. by Catherine Porter (Ithaca: Cornell University Press, 1985), 192쪽.

간의 경쟁 관계로만 해석될 수 없다고 본다. 오히려 여성의 거래를 남성들 간의 동성애적 관계를 금지하기 위한 동성애 혐오적 금기와 연결시키면서, 페미니스트 이론이 가부장제를 여성에 대한 남성 우월적 사회조직이라는 관점에서뿐 아니라 동성애와 이성애 양 차원에 걸쳐 있는 남성 섹슈얼리티의 측면에서도 다루어야 할 필요성을 제기했다. 남성들 사이의 사회적 관계를 중심으로 하는 동성 사회적 남성 유대 homosocial male bonding 환경에서는 남성들 사이의 동성애적 욕망에 대한 두려움과 금기가 남성의 이성애적 욕망을 제도화하게 된다. 여기서 동성 사회적 관계에 근거한 가부장제를 제대로 분석하려면 '이성애적 남성-여성 관계'뿐 아니라 '동성애적 남성-남성 관계'에 대한 이해까지 포함해야 한다. "남성들 사이"의 관계와 이 관계에서 형성되는 남성성의 문제에 대한 논의가 가부장제 분석을 위해 반드시 수행해야 할 과제로 부각시킨 점이 세즈위크의 논의가 페미니즘에 기여한 부분이라고 할 수 있다.

그런데 남성 동성애 관계에서 형성되는 남성성은 이성애 규범이 만들어낸 남성성과 달리 일탈적인 형태를 띨 수밖에 없다. 1990년대 이후 생산적으로 이루어진 퀴어적 시각의 남성 연구는 동성 사회적 이성애 남성성의 규범에 균열을 일으키는 퀴어 남성성을 연구하면서 남녀 두 젠더라는 대립 전선을 따라 형성되지 않는 다양한 남성성의 가능성을 열어놓았다. 공적이며 산업적인 남성성과 사적이며 양육하는 여성성의 상보적 젠더 대립으로 나타나는 영역 분리는 가부장적 가치 체계의 중심에 자리잡은 상징 메커니즘이다. 그러나 퀴어 남성 중 여성화된 남성(이른바 드랙)은 그 구별을 근저에서부터 훼손시켜 가부장적 가치의 위기를 환기시키는 상징이 된다. 퀴어적 시각의 남성 연구는 남성성을 가부장적 이성애 규범에서 해방시키고 남성성의 구조와 기능을 불균형적·모순적 권력의 장 속에서 읽어냄으로써 가부장적 지배체제에 개입하면서도 남성들이 규범적 남성성에 도전할 수 있는 길을 열어놓았다. 반드시 퀴어적 시각에 국한되지는 않지만, 서로 경합하는 복수의 남성성들에 초점을 맞추어 '남성이 되는 것'과 '규범적으로 남성다운 존재가 되는 것' 사이에 존재하는 모순과 불일치를 탐색하는 것은 페미니즘에도 유용하다. 이런 점에서 린 시걸의 다음과 같은 지적은 페미니즘의 남성성 연구의 유용한 지침으로 참조할 만하다. "'남성성' 그 자체가 아니라 특수한 '남성성들'을 연구함으로써 변화를 일으키고자 하는 투쟁에서 핵심이 되는 것은 남성들 사이의 차이다."[19]

3. 여성성의 전유와 남성의 변모

페미니즘이 남성을 연구 대상으로 삼고, 남성 연구가 여성 연구를 대체하는 듯한 이런 새로운 경향에 불안을 느꼈던 분위기가 없었던 것은 아니다. 타니아 모들스키는 1991년에 출판한 『여성 없는 페미니즘: '포스트페미니즘' 시대의 문화와 비평』을 통해 이러한 불안을 페미니즘 담론의 중심부로 끌어들인다. 이 책에서 모들스키는 1990년대 이후 미국 페미니즘을 휩쓴 새로운 조류를 '포스트페미니즘'이라고 명명하고, '젠더 연구'와 후기구조주의적 지향을 띤 페미니즘 내 '반본질주의적 시각'이 이 흐름을 대변한다고 주장한다. 모들스키가 보기에 포스트페미니즘이 안고 있는 가장 큰 문제는 여성들을 시야에서 지워버림으로써 "여성 없는 페미니즘"을 만들고, 여성을 '남성적

---

19. Lynne Segal, *Slow Motion: Changing Masculinities, Changing Men* (New Brunswick: Rutgers University Press, 1990), x쪽.

보편주의'에 포섭되었던 "페미니스트 이전 세계"[20]로 퇴행시킨다는 데 있다.

모들스키에 따르면 후기구조주의는 "여성은 여성으로 태어나는 것이 아니라 여성이 된다"라는 보부아르의 명제에 담긴 의미(여성이 생물학적 결정론에서 벗어나 사회적 변화를 이룰 가능성)를 더욱 발전시킬 수 있는 분석 도구를 제공해주는 것으로 환영받았다고 한다. 문화적 구성 이전에 성적 '본질'은 존재하지 않는다는 후기구조주의의 주장은 가부장적 이데올로기에 의해 남성과 여성으로 구성된 젠더 정체성을 해체할 수 있는 이론적 자원으로 간주되었다. 젠더 정체성이 문화적으로 구성된 까닭에 해체되거나 재구축될 수 있는 것이라면, 본질로서 여성은 존재하지 않으며 남자도 여자 못지않게 '여성적'이거나 '페미니스트적'일 수 있다. 페미니스트 반본질주의와 남성 페미니스트가 만날 수 있는 지점이 여기에 있다. 모들스키에 따르면 문제는 이런 탈본질화(페미니스트 반본질주의), 탈여성화(젠더 연구) 과정이 육체적·사회적·역사적 '경험의 주체'로서 여성을 담론과 실천에서 배제시키는 역설적인 결과를 가져왔다는 것이다. 모들스키는 한때 '여성 중심 비평gynocriticism'을 주장했던 일레인 쇼월터 같은 저명한 페미니스트가 '여성'에서 '젠더' 일반으로 비평적 전환을 요구하고 페미니스트를 자처하는 남성들이 지극히 추상적인 이론의 수위에서 페미니즘 담론을 전유하기 시작하는 것에서 여성과 여성의 경험이 체계적으로 배제되고 억압되는 수상한 기류를 감지한다. 미국 비평 담론에 불기 시작한 이 수상쩍은 기류를 모들스키는 "여성 살해적 페미니즘들gynocidal feminisms"[21]이라고 부르며 비판적인 개입을 시도한다.

---

20. Tania Modleski, *Feminism Without Women: Culture and Criticism in a "Postfeminist" Age* (New York: Routledge, 1991), 3쪽.
21. 같은 책, 4쪽.

흥미로운 점은 여성 살해적 페미니스트들이 죽이는 것이 '여성성'이 아니라 '여성'이라는 점이다. 여성은 살해당하지만 여성성은 새로운 윤리적 가능성을 보여주는 것으로 비평적 존경과 사랑의 대상이 된다. 모들스키에 따르면, 반본질론적 구성주의 관점을 통해 여성성이 여성과 결합해야 할 필연적 이유가 없는 것으로 해명된 이상 여성성은 자유로이 떠돌며 남성들에게 전유된다. 모들스키는 이런 여성성의 전유를 가장 문제적으로 보여주는 인물로 남성 비평가 크리스토퍼 뉴필드를 지적한다. "헤게모니적 가부장제는 남성의 주장 없이는 살아남아도 [남성의] 여성화 없이는 생존할 수 없다. ……억압적 전제는 남성 우월주의에 기대지만 자유주의적 헤게모니나 '합의'는 남성의 여성성에 기댄다."[22] 뉴필드에게 여성성은 가부장제가 억압적 강제가 아니라 자율적 동의를 통해 지배하기 위해 필요한 덕목으로 전용되고 있다. 모들스키가 남성에게 전유된 여성성에서 남성 권력의 음험한 재구축을 읽어내는 것이 이 대목이다. 모들스키에게 후기구조주의적 남성성 연구는 남성도 '여성'이 될 수 있다고 보기 때문에 남성 지배적 권력하에서 '여성'으로 정의된 육체를 갖고 사는 일의 '물질적' 의미를 지워버리는, 지극히 관념적인 남성주의적 기획이다. 그것은 여성은 살해하되 여성성은 통합하는 남성 권력의 위기 해소 전략일 뿐이다.

남성성 연구가 페미니즘과 상치되는 것이 아니라 페미니즘 기획과 결합될 수 있다고 보는 내 견해가 모들스키와 다른 관점에 서 있는 것은 분명하다. 남성에 의한 여성성의 전유가 남성 권력의 교묘한 위기 해소 전략이라는 그녀의 비판에 전적으로 동의하기도 어렵다. 이런 측면을 완전히 배제할 수는 없지만 남성의 여성화는 가부장제 문

---

22. 같은 책, 66쪽.

화가 전제하는 위계적 성별 이분법을 뒤흔들 수 있다. 가부장적 문화는 모든 인간은 남성 아니면 여성으로 분류된다는 성별 이분법에 기초한다. 하지만 성별 이분법에 내재하는 대립성이 약화되면 지배가 훼손되고, 지배가 느슨해지면 성별 대립이 약화된다. 남성에게 전유된 여성성이나 페미니스트 인식은 이런 성별 대립을 흐림으로써 남성 지배를 약화시키는 기제로 작동할 가능성이 있다.

물론 모들스키의 지적처럼 현실 속의 여성을 삭제하고 무시하면서 여성성만 취하는 남성 페미니스트들의 관념적 태도가 문제를 안고 있는 것은 사실이다. 또 남성을 여성적인 것과 동일시한다고 해서 그것이 반드시 가부장적 특권을 전복한다고 생각하는 것도 일면적일 수 있다. 이런 맥락에서 19세기 말과 20세기 전환기 남성 성도착자들의 아방가르드적 예술 실천에 광범위하게 나타났던 여성성의 전유가 남성 우월적 여성 혐오 경향과 배치되지 않는다고 읽어낸 리타 펠스키의 해석은 경청할 만하다. 펠스키에 따르면, 감각성과 인공적 스타일에 대한 매혹과 미학적 연기를 통해 전통적으로 여성적인 것으로 분류된 영역을 전유함으로써 이성, 진보, 산업적 남성성 등 자본주의 초기 부르주아 남성성의 이상을 전복하려고 했던 것이 세기말 성도착적 남성 댄디의 지향점이었다. 미학적 여성성의 전유라 부를 수 있는 이런 기획을 통해 남성 댄디는 "근대적인 부르주아 남성과 가정적인 자연 여성 사이의 관습적 대립 관계를 해체한다. 그는 남성이지만 합리성, 유용성, 진보 같은 남성적 가치를 대표하지 않으며, 여성적이면서도 대단히 비자연적이다. 따라서 그의 여성성은…… 성별에 대해 자동적으로 떠올리는 관념의 불안정성을 말해준다."[23] 펠스키는 이런 성별 고정성의 해체가 지닌 전복적 힘을 인정하면서도, 남성 댄디가 현실 속의 여성은 자연에 묶여 있고 자신만이 자연을 벗어난 인공적 미의 세계에 "의식적으로" 참여할 수 있다고 여기는 여성 비하적 태도를 벗어나지 못하고 있다고 비판한다. 펠스키의 이런 비판적 시각은 데리다, 들뢰즈, 라캉 등 서구 철학의 위기를 상징하는 수사로 '여성성' 혹은 '여자 되기'를 반복적으로 사용하는 후기구조주의적 남성 사상가들에 대한 비판으로 이어진다. 펠스키는 "남성 이론가의 '여자 되기' 환상은 사회 변화를 위한 페미니스트 투쟁의 순진함과 대립하는 것으로 규정되고 활성화되고 있지만, 실제 여성이 속류 본질주의나 남근 숭배적 동일화로 비난받는 한 그들의 '여성 되기'란 불가능할 것 같다"[24]라고 지적한다.

이런 펠스키의 비판은 앞서 소개한 모들스키의 입장처럼 여성성의 전유가 지배적인 남성질서를 해체시키는 힘을 갖는다는 시각 자체를 의심해본다는 점에서 긍정적인 측면을 갖는다. 여성성에 대한 논의가 여성이 놓여 있는 현실적 권력 관계에서 유리될 때 그것은 관념적 유희나 남성들의 환상적 충족을 넘어서지 못한다. 남성에 의한 여성성의 전유가 남성 주체의 존재론적 변화를 동반하지 못할 경우 그것은 관념적 전용이자 환상적 탈취에 지나지 않을 것이다. 남성 주체의 존재론적 변화는 남성의 특권을 중심으로 조직된 사회질서 및 남근적 욕망의 경제에 대한 '비판적 성찰'과 그것에 참여하기를 거부하는 '부정denial' 행위가 동반되어야 한다. 이런 존재론적 변화가 수반되지 않는 여성성의 전유는 설령 그것이 성별 고정성을 흔들어놓는 측면이 있다 하더라도 남성 권력에 대한 진정한 해체로 이어지지는 못한다.

남성이 남성질서에 대해 투쟁하는 것은 자기 자신에 대해 투쟁하는 것이며, 이 투쟁이 결코 쉽지 않기 때문에 남성 페미니스트는 자기기만에 빠지기 쉽다는 데이비드 커헤인의 지적은 귀기울일 필요가

---

23. 리타 펠스키, 『근대성과 페미니즘』, 김영찬·심진경 옮김(거름, 1998), 164쪽.
24. 같은 책, 182쪽.

있다.[25] 남성 페미니스트들이 가부장제가 규정한 남성성의 신화를 거부하고, 여성적 특성과 더 관계 맺고자 하고, 가부장적 사회구조에 덜 연루되기를 원하는 경우에도 이런 주관적 갈망이 곧바로 그들의 페미니스트 인식을 보장해주는 것은 아니다. 벨 훅스의 지적처럼 "남성은 가부장제하에서 경직된 성 역할에 대한 남성적 순응 때문에 스트레스나 감정적 고통을 받지만, 그렇다고 해서 그보다 훨씬 더 심하게 여성을 착취하고 억압하는 남성 권력을 지지하고 있는 것에 대한 책임을 피해갈 수는 없다."[26] 이 책임감을 떠맡겠다는 윤리적 태도가 가부장제의 기득권자로서 자기 자신에 대한 비판적 해체와 결합되지 않을 때 '남성의 여성 되기'나 '남성 페미니스트'라는 용어는 모순어법으로 머물 공산이 크다.

모들스키의 논의에서 문제적인 것은 남성이 이런 어려움과 부정적인 상황에 대한 온당한 지적과 비판을 넘어 가부장적 질서를 거부하고 여성적 혹은 페미니즘적 입장을 취할 기회를 원천적으로 차단한다는 점이다. 여성으로서의 경험이 없다는 이유로 남성은 여성적 입장을 취할 수도, 페미니즘 논의에 기여할 수도 없는 것으로 여겨진다. 남성으로서의 경험과 이해관계 탓에 그들에게는 존재론적인 변화가 불가능하다는 것이다. '여성'이나 여성의 경험에 대해 모들스키가 아무리 열린 입장을 취한다 하더라도, 그녀의 시각은 기본적으로 인간 주체에 대한 성 본질주의적 가정과 정체성의 문제틀에서 벗어나기 힘들다.[27]

25. 데이비드 커헤인, 「남성 여성주의라는 모순어법」, 톰 티그비 엮음, 『남성 페미니스트』, 김고연주·이장원 옮김(또하나의 문화, 2004), 317–322쪽 참조.
26. Bell Hooks, *Feminist Theory: From Margin to Center* (Boston: South End, 1984), 73쪽.
27. 모들스키는 '여성'이라는 말만 나오면 곧바로 본질주의라고 거부해버리는 후기구조주의의 단선적이며 과도한 이론주의적 편향을 비판하면서, 다원적 정체성에 기반

사실 모들스키에게 나타나는 이런 문제점은 여성화된 남성들이나 페미니스트 남성들이 통상적으로 부딪치는 것이기도 하다. 그들은 여성으로 산다는 것이 무엇인지 경험할 수 없기 때문에 여성적 입장을 택하거나 페미니스트 주체가 될 수 없다고 단정된다. 이를테면 로지 브라이도티는 "남성은 자신의 성별 때문에 억압받은 경험이 없다. 그러므로 남성 대부분은 이론과 실천, 사유와 삶에서 페미니즘의 특수성을 포착하지 못한다"[28]라고 주장한다. 여성의 경험이 페미니즘을 이해하는 기반이자 요건이라는 이런 주장은 남성을 페미니즘에서 배제해야 한다는 주장으로 자연스럽게 이어진다. "남성은 페미니즘 안에 있지도 않으며 있어서도 안 된다. 페미니즘 공간은 남성의 것이 아니

을 둔 비본질주의적인 페미니즘 인식론을 구성해야 할 필요성을 역설한다. 이를 위해 그녀가 제시하는 것이 '여성의 경험'이라는 개념이다. 여성의 경험은 본질로 주어진 것은 아니지만 여성들 사이의 "연대, 공통성, 공동체에 대한 감각"을 유지하기 위해 정치 조직화의 거점으로 고수되어야 한다는 것이다. 모들스키는 여성의 경험과 여성의 공통성이 현존하는 권력 구조를 초월할 수 없으며 오히려 그 구조 속에 깊이 연루되어 있다는 점을 인정한다. 하지만 이 인정이 하나의 집단으로서 여성들이 억압당하는 공통의 경험을 부인하는 것은 아니라고 본다. 그는 여성의 본질이나 여성의 경험을, 현존하는 현실을 묘사하는 '기술description'이라기보다 미래를 향한 '기투project'로 보는 테레사 데 라우레티스의 시각에 공감한다. 라우레티스는 말한다. "우리가 여성이라는 범주를 정의하고 구성하는 (결코 끝나지 않을) 과정 속에 있다는 것을 인정하면서도 이 범주를 고수할 수 있는 길을 제공해줄 수 있기 때문이다. 결국 더 중요한 것은 여성이냐 아니냐를 둘러싼 싸움이라기보다 여성이라는 것이 무엇을 의미하는가에 대한 투쟁인 것 같다. 그런데 바로 이 투쟁이…… 다양한 섹슈얼리티, 계급, 종족, 인종, 민족성을 가진 여성들에 의해 페미니즘 내부에서 일어나고 있다."(Teresa de Lauretis, *Alice Doesn't*, Bloomington: Indiana University Press, 1984, 20쪽, 강조는 원저자.) 여성이라는 것이 갖는 '의미'를 둘러싼 이런 열린 투쟁 과정을 통해 여성은 끊임없이 새로이 해석된다. 하지만 여성을 해석 과정 속에 열어놓는 것과 여성을 해체하는 것은 다르다. 여성을 존재론적 범주에서 의미론적 범주로 이동시켜 사유하는 것 자체가 여성 범주의 가변성을 인정하는 것이다. 어떤 의미망을 부여하는가에 따라 달리 해석될 가능성을 열어두는 유동성을 이미 담지하고 있기 때문이다. 이 유동적 가능성은 남성적 육체를 타고났으면서도 페미니즘적 미래를 향한 기투에 자신을 던지고 있는 다양한 존재들에게도 열릴 필요가 있다.

28. Rosi Braidotti, *Nomadic Subjects: Embodiment and Sexual Difference in Contemporary Feminist Theory* (New York: Columbia University Press, 1994), 139쪽.

며 남성이 이해하기 위해 있는 것도 아니다.[29]

문제는 모들스키와 브라이도티가 강조하는 '여성의 경험'이라는 것 자체가 페미니즘을 하나로 묶어줄 공통의 기반이 되기 어렵다는 데 있다. 페미니즘 초창기에는 모든 여성이 특정한 핵심 경험을 공유하고 있으리라고 가정했지만 실상은 그렇지 않았다. 여성들은 경제, 인종, 계급, 종교, 교육, 인간관계 등 처한 위치에 따라 매우 다양한 경험을 가지고 있다. 많은 여성이 공유한다고 전제하는 출산의 경험이나 육체적 체험이 모든 여성에게 공통된 것은 아니며, 또 특별히 페미니즘 운동에 대한 깊은 갈망을 고무시키는 것도 아니다. 비록 초창기 페미니즘이 가부장제가 규정하는 것과 반대되는 여성의 경험을 강조하면서 형성되었다 하더라도 페미니즘을 여성 경험의 '반영'이나 '산물'로 환원할 수는 없다. 물론 가부장제하에서 다양한 위치에 있는 여성들이 겪는 여러 정치적·경제적·심리적·육체적 체험에 주목하는 것은 필요하다. 이 체험들을 페미니스트 관점에서 새로이 해석하여 정치적 해방을 위한 자원으로 승화시키는 것도 필요하다. 하지만 하나로 환원될 수 없는 다양한 사회적 위치의 여성들이 가진 복합적 경험들을 '여성의 경험'이라는 통칭 아래 포괄하는 것은 위험하다. 이런 일반화가 어떤 가상의 보편적 여성 또는 특정한 여성 집단에게만 그런 경험을 부과하는 결과를 초래해왔다는 소수집단 여성들의 비판을 겸허하게 수용할 필요가 있기 때문이다. 더욱이 조앤 스콧의 지적처럼 경험은 "즉시/언제나/이미 그 자체로 해석이거나 해석을 요구하는 개념이다. 경험으로 간주되는 것은 자명하지도 않고 순수하지도 않다. 그것은 언제나 논쟁적이며, 따라서 언제나 정치적이다.[30]

---

29. 같은 책, 137쪽.
30. Joan Scott, "Experience," in *Feminist Theorize the Political*, edit. by Judith Butler and Joan Scott (New York: Routledge, 1992), 37쪽.

해석에 선행하는 경험이 페미니즘의 이론적 기반이 되기 어렵다면 여성으로서의 경험이 없다는 이유로 남성이 '여성 되기'를 시도할 수 없다거나 '페미니스트'가 될 수 없다고 주장하는 것은 무리가 있다. 문제는 남성이 '여성적 입장' 혹은 '페미니스트 입장'을 갖는 것이 남성 권력과 남근적 욕망 질서에 포섭되기를 거부하는 정치적·윤리적 결단을 수반하는 것이어야 한다는 점이다. 여성성을 전유했다고 주장하거나 남성 페미니스트임을 자처하는 남성들에게 가부장적 질서와의 단절이 진정으로 일어났는가에 대해서는 의심과 의혹을 보일 수 있다. 하지만 그 가능성 자체를 부인하는 것은 별개의 사안이다. 여성적 남성, 혹은 페미니스트 남성은 페미니즘을 위해서나 남성을 위해서도 필요하다는 점을 인정해야 할 것이다.

4. 남성 없는 남성성—남성성의 페미니즘적 차용

게일 루빈의 1984년 논문 「섹스를 사유하기: 섹슈얼리티 정치학의 급진적 이론에 대한 노트」는 '섹스-젠더'의 연결망을 끊어놓은 것과 함께 '젠더-섹슈얼리티'의 연결망도 단절시킨 것으로 유명하다. 이 글에서 루빈은 사회문화적 구성물로서 젠더를 생물학적 섹스와 구분해야 한다는 지적과 함께 "젠더와 섹슈얼리티를 별개의 사회적 실천"으로 보면서 양자를 분석적으로 분리해낼 필요성을 주장하고 있다. 이런 분리가 제대로 이루어지지 않았기 때문에 "페미니스트 사유는 섹슈얼리티의 사회적 조직을 충분히 포괄할 수 있는 비전을 결여하고 있다"는 것이다.[31] 여성 젠더를 여성 섹슈얼리티와 연결하려 했던

---

31. Gayle Rubin, "Thinking Sex: Notes for a Radical Theory of the Politics of

것이 1970년대 레즈비언 페미니즘의 일반적 입장이었던 것을 생각하면 젠더와 섹슈얼리티를 분리시키려는 루빈의 시도의 급진성을 이해할 수 있을 것이다.

10년 뒤 「성의 거래」라는 제목으로 주디스 버틀러와 가진 인터뷰에서, 루빈은 자신이 그 글에서 젠더와 섹슈얼리티를 떼어놓으려 했던 것은 둘 사이의 어떤 연결도 부정하면서 양자를 완전히 분리된 범주라고 주장하기 위해서가 아니라, 당시 페미니즘을 지배했던 무성적 도덕주의에 개입할 필요성을 느꼈기 때문이라고 말하고 있다.[32] 루빈의 평가에 따르면, 1970년대 말에서 1980년대 초 미국 페미니즘 담론을 지배한 것은 성적 금기와 금욕이었다고 한다. 반포르노운동을 전개한 일부 페미니즘 그룹(안드레아 드워킨과 캐서린 매키넌의 입장)은 섹슈얼리티를 쾌락의 향유 공간이 아니라 남성 권력과 폭력이 행사되는 공간으로 표상했으며, 여성의 육체에 가하는 남성 폭력에 대항하기 위해 국가에 호소하기 시작했다. 당시 백인 중산계급 여성을 중심으로 성장했던 페미니즘 운동은 정상적인 규범에서 벗어난 일탈적 성행위는 여성의 종속을 유지시키는 것으로 비판했다. 일탈적 성행위에 대한 페미니즘 내부의 규범적 태도에 맞서 루빈은 동성애, 성매매, 사도 마조히즘, 복장도착, 트랜스섹스, 트랜스젠더 등등 다양한 성소수자 운동에 대한 페미니즘의 기존 이해 방식을 수정할 것을 요구했다. '섹스sex'를 '실천practice'의 영역으로 만들고, 어떻게 특정한 섹스의 실천이 역사적으로 일탈적 정체성deviant identity이라는 사법적 용어로 분류되어왔는지 사유하려는 루빈의 시도는 행위act와 정체성 사

Sexuality," in *The Lesbian and Gay Studies Reader*, edit. by Henry Abelove, Michele Aina Barale, and David M. Halperin (New York: Routledge, 1993), 33쪽.
32. Gayle Rubin, "Sexual Traffic. Interview by Judith Butler," in *A Journal of Feminist cultural Studies*, 6,2/3(1994), 78쪽.

이에 생산적인 분할의 길을 열어놓았다. 이런 루빈의 이론적 작업은 페미니즘 내부의 비정상적 범주들뿐 아니라 '육체가 행하는 것'(행위)과 '육체가 존재하는 것'(존재) 사이의 관계를 비판적으로 읽어낼 수 있는 새로운 시각을 열어주었다.

그가 열어놓은 길을 따라 성행위와 젠더 정체성 사이의 관계에 대한 규범적 서사에 비판적 개입을 시도하는 새로운 경향의 연구가 출현한다. 이런 경향의 연구가 주디스 할버스탬이 "남성 없는 남성성"[33]이라 부른 새로운 영역을 열어놓은 것은 분명하다. 이런 연구는 젠더를 섹스에서 분리해내고 젠더를 불안정한 사회적 구성물로 재해석해낸 주디스 버틀러의 후기구조주의적 관점을 공유하면서 트랜스젠더, 부치butch와 펨femme, 드랙킹, 그리고 여성이 전유한 다양한 남성성 양식에 대해 새로운 해석을 시도하게 된다. 이제 남성성은 더이상 남성이라는 생물학적 육체에 묶이지 않고 여성이 전유할 수 있는 문화적 구성물로 재해석될 가능성이 열리게 된다. 할버스탬은 여성이 지배적 남성성을 거스르면서 전유한 대안적 남성성을 '여성의 남성성 female masculinity'이라 부른다. 남성성을 비판적으로 채택하는 여성들은 여성성femininity이라는 논리, 육체적 비유와 동일시하지 않는 여성들이다.

예를 들어 '부치'는 생물학적으로 여성의 몸을 갖고 있으면서 여성을 성적 욕망의 대상으로 삼는 남성적 존재다. 그/녀에게 생물학적 육체(여성), 성적 욕망(동성애적 욕망), 심리적 구성(남성적 정체성)은 이성애적 규범의 서사(생물학적 여성이 이성애적 남성을 욕망하며 여성적 젠더 정체성을 갖는 방식)를 따르지 않는다. '여성의 남성성'이라 불리

---

33. Judith Halberstam, *Female Masculinity* (Durham: Duke University Press, 1998), 1쪽.

는 이 성적 일탈자들에게서 우리는 남성 없는 남성성의 가능성을 찾아볼 수 있다. 남성성이라는 젠더 정체성이 남성이라는 섹스와 이성애적 섹슈얼리티로부터 분리되어 나올 때 그것은 어떤 정치성을 갖는가? 남성-이성애적 욕망-남성적 정체성의 규범적 도식에서 떨어져나와 동성애적 욕망을 가진 여성이 남성성이라는 젠더로 가장 masquerade한다면 어떤 일이 일어날까? 그것은 이성애 남성성의 단순모방인가, 아니면 이성애적 남성성의 틀 속으로 통합되지 않는 '다른' 남성성의 가능성을 열어두는 것인가? 프로이트가 여자들에게서 발견한 '남성성 콤플렉스'는 남성 권력의 상징인 남근을 갖기 위해 남성이되는 길을 택한 여성들의 남성 선망이 아니라 여성에 대해 금지된 동성애적 욕망을 유지하기 위해 취하는 가장의 전략일 수 있다. 물론그/녀가 흉내내는 남성성은 이성애적 남성성과 같지 않다. 그것은 패러디적 모방을 통해 차이를 만들어냄으로써 지배 규범 자체에 균열을 일으키는 '다른' 남성성이다.

라캉의 지적처럼 음경과 남근이 동일한 것이 아니라면 남성에게서 남근을 떼어내어 그것을 여성에게 이동시키는 것도 충분히 가능하다. 남근은 더이상 남성의 전유물이 아니기 때문이다. 주디스 버틀러는 '레즈비언 남근lesbian phallus'이라는 개념을 만들고 남근을 남성 육체와 남성 권력의 연결망에서 떼어내어 레즈비언에게로 이동시킨다.[34] 레즈비언 남근은 여성의 육체가 남근적 권력이 "되면서being" 동시에 그것을 "가질having" 수 있다는 이중적 가능성을 나타낸다. 버틀러는 라캉에겐 양자택일로만 존재하는 이 두 선택지를 동시에 취할 수 있는 가능성을 열어놓는다. 남성 역할을 하는 여성은 남근적 권력을 갖

---

34. Judith Butler, *Bodies That Matter: On the Discursive Limits of "Sex"* (New York: Routledge, 1993), 57-93쪽 참조.

지 못한 채 남근적 대상이 되는 존재(여성적 위치)면서 동시에 남근적 권력을 가지려고 욕망하는 존재(남성적 위치)다. 그런데 두 가능성을 동시에 취한다는 것은 둘 모두가 전제하는 이성애적 젠더 규범으로부터 일탈적 차이를 만들어내는 것이기도 하다. 레즈비언 남근이 가부장적 이성애에서 상정되는 남근의 단순 모방에 그치지 않고 그것에 패러디적 변형을 일으키는 '다른' 남근, '다른' 남성성으로 전유될 수 있는 까닭이 여기에 있다. 주디스 할버스탬이 주디스 버틀러의 레즈비언 남근 개념을 자신의 여성적 남성성 개념에 유용한 것으로 판단한 것은 그것이 대안적 남성성을 사유할 길을 열어준다고 생각했기 때문이다. 레즈비언 남근에 대한 할버스탬의 일차적 관심이 레즈비언 부치를 새로이 읽어내려는 데 맞춰져 있는 것은 사실이지만, '남성적 여성'에 대한 그녀의 논의를 레즈비어니즘에 국한시킬 필요는 없다. '남성적 여성' 혹은 '여성의 남성성'을 재구축하려는 할버스탬의 기획은 남성성을 남성과 가부장적 규정에 넘겨주지 않으면서 새로이 재해석해내려는 시도로 확장될 수 있다.

섹스, 젠더, 섹슈얼리티 사이의 복잡한 거래 관계를 구성해내는 이런 논의들이 페미니즘과 무슨 관계가 있을까? 로빈 위그먼의 평가에 기대어 말한다면, 페미니즘적 논의는 '남성들'과 '남성성' 사이에 설정된 규범적 관계를 떼어내고 남성들에게 대안적 남성성을 구하는 방식뿐만 아니라 남성성을 (남성의 생물학적 육체와 구분되는) 젠더 구성물로 재의미화하는 방식을 취함으로써 남성성의 내용, 범위, 정치적 기획을 변화시켜왔다.[35] 여성 없는 페미니즘이라는 불안과 함께 시작되었던 1990년대 미국 페미니즘은 이제 남성성 역시 남성들의 고

---

35. Robyn Wiegman, 같은 책, 51쪽.

유한 영역이 될 수 없다는 급진적인 문제제기로 이어졌다. 이제 페미니즘의 결정적 자산이라 할 여성성과 페미니즘의 영역 바깥에 있다고 여겨졌던 남성성은 젠더 스와핑이 일으키는 교란적 가능성 앞에 서 있다. 모들스키가 여성의 상실을 두려워했다면 할버스탬은 여성의 해체를 수용하면서 섹스와 젠더를 다양한 육체들과 정체성들을 가로지르는 유동적인 것으로 만들었다. 이와 함께 페미니즘 역시 성차화된 육체와 젠더 정체성을 횡단하는 가변적이며 유동적인 것으로 변모했다. 페미니즘은 여성들과 여성성 사이에 매끈한 동일시가 형성되는 공간이 아니라 탈동일시, 괴리, 재의미화의 과정을 통해 육체들과 정체성들을 횡단하는 열린 공간으로 재구축된다. 남성과 남성성에 대한 연구는 이런 열린 공간으로서 페미니즘에 이르는 또하나의 길이 될 수 있다.

제13장

|

흑인 남성성의 재현

토니 모리슨의『가장 푸른 눈』과『빌러비드』를 중심으로

1. '미스터'

'미스터'는 토니 모리슨의『빌러비드』에 등장하는 수탉의 이름이
다. 켄터키 주의 한 농장 안 닭장 홰에 앉아 힘찬 울음소리를 내지르
는 이 수탉은 그 농장의 흑인 남자 노예 폴 D에게는 부러움의 대상이
다. 인간이 동물을 선망하는 이 전도된 욕망의 드라마 속에는 노예제
도하에서 흑인 남자들이 겪는 좌절과 상처가 자리잡고 있다. 노예제
도라는 "이상한 제도"하에서 흑인 남자들은 남자임에도 '미스터'라는
호칭으로 불리지 못한다. 이 호칭은 남자로 태어난 존재라면 누구나
얻을 수 있는 것이 아니다. 생물학적 존재로서의 남자를 특권화된 사
회적 존재로서의 남성으로 변화시켜주는 이 명칭에는 '남성다움'을
구성하는 사회적 의미망이 응축되어 있다.

"소유적 개인주의possessive individualism"라 부를 수 있는 미국의 정
치경제 이념에서 남성 자아를 규정하는 사회적 의미망은 크게 두 차
원에 걸쳐 있다.[1] 먼저, 정치경제적 차원에서 남자를 남성으로 규정하

는 근거는 재산의 소유다. 서구 근대 계몽사상의 한 조류를 형성한 존 로크에 따르면 개인의 자유는 자연적 권리로 교회나 국왕이 강요한 계약보다 더 깊은 곳에 존재한다. 그런데, 로크는 자연적 권리로서 개인의 자유가 근거하고 있는 것이 다름아닌 '재산'이라고 본다.

땅과 열등한 피조물들은 모든 인간의 공유물이다. 하지만 모든 인간은 자신의 인격person 속에 재산property을 가지고 있다. 이 재산권은 자기 이외에 어느 누구도 갖지 못하는 권리다. 자기 몸이 하는 노동, 자기 손이 하는 일은, 말하자면 자기 고유의 것이다. 자연이 제공해준 상태에서 그가 변화시키는 것이 무엇이든, 그는 그것에 자신의 노동을 덧붙이고 그렇게 함으로써 그것을 자신의 재산으로 만든다.[2]

---

1. 미국의 정치경제체제를 "소유적 개인주의"로 규정한 사람은 C. B. 맥퍼슨이다. 맥퍼슨은 개인주의의 '소유적' 성격이 미국의 자유주의 국가관 및 시장경제체제와 합치하는 것으로 본다. 그에 따르면 소유적 개인주의가 전제하는 '자아self' 개념은 자기 자신과 자신의 노동 및 재산을 관리할 권리를 지닌 주체로서의 인간을 가리킨다. 맥퍼슨에 따르면 개인주의라는 용어가 명시되기 이전에도 로크와 홉스의 정치철학에서 개진된 개인의 권리 및 재산권 개념은 미국에서 이미 문화적 신념으로 존재했다고 한다. '자기 대변self representation'의 권리를 발전시킨 미국 독립선언문과 헌법은 이 권리를 보호하기 위해 정부를 구성한 것이라 할 수 있다. C. B. Macpherson, *The Political Theory of Possessive Individualism: Hobbes to Locke* (Oxford: Oxford University Press, 1962) 참조.
로크의 재산권 개념이 자본주의 시장 논리를 대변하고 당시 대두하던 부르주아 계급의 정치적·경제적 이익을 정당화하는 이념이라고 보는 맥퍼슨의 해석은 이후 많은 비판을 받는다. 제임스 털리, 리처드 애시크래프트 등 수정주의자들은, 로크의 재산권 개념은 신민의 재산을 임의로 처분할 수 있는 절대 군주의 권력에 맞서 개인의 재산권을 지키기 위해 만들어진 것이라 본다. 또 이들은 로크가 재산의 무제한적 축적을 정당화하는 것이 아니라 재산의 사회적 의무와 정부 규제를 인정하고 있다고 본다. 또 로크가 화폐 사용 이후 발생하는 재산, 즉 자연법상의 한도를 초과해 발생하는 재산에 대해서는 자연권을 인정하지 않는다고 해석한다. 이들의 입장은 Richard Ashcraft, *Locke's Two Treatises of Government* (London: Allen and Unwin, 1987); James Tully, *An Approach to Political Philosophy: Locke in Context* (Cambridge: Cmbridge University Press, 1993) 참조. 국내에서 로크를 둘러싼 서구 학계의 해석을 정리한 글로는 강정인, 「로크사상의 현대적 재조명: 로크의 재산권 이론에 대한 유럽중심주의적 해석을 중심으로」, 『한국정치학보』 32.3(1998) 참조.
2. John Locke, *Second Treatise: An Essay Concerning the True Original, Extent,*

로크에게 다른 누구와도 구분되는 나의 정체성identity의 핵심에 자리잡고 있는 것이 내가 내 몸을 이용하여 자연에 덧붙인 나만의 것, 곧 나의 재산이다. 나의 재산은 나의 고유성the proper 그 자체다. 이 재산권은 국왕의 승인이나 타인의 동의 없이 자기 보존에 대한 자연법적 권리로부터 직접 발생한다. 다시말해 로크는 인간이 시민사회 및 정부의 존재 이전에, 그와 독립적으로 재산에 대한 자연권을 갖는다고 전제한다. 재산과 정체성을 등가로 놓는 이런 입장이 국가의 존립 근거를 사유 재산의 수호에 두는 쪽으로 발전하는 것은 당연한 수순이다. 로크에 따르면 인간이 사회 속으로 들어가고 정부의 지배를 받아들이는 가장 큰 목적은 재산의 수호다.[3] 정부의 목적은 자연상태에서 형성된 재산 관계를 보존, 유지하는 것으로 국한된다. 영국 사상가인 로크가 미국의 독립에 큰 영향을 미친 것은 이런 사상 때문이라 할 수 있다. 이 사상은 영국 왕실이 미국 식민지에 재산권을 허용하지 않을 때 미국인들이 전쟁을 일으키는 명분이자 독립혁명의 이념이 된다. 이후 '건국의 아버지들'이 국가를 건설하면서 채택한 사상적 원리도 이것이다. 여기서 재산은 개체적 자아를 형성할 뿐 아니라 개인을 사회적 영역에 진입시키는 핵심적 근거로 작용한다. 맥퍼슨이 '소유적 개인주의'라 명명한 이 이념은 재산, 교환가치, 이윤 등과 같은 시장사회의 경제 관계와 쉽게 제휴할 수 있다. 자연 상태에서 취득한 재산은 일정 한계 내로 제한되었지만 화폐의 발명은 무제한적 소유와 축적의 길을 열었다. 맥퍼슨이 로크의 재산권 개념을 가리켜 소유적 시장사회(자본주의)에서 무제한적이고 배타적인 재산권을 정당화하는 이념으로 작용했다고 말할 수 있는 근거다. 미국 사회에서 소유

---

and End of Civil Government, in John Locke, Two Treatises of Government, edit. by Peter Laslett (Cambridge: Cambridge University Press, 1988), 287-288쪽 참조.
3. 같은 책, 350-351쪽 참조.

적 개인주의는 건국 이후 한동안 백인 남성에게만 열린 시장 경제 활동과 접목되면서 백인 남성적 자아를 반영했다.

이런 자유주의적 정치 이념과 시장경제가 결합된 미국의 정치경제 체제에서 재산을 소유한 인격적 주체를 부르는 호칭이 미스터다. '미스터'는 주인이라는 뜻의 보통명사 '마스터master'에서 유래했다. 미스터는 자유로운 권리의 주체들이 서로를 부르는 존경의 호칭이자 이 주체들의 공적 네트워크 속으로 들어왔음을 확인해주는 사회적 인정의 표시다.[4] 아이는 이 호칭이 형성하는 성인 남성들의 사회적 네트워크 속으로 들어가지 못하며 아버지와 남편의 재산에 의존해 있는 여성도 이 범주에서 배제된다. '동산 노예제도chattel slavery'하에서 백인 주인의 소유물이자 시장의 상품인 흑인 남성들이 이 호칭의 수혜자가 되지 못함은 말할 것도 없다. 흑인 남자 노예들은 남자로 태어났음에도 남자를 남성으로 규정하는 경제적 근거로서 재산의 소유를 원천적으로 박탈당한 존재이기 때문이다. 그들은 재산의 소유자가 아니라 소유당하는 물건이다. 물건에게 소유권자에게 부여하는 호칭을 줄 수는 없는 법이다.

정치경제적 차원과 연관되어 있는 동시에 그것을 배면에서 떠받치는 더 깊은 차원에서 미국의 남성 자아를 형성하는 심리적 기제가 있다. 프로이트·라캉 정신분석학이 제공한 해석의 창을 통해 우리는 젠더 정체성을 구성하는 심리 기제로 오이디푸스 모델을 생각해볼 수 있다. 이 모델에 따르면 남자가 남성이 되는 것은 음경을 남근으로 성공적으로 전환할 때다. 생물학적 기관으로서 음경을 사회적 특권의 기표인 남근으로 바꾸는 데 성공할 때야 비로소 남자는 가부장적 상

---

4. Philip M. Weinstein, *What Else But Love? The Ordeal of Race in Faulkner and Morrison* (New York: Columbia University Press, 1996), 87–89쪽 참조.

징질서 속의 남성이 된다. 남근으로의 전환이 무리 없이 일어나는 것은 남자아이가 어머니와의 합일이라는 무의식적 욕망을 억압하고 남근을 가지고 있는 (것처럼 보이는) 아버지와의 동일시를 통해 남성적 정체성을 받아들일 때다. 아버지와 자신을 동일시한다는 것은 아버지가 대변하는 남성적 권위를 내면화하고 자신을 통제하는 법을 배우는 것을 의미한다. 일차적 타자인 어머니와 자신을 구분하지 못하는 원초적 혼융混融 상태에서 자신의 경계를 유지하는 법, 타자와 구분되는 자기 영토의 주인이 되는 법을 습득하는 것 역시 사회적 존재로 탄생하는 데 결정적이다. 정체성이란 무엇보다 다른 존재와 구분되는 나의 것, 아무리 그 기원이 밖에 있다 해도 나를 나로 만들어주는 선명한 윤곽이기 때문이다. 물론 사회적 상징질서에 성공적으로 진입하여 자신의 세계의 완벽한 주인이 되는 것은 원칙적으로 불가능하다. 상징질서로 진입하기 위해 억압했던 것은 완전히 사라지지 않고 주체를 와해시키는 항시적 위협으로 존재하기 때문이다. 따라서 인간이 취하는 사회적 정체성은 언제라도 부서질 위험에 처해 있는 위태로운 것일 수밖에 없다. 하지만 가부장적 상징질서는 이 불안정한 토대 위에 사회적 집을 짓고 그 집에 거주하는 주민들에게 주인이 될 것을 명하고 주민들은 대개 그 명령을 따른다. 이 질서 안에서 남성은 아버지에게 물려받은 남근이라는 주인 기표의 비호 아래 자기 세계의 주인이 된다.

흑인 남자는 오이디푸스 위기를 성공적으로 극복한 남성적 존재로 다시 태어나기가 어렵다. 캐스린 스톡턴의 말을 빌자면 흑인 남자에게 "음경을 남근으로 바꾸는 일"[5]은 용이치 않다. 그에겐 남근으로의

5. Kathryn Bond Stockton, "Heaven's Bottom: Anal Economics and the Critical Debasement of Freud in Toni Morrison's *Sula*," in *Cultural Critique*, 24(1993), 104쪽.

전환을 가능하게 해줄 부성적父性的 존재가 결여되어 있기 때문이다. 흑인 남자에게 부성적 존재가 결여되어 있다는 것은 노예제도하에서 흑인 가족이 특유하게 겪는 문제에서 기인하는바, 즉 아버지가 누구인지 알기도 전에 아버지가 사라진 역사적 현실 때문이기도 하고 아버지를 아버지로 만들어주는 상징적 권위가 흑인 아버지에게 주어지지 않은 현실 때문이기도 하다. 아버지가 아들을 남성으로 만들어줄 수 있는 것은 비록 허구적일망정 그가 남근을 가진 존재, 사회적 권위와 권력의 담지자라는 것이 인정되었을 때다. 노예제도는 흑인 아버지에게서 바로 이 사회적 권위와 권력을 박탈한다. 올란도 패터슨이 노예제도하에서 흑인 남성의 상태를 가리켜 '사회적 죽음social death'이라 부른 것도 이 사회적 거세다. 노예제도는 흑인 남성에게 가족의 부양자로서의 역할을 허용치 않을 뿐 아니라 결혼과 결혼에서 생긴 아내와 자식을 합법적으로 인정하지도 않는다. 말하자면 남자를 남성으로 만들어주는 사회적 외투는 벗겨진 채 남자로서의 벌거벗은 몸만 남은 상태가 노예제도하에서 흑인 남성이 처한 일반적 조건이라 할 수 있다. 그는 영원히 어른이 되지 못하고 백인 주인의 지도를 받아야 하는 '남자아이boy'이거나 검은 육체 속에 성적 폭력성을 장전한 '짐승beast'(강간범 이미지)으로 표상될 뿐이다.

　노예해방 후 흑인 남성은 투표권을 획득함으로써 남성 시민의 정치적 영역 속으로 들어가게 되지만 사회적 주체로 곧장 소생할 수는 없었다. 백인 사회가 흑인에게 미스터의 호칭을 부여하기를 얼마나 꺼렸는가는 부커 워싱턴에 관한 유명한 일화에서 엿볼 수 있다. 유진 지노비스의 이야기에 따르면 남북전쟁이 끝난 지 한참 후 남부의 백인들은 흑인 지도자 부커 워싱턴이 박사 학위를 받자 비로소 안도의 한숨을 내쉬었다고 한다. '닥터doctor'라는 호칭은 그들이 오랫동안 겪었던 심리적 불편을 해결해준 미다스의 손과 같은 것이었기 때문이다. 남부의 백인들은 자신들이 존경해 마지않는 흑인 지도자를 '부커'라는 맨이름으로 부를 수도 없었고 그렇다고 백인 남성들 사이에서만 통용되는 '미스터'라는 호칭을 쓸 수도 없었는데, '닥터'는 이 곤경에서 빠져나올 수 있는 편리한 출구를 제공했던 것이다.[6] 흑인 지도자를 '닥터'라 부를 수는 있어도 '미스터'라 부르기를 꺼려하는 이 기묘한 심리를 통해 우리는 백인 남성을 중심으로 조직된 세계에서 흑인 남자들이 처했던 곤혹스러운 위치를 짐작할 수 있다. 아무리 뛰어난 성취와 업적을 이루었다 해도 흑인 남자들은 권리와 책임을 나누는 공적 세계 속으로 들어가지 못하고 열등한 존재로 간주되었다. 그들은 사회적으로 '여자'나 '미성년자'와 다를 바 없는 거세된 존재 또는 성적·육체적 힘을 '남성적' 기율로 적절히 통제하지 못하고 폭력적으로 표출하는 '검은 짐승'으로 여겨질 뿐이었다.

물론 이런 양극화된 표상이 흑인 남자들의 경험을 온전히 대변해주는 것일 수는 없다. 이런 표상은 흑인 남성에 대한 부정적 이미지를 유포함으로써 그들을 또다시 차별하는 인종주의적 담론으로 기능하는 것이 분명하다. 1970년대 이후 흑인 비평계의 일부에서 '허약한 흑인 남자/강인한 흑인 여자'의 스테레오타입을 거부하고 노예제도 하에서도 존재했던 긍정적 흑인 남성상을 발굴하기 위해 노력해온 것 역시 이런 인종주의적 담론의 폐해를 막기 위해서다. '검은 것이 아름답다'라는 1960년대 흑인 민권운동의 슬로건은 1970년대와 1980년대 학계로 들어와 흑인적인 것의 재평가로 이어졌고, 이런 흐름은 노예제도하에서 흑인들의 일상적 경험과 주체적 저항을 재해석하는 흐름으로 나타났다. 이런 수정주의적 해석에 따르면 노예제도하

---

6. Eugene Genovese, *Roll, Jordan, Roll: The World the Slave Made* (New York: Random House, 1972), 445쪽.

에서도 흑인 가족은 완전히 파괴되지 않았을 뿐 아니라 아프리카에서 유래한 공동체적 확대가족은 오히려 끈질기게 이어져왔다고 한다. 이 확대가족 속에서 흑인 남성과 흑인 여성은 경제적 능력과 사회적 권력을 불균등하게 갖고 있는 '주인'과 '마님'이 아니기 때문에 오히려 백인 남녀 관계보다 훨씬 자유롭고 평등한 모습을 보여주고 있다는 것이다.[7]

하지만 긍정적이고 평등한 흑인 가족상과 남성상을 발굴하는 일 못지않게 중요한 것이 노예제도가 흑인들에게 미친 파괴성을 깊이 있게 이해하는 일이다. 이는 흑인 남자의 열등성을 유포하는 백인의 담론적 이해관계에 편승함으로써 흑인 남자를 또다시 피해자화하기 위해서가 아니라 200년이 지난 현재에도 계속되고 있는 인종주의의 문제를 극복하려면 노예제가 흑인에게 가한 육체적·정신적 피해를 깊이 들여다 볼 필요가 있기 때문이다. 패터슨의 지적처럼 오늘날 미국 사회에서 다수 흑인 남자들이 제자리를 찾지 못한 채 '문제아'로 여겨지고 있다는 진단이 옳다면, 이는 미국 사회에서 현재 흑인들이 겪고 있는 사회경제적 차별로만 설명되지 않는 다른 '역사적' 원인이 작용하고 있기 때문일 것이다. 이 원인을 해명하기 위해 패터슨은 노예제도가 있던 과거로 거슬러 올라가 수정주의적 해석이 거부한 '허약한 흑인 남자' 테제를 다시 끌고 들어와 사유한다. 그에 따르면 노예제도는 흑인 남녀의 성 역할에 가공할 폭격을 가했고, 이 폭격에서 특히 흑인 아버지들과 남편들은 회복할 수 없을 정도로 깊은 상처를 입게 되었다고 한다.[8] 퍼트리샤 콜린스의 지적처럼 패터슨이 노예제

---

7. Niara Sundarkasa, "Interpreting the African Heritage in Afro-American Family Organization," in *Black Families*, edit. by Harriette Pipes McAdoo (Beverly Hills: Sage, 1981), 37-53쪽; Robert Farris Thomson, *Flash of the Spirit: African and Afro-American Art and Philosophy* (New York: Vintage, 1983) 참조.

도가 흑인 여성에게 미친 영향을 상대적으로 간과함으로써 노예제도 하에서 흑인 남자와 흑인 여자가 '다르지만 똑같이' 경험한 피해를 놓치고 있는 것은 아쉽지만, 흑인 남자들의 파괴된 내면에 접근해보려고 한 점은 인정할 만하다.[9]

『빌러비드』의 폴 D를 통해, 그리고 『가장 푸른 눈』의 촐리 브리들러브를 통해 모리슨이 탐색한 것이 바로 '미스터'의 세계로 들어가지 못한 흑인 남성의 갈등과 딜레마이다. 미스터로 상징되는 백인 가부장적 세계로의 진입이 거부된 흑인 남성들은 어떤 내적 모순과 균열에 처하는가? 그들은 영원히 실패한 남성인가, 아니면 백인 남성성 모델 밖에서 새로운 남성성을 실험하고 있는가? 흑인 여성 소설가 모리슨은 흑인 남성에 대해 결코 단순한 진단을 내리지 않으며 도덕적 단죄의 칼을 휘두르지도 않는다. 흑인 남녀 모두가 처해 있는 인종차별적 현실을 놓쳐버린 채 남녀 대립 구도만 부각시키는 일면성을 보이지도 않는다. 그는 흑인 남성들의 파괴된 현재를 이해하기 위해 과거로 거슬러올라가 그들이 직면한 끔찍한 인종적 현실을 애정 어린 눈으로 조명한다. 시기적으로 앞서 출판된 『가장 푸른 눈』(1970)에서 모리슨은 딸을 강간하는 파렴치한 아버지를 그려 보임으로써 실패한 흑인 아버지의 한 전형을 그리고 있다. 17년 뒤 발표한 『빌러비드』(1987)에서는 노예제도가 강제한 남성성의 파괴에 맞서 새로운 남성성의 모델이 될 만한 인물들을 창조한다. 물론 그사이 출판한 『술라』(1973)와 『솔로몬의 노래』(1977), 그리고 이후 발표한 『재즈』(1992)에서도 흑인 남성성에 대한 모리슨의 탐색은 계속된다. 『술라』에서는

---

8. Orlando Patterson, *Rituals of Blood: Consequences of Slavery in Two American Centuries* (Washington D. C.: Civitas Counterpoint, 1998) 참조.

9. Patricia Hill Collins, *Black Sexual Politics: African Americans, Gender, and the New Racism*,(New York and London: Routledge, 2005), 55-61쪽.

흑인 모계 전통에서 사라져간 허약한 흑인 남자들이 등장한다. 하지만 작품의 초점이 두 흑인 여성 인물 사이의 우정과 그 굴절 과정에 맞춰진 관계로 흑인 남성의 문제에 대해서는 충분한 조명을 하지 못하고 있다. 『솔로몬의 노래』에서 모리슨은 신화적 아버지상을 찾아 떠나는 흑인 남성 인물의 여정을 그려 보임으로써 흑인 아버지 찾기라는 주제를 본격적으로 다루지만, 그 선명한 주제성과 이념성이 오히려 흑인 남성의 역사적·심리적 경험에 심층적으로 접근하는 것을 방해하고 있다. 무엇보다 흑인 남자의 남성성 찾기에 흑인 여성 인물이 도구적으로 활용됨으로써 흑인 남녀 간의 불평등한 관계에 대한 비판적 의식이 흐려진 것은 문제적이라 하지 않을 수 없다. 이 작품에서 탐색하고 있는 흑인 남자들의 사회적·심리적 곤경과 그 곤경을 헤쳐나가 새로운 정체성을 찾으려는 시도는 『빌러비드』에서 계속되고 있다. 이 글에서는 흑인 남자들의 손상된 남성성의 한 전형을 보여주는 『가장 푸른 눈』의 촐리와 노예제도하에서 받은 성적 훼손으로부터 지배적 남성성과 다른 성적 가능성을 모색하고 있는 『빌러비드』의 폴 D를 중심으로 흑인 남성성에 대한 모리슨의 접근을 살펴보기로 한다. 두 인물은 모리슨 소설에 등장하는 다른 어떤 흑인 남성상보다 역사적으로 흑인 남성이 처한 곤경과 그로부터 벗어날 가능성을 가장 생생하게 보여주기 때문에, 이들을 통해 흑인 남성 문제에 접근하는 한 통로를 찾을 수 있을 것이다.

2. 흑인 남자의 벌거벗은 육체—『가장 푸른 눈』

촐리 브리들러브의 좌절을 초래한 원인은 크게 두 가지로 요약될 수 있다. 작품에서 '집 밖outdoors'이라 묘사된 경제적 박탈과 백인의 플래시 불빛에 노출된 그의 벌거벗은 엉덩이에서 극적으로 드러나는 성적 박탈이 그것이다. 경제적인 것이든 성적인 것이든 박탈을 특징 짓는 것은 주체를 감싸는 사회적 보호막을 빼앗겼다는 점이다. 촐리 는 아무것도 가진 것이 없다. 그는 가족을 부양할 재산도, 아버지이자 남편으로서 아내와 자식들에게 행사할 상징적 권위도 갖고 있지 않 다. 촐리의 딸인 피콜라의 친구들이 놀림조로 내뱉는 "네아빠는벌거 벗고자지Yadaddysleepsnekkid"라는 말은 문자 그대로 촐리의 삶을 집 약하고 있다. 촐리는 남자를 남성으로 만들어주는 경제적·상징적 의 복을 걸치지 못한 채 '벌거벗은 몸' 그 자체로 세상에 노출되어 있다.

이처럼 박탈된 존재인 촐리가 작품의 프롤로그에 제시된 딕과 제 인이 살고 있는 단정하고 깨끗한 집에 들어가기란 불가능하다. 이 집 은 아내와 자식들을 책임질 수 있는 경제적 능력과 상징적 권위를 소 유한 남자만이 취득할 수 있는 공간이기 때문이다. 촐리가 백인 중산 계급 핵가족 제도로 들어가는 것이 불가능하다는 것을 보여주기 위 해 모리슨은 반듯하고 단정한 프롤로그의 문장들을 점점 더 엉클어 뜨려 각 장의 서두에 배치한다. 장이 이어지면서 프롤로그의 구절들 은 단어와 단어를 가르는 자간도 사라지고, 문장과 문장을 구분하는 마침표도 지워져 어떤 식별 가능한 의미도 생산하지 못하는 혼돈 그 자체가 된다. 이런 문법적·의미론적 혼돈은 촐리가 꾸려갈 삶이 딕과 제인의 아버지가 살고 있는 잘 정돈된 집 안으로 들어가지 못한 혼돈 의 삶, "집 밖"의 삶이 될 것임을 말해준다. "집 밖"이란 집세를 내지 못하는 흑인들이 쫓겨나는 미보호 구역이자 사회적 안전망에서 밀려 난 경계 밖의 공간을 가리킨다. 작품의 어린 화자 클로디아가 예리하 게 포착해내듯이 "밖으로 밀려나는 것being put out"과 "집 밖으로 밀 려나는 것being put outdoors" 사이에는 미묘하지만 결정적 차이가 존 재한다. 밖으로 밀려나면 갈 곳이 있지만 집 밖으로 밀려나면 갈 곳이

없다. 집 밖이란 "어떤 것의 끝이자 회복이 불가능한 물리적 현실"[10]이
기 때문이다.

  집 밖으로 밀려난 촐리가 겪는 경제적 궁핍과 박탈은 자연히 감정
적·육체적 파괴로 이어진다. 촐리와 그의 아내 폴린은 자신들의 삶이
실패한 원인을 상대방에게서 찾으며 서로를 비난하고 학대하는 것으
로 결혼 생활을 소모한다. 폴린은 감정적으로 촐리를 학대하고 촐리
는 감정적 학대에 물리적 폭력으로 대응한다. 모리슨은 촐리와 폴린
의 관계를 파국으로 몰고 간 원인을 찾아 이들의 과거로 거슬러올라
가고, 우리는 여기서 남자로서 촐리의 삶을 실패로 몰아넣은 '외상적
사건traumatic event'을 만난다. 촐리는 할머니의 장례식을 치르던 날
알게 된 소녀와 첫 성행위를 할 때 백인 사냥꾼에게 들켜 괴롭힘 당
하는 치명적 경험을 했던 것이다.

  백인 남자 두 명이 서 있었다. 한 명은 알코올램프를 들고 있었고 다
른 한 명은 플래시를 들고 있었다. 그들이 백인이라는 것은 확실했다.
냄새로 알 수 있었다. 촐리는 엎드렸다가 일어나 바지를 주워올리는
동작을 한 번에 해냈다. 그들은 장총을 들고 있었다.
  "히히히" 낄낄거리는 소리가 긴 천식성 기침 소리처럼 들렸다.
  다른 한 명은 플래시 불빛을 촐리와 달린의 몸 위에 비췄다.
  "계속해 검둥아." 플래시를 들고 있는 남자가 말했다.
  "네?"라고 말하며 촐리는 단춧구멍을 찾기 시작했다.
  "계속하라고 했어. 검둥아. 계속하라니까."
  촐리가 눈을 둘 곳은 없었다. 그의 몸은 굳어 있었지만 눈은 은밀하

10. Toni Morrison, *The Bluest Eye* (New York: Washington Square Press, 1970), 18쪽.
이후 이 절에서 이 책을 인용할 때는 쪽수만 표기하기로 한다.

게 숨을 곳을 찾아 이리저리 구르고 있었다. 플래시를 들고 있는 남자가 어깨에서 총을 내렸을 때 출리는 찰칵하는 금속성 소리를 들었다. 그는 다시 무릎을 꿇었다. 달린은 머리를 돌리고 있었다. 그녀의 눈은 램프 불빛에서 시선을 돌려 주변의 어둠을 보고 있었다. 그 눈은 자신들에게 일어나고 있는 일에는 일절 관여하지 않고 있다는 듯 어떤 관심도 보이지 않았다. 완벽한 무력감에서 비롯되는 폭력성으로 그는 그녀의 옷을 끌어올리고 자기 바지와 속옷을 내렸다……

"히히 히히히."

"자, 검둥아 더 빨리 하라니까! 저 계집애한테 아무것도 못하고 있잖아."

"히히 히히히."

몸을 더 빨리 움직이며 출리는 달린을 내려다보았다. 그녀가 미웠다. 그는 그녀에게 그 짓을 할 수 있기를 바랄 지경이었다. 단단하고, 길고, 고통스럽게. 그녀가 너무나 미웠다. 플래시 불빛은 그의 내장 속으로 기어들어가 포도의 달콤한 맛을 고약한 냄새를 풍기며 썩어가는 씁쓰름한 맛으로 바꿔놓았다. 그는 달빛과 램프 불빛 아래서 얼굴을 가리고 있는 달린의 손을 보았다. 아기 발톱 같았다.(116-117쪽)

이 장면은 남자로서의 무력감을 물리적 폭력을 통해 표출하는 출리의 왜곡된 행동 양식의 시원에 놓여 있는 '원초적 장면'이다. 그의 벌거벗은 엉덩이에 비친 백인들의 플래시 불빛과 그들의 가학적인 명령은 '욕망'을 '증오'로 바꿔놓는다. 흥미로운 점은 그의 증오가 향하는 대상이 자신을 이런 굴욕적 상태로 몰아넣은 백인 남자들에게서 자기 밑에 드러누워 공포에 떨고 있던 흑인 소녀로 이동하고 있다는 점이다. 백인을 증오한다는 것은 자신을 완전히 파멸시킬 것이라는 점을 그는 본능적으로 감지하고 있었다.

그는 자신의 증오를 백인 사냥꾼에게 돌릴 수 있다는 생각은 한 번도 하지 않았다. 그들을 증오한다는 것 자체가 그를 파멸시켰을 것이다. 그들은 크고 희고 무장한 남자들이었다. 그는 작고 검고 무력했다. 그의 무의식은 그의 의식이 알지 못하는 것을 알았다. 그들을 미워하는 것은 그를 불태워 작은 석탄조각으로 만들 것이다. 그렇게 되면 그는 한웅큼 잿더미와 한 줄기 물음표의 연기로만 남게 될 것이다.(119쪽)

이런 무기력 상태에서 촐리는 자기가 겪었던 끔찍한 사건, 존재의 해체라 부를만한 외상적 사건에 대해 책임질 누군가가 절실히 필요했다. 그는 "자신의 실패, 자신의 무력함의 증인"(119쪽)이었을 뿐 아니라 남자인 자신이 '보호해주지' 못했던 흑인 소녀에게로 증오의 화살을 돌린다. 달린은 남자로서 자신의 무기력을 지켜본 존재이다. 자신이 도저히 이해할 수도 극복할 수 없는 이 무력감과 수치심을 지워버리려면 그것을 바라본 존재를 짓누르는 길밖에 없다. 돌아오는 길에 그가 달린의 얼굴을 때린 것은 이후 흑인 여자와의 관계에서 육체적 폭력만이 그에게 남겨진 유일한 수단일 것이라는 점을 말해준다. 물리적 힘을 행사함으로써 그는 무력한 피해자에서 가해자의 위치로 옮겨간다.

이 사건을 경험한 촐리에게는 자신을 위로해주고 보호해줄 아버지가 필요했다. 그러나 그에겐 아버지가 없었다. 아버지는 그가 태어나기도 전에 도망쳤고 엄마는 태어난 지 나흘 만에 그를 버렸다. 촐리를 키웠던 지미 할머니는 그의 친부 이름 대신 자신의 죽은 오빠 이름을 따 그의 이름을 지어주었다. 아버지는 이름으로도 흔적을 남기지 못한 영원히 부재하는 존재가 되어버린 것이다. 지미 할머니의 모성적 사랑이 촐리의 어린 시절을 감싸주는 풍성한 감정적 지지물이 되어주긴 했지만 아버지의 부재가 남긴 심리적 공백까지 온전히 메울 수는 없었다. 촐리는 남성적 상징체계로 인도해줄 아버지에게서 적절한 정서적 지원을 받지 못한 상태에서 남성으로서 치명적인 성적 손상을 입은 이 사건을 경험한 것이다.

물론 유년 시절 촐리에게 대리 아버지의 역할을 해준 존재가 전혀 없었던 것은 아니다. 우리는 촐리가 잠시 경험했던 대리 아버지의 모습에서 백인 아버지와 다른 흑인 아버지의 이미지를 엿볼 수 있다. 함께 가게에서 일했던 블루 잭은 노예 시절 흑인들의 경험과 여자친구와 있었던 이야기를 들려줌으로써 촐리에게 인종적 정체성을 부여해주고 사춘기 남자아이에게 필요한 성 지식을 전수해주는 역할을 한다. 특히 독립기념일에 교회 야유회에서 블루와 함께 보았던, 머리 위로 수박을 들어올렸다가 땅에 내려치는 흑인 아버지의 모습은 촐리의 뇌리에 선명하게 박혀 있다. 머리 위로 수박을 높이 들어올리고 있는 흑인 아버지의 모습에서 촐리는 "세계를 손 안에 쥐고 있는 신"(107쪽)의 이미지를 본다. 하지만 신은 언제나 백인의 형상을 하고 있기에 그가 신일 리 없다. 그렇다면 그는 악마임에 틀림없다. 하지만 어떤 전율도 일으키지 않는 무료한 백인 신과 달리 흑인 악마는 촐리를 흥분시킨다. "이 강한 검은 악마는 태양을 가리고 있다가 세상을 열어젖히려 하고 있다."(107쪽) 물론 이 검은 창조주 아버지가 개봉하는 세계는 수박의 붉은 속살 같은 관능적 세계다. 말과 감각, 권력과 관능이 분리된 백인 아버지와 달리 흑인 아버지에게 양자는 분리되어 있지 않다. 수박의 속살에서 풍기는 달짝지근한 냄새와 붉은 색깔, 그리고 주위에 둘러서 있던 흑인 남자들의 입에서 흘러나오는 노랫소리는 흑인 아버지가 표상하는 세계가 육체적 감각과 밀착된 것임을 말해준다. 물론 이 관능적 감각의 총체로서 흑인 아버지는 이후 촐리가 경험하는 남성적 권력이 박탈된 왜소한 아버지가 아니라 세계를 열어젖히는 힘을 지닌 거대한 아버지다. 흑인 아버지의 이미지에서 촐리가 경험하는 강인함은 아들을 거세시키는 무시무시한 힘이 아니라 아들에게 세계의 신비를 느끼게 하는 힘이다. 이 장면에서 상당한 나이 차이가 있지만 촐리와 블루는 아버지의 힘을 나누어 갖는 형제로 다시 태어난다. 아버지의 몸을 먹어치움으로써 아버지를 내면화하는 프로이트의 『토템과 터부』의 아들들처럼 촐리와 블루는 검은 악마 아버지가 깨뜨린 붉은 수박을 나누어 먹으며 아버지를 합체合體하여 내면에 세운다.

하지만 촐리의 내면에 세워진 흑인 아버지의 이마고는 촐리가 받은 성적 상처를 치유해주기에는 너무나 미약하고, 아버지의 몸을 나누어가졌던 블루가 형제애를 발휘하여 문화적 모델을 만들어내기에는 남성 사회가 요구하는 정신적 기율을 갖추고 있지 않다. 무엇보다 자신이 겪은 남자로서의 수치를 블루에게 말하려면 거짓말을 해야 하는데, 촐리는 거짓말을 하느니 차라리 외로움을 견디는 편이 낫다고 생각한다. 촐리가 겪은 치명적 외상은 그에 공감해줄 청자를 만나 적절한 소통의 과정을 거치지 못한 채 마음 속 어두운 '지하 묘지'에 묻힌다. 심리적 묘지에 안치된 외상적 기억은 기존의 기억 체계에 편입되어 다른 경험들과 의미의 연결망을 형성하지 못하고 파편으로 떠돌다 육체적 증상이나 악몽으로 나타난다. 어떤 의미심장한 차이도 만들어내지 못하는 부정적 반복negative repetition은 프로이트가 찾아낸 외상적 고착의 특징이라 할 수 있는데, 촐리의 삶은 이 특징을 전형적으로 보여주는 불행한 사례다.

이런 부정적 반복은 그의 아버지 찾기에서 현실화된다. 이제 막 눈 뜨기 시작한 사춘기 소년의 성이 무참하게 짓밟힌 이 사건이 일어난 지 며칠 후 정신을 차린 촐리는 달린이 임신했을지 모른다는 공포에 휩싸인다. 친척 아저씨가 달린의 어머니에게 자기를 넘길지 모른다는 데 생각이 미치자 그는 도망치기로 결심한다. "촐리는 임신한 여자에게서 도망치는 것이 잘못인 줄 알았지만 아버지도 자신과 똑같이 도망쳤었다는 사실을 연민 속에 떠올렸다. 이제 그는 이해했다. 자기가 무엇을 해야 하는지 알았다. 아버지를 찾아야 한다. 아버지라면 이해해줄 것이다."(120쪽) 촐리의 아버지 찾기는 긍정적 젠더 이상gender ideal에 대한 갈망에서 비롯된다기보다는 남성적 성 역할에 실패한 자들끼리의 공감에서 비롯된다. 남자로서, 그리고 아버지로서 실패한 그를 이해해줄 사람은 앞서 실패한 아버지 밖에 없을 거라는 자조 어린 연대의식이 그의 아버지 찾기를 추동하는 심리적 동인으로 작용하고 있다.

하지만 친부와의 만남은 그의 희망을 이뤄주기는커녕 또다른 외상을 남긴다. 이 사건은 촐리에게 정체성을 부여해줄 가족 관계의 완전한 부재를 확인시켜주는 결정적 계기로 작용한다. 길거리에서 다른 남자들과 주사위 게임에 빠져 있던 촐리의 아버지는 아들을 알아보지 못한다.

> "뭘 원하는 거냐, 이놈?"
> "저…… 샘슨 풀러 씨이신가요?"
> "누가 보낸 거지?"
> "네?"
> "멜바의 아들이냐?"
> "아닙니다, 어르신. 저는……" 촐리는 눈을 껌벅였다. 그는 엄마의 이름을 기억하지 못했다. 엄마의 이름을 안 적이 있던가? 뭐라고 대답하지? 난 누구의 아들이지? "저는 어르신의 아들인데요"라고 답할 수는 없었다. 그건 건방져 보였다.(123쪽)

인간의 정체성을 규정해주는 가장 기본적인 해석 단위는 가족이다. "나는 누구인가?"라는 존재론적 물음은 "나는 누구의 자식인가?"라는 질문의 형식으로 다가온다. 자신의 위치를 일러주는 가족 구도는 우리의 존재를 호명하는 일차적 방식이다. 하지만 촐리에겐 그의 존재론적 위치를 알려줄 가족이 없다. 그는 나은 지 나흘 만에 자기를 버린 엄마의 이름을 기억하지 못하며, 바로 앞에 서 있는 아버지는 자신을 아들로 알아보지 못한다. 13년 만에 처음 만난 아버지는 그를 외상값 받으러 온 아이로 여겨 욕설을 퍼부으며 쫓아낸다.

아버지에게 다시 한번 버림받은 뒤 촐리는 골목으로 숨어들어가 흘러내리는 눈물을 애써 참지만 끈끈한 액체가 똥구멍 사이로 흘러내리는 것 마저 막을 수는 없었다. "아버지가 있는 골목 어귀…… 햇볕이 내리쬐는 오렌지 상자 더미 위에서 그는 아이처럼 몸을 더럽혔다." (124쪽) 촐리는 어린애처럼 똥을 싼 자기 모습을 아버지가 볼까봐 도망친다. 한참을 달려 오크몰루 강둑 아래 어두컴컴한 그늘을 찾아 몸을 숨긴다. 그는 "오랫동안 주먹으로 눈을 가린 채 태아의 자세로 웅크려 앉아 있었다. 그는 어둠과 열기와 눈꺼풀을 덮고 있는 손마디 무게 외엔 아무 소리도 듣지 못했고 아무것도 보지 못했다. ……심지어 바지를 더럽혔다는 것조차 잊어버렸다."(124쪽) 이 장면은 오이디푸스 단계를 극복하지 못하고 어머니의 자궁 속으로 퇴행해 들어가는 촐리의 심리적 붕괴 과정을 생생하게 전달한다. 물론 촐리가 겪는 오이디푸스 위기는 프로이트의 전형적인 과정과 다르다. 그가 심리적·육체적 혼돈 상태에 놓인 것은 아버지와의 경쟁 때문이 아니라 아버지로부터 버림받았기 때문이다. 성적으로 완전히 파괴된 상태에서 정서적 지원을 얻으러 찾아간 아버지로부터 그는 아무런 인정도 받지 못하고 존재의 붕괴를 경험한다. 그는 자신의 정체성을 세워줄 견고한 심리적 경계를 얻지 못한 채 항문기적인 리비도 경제로 퇴행해 들어간다. 그의 다리 사이로 흘러내리는 똥물은 사회적 주체가 되기 위해 아이가 통제하는 법을 배워야 하는 충동의 육체적 상관물이라 할 수 있다.

남자로서 견고한 정체성을 확보하는 데 실패한 촐리에게 남은 것은 무엇이든 할 수 있는 '자유'다. 더이상 잃을 것이 없는 그는 순간순간의 느낌에 자신을 내맡긴다. "그는 자신의 감각과 욕망만으로 존재했고, 오직 그것만이 그의 흥미를 끌었다."(126쪽) 물론 이 자유는 위험하다. 그것은 오이디푸스 모델에 기반을 둔 남성적 정체성과 사회적 책임으로부터 떨어져나갔을 때 얻을 수 있는 자유이기 때문이다. 폴린을 만나 가족을 꾸리고 아이를 낳으면서 촐리가 가장 견딜 수 없는 것이 순간적 자유에 역행하는 안정된 생활의 요구다. 아이로 길러진 경험도 아이를 기른 경험도 없었던 촐리에게 자식들과 안정된 정서적 관계를 맺는다는 것은 애당초 불가능하다. 그에겐 아버지가 된다는 것에 대한 관념도 아버지로서의 의무를 수행할 내적 힘도 없다. 미리 정해진 모델을 따르지 않으면서도 혼돈에 휩싸이지 않고 자기를 창조해낼 수 있는 재즈의 리듬만이 촐리의 자유가 위험해지는 것을 막고 부서진 삶의 조각들을 하나로 이어줄 수 있을 테지만, 촐리는 자기 삶의 리듬을 만드는 데 실패했다. 그리고 그 실패는 딸을 강간하는 벌거벗은 아버지의 몸으로 돌아온다.

모리슨은 근친 성폭행이라는 끔찍한 사건을 촐리의 시점으로 서술한다. 피해자가 아닌 가해자의 시선으로 근친 강간 사건을 서술하는 것은 위험한 일이다. 하지만 모리슨은 그 위험을 무릅쓴다. 파괴된 흑인 남성의 한 전형이라 할 수 있는 촐리의 내면을 들여다보는 것이 그를 단죄하는 일 못지않게 중요하다고 생각했기 때문일 것이다. 촐리의 딸 피콜라는 못생기고 더럽고 가난하다는 이유로 백인 아이들뿐 아니라 흑인 아이들로부터도 무시와 경멸을 당하는 열한 살 소녀다. 피콜라는 부모의 부부싸움에 하루도 편할 날이 없는 집에서 이 모든 불행의 원인은 자신, 무엇보다 자신의 추한 외모에 있다고 생각한 다. 피콜라가 작품 제목이기도 한, 백인 인형 셜리 템플의 '가장 푸른 눈'을 선망하게 된 이유다. 극심한 가난, 부모의 불화, 그리고 집 안팎 에서 당하는 정서적·물리적 학대는 어린 피콜라를 소심하고 자기 망 상에 사로잡힌 불행한 아이로 만든다. 성폭행이 일어나던 날 피콜라 는 여느 때처럼 아버지의 시선을 피한 채 부엌 싱크대 쪽으로 몸을 구부리고 있었다. 밖에서 이미 술이 거나하게 취해 귀가한 촐리는 머 리를 한쪽으로 돌린 채 등을 구부리고 있는 딸의 모습을 보고, 왜 그 자세가 매 맞은 여자처럼 보이는지, 왜 그애는 행복해 보이지 않는지 의아해한다. 촐리는 딸의 모습이 마치 자신을 힐난하는 것처럼 느껴 져 "그애의 목을 부러뜨리고 싶었다. 부드럽게."(127쪽) 이 순간 촐리 의 내면을 흐르는 감정은 미움이다. 그 미움의 밑바탕에는 자기모멸 감과 수치심이 깔려 있다. "다 타버린 흑인 남자가 곱사등이처럼 등을 구부리고 있는 열한 살 딸에게 무슨 말을 할 수 있겠는가? 그가 딸의 얼굴을 들여다보면 뭔가에 홀린 듯 사랑하는 눈을 볼 것이다. 그 홀림 이 그를 짜증나게 하고, 그 사랑이 그를 화나게 할 것이다. 어떻게 그 애가 감히 그를 사랑하겠다는 건가? 그가 뭘 할 수 있는가? 그 사랑을 되돌려주는 것? 어떻게?"(127쪽) 자신의 비참함을 증언하는 것 같은 딸의 모습에 촐리는 미움으로 반응한다. 그 옛날 자신의 무력감을 지 켜본 달린에게 그랬듯이. "그애에 대한 미움이 그의 뱃속에서 꿈틀거 리다 곧 토할 것 같았다."(127쪽) 촐리가 미움을 토해내기 직전 피콜 라는 한쪽 발가락으로 다른 다리의 종아리를 긁는다. 아래로 접힌 그 겁먹은 듯한 발가락 모양은 아내 폴린을 처음 만났을 때 그녀가 취하 던 동작과 흡사하다. 그 옛날 폴린의 발뒤꿈치를 어루만져줌으로써 사랑의 접촉을 시도했듯 촐리는 딸의 종아리를 쓰다듬음으로써 사랑을 전하려고 한다. 하지만 사랑의 감정에서 비롯된 접촉의 시도는 금지된 선을 넘는다. "공포로 놀란 피콜라의 몸이 딱딱하게 굳어지고 충격에 정신이 멍해진 그의 목이 말을 잃었지만, 촐리는 그애와 섹스를 하고 싶었다. 부드럽게."(128쪽) 하지만 부드러움은 지켜질 수 없었다. "그의 영혼은 창자 속으로 미끄러져 내려가 그애에게 날아들었고, 그가 그애에게 쏟아낸 거대한 욕정은 그애가 오직 한 소리만 내게 했을 뿐이다. 목구멍 뒤에서 공기를 빨아들이는 공허한 소리만을. 그 소리는 서커스 풍선에서 급하게 바람 빠지는 소리 같았다."(128쪽) 성폭행이 끝난 뒤 촐리는 부엌 바닥에 의식을 잃고 누워 있는 딸의 몸을 보고선 다시 "부드러움과 결합된 미움"의 감정에 휩싸인다. "미움은 그애를 일으켜세우지 않게 했고, 부드러움은 그애의 몸을 덮어주게 했다."(129쪽)

강간 장면을 다소 길게 서술한 것은 촐리의 행위를 바라보는 작가의 시선이 복합적이라는 점을 보여주기 위해서다. 모리슨은 성폭력의 가해자를 무자비한 폭력범으로 그리기보다는 자신이 입은 성적 상처를 또다른 약자에게 '투사'하는 악순환에 빠져 있지만 사랑의 감정이 밑바탕에 깔린 것으로 그린다. 자신의 무력감을 지켜본 존재에 대한 증오와 사랑이 그가 폭력적 행동에 이르게 한 감정적 원천이다. 이런 감정의 회로는 앞서 살펴본 촐리 자신의 성적 파괴와 밀접하게 연결된다. 모리슨은 촐리를 가해자일 뿐 아니라 그 자신 성적 폭력의 피해자로 그림으로써 피해자가 가해자로 바뀌는 악순환의 과정을 조명하고자 한다. 문제는 이 악순환의 과정에 대한 이해가 가해자의 폭력 행위에 대한 도덕적 판단을 흐리게 할 우려가 있다는 점이다. 근친 강간 장면을 그리는 모리슨의 서술이 비평가들 사이에서 논란이 되었던 것이 이 때문이다. 공감의 시선과 판단의 시선이 반드시 배타적으로 작용할 필요는 없지만, 이 장면을 서술하는 모리슨의 시선에는 공감이 판단을 밀어내는 측면이 있다. 더욱이 피콜라의 어머니 폴린은 아버지로부터 강간당한 딸을 보호해주기는커녕 욕설을 퍼부으며 심하게 때린다. 피콜라가 소프헤드 처치의 거짓 주문에 걸려 자신이 푸른 눈을 가지고 있다는 정신병적 망상에 떨어지는 것도 물리적·정서적 폭력의 소용돌이에서 그를 구해줄 어떤 자원도 찾을 수 없었기 때문이다.

3. 내부의 여성성에 응답하는 남성―『빌러비드』

『빌러비드』에서 모리슨은 촐리와 같이 남성적 위기를 겪지만 그와는 다른 행로를 걷는 흑인 남자 노예의 삶을 탐색한다. 앞서 지적했듯이 폴 D가 미스터란 이름의 수탉에게 느끼는 선망은 남성으로서의 존재 근거를 박탈당한 노예 남자의 열등감에서 비롯된다. 폴 D는 가너 씨가 '스위트 홈'(농장이름)의 주인으로 있을 때는 남자로서 사회적 권한과 운신의 폭을 어느 정도 용인 받았으나 학교 선생이 새 주인으로 오면서부터 이 모든 것은 불가능해진다. 가너 씨는 노예들이 정해진 시간 이외에 하는 노동에 대해서는 금전적 대가를 지불했고, 가족을 꾸릴 권리를 인정했으며, 자신의 의사에 따라 자유롭게 행동할 수 있는 자유도 보장했다. 하지만 학교 선생은 스위트 홈의 노예들에게 주어진 이 예외적 권리를 모조리 몰수한다. 이제 그들은 노예제도라는 사회제도가 가하는 박탈과 위협에 아무 보호막도 없이 노출된다.

무엇보다 그들은 자신의 의지에 따라 육체를 움직이는 신체적 자유가 거부된다. 새 백인 주인을 죽이려다 발각되어 조지아 주의 노예 수용소로 끌려갈 때 폴 D의 입에는 재갈이 물려지고 발목에는 쇠고랑이 채워진다. 재갈 물린 입에선 비명이 새어나오고 뺨에는 눈물이 흘러내린다. 폴 D가 눈물을 닦으려고 얼굴에 손을 갖다 댔을 때 그의 얼굴 위로 흐르는 것은 눈물과 뒤범벅된 진창이다. 짐승처럼 작은 우리에 갇혀 땅속에 파묻힐 때 공포를 견디지 못한 폴 D의 몸은 주인의 의지를 배반하며 떤다. 내부의 작은 동요로 시작된 이 떨림은 점점 심하게 소용돌이친다. 심리적 붕괴를 견디지 못한 촐리가 똥을 싸며 항문기 단계로 퇴행하듯, 자신이 통제할 수 없는 극단의 상황에 내몰린 폴 D는 사시나무 떨 듯 몸을 떤다. 그는 오이디푸스 위기를 뒤집어놓은 것과 흡사한 자기 해체 과정을 겪는다. 그는 금지된 욕망이 자신을 삼키지 않도록 적절히 경계를 유지하는 전형적인 오이디푸스 과정이 아니라 경계의 해체를 경험한다.

이러한 맥락에서 폴 D가 미스터란 이름의 수탉에게서 부러워하는 것은 무엇보다 자기 존재를 유지할 수 있는 힘이다.

미스터는 제 모습으로 존재할 수 있었지. 하지만 난 나로 존재할 수 없었어. 그놈을 가지고 요리를 한다 해도 미스터란 이름을 가진 수탉을 요리하는 게 될 거야. 하지만 살았든 죽었든 내가 다시 폴 D가 될 수는 없었어. 학교 선생은 나를 바꿔놓았어. 나는 다른 존재가 되어버렸고 그건 통 위에 앉은 닭만도 못한 것이었어.[11]

자기를 지킬 수 있는 힘이 빼앗기는 상황에 처해도 아무 저항도 할 수 없는 흑인 남자 노예는 가부장제에서 특권적 위치를 점하는 남성으로 존재할 수 없다. 남자를 가축보다 못한 존재로 만드는 이 급격한 존재의 추락에 폴 D를 위시한 '스위트 홈'의 노예 남자들은 쉽게 적응할 수 없었다. 그들은 아내의 강간을 지켜봐야 했고 그걸 보다 미쳐

---

11. Toni Morrison, *Beloved* (New York: Plume/Peguin, 1987), 72쪽. 이후 이 절에서 이 책을 인용할 때는 쪽수만 표기하기로 한다.

버린 친구를 바라봐야 했다. 도망치다 붙잡혀 화형당한 친구의 몸에서 새어나오는 냄새를 맡다가 그들은 비로소 노예제도 아래에서 자신들이 어떻게 규정되는 존재인지 깨닫는다. 노예 남자는 가족을 가질 권리도, 아내를 지킬 책임도, 우정을 나눌 기회도, 육체를 향유할 자유도 거부당한 존재다. 그들은 이 모든 것이 박탈된 '노동 수단'이자 시장에서 교환되는 '물건'에 지나지 않는다. 폴 D의 입에 물린 재갈과 발목에 채워진 쇠고랑은 그들의 몸마저 개체적 정체성을 유지할 수 있는 물질적 근거로 인정받지 못하고 쉽게 손상될 수 있는 것임을 말해준다. 노예 남자들이 겪는 육체적 손상은 언제든 폴 D가 경험한 것 같은 존재의 해체를 일으킬 수 있다. 폴 D가 경험한 이 존재 해체의 기억은 노예제도가 폐지된 지 십수 년이 지난 후에도 여전히 그의 가슴속 묘지에 묻혀 있다. 폴 D의 가슴에 단단히 박힌 녹슨 담뱃갑은 그 기억이 쉽게 지워질 수 없는 정신적 외상으로 남아 있음을 말해준다.

물론 노예 남자들만 이런 존재 해체의 위기에 내몰리는 것은 아니다. 노예 여자들 역시 극단적인 해체 상황에 내몰린다. 사실 작품의 핵심적 사건을 이루고 있는 세서의 살인 행위야말로 최고의 경계 해체 행위라 할 수 있다. 세서의 살인은 자신과 아이를 가르는 경계를 과격하게 무너뜨리는 행위, 자아와 타자 사이에 그어진 선을 건너가 타자의 인간적 존엄을 지키려는 급진적 행위다. 여기에서 자아와 세계의 경계는 붕괴된다. "여기 이 새로운 세서는 어디서 세상이 끝나고 어디서 자신이 시작되는지 알지 못했다."(164쪽) 세서는 18년 동안 가슴 속에 묻어왔던 살인 사건을 폴 D에게 말하지만 딸의 목숨을 빼앗아야 했던 자신의 그 행위에 함축된 사랑을 납득시키지 못한다. 세서의 말을 들은 폴 D는 "세서, 당신은 두 발 달린 인간이야, 네 발 달린 짐승이 아니라고"(165쪽)라고 말하며 세서의 행위를 동물적 차원으로 격하시킨다. 자신의 경계를 안전하게 유지하는 것이 아니라 그 경계를 무너뜨리고 타자 속으로 들어갈 위험을 무릅쓰는 것이 세서가 말한 "진한 사랑thick love"(164쪽)을 실천하는 길이다. 노예의 자손은 어머니의 자식이 아니라 주인의 재산일 뿐이라는 강요된 선택에 맞서 세서는 자신보다 더 소중하게 여기는 자신의 딸을 살해함으로써 그 인간적 존엄성을 지키는 불가능한 시도를 감행한다. 자신의 '빌러비드'인 딸을 희생시키는 트라우마적 사랑이야말로 아이를 강탈하려는 체제의 시도를 저지하고 아이에 대한 사랑을 고수하는 그녀의 윤리적 행위다.[12]

노예제도가 강제한 존재 와해의 시련에서 살아남기 위해 폴 D는 조금씩만 사랑하고 작은 것들만 욕망함으로써 자신의 경계를 유지하고자 했다. 그는 이런 최소 욕망을 통해 잃어버린 남성적 주체성을 되찾고자 했다. 하지만 그가 노예제도에서 살아남을 수 있었던 것은 고유성과 자기 소유self-possession라는 백인 남성의 신화를 버릴 수 있었기 때문이다. 폴 D가 조지아 주의 수용소에서 도망칠 수 있었던 것은 발에 묶인 쇠사슬을 통해 마흔여섯 명의 다른 죄수들과 육체적·감정적 교류를 나눌 수 있었기 때문이다. 쇠사슬은 그들의 개체적 자유를 박탈하는 구속과 감금의 끈이었지만 동시에 서로를 연결해주는 유대와 소통의 끈이기도 했다. 마흔여섯 명이 함께 움직여야만 자신도 움직일 수 있는 상황에서 그들은 백인 남성 자아를 규정짓는 '고유성'과 '자기 소유'라는 관념을 버리지 않을 수 없었다. 그들이 죽음의 수용소에서 살아남을 수 있었던 것은 "샘 모스처럼 (그들의 발을 묶은) 쇠사슬을 통해 말하는"(110쪽) 법을 배웠기 때문이다. 이 새로운 소통법은 개체의 정체성과 생존의 조건을 타자와의 관계에서 찾는 상호주관적 윤리와 지혜에서 습득한 것이다.

---

12. 세서의 행위가 함축하는 윤리적 성격에 대해서는 이 책의 제7장 참조.

또다른 노예 농장의 노예였던 스탬프 페이드Stamp Paid가 살아남은 것도 폴 D가 고유성과 자기 소유라는 백인 남성성의 모델을 폐기하면서 배운 상호주관적 공동체의 윤리와 다르지 않다. 아내를 백인 주인 아들의 성적 노리개로 건네주면서 그의 자아에는 지울 수 없는 상처가 생긴다. 가부장적 이데올로기에서 아내는 남편의 소유물이고 이 소유물을 빼앗길 때 그의 남성다움도 빼앗기는 것으로 간주된다. 그는 자신의 이름을 바꾸고, 그와 함께 자신의 존재 자체를 바꾸면서 남자로서 이 치명적 박탈과 죽음의 경험에서 살아남는다.

조슈아로 태어난 그는 아내를 주인집 아들에게 건네줄 때 이름을 바꾸었다. 아내를 건네주었다는 건 그가 어느 누구도 죽이지 않았고 자기 자신도 죽이지 않았다는 의미다. 아내가 그에게 살아 있어달라고 부탁했기 때문이다. 아내는 그가 살아 있지 않으면 주인집 아이가 일을 끝냈을 때 자기가 어디로 또 누구에게로 돌아올 수 있겠느냐고 생각했던 것이다.(184-185쪽)

그는 살아 있기를 원하는 아내의 요구를 들어주기 위해 죽음이 아닌 삶을 선택하면서 '내 것'에 기반을 두고 개인의 정체성을 규정하는 남성성의 신화도 버린다. 남자로서 자신의 정체성을 지키기 위해서라면 죽음을 선택해야 했지만 아내를 위해 그는 남성적 정체성을 버린다. 죽음보다 못한 삶을 선택하는 것이 그가 아내에게 선사하는 남편으로서의 "선물"이다. "이 선물과 함께 그는 이제 자신이 어느 누구에게 어떤 빚도 지지 않았다고 결론내렸다."(185쪽) 그가 '스탬프 페이드'로 개명을 한 것은 타자를 위한 삶을 선택함으로써 세계에 진 빚을 갚았음을 선언하는 행위이다. 주목할 점은 선물로 증여된 삶이 그를 촐리처럼 방향 감각을 상실한 위험한 자유로 흐르지 않고 타자와 연대로 맺는 방향으로 전환된다는 사실이다. 그는 "타인들이 비참함으로 인해 진 빚을 갚도록 도와주는 데"(185쪽) 자신의 삶을 바치기로 결정한다. 그가 도망 노예들을 지원하는 공동체의 조력자로 활동하는 한편으로, 세서의 존속살인 행위를 받아들이지 못하는 폴 D가 사건의 전말을 이해하도록 도와주는 정신적 멘토 역할을 수행할 수 있는 것도 남성적 권위를 스스로 폐기하면서 얻어낸 타자 지향적 윤리 덕분이다.

모리슨은 노예제도하에서 남성성 와해의 시련을 겪으면서 배운 스탬프 페이드와 폴 D의 타자 지향적 윤리가 근본적으로 여성적 가치의 발견과 맞닿아 있음을 보여준다. 특히 폴 D가 빌러비드에 의해 집 밖으로 밀려나면서 느끼는 남자로서의 수치심을 극복하고 작품 말미에 이르러 세서를 이해하게 되는 것도 특수한 상황에서 발휘된 세서의 모성적 사랑의 윤리를 받아들일 수 있었기 때문이다. 앞서 폴 D는 인간은 네 발 짐승이 아니라 두 발과 두 팔을 지닌 존재라고 말하며 세서의 살인을 비난했다. 이 비난과 함께 두 사람 사이엔 소통을 가로막는 벽이 생긴다. 하지만 작품 말미에 이르러 폴 D는 더이상 세서의 발이 몇 개인지 세지 않고 그 발을 정성스레 씻겨준다. 세서의 몸과 마음에 난 상처를 치유해주는 존재로 거듭나기 위해 폴 D는 먼저 빌러비드와 육체적 접촉의 과정을 거쳐야 했다. 모리슨은 산 자가 죽은 자와 육체를 섞고 죽은 자를 임신시키는 기이한 체험을 통해서만 폴 D가 자기를 지배하는 '미스터의 신화'를 벗어던지고 세서의 모성적 사랑을 이해할 수 있도록 만든다. 이런 점에서 폴 D와 빌러비드의 성행위는 단순한 육체관계로만 그 의미가 한정될 수 없다. 텍스트의 표면적 차원에서 빌러비드는 엄마에 의해 목숨이 빼앗긴 어린 딸이지만, 상징적 차원에서는 아프리카계 미국인의 억압된 과거와 여성적 가치를 함축하고 있는 존재이다. 폴 D가 빌러비드와 몸을 섞는 것은 호텐스 스필러스가 "자기 내면의 여성성에 '예스'라고 말할 수 있는 힘"(80쪽)이라 부른 것을 기르는 여성적 교육 과정이라 할 수 있다. 빌러비드와의 육체적 접촉은 빌러비드가 표상하는 억압된 과거와 온몸으로 만나는 것을 의미하는 동시에 세서와 빌러비드의 모녀관계에 함축되어 있는 여성적 사랑을 받아들이는 것을 의미한다. "내 안을 만지고 내 이름을 불러달라"(117쪽)라는 빌러비드의 요구를 들어주면서 비로소 폴 D의 남성성에 생긴 상처의 상징이라 할 수 있는 녹슨 담뱃갑이 떨어져나간다. 이는 빌러비드와의 육체적 접촉을 통해 폴 D가 자신을 괴롭힌 남성성 콤플렉스를 극복하고 내면의 여성성을 받아들였음을 의미한다. 그가 작품의 말미에 세서의 상처난 몸을 씻겨주면서 한때 베이비 석스가 담당했던 모성적 복원의 역할을 떠맡을 수 있는 것도, 또 세서와 서로를 이해하고 치유하는 수평적 관계를 맺을 수 있는 것도 빌러비드의 여성적 부름에 응답할 수 있었기 때문이다. 이 여성적 부름에 대답하면서 그는 노예 시절 동료였던 아메리칸인디언 식소가 '30마일의 여자Thirty-Mile Woman'에 대해 한 말을 떠올린다. "그 여자는 내 마음의 친구야. 그녀는 나를 모아줘. 조각난 나 자신을. 그녀는 그 조각들을 모아 제대로 맞춘 다음 내게 되돌려줘."(272-273쪽) 역사가 흩어놓은 존재의 파편들을 다시 연결시켜 온전한 전체로 복원시켜주는 관계는 서로가 서로에게 잃어버린 주체를 회복시켜주는 관계다. 그는 세서로 하여금 아이가 아니라 그녀 자신이 자신의 "보배"(273쪽)임을 받아들여 주체로 일어설 수 있도록 도와주고, 세서는 그에게 노예 시절 겪은 남성적 수치심을 극복할 수 있도록 지원한다. 물론 이 수평적 치유의 관계를 형성하기 전에 폴 D는 앞서 세서의 살인 행위를 비난할 때 자신이 남자로서 겪은 수치심을 그녀에 대한 공격을 통해 해소하려 했으며, 이 해소 과정에 위계적 젠더 정치성이 함축되어 있다는 점을 반성해야 한다. 자기 안의 가부장적 남성성에 대한 비판적 성찰 위에서만 세서와의 관계에서 다시 만들어지는 그의 '남성성'은 여성을 배제·억압하는 오만한 남성성이 아니라 여성성을 자신의 한 부분으로 받아들여 타자에게로 열린 남성성이 된다. 모리슨이 흑인 남성에게서 찾아낸 새로운 남성성의 모습이다. 그것은 고통의 역사가 흑인 남성에게 준 젠더 가능성이다.

물론 우리는 폴 D가 보여주는 변화된 남성성이 지나치게 이상적 규범으로 제시되어 있으며, 모리슨이 흑인 남녀 사이에 존재하는 성적 갈등을 지나치게 안이하게 처리하고 있는 것은 아닌지 의심할 수 있다. 실상 작품에 등장하는 흑인 남성 인물들 모두가 가부장적 남성성의 위험에서 벗어나 있는 것으로 제시되어 있다는 점은—비록 내적 갈등과 혼란을 겪기 하지만—흑인 남성 인물 묘사에 일정한 편향성이 개입되어 있는 것은 아닌지 의혹의 시선을 던지기에 충분하다. 흑인 남성의 억압성과 폭력성을 격렬하게 고발한 앨리스 워커의 『컬러 퍼플』이 발표된 후 흑인 문학계에 형성된 성별 대립과 긴장을 누그러뜨리기 위한 정치적 고려가 모리슨의 흑인 남성 인물 묘사에 일정 정도 작용하고 있다는 느낌을 주는 것이다. 사실 호텐스 스필러스가 흑인 남성에게 부여한 역사적 가능성, 즉 노예제도와 인종차별적 사회제도에서 아버지의 이름과 법에서 배제되어 있기 때문에 역설적으로 여성성과 접촉할 수 있는 가능성은 그야말로 가능성으로 존재하는 것이지 현실화되기 쉬운 것은 아니다. 또 흑인 남성이 여성성과 접촉하는 양태가 반드시 긍정적으로 나타나지 않는다는 점을 누구보다 잘 알고 있는 작가가 모리슨이다. 스필러스가 흑인 남성들에게서 발견한 가능성이자 그들에게 요구하는 사항이기도 한 여성성과의 접촉은 흑인 어머니의 유산에서 오는 것인데, 모리슨은 이 어머니와의 관계 설정이 흑인 남성들에겐 가능성인 동시에 극복해야 할 걸림돌이자 위험이라는 점을 일찌감치 인지해왔던 것이다.

『술라』에 등장하는 많은 흑인 남성 인물은 이 위험을 예증하고 있는 존재들이다. 어떤 개체적 특성도 없이 한 덩어리로 존재하는 (이름이 가리키듯 이슬처럼 하나로 융합되는) 듀이Dewey들이나 영원히 어른이 되지 못한 보이보이Boyboy뿐 아니라 플럼 역시 어머니로부터의 분리에 실패한 남성들이라 할 수 있다. 자궁 속으로 퇴행해 들어오는 아들을 남자로 만들기 위해 이바가 선택한 방식이 아들을 불태워 죽이는 것이다. 어머니와의 관계가 부정적으로 지속될 경우 그것은 아버지의 법에 종속되지 않는 새로운 주체성의 창조로 나아가는 것이 아니라 주체성 그 자체의 소멸로 귀착된다. 어머니의 자궁으로 퇴행해 들어가면서 여성성과 접촉하려고 한다면 흑인 남성 자신의 주체성은 만들어지지 않을 뿐 아니라 흑인 어머니 역시 한 개체적 존재로서 주체적 공간을 잃어버린다. 마이클 오커드의 지적처럼 이바가 플럼을 죽인 것에는 아들을 남자로 만들려는 욕망 외에도 아들의 유아적 퇴행이 그녀 자신을 희생적 어머니라는 고정된 젠더 역할에 고정시켜 버릴지 모른다는 두려움도 작용하고 있다.[13] 이바가 아들을 남자로 만드는 방식은 죽음이 그를 자신의 자궁에서 내쫓는 길이다. 여기서 남성다움은 남근의 '존재presence'가 아닌 자궁의 '부재absence'로 규정된다.

남근의 존재를 통해 남성다움을 보장받는 길이든(가부장적 백인 남성성으로의 편입), 상징적 권위의 부재를 여성에 대한 물리적 폭력을 통해 보상하는 식이든 (폭력적 남성성의 취득), 어머니의 자궁에 심리적으로 함몰되는 방식이든(마마보이), 아니면 죽음이라는 파괴적 방법으로 강제로 자궁을 떠나는 것이든(존재 자체의 소멸), 흑인 남성이 새

---

13. Michael Awkward, "A Black Man's Place(s) in Black Feminist Criticism," in *Representing Black Men*, edit. by Marcellus Blount and George P. Cunningham (New York and London: Routledge, 1996), 17-20쪽 참조.

로운 성적 주체성을 형성하기가 쉬운 것은 아니다. 어머니의 자궁 속으로 퇴행해 들어가지 않으면서도 어머니와 심리적 유대를 놓쳐버리지 않고 아버지의 법 밖에서 새로운 주체성을 모색하는 과제가 그들 앞에 놓여 있는 것이다. 모리슨이 폴 D를 통해 찾아보려한 것이 바로 이 삼중의 과제를 감당하는 남성의 가능성을 탐색한 것이다. 그것은 아버지의 부재를 문화적 결핍으로 여기지 않고 억압된 내부의 여성성과 생산적 대화를 나눌 수 있을 때 얻을 수 있는 가능성이다. 모리슨의 창작 계보에서 이 가능성은 『가장 푸른 눈』의 촐리에서 『빌러비드』의 폴 D를 거쳐 『재즈』의 조 트레이스로 이어진다. 폴 D와 조는 오이디푸스 모델에서 튕겨나온 후 촐리가 직면한 '위험한 자유'에서 심리적 혼돈으로 떨어지지 않고 자신의 삶의 리듬을 창조할 수 있었던 인물이다. 조는 살인이라는 파괴적 행위를 한 후에야 그 리듬을 어렴풋이 찾게 되지만.

모리슨은 이들이 창조한 새로운 삶의 리듬이 재즈에서 실험된 거대한 문화 프로젝트와 연결되어 있다고 본다. 재즈는 노예해방 후 남부의 시골 마을에서 북부의 도시로 이주한 후 흑인들이 실험한 새로운 주체성—뉴 니그로New Negro라 불리는—창조 작업이 소리와 리듬이라는 미학적 매개를 통해 이룩된 문화혁명의 산물이다. 재즈는 억압된 육체적 욕망을 순환시키고 여성과 남성의 삶을 연결시키며 남부 시골 마을의 공동체적 체험을 도시의 개인성과 접목시키고 있다. 앙상블의 배경음악과 호흡을 같이 하다가도 어떤 절정의 순간에 이르면 즉흥적으로 한 연주자가 곡을 리드해가는 재즈의 개성적·즉흥적 성격은 고정된 정체성을 벗어나 자신을 우연적이고 임시적으로 창조할 수 있는 주체적 힘에서 나온다. 심리적 혼돈과 와해를 임시적 주체성의 창조로 전환할 수 있는 힘이 재즈에서 형성되고 있는 것이다.[14] 다소 규범적으로 이상화되어 있다는 측면이 없지 않지만 폴 D와 조 트레이스가 보여주는 새로운 남성상이 의미 있다면 그것은 성적 상처를 삶의 율동으로 전환시키고 젠더의 경계를 유동적으로 바꿔 남성성이 여성성을 향해 열려 있는 새로운 성적 모델이 실험되고 있기 때문이다.

---

14. 제8장 참조.

:: 수록문 출처

*이 책에 실린 각 장의 글은 다음의 논문을 바탕으로 수정·보완했다.

제1부 성차와 젠더 (트러블)

제1장 「젠더 트러블과 성차의 윤리학—주디스 버틀러의 논의를 중심으로」, 『사회변동과 여성주체의 도전—성 불평등을 야기하는 사회구조적 조건들에 대한 비판』, 임인숙·윤조원 외, 굿인포메이션, 2007.

제2장 「누가 안티고네를 두려워하는가?: 안티고네를 둘러싼 비평적 쟁투」, 『영미문학페미니즘』, 제11권 제1호, 한국영미문학페미니즘학회, 2003.

제3장 「히스테리적 육체, 몸으로 글쓰기」, 『여성의 몸—시각·쟁점·역사』, 한국여성연구소, 창비, 2005.

제4장 「성 보수주의와 남성 성 자유주의를 넘어—페미니스트는 포르노 문제에 어떻게 대응할 것인가」, 『포르노 이슈—포르노로 할 수 있는 일곱 가지 이야기』, 몸문화연구소, 그린비, 2013.

제5장 「성차와 민주주의」, 『서강인문논총』, 제37호, 서강대학교 인문과학연구소, 2013.

제2부 모성적 주체와 모성적 사랑

제6장 「언어의 혁명, 주체의 혁명—줄리아 크리스떼바의 『시적 언어의 혁명』」, 『안과밖』, 제24호, 영미문학연구회, 2008.

제7장 「사자의 요구—토니 모리슨의 『빌러비드』 읽기」, 『토니 모리슨』, 김미현·이명호 외, 동인, 2009.

제8장 「모성적 사랑과 재즈적 율동—토니 모리슨의 『재즈』」, 『인문학연구』, 제9호, 경희대학교 인문학연구원, 2005.

제9장「몸의 반란, 몸의 창조」,『여성의 몸―시각·쟁점·역사』, 한국여성연구소, 창
비, 2005.

제3부 젠더 지형의 변화와 (포스트)페미니즘 논쟁

제10장「로맨스와 섹슈얼리티 사이: 젠더 관계의 변화와 포스트페미니즘 문화 현
상」,『영미문학페미니즘』, 제18권 제1호, 한국영미문학페미니즘학회, 2010.

제11장「젠더 지형의 변화와 페미니즘의 미래―1990년대 미국과 2000년대 한국
페미니즘 담론 비교연구」,『여성문학연구』, 제26호, 한국여성문학학회, 2011.

제12장「남성, 남성성, 페미니즘 이론」,『페미니즘―차이와 사이』, 이희원·윤조원·
이명호 외, 문학동네, 2011.

제13장「흑인 남성성의 재현: 토니 모리슨의『푸르디푸른 눈』과『빌러브드』를 중
심으로」,『현대영미소설』, 제14권 제1호, 한국현대영미소설학회, 2007.

: : 참고문헌

단행본

국내

권김현영, 「성적 차이는 대표될 수 있는가」, 『성의 정치 성의 권리』, 권김현영 외, 자음과모음, 2013.

그레벤, 데이비드, 「괴상한 남자들, 결혼할 수 없는 여자들」, 『섹스 앤 더 시티 제대로 읽기』, 킴 아카스·재닛 맥케이브 외, 홍정은 옮김, 에디션더블유, 2008.

그로츠, 엘리자베스, 『뫼비우스 띠로서 몸』, 임옥희 옮김, 여이연, 2001.

길버트, 산드라/수전 구바, 『다락방의 미친 여자』, 박오복 옮김, 이후, 2009.

김두식, 『욕망해도 괜찮아』, 창비, 2012.

김수기, 「포르노에 대한 다른 시각」, 『섹스 포르노 에로티즘: 쾌락의 악몽을 넘어서』, 김수기·서동진·엄혁(편), 현실문화연구, 1994.

김양선, 「빈곤의 여성화와 비천한 몸」, 『여성의 몸—시각·쟁점·역사』, 한국여성연구소, 창비, 2005.

김윤식, 「텍스트적 표준으로서 오정희 소설」, 『목련초』, 오정희, 범우사, 2004.

김인환, 『줄리아 크리스테바의 문학탐색』, 이화여자대학교출판부, 2003.

김혜순, 『여성이 글을 쓴다는 것은』, 문학동네, 2002.

마티아, 조애나 D., 「미스터 빅, 완벽한 남자를 찾아가는 낭만적 여정」, 『섹스 앤 더 시티 제대로 읽기』.

모스, 조지 L., 『내셔널리즘과 섹슈얼리티: 근대 유럽에서의 고결함과 비정상적 섹슈얼리티』, 서강여성연구회 옮김, 소명출판, 2004.

박종성, 『포르노는 없다: 권력에 대한 복합적 반감의 표현』, 인간사랑, 2003.

발리바르, 에티엔, 『대중들의 공포』, 서관모·최원 옮김, 도서출판b, 2008.

버틀러, 주디스, 『젠더 트러블』, 조현준 옮김, 문학동네, 2008.

브라운, 크리스티나 폰, 『히스테리』, 엄양선·윤명숙 옮김, 여이연, 2003.

브룩스, 피터, 『육체와 예술』, 이봉지·한애경 옮김, 문학과지성사, 2000.

서동진, 「누가 성정치학을 두려워하랴!」, 『섹스 포르노 에로티즘: 쾌락의 악몽을
　　　넘어서』.

_____, 『자유의 의지, 자기계발의 의지: 신자유주의 한국사회에서 자기계발하는
　　　주체의 탄생』, 돌베개, 2009.

스콧, 조앤 W., 『페미니즘 위대한 역설』, 공임순·이화진·최영석 옮김, 앨피, 2006.

_____, 『Parite! 성적 차이, 민주주의에 도전하다』, 오미영 외 옮김, 인간사
　　　랑, 2009.

신명아, 「라깡과 버틀러: 라깡의 정신분석과 제3물결 페미니즘(포스트페미니즘)」,
　　　『라깡의 재탄생』, 홍준기·김상환(편), 창작과비평사, 2002.

신수정, 「비명과 언어―여성을 말한다는 것」, 『푸줏간에 걸린 고기』, 문학동네,
　　　2003.

아카스, 킴/재닛 맥케이브 외, 「금기를 깨는 여자들의 말 걸기: 웃음의 포인트」,
　　　『섹스 앤 더 시티 제대로 읽기』.

오가스, 오기/사이 가담, 『포르노 보는 남자 로맨스 읽는 여자』, 왕수민 옮김, 웅진
　　　지식하우스, 2011.

오정희, 『유년의 뜰』, 문학과지성사, 1991.

_____, 『목련초』, 범우사, 2004.

_____, 『바람의 넋』, 문학과지성사, 1995.

_____, 『불꽃놀이』, 문학과지성사, 1995.

_____, 『불의 강』, 문학과지성사, 1997.

울프, 버지니아, 『3기니』, 태혜숙 옮김, 여성사, 1994.

_____, 『자기만의 방』, 이미애 옮김, 예문, 2002.

이노우에 세쓰코, 『15조원의 육체산업: AV 시장을 해부하다』, 임경화 옮김, 시네 21북스, 2009.

이나영, 「포르노그래피, 억압과 해방의 이분법을 넘어」, 『섹슈얼리티 강의, 두번째』, 한국성폭력상담소 기획, 변혜정 엮음, 동녘, 2006.

이명호, 「몸의 반란, 몸의 창조: 오정희론」, 『여성의 몸—시각·쟁점·역사』, 한국여성연구소, 창비, 2005.

임옥희, 『젠더의 조롱과 우울의 철학: 주디스 버틀러 읽기』, 여이연, 2006.

임옥희, 『채식주의자 뱀파이어: 폭력의 시대, 타자와 공존하기』, 여이연, 2010.

정희진, 「편재(遍在)하는 남성성, 편재(偏在)하는 남성성」, 『남성성과 젠더』, 권김현영 외, 자음과모음, 2011.

조현준, 『주디스 버틀러의 젠더 정체성 이론: 퀴어 정치학과 A. 카터의 『서커스의 밤』』, 한국학술정보, 2007.

지젝, 슬라보예, 『삐딱하게 보기』, 김소연·유재희 옮김, 서울: 시각과 언어, 1995.

_____, 「계급투쟁입니까, 포스트모더니즘입니까? 예, 부탁드립니다」, 『우연성, 헤게모니, 보편성』, 슬라보예 지젝·주디스 버틀러·어네스토 라클라우 지음, 박대진·박미선 옮김, 도서출판b, 2009.

_____, 「끝없이 처음부터 반복하기」, 같은 책.

_____, 『처음엔 비극으로 다음엔 희극으로』, 김성호 옮김, 창비, 2010.

최성희, 「자아로부터의 비상, 에로스」, 『페미니즘—차이와 사이』, 이희원·이명호·윤조원 외, 문학동네, 2011.

켈리, 올리버, 『크리스테바 읽기』, 박재열 옮김, 시와반시사, 1997.

콥젝, 조앤, 「성과 이성의 안락사」, 『성관계는 없다』, 슬라보예 지젝 외 지음, 김영찬 외 편역, 도서출판b, 2005.

크리스테바, 줄리아, 『정신병, 모친살해, 그리고 창조성: 멜라니 클라인』, 박선영 옮김, 아난케, 2006.

티그비, 톰(엮음), 『남성 페미니스트』 김고연주·이장원 옮김, 또하나의 문화,

2004.

펠스키, 리타, 『근대성과 페미니즘』, 김영찬·심진경 옮김, 거름, 1998.

프로이트, 지크문트, 「여성성」, 『새로운 정신분석 강의』, 임홍빈·홍혜경 옮김, 열
린책들, 1997.

_____, 「성의 해부학적 차이에 따른 심리적 결과」, 『성욕에 관한 세 편
의 에세이』, 김정일 옮김, 열린책들 1998.

헌터, 다이앤, 「히스테리, 정신분석, 페미니즘: 안나의 사례」, 『여성의 몸, 어떻게
읽을 것인가?』, 케티 콘보이 외 지음, 고경하 외 편역, 한울, 2001.

헌트, 린, 「서문: 외설성과 현대성의 기원, 1500~1800」, 『포르노그라피의 발명』, 헌
트, 린(편), 조한욱 옮김, 책세상, 1996.

홍준기, 「자끄 라깡, 프로이트로의 복귀」, 『라깡의 재탄생』.

황종연, 「비루한 것의 카니발—90년대의 소설의 한 단면」, 『비루한 것의 카니발』,
문학동네, 2001.

국외

Ashcraft, Richard, *Locke's Tow Treatises of Government*, London: Allen and
Unwin, 1987.

Awkward, Michael, "A Black Man's Place(s) in Black Feminist Criticism,"
Representing Black Men, edit. by Marcellus Blount and George P.
Cunningham, New York and London: Routledge, 1996.

Beauvoire, Simone de, *The Second Sex*, trans. and edit. by H. M. Parshley, New
York: Vintage Books, 1974.

Benjamin, Walter, *Illuminations*, edit. by Hannah Arendt, trans. by Harry
Zohn, New York: Schocken, 1969.

Berendt, Joachim E., *The Jazz Book: From Ragtime to Fusion and Beyond*, rev.
by Günther Huesmann, trans. by H. and B. Bredigkeit, et al., Brooklyn:

Lawrence Hill, 1992.

Bhabha, Homi K., *The Location of Culture*, London: Routledge, 1994.

Bouson, J. Brooks, *Quiet As It's Kept: Shame, Trauma, and Race in the Novels of Toni Morrison*, Albany: SUNY Press, 2000.

Butler, Judith, *The Psychic Life of Power: Theories in Subjection*, Stanford: Stanford University Press, 1997.

_____, *Bodies that Matter: On the Discursive Limits of "Sex,"* New York: Routledge, 1993.

_____, *Gender Trouble: Feminism and the Subversion of Identity*, New York: Routledge, 1990.

_____, *Antigone's Claim: Kinship between Life and Death*, New York: Columbia University Press, 2000.

_____, "The Force of Fantasy: Feminism, Mapplethorpe, and Discursive Excess," *Feminism and Pornography*, edit. by Drucilla Cornell, New York: Oxford University Press, 2000.

Carby, Hazel, *Cultures in Babylon*, London: Verso, 1999.

Carter, Angela, "Polemical Preface: Pornography on the Service of Women," *Feminism and Pornography*.

Christian, Barbara, "A Conversation on Toni Morrison's *Beloved*," *Toni Morrison's Beloved: A Casebook*, edit. by William L, Andrews and Nellie Y, Mckay, Oxford: Oxford University Press, 1999.

Collins, Patricia Hill, *Black Sexual Politics: African Americans, Gender, and the New Racism*, New York and London: Routledge, 2005.

Copjec, Joan, *Read My Desire: Lacan Against Historicists*, Cambridge: The MIT Press, 1995.

_____, *Imagine There Is No Woman: Ethics and Sublimation*,

Cambridge: The MIT Press, 2002.

Cornell, Drucilla L., "Gender, Sex, and Equivalent Rights," *Feminist Theorize the Political*, edit. by Judith Butler and Joan W. Scott, New York, Routledge, 1992.

_____, *Abortion, Pornography and Sexual Harassment*, New York: Routledge, 1995.

Coward, Roth, "Sexual Violence and Sexuality," *Sexuality: A Reader*, edit. by Feminist Review, London: Virage, 1987.

Critcheley, Simon, *Ethics-Politics-Subjectivity: Essays on Derrida, Levinas and Contemporary French Thought*, London: Verso, 1999.

Derrida, Jacques, *The Ear of the Other: Otobiography, Transference, Translation*, edit. by Christie McDonald, trans. by Peggy Kamuf, Lincoln: University of Nebraska Press, 1985.

_____, *Glas*, trans. by Jr. John P. Leavey and Richard Rand, Lincoln: University of Nebraska Press, 1986.

Douglass, Fredrick, *Narrative of the Life of Frederick Douglass, An American Slave, Written by Himself*, 1845, New York: Penguin, 1986.

Dworkin, Andrea/MacKinnon, Catharine A., *Pornography and Civil Rights: A New Day*, Minneapolis: Organizing Against Pornography, 1988.

Federico, Annette R., *Gilbert and Guba's The Madwoman in the Attic After Thirty Years*, University of Missouri Press, 2009.

Fenley, Constance, "Missing m/f," *The Woman in Question*, edit. by Elizabeth Cowie and Parveen Adams, Cambridge: The MIT Press, 1990.

Foucault, Michel, *The History of Sexuality: An Introduction*, trans. by Robert Hurley, New York: Vintage, 1977.

Freeman, Barbara Claire, "Love's Labor: Kant, Isis, and Toni Morrison's

Sublime," *The Feminine Sublime: Gender and Excess in Women's Fiction*, Berkeley: University of California Press, 1995.

Freud, Sigmund, *Studies on Hysteria, The Standard Edition of the Complete Psychological Works of Sigmund Freud*, Vol. 2, trans. and edit. by James Strachey, London: Horgath Press, 1957.

_____, "The Aetiology of Hysteria," *Earlyp sycho-analytic Publications, 1893-1899, The Standard Edition of the Complete Psychological Works of Sigmund Freud*, Vol. 3, edit. By James Strachey et al, trans. by James Strachey, London: Horgath Press, 1962.

_____, "Some Psychical Consequences of the Anatomical Distinction between the Sexes," *A Case of Hysteria: Three Essays on Sexuality and Other Works, 1901-1905, The Standard Edition of the Complete Psychological Works of Sigmund Freud*, Vol. 7, edit. by James Strachey et al, trans. by James Strachey, London: Horgath Press, 1957.

_____, "Medusa's Head," *Totem and Taboo and Other Works, 1913-1914, The Standard Edition of the Complete Psychological Works of Sigmund Freud*, Vol. 13, edit. by James Strachey et al, trans. by James Strachey, London: Horgath Press, 1957.

_____, "Mourning and Melancholia," *On the History of the Psycho-analytic Movement Papers on Metapsychology and Other Works, 1914-1916, The Standard Edition of the Complete Psychological Works of Sigmund Freud*, Vol. 14, edit. by James Strachey et al, trans. by James Strachey, London: Horgath Press, 1957.

_____, *The Ego and the Id, The Standard Edition of the Complete Psychological Works of Sigmund Freud*, Vol. 19, edit. by James Strachey et al, trans. by James Strachey, London: Horgath Press, 1957.

Fuss, Diana, *Essentially Speaking: Feminism, Nature, and Difference*, New York and London: Routledge 1989.

Geerz, Clifford, "The World in Pieces: Culture and Politics at the End of the Century," *Available Light*, Princeton: Princeton University Press, 2000.

Genovese, Eugene, *Roll, Jordan, Roll: The World the Slave Made*, New York: Random House, 1972.

Genz, Stephanie/Brabon, Benjamin A., *Postfeminism: Cultural Texts and Theories*, Edinburgh: Edinburgh University Press, 2009.

Gilbert, Sandra M./Gubar, Susan, *The Madwoman in the Attic: The Woman Writer and the Nineteenth-Century Literary Imagination*, Yale University Press, 1979.

Gilroy, Paul, *The Black Atlantic: Modernity and Double Consciousness*, Cambridge: Harvard University Press, 1993.

_____, *Small Acts*, London: Serpent's Tail, 1993.

Grosz, Elisabeth, *Volatile Bodies: Toward a Corporeal Feminism*, Bloomington: Indiana University Press, 1994.

Hegel, Georg Wilhelm Fredrich, *The Phenomenology of Spirit*, trans. by A. V. Miller, Oxford: Oxford University Press, 1977.

Hirsch, Marianne, "Maternity and Rememory: Toni Morrison's Beloved," *Representation of Motherhood*, edit. by Donna Bassin, Margaret Honey and Meryle Kaplan, New Haven: Yale University Press, 1994.

Irigaray, Luce, *Speculum of the Other Woman*, trans. by Gillian Gill, Ithaca: Cornell University Press, 1985.

_____, *This Sex Which Is Not One*, trans. by Catherine Porter and Carolyn Burke, Ithaca: Cornell University Press, 1985.

_____, *An Ethics of Sexual Difference*, trans. by Carolyn Burke and

Gillian C. Gill, Ithaca: Cornell University press, 1993.

Kahane, Claire, *Passions of the Voice: Hysteria, Narrative, and the Figure of the Speaking Woman, 1850-1915*, Baltimore: Johns Hopkins University Press, 1995.

Kristeva, Julia, *Desire in Language: A Semiotic Approach to Literature and Art*, edit. by Leon S. Roudiez, trans. by Thomas Gora, Alice Jardine, and Leon S, Roudiez, Oxford: Basil Blackwell, 1980.

_____, *Revolution in Poetic Language*, trans. by Margaret Waller, New York: Columbia University press, 1984.

Kristeva, Julia, *Kristeva Reader*, edit. by Toril Moi, trans. by Leon S, Roudiez, New York: Columbia University Press, 1986.

_____, "My Memory's Hyperbole," *The Portable Kristeva*, edit. by Kelly Oliver, New York: Columbia University, 1997.

Lacan, Jacques, "The Meaning of Phallus," *Feminine Sexuality: Jacques Lacan and the ecole freudienne*, edit. by Juliet Mitchell and Jacqueline Rose, trans. by Jacqueline Rose, London: Macmillan, 1982.

_____, *The Seminar of Jacques Lacan, Book XI: The Four Fundamental Concepts of Psychoanalysis*, trans. by Alan Sheridan, New York: Norton, 1978.

_____, *The Seminar of Jacques Lacan, Book VII: The Ethics of Psychoanalysis, 1959-60*, trans. by Dennis Porter, New York: Norton, 1992.

_____, *The Seminar of Jacques Lacan, Book XX: On Feminine Sexuality, The Limits of Love and Knowledge, 1972-1973*, edit. by Jacques-Allain Miller, trans. by Bruce Fink, New York and London: Norton, 1998.

Larsen, Nella, *Quicksand and Passing*, New Brunswick: Rutgers University Press, 1986.

Locke, John, *An Essay Concerning the True Original, Extent, and End of Civil Government*, in *John Locke, Two Treatises of Government*, edit. by Peter Laslett, 265-428, Cambridge: Cambridge Universi y Press, 1988.

MacKinnon, Catharine A., *Feminism Unmodified: Discourse on Life and Law*, Cambridge and London: Harvard University Press, 1987.

_____, "Not a Moral Issue," *Feminism and Pornography*, edit. by Drucilla Cornell, New York: Oxford University Press, 2000.

McKay, Nelly Y, "An Interview with Toni Morrison," *Toni Morrison: Critical Perspectives Past and Present*, edit. by Jr. Henry Louis Gates and K. A. Appiah, New York: Amistad, 1993.

McKinstry, Susan, "A Ghost of An/Other Chance: The Spinster-Mother in Toni Morrison's *Beloved*," *Old Maids to Radical Spinsters: Unmarried Women in the Twentieth-Century Novel*, edit. by Laura Doan, Urbana: University of Illinois Press, 1991.

_____, *Only Words*, Cambridge: Harvard University Press, 1993.

Macpherson, C. B., *The Political Theory of Possessive Individualism: Hobbes to Locke*, New York: Oxford University Press, 1962.

Mann, Patricia S., *Micro-Politics: Agency in a Postfeminist Era*, Minneapolis: University of Minnesota Press, 1994.

Marcus, Steven, *The Other Victorians: A Study of Sexuality and Pornography in Mid-Nineteenth-Century England*, New York: Basic Books, 1967.

Miller, Jacques-Alain, "On Semblances in Relation Between the Sexes," *Sexuation*, edit. by Renata Salecl, Durham: Duke University Press, 2000.

Mitchell, Juliet, *Feminism and Psychoanalysis: Freud, Reich, Laing, and Woman*, London: Vantange Books, 1974.

_____, *Mad Men and Medusas: Reclaiming Hysteria*, New York: Basic Books, 2000.

Modleski, Tania, *Feminism without Women: Culture and Criticism in a Postfeminist'Age*, New York: Routledge, 1991.

Moi, Toril, *Sexual/Textual Politics: Feminist Literary Theory*, New York: Methuen, 1985.

_____, *What Is a Woman?*, Oxford: Oxford University Press, 1999.

Morrison, Toni, *The Bluest Eye*, New York: Washington Square Press, 1970.

_____, *Song of Solomon*, New York: Plume/Penguin, 1982.

_____, "Faulkner and Women," *Faulkner and Women: Faulkner and Yoknapatawpha, 1985*, edit. by Doreen Fowler and Ann J. Abadie, Jackson: University Press of Mississippi, 1986.

_____, "The Site of Memory," *Inventing the Truth: The Art and Craft of Memoir*, edit. by William Zinsser, Boston: Houghton Mifflin, 1987.

_____, *Sula*, New York: NAL Plume/Penguin, 1987.

_____, *Beloved*, New York: Plume/Penguin, 1987.

_____, "Unspeakable Things Unspoken: The Afro-American Presence in American Literature," *Modern Critical Views: Toni Morrison*, edit. by Harold Bloom, New York: Chelsea House, 1990.

_____, *Playing in the Dark: Whiteness and the Literary Imagination*, New York: Random House, 1993.

_____, *Jazz*, New York: Plume/Penguin, 1993.

_____, *Conversations with Toni Morrison*, edit. by Danille Taylor-Guthrie, Jackson: University Press of Mississippi, 1994.

Page, Philip, *Dangerous Freedom: Fusion and Fragmentation in Toni Morrison's Novels*, Jackson: University Press of Mississippi, 1995.

Patterson, Orlando, *Slavery and Social Death: A Comparative Study*, Cambridge: Harvard University Press, 1982.

_____, *Rituals of Blood: Consequences of Slavery in Two American Centuries*, Washington D. C.: Civitas Counterpoint, 1998.

Roiphe, Katie, *The Morning After: Sex, Fear, and Feminism*, Boston: Little Brown, 1993.

Rose, Jacques, "Introduction I," *Feminine Sexuality: Jacques Lacan and the ecole freudienne*, edit. by Juliet Mitchell and Jacqueline Rose, trans. by Jacqueline Rose, London: Macmillan, 1982.

_____, "Julia Kristeva—Take Two," *Sexuality in the Field of Vision*, London: Verso, 1986.

Russell, Diana E, H, "Pornography and Rape: A Causal Model," *Feminism and Pornography*, edit. by Drucilla Cornell, New York: Oxford University Press, 2000.

Schor, Naomi, "This Essentialism Which Is Not One: Coming to Grips with Irigaray," *The Essential Difference*, edit. by Naomi Schor and Elizabeth Weed, Bloomington and Indianapolis University Press, 1994.

Sheehy, Gail, *Understanding Men's Passages: Discovering the New Map of Men's Lives*, New York: Random House, 1998.

Shepherdson, Charles, *Vital Signs: Nature, Culture, Psychoanalysis*, Routledge: New York, 2000.

Siegel, Deborah, *Sisterhood Interrupted: From Radical Women to Grrls Gone Wild*, New York: Palgrave, 2007.

Sophocles, *Antigone in The Three Theban Plays*, trans. by Robert Fagles, New York: Penguin Books, 1984.

Spivak, Gayatri Chakravorty, *Outside the Teaching Machine*, New York:

Routledge, 1993.

Sundarkasa, Niara, "Interpreting the African Heritage in Afro-American Family Organization," *Black Families*, edit. by Harriette Pipes McAdoo, Beverly Hills: Sage, 1981.

Thomson, Robert Farris, *Flash of the Spirit: African and Afro-American Art and Philosophy*, New York: Vintage, 1983.

Tully, James, *An Approach to Political Philosophy: Locke in Context*, Cambridge: Cambridge University Press, 1993.

Weinstein, Philip M., *What Else But Love? The Ordeal of Race in Faulkner and Morrison*, New York: Columbia University Press, 1996.

Wright, Elizabeth, *Lacan and Postfeminism*, Duxford: Icon Books, 2000.

Ziarek, Ewa, *An Ethics of Dissensus: Postmodernity, Feminism, and the Politics of Radical Democracy*, Stanford: Stanford University Press, 2001.

Žižek, Slavoj, *Enjoy Your Symptom! Jacques Lacan in Hollywood and Out*, New York: Routledge, 1992.

_____, *The Metastases of Enjoyment: Six Essays on Woman and Causality*, London: Verso, 1994.

Zupančič, Alenca, *Ethics of the Real: Kant, Lacan*, London: Verso, 2000.

논문

국내

강정인, 「로크사상의 현대적 재조명: 로크의 재산권 이론에 대한 유럽중심주의적 해석을 중심으로」, 『한국정치학보』, 제32권 3호, 1998.

김성호, 「육체의 언어: 크리스떼바와 로런스의 문학텍스트론」, 『안과밖』, 제13호,

2002.

김양선, 「2000년대 한국 여성문학비평의 쟁점과 과제」, 『안과밖』, 제21호, 2006.

김종갑, 「실재를 향한 열정으로서 포르노」, 『포르노를 말한다: 건국대학교 몸문화
연구소 2012년 춘계 학술대회 발표집』, 2012.

남수영, 「포르노그래피, '비정상적' 쾌락의 이론과 실재: 미하엘 하네케의 〈피아니
스트〉를 중심으로」, 『문학과영상』, 제10권 제2호, 2009.

서윤호, 「포르노를 허하라? 포르노 규제 법리에 대한 고찰」, 『포르노를 말한다: 건
국대학교 몸문화연구소 2012년 춘계 학술대회 발표집』.

신상숙, 「성폭력의 의미 구성과 '성적 자기결정권'의 딜레마」, 『여성과사회』, 제13호,
2001.

양석원, 「로맨스와 미국 소설 비평: 역사와 상상력의 변증법」, 『근대영미소설』, 제5권
1호, 1998.

유영종, 「미국 문학의 로맨스 소설 이론」, 『안과밖』, 제14호, 2003.

오정희·박혜경, 「안과 밖이 함께 어우러져 드러내 보이는 무늬」, 『문학과사회』,
제36호, 1996.

윤조원, 「젠더 연구의 흐름과 비평적 독서의 변화: 헨리 제임스의 경우」, 『안과
밖』, 제21호, 2006.

운동사회내성폭력뿌리뽑기100인위원회, 「쥐는 언제나 고양이를 물어서는 안된
다?」, 『경제와사회』, 제49호, 2001.

이명호, 「2000년대 한국 여성의 위상과 여성 문학의 방향」, 『문학수첩』, 제13호,
2006.

_____, 「누가 안티고네를 두려워하는가?: 안티고네를 둘러싼 비평적 쟁투」, 『영
미문학페미니즘』, 제11권 제1호, 2003.

_____, 「라캉 정신분석학이 여성의 몸에 대해 말해주는 것」, 『라깡과 현대정신분
석』, 제4권 제1호, 2002.

_____, 「사자의 요구: 토니 모리슨의 『빌러브드』 읽기」, 『영미문학연구』, 제4호,

2003.

_____, 「"여자는 무엇을 원하는가?": 라캉 정신분석학이 여성의 몸에 대해 말해 주는 것들」, 『라캉과 현대정신분석』, 제4권 제1호, 2002.

_____, 「재즈적 율동과 모성적 사랑-토니 모리슨의 『재즈』」, 『인문학연구』, 제9권, 2005.

_____, 「젠더 트러블과 성차의 윤리」, 『안과밖』, 제21호, 2006.

_____, 「로맨스와 섹슈얼리티 사이: 젠더 관계의 변화와 포스트페미니즘 문화 현 상」, 『영미문학페미니즘』, 제18권 제1호, 2010.

_____, 「히스테리적 육체, 몸으로 글쓰기」, 『여성과사회』, 제15호, 2004.

_____, "American Antinomy and American Gothic," *Journal of American Studies*, 34.2, 2002.

이석구, 「페미니즘과 아이덴티티의 정치학」, 『안과밖』, 제4호, 1998.

이재현, 「Do the Right thing: 욕설의 진술을 통한 역설의 진술」, 『문학과사회』, 제 37호, 1997.

_____, 「포르노티즘과 에로그라피 2-1」, 『문화과학』, 제11호, 1997.

장정희, 「『재즈』에 나타난 도시의 의미와 흑인 역사」, 『현대영미소설』, 제4권 제2호, 1997.

정소영, 「"포스트페미니즘" 시대의 페미니즘 비평: 보편성과 여성, 그리고 문학」, 『비평과이론』, 제12권 제2호, 2007.

주유신, 「포르노그래피와 여성의 성적 주체성: 페미니스트 포르노 논쟁과 두 편의 텍스트를 중심으로」, 『영화연구』, 제26호, 2005.

홍준기, 「라깡의 성적 주체 개념: 『세미나 제20권: 앙코르』의 성 구분 공식을 중심 으로」, 『현대비평과이론』, 제19호, 2000.

황정미, 「성폭력의 정치에서 젠더 정치로」, 『경제와사회』, 제49호, 2001.

_____, 「한국 여성운동의 의제와 성찰성」, 『안과밖』, 제21호, 2006.

국외

Arthurs, Jane, "Sex and the City and Consumer Culture: Remediating Postfeminist Drama," *Feminist Media Studies*, 3.1, 2003.

Balibar, Étieinne, "Ambiguous University," *Differences*, 7, 1995.

Brunner, Laura A. K., "How Big Is Big Enough: Steve, Big, and Phallic Masculinity in Sex and the City," *Feminist Media Studies*, 10.1, 2010.

Cannon, Elizabeth M, "Following the Traces of Female Desire in Toni Morrison's *Jazz*," *African American Review*, 31.2, 1997.

Crouch, Stanley, "Aunt Medea," *The New Republic*, 19 Oct, 1987.

Gerhard, Jane, "Sex and the City: Carrie Bradshaw's Queer Postfeminism," *Feminist Media Studies*, 5.1, 2005.

Gubar, Susan, "What Ails Feminist Criticism?," *Critical Inquiry*, 24.4, 1998.

_____, "Notations in Medias Res," *Critical Inquiry*, 25.2, 1999.

Hawkesworth, Mary, "The Semiotics of Premature Burial: Feminism in a Post-feminist Age," *Signs: Journal of Women in Culture and Society*, 29.4, 2004.

Krumholtz, Linda, "The Ghosts of Slavery: Historical Recovery in Toni Morrison's *Beloved*," *African American Review*, 26.3, 1992.

Lacan, Jacques, "Desire and the Interpretation of Desire in *Hamlet*," *Yale French Studies*, 55/56, 1977.

McRobbie, Angela, "Post-Feminism and Popular Culture," *Feminist Media Studies*, 4.3, 2004.

Page, Philip, "Traces of Derrida in Toni Morrison's *Jazz*," *African American Review*, 29.1, 1995.

Roderigues, Eusebio L., "Experiencing Jazz," *Modern Fiction Studies*, 39, 1993.

Shepherdson, Charles, "Of Love and Beauty in Lacan's Antigone," *Umbr(a)*, 1, 1999.

Spillers, Hortense, "Mama's Baby, Papa's Maybe: An American Grammar Book," *Diacritics*, 17.2, 1987.

Stockton, Kathryn Bond, "Heaven's Bottom: Anal Economics and the Critical Debasement of Freud in Toni Morrison's *Sula*," *Cultural Critique*, 24, 1993.

Walcott, Rinaldo, "Out of the kumbla': Toni Morrison's *Jazz* and Pedagogical Answerability," *Cultural Studies*, 9.2, 1995.

West, Robin, "Jurisprudence and Gender," *University of Chicago Law Review*, 55.1, 1988.

Wiegman, Robyn, "What Ails Feminist Criticism? A Second Opinion," *Critical Inquiry*, 25.2, 1999.

Žižek, Slavoj, "Melancholy and the Act," *Critical Inquiry*, 26, 2000.

언론 자료

최수태, "욕망해도 괜찮아? '강부자', '고소영', '김재철'도?!," 『프레시안』, 2012. 6. 8.

동영상 자료

Sex and the City, Season 1-6, prod. by Darren Star et al., New York. 1998-2004.

인명

가담, 사이Gaddam, Sai 140

구바, 수전Gubar, Susan 9, 11, 13, 24, 354-359

구주, 올랭프 드Gouges, Olympe de 164, 166, 169

길로이, 폴Gilroy, Paul 230-231

길버트, 샌드라Gilbert, Sandra M. 8-9, 11, 13, 24

김수기 131, 138, 149-150

김양선 350, 361

김윤식 288-289

데리다, 자크Derrida, Jacques 11, 61, 77, 84-85, 201, 389

드워킨, 앤드리아Andrea, Dworkin 107, 159, 394

라캉, 자크Lacan, Jacques 12, 26-28, 30, 34, 38-39, 41, 44-51, 54, 58, 61, 63-69, 72, 75, 78-82, 84-91, 104, 106, 109, 111-113, 121, 156, 171, 183-184, 192-193, 195, 203, 206, 208-209, 211-212, 217, 219-220, 223, 225, 235, 291-292, 294, 389, 396-397, 402

로크, 존Locke, John 400-401

린, 헌트Hunt, Lynn 136, 141

매키넌, 캐서린MacKinnon, Catharine A. 144-145, 148, 158-159, 394

맥로비, 앤절라McRobbie, Angela 325-326

맥퍼슨, C. B.Macpherson, Crawford Brough 400-401,

모들스키, 타니아Modleski, Tania 330, 335, 385-392, 398

모리슨, 토니Morrison, Toni 14, 16, 223, 227-230, 234, 239-245, 255-262, 264, 270, 272-273, 287, 399, 407-410, 417, 419-420, 425, 427, 429

모이, 토릴Moi, Toril 25-28, 36, 207, 214-215

발리바르, 에티엔Balibar, Étieinne 157,

170, 179-180

버틀러, 조세핀Butler, Josephine 174, 367

버틀러, 주디스Butler, Judith 12, 29-35, 37-38, 40-41, 44, 51-55, 61, 63-69, 71-79, 81, 86-91, 113, 171, 173, 181, 184, 326-327, 341, 355, 357, 394-397

벤야민, 발터Benjamin, Walter 225-226, 246

보부아르, 시몬 드Beauvoire, Simone de 22-23, 31, 170-171, 191, 386

브라운, 크리스티나 폰Braun, Christina von 101-102

브룩스, 피터Brooks, Peter 110

셰퍼드슨, 찰스Shepherdson, Charles 39, 85

소포클레스Sophocles 60, 87

스콧, 조앤Scott, Joan W. 166, 169, 171, 180, 182, 392

스타이넘, 글로리아Steinem, Gloria M. 321

스피박, 가야트리 차크라Spivak, Gayatri Chakravorty 11, 25, 326, 355-357

오가스, 오기Ogas, Ogi 140

오정희 14, 16, 94, 288-292, 307, 312-

313, 317-318

울프, 버지니아Woolf, Virginia 14-16, 174, 352-353, 366-372,

웨스트, 로빈West, Robin 36-37

위그먼, 로빈Wiegman, Robyn 354, 358-359, 374, 397

이리가레, 뤼스Irigaray, Luce 22-23, 26-28, 30, 38, 42, 54, 56-58, 61, 63, 117, 128, 161, 171, 183, 191, 193, 360, 369, 378, 383

이재현 131, 134-136

임옥희 351, 361

정이현 127-128

정희진 350, 352

제하드, 제인Gerhard, Jane 341, 343

주판치치, 알렌카Zupančič, Alenca 236

지젝, 슬라보예Žižek, Slavoj 46, 54, 80, 89-90, 147-148, 173, 184, 226, 365-366

채런, 모나Charen, Mona 328

코넬, 드루실라Cornell, Drucilla L. 151, 155, 156

콥젝, 조앤Copjec, Joan 50, 79

크리스테바, 쥘리아Kristeva, Julia 13, 22, 24-28, 49, 53-54, 63, 118, 124,

191-222, 252, 274, 303, 314, 355

퍼스, 다이애나Fuss, Diana 25

펠스키, 리타Felski, Rita 388-389,

푸코, 미셸Foucault, Michel 11, 33, 51, 54, 75, 125, 326

프로이트, 지크문트Freud, Sigmund 28, 34, 41-46, 48-49, 51-53, 65, 69-71, 73-75, 77-80, 85, 92, 95-98, 100-101, 103-107, 109-110, 112-117, 119-120, 123-124, 148, 192-193, 195, 203-204, 212, 215-217, 219, 227, 237, 245, 250-251, 304, 396, 402, 414, 416

프리던, 베티Friedan, Betty 321, 373

플록하트, 캘리스타Flockhart, Calista 321

해러웨이, 도나Haraway, Donna 355

헌터, 다이앤Hunter, Dianne 98

헤겔, G. W. F.Hegel, Georg Wilhelm Friedrich 60-64, 83-85, 209, 230

용어

거세 불안 42, 48, 124

구성주의 25, 33, 96, 181, 387

국외자 단체 15, 368, 371-372

규율 권력 74-76

근친상간 34, 52, 60, 64, 88, 113, 114

긍정적 여성주의 312

나르시시즘 70, 78-79, 152, 172, 193, 290, 322

남근

—남근 (로고스) 중심주의 11, 26, 28, 42-43, 58, 192

—남근 선망 42, 119, 193, 279, 291

—레즈비언 남근 396-397

남녀동수법/남녀동수 13, 166, 168-169, 175-182, 185-187

남성성 14, 24, 90, 120, 171, 176, 178-179, 181, 354, 370, 374-382, 384-385, 387-388, 390, 395-398, 407-408, 424-428, 430

남성성 콤플렉스 120, 233, 253, 396, 426

낭만적 사랑 147, 323, 332-334, 337-339, 341, 348

다락방의 미친 여자 7, 9-13, 16, 24, 127

단독성 57, 72, 82, 84, 88

담론적 구성물 33, 356-357

대의민주주의 166-168, 178, 186

동성 사회적 (남성) 유대 10, 382, 384
동성애 금기 34, 52

라캉의 성 구분 도식 42-50, 113

모성적 사랑 193, 218, 220-221, 252,
 264, 274, 283-384, 412, 425
무의식적 주체 12, 96, 212

보편성
―허구적 보편성 170, 172, 179-180,
 183
―이상적 보편성 180, 182
부정성 173, 183, 209, 215-216
비전체 47, 49-50, 58, 89
비체화 118, 192, 199, 218

사회적인 것 64, 66, 68, 214
상상계 79, 80, 84, 209, 294, 299
상상적 영역 156, 158
상징계 37, 39-42, 44-45, 47, 50, 53,
 54, 58, 64-68, 80, 89, 111-112,
 121, 184, 244, 252, 357, 361
상호텍스트성 201-203
생명충동 78, 106, 207
생성 텍스트 211
성 역할 100, 390, 406, 415
성적 자기결정권 131, 132

성정체성/성별 정체성 12, 24-25, 31,
 42, 56, 58, 119, 174, 341
성충동 78-79, 106
소유적 개인주의 399-401
수행성 33, 74
―수행적 가장 51
―수행적 동일시 74
―수행적 언어 88
실재적 차이 12, 38

아버지
―도착적 아버지 46
―상상적 아버지 153, 193, 198, 217,
 219, 220, 252, 274
―상징적 아버지 46, 152, 193, 198,
 217, 219, 274
―원초적 아버지 46
어머니
―공포의 어머니 118
―남근적 어머니 46, 151-153, 213
―전 오이디푸스기 어머니 115, 117-
 121, 199, 206, 217-218, 334
―비체 어머니 218-219
여성(성)
―잉여적 여성성 12, 27-28, 54, 57,
 171, 183, 360
―반사적 여성성 27, 57, 171, 360, 369
―여성적 글쓰기 27, 125, 192

—여성적 주이상스 28, 50, 90, 128

오이디푸스콤플렉스 34, 48, 98, 103,
　113, 116, 121

외상

—외상적 반복 237, 283

—외상적 사건 65, 69, 107, 109, 228,
　239-240, 244-245, 410, 412

—외상적 체험 104, 262

욕망의 대상 원인 80

원기호적인 것 206, 208-209, 211-
　212, 214, 216-217

이성애 중심주의 11, 29, 130, 134

자아보존충동 78

자아 이상 75, 294

전략적 본질론 25

전이 사랑 103, 198, 304, 307

정립상 208-211

젠더 정체성 29, 30, 34, 37, 40-41,
　51-55, 77, 182-184, 361, 369, 377,
　386, 395-396, 398, 402

죽음충동 78-79, 82, 106, 109, 207,
　245

초월적 명령 40

초자아 48, 71, 75-79, 90, 116, 251

추상적 개인 165, 168-171, 176-177,
　181-182, 185-186

코라 207-208

쾌락원칙 45, 78-79, 90, 106, 245, 290

퀴어 10, 89, 323, 327, 330, 340-342,
　344-345, 357, 377, 380, 382, 384-
　385

타자성 273-284

포스트페미니즘 14, 322-326, 328,
　330-331, 341, 343-344, 349, 354,
　377, 385

하나가 아닌 성 56-57, 360-361

—하나가 아닌 남성성 382

하위 텍스트 9

현상 텍스트 211

현시 102, 110-111, 121, 147

히스테리 13, 39, 93, 95-107, 109-
　114, 116-117, 119-128, 303-304,
　311, 314-315

STUDIUM
스투디움 총서 05

누가 안티고네를 두려워하는가
성차의 문화정치

1판 1쇄 2014년 4월 19일
1판 2쇄 2018년 10월 17일

지은이 이명호 | 펴낸이 염현숙
기획 고원효 | 책임편집 허정은 | 편집 송지선 김영옥 고원효
디자인 김현우 최미영 | 마케팅 정민호 이숙재 정현민 김도윤 안남영
홍보 김희숙 김상만 이천희
제작 강신은 김동욱 임현식 | 제작처 영신사

펴낸곳 (주)문학동네
출판등록 1993년 10월 22일 제406-2003-000045호
주소 10881 경기도 파주시 회동길 210
전자우편 editor@munhak.com | 대표전화 031)955-8888 | 팩스 031)955-8855
문의전화 031)955-3578(마케팅), 031)955-7973(편집)
문학동네카페 http://cafe.naver.com/mhdn
문학동네트위터 @munhakdongne
북클럽문학동네 http://bookclubmunhak.com

ISBN 978-89-546-2450-3 93840

이 도서의 국립중앙도서관 출판예정도서목록(CIP)은 서지정보유통지원시스템 홈페이지
(http://seoji.nl.go.kr)와 국가자료공동목록시스템(http://www.nl.go.kr/kolisnet)에서
이용하실 수 있습니다. (CIP제어번호: 2014010210)

www.munhak.com